À Séan et Matthew Harris,

Faites ce que vous voulez de cette dédicace,
mais surtout,
ne touchez pas à vos sourcils.

I choose to steal what you choose to show
And you know I will not apologize –
You're mine fort the taking.

I'm making a career of evil...

Je choisis de voler ce que tu choisis de montrer
Et tu le sais, jamais je ne m'excuserai –
Je vais m'emparer de toi.

Je me lance dans la carrière du mal.

BLUE ÖYSTER CULT, « Career of Evil »
Paroles de Patti Smith

1

2011

This Ain't the Summer of Love

C'est pas l'Été de l'amour

Il avait eu beau frotter, il restait encore du sang. À sa main gauche, sous l'ongle du majeur, une raie sombre en forme de parenthèse. Il essaya de la retirer, pourtant il aimait bien la voir : elle lui évoquait les plaisirs de la veille. Après avoir gratté en vain pendant une minute, il porta l'ongle à sa bouche et suça. Le goût métallique rappelait l'odeur du sang qui s'était déversé sur le sol carrelé, éclaboussant les murs, trempant son jean, imbibant les serviettes de bain – moelleuses, sèches, bien pliées – couleur pêche.

Ce matin, les couleurs paraissaient plus vives, le monde plus joli. Il se sentait serein, exalté, comme s'il l'avait absorbée, comme si sa vie s'était transfusée en lui. Dès qu'on les tuait, elles vous appartenaient : une possession qui allait bien au-delà du sexe. Le simple fait de les regarder mourir, de voir leur expression à cet instant-là, constituait l'expérience la plus intime qui soit, bien supérieure à toutes les sensations que peuvent éprouver deux corps vivants.

Personne ne savait ce qu'il avait fait, ni ce qu'il prévoyait de faire ensuite, songea-t-il avec un frisson d'excitation. L'esprit en paix, le cœur léger, il se suçait le doigt tout en observant la maison d'en face, le dos appuyé contre le mur tiédi par les premiers rayons du soleil d'avril.

Cette petite maison n'avait rien de formidable, elle était même assez ordinaire, mais on devait s'y sentir mieux que dans le minuscule appartement où, depuis la veille, des vêtements raides de sang, tassés dans des sacs-poubelle noirs, attendaient d'être incinérés, où ses couteaux passés à l'eau de Javel étincelaient sous l'évier de la cuisine, coincés derrière le tuyau d'évacuation.

Il y avait un jardinet à l'avant, des rambardes noires, une pelouse mal entretenue. Les deux portes blanches accolées indiquaient que les trois niveaux avaient été reconvertis en appartements. Au rez-de-chaussée vivait une fille nommée Robin Ellacott. Il avait pris la peine de rechercher son identité mais dans sa tête, il l'appelait toujours La Secrétaire. Il venait de la voir passer devant le bow-window. Avec sa chevelure éclatante, on la reconnaissait facilement.

En ce moment, il s'accordait un petit extra, juste pour le plaisir. Comme il avait quelques heures devant lui, il avait décidé d'aller la reluquer. Aujourd'hui était un jour de repos, entre les splendeurs de la veille et celles du lendemain, entre la satisfaction du travail accompli et les excitantes perspectives à venir.

Soudain, la porte de droite s'ouvrit et La Secrétaire sortit, en compagnie d'un homme.

Toujours appuyé contre le mur tiède, il se plaça de profil, le regard braqué au bout de la rue comme s'il attendait quelqu'un. Ni l'un ni l'autre ne lui prêta attention. Ils marchaient le long du trottoir, côte à côte. Il laissa passer une minute avant de leur emboîter le pas.

Elle portait un jean, une veste légère, des bottines à talons plats. Maintenant qu'il la voyait sous le soleil, sa longue chevelure ondulée semblait tirer sur le roux. Il crut déceler un soupçon de froideur dans le couple. Ils ne se parlaient pas.

Il savait lire dans la tête des gens. C'est ce qu'il avait fait avec la fille qui était morte hier, au milieu des serviettes couleur pêche gorgées de sang. Il l'avait charmée.

Les mains dans les poches, il les suivit jusqu'au bout de la longue rue résidentielle, avec l'air d'un voisin qui partirait faire ses courses. Comme la journée était ensoleillée, ses lunettes noires n'avaient rien de déplacé. Les arbres frémissaient doucement sous la brise printanière. Arrivé au croisement, le couple tourna à gauche pour s'engager sur une avenue passante, bordée d'immeubles de bureaux. Quand ils passèrent devant le bâtiment du Conseil municipal d'Ealing, les grandes vitres étincelèrent au-dessus de lui.

Le colocataire de La Secrétaire, ou son petit ami, ou peu importe qui il était – coupe de cheveux impeccable, mâchoire carrée –, se tourna vers elle pour lui parler. Elle répondit brièvement et sans sourire.

Les femmes étaient des êtres mesquins, méchants, sales et petits. Toujours à faire la gueule, ces salopes, toujours à attendre des hommes qu'ils les rendent heureuses. C'était seulement quand elles gisaient mortes devant vous, vidées de leur substance, qu'elles accédaient à la pureté, au mystère, au merveilleux même. À cet instant, elles étaient entièrement vôtres, incapables de discutailler, de se rebeller, de vous planter là, et vous pouviez leur faire tout ce qui vous plaisait. Celle d'hier était devenue lourde et molle, une fois saignée : un jouet grandeur nature, rien qu'à lui.

Il suivit La Secrétaire et son copain dans le centre commercial Arcadia, parmi la foule du samedi matin. Il glissait derrière eux comme un fantôme, ou comme un dieu. Il en était presque à se demander si les gens le voyaient passer ou s'il était devenu invisible depuis qu'il avait cette deuxième vie en lui.

Ils venaient de s'immobiliser à un arrêt de bus. Il ralentit l'allure en feignant de regarder autour de lui la vitrine d'un restaurant indien, les fruits présentés devant une épicerie, les masques en carton à l'effigie du prince William et de Kate Middleton, suspendus dans la devanture d'un marchand de journaux. En fait, il observait leur reflet dans les vitres.

Ils allaient monter dans le 83. Il n'avait pas beaucoup d'argent sur lui mais il prenait tant de plaisir à la regarder qu'il ne voulait pas y renoncer si vite. Quand il grimpa derrière eux, il entendit l'homme parler de la station Wembley Central. Il acheta un ticket et les suivit sur l'impériale.

Le couple trouva deux places à l'avant. Il s'installa juste à côté, près d'une femme bougonne qui dut retirer ses sacs à provisions du siège pour qu'il puisse s'asseoir. De temps à autre, leurs voix lui parvenaient au-dessus des autres conversations. Quand elle ne parlait pas, La Secrétaire regardait par la vitre, le visage impassible. Visiblement, elle n'avait aucune envie d'aller là où ils se dirigeaient. À un moment, alors qu'elle repoussait une mèche de cheveux qui la gênait, il remarqua sa bague de fiançailles. Donc, elle allait bientôt se marier… du moins c'est ce qu'elle croyait, pensa-t-il avec un petit sourire qu'il dissimula derrière le col remonté de sa veste.

Le doux soleil de la mi-journée dardait ses rayons sur les vitres empoussiérées. À l'arrêt suivant, un groupe d'hommes monta au premier et investit les derniers sièges. Deux d'entre eux portaient des polos de rugby rouge et noir.

Soudain, il eut une drôle de sensation, comme si la lumière avait baissé. Ces polos marqués d'un croissant de lune et d'une étoile éveillaient en lui des pensées déplaisantes. Ils lui rappelaient la lointaine époque où il n'était pas encore un dieu. Quel dommage de gâcher une si belle journée avec de mauvais souvenirs. Mais c'était trop tard, sa bonne humeur s'était envolée, remplacée par une colère noire – un jeune homme du groupe croisa son regard et détourna aussitôt les yeux, d'un air effrayé. Alors, il se leva et descendit les marches.

En bas, devant les portes du bus, un père et son petit garçon s'agrippaient à la barre. Une boule de fureur explosa au creux de son estomac : lui aussi, il aurait dû avoir un fils. Ou plutôt, il aurait dû l'avoir *encore* à ses côtés. Il imagina le garçon debout près de lui, les yeux levés vers son héros – mais son fils n'était plus avec lui depuis bien longtemps. Tout cela à cause d'un homme. Un homme qui s'appelait Cormoran Strike.

Il allait le lui faire payer. Bientôt, sa vengeance s'abattrait sur Cormoran Strike.

En posant le pied sur le trottoir, il leva la tête pour apercevoir une dernière fois les boucles dorées de La Secrétaire. Ce n'était que partie remise, il la retrouverait dans moins de vingt-quatre heures. Cette pensée l'aida à dissiper la rage qui l'avait brusquement saisi en voyant les polos aux couleurs des Saracens. Quand le bus redémarra en vrombissant, il fit demi-tour et partit d'un bon pas et, tout en marchant, sentit le calme revenir.

Il tenait le plan parfait. Personne n'était au courant. Personne ne se doutait de rien. Et en plus, quelque chose de très spécial l'attendait chez lui, au fond du frigo.

2

A rock through a window never comes with a kiss.

Un pavé jeté à travers la fenêtre ne vient jamais accompagné d'un baiser.

BLUE ÖYSTER CULT, « Madness to the Method »

Robin Ellacott avait vingt-six ans et cela faisait plus d'un an qu'elle était fiancée. Elle aurait dû se marier trois mois auparavant mais la cérémonie avait été reportée à cause du décès de sa future belle-mère. Beaucoup de choses s'étaient passées depuis. Ses relations avec Matthew se seraient-elles améliorées s'ils avaient échangé leurs vœux le jour prévu ? Se disputeraient-ils moins souvent si un anneau d'or était venu s'ajouter à la bague en saphir qui maintenant flottait un peu autour de son doigt ?

Ce lundi matin, tout en franchissant non sans peine la zone de chantier sur Tottenham Court Road, Robin repensait à leur vive discussion de la veille au soir. Elle en avait senti les prémices avant même qu'ils ne partent pour le stade. Robin et Matthew se querellaient chaque fois qu'ils avaient rendez-vous avec Sarah Shadlock et son petit ami Tom. Robin le lui avait fait remarquer, entre autres choses, dès leur retour à la maison, et la dispute qui avait couvé pendant toute la durée du match de rugby s'était prolongée jusqu'à l'aube.

« Sarah est une fouteuse de merde. On rêve – mais tu es aveugle, ou quoi ? C'est *elle* qui n'arrêtait pas de poser des questions sur lui. Ce n'est pas moi qui ai… »

Les travaux de voirie le long de Tottenham Court Road duraient depuis des siècles, du moins depuis qu'elle avait commencé à travailler pour l'agence de détective privé sur Denmark Street. Son humeur empira encore lorsqu'elle trébucha sur un gros morceau de ciment qui traînait là ; avant de retrouver son équilibre, elle esquissa deux ou trois pas chancelants. Aussitôt un concert de sifflements admiratifs, ponctués de remarques grivoises, s'éleva d'une fosse creusée au milieu de la route, remplie d'ouvriers portant des casques et des vestes fluo. Rouge comme une pivoine, elle fit mine de ne pas les voir et, d'un geste, écarta la longue mèche qui dansait devant ses yeux. Puis, irrésistiblement, Sarah Shadlock et les questions narquoises, qu'elle n'avait cessé de poser sur son patron, s'insinuèrent à nouveau dans ses pensées.

« Il est étrangement séduisant, non ? Un peu amoché, c'est sûr, mais ça ne me gêne pas. Est-ce qu'il est aussi sexy qu'il en a l'air ? C'est un mec baraqué, non ? »

Alors qu'elle s'ingéniait à trouver des réponses évasives, Robin avait vu Matthew serrer les mâchoires.

« Vous êtes seuls tous les deux, dans le bureau ? Vraiment ? Il n'y a personne d'autre avec vous ? »

Salope, pensa Robin, dont la tolérance naturelle ne s'était jamais étendue jusqu'à Sarah Shadlock. *Elle savait exactement ce qu'elle faisait.*

« C'est vrai qu'il a été décoré en Afghanistan ? Vraiment ? Waouh, un héros de guerre, par-dessus le marché ? »

Robin avait tout fait pour interrompre ce chœur de louanges mais Sarah, imperturbable, avait continué à encenser Cormoran Strike. Si bien qu'à la fin du match, et sur tout le trajet de retour, Matthew était resté mutique, tandis qu'il avait ri et blagué avec Sarah comme si de rien n'était. Et ce sombre idiot de Tom n'avait pas arrêté de glousser, lui aussi, trop bête pour piger ce qu'il se passait sous son nez.

Bousculée par les passants qui se faufilaient comme elle entre les tranchées ouvertes dans la chaussée, Robin finit par atteindre le trottoir d'en face. Tandis qu'elle arrivait sous l'ombre du Centre Point, ce monolithe de béton qui s'élançait vers le ciel telle une grille gigantesque, Robin sentit remonter sa colère. Elle venait de repenser à ce que Matthew lui avait dit à minuit, dans un retour de flamme.

« Il faut toujours que tu parles de lui, c'est plus fort que toi, hein ? Je t'ai entendue quand tu as dit à Sarah…

— Ce n'est pas *moi* qui ai mis le sujet sur le tapis. C'est *elle*, mais tu n'écoutais pas… »

À ce moment-là, Matthew s'était mis à la singer avec cette voix de perruche que les hommes prennent pour imiter les femmes : « *Oh, il a de si beaux cheveux...*

— Non mais j'y crois pas ! Tu deviens complètement parano ! avait hurlé Robin. *Sarah* parlait des cheveux de ce rugbyman, Jacques Burger, pas de ceux de Cormoran, et moi tout ce que j'ai dit...

— *"Pas de ceux de Cormoran"* », avait-il répété de cette même voix contrefaite. Quand Robin tourna pour s'engager sur Denmark Street, elle était aussi furieuse que huit heures plus tôt, lorsqu'elle était sortie en trombe de la chambre pour aller dormir sur le canapé.

Sarah Shadlock, cette conne de Sarah Shadlock. Matthew l'avait connue à la fac et, à l'époque, elle avait fait des pieds et des mains pour l'éloigner de Robin, la copine qu'il avait laissée dans le Yorkshire... Si on lui avait juré qu'elle ne la reverrait jamais, Robin aurait sauté de joie, mais hélas Sarah était invitée à leur mariage, en juillet, et sans aucun doute, elle continuerait à lui pourrir la vie après. Peut-être même qu'un jour elle débarquerait à l'agence pour faire la connaissance de Strike. Enfin, à supposer que son intérêt pour lui soit sincère et pas juste un moyen de semer la zizanie dans son couple.

Je ne lui présenterai ja-mais Cormoran, se dit Robin en s'avançant vers le coursier qui poireautait devant la porte du bas, une écritoire à pince dans l'une de ses mains gantées, un grand colis rectangulaire dans l'autre.

« C'est à quel nom ? Ellacott ? » demanda Robin quand elle arriva à portée de voix. Elle attendait une livraison, pour le mariage. Elle avait commandé par internet des appareils photo jetables couleur ivoire qu'elle prévoyait d'offrir à ses invités. Ses horaires de travail étaient tellement irréguliers, ces derniers temps, qu'il était plus simple de se faire livrer au bureau que chez elle.

Le coursier hocha la tête et lui tendit l'écritoire sans retirer son casque. Robin signa, s'empara du paquet volumineux et le trouva beaucoup plus lourd que prévu ; on aurait dit qu'il contenait un seul objet mais de grande taille. Telle fut du moins son impression lorsqu'elle le cala sous son bras.

« Merci », dit-elle, mais déjà le coursier enfourchait sa moto. Pendant qu'elle ouvrait la porte de l'immeuble, elle entendit l'engin s'éloigner.

Robin s'engagea dans l'escalier. Ses talons résonnaient sur les marches métalliques qui s'enroulaient autour de la cage grillagée de l'ascenseur en dérangement. Quand elle la déverrouilla, un rayon de lumière vint frapper la porte en verre, faisant ressortir les lettres sombres gravées dessus – C.B. STRIKE, DÉTECTIVE PRIVÉ.

Elle avait fait exprès d'arriver tôt. Ils croulaient sous les affaires ces temps-ci, et elle voulait terminer la paperasse avant de retourner sur le terrain pour sa filature quotidienne. En ce moment, elle surveillait les faits et gestes d'une jeune femme russe, danseuse érotique de son état. Aux pas qui résonnaient à l'étage supérieur, elle devina que Strike était encore chez lui.

Robin posa le colis rectangulaire sur son bureau, retira son manteau, le suspendit avec son sac à la patère près de la porte, puis elle alluma la lumière, remplit la bouilloire et mit l'eau à chauffer. Enfin, elle attrapa le coupe-papier effilé posé près de son ordinateur. Matthew avait obstinément refusé de la croire, et pourtant c'était bien la tignasse bouclée de Jacques Burger, l'ailier des Saracens, dont elle avait fait l'éloge, la veille. Strike, lui, avait les cheveux courts et tellement crépus qu'ils faisaient penser à des poils pubiens. D'un geste rageur, elle enfonça la lame du coupe-papier dans une arête du paquet, déchira le carton et l'ouvrit en écartant les bords.

Une jambe de femme était coincée au fond, de profil, les orteils pliés pour qu'elle puisse tenir à l'intérieur.

3

Half-a-hero in a hard-hearted game.
Un demi-héros dans un jeu impitoyable.

BLUE ÖYSTER CULT, « The Marshall Plan »

Le hurlement de Robin se répercuta contre les vitres. Elle s'éloigna de son bureau à reculons, le regard braqué sur la chose ignoble posée devant elle. Une jambe toute lisse, mince, pâle. Elle l'avait effleurée en rabattant les bords du carton. Elle avait senti sous son doigt la texture caoutchouteuse de la peau glacée.

Elle venait à peine d'étouffer son cri, les deux mains plaquées sur sa bouche, que la porte en verre s'ouvrit brusquement. Du haut de son mètre quatre-vingt-douze, la chemise ouverte sur son torse velu comme celui d'un singe, Strike la considérait d'un air sombre.

« Mais qu'est-ce que… ? »

Il suivit son regard effaré et découvrit la jambe. Robin sentit la main de Strike se refermer sur son bras, l'entraînant vers le palier.

« Ce truc est arrivé comment ?

— Par coursier, dit-elle en se laissant conduire à l'étage du dessus. Un coursier à moto.

— Attendez ici. J'appelle la police. »

Quand il eut refermé la porte, Robin resta debout sans bouger, le cœur battant, à l'écouter redescendre. Un liquide acide gicla au fond de sa gorge. Une jambe. On lui avait envoyé une jambe de femme. Et elle avait monté l'escalier en la tenant sous le bras, sans se douter de rien. À qui appartenait-elle ? Où était le reste du corps ?

Elle s'avança vers le siège le plus proche, une chaise bon marché avec un coussin en plastique, des pieds en métal. Elle s'assit, les doigts toujours plaqués sur ses lèvres muettes. Le colis lui était personnellement adressé, se rappela-t-elle.

Pendant ce temps, penché à la fenêtre du bureau donnant sur Denmark Street, Strike essayait d'apercevoir le coursier, son portable collé à l'oreille. Quand il repassa dans la première pièce pour examiner le paquet ouvert sur le bureau de Robin, il avait enfin obtenu la police.

« Une jambe ? répéta la voix de l'inspecteur Eric Wardle. Tu veux dire une *jambe* ?

— Et pas de ma taille, en plus », dit Strike qui n'aurait pas osé faire ce genre de plaisanterie devant Robin. De sa jambe de pantalon retroussée dépassait la tige d'acier qui lui tenait lieu de cheville droite. Alerté par les cris de Robin, il était descendu sans finir de s'habiller.

Tout en parlant, il réalisa qu'il s'agissait effectivement d'une jambe droite, comme celle qu'il avait perdue, sectionnée sous l'articulation du genou, à l'endroit même où la sienne avait été amputée. Sans lâcher son portable, Strike se pencha sur le colis macabre. Il s'en dégageait une odeur désagréable, rappelant celle du poulet récemment décongelé. Peau de type caucasien, fine, claire, dépourvue de traces de coups, à part un bleu verdâtre sur le mollet mal épilé. Le duvet était blond, les ongles de pied non vernis et légèrement crasseux. Le tibia tranché luisait comme de la glace contre la chair environnante. Une coupure bien nette. Sans doute faite par une hache ou un couperet, songea Strike.

« Une jambe de femme, c'est ça ?

— On dirait… »

Strike venait de remarquer autre chose. Il y avait une cicatrice sur le mollet, juste sous l'horrible plaie : une cicatrice ancienne, sans lien avec l'amputation.

Durant son enfance en Cornouailles, combien de fois ne s'était-il pas laissé surprendre alors qu'il tournait le dos à la mer ? Les gens qui ne connaissaient pas bien l'océan avaient tendance à oublier sa puissance, sa brutalité. D'où leur effroi quand une vague les heurtait de plein fouet avec la violence d'une plaque de métal. Strike avait maintes fois affronté la peur, il l'avait côtoyée durant toute sa vie professionnelle. Il savait la gérer. Mais la vision de cette vieille cicatrice provoqua en lui un accès de terreur d'autant plus vif qu'il ne s'y attendait pas.

« Tu es toujours là ? s'enquit Wardle au bout du fil.

— Quoi ? »

Le nez de Strike, fracturé à deux reprises, était à deux centimètres de l'atroce blessure. Cette jambe marquée lui rappelait celle d'une enfant qui hantait encore ses souvenirs… Quand l'avait-il vue pour la dernière fois ? Quel âge aurait-elle aujourd'hui ?

« Tu n'as contacté personne d'autre avant moi ? répéta Wardle.

— Non, répondit Strike en essayant de se concentrer. Je préfère que ce soit toi qui t'en occupes, mais si tu ne peux pas…

— Je suis déjà en route. J'arrive tout de suite. Ne bouge pas. »

Strike coupa la communication et posa son portable sans quitter la jambe des yeux. Il venait d'apercevoir un bout de papier en dessous, comme une feuille dactylographiée. L'armée britannique l'avait formé aux procédures d'enquête. Strike résista donc à la tentation d'y toucher : pas question d'abîmer une pièce à conviction. En revanche, il s'accroupit tant bien que mal devant le bureau pour lire l'adresse inscrite sur le couvercle rabattu.

Le colis était adressé à Robin et il n'aimait pas cela du tout. Son nom correctement orthographié ainsi que l'adresse de l'agence étaient imprimés sur une étiquette blanche, laquelle en recouvrait une autre. Résolu à ne pas déplacer la boîte, ne serait-ce que pour déchiffrer ce qui figurait sur l'étiquette du dessous, Strike plissa les yeux et vit que l'expéditeur avait d'abord écrit « Cameron Strike » avant de changer d'avis et d'envoyer la jambe à « Robin Ellacott ». Pourquoi un tel revirement ?

« Et merde », marmonna Strike entre ses dents.

Il se releva non sans difficulté, attrapa le sac à main de Robin accroché derrière la porte, sortit, ferma à clé et monta chez lui.

« La police va arriver, annonça-t-il en posant le sac devant Robin. Une tasse de thé, ça vous dirait ? »

Elle hocha la tête.

« Avec un doigt de cognac ?

— Vous n'avez pas de cognac, répondit-elle d'une voix légèrement rauque.

— Vous avez regardé ?

— Bien sûr que non ! se récria-t-elle, indignée qu'il ait pu l'imaginer fouillant dans ses placards, ce qui le fit sourire. Non, c'est juste que… c'est juste que vous n'êtes pas du genre à avoir du cognac chez vous.

— Une bière alors ? »

Elle secoua la tête, incapable de sourire.

Une fois le thé préparé, Strike s'assit en face d'elle avec sa propre tasse. Son apparence correspondait à ce qu'il était : un ancien boxeur qui fumait trop et se nourrissait mal. Des sourcils fournis, un nez aplati et de travers. Quand il ne souriait pas, on avait l'impression qu'il remâchait sa colère. En voyant ses cheveux bruns et crépus, encore humides de la douche, Robin se souvint de Jacques Burger et de Sarah Shadlock. Cette dispute lui paraissait tellement lointaine, maintenant. Depuis qu'elle avait gravi cet escalier, Matthew lui était quasiment sorti de la tête. Elle redoutait de lui raconter ce qui venait de lui arriver. Il allait se fâcher. Il ne supportait pas qu'elle travaille pour Strike.

« Vous avez regardé… ce truc ? marmonna-t-elle, après avoir soulevé et aussitôt reposé sa tasse brûlante.

— Ouais. »

Que pouvait-elle lui demander d'autre ? C'était une jambe coupée. La situation était si abominable, si grotesque, que toutes les questions qui lui venaient à l'esprit paraissaient ridicules, déplacées. *Vous reconnaissez cette jambe ? D'après vous, pourquoi l'ont-ils envoyée ici ?* Et la plus affolante de toutes : *Pourquoi à moi ?*

« La police va vous interroger au sujet du coursier, dit-il.

— Je sais. J'ai essayé de garder tous les détails à l'esprit. »

On entendit sonner en bas.

« C'est sûrement Wardle.

— Wardle ? répéta-t-elle, perplexe.

— C'est le flic le plus sympa dont nous disposions, lui rappela Strike. Ne bougez pas, je le fais monter. »

Au cours de l'année précédente, Strike avait réussi à se mettre à dos toute la police de Londres, mais pas uniquement par sa faute. La presse avait tant vanté ses mérites, à l'issue de ses deux dernières enquêtes, que les représentants de l'ordre en avaient pris ombrage, chose parfaitement compréhensible puisque eux-mêmes avaient fait chou blanc. Seul Wardle, qui avait contribué à résoudre la première affaire et partagé avec lui une partie des honneurs, continuait à le traiter en ami, toutes proportions gardées. Robin ne connaissait Wardle que par les comptes rendus publiés dans les journaux, suite à la fameuse affaire. Ils ne s'étaient même pas croisés au tribunal.

Ce jour-là, elle découvrit un homme séduisant, doté d'une épaisse chevelure brune et de jolis yeux couleur chocolat. Il portait une veste en cuir et un jean. Strike hésita entre se sentir irrité ou amusé par le regard involontairement appuyé que Wardle lança à Robin en entrant dans la pièce – ses yeux effectuèrent un rapide balayage de ses cheveux et de son visage avant de terminer sur sa main gauche où ils s'arrêtèrent une seconde, le temps d'examiner la bague de fiançailles sertie d'un diamant et d'un saphir.

« Eric Wardle, susurra-t-il avec un sourire enjôleur que Strike trouva parfaitement déplacé. Et voici le sergent Ekwensi. »

Le sergent Ekwensi était une femme noire, mince, aux cheveux lissés, coiffés en chignon. Elle regarda Robin avec un sourire bref mais qui lui remonta le moral. La présence d'une autre femme la soulageait énormément. Ensuite, les yeux de la policière passèrent en revue le méchant meublé de Strike.

« Où se trouve le paquet en question ? demanda-t-elle.

— À l'étage du dessous, dit Strike en sortant de sa poche les clés de son bureau. Je vais vous montrer. Comment va ta femme, Wardle ? dit-il, alors qu'il passait sur le palier en compagnie du sergent Ekwensi.

— Qu'est-ce que ça peut bien te faire ? » répliqua l'officier. Au grand soulagement de Robin, dès qu'il s'assit en face d'elle et ouvrit son carnet de notes sur la table, Wardle renonça à cette attitude mielleuse qu'elle trouvait digne d'un psy.

« Je marchais dans la rue, expliqua Robin quand Wardle lui demanda comment la jambe était arrivée. Je l'ai vu qui attendait devant la porte de l'immeuble, j'ai pensé qu'il s'agissait d'un coursier. Il portait des vêtements de cuir – complètement noirs sauf qu'il y avait des bandes bleues sur les épaules de sa veste. Un casque noir uni avec la visière baissée. Une visière réfléchissante. Il mesurait plus de un mètre quatre-vingts. Huit ou dix centimètres de plus que moi, même en tenant compte du casque.

— Corpulence ? demanda Wardle en griffonnant dans son carnet.

— Plutôt costaud, je dirais, mais je suppose que sa veste lui donnait de la carrure. »

Les yeux de Robin se tournèrent automatiquement vers Strike qui venait de rentrer. « Je veux dire, il n'était pas aussi…

— Pas aussi balèze que le patron ? » proposa Strike qui avait surpris la fin de la conversation. Wardle, toujours prompt à lui balancer des vannes ou à apprécier celles des autres, se mit à rire sous cape.

« Et il portait des gants, ajouta Robin sans broncher. Des gants de moto en cuir noir.

— Bien sûr qu'il portait des gants, dit Wardle en se remettant à écrire. J'imagine que vous n'avez pas noté la marque de la moto ?

— C'était une Honda, rouge et noir. J'ai remarqué le symbole ailé. Une 750 centimètres cubes. Un gros modèle. »

Wardle parut à la fois surpris et impressionné.

« Robin est une as du volant, dit Strike. Elle conduit comme Fernando Alonso. »

Robin aurait aimé que Strike évite d'employer ce ton jovial et désinvolte. Il y avait une jambe de femme à l'étage du dessous. Où était le reste du corps ? Elle faisait de gros efforts pour rester stoïque. Si, au moins, elle avait mieux dormi, la nuit précédente. Ce foutu canapé… elle avait passé trop de nuits sur ce truc, ces derniers temps…

« Et il vous a demandé de signer ? reprit Wardle.

— Je ne dirais pas qu'il me l'a demandé. Il a tendu son bloc et j'ai signé sans réfléchir.

— Qu'y avait-il dessus ?

— Ça ressemblait à un bon de commande ou… » Elle ferma les yeux pour mieux revoir la scène. Maintenant qu'elle y repensait, ce bordereau ne ressemblait à rien. Du travail d'amateur. Comme si on l'avait fabriqué par ordinateur. Elle exprima ses doutes.

« Vous attendiez un paquet ? » renchérit Wardle.

Robin parla des appareils photo jetables qu'elle avait commandés pour son mariage.

« Qu'a-t-il fait après vous avoir remis le colis ?

— Il a enfourché sa moto et il est parti. En direction de Charing Cross Road. »

On entendit frapper à la porte de l'appartement. Le sergent Ekwensi revenait avec la feuille de papier que Strike avait vue dépasser sous la jambe. Elle l'avait glissée dans une pochette en plastique.

« La scientifique est arrivée, annonça-t-elle à Wardle. Ce papier était dans la boîte. Ce serait bien de savoir ce qu'en pense Miss Ellacott. »

Wardle prit la feuille protégée par l'étui en plastique et, le sourcil froncé, tenta de déchiffrer le message qu'elle recelait.

« C'est du charabia, dit-il avant d'énoncer à haute voix : *A harvest of limbs, of arms and of legs, of necks…*

— *… that turn like swans as if inclined to gasp or pray* », le coupa Strike qui, appuyé contre la gazinière, ne pouvait pas voir ce que lisait le policier.

Les trois autres le regardèrent, sidérés.

« *Une moisson de bras et de jambes, de cous, tournés comme des cygnes, comme pour respirer ou pour prier.* Des paroles de chanson », dit Strike. Robin n'aimait pas l'expression de son visage. Elle voyait bien que ces paroles signifiaient quelque chose pour lui, quelque chose de mauvais. Il dut se contraindre à poursuivre : « Tirées du dernier couplet de "Mistress of the Salmon Salt". Des Blue Öyster Cult. »

Le sergent Ekwensi souleva ses sourcils finement épilés.

« Qui ça ?

— Un célèbre groupe de rock des années 70.

— Je suppose que tu connais toutes leurs chansons ? demanda Wardle.

— Celle-là oui, répondit Strike.

— Et tu crois savoir qui a envoyé ce truc ? »

Strike hésita. Les trois autres le regardaient réfléchir. Des impressions visuelles et sonores défilaient en désordre dans son esprit. Une voix qui chantonnait. *She wanted to die. She was the quicklime girl. Elle voulait mourir. C'était la fille à la chaux vive...* La jambe maigrelette d'une fillette de douze ans, avec des lignes argentées gravées sur la peau. Deux petits yeux de furet, sombres, chargés de haine. Une rose jaune tatouée.

Et puis – loin derrière ces souvenirs, une image si nette qu'un autre que lui l'aurait placée en tout premier sur la liste – Strike revit un procès-verbal dans lequel était fait mention d'un pénis prélevé sur un cadavre et envoyé à un indic de la police.

« Tu sais qui a fait le coup ? répéta Wardle.

— Peut-être », dit Strike. Il jeta un coup d'œil furtif à Robin et au sergent Ekwensi. « J'aimerais mieux qu'on en parle en tête-à-tête. Tu en as terminé avec Robin ?

— Il nous manque votre nom, votre adresse, etc., dit Wardle. Vanessa, tu peux t'en charger ? »

Le sergent Ekwensi s'approcha avec son calepin. Les deux hommes descendirent. L'écho de leurs pas sur les marches s'éteignit au bout de quelques secondes. Robin n'avait aucune envie de revoir la jambe coupée mais elle était contrariée qu'on la tienne à l'écart. Après tout, c'était son nom qui était inscrit sur le colis.

À l'étage inférieur, le paquet macabre était toujours sur le bureau. Les deux policiers auxquels le sergent Ekwensi avait ouvert étaient toujours au travail. L'un prenait des photos, l'autre discutait au téléphone. En le voyant entrer avec leur supérieur, ils regardèrent Strike comme une bête curieuse.

Le détective bénéficiait d'une certaine renommée parmi eux depuis qu'il s'était aliéné la plupart des collègues de Wardle.

Strike pénétra dans la deuxième pièce, celle qui lui était réservée. Il ferma la porte et les deux hommes s'installèrent face à face, de part et d'autre du bureau. Wardle ouvrit son calepin sur une page vierge.

« Très bien. Donc, tu connais un type qui s'amuse à découper les cadavres avant de les envoyer par la poste ?

— Terence Malley, dit Strike après une courte hésitation. Pour commencer. »

Wardle n'écrivit rien, se bornant à scruter le visage de son interlocuteur au-dessus de son stylo.

« Terence "Digger" Malley ? »

Strike confirma d'un signe de tête.

« Le syndicat du crime d'Harringay ?

— Tu connais plusieurs Terence "Digger" Malley ? lui rétorqua Strike. Et combien d'entre eux ont l'habitude d'envoyer des corps découpés par la poste ?

— Comment ça se fait que tu le connaisses si bien ?

— Opération conjointe avec la brigade des mœurs, 2008. Trafic de drogue.

— La saisie qui l'a fait tomber ?

— Exactement.

— Bon Dieu de merde, s'écria Wardle. Bien sûr, c'est forcément lui ! Ce type est complètement barge ; il vient de sortir de taule et il connaît la moitié des prostituées de Londres. On ferait mieux de commencer à draguer la Tamise pour trouver le reste de cette femme.

— Ouais, mais j'ai témoigné de manière anonyme. Il n'était pas censé savoir que c'était moi.

— Ils ont les moyens de se renseigner, répondit Wardle. Le syndicat du crime d'Harringay – ils sont comme la mafia. Tu sais qu'il a envoyé la bite de Hatford Ali à Ian Bevin ?

— Ouais, j'en ai entendu parler, dit Strike.

— Mais c'est quoi cette histoire de chanson ? La moisson de je ne sais plus quoi…

— Voilà justement ce qui me tracasse, articula Strike. C'est un peu trop subtil pour un type comme Digger – du coup, je me dis que c'est peut-être l'un des trois autres. »

4

Four winds at the Four Winds Bar,
Two doors locked and windows barred,
One door left to take you in,
The other one just mirrors it…
Quatre vents au Bar des Quatre-Vents,
Deux portes verrouillées et fenêtres barricadées,
Une porte pour te laisser entrer,
L'autre uniquement pour la refléter…

BLUE ÖYSTER CULT, « Astronomy »

« Vous connaissez *quatre hommes* susceptibles de vous envoyer une jambe coupée ? *Quatre ?* »

Strike vit se refléter l'expression horrifiée de Robin dans le miroir rond accroché à côté de l'évier où il se rasait. La police ayant emporté la jambe, Strike avait décidé de fermer l'agence pour la journée. Robin était toujours dans la pièce qui lui servait à la fois de cuisine et de salon, assise à la petite table en Formica, une deuxième tasse de thé au creux des mains.

« Pour être tout à fait honnête, dit-il en attaquant résolument la mousse recouvrant son menton, je pense qu'il n'y en a que trois. À mon avis, j'ai eu tort de prononcer le nom de Malley devant Wardle.

— Pourquoi cela ? »

Strike lui expliqua dans quelles circonstances il avait croisé le fameux truand, et comment son témoignage avait contribué à l'envoyer derrière les barreaux.

« … et maintenant, Wardle s'est mis en tête que le syndicat du crime d'Harringay est au courant de mon rôle dans cette affaire. Seulement voilà, je suis parti pour l'Irak très peu de temps après et, à ma connaissance, aucun officier de la BSI n'a jamais été grillé pour avoir témoigné devant une cour de justice. En plus, je vois mal Digger s'amuser à envoyer des paroles de chanson. Il n'est pas du genre imaginatif.

— Mais il est du genre à tuer les gens et à les découper en morceaux ?

— Oui, j'en ai peur. Mais attention, l'individu qui a fait ça n'a pas forcément tué avant, temporisa Strike. Il a très bien pu prélever la jambe sur un cadavre dans un hôpital, par exemple. Wardle va vérifier tout cela. Nous en saurons davantage lorsque la scientifique aura terminé son travail. »

Il préféra ne pas évoquer l'autre possibilité, celle que la jambe ait été prise sur une personne vivante.

Ensuite, il y eut un long moment de silence. Strike en profita pour rincer son rasoir sous le robinet de la cuisine et Robin pour regarder par la fenêtre, perdue dans ses pensées.

« Vous n'aviez pas le choix, reprit Robin en se tournant vers Strike qui lui renvoya son regard dans le miroir. Il fallait que vous parliez de Malley à Wardle. Je veux dire, si ce type a déjà envoyé un… Qu'a-t-il envoyé, *exactement* ? ajouta-t-elle d'une voix légèrement fébrile.

— Un pénis », dit Strike. Il passa son visage sous l'eau et l'épongea avec une serviette avant de poursuivre. « Ouais, vous avez peut-être raison. Pourtant, plus j'y pense, plus je suis convaincu qu'il n'a rien à voir là-dedans. Je reviens dans une minute – il faut que je change de chemise. Quand vous avez crié, j'ai arraché deux boutons.

— Désolée », marmonna Robin pendant que Strike disparaissait dans la chambre.

Entre deux gorgées de thé, Robin regarda autour d'elle. Jamais elle n'était entrée dans l'appartement mansardé de Strike. Elle avait dû frapper chez lui en de rares occasions, pour lui transmettre tel ou tel message ou bien, durant les périodes d'intense activité où il dormait à peine, pour le réveiller. Son salon-cuisine était certes exigu mais propre et rangé. On n'y voyait aucun objet vraiment personnel : des tasses dépareillées, un torchon plié à côté du réchaud à gaz ; pas de photos, pas de bibelots. Juste un dessin d'enfant représentant un soldat, collé sur une cloison.

« Qui a fait ce dessin ? demanda-t-elle quand Strike revint avec une chemise propre.

— Mon neveu Jack. Il m'aime bien, allez savoir pourquoi.

— Cessez de vous dévaloriser.

— Je ne me dévalorise pas. Je ne sais pas quoi dire aux enfants.

— Donc, vous pensez connaître *trois hommes* susceptibles de… ? reprit Robin.

— J'ai besoin d'un verre, dit Strike. Allons au Tottenham. »

*

Il leur fut impossible de discuter en chemin, à cause du raffut infernal des marteaux-piqueurs. Mais quand ils virent Robin marcher à côté de Strike, les terrassiers en veste fluo s'abstinrent cette fois de toute manifestation intempestive. Enfin, ils entrèrent dans le pub préféré de Strike, avec ses miroirs dorés, ses panneaux de bois sombre, les cuivres rutilants de ses pompes à bière, sa coupole en verre multicolore et ses peintures signées Felix de Jong représentant de plantureuses beautés gambadant dans la nature.

Strike commanda une pinte de Doom Bar. Robin, qui n'aurait pas supporté de l'alcool, demanda un café.

« Alors ? dit-elle, une fois que le détective eut regagné la table haute placée sous la verrière. Qui sont ces trois hommes ?

— Je peux très bien faire fausse route, ne l'oubliez pas, insista Strike en entamant sa pinte.

— Entendu, dit Robin. Qui sont-ils ?

— Trois tordus qui ont des tas de bonnes raisons de m'en vouloir à mort. »

Dans la tête de Strike, une frêle gamine de douze ans avec des cicatrices sur la jambe l'observait d'un air apeuré à travers ses lunettes à la monture faussée. Était-ce sa jambe droite ? Il n'arrivait pas à s'en souvenir. *Seigneur, faites que ce ne soit pas sa…*

« *Qui ?* répéta Robin, sur le point de perdre patience.

— Il y a deux mecs de l'armée, dit Strike en frottant son menton toujours aussi piquant. Des individus assez violents, assez dérangés pour… pour… »

Un énorme bâillement l'obligea à s'interrompre. En attendant qu'il récupère l'usage de sa bouche, Robin se demanda s'il était sorti avec sa nouvelle copine, la veille au soir. Elin était une ancienne violoniste professionnelle ; aujourd'hui, elle présentait une émission sur Radio Three. Cette superbe blonde de type scandinave lui rappelait Sarah Shadlock, mais en mieux. Si Robin l'avait prise en grippe presque dès le début, c'était d'abord à cause de cette ressemblance, supposait-elle. Et aussi parce que, une fois, en sa présence, Elin avait parlé d'elle comme de la secrétaire de Strike.

« Désolé, dit Strike. J'ai travaillé jusqu'à pas d'heure, hier soir. J'ai mis au propre quelques notes concernant l'affaire Khan. Je suis crevé. »

Il consulta sa montre.

« On pourrait descendre manger ? J'ai faim.

— Dans une minute. Il n'est pas encore midi. Je veux que vous me parliez de ces types. »

Strike soupira. « Très bien, dit-il en baissant la voix car un consommateur passait devant leur table pour se rendre aux toilettes. Donald Laing. King's Own Royal Borderers, le régiment d'infanterie. » De nouveau, il revit les yeux de furet, le visage déformé par la haine, le tatouage en forme de rose. « Je l'ai envoyé derrière les barreaux.

— Mais alors…

— Il a fait dix ans, expliqua Strike. Libéré en 2007. Laing n'était pas un détraqué ordinaire, c'était un animal, un animal intelligent, sournois ; un sociopathe et un vrai, c'est moi qui vous le dis. Je l'ai fait coffrer pour un crime sur lequel je n'étais pas censé enquêter. Sans moi, il s'en serait sorti. Il doit vouloir ma peau. »

Mais Strike ne dit pas quel crime Laing avait commis ni pourquoi il s'était penché sur son cas. Parfois, surtout quand il parlait de sa carrière au sein de la Brigade spéciale d'investigation, Robin sentait au ton de sa voix qu'il souhaitait rester discret. Dans ces moments-là, elle n'insistait jamais. Aussi passa-t-elle à un autre sujet, bien malgré elle.

« Et l'autre soldat ?

— Noel Brockbank. Un rat du désert.

— Un rat du… quoi ?

— Septième division blindée. »

Plus ça allait, plus Strike prenait sa tête des mauvais jours. Robin se demanda si c'était à cause de la faim – il avait besoin de manger régulièrement pour rester d'humeur égale – ou si son irritation avait une cause plus mystérieuse.

« On va déjeuner ? demanda Robin.

— Ouais », dit Strike qui se leva en vidant son verre.

La salle de restaurant aménagée au sous-sol possédait également un bar. C'était un espace confortable, avec une moquette rouge, des tables en bois et des affiches encadrées sur les murs. Ils furent les premiers à s'asseoir et à commander.

« Vous me parliez de Noel Brockbank, repartit Robin quand Strike eut choisi un fish and chips et elle une salade.

— Ouais, en voilà un autre qui a de bonnes raisons de me haïr », dit laconiquement Strike. Il n'avait pas voulu s'étendre sur Donald Laing et se sentait encore moins enclin à discuter de Brockbank. Il resta un bon moment à regarder dans le vide au-dessus de l'épaule de Robin, puis il grommela : « Brockbank ne va pas bien dans sa tête. Du moins, c'est ce qu'il prétend.

— Vous l'avez envoyé en prison ?

— Non », dit Strike.

Son visage était fermé à double tour. Robin attendit mais, devinant qu'il ne lâcherait plus rien sur Brockbank, elle demanda :

« Et le troisième ? »

Cette fois-ci, Strike ne répondit rien du tout. Elle crut qu'il n'avait pas entendu sa question.

« Qui est… ?

— Je ne veux pas en parler », grogna Strike.

Il baissa les yeux vers sa deuxième pinte de bière et la contempla d'un air farouche. Mais Robin ne s'avoua pas vaincue.

« Quel que soit l'expéditeur de cette jambe, c'est *moi* la destinataire.

— Très bien, ronchonna Strike après un temps d'arrêt. Il s'appelle Jeff Whittaker. »

Ce nom déclencha en lui un frisson. Elle n'avait pas besoin de demander à Strike d'où il connaissait Jeff Whittaker. Elle le savait déjà, même s'ils n'en avaient jamais discuté.

On trouvait sur internet de très nombreuses pages consacrées à la jeunesse de Strike. Et, à chacun de ses succès, la presse en ligne en remettait une couche. Il était le fils illégitime d'un chanteur de rock et d'une femme qu'on décrivait partout comme une groupie, morte d'une overdose quand Strike avait vingt ans. Elle avait épousé en secondes noces un homme bien plus jeune qu'elle, un certain Jeff Whittaker. Ce dernier avait été accusé de l'avoir tuée mais le procès s'était terminé par un acquittement.

Ils restèrent silencieux jusqu'à l'arrivée de leurs plats.

« Pourquoi n'avez-vous pris qu'une salade ? Vous n'avez pas faim ? » demanda Strike en nettoyant son assiette de frites. Comme Robin l'avait prévu, l'ingestion de glucides avait amélioré l'humeur de son patron.

« Mariage », dit platement Robin.

Strike resta coi. Toute allusion au physique de Robin appartenait à un domaine interdit. Dès le départ, craignant que leurs relations ne deviennent trop intimes, il s'était fixé des limites à ne pas dépasser. Et pourtant, il s'inquiétait de la voir maigrir. Il la trouvait (même si cet avis outrepassait les fameuses limites) plus jolie quand elle avait des formes.

« Vous ne voulez même pas me dire comment vous connaissez cette chanson ? », reprit Robin après quelques minutes de silence.

Il remua encore ses mandibules, avala une gorgée de bière, commanda une autre pinte de Doom Bar puis lâcha : « Ma mère avait ce titre tatoué sur la peau. »

Il n'avait pas envie de lui préciser où. Il préférait ne pas y penser. Pourtant, la nourriture et la boisson le rendaient plus accommodant : Robin s'était toujours montrée discrète au sujet de son passé et, aujourd'hui, elle était parfaitement en droit d'en savoir davantage.

« C'était sa chanson fétiche et Blue Öyster Cult son groupe favori. Enfin, quand je dis "favori" c'est en dessous de la réalité. C'était plutôt une obsession.

— Je croyais que c'était les Deadbeats, son groupe préféré », répondit Robin sans réfléchir. Le père de Strike était le chanteur des Deadbeats. Mais de cela non plus, ils n'avaient jamais parlé.

« Non, dit Strike avec un léger sourire. Le vieux Jonny venait en second pour Leda. Celui qu'elle adorait, c'était Eric Bloom, le chanteur de Blue Öyster Cult, mais lui, elle ne l'a jamais eu. L'un des rares à lui avoir échappé. »

Robin ne voyait pas trop quoi répondre. Elle s'était déjà demandé ce qu'on pouvait ressentir à voir la vie sexuelle de sa propre mère étalée sur internet. La pinte de Strike arriva, il en prit une bonne rasade avant de poursuivre.

« J'ai failli m'appeler Eric Bloom Strike », dit-il. Robin avala son eau de travers. Il éclata de rire en la voyant tousser dans sa serviette. « Tout bien considéré, Cormoran n'est pas tellement mieux. Cormoran Blue…

— *Blue ?*

— Oui, comme dans Blue Öyster Cult. Vous écoutez ce que je dis ?

— Mais enfin, dit Robin. Vous n'en parlez jamais.

— Mettez-vous à ma place.

— Qu'est-ce que signifie "Mistress of the Salmon Salt" ?

— Mystère. Leurs paroles ne veulent rien dire. De la science-fiction. Des trucs dingues. »

Unc voix dans sa tête : *She wanted to die. She was the quicklime girl.* Elle voulait mourir. C'était la fille à la chaux vive.

Il reprit une gorgée de bière.

« Je ne crois pas avoir jamais écouté des morceaux de Blue Öyster Cult, avoua Robin.

— Mais si, vous en avez entendu, la contredit Strike. Ne crains pas la Faucheuse. “Don’t Fear the Reaper”.

— Ne crains pas quoi ?

— Ils ont fait un malheur avec ce titre.

— Oh, je… je vois. »

L’espace d’un instant, elle avait cru que Cormoran lui donnait un conseil.

Ils recommencèrent à manger en silence puis, n’y tenant plus, Robin lui posa la question qui lui brûlait les lèvres :

« D’après vous, pourquoi ont-ils envoyé cette jambe à mon nom ? » demanda-t-elle en s’efforçant de maîtriser sa voix.

Strike avait eu le temps de tourner le problème dans sa tête.

« J’y ai réfléchi, dit-il, et je pense qu’il faut considérer cela comme une menace implicite. Donc, jusqu’à ce qu’on découvre…

— Pas question que j’arrête de travailler, répliqua sèchement Robin. Je ne vais pas rester chez moi. C’est ce que veut Matthew.

— Vous lui en avez parlé, n’est-ce pas ? »

Elle avait appelé son fiancé pendant que Strike était dans le bureau avec Wardle.

« Oui. Il m’a reproché d’avoir signé le reçu.

— J’imagine qu’il s’inquiète pour vous », dit Strike qui n’en pensait pas un mot. Il avait rencontré Matthew en de rares occasions mais, chaque fois, il l’avait trouvé pire que la précédente.

« Il ne s'inquiète pas, rétorqua Robin. Il estime que ça suffit comme ça, que je devrais démissionner immédiatement, que je devrais avoir peur. Mais il n'en est pas question. »

En apprenant la nouvelle, Matthew avait bien sûr accusé le coup mais Robin avait décelé une très légère nuance de satisfaction, comme s'il était à présent persuadé qu'elle comprenait enfin combien il était ridicule qu'elle ait choisi de lier son sort à celui de ce détective qui menait une vie de patachon et lui versait un salaire de misère. Si Strike ne la faisait pas travailler jusqu'à des heures impossibles, elle n'aurait pas besoin de faire livrer ses commandes au bureau. (« Si j'ai reçu une jambe coupée, ce n'est pas parce que Amazon ne peut pas livrer les colis à la maison ! » s'était récriée Robin.) Et bien sûr, pour couronner le tout, la relative célébrité de Strike exerçait sur leurs amis une fascination avec laquelle Matthew, simple comptable, ne pouvait rivaliser. Sa rancœur, sa jalousie s'aggravaient de jour en jour, à tel point qu'elles finissaient par compromettre leur relation.

Strike n'était pas assez stupide pour pousser Robin à dire du mal de Matthew, attitude qu'elle aurait pu regretter une fois sa colère envolée.

« En fait, à la base, c'est à moi qu'elle était adressée puisque c'est mon nom qui figure sur l'étiquette du dessous, dit-il. De deux choses l'une, soit le type a voulu m'inquiéter en montrant qu'il connaissait votre nom, soit il a tenté de vous effrayer pour que vous démissionniez.

— Eh bien, je ne le ferai pas.

— Inutile de jouer les héroïnes, Robin. Quel qu'il soit, il veut nous faire comprendre qu'il en sait pas mal sur moi, qu'il connaît votre nom et, vu ce qui s'est passé ce matin, aussi votre visage. Il était tout près de vous. Je n'aime pas ça.

— Visiblement, vous ne trouvez pas que mes compétences en matière de contre-surveillance soient à la hauteur.

— N'oubliez pas que vous parlez à l'homme qui vous a inscrite à la meilleure formation existant sur le marché, dit Strike. L'homme à qui vous avez collé sous le nez cette lettre de félicitations dithyrambique…

— Alors, vous pensez que je n'ai pas le niveau en self-défense.

— Qu'est-ce que j'en sais ? Je ne vous ai jamais vue à l'œuvre.

— Ai-je déjà essayé de vous mentir sur mes capacités ? » demanda Robin, piquée au vif. Strike dut reconnaître qu'elle ne lui avait jamais menti. « Eh bien, c'est parfait ! Je ne prendrai pas de risques inutiles. Grâce à vous, je sais repérer les individus suspects. De toute façon, vous ne pouvez pas me renvoyer chez moi. Nous avons déjà du mal à gérer les affaires en cours. »

Strike soupira et se frotta le visage de ses grosses mains velues.

« Rien après le coucher du soleil, lui intima-t-il. Et je veux que vous portiez une alarme, quelque chose de correct.

— Très bien, dit-elle.

— Dès lundi prochain, vous prendrez en charge le dossier Radford », ajouta-t-il, soulagé à cette perspective.

Radford, un riche entrepreneur, avait fait appel à eux pour démasquer l'un de ses directeurs qu'il soupçonnait de malversation. Pour cela, il désirait introduire un enquêteur parmi son personnel, quelqu'un qui se ferait passer pour un employé à temps partiel. Robin était la candidate idéale puisqu'on ne risquait pas de l'identifier, contrairement à Strike dont la tête était connue depuis qu'il avait résolu son premier meurtre. En éclusant sa troisième pinte, Strike se demanda comment convaincre Radford d'augmenter le temps de travail de Robin. Il serait bien content de la savoir en sécurité dans un grandiose immeuble de bureaux, et ce de neuf heures du matin à cinq heures de l'après-midi tous les jours de la semaine, jusqu'à ce que le maniaque à la jambe coupée se retrouve sous les verrous.

De son côté, Robin luttait contre la fatigue qui s'abattait sur elle par vagues et une légère envie de vomir. Ça commençait à faire beaucoup : une dispute, une nuit blanche, le choc nerveux encaissé en découvrant la jambe coupée… Et maintenant, il fallait qu'elle rentre chez elle pour se justifier une fois encore et redire qu'elle tenait à cet emploi dangereux payé au lance-pierres. Matthew avait tellement changé. L'homme auprès duquel elle avait jadis trouvé réconfort et soutien n'était plus qu'un obstacle sur sa route.

Soudain, surgie de nulle part, l'image de la jambe amputée reposant au fond de la boîte en carton s'imposa dans son esprit. Robin se demanda jusqu'à quand elle reviendrait la hanter. Depuis qu'elle l'avait effleurée sans le faire exprès, elle sentait des picotements désagréables au bout de ses doigts. Par réflexe, la main posée sur sa cuisse se crispa comme pour frapper.

5

Hell's built on regret.
L'enfer est bâti sur des regrets.

BLUE ÖYSTER CULT,
« The Revenge of Vera Gemini »
Paroles de Patti Smith

Bien plus tard, après l'avoir raccompagnée jusqu'au métro, Strike regagna l'agence et s'assit derrière le bureau de Robin, perdu dans ses pensées.

Il avait vu des tas de cadavres mutilés, pourrissant dans des charniers, gisant au bord d'une route après l'explosion d'une bombe : membres arrachés, chair réduite en charpie, os broyés. La mort violente était le lot quotidien de la Brigade spéciale d'investigation, un service qui dépendait de la Police militaire royale mais dont les enquêteurs exerçaient en civil. Face à l'horreur, ses collègues et lui s'étaient toujours réfugiés dans l'humour. C'était le seul moyen de supporter la vue des corps déchiquetés. Les morts bien lavés, maquillés, allongés dans des boîtes tendues de satin étaient un luxe inconnu à la BSI.

Des boîtes. Celle qui avait contenu la jambe était d'un genre courant. Un carton tout ce qu'il y avait de banal. Aucune marque susceptible de le renseigner sur son origine, ou son précédent destinataire. Rien. La chose avait été organisée avec une telle minutie – c'était surtout cela qui le troublait, plus que la jambe en soi, aussi épouvantable soit-elle. Et par-dessus tout, il y avait le *modus operandi* particulièrement méticuleux, presque clinique.

Strike regarda sa montre. Il devait sortir avec Elin, ce soir. Cette femme qu'il fréquentait depuis deux mois vivait les affres d'un divorce digne d'un tournoi d'échecs basé sur la stratégie de la corde raide. Son futur ex-mari était un homme très fortuné, détail dont Strike n'avait pleinement eu conscience que le premier soir où Elin lui avait permis d'entrer dans l'appartement conjugal. Il s'était retrouvé dans un espace immense, au sol parqueté, dont les fenêtres donnaient sur Regent's Park. Respectant à la lettre les modalités de la garde alternée, elle ne voyait Strike que les soirs où sa fille de cinq ans n'était pas à la maison, et quand ils sortaient dîner c'était toujours dans les restaurants les plus tranquilles et les moins connus de la capitale, Elin ne voulant pas que son ex apprenne qu'elle voyait un autre homme. Strike se sentait très à l'aise dans cette situation, lui qui avait toujours eu du mal à jongler entre son travail et ses amours. En effet, la nuit, alors que les gens s'amusaient, il était souvent censé arpenter les rues, sur les traces des conjoints infidèles. Et il n'avait pas particulièrement envie de nouer une relation amicale avec la fille d'Elin. Il n'avait pas menti à Robin : il ne savait pas parler aux enfants.

Strike tendit la main vers son portable. Il avait le temps de régler quelques trucs avant d'aller dîner.

Son premier appel passa directement sur répondeur. Dans son message, il demanda à Graham Hardacre, un ancien collègue de la Brigade spéciale d'investigation, de le rappeler. Il ne savait pas trop où Hardacre était basé en ce moment. La dernière fois qu'ils avaient parlé, il était en Allemagne mais attendait une mutation.

Au grand dam de Strike, son deuxième coup de fil n'obtint pas plus de réponse. Il essaya de joindre un vieil ami que la vie avait emmené dans une direction bien différente de celle qu'avait suivie Hardacre. Strike lui laissa un message similaire et raccrocha.

Il avança le fauteuil à roulettes de Robin, alluma l'ordinateur et fixa la page d'accueil d'un regard vide. Bien malgré lui, l'image de sa mère nue s'imposa à son esprit. Qui donc pouvait savoir où elle avait été tatouée ? Son mari, évidemment, et tous les amants qui avaient défilé dans sa vie, et toutes les personnes qui l'avaient vue déshabillée dans les divers squats et communautés crasseuses où ils avaient élu domicile, aux quatre coins de Londres. Il y avait encore une autre possibilité. Cette idée lui était venue à l'esprit au Tottenham, mais il n'avait pas jugé bon de la confier à Robin : à un moment ou un autre, Leda avait sans doute posé pour des photos de nu. C'était tout à fait son genre.

Ses doigts restèrent un instant suspendus au-dessus du clavier. Il osa taper *Leda Strike nue* et, revenant aussitôt en arrière, effaça une lettre après l'autre, d'un index rageur. Il existait des zones dangereuses où un homme normal ne voulait pas s'aventurer, des mots qu'on préférait ne pas laisser sur l'historique de son ordinateur, mais aussi, malheureusement, des tâches qu'on ne pouvait se résoudre à déléguer.

Il contempla un moment la barre de recherche vide, le curseur qui clignotait tranquillement devant lui, puis se remit à taper, avec deux doigts comme toujours : *Donald Laing*.

Il y en avait des tripotées, surtout en Écosse, mais il pouvait déjà éliminer ceux qui avait payé un loyer ou voté aux élections durant la période que Laing avait passée en prison. Après avoir soigneusement écarté une bonne partie des résultats, sans perdre de vue l'âge qu'avait Laing aujourd'hui, Strike se concentra sur un individu qui semblait avoir vécu avec une dénommée Lorraine McNaughton à Corby, en 2008. D'après les bases de données, celle-ci habitait toujours là-bas, mais seule.

Il supprima le nom de Laing et le remplaça par *Noel Brockbank*. Au Royaume-Uni, il y en avait beaucoup moins que de Donald Laing mais, au bout du compte, Strike aboutit à la même impasse. Il y avait bien un N.C. Brockbank qui avait vécu seul à Manchester en 2006, mais si c'était bien l'homme en question, cela aurait voulu dire qu'il s'était séparé de sa femme. Strike ne savait pas trop si c'était une bonne ou une mauvaise chose…

Il se rencogna dans le fauteuil de Robin et passa en revue les probables retombées du problème. On saurait bientôt qu'il avait reçu la jambe d'une inconnue.

La police n'allait pas tarder à livrer l'information, mais Wardle avait promis de l'avertir avant la tenue de la conférence de presse. Un événement aussi étrange et grotesque faisait toujours couler de l'encre et le fait que cette malheureuse histoire soit arrivée à Cormoran Strike décuplerait l'intérêt des gens – ce qui ne lui plaisait pas. Le détective était déjà sous les feux de l'actualité. Il avait élucidé deux meurtres au nez et à la barbe des inspecteurs du Met, deux affaires qui auraient suscité l'engouement du public même si elles n'avaient pas été résolues par un privé : le premier meurtre parce que la victime avait été une superbe jeune femme, le second parce qu'il s'agissait d'un meurtre rituel.

Strike se demanda en quoi le fait d'avoir reçu une jambe coupée pouvait affecter le fonctionnement de l'agence qu'il s'était échiné à faire prospérer. Il ne pouvait s'empêcher d'imaginer le pire. Pour mesurer son degré de popularité, il suffisait de chercher sur le Net. Dans peu de temps, quand on taperait *Cormoran Strike* dans Google, on ne tomberait plus immédiatement sur des articles élogieux vantant ses deux grands succès, mais sur une réalité plus brutale. Aux yeux des internautes, il ne serait plus que le destinataire d'un morceau de corps humain, un homme affligé d'au moins un ennemi mortel. Strike connaissait assez bien le public, du moins la tranche qui constituait sa clientèle, c'est-à-dire la plus timorée, la plus épidermique, la plus inquiète, pour savoir qu'elle ne pouvait faire confiance à un détective privé susceptible de recevoir des colis contenant des jambes coupées. En mettant les choses au mieux, les gens estimeraient que Robin et lui avaient déjà assez de problèmes comme ça ; au pire, qu'ils s'étaient attaqués à trop forte partie et avaient échoué, soit par imprudence, soit par incompétence.

Il était sur le point d'éteindre l'ordinateur quand il se ravisa et, avec deux fois plus de réticences que lorsqu'il avait entré le nom de sa mère, il tapa *Brittany Brockbank.*

Il en trouva quelques-unes sur Facebook, sur Instagram. Des femmes qui travaillaient pour des sociétés inconnues de lui et dont les profils regorgeaient de selfies. Il les examina l'une après l'autre. Elles avaient toutes une vingtaine d'années, l'âge qu'elle aurait aujourd'hui. Il pouvait éliminer les filles noires mais, pour les autres, comment aurait-il pu trouver la sienne, parmi les brunes, les blondes, les rousses, les jolies, les quelconques, celles qui boudaient, celles qui souriaient, celles qu'on avait prises en photo par surprise ? Aucune d'entre elles ne portait de lunettes. Était-elle trop vaniteuse pour se laisser photographier avec ? S'était-elle fait opérer ? Peut-être qu'elle évitait les réseaux sociaux. Il se souvenait qu'elle avait voulu changer de nom. À moins que son absence ait une explication plus radicale et qu'elle soit morte.

Il regarda de nouveau sa montre : il était temps d'aller s'habiller.

Ça ne peut pas être elle, pensa-t-il avant de nuancer : *Pourvu que ce ne soit pas elle.*

Parce que, si c'était elle, il était responsable.

6

Is it any wonder that my mind's on fire?
Est-ce si surprenant si mon esprit est en feu ?

BLUE ÖYSTER CULT, « Flaming Telepaths »

Ce soir-là, pendant le trajet de retour, Robin observa à la dérobée tous les hommes qui voyageaient avec elle, essayant de les comparer au motard en cuir noir qui lui avait remis le colis. Quand elle croisa son regard pour la troisième fois, un jeune Asiatique filiforme affublé d'un costume bon marché lui décocha un sourire plein d'espoir ; après cela, elle resta rivée à son portable, à scruter le site de la BBC – quand elle avait du réseau – en se demandant, tout comme Strike, si la jambe coupée serait bientôt mentionnée aux infos.

Quarante minutes après avoir quitté le bureau, elle entra dans le grand supermarché Waitrose situé près de sa station de métro. Il ne restait quasiment plus rien dans le frigo. Matthew n'aimait pas faire les courses et elle était persuadée (bien qu'il ait refusé de l'admettre lors de leur dernière dispute) qu'il lui abandonnait cette corvée parce qu'elle ne contribuait aux revenus du foyer qu'à la hauteur du tiers. Un genre de compensation, donc.

Des hommes célibataires en costume entassaient des plats préparés dans leurs paniers ou caddies. Des femmes actives passaient en courant devant elle, avec des paquets de pâtes dans les mains, de quoi nourrir une famille sans passer trop de temps à cuisiner. Une jeune mère visiblement exténuée trimbalant en porte-bébé un nourrisson qui braillait, tournait autour des rayons comme une mite saoule, incapable de se concentrer sur ses courses. Il y avait juste un sac de carottes dans son panier. Robin, elle, arpentait les rayons à pas lents, les nerfs à fleur de peau. Pourtant, personne dans ce magasin ne ressemblait à l'homme en cuir noir, personne ne semblait rôder en rêvant de lui couper les jambes… *me couper les jambes*…

« Pardon ! » dit sèchement une femme entre deux âges qui se contorsionnait pour atteindre les saucisses. Robin s'excusa, fit un pas de côté et découvrit avec surprise qu'elle tenait à la main une barquette de cuisses de poulet. Elle la jeta dans son caddie et se dépêcha de gagner l'autre bout du magasin. Le rayon des vins et spiritueux était relativement calme. Elle sortit son portable pour joindre Strike qui répondit au bout de deux sonneries.

« Vous allez bien ?

— Oui, bien sûr…

— Où êtes-vous ?

— Chez Waitrose. »

En face d'elle, un petit homme chauve étudiait les étiquettes des portos, sur l'étagère derrière Robin.

Ses yeux lui arrivaient au niveau de la poitrine. Elle se décala. Il fit de même. Robin lui décocha un regard noir ; il rougit et s'en alla.

« Bon. Là vous êtes en sécurité.

— Mouais, dit Robin en suivant des yeux le petit chauve qui s'éloignait. Écoutez, ce n'est peut-être rien, mais je viens de me rappeler un truc : nous avons reçu deux lettres glauques, au cours de ces derniers mois.

— Des lettres de cinglés ?

— Ne recommencez pas. »

Robin bondissait chaque fois qu'il employait cette expression générique. Depuis que Strike avait résolu sa deuxième retentissante affaire de meurtre, ils recevaient un grand nombre de courriers envoyés par des excentriques. Les plus cohérents se contentaient de réclamer de l'argent, partant du principe que Strike était à présent immensément riche. Venaient ensuite les personnes qui entretenaient des rancunes personnelles plus ou moins malsaines et souhaitaient que Strike fasse œuvre de justicier ; celles qui tentaient de prouver des théories farfelues ; celles qui tenaient des propos si incohérents que, faute de comprendre leur demande, on pouvait les classer dans la catégorie « malades mentaux » ; et en tout dernier lieu, il y avait quelques rares individus (de ceux-là, Robin disait « Bon, là, je veux bien avouer qu'ils sont cinglés »), hommes ou femmes, qui semblaient trouver Strike séduisant.

« Des lettres à votre nom ? demanda Strike en retrouvant son sérieux.

— Non, au vôtre. »

Pendant qu'ils parlaient, elle l'entendait marcher dans son appartement. Peut-être sortait-il avec Elin, ce soir. Il ne parlait jamais de leur relation. Si Elin n'était pas passée au bureau en coup de vent, un jour, Robin n'aurait même pas su qu'elle existait – peut-être même, un beau matin, se serait-il ramené avec une alliance au doigt sans l'avoir prévenue qu'il fréquentait quelqu'un.

« Qu'est-ce qu'elles disaient ? demanda Strike.

— Eh bien, l'une d'elles était écrite par une jeune fille qui voulait se couper la jambe. Elle vous demandait conseil.

— Vous me redites ça ?

— Elle voulait se couper la jambe », répéta Robin en détachant chaque mot. À côté d'elle, une femme occupée à choisir une bouteille de vin rosé lui jeta un regard surpris.

« Seigneur, murmura Strike. Et dire que je n'ai pas le droit de les traiter de cinglés. Vous croyez qu'elle a réussi et a voulu me tenir au courant ?

— Je pensais qu'une telle lettre pouvait avoir un intérêt, dit Robin, sur la défensive. Il existe des gens qui veulent se séparer de certaines parties de leur corps. C'est un phénomène reconnu. On appelle ça... *non,* pas "être cinglé" », ajouta-t-elle avant qu'il puisse intervenir. Il éclata de rire. « L'autre lettre était beaucoup plus longue. La personne a signé avec ses initiales. Elle parlait de votre jambe en long et en large, et elle se proposait de résoudre votre problème.

— Dans ce cas, cette personne aurait dû m'envoyer une jambe d'homme. J'aurais l'air fin avec...

— Je vous en prie, dit-elle. Ce n'est pas drôle. Je ne vois pas comment vous pouvez plaisanter sur un sujet pareil.

— Et moi je ne vois pas comment vous arrivez à garder votre sérieux », répliqua-t-il, mais gentiment.

Elle entendit un frottement familier, suivi d'un claquement.

« Vous êtes en train de regarder dans le tiroir aux cinglés !

— Vous avez tort de l'appeler comme ça, Robin. C'est un peu irrespectueux pour nos correspondants mentalement perturbés…

— On se voit demain », dit-elle en souriant malgré elle. Il riait quand elle raccrocha.

Tandis qu'elle sillonnait les allées du supermarché, la fatigue qu'elle avait combattue toute la journée l'assaillit. Le plus pénible, c'était de trouver une idée de repas ; suivre une liste préparée par quelqu'un d'autre était tellement plus reposant. Elle finit par décider d'imiter les mères salariées qui privilégiaient les recettes rapides et entassa des pâtes dans son caddie. La jeune femme au bébé se trouvait juste devant elle, à la caisse. L'enfant s'était endormi à force de pleurer. Il reposait inerte contre elle, les poings écartés, les paupières closes.

« Il est mignon, dit Robin, sentant que la fille avait besoin d'encouragement.

— Quand il dort », nuança la mère avec un sourire indécis.

Lorsque enfin Robin poussa la porte de son appartement, elle était littéralement vannée. À sa grande surprise, Matthew l'attendait dans leur petit vestibule.

« J'ai fait les courses ! » dit-il quand il aperçut les quatre gros sacs en plastique qui pendaient au bout de ses bras. À sa voix, Robin comprit qu'il était déçu : elle avait gâché sa belle et noble initiative. « Je t'ai envoyé un texto pour dire que je faisais un saut chez Waitrose !

— Je ne l'ai pas vu, dit Robin. Désolée. »

Elle avait dû le recevoir tandis qu'elle discutait avec Strike au téléphone. Si elle n'avait pas passé la moitié de son temps planquée au rayon des alcools, elle aurait peut-être croisé Matthew dans les allées.

Il s'avança vers elle, bras écartés, et la serra contre lui avec une magnanimité que Robin jugea exaspérante. Cela dit, il fallait admettre qu'il était franchement irrésistible, comme toujours, avec son costume sombre et son épaisse chevelure fauve coiffée en arrière.

« Ça a dû être effroyable », murmura-t-il. Elle sentit son souffle tiède dans ses cheveux.

« Oui, effroyable », dit-elle en glissant ses bras autour de la taille de Matthew.

Ils mangèrent leur assiette de pâtes en devisant tranquillement, sans faire la moindre allusion à Sarah Shadlock, Strike ou Jacques Burger. Ce matin, Robin avait exigé de Matthew qu'il reconnaisse que c'était Sarah, et pas elle, qui avait exprimé son attirance pour les cheveux bouclés. Mais tout cela était bien loin maintenant et Robin sentait que la sagesse et la tolérance dont elle faisait preuve commençaient à porter leurs fruits. Elle en était là de ses réflexions quand Matthew dit sur un ton d'excuse : « Il va falloir que je travaille un peu après dîner.

— Pas de problème, répondit Robin. De toute façon, je comptais me coucher tôt. »

Elle se prépara une tasse de chocolat chaud basses calories qu'elle emporta dans leur chambre avec un numéro de *Grazia*. Mais elle n'arrivait pas à se concentrer sur sa lecture. Au bout de dix minutes, elle se leva pour prendre son ordinateur portable, s'assit dans le lit et chercha *Jeff Whittaker* sur Google.

Cette fiche Wikipédia, elle la connaissait pour avoir déjà fouillé dans le passé de Strike, mais ce soir-là, elle la lut plus attentivement. Ça commençait par les habituelles formules d'avertissement :

> Cet article comporte de nombreux problèmes.
> Cet article ne cite pas suffisamment ses sources.
> Cet article peut contenir un travail inédit.

JEFF WHITTAKER

Jeff Whittaker (né en 1969) est un musicien surtout connu pour son mariage avec une super groupie des années 70, Leda Strike, qu'il fut soupçonné d'avoir assassinée en 1994. [1]
Whittaker est le petit-fils du diplomate Sir Randolph Whittaker, KCMG DSO (Commandeur de l'Ordre de Saint-Michael et Saint-George, compagnon de l'Ordre du service distingué).

Années de jeunesse

Whittaker a été élevé par ses grands-parents. Sa mère adolescente, Patricia Whittaker, souffrait de schizophrénie [réf. nécessaire]. Whittaker n'a jamais su qui était son père [réf. nécessaire]. Il a été renvoyé de la Gordonstoun School après avoir menacé un membre du personnel avec un couteau [réf. nécessaire]. Il prétend que son grand-père l'a tenu enfermé pendant trois jours dans un cagibi suite à son renvoi. Une accusation réfutée par son grand-père [2]. Whittaker s'enfuit du domicile familial et vit à la dure pendant une partie de son adolescence. Il prétend également avoir travaillé comme fossoyeur [réf. nécessaire].

Carrière musicale

À la fin des années 80 et au début des années 90, Whittaker fait successivement partie de plusieurs groupes de thrash metal en tant que guitariste et parolier, parmi lesquels Restorative Art, Devilheart et Necromantic [3][4].

Vie privée

En 1991, Whittaker rencontre Leda Strike, ex-maîtresse de Jonny Rokeby et de Rick Fantoni. Elle travaille pour la maison de disques qui envisage de signer avec Necromantic [réf. nécessaire]. Jeff Whittaker et Leda Strike se marient en 1992. En décembre de la même année, elle donne naissance à un fils, Switch LaVey Bloom Whittaker [5]. En 1993, Necromantic se sépare de Whittaker à cause de sa consommation de stupéfiants [réf. nécessaire].

En 1994, Leda Whittaker succombe à une overdose d'héroïne. Whittaker est inculpé de meurtre puis acquitté [6][7][8][9].

En 1995, Whittaker est de nouveau arrêté, cette fois pour tentative d'enlèvement sur la personne de son fils. L'enfant avait été confié à la garde des grands-parents de Whittaker. Il est condamné à une peine de prison avec sursis pour coups et blessures sur son grand-père [réf. nécessaire].

En 1998, après avoir menacé un collègue de travail avec un couteau, Whittaker est condamné à trois mois de prison ferme [10][11].

En 2002, Whittaker est incarcéré pour dissimulation de cadavre. Karen Abraham, la femme qui vivait avec lui, était morte d'une crise cardiaque et Whittaker avait conservé son cadavre pendant un mois dans l'appartement qu'occupait le couple [12] [13] [14].

En 2005, Whittaker est incarcéré pour trafic de crack [15].

Robin dut relire deux fois la fiche. Elle avait du mal à se concentrer, ce soir. Les informations glissaient à la surface de son esprit. Dans la biographie de Whittaker, certains détails ressortaient de manière troublante. Pourquoi garder un cadavre chez soi pendant un mois ? Whittaker avait-il craint d'être encore accusé de meurtre ? Ou avait-il agi pour une autre raison ? Des cadavres, des membres découpés, de la viande froide… Elle prit une gorgée de chocolat et fit la grimace. Ce truc avait un goût de terre ; elle voulait tellement paraître mince dans sa robe de mariée qu'elle avait banni le vrai chocolat de son alimentation depuis un mois.

Elle reposa la tasse sur sa table de chevet et se remit à pianoter, espérant trouver des images du *procès de Jeff Whittaker*.

Une série de photos remplit l'écran. On y découvrait deux aspects bien différents du même personnage, photographié à l'entrée et à la sortie de deux palais de justice, à huit ans d'intervalle.

Le jeune Whittaker qui avait comparu pour le meurtre de son épouse portait des dreadlocks serrées en queue-de-cheval, un costume et une cravate noirs. Un mélange détonnant, alliant crasse et élégance. Il dominait d'une demi-tête la plupart des photographes agglutinés autour de lui. Des pommettes hautes, un teint cireux, de grands yeux excessivement écartés qui lui donnaient un regard de poète opiomane ou de prêtre hérétique.

Le Whittaker accusé d'avoir dissimulé le cadavre de sa compagne avait perdu sa beauté de poète maudit. Il s'était empâté, portait une barbe et les cheveux en brosse. Seuls demeuraient ses yeux étranges et l'insolente arrogance qui émanait de sa personne.

Robin fit défiler les photos. Bientôt, celles qui correspondaient au « Whittaker de Strike », comme elle l'appelait pour elle-même, devinrent plus rares. S'intercalaient d'autres Whittaker ayant participé à tel ou tel procès. Un Jeff Whittaker afro-américain affublé d'une tête de chérubin avait traîné en justice son voisin parce qu'il laissait son chien faire ses besoins sur sa pelouse.

Pourquoi Strike pensait-il que son ex-beau-père (ce terme lui paraissait bizarre étant donné qu'il n'avait que cinq ans de plus que Strike) lui avait envoyé la jambe coupée ? Depuis quand Strike n'avait-il pas vu l'homme qu'il soupçonnait d'avoir tué sa mère ? Il y avait tant de choses dans sa vie qu'elle ignorait. Il n'aimait pas parler de son passé.

Robin se remit à taper. Cette fois, elle chercha *Eric Bloom*.

La première chose qui lui sauta aux yeux, en examinant les photos du rocker des années 70, entièrement vêtu de cuir, fut son épaisse chevelure brune, aussi crêpue que celle de Strike. Cette curieuse ressemblance lui rappela immédiatement Jacques Burger et Sarah Shadlock, ce qui n'améliora guère son humeur. Elle aurait voulu se renseigner sur les deux autres individus que Strike soupçonnait mais elle ne retrouvait pas leurs noms. Il y avait un Donald quelque chose. L'autre portait un nom bizarre qui commençait par B… D'habitude, elle avait une excellente mémoire, qui lui valait souvent les compliments de Strike. Alors pourquoi n'arrivait-elle pas à s'en souvenir ?

D'un autre côté, cela n'avait pas trop d'importance. On pouvait difficilement retrouver deux hommes perdus dans la nature avec un simple ordinateur portable. Robin travaillait dans cette agence de détective depuis assez longtemps pour savoir que certaines personnes passaient entre les mailles des renseignements téléphoniques, utilisaient des pseudonymes, vivaient en marge de la société, dans des squats ou des meublés, et ne s'inscrivaient pas sur les listes électorales.

Après un moment d'intense réflexion, et avec le sentiment de trahir son patron, Robin retourna dans la barre de recherche. Elle tapa *Leda Strike* puis, affreusement gênée, ajouta *nue*.

S'afficha une photo en noir et blanc. La jeune Leda levait les bras au-dessus de sa tête, ses longs cheveux bruns cachaient ses seins. L'image n'était guère plus qu'une vignette mais on remarquait quand même la ligne d'écriture qui s'incurvait au-dessus du triangle sombre de son pubis. Robin l'agrandit à la taille de l'écran tout en fermant à demi les yeux, comme si le fait de la voir un peu floue pouvait alléger sa faute. Elle ne voulait pas zoomer et d'ailleurs, ç'aurait été inutile. Les mots *Mistress of* étaient parfaitement lisibles.

Le ventilateur se mit à tourner dans la salle de bains. Robin sursauta, comme prise en faute. Elle ferma la page en cours. Depuis un certain temps, Matthew avait l'habitude de lui emprunter son ordinateur et, quelques semaines auparavant, elle l'avait surpris en train de lire les e-mails qu'elle échangeait avec Strike. Elle repassa donc sur internet, vida l'historique, afficha les paramètres et, après avoir médité un instant, inscrivit un nouveau mot de passe : DontFearTheReaper. De quoi le tenir à distance.

En se levant pour aller verser le chocolat dans l'évier de la cuisine, elle s'aperçut qu'elle avait oublié de se renseigner sur Terence « Digger » Malley. Cela dit, la police avait largement plus de moyens qu'elle ou Strike pour retrouver un gangster londonien.

De toute façon, peu importe, songea-t-elle tandis qu'elle revenait à moitié endormie vers la chambre. *Ce n'est pas Malley.*

7

Good to Feel Hungry

C'est bon de sentir la faim

Bien sûr, s'il avait eu deux doigts de jugeote – c'était l'expression favorite de sa grosse salope de mère *(t'as pas deux doigts de jugeote, espèce de petit con !)* – il aurait évité de filer La Secrétaire le jour même où il lui avait remis la jambe. Seulement voilà, la tentation avait été trop forte, d'autant qu'il ignorait si une autre occasion se présenterait de sitôt. Cette envie lui était venue dans la nuit : il fallait qu'il la suive, qu'il voie la tête qu'elle ferait après avoir reçu son petit cadeau.

À partir du lendemain, il n'aurait plus les coudées franches. Ça serait à la maison et quand Ça était là, il devait lui prêter attention. Pour lui, il était primordial que Ça soit heureuse, notamment parce que Ça ramenait de l'argent à la maison. Ça était tellement bête et moche et avait tellement besoin d'affection qu'elle avait à peine remarqué qu'il vivait à ses crochets.

Ce matin, après que Ça était partie au travail, il s'était dépêché de sortir pour attendre La Secrétaire du côté de chez elle. Et il avait bien fait parce qu'elle n'avait pas pris le chemin du bureau. Il s'était douté que l'arrivée de son petit cadeau l'obligerait à changer ses habitudes, et il avait eu raison. Il avait presque toujours raison.

Il était doué pour les filatures. Aujourd'hui, il avait changé d'apparence à plusieurs reprises. Il avait coiffé et retiré plusieurs fois son bonnet, il avait ôté sa veste pour rester en tee-shirt, puis il l'avait renfilée et après, il l'avait portée à l'envers. Et pareil avec ses lunettes de soleil : une fois sur le nez, une fois dans sa poche.

Si La Secrétaire avait une telle valeur à ses yeux – bien plus que n'importe quelle autre femme, si tant est qu'il puisse un jour se retrouver seul avec elle – c'était qu'à travers elle, il atteindrait Strike. Son désir de vengeance – une vengeance définitive, radicale – était devenu tellement violent qu'il était désormais le principal enjeu de son existence. C'était dans sa nature. Si quelqu'un le mettait en colère, c'était fini pour lui. Un jour ou l'autre, dès que l'occasion se présentait, même si cela devait prendre des années, il lui réglait son compte. Cormoran Strike lui en avait fait baver plus que quiconque et il allait le payer cher.

Il avait perdu sa trace pendant plusieurs années, jusqu'au jour où ce salaud était passé sur le devant de la scène. Ils l'avaient encensé comme un foutu héros. C'était le statut que *lui* avait toujours voulu, toujours rêvé d'avoir. Se taper tous ces articles dégoulinants d'éloges, ç'avait été comme boire de l'acide, et pourtant, il avait dévoré tout ce qui lui était tombé sous la main. On doit bien étudier sa cible quand on veut frapper dur, faire vraiment mal. Et il avait l'intention d'infliger à Cormoran Strike toutes les souffrances qu'un être humain – non, un être surhumain puisqu'il se savait supérieur à tous – peut infliger à son semblable. Il ne se contenterait pas de lui planter une lame entre les côtes, dans une ruelle obscure. Non, la punition de Strike serait plus lente, plus insolite, effroyable, complexe. Jusqu'à l'anéantissement.

Personne ne l'attraperait jamais ; comment pourrait-il en être autrement ? Il avait déjà frappé trois fois impunément : trois femmes mortes et pas le moindre indice. Fort de cette certitude, il se sentait libre de lire le *Metro* du jour sans la moindre appréhension, de ne ressentir que de la fierté, de la satisfaction devant leurs comptes rendus hystériques, de savourer avec ravissement la terreur et le désarroi qui émanaient de chaque article, l'hébétude des masses bêlant à l'approche du loup.

Maintenant, il avait juste besoin d'attendre que La Secrétaire s'aventure dans une ruelle déserte… mais Londres bourdonnait d'activité toute la sainte journée, il y avait du monde partout, et donc, pour l'instant, il devait se contenter de la surveiller, posté aux abords de la London School of Economics, étouffé par la colère et la frustration.

Elle aussi suivait quelqu'un. C'était facile de voir qui. Sa cible avait des extensions capillaires blond cendré et elle ramenait La Secrétaire vers Tottenham Court Road, en plein cœur de l'après-midi.

La Secrétaire disparut dans un pub situé en face du club de strip-tease où sa cible venait d'entrer. Il fut tenté de la rejoindre mais elle semblait sur ses gardes, aujourd'hui. Par prudence, il opta pour un restaurant japonais minable, de l'autre côté de la rue, choisit une table derrière la vitre et attendit qu'elle ressorte.

C'était pour bientôt, songea-t-il en regardant fixement la rue animée à travers ses lunettes de soleil. Il allait l'attraper. Il devait s'accrocher à cette idée parce que, ce soir, il rentrerait à la maison pour retrouver Ça et l'existence tronquée, mensongère qui permettait à son vrai Moi, son Moi secret, de continuer à avancer, à respirer.

La vitrine tachée par la poussière de Londres lui renvoya son reflet dépouillé des accessoires civilisés dont il se parait pour séduire les femmes qui succombaient à son charme et à ses couteaux. La créature qui l'habitait avait refait surface, et elle ne voulait qu'une seule chose : asseoir sa domination.

8

I seem to see a rose,
I reach out, then it goes.
Je crois voir une rose,
Je veux la saisir, et elle disparaît.

BLUE ÖYSTER CULT, « Lonely Teardrops »

Comme Strike l'avait prévu dès l'instant où la police avait communiqué la nouvelle aux médias, son vieux camarade Dominic Culpepper, journaliste à *News of the World*, l'avait appelé le mardi matin à la première heure. Il fulminait, refusant d'admettre que Strike avait eu de bonnes raisons de ne pas l'avoir rancardé à la seconde même où il avait compris que le colis contenait une jambe coupée. Et Strike avait rajouté de l'huile sur le feu en repoussant sa proposition : Culpepper lui avait offert une somme rondelette en échange des informations susceptibles de tomber dans les jours prochains. Strike, qui menait parfois des recherches sur le terrain pour le compte de Culpepper, histoire d'arrondir ses fins de mois, se dit en raccrochant qu'il serait désormais privé de cette source de revenus. Culpepper était du genre rancunier.

Strike et Robin ne se contactèrent qu'au milieu de l'après-midi. Strike se trouvait à bord d'un Heathrow Express bondé quand il composa son numéro.

« Où êtes-vous ? demanda-t-il.

— Dans un pub en face du Spearmint Rhino, dit-elle. Ça s'appelle le Court. Et vous, où êtes-vous ?

— Je reviens de l'aéroport. Mad Dad a pris son avion, Dieu merci. »

Mad Dad était un richissime banquier international que Strike surveillait à la demande de son épouse en instance de divorce. Le couple se déchirait sur la garde des enfants. Le départ du mari pour Chicago était une excellente nouvelle car Strike ne serait plus obligé de passer ses nuits à l'espionner. En effet, Mad Dad avait coutume de rester jusqu'à quatre heures du matin assis dans sa voiture, ses jumelles de vision nocturne braquées sur la chambre de ses fils.

« Je vous rejoins, dit Strike. Ne bougez pas – à moins que Platine ne se tire avec un homme, évidemment. »

Platine était la jeune étudiante russe qui travaillait dans un club de strip-tease. C'était son amant qui les avait chargés de la suivre. Strike et Robin l'avaient surnommé « Deux-Fois », d'abord parce que c'était la deuxième fois qu'il leur demandait d'enquêter sur une petite amie blonde mais aussi à cause de sa curieuse obsession : il tenait absolument à savoir où et comment ses copines le trompaient. Robin trouvait ce type sinistre et pitoyable. Deux-Fois avait rencontré Platine dans le club que Robin était en train de surveiller.

Il s'agissait pour elle de découvrir si la jeune Russe accordait à d'autres hommes les faveurs supplémentaires dont bénéficiait actuellement leur client.

Chose rare autant qu'étrange, on aurait dit que Deux-Fois était tombé sur une femme monogame, ce qu'il n'était pas disposé à croire et encore moins à apprécier. Après avoir épié ses faits et gestes pendant plusieurs semaines, Robin avait acquis la certitude que Platine était une personne au tempérament réservé, qui prenait ses repas devant un livre ouvert et frayait peu avec les autres étudiants.

« De toute évidence, elle bosse dans ce club pour payer ses études, avait annoncé Robin sur un ton indigné, dès la fin de la première semaine de filature. Si Deux-Fois ne veut pas que d'autres hommes la reluquent, il n'a qu'à lui filer de l'argent.

— Ce qui l'intéresse chez elle, c'est justement qu'elle danse à moitié nue devant des types, lui avait répondu Strike sans la brusquer. Je suis surpris qu'il lui ait fallu si longtemps pour rencontrer une fille comme elle. C'est exactement ce qu'il lui faut. »

Peu après la signature du contrat, Strike était allé faire un tour dans le club et s'était assuré les services d'une brunette aux yeux tristes répondant à l'étrange surnom de Corbeau. Elle était censée garder un œil sur la jeune Russe. Corbeau devait fournir son rapport tous les jours, leur dire où Platine se rendait et les prévenir aussitôt si jamais elle faisait mine de refiler son numéro ou s'approchait un peu trop d'un client. Les règles de l'établissement interdisaient les contacts physiques et le racolage, mais Deux-Fois restait convaincu (« Sinistre abruti », disait Strike) qu'il n'était pas le seul à l'emmener dîner et à partager son lit.

« Je ne comprends toujours pas pourquoi on a besoin de surveiller cet établissement, soupira Robin au téléphone pour la énième fois. On pourrait se contenter des rapports de Corbeau.

— Vous savez pourquoi, répondit Strike qui s'apprêtait à descendre du train. Il adore les photos.

— Mais elles montrent toutes la même chose : Platine en train de marcher pour aller au boulot ou en revenir.

— Peu importe. Ça lui plaît. En plus, il est persuadé qu'un de ces jours, elle quittera le club au bras d'un oligarque russe.

— Vous ne trouvez pas dégradant de faire ce genre de truc ?

— C'est une des facettes du métier, répondit Strike sans se démonter. À tout de suite. »

Robin patienta. Autour d'elle, des fleurs dorées parsemaient le papier peint. Les chaises tapissées de brocart, les abat-jour dépareillés formaient un saisissant contraste avec les grands écrans plasma qui diffusaient des matchs de foot et des pubs pour Coca-Cola. Sur certaines cloisons, elle remarqua cette teinte beige qui avait la cote en ce moment, celle que la sœur de Matthew avait choisie pour repeindre son salon. Robin la trouvait déprimante. La rampe en bois de l'escalier qui menait au premier étage lui cachait un peu la vue sur l'entrée du club. Il y avait beaucoup de circulation dans la rue et les bus à impériale masquaient le trottoir d'en face à intervalles réguliers.

Strike débarqua avec sa tête des mauvais jours.

« On a perdu Radford, dit-il en laissant tomber son sac à dos au pied de la haute table en verre où elle était installée. Il vient de m'appeler.

— Non !

— Si. Il estime que vous êtes trop connue pour continuer à enquêter au sein de sa société. »

La police avait informé la presse dès six heures du matin. Fidèle à sa parole, Wardle avait prévenu Strike quelques minutes avant. Ainsi, le détective avait pu quitter sa mansarde à l'aurore avec suffisamment d'affaires dans son sac pour tenir quelques jours. Les reporters n'allaient pas tarder à camper devant l'agence. Ce ne serait pas la première fois.

« Et pour couronner le tout, ajouta Strike en revenant du comptoir avec une pinte de bière pour se jucher sur son tabouret, Khan nous a largués, lui aussi. Il va faire appel à une autre agence, une agence qui ne reçoit pas de colis macabres.

— *Merde*, dit Robin, avant d'ajouter : Pourquoi vous ricanez comme ça ?

— Pour rien. » Il n'osait pas lui avouer qu'il adorait quand elle disait « merde », l'un des rares mots qu'elle prononçait avec l'accent du Yorkshire.

« Ces deux jobs nous rapportaient pas mal d'argent ! » fit remarquer Robin.

Strike acquiesça sans quitter des yeux la devanture du Spearmint Rhino.

« Comment va Platine ? Corbeau a rendu son rapport ? »

Étant donné que Corbeau venait de l'appeler, Robin put lui confirmer qu'il ne s'était rien passé de nouveau. Platine avait beaucoup de succès auprès des clients, elle s'était produite à trois reprises et chaque fois en toute bienséance, du moins selon les normes en vigueur dans l'établissement.

« Vous avez lu la presse ? demanda-t-il en désignant le numéro du *Mirror* qui traînait sur une table voisine.

— Juste en ligne.

— Avec un peu de chance, quelqu'un s'apercevra qu'il lui manque une jambe.

— Ah ah.

— C'est trop tôt ?

— Oui, répondit froidement Robin.

— J'ai fait quelques recherches sur le Net la nuit dernière, dit Strike. Brockbank était peut-être à Manchester en 2006.

— Comment savez-vous que c'était lui ?

— Je n'ai aucune certitude, mais le type en question avait à peu près le même âge, la même initiale à son deuxième prénom.

— Vous vous rappelez l'initiale du deuxième prénom de Brockbank ?

— Ouais. Apparemment, il a déménagé. Pareil pour Laing. Je suis presque certain qu'il vivait à Corby en 2008, mais il est parti. Ça fait combien de temps que ce type est assis dans le restaurant en face ? Celui avec la veste de camouflage et les lunettes de soleil ? demanda Strike en regardant fixement de l'autre côté de la rue.

— Une demi-heure environ. »

Pour autant qu'il puisse en juger, l'homme le dévisageait. Son regard parvenait jusqu'à lui à travers la vitrine du restaurant japonais et celle du pub. Épaules carrées, jambes longues, il semblait trop grand pour sa chaise en aluminium. On aurait dit qu'il portait une barbe épaisse mais c'était difficile à affirmer avec les reflets des voitures et des passants sur la vitre.

« À quoi ça ressemble à l'intérieur ? demanda Robin en désignant les portes du Spearmint Rhino, protégées par un auvent métallique.

— À l'intérieur du club de strip-tease ? demanda Strike, interdit.

— Non, dans le restaurant japonais, rétorqua Robin, sarcastique. Bien sûr, dans le club de strip-tease.

— Ils sont tous pareils, répondit Strike qui ne voyait pas exactement où elle voulait en venir.

— C'est comment ?

— De l'or. Des miroirs. Des lumières tamisées. » Elle était suspendue à ses lèvres. « Il y a une barre verticale au milieu, c'est là qu'elles dansent.

— Elles se déshabillent ?

— Non, ça c'est dans les cabines privées.

— Qu'est-ce qu'elles portent ?

— J'en sais rien – pas grand-chose… »

Son portable sonna : Elin.

Robin détourna la tête en tripotant la paire de lunettes posée sur la table devant elle. Ces lunettes étaient équipées d'un minuscule appareil de prise de vue qui lui servait à photographier les déplacements de Platine. Quand Strike lui avait donné ce gadget, elle l'avait trouvé formidable mais, depuis, s'en était lassée. Elle regardait dehors en sirotant son jus de tomate et faisait son possible pour ne pas écouter la conversation entre Strike et Elin. Quand il lui parlait au téléphone, il adoptait un ton parfaitement neutre.

De toute façon, elle aurait eu du mal à imaginer Strike murmurant des mots d'amour. Matthew l'appelait tantôt « Robsy » tantôt « Rosy-Posy » quand il était de bonne humeur, ce qui était plutôt rare en ce moment.

« … Chez Nick et Ilsa, dit Strike. Ouais. Non, d'accord pour… ouais… très bien… toi aussi. »

Il raccrocha.

« C'est là que vous allez habiter ? demanda Robin. Chez Nick et Ilsa ? »

Nick et Ilsa faisaient partie des plus vieux amis de Strike. Ils étaient passés deux fois à l'agence, et elle les avait trouvés très sympathiques.

« Ouais, ils disent que je peux rester autant que je veux.

— Pourquoi vous n'allez pas chez Elin ? » demanda Robin, au risque de se faire envoyer sur les roses. Elle savait pertinemment que Strike ne mêlait jamais son travail et sa vie privée.

« Ça ne marcherait pas », dit-il. Il ne semblait pas gêné par sa question mais, visiblement, ne comptait pas entrer dans les détails. « J'oubliais », ajouta-t-il en reportant son attention sur le japonais, de l'autre côté de la rue. L'homme avec la veste de camouflage et les lunettes de soleil n'était plus assis derrière la vitre. « Je vous ai trouvé ça. »

C'était une alarme anti-viol.

« J'en ai déjà une, dit Robin en extrayant l'objet de la poche de son manteau.

— Ouais, mais celle-ci est meilleure, insista Strike. Elle atteint 120 décibels et elle projette un liquide rouge indélébile.

— La mienne fait 140 décibels.

— Quand même, je pense que celle-ci est mieux.

— Pourquoi vos gadgets sont-ils toujours plus performants que les miens ? C'est un truc de mec ou quoi ? »

Il se mit à rire puis termina sa bière.

« On se voit plus tard.

— Où allez-vous ?

— J'ai rendez-vous avec Shanker. »

Ce nom lui disait quelque chose.

« Le type qui me fournit parfois des tuyaux que je peux fourguer au Met contre d'autres infos, expliqua Strike. Le type qui m'a révélé qui avait poignardé cet indic, vous vous rappelez ? Celui qui m'a rancardé avec l'autre gangster ?

— Oh, fit Robin. Lui. Vous ne m'aviez jamais dit son nom.

— Si quelqu'un peut savoir où se cache Whittaker, c'est bien lui, dit Strike. Et peut-être qu'il a des infos sur Digger Malley aussi. Il traîne avec des mecs de la même bande. »

Il jeta un coup d'œil dehors.

« Et faites gaffe à cette veste de camouflage.

— Vous êtes sur les nerfs.

— Évidemment que je suis sur les nerfs, dit-il en sortant un paquet de cigarettes en prévision de son bref trajet jusqu'au métro. Quelqu'un nous a envoyé une putain de jambe. »

9

One Step Ahead of the Devil

Un coup d'avance sur le diable

Quel plaisir il avait éprouvé tout à l'heure en voyant Strike arriver avec sa guibole en moins sur le trottoir d'en face ! Un plaisir d'autant plus vif qu'il ne s'y attendait pas.

Le salaud avait bien engraissé depuis leur dernière rencontre. Il marchait tranquillement, avec son sac sur le dos, comme le stupide troufion qu'il avait été, sans réaliser que l'expéditeur de la jambe coupée se trouvait à cinquante mètres de lui. Tu parles d'un détective ! Il avait rejoint sa petite Secrétaire dans le pub. Il la baisait, c'était quasiment sûr. En tout cas, il l'espérait. Ce qu'il comptait lui faire n'en serait que plus délectable.

Derrière ses verres teintés, il avait observé la silhouette de Strike assis derrière la vitre du pub. À un moment, il l'avait vu tourner la tête et lui rendre son regard. Bien sûr, il n'avait pas pu le reconnaître, pas à cette distance, avec entre eux les deux vitrines et ses lunettes de soleil, mais quelque chose dans son attitude, son visage rond tourné vers lui, l'avait mis en état d'alerte. Ils étaient restés un moment à se regarder ainsi, de part et d'autre de la chaussée, séparés par le bruyant va-et-vient de la circulation qui leur coupait la vue par intermittence.

Il avait attendu le moment propice et, quand trois bus à impériale s'étaient arrêtés l'un derrière l'autre, il avait franchi la porte en verre du restaurant pour se faufiler dans la ruelle adjacente. Il sentit l'adrénaline fuser en lui quand il retira sa veste de camouflage pour la retourner sur l'envers. Pas question de la jeter à la poubelle : ses couteaux étaient cachés dans la doublure. Il passa encore un coin de rue et détala ventre à terre.

10

With no love, from the past.
Sans amour, jailli du passé.

BLUE ÖYSTER CULT, « Shadow of California »

Pour traverser Tottenham Court Road, Strike dut attendre de pouvoir se faufiler dans le flot de la circulation. Arrivé sur le trottoir opposé, il examina la salle du restaurant japonais à travers la vitre. Mais à l'intérieur, personne ne portait de veste de camouflage et, parmi les clients en chemise ou en tee-shirt, aucun n'avait la stature ou la corpulence du type à lunettes.

Strike sentit son portable vibrer dans la poche de sa veste. Robin lui avait envoyé un texto :

Ressaisissez-vous.

Il sourit, se retourna vers le Court, salua Robin d'un geste de la main et partit en direction du métro.

Robin avait peut-être raison : il était sur les nerfs, rien de plus. Quelle était la probabilité pour que le cinglé à la jambe s'amuse à la surveiller en plein jour ? Pourtant, il n'avait pas trop aimé le regard de ce type. D'abord, pourquoi portait-il des lunettes de soleil ? La clarté n'était pas si forte. Le fait qu'il ait disparu au moment même où des véhicules faisaient écran relevait-il d'une simple coïncidence ou d'un acte délibéré ?

Hélas, pour les reconnaître, Strike ne pouvait pas compter sur les souvenirs qu'il avait de ses trois suspects. Ils avaient dû beaucoup changer après toutes ces années. Cela faisait huit ans qu'il n'avait pas vu Brockbank, neuf pour Laing et seize pour Whittaker. Durant ce laps de temps, ils avaient pu grossir, maigrir, devenir chauves, se faire pousser la barbe, la moustache, tomber malade ou prendre du muscle. Strike lui-même avait perdu une jambe. La seule caractéristique physique impossible à dissimuler, c'était la taille. Ils mesuraient tous les trois plus de un mètre quatre-vingts, comme Mr. Camouflage assis sur sa chaise en alu.

Tandis qu'il se dirigeait vers la station Tottenham Court Road, son téléphone sonna au fond de sa poche. Strike se réjouit de voir le nom de Graham Hardacre s'afficher. Pour ne pas gêner les passants, il s'écarta avant de décrocher.

« Oggy ? dit la voix de son ancien collègue. Qu'est-ce qui t'arrive, mon pote ? On t'envoie des jambes, maintenant ?

— Je suppose que tu n'es pas en Allemagne ?

— Édimbourg. Depuis six semaines. J'ai vu qu'on parlait de toi dans le *Scotsman*. »

La Brigade spéciale d'investigation, rattachée à la Police militaire royale, possédait des bureaux à Edinburgh Castle : la 35e section. Une affectation prestigieuse.

« J'ai besoin d'un service, Hardy, renchérit Strike. Des infos sur deux gars. Tu te souviens de Noel Brockbank ?

— Difficile de l'oublier. Septième division blindée, si j'ai bonne mémoire ?

— Tout juste. L'autre s'appelle Donald Laing. Je l'ai connu avant que tu n'arrives. King's Own Royal Borderers. À Chypre.

— Je verrai ce que je peux faire pour toi dès que je serai au bureau, mon pote. Pour l'instant, je me trouve au milieu d'un champ. »

Ils échangèrent des nouvelles de leurs amis communs mais durent écourter leur conversation à cause du vacarme de la circulation à cette heure de pointe. Hardacre promit de le rappeler dès qu'il aurait consulté les registres de l'armée et Strike continua son chemin vers le métro.

Trente minutes plus tard, en sortant de la station Whitechapel, il trouva un texto de l'homme avec lequel il avait rendez-vous.

Désolé Bunsen peux pas aujourd'hui te rappelle.

C'était rageant et ennuyeux mais pas vraiment surprenant. Que Shanker ait condescendu à lui fixer une heure et un lieu de rendez-vous était déjà une belle marque d'estime, sachant que Strike n'était pas censé convoyer de la drogue ni des billets usagés, ni recourir à ses services pour intimider un mec ou le passer à tabac.

Le genou de Strike commençait à récriminer mais il n'y avait aucun banc autour de la station. Il s'appuya contre un mur en briques jaunes, près de la bouche du métro, et composa le numéro de Shanker.

« Ouais, ça va, Bunsen ? »

De même qu'il ne savait plus d'où Shanker tenait son sobriquet, il avait oublié pourquoi ce dernier l'appelait Bunsen. Ils s'étaient rencontrés à l'âge de dix-sept ans et ils étaient restés très proches sans toutefois tomber dans les travers des vieilles amitiés adolescentes. En réalité, il ne s'agissait pas vraiment d'une amitié au sens courant du terme, plutôt d'une fraternité de fait. Strike savait que Shanker serait triste s'il mourait, mais aussi qu'il lui ferait les poches si jamais il se retrouvait seul avec son cadavre. C'était peut-être difficile à concevoir mais Shanker agirait ainsi pour que Strike, depuis l'au-delà, puisse constater que son portefeuille était entre de bonnes mains et pas dans celles d'un quidam qui passait par là.

« Tu es débordé, Shanker ? demanda Strike en allumant une autre cigarette.

— Ouais, Bunsen, pas l'temps aujourd'hui. C'est quoi l'prob ?

— Je cherche Whittaker.

— Pour le buter ? »

Son brusque changement de ton aurait pu alarmer quiconque ne le connaissait pas. Strike n'oubliait jamais qui était Shanker ni ce qu'il était. Pour les gens comme lui, le pardon n'existait pas. Les affronts se lavaient dans le sang. Voilà pourquoi il avait passé la moitié de sa vie d'adulte derrière les barreaux. Strike n'en revenait pas que Shanker ait réussi à atteindre l'âge vénérable de trente-cinq ans.

« Je veux juste savoir où il se trouve », répliqua Strike.

Shanker n'était sans doute pas au courant pour la jambe. Dans son monde, les gens ne s'occupaient que de leurs propres affaires et les nouvelles se diffusaient de bouche à oreille.

« J'peux essayer d'voir.

— Au tarif habituel, confirma Strike qui recourait régulièrement à ses services d'informateur. Au fait… Shanker ? »

Son vieil ami avait l'habitude de raccrocher au nez, pour peu qu'il ait affaire ailleurs.

« Y a aut'chose ? » fit Shanker dont la voix passa de lointaine à proche ; Strike avait deviné juste, Shanker avait cru leur conversation terminée.

« Ouais. Digger Malley. »

Le soudain silence au bout de la ligne était plus éloquent qu'un long discours. Tout comme Strike n'oubliait jamais ce qu'était Shanker, Shanker n'oubliait jamais ce qu'était Strike.

« Shanker, ça restera entre nous. Tu n'as jamais prononcé le nom de Malley devant moi, entendu ? »

Au bout de quelques secondes, Shanker prit sa voix la plus menaçante pour dire :

« Et en quel honneur j'ferais ça ?

— Je voulais juste savoir. Je t'expliquerai quand on se verra. »

Nouveau silence.

« Shanker, je ne t'ai jamais grillé, hein ? » reprit Strike.

Après une pause plus courte que la précédente, Shanker retrouva sa voix normale :

« Bon, ça va. Whittaker, tu disais ? J'vais voir ce que j'peux faire, Bunsen. »

Et il raccrocha. Shanker ne disait jamais au revoir.

Strike soupira, alluma une autre cigarette. Il aurait pu s'éviter le déplacement. Dès qu'il aurait fumé sa Benson, il replongerait dans le métro.

L'entrée de la station donnait sur un genre de parvis bétonné, entouré d'immeubles dont on ne voyait que l'arrière. Le Gherkin, immense tour noire en forme d'obus, brillait sur l'horizon. Ce truc n'existait pas vingt ans auparavant, quand Strike et sa famille s'étaient provisoirement installés dans le quartier de Whitechapel.

Il avait beau regarder autour de lui, Strike ne ressentait aucune espèce de nostalgie. Cette dalle de béton, ces arrières d'immeubles ne lui rappelaient rien de personnel. La station de métro elle-même ne lui évoquait pas grand-chose. Sa mère l'avait tellement trimbalé de place en place qu'il ne conservait que des souvenirs brouillés des divers lieux où il avait passé son enfance ; parfois, il ne savait plus quels commerces on trouvait au pied de tel ou tel appartement pouilleux, quel pub correspondait à quel squat.

Il avait voulu reprendre le métro mais, sans même s'en apercevoir, il se retrouva en pleine rue, marchant comme un automate vers le seul coin de Londres où il n'avait pas mis les pieds depuis dix-sept ans : l'immeuble où sa mère était morte. Son dernier squat. Deux étages délabrés donnant sur Fulbourne Street, à moins d'une minute de la station. Comme il approchait, quelques souvenirs ressurgirent. Bien sûr : quand il était en terminale, il passait souvent sur ce pont métallique enjambant les voies de chemin de fer. Il y avait aussi un nom de rue, Castlemain Street… l'une de ses camarades de lycée y avait vécu, une fille qui zozotait.

En débouchant sur Fulbourne Street, il ralentit l'allure, saisi par une étrange illusion d'optique. Comme une surimpression. Il avait tellement cherché à l'effacer que ce lieu n'était plus qu'une image délavée au fond de sa mémoire. Et voilà qu'à présent, cette image venait recouvrir la réalité, tel un film transparent. Les bâtiments étaient toujours aussi moches, et leurs façades aussi décrépites. En revanche, les commerces ne lui rappelaient rien du tout. Il avait l'impression de revoir un paysage aperçu en rêve mais où la plupart des choses auraient bougé. Bien sûr, dans les quartiers pauvres de Londres, rien ne durait éternellement. Les boutiques fermaient du jour au lendemain, d'autres les remplaçaient : leurs enseignes miteuses se succédaient sur les devantures ; les gens partaient, mouraient.

Comme il avait oublié le numéro, il lui fallut une minute ou deux pour retrouver l'entrée de leur ancien squat, à côté d'une boutique vendant des fringues bon marché de styles asiatique et occidental. À son époque, ce local avait abrité un supermarché antillais. Il ressentit un pincement au cœur en voyant le clapet en cuivre de la boîte aux lettres sur la porte. Ce machin faisait un bruit infernal chaque fois que quelqu'un entrait ou sortait.

Merde, merde, merde…

Tout en allumant une nouvelle cigarette au mégot de la précédente, il se dépêcha de bifurquer sur Whitechapel Road. Il y avait là des étals de marché : encore des frusques à deux balles, des monceaux d'ustensiles en plastique. Strike pressa le pas. Il avançait au hasard et croisait parfois des lieux chargés de souvenirs : un club de billard qu'il avait fréquenté dix-sept ans auparavant… la fabrique de cloches Bell Foundry… À présent, les images du passé jaillissaient par dizaines du bitume comme s'il venait de marcher sur un nid de vipères…

À l'approche de la quarantaine, sa mère avait commencé à s'intéresser aux hommes plus jeunes qu'elle, mais Whittaker était le plus jeune de tous. Il n'avait que vingt et un ans au début de leur relation. Et quand elle l'avait ramené à la maison pour la première fois, son fils en avait seize. Whittaker, le musicien, avait déjà le visage marqué de cernes profonds sous ses yeux écartés, des yeux d'une couleur étonnante, noisette avec des reflets dorés. Ses dreadlocks lui tombaient sur les épaules ; il portait toujours le même tee-shirt, le même jean, d'où son odeur épouvantable.

Une expression rebattue résonnait sous le crâne de Strike. Il descendait Whitechapel Road et à chacun de ses pas il entendait :

Caché à la vue de tous. Caché à la vue de tous.

Bien sûr, aux yeux des gens, Strike pouvait passer pour un obsessionnel, incapable de tourner la page : s'il avait songé à Whittaker dès qu'il avait vu cette jambe dans la boîte, c'était parce qu'il n'avait jamais accepté son acquittement après le meurtre de Leda. Les gens raisonnaient ainsi et Strike aurait beau leur exposer toutes les raisons qui le poussaient à suspecter Whittaker, ils lui répondraient qu'un excentrique qui ne faisait aucun mystère de ses tendances sadiques était peu susceptible d'avoir charcuté une femme.

Strike savait que ses semblables croyaient dur comme fer que les individus vraiment dangereux se cachaient pour faire le mal. En revanche, quand des pervers affichaient leurs pulsions violentes et dominatrices comme autant de colifichets, le commun des mortels, dans son incroyable naïveté, leur trouvait du style, voire de la séduction.

Leda avait connu Whittaker dans les locaux de la maison de disques où elle travaillait comme réceptionniste. Figure mineure de la grande histoire du rock, on l'avait posée derrière le comptoir d'accueil comme un totem vivant. À l'époque, Whittaker était guitariste et parolier pour des groupes de thrash metal. Mais comme il la ramenait trop, prenait de la drogue et faisait le coup de poing, il passait de l'un à l'autre sans pouvoir en intégrer aucun. Il prétendait avoir rencontré Leda un jour qu'il était venu signer avec le label. Leda avait confié sa propre version à son fils : en fait, le fameux jour, elle était intervenue pour protéger Whittaker qui se faisait virer par des vigiles. Elle l'avait pris sous son aile, l'avait ramené chez elle, et il s'était incrusté.

Le jeune Strike n'avait jamais compris si Whittaker jouait la comédie ou si sa passion affichée pour tout ce qui relevait du sadisme, du démoniaque était sincère. Il savait juste qu'il le détestait viscéralement, encore plus que les autres hommes qui avaient défilé dans le lit de sa mère. Chaque soir, au fond de leur squat, il avait dû respirer son odeur ignoble pendant qu'il faisait ses devoirs ; elle lui restait presque sur la langue. Whittaker avait tenté de lui imposer sa loi – ses explosions de colère, ses moqueries grinçantes révélaient chez lui une éloquence qu'il évitait d'afficher lorsqu'il voulait entrer dans les bonnes grâces des amis de Leda, lesquels n'avaient pas son niveau d'instruction. Strike ne se gênait pas pour lui répondre sur le même ton et dans le même registre ; en plus, il avait un avantage sur Whittaker : il était moins défoncé que lui, si tant est que ce soit possible quand on vit constamment dans un nuage de cannabis. Quand Strike disait vouloir poursuivre sa scolarité trop souvent perturbée, Whittaker le critiquait sournoisement, mais toujours dans le dos de Leda. L'homme était grand, nerveux et étonnamment musclé pour un zonard qui bougeait rarement son cul ; Strike, quant à lui, mesurait déjà plus de un mètre quatre-vingts et pratiquait la boxe dans un club du quartier. Autant dire que l'ambiance était tendue, et la violence toujours prévisible, chaque fois que les deux hommes se trouvaient en présence l'un de l'autre dans le squat enfumé.

Whittaker avait fait fuir Lucy, la demi-sœur de Strike, à force de la harceler, de la tourner en ridicule, de la draguer éhontément. Il se baladait à poil devant elle en grattant son torse tatoué. Et il riait de son effroi. Lucy n'avait que quatorze ans. Un soir, à bout de nerfs, elle avait couru jusqu'à la cabine téléphonique au coin de la rue pour supplier leur tante et leur oncle de Cornouailles de venir la chercher. Ils avaient débarqué le lendemain à l'aube après avoir conduit toute la nuit depuis St. Mawes. Lucy les attendait avec une petite valise contenant ses maigres possessions. Elle n'était jamais revenue vivre avec sa mère.

Sur le pas de la porte, Ted et Joan avaient supplié Strike de partir avec eux. Il avait refusé tout net.

Joan avait eu beau insister, implorer, il avait campé sur ses positions. Il voulait que Whittaker se tire, pas lui laisser le champ libre. À cette époque, il l'avait déjà entendu parler de meurtre comme s'il s'agissait d'un plaisir épicurien : Whittaker aurait aimé savoir ce qu'on ressentait en tuant quelqu'un. Sur le coup, Strike ne l'avait pas pris au sérieux. Pourtant, il le savait capable de violence ; il l'avait vu menacer les squatteurs qui vivaient avec eux. Un jour – Leda avait refusé de le croire, mais c'était vrai – Whittaker avait tenté de tuer un chat à coups de bâton parce que la pauvre bête l'avait réveillé de sa sieste. Il l'avait poursuivi à travers la pièce en hurlant des insultes et serait parvenu à ses fins si Strike ne lui avait pas arraché le gourdin.

Strike marchait de plus en plus vite. Son genou commençait à brûler à cause du frottement contre sa prothèse. Soudain, le pub Nag's Head, un gros cube de brique, apparut sur sa droite comme s'il l'avait évoqué par la pensée. En voyant le videur en costume noir posté devant la porte, Strike réalisa que le Nag's Head était lui aussi devenu un club de danse érotique.

« Fait chier », marmonna-t-il.

Il ne voyait pas d'inconvénient à ce que des femmes à moitié nues virevoltent autour de lui pendant qu'il buvait sa bière mais, dans ce genre d'établissement, les consommations coûtaient les yeux de la tête et il venait de perdre deux clients en une seule journée.

Par conséquent, il entra dans le premier Starbucks venu, posa sa jambe endolorie sur le siège devant lui et touilla son café noir d'un air morose. Les profonds canapés ocre, les grandes tasses débordant de mousse crémeuse, les jeunes serveurs qui officiaient avec une tranquille rigueur derrière le comptoir en verre, propre comme un sou neuf : rien de tel pour dissiper les miasmes fantomatiques de Whittaker. Pourtant, il était toujours là, à tournoyer dans la tête de Strike. Et les souvenirs affluèrent encore une fois…

À l'époque où Whittaker vivait avec Leda et son fils, personne ne connaissait son passé de délinquant juvénile, hormis les services sociaux du nord de l'Angleterre. Les récits qu'il faisait de sa vie n'étaient qu'un ramassis de mensonges, des fables pittoresques et souvent contradictoires. Pour apprendre la vérité, il avait fallu attendre qu'il soit arrêté pour le meurtre de Leda. Des personnages de son passé avaient alors commencé à sortir de l'ombre. Certains s'adressèrent à la presse, espérant toucher de l'argent. D'autres profitèrent de l'occasion pour se venger de lui. D'autres encore tentèrent maladroitement de prendre sa défense.

Whittaker avait vu le jour dans une famille aisée, dirigée par un diplomate anobli qu'il avait pris pour son père jusqu'à l'âge de douze ans avant de découvrir que sa sœur aînée, qu'il croyait enseignante dans une école Montessori à Londres, était en réalité sa mère. Cette femme était tombée dans la drogue et l'alcoolisme. Reniée par sa famille, elle vivait dans le dénuement le plus total. Le jeune Whittaker était déjà un enfant difficile, sujet à de terribles crises de colère qui lui faisaient perdre tout contrôle, mais cette découverte le rendit absolument ingérable. Expulsé du lycée, il rejoignit une bande de voyous dont il prit la tête peu après. Cette période s'acheva par un séjour en maison de correction. Il avait menacé une jeune fille avec un couteau pendant que ses copains la violaient. À l'âge de quinze ans, laissant dans son sillage une série de délits mineurs, il s'enfuit pour Londres, où il fit la connaissance de sa mère biologique. Mais une fois passé la joie des retrouvailles, leurs relations basculèrent dans la violence et l'animosité réciproques.

« Elle est libre ? »

Un jeune homme de haute taille se tenait penché sur lui. Sans même attendre la réponse, il saisit le dossier de la chaise où reposait la jambe de Strike. Avec ses cheveux bruns ondulés et son air de petit bourgeois propre sur lui, ce type lui rappela Matthew, le fiancé de Robin. Strike grogna, retira sa jambe, hocha la tête et le regarda s'éloigner avec le siège vers un groupe de six personnes au moins. Les filles l'attendaient avec impatience, remarqua Strike : elles se redressèrent en chœur en lui adressant de grands sourires. Était-ce à cause de sa ressemblance avec Matthew ou du fait qu'il lui avait pris sa chaise ou parce que Strike avait un don pour repérer les petits branleurs ? En tout cas, le jeune homme fut aussitôt classé dans la catégorie « infréquentable ».

Strike n'avait pas fini son café mais l'importun l'avait tellement agacé qu'il se leva péniblement et sortit du Starbucks. Il sentit les premières gouttes de pluie au moment où il repartait sur Whitechapel Road en tirant sur sa cigarette. Il n'essaya même pas de résister à la nouvelle vague de souvenirs qui l'emportait…

Whittaker réclamait une attention constante. C'était presque pathologique. Il avait horreur que Leda se détourne de sa petite personne, quels que soient le moment ou la raison – son travail, ses enfants, ses amis.

Chaque fois qu'il la sentait distraite, il allait exercer son charme envoûtant sur d'autres. Même Strike qui ne pouvait pas le sentir devait reconnaître que Whittaker possédait un incroyable sex-appeal. Il avait séduit quasiment toutes les femmes qui étaient passées par leur squat.

Il venait encore de se faire éjecter d'un groupe mais rêvait toujours de célébrité. Il connaissait trois accords de guitare et griffonnait sur tous les bouts de papier qui traînaient des paroles de chanson largement inspirées de la Bible satanique que Strike revoyait posée – avec sa couverture noire ornée d'un pentagramme entourant une tête de bouc – sur le matelas où dormait le couple. Whittaker connaissait par cœur la vie et l'œuvre de Charles Manson, le gourou américain. Strike se souvenait d'un vieux vinyle grésillant que Whittaker écoutait en boucle. L'album de Manson, *LIE : The Love and Terror Cult*, avait servi de bande originale à l'année de son brevet.

Whittaker avait appris l'histoire de Leda avant même de la rencontrer. Il aimait l'entendre parler de ses folles soirées, des hommes avec lesquels elle avait couché, comme si à travers elle, il entrait en relation avec les grands de ce monde. Plus Strike apprenait à le connaître, plus il comprenait que Whittaker plaçait la célébrité au-dessus de tout. Il ne faisait aucune espèce de distinction entre son cher Manson et des stars du rock comme Jonny Rokeby. Tous les deux graviteraient à tout jamais dans la mémoire des hommes. S'il privilégiait toutefois Manson, c'était que sa légende survivrait à toutes les modes : le mal demeurait éternellement fascinant.

Mais ce n'était pas seulement la notoriété de Leda qui l'attirait. Son amante avait porté les enfants de deux rockers riches à millions, lesquels lui versaient des pensions. Whittaker s'était installé avec elle dans le squat en croyant que sa vie de bohème procédait d'un choix mais que Leda disposait d'un fonds de réserve quelque part, alimenté par Jonny Rokeby et Rick Santoni, les pères de Strike et de Lucy. Il ne saisissait pas ou refusait d'accepter la vérité : Leda avait jeté l'argent par les fenêtres pendant des années, si bien que les deux hommes avaient considérablement réduit leurs contributions. Du coup, Whittaker ne voyait pas pourquoi Leda était si pingre avec lui ; il lui balançait des remarques désagréables, et les choses ne firent qu'empirer avec le temps. Il lui arrivait de piquer des crises ridicules, par exemple quand Leda refusa de lui payer la Fender Stratocaster de ses rêves ou la veste en velours Jean Paul Gaultier dont il s'était entiché, lui qui ressemblait à un clochard.

Il lui mettait la pression, inventait des mensonges plus gros que lui : il avait besoin d'un traitement médical très coûteux, il devait 10 000 livres à un type qui menaçait de lui casser les jambes. Leda réagissait tantôt par le rire tantôt par la contrariété.

« Chéri, je n'ai pas un rond, disait-elle. Vraiment, chéri, je suis fauchée, sinon je t'en donnerais du fric, je t'assure. »

Quand Leda était tombée enceinte, Strike avait dix-huit ans et voulait s'inscrire à l'université. La nouvelle l'avait rempli d'horreur mais jamais il n'aurait imaginé qu'elle irait jusqu'à épouser Whittaker. Elle lui avait toujours dit qu'elle n'était pas faite pour le mariage. Elle s'y était essayée adolescente mais avait quitté le domicile conjugal au bout de deux semaines.

Quant à Whittaker, on le voyait mal dans la peau d'un mari.

Et pourtant, ils l'avaient fait. Whittaker devait penser qu'il accéderait ainsi plus facilement au mystérieux magot. La cérémonie se déroula dans les bureaux de l'état civil de Marylebone, sur les lieux mêmes où deux des Beatles s'étaient mariés. Whittaker s'était peut-être imaginé qu'on le prendrait en photo sur le seuil de la mairie, comme Paul McCartney, mais personne ne se donna cette peine. Il devrait attendre la mort de son épouse pour voir débarquer une foule de photographes sur les marches du tribunal.

Strike réalisa qu'il avait marché jusqu'à la station Aldgate East sans même s'en apercevoir. Un détour parfaitement inutile, songea-t-il en se reprochant son étourderie. S'il avait repris le métro à Whitechapel, il serait déjà presque arrivé chez Nick et Ilsa. Au lieu de quoi il avait foncé tête baissée dans la mauvaise direction, résultat, il se retrouvait dans les transports en pleine heure de pointe.

Sa masse corporelle, ajoutée à son encombrant sac à dos, lui valut quelques regards agacés de la part des autres voyageurs mécontents de partager avec lui un espace déjà fort réduit. Strike n'y prêta guère attention. Dépassant tout le monde d'une tête, il s'accrochait à la poignée en observant son reflet qui tremblait sur les vitres obscures. Dans son esprit, l'histoire se poursuivait. Il en était à la dernière partie, la pire : Whittaker devant ses juges, plaidant l'innocence. La police avait relevé diverses anomalies dans sa déposition. On ne savait pas très bien où il se trouvait le jour où l'aiguille avait pénétré dans le bras de sa femme ; il s'était contredit sur la provenance de l'héroïne, sur le rapport de Leda avec la drogue.

Une bande de créatures interlopes, leurs voisins de squat, avait défilé à la barre pour évoquer la violence qui prévalait dans les relations du couple, dire que Leda détestait l'héroïne sous toutes ses formes, dresser le portrait d'un homme vindicatif, infidèle, obsédé par le meurtre, le fric. Un homme qui n'avait pas versé une larme à la mort de Leda. Pour eux, il était forcément coupable. Ils avaient rabâché leurs accusations avec un tel acharnement que la défense n'avait pas eu grand-chose à faire pour les discréditer.

Le témoin suivant, un étudiant d'Oxford, avait apporté une bouffée d'air frais. Le juge avait accueilli Strike d'un regard approbateur : le jeune homme était soigné, intelligent, il s'exprimait bien et son costume strict compensait un peu son physique impressionnant, voire intimidant. Le ministère public avait voulu mettre l'accent sur la cupidité de Whittaker et l'intérêt malsain qu'il portait à la prétendue fortune de Leda. Quand Strike prit la parole, la cour l'écouta religieusement. Il évoqua les tentatives de son beau-père pour s'emparer d'un magot qui n'existait que dans sa tête, ajoutant que Whittaker avait exercé un chantage affectif sur sa mère dans l'espoir qu'elle le couche sur son testament.

Whittaker l'observait de ses yeux dorés, presque impassibles. À la dernière minute de sa déposition, leurs regards s'étaient croisés. Strike avait vu la bouche de Whittaker s'ourler d'un petit rictus. Son index posé sur la balustrade devant lui s'était soulevé d'un centimètre avant de bouger de droite à gauche.

Strike avait immédiatement perçu la menace. Ce signe imperceptible lui était destiné. C'était la version miniature du geste qu'il faisait dès qu'on osait lui manquer de respect : la main devant lui, à l'horizontale, comme une lame tranchant la gorge de l'offenseur.

« Ton tour viendra, disait souvent Whittaker en fixant sur lui ses grands yeux jaunes hallucinés. Ton tour viendra ! »

Il s'en était bien sorti. Un membre de sa famille friquée lui avait payé un bon avocat. Il avait pris la peine de se laver, de mettre un costume, de s'exprimer d'une voix posée. Quand le juge lui avait donné la parole, il avait tout nié en bloc, sur un ton calme et respectueux. Tous les éléments rassemblés par le procureur, tous les détails qui avaient servi à brosser le portrait du sinistre individu qu'il était – l'album de Charles Manson passant en boucle sur le vieux tourne-disque, la Bible satanique posée sur le lit, ses apologies du meurtre pour le plaisir – furent démolis les uns après les autres par un Whittaker jouant l'incrédulité.

« Voyez-vous, monsieur le juge… je suis musicien, dit-il à un moment. La poésie se niche dans les recoins obscurs de l'âme. *Elle* comprenait cela mieux que quiconque. »

Sa voix s'était brisée fort à propos puis une crise de sanglots secs était venue rajouter une couche de mélo. Son avocat en avait profité pour lui demander s'il désirait faire une pause.

Avec un courage poignant, Whittaker avait fait signe que non avant de conclure par un étrange aphorisme :

« *She wanted to die. She was the quicklime girl.* Elle voulait mourir. C'était la fille à la chaux vive. »

Sur le moment, personne n'avait saisi la référence à « Mistress of the Salmon Salt », sauf Strike qui avait passé son enfance et son adolescence avec cette chanson en fond sonore.

Il était ressorti libre du tribunal. Le rapport du légiste avait pourtant établi que Leda ne consommait pas d'héroïne, mais sa réputation avait joué contre elle. Elle avait expérimenté des tas d'autres substances. Tout le monde savait qu'elle menait une vie dissolue. Pour ces magistrats en perruque bouclée dont la fonction consistait à classer les morts violentes par ordre de gravité, Leda avait eu la fin sordide qu'elle méritait, au fond d'un squat pourri, alors qu'elle recherchait un plaisir que la vie normale ne pouvait lui fournir.

Sur les marches du tribunal, Whittaker annonça qu'il souhaitait écrire la biographie de sa défunte épouse. Après cela, il disparut dans la nature et le livre en question ne vit jamais le jour. Le fils de Leda et de Whittaker fut adopté par les grands-parents de ce dernier, après toutes les souffrances qu'ils avaient déjà endurées. Strike n'avait pas eu l'occasion de le revoir. Après le procès, il avait discrètement quitté Oxford pour s'engager dans l'armée, Lucy était entrée à l'université ; la vie avait repris son cours.

Les réapparitions sporadiques de Whittaker à la rubrique des faits divers ne pouvaient échapper à l'attention des enfants de Leda, mais il n'avait jamais droit à la une des journaux : il avait épousé une femme célèbre pour avoir couché avec des hommes célèbres. Il n'était que le reflet d'un reflet.

« Ce type est un étron qui ne part pas quand on tire la chasse », disait Strike à Lucy, laquelle appréciait encore moins que Robin le genre d'humour que pratiquait volontiers son frère quand il voulait exorciser l'insoutenable.

Secoué par les trépidations de la rame, Strike ressentait toujours plus la fatigue, la faim. Il avait très mal au genou et pestait contre la terre entière, mais surtout contre lui-même. Pendant des années, il s'était obstinément tourné vers l'avenir. Pour lui, il n'était pas question de nier le passé mais de refuser toute nostalgie. Pas besoin de retrouver le squat où il avait vécu presque vingt ans plus tôt, d'entendre à nouveau grincer cette boîte aux lettres, ou hurler ce pauvre chat terrifié, pas besoin de revoir sa mère étendue sur le chariot de la morgue, dans sa robe à manches courtes, sa peau livide…

Tu n'es qu'un imbécile, s'invectiva Strike en étudiant le plan du métro pour repérer les changements qui l'attendaient avant d'arriver chez Nick et Ilsa. *Ce n'est pas Whittaker qui t'a envoyé cette jambe. Tu cherches simplement un prétexte pour le coincer.*

L'homme à la jambe était organisé, réfléchi, efficace ; tout le contraire du Whittaker qu'il avait connu – bordélique, irascible, cyclothymique.

Et pourtant…

Ton tour viendra…

She was the quicklime girl. C'était la fille à la chaux vive…

« Et merde ! » tonna Strike, suscitant une vague de consternation autour de lui. Il venait de rater sa correspondance.

11

Feeling easy on the outside,
But not so funny on the inside.
À l'aise vu de l'extérieur,
Mais pas si drôle que ça à l'intérieur.

BLUE ÖYSTER CULT,
« This Ain't the Summer of Love »

Au cours des deux jours suivants, Strike et Robin filèrent Platine à tour de rôle. Strike sautait sur le moindre prétexte pour la rejoindre dans la journée, insistait pour qu'elle rentre chez elle avant la nuit, à l'heure où le métro était encore bondé. Le jeudi soir, Strike suivit la jeune Russe jusqu'à ce qu'elle regagne le domicile de son amant, lequel doutait toujours autant de sa fidélité. Ensuite, il repartit pour Octavia Street à Wandworth, loin des journalistes qui faisaient le siège de son domicile.

Depuis qu'il exerçait ce métier, c'était la deuxième fois que Strike demandait l'asile à ses amis Nick et Ilsa. Il n'aurait pas aimé loger chez d'autres et pourtant, curieusement, quelque chose le gênait dans cette situation. Strike n'était pas vraiment à son aise entre ces deux personnes menant de front leur carrière et leur vie de couple marié. Son minuscule appartement sous les combles n'était certes pas très pratique mais, au moins, Strike y jouissait d'une liberté totale. Il pouvait aller et venir à sa guise, manger à deux heures du matin quand il rentrait d'une filature, monter et descendre l'escalier bruyant sans craindre de réveiller quelqu'un. Ses amis ne lui imposaient rien, mais il se sentait quand même obligé d'assister à un repas de temps à autre. Et quand, au milieu de la nuit, il allait se servir dans le frigo, il se faisait l'effet d'un asocial.

Strike avait peut-être un mode de vie particulier mais c'était un homme méthodique. Il n'avait pas attendu d'entrer dans l'armée pour prendre soin de ses affaires, sans doute parce qu'il avait souffert de vivre dans la crasse et le désordre durant toute sa jeunesse. Ilsa avait déjà remarqué que, chez eux, Strike ne laissait aucun signe de son passage, alors qu'elle pouvait suivre à la trace son gastro-entérologue de mari rien qu'en se fiant aux tiroirs ouverts et aux objets qui traînaient partout.

Par les copains qu'il avait sur Denmark Street, Strike savait que les reporters faisaient toujours le pied de grue devant sa porte. Il s'était donc résigné à passer le reste de la semaine dans la chambre d'amis de Nick et Ilsa, une pièce tristounette aux murs blancs et vides, qui attendait depuis des années l'arrivée d'un enfant qui ne venait pas, malgré tous leurs efforts. Strike ignorait où ils en étaient sur ce plan mais ne leur posait pas de questions. Il sentait que Nick, en particulier, lui savait gré de sa discrétion.

Il les connaissait de longue date l'un et l'autre. La blonde Ilsa était même une amie d'enfance, puisqu'elle avait été élevée à St. Mawes, dans les Cornouailles, où Strike avait passé les périodes les plus stables de sa jeunesse. Il l'avait rencontrée sur les bancs de l'école primaire et, chaque fois qu'il était revenu chez Ted et Joan – c'est-à-dire très régulièrement jusqu'à ce qu'il atteigne l'âge adulte –, leur amitié avait repris là où elle s'était interrompue. Joan et la mère d'Ilsa étaient elles-mêmes d'anciennes camarades de classe.

Nick, dont les cheveux châtain clair avaient commencé à tomber dès l'âge de vingt ans, avait fait la connaissance de Strike au lycée de Hackney, en classe de terminale. C'est à l'occasion des dix-huit ans de Strike que Nick et Ilsa s'étaient rencontrés. Leur relation amoureuse s'était interrompue peu après cette fête d'anniversaire. Ils étaient partis étudier dans deux villes différentes et, à l'âge de vingt-cinq ans, le hasard les avait de nouveau réunis. Ilsa était alors fiancée à un confrère avocat et Nick sortait avec une consœur médecin. Quelques semaines plus tard, Nick et Ilsa vivaient ensemble ; au bout d'un an, ils se mariaient et Strike leur servait de témoin.

Strike débarqua chez eux à vingt-deux heures trente. Il refermait la porte derrière lui quand il les entendit l'appeler depuis le salon où ils dégustaient un curry à emporter. Le plat était copieux, il y en avait largement pour trois.

« Qu'est-ce que c'est ? » demanda-t-il, étonné, en découvrant autour de lui de longues banderoles imprimées aux couleurs de l'Union Jack, ainsi qu'un grand nombre de feuilles griffonnées et deux bonnes centaines de gobelets en plastique rouges, blancs et bleus rangés dans un sac transparent.

« On aide à organiser la fête de quartier pour le mariage royal, expliqua Ilsa.

— Seigneur tout-puissant, grommela Strike en déposant au fond de son assiette un monticule de madras tiède.

— Ce sera marrant ! Tu devrais venir. »

Le regard que Strike lui lança la fit pouffer.

« Ta journée a été bonne ? demanda Nick en tendant à Strike une canette de Tennent's.

— Non, répondit Strike en prenant la bière avec gratitude. J'ai encore perdu un client. Il n'en reste plus que deux. »

Nick et Ilsa exprimèrent leur sympathie par onomatopées puis se turent et le laissèrent manger tranquillement. Strike était fatigué, déprimé. Il avait réfléchi à sa situation durant le trajet en métro. Comme il l'avait prévu, l'arrivée du colis macabre n'arrangeait pas ses affaires. En ce moment, sa photo circulait partout – sur le Net, dans les journaux. Cet acte effroyable n'avait peut-être aucun sens particulier mais la presse s'en était emparée pour mieux rappeler à ses lecteurs que Strike était lui-même unijambiste. Strike n'en avait pas honte mais n'en faisait pas un argument publicitaire. Désormais, une aura sinistre, sournoisement perverse, était attachée à sa personne. Il était contaminé.

« Des nouvelles au sujet de la jambe ? demanda Ilsa, une fois que Strike eut engouffré une bonne quantité de curry et descendu la moitié de sa bière. La police a-t-elle trouvé quelque chose ?

— J'en saurai sans doute davantage demain soir. J'ai rendez-vous avec Wardle. Mais je n'ai pas l'impression qu'il ait grand-chose de nouveau. Il concentre ses recherches sur le gangster. »

Strike ne leur avait pas fourni de détails sur les trois hommes qu'il estimait assez dangereux et rancuniers pour lui avoir envoyé cette jambe. En revanche, il avait fait allusion à un criminel endurci dont il avait jadis croisé la route, en précisant que l'individu avait découpé quelqu'un en plusieurs morceaux avant d'en expédier un par la poste. Bien évidemment, Nick et Ilsa s'étaient aussitôt rangés à l'avis de Wardle, à savoir que le coupable était probablement le fameux truand.

Installé dans leur confortable canapé vert, Strike se rappela que, le jour de ses dix-huit ans, Nick et Ilsa avaient croisé Jeff Whittaker. Cela faisait des années qu'il n'y avait pas repensé. Sa fête d'anniversaire avait eu lieu à Whitechapel, dans le pub Bell. Sa mère était enceinte de six mois, à l'époque. Strike revoyait encore le sourire forcé de sa tante, incapable de cacher sa désapprobation, et le visage de l'oncle Ted, marqué par la colère et le dégoût, lui qui d'habitude n'avait pas son pareil pour calmer les tensions. Tout cela parce que Whittaker, clairement défoncé, avait arrêté la musique pour entonner une chanson dont il avait lui-même écrit les paroles. Ce soir-là, Strike avait failli faire un scandale ; il eût largement préféré être loin de tout cela, à Oxford, et ne plus entendre parler de rien. Mais peut-être Nick et Ilsa avaient-ils oublié l'incident.

Après tout, c'était lors de cette fête qu'ils étaient tombés amoureux ; ils devaient être trop éblouis l'un par l'autre, trop enivrés par la passion pour se rappeler quoi que ce soit d'autre.

« Tu t'inquiètes pour Robin », dit Ilsa. C'était plus une affirmation qu'une question.

Strike répondit oui tout en mastiquant son nan. Il avait eu le temps d'y réfléchir durant ces quatre derniers jours. Robin n'y était pour rien mais, vu la tournure que prenaient les choses, elle était devenue un problème, un maillon faible. Et l'autre devait le savoir, sinon pourquoi aurait-il envoyé la jambe à son nom après avoir inscrit celui de Strike sur une première étiquette ? Si son employée avait été un homme, Strike aurait eu moins de motifs d'inquiétude, à l'heure actuelle.

Par ailleurs, Strike n'oubliait pas que Robin avait été un atout inestimable pour lui, jusqu'à ce jour. Combien de fois n'avait-elle pas amadoué des témoins récalcitrants ? Elle les rassurait, les incitait à se confier alors que lui les intimidait par sa taille et son allure. Grâce à son charme, à sa gentillesse, les portes s'ouvraient, les langues se déliaient. Ensuite Strike n'avait plus qu'à recueillir les déclarations. Il savait ce qu'il lui devait ; seulement voilà, en ce moment, il valait mieux qu'elle se fasse toute petite, qu'elle disparaisse le temps que l'expéditeur de la jambe coupée soit mis hors d'état de nuire.

« J'aime bien Robin, dit Ilsa.

— Tout le monde aime bien Robin », répondit Strike d'une voix assourdie par une deuxième bouchée de nan. C'était la vérité : sa sœur Lucy, les amis qui passaient au bureau, ses clients – ils tenaient tous à lui faire savoir combien ils appréciaient la personne qui travaillait avec lui. Mais, notant le ton légèrement inquisiteur d'Ilsa, il se prit à redouter que la discussion ne bascule sur le plan personnel. Son agacement redoubla lorsqu'elle renchérit :

« Comment ça se passe avec Elin ?

— Très bien.

— Est-ce qu'elle continue à te cacher, de peur que son ex apprenne ton existence ? insista Ilsa avec une pointe de curiosité.

— Tu ne l'aimes pas beaucoup, n'est-ce pas ? » dit Strike en s'amusant à renverser les rôles. Cela faisait trente ans qu'il connaissait Ilsa : il savait parfaitement qu'elle réagirait par le déni en s'empêtrant un peu dans sa réponse.

« Mais si, bien sûr que si… je veux dire, je ne la connais pas vraiment, mais elle semble… enfin bref, tu es heureux, c'est tout ce qui compte. »

Strike avait cru sa repartie suffisante pour que Ilsa cesse d'évoquer Robin – parmi ses amis, elle n'était pas la première à lui faire remarquer qu'ils s'entendaient tellement bien tous les deux que peut-être, un jour… Avait-il déjà songé qu'elle et lui… ? – mais Ilsa était avocate et il lui en fallait plus pour renoncer, quand un sujet lui tenait à cœur.

« Robin a reporté la date de son mariage, n'est-ce pas ? Ont-ils décidé d'une nouvelle… ?

— Ouais, l'interrompit Strike. Le 2 juillet. Elle a pris un congé. Ce week-end, elle retourne dans le Yorkshire pour faire… tout ce qu'on fait avant un mariage. Elle revient mardi. »

Une fois n'était pas coutume mais, sur ce coup-là, Strike avait agi dans le sens de Matthew en encourageant Robin à prendre son vendredi et son lundi. La savoir en sécurité dans la maison familiale à quatre cents kilomètres de Londres lui ôtait un grand poids. Robin regrettait de ne pouvoir assister à la rencontre avec Wardle dans le pub Old Blue Last à Shoreditch mais Strike avait cru percevoir chez elle un léger soulagement à la perspective de cette petite pause.

Ilsa eut l'air un peu désappointée d'apprendre que Robin comptait encore se marier avec un autre que son ami Cormoran, mais avant qu'elle puisse répliquer, le portable de Strike bourdonna dans sa poche. C'était Graham Hardacre, son ancien collègue de la BSI.

« Désolé, dit-il à Nick et Ilsa en reposant son assiette de curry pour s'extraire du canapé. Il faut que je réponde, c'est important… Oui, Hardy !

— Tu peux parler, Oggy ? demanda Hardacre pendant que Strike se dirigeait vers la porte.

— Maintenant oui », dit Strike. Il parcourut en trois enjambées la petite allée devant la maison et passa dans la rue obscure pour pouvoir fumer en marchant. « Qu'est-ce que tu as pour moi ?

— Pour être honnête, commença Hardacre d'une voix tendue, j'aimerais mieux que tu viennes jeter un œil sur place. Ça me faciliterait les choses. Ils m'ont collé une adjudante, la reine des emmerdeuses. On ne démarre pas du bon pied, elle et moi. Si je fais sortir des trucs d'ici et qu'elle l'apprend…

— Et si je viens ?

— Mieux vaut que ce soit tôt le matin. Je laisserai le document ouvert sur l'écran de mon ordi. Comme si j'avais oublié d'éteindre la veille, tu vois ? »

Hardacre avait déjà refilé des tuyaux à Strike. Le genre de renseignements qui normalement auraient dû rester confidentiels. Il venait d'être affecté à la 35e section : Strike trouvait naturel qu'il ne veuille pas compromettre sa carrière.

Le détective traversa la route, posa les fesses sur le muret du jardin d'en face, alluma une cigarette et demanda : « Donne-moi une bonne raison d'aller en Écosse.

— Ça dépend de ce que tu recherches.

— D'anciennes adresses, des liens familiaux, des rapports médicaux, psychiatriques… Ça m'aiderait pas mal. Brockbank a été réformé pour invalidité. C'était quand ? En 2003 ?

— Exact », dit Hardacre.

Strike entendit un bruit derrière lui. Il se leva pour regarder. Le propriétaire du muret jetait un sac d'ordures dans sa poubelle. C'était un petit bonhomme d'une soixantaine d'années. À la lumière du réverbère, Strike vit son air agacé se muer soudain en un sourire conciliant ; le voisin venait d'apercevoir un géant. Le détective s'éloigna d'un bon pas et longea plusieurs pavillons mitoyens bordés d'arbres et de haies qui frémissaient dans la brise printanière. Il y aurait bientôt des banderoles et des drapeaux un peu partout, songea Strike. Tout cela pour célébrer un mariage. Celui de Robin viendrait peu de temps après.

« À mon avis, tu n'auras pas grand-chose sur Laing, dit Strike d'un ton légèrement interrogateur. Il n'est pas resté dans l'armée aussi longtemps que Brockbank.

— Non, mais il m'a l'air d'un sacré zozo !

— Où est-il allé après la Maison de verre ? »

Sous l'expression « maison de verre » se cachait la prison militaire de Colchester. C'était là qu'on enfermait les soldats ou les officiers condamnés avant de les transférer dans des établissements pénitentiaires classiques.

« À la centrale d'Elmley. Ensuite il disparaît de nos fichiers. Il faudra que tu te renseignes auprès du comité de probation.

— Ouais », dit Strike en soufflant la fumée vers le ciel étoilé. Hardacre savait aussi bien que lui que, n'étant plus policier, Strike n'avait pas davantage accès aux registres du comité de probation que n'importe quel autre citoyen britannique. « De quel coin de l'Écosse est-ce qu'il vient, Hardy ?

— Melrose. Il a indiqué le nom de sa mère sur le formulaire de renseignements, quand il s'est engagé – j'ai vérifié.

— Melrose », répéta Strike, pensif.

Il songeait aux deux clients qu'il lui restait : le richissime crétin qui s'évertuait à prouver qu'il était cocu et l'épouse fortunée qui avait engagé Strike pour qu'il établisse que son futur ex-mari traquait et harcelait leurs deux fils. Pour l'instant, Mad Dad était à Chicago et on pouvait sans trop de risques suspendre la filature de Platine pendant vingt-quatre heures.

En plus, rien ne certifiait que les trois suspects de Strike aient le moindre rapport avec la jambe coupée. Il se faisait peut-être des idées.

A Harvest of Limbs… Une moisson de membres…

« Quelle distance entre Édimbourg et Melrose ?

— Environ une heure, une heure et demie en voiture. »

Strike écrasa sa cigarette dans le caniveau.

« Hardy, je pourrais prendre le train de nuit dimanche soir, faire un saut de bonne heure à ton bureau le lundi matin, et ensuite, rouler jusqu'à Melrose pour voir si Laing ne serait pas dans sa famille, et sinon leur demander sa nouvelle adresse.

— Ça m'a l'air parfait, Oggy. Tu me donneras ton heure d'arrivée. Je viendrai te chercher à la gare. Au fait… » Hardacre se préparait à lui faire une offre généreuse. « … si tu as besoin d'une voiture pour un simple aller-retour dans la journée, je veux bien te prêter la mienne. »

Au lieu d'aller retrouver immédiatement son curry froid et ses amis, Strike traîna encore un peu dans la rue endormie en grillant une autre cigarette, histoire de réfléchir. Puis il se rappela qu'il avait rendez-vous avec Elin, le dimanche soir. Ils devaient assister à un concert au Southbank Centre. Il n'appréciait pas vraiment la musique classique mais elle s'était mis en tête de le faire changer d'avis. Il regarda sa montre. Il était trop tard pour lui annoncer qu'il annulait ; il l'appellerait demain, il fallait juste qu'il y pense.

En repartant vers la maison de Nick et Ilsa, il songea de nouveau à Robin. Elle évoquait rarement son prochain mariage et pourtant, il devait avoir lieu dans deux mois et demi. C'est en l'entendant parler à Wardle des appareils photo jetables qu'elle avait commandés pour ses invités que Strike avait brusquement réalisé combien le jour était proche où elle deviendrait Mrs. Matthew Cunliffe.

Il y a encore le temps, se dit-il. Le temps pour quoi ? Il se garda bien de répondre à cette question.

12

… the writings done in blood.
… écrits à l'encre de sang.

BLUE ÖYSTER CULT, « OD'd on Life Itself »

Toucher de l'argent pour suivre une blonde ravissante dans les rues de Londres. Beaucoup d'hommes y auraient vu un passe-temps agréable. Strike, lui, commençait à en avoir ras le bol. Après avoir poireauté des heures sur Houghton Street pour essayer d'apercevoir la stripteaseuse à temps partiel longer les passerelles en verre et acier menant à la bibliothèque de la LSE, Strike la fila jusqu'au Spearmint Rhino où elle devait prendre son service à seize heures. Une fois sur place, il décampa : si jamais Platine faisait mine de sortir du droit chemin, Corbeau le préviendrait par téléphone. En plus, il avait rendez-vous avec Wardle à dix-huit heures.

Il mangea un sandwich dans un snack près du pub où ils étaient convenus de se retrouver. Son portable sonna mais quand il vit s'afficher le prénom de sa sœur, il laissa l'appel basculer sur sa messagerie. Il devinait que l'anniversaire de son neveu Jack approchait et n'avait aucune intention d'y assister. Il gardait un trop mauvais souvenir de la dernière fois, entre la curiosité malsaine des copines de Lucy et leurs gosses surexcités qui n'avaient pas cessé de se rouler par terre en poussant des hurlements stridents.

L'Old Blue Last se situait à l'angle de Great Eastern Street, à Shoreditch. Ce solide bâtiment en brique de deux étages, dont la proue arrondie s'avançait sur le trottoir, avait autrefois abrité un club de strip-tease doublé d'un bordel. Un camarade de lycée de Nick et Strike y avait même perdu son pucelage dans les bras d'une femme assez âgée pour être sa mère.

Le panneau à l'entrée annonçait que l'endroit avait été reconverti en salle de concert. Strike lut qu'à partir de huit heures, le pub accueillait toute une série de groupes tels que Islington Boys' Club, Red Drapes, In Golden Tears et Neon Index. Avec un rictus désabusé, il s'engagea dans la salle. Il y avait du parquet sur le sol et, derrière le comptoir, un énorme miroir à l'ancienne où étaient peints en lettres dorées les noms de bières blanches traditionnelles. Du haut plafond pendaient plusieurs lanternes sphériques, éclairant une foule de jeunes gens, garçons et filles, des étudiants pour la plupart, tous vêtus à la dernière mode. Ce côté branchouille lui passait largement au-dessus de la tête.

En son temps, sa mère avait manifesté une nette prédilection pour les groupes mondialement connus, ceux qui se produisaient dans les stades, mais elle l'avait également traîné dans des lieux pareils à celui-ci, pour assister à des concerts donnés par des groupes de copains, des formations qui disparaissaient du jour au lendemain après avoir remporté un ou deux succès, pour se remettre ensemble et jouer dans un autre pub trois mois plus tard. Strike trouvait le choix de l'Old Blue Last assez étrange. D'habitude, Wardle lui fixait rendez-vous au Feathers, à deux pas de Scotland Yard. Strike en comprit la raison quand il se fut approché du policier, assis seul au comptoir devant une pinte de bière.

« Ma femme adore Islington Boys' Club. Elle me retrouve ici après le boulot. »

Strike ne connaissait pas la femme de Wardle et n'avait jamais trop réfléchi à la tête qu'elle pouvait avoir. Pourtant, il imaginait volontiers un sosie de Platine (parce que les yeux de Wardle s'attardaient principalement sur les filles peu vêtues et bronzées toute l'année). Parmi ses contacts dans la police, un seul lui avait présenté sa femme : elle se prénommait Helly, ne s'intéressait qu'à ses enfants, à sa maison et aux ragots salaces qui traînaient dans la presse people. Le fait que celle de Wardle apprécie la musique d'un groupe indépendant dont Strike ignorait jusqu'au nom – et envers lequel il avait déjà un préjugé défavorable, mais ça c'était une autre histoire – permettait de supposer qu'elle était plus intéressante qu'il l'avait imaginé.

« Qu'est-ce que tu as trouvé ? » demanda Strike à Wardle, après avoir commandé une pinte au barman, sage précaution étant donné le nombre de consommateurs déjà agglutinés au comptoir. D'un accord tacite, ils rejoignirent la dernière table encore libre.

« La scientifique a rendu son rapport, dit Wardle tandis qu'ils s'asseyaient. La jambe appartiendrait à une femme jeune, entre quinze et vingt-cinq ans. Elle était morte quand le membre a été sectionné – mais pas depuis longtemps, d'après l'état de la coagulation – et il est resté au frigo, dans le compartiment à glace entre ce moment-là et celui où ton amie Robin l'a reçu. »

Entre quinze et vingt-cinq ans, songea Strike en calculant. Brittany Brockbank devrait avoir dans les vingt et un ans, aujourd'hui.

« Ils ne peuvent pas donner un âge plus précis ? »

Wardle secoua la tête.

« C'est le mieux qu'ils puissent faire. Pourquoi ?

— Je te l'ai déjà dit : Brockbank avait une belle-fille.

— Brockbank », répéta Wardle d'une voix traînante. On sentait qu'il faisait un effort de mémoire.

« L'un des trois types qui, d'après moi, seraient capables d'avoir fait le coup, dit Strike sans cacher son impatience. L'ancien rat du désert. Un grand brun, avec une oreille en chou-fleur…

— Ouais, c'est bon, répondit Wardle piqué au vif. Des noms, j'en vois passer sans arrêt, mon vieux. Brockbank – le type avec un tatouage sur l'avant-bras…

— Non, tu confonds avec Laing, l'Écossais que j'ai envoyé en taule pour dix ans. Brockbank c'est celui qui m'accuse de lui avoir causé des lésions cérébrales.

— Ah ouais.

— Sa belle-fille Brittany avait une cicatrice à la jambe. Rappelle-toi.

— Ouais, ouais, je me rappelle. »

Strike voulut lui balancer une remarque acerbe mais se contenta de boire une gorgée de bière. Si son vieux collègue de la BSI Graham Hardacre avait été assis en face de lui, à la place de Wardle, il n'aurait pas eu à se répéter. Depuis le début, ses relations avec Wardle étaient empreintes d'une certaine méfiance à laquelle s'était ajoutée une pointe de rivalité, dernièrement. Wardle était meilleur enquêteur que la plupart des autres officiers du Met auxquels Strike avait eu affaire. Mais il considérait ses propres théories avec une affection toute paternelle qui ne s'étendait jamais à celles de Strike.

« Qu'ont-ils dit sur les cicatrices présentes sur le mollet ?

— Qu'elles étaient anciennes. Plusieurs années avant la mort.

— Bon Dieu de merde », dit Strike.

Ces vieilles cicatrices n'intéressaient peut-être pas la police scientifique mais pour lui, elles comptaient énormément. Il se passait exactement ce qu'il avait redouté. En voyant son désarroi, Wardle, qui d'habitude ne perdait pas une occasion de se payer sa tête, réagit avec une relative empathie.

« Écoute, mon vieux, dit-il (c'était la première fois qu'il l'appelait ainsi). Ce n'est pas Brockbank qui a fait le coup. C'est Malley. »

Depuis le départ, Strike savait qu'en entendant le nom de Malley, Wardle foncerait tête baissée en négligeant les autres suspects, tout excité à l'idée de mettre la main sur un truand notoire.

« Des preuves ? rétorqua sèchement Strike.

— Le syndicat du crime d'Harringay a fait venir des prostituées d'Europe de l'Est pour les faire bosser dans divers endroits à Londres et jusqu'à Manchester. J'ai causé avec la brigade des mœurs. Ils ont fait une descente dans un bordel la semaine dernière et ramassé deux petites Ukrainiennes. » Wardle baissa la voix. « Deux femmes flics les ont interrogées. Les filles ont dit qu'une amie à elles avait débarqué ici en croyant qu'elle allait devenir mannequin. Elle refusait de tapiner même quand ils la tabassaient. Il y a deux semaines, Digger l'a fait sortir de la maison en la traînant par les cheveux. Elles ne l'ont pas revue depuis. Elles n'ont pas revu Digger non plus.

— Tout ça, c'est de la routine pour un mec comme Digger, dit Strike. Ce n'est pas forcément la jambe de cette fille-là. Est-ce qu'elles ont entendu Digger parler de moi ?

— Eh ben oui », dit Wardle d'un air triomphant.

Strike posa la pinte qu'il avait levée vers ses lèvres. Il ne s'attendait pas à une affirmation aussi péremptoire.

« Ah bon ?

— L'une des prostituées prétend l'avoir entendu prononcer ton nom, il n'y a pas longtemps de ça.

— Dans quel contexte ? »

Wardle lâcha un nom à plusieurs syllabes : celui d'un milliardaire russe, propriétaire d'un casino, pour lequel Strike avait en effet travaillé à la fin de l'année précédente. Strike se rembrunit. Pour autant qu'il le sache, le fait que Digger connaisse ses liens avec le Russe en question n'impliquait pas qu'il ait appris le rôle joué par Strike dans son arrestation et son séjour en prison. Tout ce qu'il y avait à tirer de cette information c'était que son client russe avait de très mauvaises fréquentations, ce que Strike savait déjà.

« En quoi le fait que j'ai touché de l'argent de la part d'Arzamastsev peut-il gêner Digger ?

— Bon, par quoi tu veux commencer ? » demanda Wardle. Strike eut l'impression qu'il cherchait à noyer le poisson. « Le Syndicat a des intérêts dans tous les secteurs. En gros, on a un type en pétard contre toi. Un type qui a déjà envoyé un morceau de corps à quelqu'un. Il disparaît avec une fille et, dans la foulée, tu reçois une jambe de fille.

— Présenté comme ça, on dirait que ça colle, concéda Strike mais sans en penser un mot. Et pour Laing, Brockbank et Whittaker, tu as lancé une recherche ?

— Mouais, fit Wardle. Mes hommes essayent de les localiser. »

Strike espérait qu'il disait vrai mais, pour ne pas compromettre ses bonnes relations avec Wardle, il évita d'exprimer ses doutes.

« Et le coursier a été filmé par des caméras de surveillance, dit Wardle.

— Et alors ?

— Ta collègue est un bon témoin. C'était bien une Honda. Avec de fausses plaques. Il portait la tenue qu'elle a décrite. Il a filé vers le sud-ouest, pour rejoindre un vrai dépôt de coursiers, apparemment. C'est à Wimbledon qu'il a été filmé pour la dernière fois. Après, on perd la trace du type et de la moto mais, comme je disais, les plaques sont fausses. Il pourrait être n'importe où à l'heure actuelle.

— Des fausses plaques, répéta Strike. Ça suppose une sacrée organisation. »

Le pub se remplissait autour d'eux. Le concert n'allait pas tarder à commencer ; déjà le public se massait à la porte menant au premier étage et Strike entendait le sifflement familier des larsens dans le micro.

« J'ai autre chose pour toi, dit Strike sans grand enthousiasme. J'ai promis à Robin de t'en remettre une copie. »

Il avait fait un saut au bureau avant l'aube. Par le copain qui tenait la boutique de guitares en face de chez lui, il savait que les photographes avaient arpenté le quartier jusqu'à la veille au soir mais, en arrivant ce matin, il n'avait vu personne devant sa porte.

Un peu intrigué, Wardle prit les deux lettres photocopiées.

« Elles sont arrivées au cours des deux derniers mois, précisa Strike. Robin pense que tu devrais y jeter un œil. Tu en veux un autre ? » demanda-t-il en désignant le verre presque vide de Wardle.

Wardle prit connaissance des deux courriers pendant que Strike allait refaire le plein au comptoir. Quand il revint, le policier tenait encore la lettre signée RL. Strike attrapa l'autre, couverte d'une écriture d'écolière, et la lut à haute voix :

> *… que je ne serai vraiment moi et vraiment entière que lorsque ma jambe ne sera plus là. Personne ne comprend que cette jambe n'est pas à moi et qu'elle ne le sera jamais. Je veux être amputée mais ma famille a beaucoup de mal à l'accepter. Ils pensent que c'est dans ma tête, mais vous, vous comprenez…*

Tu te trompes, songea Strike en laissant tomber la feuille sur la table. Ce faisant, il nota qu'elle avait inscrit avec un soin particulier sa propre adresse à Shepherd's Bush pour que la réponse de Strike – et ses précieux conseils en matière d'amputation – ne risque pas de se perdre dans la nature. Elle avait signé Kelsey tout court.

Toujours penché sur l'autre courrier, Wardle manifesta son écœurement par un reniflement narquois.

« Putain, tu as *lu* ce truc ?

— Non », dit Strike.

La foule entassée dans le bar était de plus en plus dense. De très jeunes gens, pour la plupart. Strike et Wardle n'étaient pas les seuls trentenaires mais on aurait vainement cherché plus vieux qu'eux. Strike avisa une jolie femme pâle, maquillée comme une starlette des années 40, avec des sourcils noirs finement épilés, un rouge à lèvres écarlate, des cheveux bleu pastel ramenés en coque au-dessus de la tête. Elle regardait autour d'elle comme si elle cherchait quelqu'un. « C'est Robin qui se charge de lire ce type de correspondance, les lettres des cinglés, et elle me les résume quand elle le juge nécessaire.

— "Je veux masser ton moignon", lut Wardle. "Je serai ta béquille vivante. Je veux..." La vache ! Ce n'est même pas physiquement... »

Il retourna la feuille.

« "RL". Tu arrives à déchiffrer l'adresse ?

— Non », avoua Strike en plissant les yeux. L'écriture était trop serrée. Le seul mot relativement lisible était « Walthamstow ».

« Eric, je croyais que tu m'avais dit "rendez-vous au comptoir" ? »

La jeune femme aux cheveux bleu clair et aux lèvres écarlates venait de s'arrêter devant leur table, un verre à la main. Elle portait une veste en cuir et dessous, une robe légère vintage.

« Désolé, bébé, on parlait boulot, dit Wardle, imperturbable. April, je te présente Cormoran Strike. Cormoran, ma femme, ajouta-t-il.

— Salut », dit Strike en tendant sa grande paluche. Jamais il n'aurait imaginé Wardle marié à une fille pareille. Pour des raisons qu'il était trop las pour analyser, Wardle remonta aussitôt dans son estime.

« Oh, c'est vous ! » s'écria April en lui décochant un sourire radieux, pendant que Wardle enfouissait les photocopies dans sa poche après les avoir pliées en quatre. « Cormoran Strike ! J'ai tellement entendu parler de vous. Vous restez pour le concert ?

— Je ne pense pas », répondit Strike sur un ton aimable. Elle était très jolie.

April ne voulait pas le laisser partir. Ils attendaient des amis, lui dit-elle, et de fait, quelques minutes plus tard, un groupe de six personnes les rejoignit. Parmi elles, deux femmes non accompagnées. Strike se laissa convaincre de monter au premier avec la petite bande. La scène était minuscule et la salle bondée. À ses questions, April répondit qu'elle était styliste, qu'elle sortait d'une séance de photos pour un magazine et, ajouta-t-elle sur un ton neutre, qu'elle se produisait dans un spectacle de cabaret burlesque, de temps à autre.

« Cabaret burlesque ? » répéta Strike en forçant la voix. Au même instant, un effet larsen déchira l'air, déclenchant une vague de protestations parmi les spectateurs entassés. *Ce ne serait pas ces numéros de strip-tease pour intellos ?* se demanda-t-il pendant qu'April lui apprenait que son amie Coco, une fille aux cheveux rouge tomate qui lui sourit en frétillant des doigts, exerçait elle aussi cette profession.

Le petit groupe avait l'air de bien s'entendre et, parmi les hommes, aucun ne le traita avec le dédain dont Matthew faisait preuve dès qu'il se trouvait en sa présence. Strike n'avait pas assisté à un concert depuis des siècles. La petite Coco avait demandé qu'on la soulève pour qu'elle puisse voir…

Mais quand Islington Boy's Club arriva sur scène, Strike se trouva malgré lui transporté dans le passé, vers une époque et des gens qu'il s'efforçait d'oublier. Les odeurs de transpiration, les guitares qu'on accordait, le bourdonnement du micro allumé : il aurait pu supporter tout cela si la posture du chanteur, son corps souple, androgyne, ne lui avaient rappelé Whittaker.

Au bout de quatre mesures, Strike comprit qu'il devait partir. Leur son était bon – du rock indé avec pas mal de cordes – et, malgré sa regrettable ressemblance, le chanteur se débrouillait bien. Mais Strike avait passé trop de temps dans ce genre de lieux contre son gré : ce soir, il était libre de choisir le calme et l'air frais, et il avait l'intention d'en profiter.

Il cria au revoir à Wardle, salua April d'un sourire et d'un signe de la main qu'elle lui rendit assortis d'un clin d'œil, puis il s'en alla. Son imposante carrure lui permit de fendre aisément la foule en sueur. Le premier morceau venait de se terminer quand Strike atteignit la porte du club. À l'étage, les applaudissements déchaînés évoquaient une averse de grêle martelant un toit en zinc. Une minute plus tard, il s'éloignait d'un bon pas, soulagé de retrouver la rumeur de la circulation.

13

In the presence of another world.
En présence d'un autre monde.

BLUE ÖYSTER CULT,
« In the Presence of Another World »

Le samedi matin, Robin et sa mère montèrent dans la vieille Land Rover familiale et quittèrent leur petite ville natale de Masham pour se rendre à Harrogate chez la couturière qui retouchait la robe de mariée, puisque la noce initialement prévue en janvier avait été reportée au mois de juillet.

« Vous avez encore maigri, dit la dame en resserrant le bustier dans son dos avec des épingles. Il faut arrêter de perdre du poids. Ce modèle était censé mettre en valeur les formes. »

Un an auparavant, Robin avait choisi le tissu et la façon en s'inspirant d'une robe Elie Saab. Ses parents, qui devraient également mettre la main à la poche pour le mariage de son frère aîné Stephen, prévu dans six mois, n'auraient jamais pu lui offrir l'original.

La copie était certes bien moins chère mais, avec le salaire que lui versait Strike, restait très au-dessus de ses moyens.

L'éclairage était flatteur dans le salon d'essayage. Pourtant Robin avait mauvaise mine au fond du miroir : le teint blême, les paupières battues, les yeux irrités. Sa robe ne lui plaisait plus autant maintenant qu'on avait retiré les manches longues qui faisaient tout le chic du modèle. Mais peut-être était-elle simplement blasée, depuis le temps qu'elle l'avait en tête, pensa-t-elle.

Le salon d'essayage sentait la moquette neuve et la cire. Linda, sa mère, surveillait les gestes de la couturière qui épinglait, rabattait, ajustait les mètres de mousseline blanche. Pendant ce temps, Robin, atterrée par son propre reflet, préférait se concentrer sur le petit meuble d'angle supportant des diadèmes en strass et des fleurs artificielles.

« Rappelez-moi, qu'avons-nous décidé pour la coiffe ? demanda la couturière qui donnait parfois du “nous” à ses clientes, comme le font souvent les infirmières. Nous penchions pour un diadème, cet hiver, n'est-ce pas ? Mais avec la robe bustier, on devrait essayer les fleurs.

— Oui, des fleurs, ce serait joli », confirma Linda, assise dans un coin.

La mère et la fille se ressemblaient beaucoup. Linda avait perdu sa taille fine, et ses cheveux cuivrés négligemment relevés au sommet de sa tête étaient mêlés de fils d'argent mais elle avait les mêmes jolis yeux gris-bleu. Des yeux qu'elle tenait en ce moment fixés sur sa fille avec cette expression caractéristique, à la fois soucieuse et perspicace, que Strike connaissait bien et qui l'aurait amusé s'il avait pu la voir.

Robin essaya plusieurs couronnes de fleurs artificielles et n'en aima aucune.

« Je vais peut-être m'en tenir au diadème, dit-elle.

— Ou alors des fleurs fraîches ? suggéra Linda.

— Oui, dit Robin, prise d'une envie soudaine de laisser derrière elle cette odeur de moquette et son reflet livide. Allons voir si la fleuriste a quelque chose à nous proposer. »

Elle fut heureuse de rester seule quelques minutes dans la pièce. Tout en s'extrayant de sa robe pour renfiler son jean et son pull, elle essaya de trouver une explication à son humeur chagrine. D'un côté, elle regrettait d'avoir dû renoncer à la rencontre avec Wardle mais d'un autre, elle n'avait guère hésité à mettre plus de trois cents kilomètres entre elle et l'homme en noir qui lui avait remis la jambe coupée.

Et pourtant, ses problèmes l'avaient suivie jusqu'ici. Elle s'était encore disputée avec Matthew dans le train. Et là, dans ce salon d'essayage sur James Street, elle s'inquiétait toujours davantage : l'agence perdait ses clients, elle redoutait de voir arriver le jour où Strike n'aurait plus de travail à lui confier. Une fois rhabillée, elle vérifia son portable. Strike n'avait pas cherché à la contacter.

Un quart d'heure plus tard, au milieu des gerbes de lis et de mimosa, elle décrocha à peine deux mots alors que la fleuriste s'agitait en tous sens, approchait tclle ou telle corolle de ses cheveux pour juger de l'effet. À un moment, quelques gouttes d'eau verdâtre coulèrent d'une tige de rose et se répandirent sur son pull crème.

« Allons chez Bettys », suggéra Linda après qu'elles eurent enfin arrêté leur choix.

Bettys of Harrogate était une institution locale, le plus ancien salon de thé de cette ville thermale. Des vasques de fleurs étaient suspendues à l'extérieur, sous la verrière noir et or où les clients faisaient la queue pour entrer. La décoration de la salle était tout aussi charmante, avec ses lampes confectionnées dans des boîtes à thé, ses théières ornementales, ses sièges confortables. Les serveuses portaient un uniforme piqué de broderies anglaises. Robin adorait cet endroit. Enfant, elle avait contemplé avec ravissement les petits cochons grassouillets en pâte d'amande alignés derrière la vitre du comptoir, pendant que sa mère choisissait l'un de ces merveilleux cakes aromatisés à l'alcool présentés dans leurs jolies boîtes en métal.

Aujourd'hui, elle regardait fixement les plates-bandes derrière la fenêtre. Avec leurs couleurs primaires, elles rappelaient ces motifs géométriques que les jeunes enfants découpent dans la pâte à modeler. Robin n'avait pas faim, elle commanda un thé et consulta de nouveau son portable. Rien.

« Tu vas bien ? lui demanda Linda, assise en face d'elle.

— Très bien, dit Robin. Je voulais juste savoir s'il y avait des nouvelles.

— Des nouvelles de quoi ?

— De la jambe. Strike a rencontré Wardle, hier soir, l'officier du Met.

— Oh », fit Linda, puis elles restèrent silencieuses jusqu'à l'arrivée du thé.

Linda avait choisi un Fat Rascal, un scone d'une taille impressionnante, spécialité du lieu. Après l'avoir beurré, elle demanda :

« Je suppose que vous allez tenter de découvrir qui vous a envoyé cette jambe, Cormoran et toi ? »

Quelque chose dans le ton de sa mère poussa Robin à s'armer de prudence.

« Nous essayons de savoir où en est la police, c'est tout.

— Ah », dit Linda en mâchant, le regard posé sur sa fille.

Robin s'en voulait d'être aussi irritable. La robe de mariée coûtait cher et, durant l'essayage, elle n'avait même pas fait semblant de l'aimer.

« Je suis sur les nerfs. Pardonne-moi.

— Pas de problème.

— C'est juste que Matthew n'arrête pas de me harceler parce que je travaille avec Cormoran.

— Oui, c'est ce que nous avons cru comprendre, hier soir.

— Oh, maman, je suis désolée ! »

Robin avait cru leur dispute assez discrète pour ne pas réveiller ses parents. Ils s'étaient querellés durant tout le trajet entre Londres et Masham puis, après un cessez-le-feu le temps du dîner, avaient repris les hostilités dans le salon une fois que Linda et Michael étaient montés se coucher.

« Nous avons beaucoup entendu le nom de Cormoran. Je suppose que Matthew… ?

— Il n'est pas *inquiet* », l'interrompit Robin.

Par principe, Matthew ne prenait pas le travail de Robin au sérieux mais lorsqu'un événement l'obligeait à ravaler ses moqueries – par exemple, quand elle recevait une jambe coupée – il réagissait par la colère plus que par l'inquiétude.

« Eh bien, à mon avis, il a tort, répondit Linda. Quelqu'un t'a envoyé un morceau de cadavre, Robin. Et, souviens-toi, il n'y a pas si longtemps, Matt nous avait appelés pour nous annoncer que tu étais hospitalisée à cause d'un grave traumatisme. Je ne te dis pas de démissionner ! ajouta-t-elle sans se laisser intimider par le reproche qu'elle lisait dans les yeux de sa fille. Tu as choisi d'exercer ce métier, je le sais ! De toute façon – elle déposa une bonne moitié de son Fat Rascal dans la main de Robin –, ce n'était pas le sens de ma question. Je ne te demande pas si Matt est inquiet. Je voulais savoir s'il était jaloux. »

Robin but une gorgée de son Bettys Blend bien corsé. Elle ferait peut-être bien d'en acheter quelques sachets pour le bureau. On n'en trouvait pas d'aussi bon chez Waitrose à Ealing, et Strike aimait le thé qui avait du goût.

« Oui, Matt est jaloux, dit-elle enfin.

— Je suppose qu'il n'a aucun motif ?

— Bien sûr que non ! » répliqua Robin. Elle se sentait trahie. Sa mère était toujours de son côté, d'habitude…

« Pas besoin de t'énerver, dit Linda, imperturbable. Je ne dis pas que tu as fait quelque chose de mal.

— Encore heureux, dit Robin en mâchonnant son scone sans l'apprécier. Parce que je n'ai rien à me reprocher. Strike est mon patron, un point c'est tout.

— Et ton ami, ajouta Linda, si j'en crois la façon dont tu parles de lui.

— En effet, admit Robin, trop honnête pour ne pas ajouter : Mais pas un ami comme les autres.

— C'est-à-dire ?

— Il n'aime pas aborder les sujets trop personnels. Ce n'est pas son truc. »

À l'exception de cette fameuse soirée – dont ils n'avaient plus guère reparlé depuis – où Strike était tellement saoul qu'il tenait à peine debout, il ne laissait jamais rien filtrer de sa vie privée, ou très peu.

« Pourtant vous vous entendez bien ?

— Oh oui, vraiment bien.

— Les hommes, en général, ont du mal à accepter que leur compagne entretienne de bonnes relations avec d'autres individus de sexe masculin.

— Qu'est-ce que j'y peux ? Je devrais travailler uniquement avec des femmes ?

— Non. Tout ce que je dis, c'est que Matthew se sent menacé. C'est évident. »

Parfois, Robin se disait que sa mère aurait aimé qu'elle connaisse d'autres garçons avant de s'engager auprès de Matthew. Linda et elle étaient très proches ; Robin était sa seule fille. Soudain, au milieu de ce salon de thé, parmi les tintements des couverts sur la porcelaine fine, Robin craignit d'entendre sa mère lui annoncer qu'il n'était pas trop tard pour annuler ce mariage, si elle le souhaitait. Certes, elle était fatiguée, déprimée, et la vie commune n'avait pas été facile ces derniers mois, mais elle savait une chose : elle aimait Matthew. La robe était prête, l'église réservée, la note du traiteur en grande partie réglée. Elle n'allait pas tout planter si près de la ligne d'arrivée.

« Je ne ressens pas d'attirance physique pour Strike. De toute façon, il a une petite amie : Elin Toft. Elle anime une émission sur Radio Three. »

Robin espérait que sa mère rebondirait sur cette information, car elle écoutait assidûment la radio quand elle cuisinait ou faisait du jardinage.

« Elin Toft ? Cette jolie blonde qui parlait des compositeurs romantiques, l'autre soir à la télé ? demanda Linda.

— Probablement », répondit Robin d'un ton plat. Et, bien que sa tactique de diversion ait parfaitement fonctionné, elle changea de sujet. « Alors comme ça, vous comptez vous débarrasser de la Land Rover ?

— Oui. On n'en tirera pas grand-chose, évidemment. Elle va finir à la casse. À moins que..., reprit Linda sous le coup d'une idée soudaine. À moins que Matthew et toi souhaitiez la récupérer ? La vignette est payée et elle passe encore de justesse au contrôle technique. »

Robin s'interrogea. Matthew se plaignait sans cesse qu'ils n'avaient pas de voiture, ce qu'il mettait sur le compte du peu d'argent qu'elle gagnait. Il devenait vert de jalousie chaque fois qu'il voyait l'A3 Cabriolet du mari de sa sœur. Robin savait que la vieille Land Rover cabossée qui empestait le chien mouillé et les bottes en caoutchouc ne l'enthousiasmerait pas autant, mais dans le salon, la nuit dernière, à une heure du matin, Matthew lui avait dressé la liste des salaires supposés de leurs contemporains et, avec un bel effet de manche, avait conclu que Robin figurait tout en bas du classement. Dans un sursaut de malice, elle s'imagina répondant à son fiancé : « Mais nous avons la

Land Rover, Matt, plus besoin d'économiser pour se payer une Audi ! »

« Elle pourrait être utile pour le boulot, dit-elle à haute voix. Si jamais on devait sortir de Londres. Comme ça, Strike ne sera plus obligé de louer une voiture.

— Mmm », dit Linda d'un air absent, mais sans quitter sa fille des yeux.

En rentrant, elles trouvèrent Matthew occupé à dresser la table avec son futur beau-père. Il était plus enclin à participer aux tâches ménagères quand il séjournait chez les parents de Robin que dans l'appartement qu'ils partageaient tous les deux.

« Alors, comment est la robe ? » demanda-t-il. Question que Robin interpréta comme une tentative de réconciliation.

« Très bien, répondit-elle.

— Mais peut-être que je ne dois pas savoir, que ça porte malheur, ajouta-t-il et, constatant qu'elle ne souriait pas : Je parie qu'elle te va à ravir, de toute façon. »

Radoucie, elle lui tendit la main. Il serra gentiment ses doigts en lui faisant un clin d'œil. Ensuite, Linda arriva, chargée d'un gros plat de purée qu'elle posa au centre de la table en annonçant qu'elle leur avait donné la vieille Land Rover.

« Quoi ? dit Matthew, le visage figé de consternation.

— Tu n'arrêtes pas de dire que tu veux une voiture, intervint Robin, volant au secours de sa mère.

— Oui, mais… la Land Rover, à Londres ?

— Pourquoi pas ?

— Ça va ternir son image », claironna Martin, le frère de Robin, qui venait d'entrer avec un journal à la main. Il avait étudié la cote des participants au Grand National qui devait avoir lieu dans l'après-midi. « Mais toi, Rob, je te vois très bien dedans, avec ton canard boiteux, filant à toute allure vers les scènes de crime. »

Un muscle tressaillit sur la mâchoire carrée de Matthew.

« La ferme, Martin », répliqua Robin en foudroyant du regard son jeune frère. Elle s'assit à table. « Et j'aimerais assez que tu l'appelles "canard boiteux" quand il sera en face de toi, juste pour voir, ajouta-t-elle.

— Je pense que ça le ferait rigoler, dit Martin avec désinvolture.

— Parce que vous êtes du même bois, tous les deux ? lui renvoya Robin. Tu en aurais des trucs à lui raconter avec tes brillants états de service, toujours à risquer ta vie et ton intégrité physique. »

Sur les quatre enfants Ellacott, Martin était le seul à n'avoir pas suivi d'études supérieures et à vivre encore chez ses parents. Il ne supportait pas qu'on fasse la moindre allusion à ce statut peu reluisant.

« Putain ! Je peux savoir ce que tu insinues par là ? Que je devrais m'engager dans l'armée ?

— Martin ! riposta Linda. Surveille ton langage !

— Est-ce qu'elle te reproche d'avoir encore tes deux jambes, Matt ? » insista lourdement Martin.

Robin lâcha ses couverts et sortit de la cuisine.

La jambe coupée venait de réapparaître devant ses yeux, avec son tibia blanc luisant entre les chairs mortes, et ces ongles de pied un peu crasseux que la victime prévoyait peut-être de laver ou de vernir avant qu'on puisse les voir…

Et les larmes se mirent à couler. C'était la première fois qu'elle pleurait depuis qu'elle avait ouvert cette boîte. Les motifs du vieux tapis qui couvrait l'escalier se troublèrent devant ses yeux. Elle dut tâtonner pour trouver la poignée de sa chambre. Elle marcha jusqu'au lit et se laissa tomber à plat ventre sur la couette, les épaules agitées de hoquets, la poitrine frémissante. Les mains collées sur le visage, elle essayait d'étouffer ses sanglots car elle ne voulait pas qu'on vienne ; elle ne voulait pas qu'on l'oblige à parler, à s'expliquer ; elle voulait juste rester seule pour expulser les émotions qu'elle avait refoulées toute la semaine afin de pouvoir continuer à travailler.

Martin avait évoqué l'amputation de Strike avec le même ton désinvolte que celui-ci avait adopté pour parler de la jambe coupée. Une femme était morte dans des circonstances atroces et personne, à part Robin, ne semblait s'en soucier. La mort et la lame d'un hachoir avaient transformé cette femme inconnue en un morceau de viande, en un problème à résoudre, et elle, Robin, avait l'impression d'être la seule au monde à se souvenir que cette jambe avait appartenu à un être humain qui peut-être vivait encore une semaine auparavant…

Après avoir versé toutes les larmes de son corps, ce qui lui prit dix minutes, Robin roula sur le dos, ouvrit ses yeux noyés et les promena dans sa chambre de jeune fille, comme pour y chercher du secours.

Autrefois, cette pièce avait été son seul et unique refuge. Pendant les trois mois qui avaient suivi l'arrêt de ses études universitaires, elle en était à peine sortie, même pour manger. À l'époque, les murs étaient peints en rose vif, une faute de goût remontant à ses seize ans, quand elle avait voulu redécorer sa chambre. Elle avait vite remarqué que cette couleur ne convenait pas, mais n'avait pas voulu demander à son père de les repeindre, se bornant à cacher le rose criard sous des tas d'affiches. Elle se souvenait du grand poster de Destiny's Child placardé face au lit. Aujourd'hui, il n'y avait presque plus rien sur les murs, à part le papier peint vert d'eau que Linda avait fait poser quand Robin était partie vivre à Londres avec Matthew, mais elle revoyait cette image comme si elle était encore déployée devant ses yeux : Beyoncé, Kelly Rowland et Michelle Williams la regardaient fixement depuis la pochette de leur album *Survivor*. Elle resterait pour toujours liée à la pire période de son existence.

Aujourd'hui, sur les murs de cette chambre, il n'y avait plus que deux photos encadrées : sur l'une, prise en fin d'année scolaire, on voyait Robin avec ses camarades de terminale (et Matthew tout au fond, le plus beau garçon de la classe, le seul à avoir refusé de faire une grimace ou de porter un chapeau ridicule) ; sur l'autre, Robin âgée de douze ans se tenait à califourchon sur son vieux poney des Highlands, Angus, une créature velue, solide et têtue qui vivait dans la ferme de son oncle et que Robin adorait malgré son sale caractère.

Épuisée d'avoir tant pleuré, Robin essuya son visage mouillé d'un revers de main, balaya ses dernières larmes d'un clignement de paupières et tendit l'oreille. Des voix assourdies montaient de la cuisine située sous sa chambre. Elle aurait parié que sa mère conseillait à Matthew de ne pas bouger, de la laisser seule encore un moment. Robin espérait qu'il obéirait. Dans l'état où elle était, elle aurait bien passé le week-end à dormir.

Une heure plus tard, elle était toujours allongée sur le lit double à contempler d'un air vague la cime du tilleul qui pointait derrière la fenêtre, quand Matthew frappa à la porte et entra avec une tasse de thé.

« Ta mère pense que ça te fera du bien.

— Merci, dit Robin.

— Nous allons regarder le National tous ensemble. Martin a misé gros sur Ballabriggs. »

Il ne fit allusion ni à sa détresse ni aux commentaires grossiers de Martin. L'attitude de Matthew laissait entendre qu'elle s'était mise dans une situation embarrassante et qu'il lui offrait une porte de sortie. Elle comprit tout à coup que son fiancé n'avait pas la moindre idée de ce qu'elle ressentait depuis qu'elle avait vu et touché la jambe de cette femme. Non, il était juste contrarié que Strike – qu'aucun membre de la famille Ellacott n'avait jamais rencontré – soit encore revenu dans la conversation, ce week-end. C'était la même histoire qu'avec Sarah Shadlock pendant le match de rugby.

« Je n'aime pas voir des chevaux se briser l'échine, dit Robin. De toute façon, j'ai du travail. »

Matthew resta planté devant elle sans rien dire, puis il sortit et claqua la porte avec une telle vigueur qu'elle se rouvrit aussitôt.

Robin se redressa, remit un peu d'ordre dans ses cheveux, respira un bon coup et alla chercher son ordinateur portable posé sur la coiffeuse. En l'emportant dans ses bagages, elle s'était sentie un peu coupable, car cela supposait qu'elle espérait libérer du temps pendant le week-end pour suivre ses lignes d'enquête, comme elle les appelait en secret. Mais depuis qu'elle avait vu Matthew prendre son air de grand seigneur, elle ne culpabilisait plus du tout. Qu'il aille donc regarder le National. Elle avait mieux à faire.

Elle retourna s'installer sur le lit, cala plusieurs oreillers dans son dos, ouvrit l'ordinateur et se mit à surfer sur des sites web classés dans ses marque-pages. Des sites dont elle n'avait parlé à personne, pas même à Strike, de peur qu'il lui dise qu'elle perdait son temps.

Elle avait déjà passé plusieurs heures à suivre deux lignes d'enquête différentes mais reliées entre elles par certains détails. Ces recherches lui avaient été inspirées par les deux lettres que Strike avait remises à Wardle, sur son insistance : celle de la jeune femme qui souhaitait se débarrasser de sa jambe et celle de l'individu qui voulait faire des choses avec le moignon de Strike, laquelle l'avait mise un peu mal à l'aise.

Robin avait toujours été fascinée par les mécanismes de l'esprit. C'était en fac de psycho qu'elle s'était inscrite avant de devoir interrompre ses études universitaires. La jeune femme qui avait écrit à Strike semblait souffrir d'un trouble identitaire relatif à l'intégrité corporelle, ou TIRIC : le désir irrationnel d'amputer des parties saines de son corps.

D'après les quelques articles scientifiques qu'elle avait parcourus sur internet, ce trouble mental touchait peu de gens et ses causes précises étaient inconnues. Il suffisait d'aller voir sur les sites de soutien pour saisir l'ampleur de l'hostilité envers les victimes de cette maladie. On les conspuait à longueur de forums. On les accusait de rechercher un état que d'autres subissaient par simple malchance, de vouloir attirer l'attention sur eux par des procédés ignobles, monstrueux. À ces attaques succédaient des réponses tout aussi indignées : croyait-on sincèrement que les gens touchés par le TIRIC *désiraient* être malades ? Ne mesurait-on pas la souffrance psychologique qu'enduraient les personnes transcapacitaires – ce besoin viscéral d'être paralysé ou amputé ? Robin se demandait ce que Strike penserait de tout cela. Comment prendrait-il les discours tenus par les victimes du TIRIC, si jamais il les lisait ? Elle doutait qu'il ressente pour elles une once de pitié.

Quelqu'un dut ouvrir la porte du salon, en bas, car l'espace d'un bref instant, Robin entendit la voix d'un commentateur, celle de son père ordonnant à leur vieux labrador chocolat de sortir parce qu'il avait pété, et le rire de Martin.

Robin avait beau se creuser la cervelle, le prénom de la jeune fille qui avait demandé à Strike des conseils pour sa future amputation ne lui revenait pas. Peut-être Kylie ou quelque chose du même genre. Elle refit lentement défiler les pages du site de soutien le plus fourni qu'elle avait trouvé, en recherchant les noms d'utilisateurs susceptibles d'avoir un lien quelconque avec elle. Où une adolescente souffrant d'une si étrange fixation pouvait-elle partager ses fantasmes, sinon dans le cyberespace ?

La porte de la chambre, toujours entrebâillée depuis la sortie intempestive de Matthew, s'ouvrit davantage.

Rowntree, le labrador qui venait de se faire éjecter du salon, entra en se dandinant. Il s'approcha de Robin, elle lui gratta les oreilles d'un air absent, il se coucha au pied du lit. Après quelques battements de queue, il s'endormit en respirant comme un soufflet. Robin retourna à ses recherches, les ronflements de son chien en fond sonore.

Elle sursauta. Depuis le temps qu'elle travaillait pour Strike, elle commençait à s'habituer à ces décharges nerveuses qui la traversaient chaque fois qu'elle tombait sur un élément d'information – lequel après vérification pouvait se révéler utile ou inutile ou, plus rarement, essentiel.

> **Seulomonde : quelqu'un a-t-il des infos sur Cameron Strike ?**

Retenant son souffle, Robin ouvrit le fil de la discussion.

> **w@nBee : le détective unijambiste ? c'est un vétéran.**
> **Seulomonde : il paraît qu'il s'est fait ça lui-même.**
> **w@nBee : non, renseigne-toi, il était en Afganistan.**

L'échange s'arrêtait là. Robin parcourut attentivement d'autres fils de discussion, toujours sur le même forum, mais Seulomonde ne posa pas d'autre question et ne se remanifesta pas. Cela ne signifiait rien en soi ; cette personne avait pu changer de pseudo. Robin fouilla le site dans ses moindres recoins sans retrouver nulle part le nom de Strike.

Son excitation retomba. À supposer même que l'expéditrice de la lettre et Seulomonde soient une seule et même personne, elle avait déjà tout dit dans son courrier : pour elle, Strike s'était automutilé. Et il n'y avait pas beaucoup d'amputés célèbres susceptibles de servir de modèle à ceux qui nourrissaient l'espoir qu'ils partageaient les mêmes tendances.

Robin entendit des cris d'encouragement monter du salon. Elle abandonna les forums TIRIC pour se tourner vers sa deuxième ligne d'enquête.

Elle se plaisait à croire qu'elle s'était endurcie depuis qu'elle exerçait ce métier. Et pourtant, ses toutes premières incursions dans les fantasmes des acrotomophiles – les personnes sexuellement attirées par les amputés –, disponibles en quelques clics de souris, lui avaient donné des crampes d'estomac qui avaient persisté longtemps après qu'elle eut éteint son ordinateur. Et voilà qu'à présent, elle découvrait sur son écran les confessions d'un homme (elle supposait qu'il s'agissait d'un homme) qui s'éclatait en imaginant une femme aux quatre membres amputés au-dessus des coudes et des genoux. Le point précis de l'amputation semblait revêtir une importance majeure. Un autre homme (ce ne pouvait pas être une femme) se masturbait depuis qu'il était tout jeune en imaginant un accident de massicot durant lequel lui-même et son meilleur ami perdaient leurs jambes. Ils étaient tous fascinés par les moignons, les mouvements restreints des amputés, comme si pour eux l'infirmité était la forme suprême du masochisme, pensa Robin.

Le Grand National se poursuivait, la voix nasillarde du commentateur débitait d'incompréhensibles litanies,

Martin hurlait à pleins poumons et, pendant ce temps, Robin poursuivait ses recherches sur le Net. Elle passa sur d'autres forums, espérant y retrouver le nom de Strike mais aussi des liens entre paraphilie et violence.

Chose curieuse, les personnes qui déversaient leurs fantasmes sur les forums n'étaient pas forcément tentées par la violence ou la douleur. Même celui qui jouissait en évoquant des jambes tranchées par un massicot disait clairement que l'amputation n'était qu'un passage obligé, le but ultime étant d'obtenir un moignon.

Une personne excitée par le moignon de Strike aurait-elle pu couper une jambe et la lui envoyer ? C'était typiquement le genre de question à laquelle Matthew répondrait par l'affirmative, songea Robin avec un certain dédain, parce que pour Matthew, une personne assez glauque pour aimer les moignons était également capable de démembrer un être humain ; oui, ce serait tout à fait lui de répondre cela. Pour sa part, elle pensait différemment, surtout maintenant qu'elle avait lu les confessions d'autres acrotomophiles. Elle tendait à croire que les solutions proposées par RL pour « résoudre le problème » de Strike relevaient de pratiques que son patron trouverait encore moins ragoûtantes que l'amputation elle-même.

Bien sûr, RL pouvait être à la fois acrotomophile et psychopathe…

« OUI ! OUI ! PUTAIN ! 500 BALLES ! » brailla Martin. D'après les coups sourds et rythmés qui provenaient non plus du salon mais du vestibule, Robin supposa que son frère avait trouvé un espace mieux adapté à son explosion de joie. Rowntree se réveilla brusquement, se dressa sur ses pattes et produisit un son tenant à la fois de l'aboiement et du bâillement. Le vacarme était tel que Robin n'entendit pas Matthew approcher dans le couloir. Quand elle le vit sur le seuil, elle se dépêcha de fermer tous les sites qui élevaient les amputés au rang de fétiches sexuels.

« Je suppose que Ballabriggs a gagné la course, dit-elle.

— Ouais », répondit Matthew.

Pour la deuxième fois de la journée, il fit un geste vers elle. Robin mit de côté son ordinateur portable, Matthew l'aida à se lever et la serra contre lui. La chaleur qui émanait de son corps lui fit l'effet d'un baume. Une vague de calme, de soulagement la traversa de part en part. Elle ne pourrait pas supporter une deuxième nuit d'engueulade.

Puis Matthew s'écarta un peu, en regardant par-dessus l'épaule de Robin.

« Quoi ? »

Elle se retourna, baissa les yeux et découvrit au centre de l'écran blanc un rectangle de texte :

Acrotomophilie *(nom fém.)*
Paraphilie dans laquelle un individu est sexuellement attiré par un partenaire amputé.

Il y eut un bref silence.

« Combien de chevaux sont morts ? demanda Robin d'une voix tremblotante.

— Deux », répondit Matthew, et il quitta la pièce.

14

… you ain't seen the last of me yet,
I'll find you, baby, on that you can bet.
… tu ne me vois pas pour la dernière fois,
Je te trouverai, baby, tu peux en être sûre.

BLUE ÖYSTER CULT, « Showtime »

Dimanche soir, vingt heures trente. Sur le parvis de la gare d'Euston, Strike fumait sa dernière cigarette avant son arrivée à Édimbourg, prévue dans neuf heures.

Elin avait été déçue d'apprendre qu'il ne l'accompagnerait pas au concert. En revanche, ils avaient passé presque tout l'après-midi au lit, une solution de remplacement que Strike avait acceptée avec empressement. En public, Elin était une belle créature tout en retenue ; en privé, elle devenait plus démonstrative. Les souvenirs tout frais de leurs ébats, les images, les bruits, les sensations – la peau diaphane de son amante, légèrement humide sous sa bouche, les gémissements qui sortaient de ses lèvres pâles – ajoutèrent une saveur piquante à la nicotine. Elin lui interdisait de fumer dans le luxueux appartement de Clarence Terrace, au prétexte que sa fille était asthmatique. Ce petit plaisir postcoïtal avait été remplacé par le visionnage imposé d'une émission où Elin parlait des musiciens romantiques. Strike avait cru s'endormir devant la télé.

« Tu sais que tu ressembles à Beethoven », avait-elle dit d'un air pensif au moment où la caméra zoomait sur un buste en marbre du compositeur.

« Avec le nez cassé », répondit Strike. Elle n'était pas la première à tenter cette comparaison.

« Que vas-tu faire en Écosse ? » avait demandé Elin pendant qu'il rattachait sa prothèse, assis sur le lit. Sa chambre, entièrement blanc et crème, n'était pas aussi austère et déprimante que la chambre d'amis d'Ilsa et Nick.

« Suivre une piste », répondit Strike, parfaitement conscient qu'il exagérait l'importance de sa démarche. À part ses propres soupçons, rien ne permettait de relier Donald Laing ou Noel Brockbank à la jambe coupée. Pourtant, et même s'il regrettait secrètement les presque 300 livres que coûtait l'aller-retour, il se félicitait d'avoir pris la décision d'enquêter sur place.

Il écrasa le mégot sous le talon de son pied artificiel, entra dans la gare, acheta quelques provisions au supermarché et monta dans le train de nuit. Son compartiment individuel équipé d'une étroite couchette et d'un lavabo intégré était minuscule mais Strike avait connu des logements beaucoup plus précaires durant sa vie militaire. Il constata avec satisfaction que son mètre quatre-vingt-douze tenait entre les montants du lit. Tout bien pesé, à partir du moment où il retirait sa prothèse, les espaces exigus étaient plus pratiques pour lui. Il n'avait qu'une seule critique à faire : ce train était beaucoup trop chauffé. Dans son studio mansardé, Strike maintenait une température que toutes les femmes de sa connaissance auraient qualifiée de glaciale. Cela dit, aucune femme n'avait jamais dormi chez lui. Elin n'y avait jamais mis les pieds ; il n'avait jamais invité sa sœur Lucy, de peur de la décevoir car elle nourrissait l'illusion qu'il gagnait beaucoup d'argent en ce moment. À bien y réfléchir, Robin était la seule à avoir vu son appartement.

Le train démarra dans une secousse. Des bancs, des piliers défilèrent devant sa vitre. Strike se cala au fond de la couchette, déballa son premier sandwich au bacon et croqua dedans tout en songeant au visage blême de Robin, assise chez lui à la table de la cuisine. Il était content de la savoir à Masham, à l'abri du danger : un souci en moins.

Ce genre de voyage n'était pas une nouveauté pour lui, au contraire. Il avait l'impression d'être encore dans l'armée et de traverser le pays par le moyen de transport le plus économique pour rendre son rapport au siège de la BSI à Édimbourg. Il n'avait jamais été en poste là-bas mais il savait que leurs bureaux se trouvaient à l'intérieur du château qui surplombait la ville, au sommet d'un escarpement rocheux.

Quelques minutes plus tard, après s'être fait copieusement secouer dans le couloir, il revint des toilettes, se déshabilla et s'étendit en caleçon sur les couvertures fines. Il n'espérait pas dormir, mais au moins somnoler. Le mouvement de roulis avait tendance à le bercer mais la chaleur et les variations de vitesse produisaient l'effet contraire. Depuis le jour où le Viking dans lequel il circulait avait explosé sur une route d'Afghanistan – tuant deux camarades et lui arrachant le bas de la jambe – Strike éprouvait de l'appréhension quand il occupait la place du passager dans un véhicule. Et maintenant, il découvrait que cette légère phobie s'étendait aux voyages en train. À trois reprises, il se réveilla en sursaut parce qu'une locomotive passait en sifflant sur l'autre voie ; et quand son wagon prenait un virage serré, il imaginait que le monstre de métal allait basculer, tourner sur lui-même et s'écraser en miettes au fond d'un précipice…

Le train entra en gare d'Édimbourg Waverley à cinq heures et quart, mais le petit déjeuner ne fut servi qu'à six heures. Strike se réveilla en entendant passer le chariot de l'employé qui distribuait les plateaux. Quand Strike ouvrit sa porte, perché sur une jambe, le jeune homme en uniforme poussa un petit cri involontaire en posant les yeux sur la prothèse qui gisait sur le sol derrière son propriétaire.

« Désolé, vieux », dit-il avec un fort accent de Glasgow. Son regard passa de la prothèse à la jambe de Strike. Son client ne venait donc pas de s'auto-amputer. « Bon pied bon œil ! »

En souriant, Strike prit le plateau et referma la porte. Après une nuit presque blanche, il avait plus envie d'une cigarette que d'un croissant caoutchouteux réchauffé au micro-ondes. Il entreprit de rattacher sa jambe et de s'habiller tout en sirotant une tasse de café noir. Il fut parmi les premiers à sortir dans le petit matin frisquet.

La gare était construite de telle manière que, depuis les quais, on avait l'impression d'être au fond d'un gouffre. À travers la verrière en accordéon, Strike apercevait les sombres silhouettes des édifices gothiques dressés tout autour, sur des terrains plus élevés. Il trouva la station de taxi où Hardacre lui avait donné rendez-vous, s'assit sur un banc en métal glacé et alluma sa clope, son sac à dos posé à ses pieds.

Hardacre arriva vingt minutes plus tard. En le voyant approcher en voiture, Strike sentit monter une terrible appréhension. L'autre jour, trop heureux de s'épargner les frais d'une location, il n'avait pas osé demander à son ami dans quoi il roulait.

Une Mini. C'était une putain de Mini…

« Oggy ! »

Ils se saluèrent à l'américaine, entre accolade et poignée de main, comme ça se faisait jusque dans les forces armées. Hardacre mesurait à peine un mètre soixante, il avait un air affable, des cheveux vaguement châtains et peu abondants. Strike savait que sous son apparence banale se cachait un esprit brillant. Ils avaient participé tous les deux à l'arrestation de Brockbank, ce qui avait suffi à créer entre eux des liens indéfectibles, surtout avec la merde qui leur était tombée dessus par la suite.

Dès que Hardacre vit son vieil ami se recroqueviller pour entrer dans la Mini, il regretta de n'avoir pas mentionné la marque de sa voiture.

« J'avais oublié que tu étais une armoire à glace, commenta-t-il. Tu crois que tu pourras conduire cette caisse ?

— Mais oui, dit Strike en reculant son siège au maximum. Merci de me la prêter, Hardy. »

Heureusement, c'était une automatique.

La petite voiture quitta rapidement le quartier de la gare et grimpa la route en pente qui menait aux sombres édifices que Strike avait aperçus en contre-plongée à travers le toit en verre. Il faisait gris et froid.

« Ça va se lever, paraît », marmonna Hardacre en roulant sur les pavés du Royal Mile. Ils passèrent devant des boutiques vendant des kilts, des drapeaux marqués du lion rampant, des restaurants, des cafés, des pancartes proposant des excursions dans les châteaux hantés. Ils croisèrent des ruelles au bout desquelles on apercevait la ville qui s'étirait en dessous, à droite.

Au sommet de la colline, le château surgit devant eux : une masse arrondie, lugubre, cernée de murailles se découpant sur le ciel plombé. Hardacre prit à droite. Ils laissèrent derrière eux les portails armoriés où des touristes attendaient déjà l'ouverture, pour éviter de faire la queue. Hardacre s'arrêta devant une guérite en bois, donna son nom, montra son laissez-passer et redémarra en direction d'un passage creusé dans la roche volcanique, lequel donnait accès à un tunnel éclairé par des projecteurs et tapissé de gros câbles électriques. De l'autre côté, ils débouchèrent sur un terre-plein ceint de remparts garnis d'une rangée de canons. Tout en bas, la ville noir et or, avec ses clochers et ses toits noyés dans la brume, s'étendait jusqu'à l'estuaire du Forth.

« Joli, dit Strike en se postant près des canons pour jouir d'une meilleure vue sur la vallée.

— Pas mal », reconnut Hardacre. Il se contenta d'un bref coup d'œil sur la capitale écossaise. « Par ici, Oggy. »

Ils pénétrèrent dans le château par une porte latérale en bois. Strike suivit Hardacre dans un corridor glacial au sol dallé puis monta derrière lui deux volées de marches que son genou droit n'apprécia guère. Des gravures représentant des soldats de l'époque victorienne en uniforme de parade étaient accrochées aux murs, à intervalles irréguliers.

Sur le premier palier, une fois passé une porte, ils s'engagèrent dans un couloir au sol couvert d'une affreuse moquette rose foncé, aux cloisons verdâtres ; plusieurs pièces s'ouvraient de part et d'autre. Strike n'avait jamais mis les pieds dans ces bureaux mais il les trouva aussitôt étrangement familiers. Rien à voir avec le malaise qu'il avait ressenti en allant fureter du côté de son ancien squat, sur Fulbourne Street. Là, il était vraiment chez lui : il aurait pu sans problème s'installer dans un bureau inoccupé et se remettre au boulot en moins de dix minutes.

Des affiches étaient placardées sur les murs. L'une d'entre elles rappelait aux officiers enquêteurs l'importance de la Golden Hour – le bref laps de temps suivant une infraction où les indices et les éléments de preuve sont les plus nombreux et les plus faciles à collecter – et les procédures afférentes ; une autre présentait des photos de substances illicites. Il y avait des tableaux blancs couverts de notes, de dates relatives aux affaires en cours – « attente résultats recherche téléphonique et analyse ADN », « formulaire 3 SPA » –, des mallettes en métal contenant des kits de relevés d'empreintes. La porte du labo était ouverte. Sur une haute table en acier, Strike repéra un oreiller maculé de sang séché, glissé dans un sac en plastique transparent, et à côté, un carton rempli de bouteilles de whisky. Effusion de sang rimait toujours avec consommation d'alcool. Dans un coin, une bouteille de Bell's vide, coiffée d'une casquette rouge. La même casquette qui avait donné son surnom à ce corps d'armée.

Une blonde aux cheveux courts vêtue d'un tailleur à fines rayures les aborda :

« Strike. »

Il ne la reconnut pas aussitôt.

« Emma Daniels. Catterick, 2002, reprit-elle dans un sourire. Souviens-toi, tu traitais notre sergent-chef de je-m'en-foutiste.

— Ah oui, réagit Strike tandis que Hardacre ricanait à côté de lui. Et j'avais raison. Tu t'es coupé les cheveux.

— Et toi, tu es devenu célèbre.

— Je n'irai pas jusque-là », dit Strike.

Plus loin dans le couloir, un jeune homme pâle en bras de chemise passa la tête par une porte, comme pour participer à la conversation.

« Il faut qu'on y aille, Emma, dit sèchement Hardacre. Je savais qu'ils allaient te sauter dessus », ajouta-t-il quand il eut fait entrer le détective privé dans son bureau et refermé derrière eux.

La pièce était assez sombre à cause de la paroi rocheuse qui se dressait non loin de la fenêtre. Heureusement, les photos des enfants de Hardacre et une belle collection de chopes de bière en céramique étaient là pour égayer un peu l'atmosphère, car la moquette et les cloisons avaient les mêmes couleurs que le couloir.

« Très bien, dit Hardacre en tapotant sur son clavier puis en se relevant pour laisser sa place à Strike. Nous y voilà, Oggy. »

La BSI avait accès aux données des trois armées. Sur l'écran s'affichait un portrait de Noel Campbell Brockbank, photo prise avant sa rencontre avec Strike et donc avant les coups de poing qui lui avaient défoncé une orbite et décollé l'oreille. Des cheveux bruns coupés court, un long visage étroit, un menton bleui par la barbe et un front étonnamment haut : en découvrant pour la première fois cette tête allongée aux traits dissymétriques, Strike avait cru qu'elle était restée coincée entre les mâchoires d'un étau.

« Je ne peux pas te laisser imprimer quoi que ce soit, Oggy, dit Hardacre pendant que Strike s'installait dans le fauteuil à roulettes. Mais tu peux photographier l'écran. Du café ?

— Du thé, si tu en as. Merci. »

Hardacre quitta la pièce en refermant soigneusement la porte. Strike sortit son portable et, une fois certain d'avoir obtenu une photo utilisable, fit défiler le dossier de Brockbank, nota sa date de naissance et autres détails personnels.

Brockbank était né le jour de Noël, la même année que Strike. Lors de son engagement dans l'armée, il avait indiqué une adresse à Barrow-in-Furness. Peu avant de partir pour l'opération Granby – mieux connue du public sous le nom de première guerre du Golfe – il avait épousé une veuve de militaire, mère de deux petites filles dont l'une s'appelait Brittany. Leur fils était né alors qu'il servait en Bosnie.

Strike passa en revue les différentes pièces du dossier jusqu'à l'épisode de la blessure qui avait bouleversé la vie de Brockbank et mis fin à sa carrière. Hardacre refit son apparition avec deux tasses, Strike murmura merci et se replongea dans l'examen des données numériques. Il ne trouvait nulle part mention du crime dont Brockbank avait été accusé et sur lequel Strike et Hardacre avaient enquêté. Les deux hommes restaient convaincus qu'il était coupable et le fait qu'il ait échappé à la justice constituait pour Strike l'échec le plus cuisant de sa carrière militaire. Il revoyait nettement le regard de bête fauve que Brockbank lui avait lancé en se jetant sur lui, une bouteille de bière brisée à la main. Il était de la même taille que Strike, un peu plus grand peut-être. Quand, d'un coup de poing, Strike l'avait envoyé valser contre un mur, on aurait cru entendre une voiture passer à travers la cloison d'un baraquement. La comparaison venait de Hardacre qui avait assisté à la scène.

« Il touche une jolie pension militaire, à ce que je vois », marmonna Strike en relevant le nom des lieux où les sommes avaient été virées depuis que Brockbank avait quitté l'armée. Dans un premier temps, il était rentré chez lui, à Barrow-in-Furness. Après cela, il avait vécu à Manchester pendant un peu moins d'un an.

« Ah, marmonna Strike. C'était donc toi, mon salaud. »

Brockbank avait ensuite quitté Manchester pour Market Harborough, avant de revenir à Barrow-in-Furness.

« C'est quoi ce truc, Hardy ?

— Un rapport psychiatrique, dit Hardacre, depuis la chaise basse près du mur, où il s'était assis pour feuilleter un dossier à lui. Franchement, tu ne devrais pas regarder ces documents. Comment ai-je pu les laisser traîner ? C'est très négligent de ma part.

— Très négligent », acquiesça Strike en ouvrant le fichier.

Le rapport psychiatrique ne lui apprit pas grand-chose, à part que l'alcoolisme de Brockbank s'était révélé dès le début de son hospitalisation. Les médecins avaient longuement débattu pour décider lesquels de ses symptômes étaient liés à l'alcool, lesquels découlaient d'une névrose post-traumatique ou de lésions cérébrales. Strike dut chercher dans Google la définition de certains termes : aphasie – difficulté à trouver ses mots ; dysarthrie – trouble de l'articulation ; alexithymie – difficulté à exprimer verbalement ses émotions.

Pour un homme dans sa situation, perdre la mémoire était une chance inespérée. Brockbank aurait-il pu feindre certains de ces symptômes ?

« Ils ont juste oublié de prendre en compte le fait que ce mec était con dès le départ, dit Strike qui avait connu et apprécié la compagnie d'autres personnes ayant subi des lésions cérébrales.

— Exact », confirma Hardacre, lequel buvait son café tout en travaillant.

Strike ferma le dossier Brockbank pour ouvrir celui de Laing. Sur la photo, il retrouva très exactement le soldat qu'il avait connu : un gaillard de vingt ans au teint blafard, aux petits yeux de fouine, avec une implantation de cheveux qui descendait très bas sur le front.

Strike gardait un souvenir précis des étapes de la brève carrière militaire à laquelle Laing avait mis fin de lui-même. Il nota l'adresse de sa mère, à Melrose, survola le reste du document et, en dernier lieu, ouvrit le dossier psychiatrique joint.

Signes importants de troubles de la personnalité antisociale et borderline… susceptibles de présenter des risques permanents de danger pour autrui…

Le coup puissant qui résonna à la porte du bureau obligea Strike à fermer précipitamment toutes les fenêtres affichées sur l'écran. Puis il se leva. Hardacre allait ouvrir quand une femme en tailleur apparut sur le seuil, une expression revêche collée sur le visage.

« M'avez-vous trouvé quelque chose sur Timpson ? » aboya-t-elle à l'intention de Hardacre tout en décochant à Strike un regard soupçonneux. Il supposa qu'on l'avait informée de sa présence en ces lieux.

« Il est temps que j'y aille, Hardy, dit-il brusquement. Content de t'avoir revu. »

Hardacre le présenta en deux mots à son adjudante, fournit une version abrégée de leur ancienne collaboration et sortit dans le couloir pour prendre congé de Strike.

« Je resterai tard, ce soir, dit-il pendant qu'ils échangeaient une poignée de main. Appelle-moi pour me dire à quelle heure tu ramènes la voiture. Bon voyage. »

Pendant que Strike redescendait prudemment les marches en pierre, il ne put s'empêcher de songer à la vie qu'il aurait menée s'il avait accepté la reconversion que l'armée lui avait proposée après son amputation. Actuellement il travaillerait peut-être ici, avec

Hardacre, il serait toujours immergé dans les procédures familières de la Brigade spéciale d'investigation. Il n'avait jamais regretté d'avoir donné sa démission mais cette brève résurgence du passé le rendait nostalgique. C'était inévitable.

En émergeant sous le soleil vitreux qui clignait entre deux nuages gris, il sentit plus fort que jamais à quel point son statut avait changé. Il était libre, aujourd'hui. Il n'avait pas à obéir aux ordres de supérieurs trop autoritaires, il n'était pas confiné dans un bureau encastré dans la roche. Mais d'un autre côté, il était privé du soutien, du prestige de l'armée britannique. Et maintenant, il se retrouvait seul avec lui-même, armé de quelques adresses, sur le point de se lancer à la poursuite de l'individu qui avait envoyé une jambe de femme à Robin. Une piste qui, peut-être, ne le mènerait nulle part.

15

Where's the man with the golden tattoo?
Où est l'homme au tatouage en or ?

BLUE ÖYSTER CULT,
« Power Underneath Despair »

Comme Strike l'avait prévu, conduire une Mini, même en ayant repoussé le siège au maximum, était un vrai calvaire pour un homme comme lui. N'ayant plus de pied droit, il devait accélérer avec le gauche, ce qui l'obligeait à adopter une position d'autant plus inconfortable qu'il manquait d'espace pour bouger. Il dut attendre de quitter la capitale écossaise par l'A7, la route en ligne droite qui menait à Melrose, pour commencer à se détendre, oublier un peu les manœuvres de pilotage et laisser son esprit dériver jusqu'à ce ring de boxe où, onze ans auparavant, il avait rencontré le deuxième classe Donald Laing du régiment des King's Own Royal Borderers.

Le match, organisé dans le cadre d'un tournoi inter-régiments, se déroulait de nuit, à l'intérieur d'un gymnase sinistre, sous les braillements de quelque cinq cents supporters. À l'époque, le caporal Cormoran Strike de la Police militaire royale était un jeune homme musclé, tonique, au sommet de sa forme, doté de deux jambes solides, impatient de montrer ce qu'il savait faire avec ses poings. Les supporters de Laing étaient trois fois plus nombreux que les siens, mais cela n'avait rien de personnel. La Police militaire était mal vue par principe. La plupart des spectateurs estimaient que voir un béret rouge au tapis était la meilleure façon de terminer une belle soirée de tournoi. Les deux adversaires étaient de corpulence égale et c'était le dernier match de la journée. Le rugissement qui s'élevait du public vibrait jusque dans les veines des deux boxeurs comme un pouls supplémentaire.

Strike se rappelait les petits yeux noirs de son adversaire, ses cheveux hérissés tirant sur le brun roux comme la fourrure d'un renard, la rose jaune tatouée sur toute la longueur de son avant-bras gauche. Son cou était large et sa mâchoire étonnamment étroite en comparaison. Son torse blanc, imberbe, évoquait une statue en marbre du géant Atlas, les taches de rousseur qui parsemaient ses épaules et ses bras comme des piqûres de moustique formaient un saisissant contraste sur sa peau blême.

Quatre rounds n'avaient pas suffi à les départager. Le plus jeune possédait un meilleur jeu de jambes, Strike une meilleure technique.

Au cinquième round, Strike para un coup, fit une feinte au visage et, d'un crochet aux reins, étala son adversaire. Quand Laing toucha le sol, une chape de silence tomba sur la fraction du public venue l'encourager. Un instant plus tard, des huées pareilles à des barrissements explosaient sous le toit du gymnase.

À six, Laing se releva, mais une bonne partie de sa rigueur resta sur le tapis. Il se mit à frapper n'importe comment, refusa d'obéir à un break demandé par l'arbitre, ce qui lui valut une sévère réprimande. Il porta un coup après la cloche : deuxième avertissement.

Le sixième round avait démarré depuis une minute quand Strike, profitant des erreurs techniques toujours plus fréquentes de son adversaire dont le nez saignait abondamment, parvint à le pousser dans les cordes. L'arbitre les sépara puis fit signe de poursuivre. C'est alors que Laing oublia le peu qu'il lui restait de discipline. Il voulut donner un coup de boule, rata la tête de Strike et, quand l'arbitre tenta d'intervenir, perdit carrément les pédales. Strike évita de justesse un coup de pied à l'entrejambe et, tout de suite après, se retrouva coincé contre le torse de Laing, à moitié étouffé dans l'étau de ses bras, la joue entamée par une morsure. Strike percevait vaguement les hurlements de l'arbitre, le silence qui envahissait peu à peu la salle. Face à la force sauvage qui possédait Laing, l'enthousiasme de ses supporters se muait en malaise. L'arbitre les sépara de force en vociférant, mais Laing semblait ne rien entendre. Il se redressa, repartit à l'attaque, Strike esquiva d'un pas de côté et, au passage, lui balança un crochet au ventre. Laing tomba à genoux, le souffle coupé. Strike quitta le ring sous de timides applaudissements, la joue dégoulinante de sang.

Strike se hissa jusqu'en finale. Il termina deuxième derrière un sergent du 3e bataillon de parachutistes, et fut envoyé loin d'Aldershot deux semaines plus tard.

Un laps de temps néanmoins suffisant pour apprendre que Laing avait été mis aux arrêts pour infraction à la discipline et violence sur le ring. La sanction aurait pu être pire mais, d'après la rumeur, il avait si bien plaidé sa cause auprès de son officier supérieur qu'on lui avait accordé des circonstances atténuantes. Pour cela, il avait dû raconter qu'il était monté sur le ring dans un état de profonde déprime, après avoir appris la fausse couche de sa fiancée.

À cette lointaine époque, plusieurs années avant qu'il ne découvre ce qui le conduirait sur les routes d'Écosse au volant d'une Mini empruntée à un ami, Strike avait déjà eu du mal à croire que la perte d'un fœtus signifiait quoi que ce fût pour la bête sauvage tapie sous la peau laiteuse de Laing. Quand Strike était parti rejoindre son affectation suivante, la marque laissée par les incisives de Laing était encore bien visible sur son visage.

Trois ans plus tard, Strike débarquait à Chypre pour enquêter sur un viol présumé. En entrant dans la salle d'interrogatoire, il se retrouva face à Donald Laing pour la deuxième fois de sa vie. L'homme avait pris un peu de poids et arborait de nouveaux tatouages. À cause du soleil, son visage était couvert de taches de rousseur et des rides soulignaient ses yeux profondément enfoncés.

Comme il fallait s'y attendre, l'avocat de Laing présenta une objection au prétexte que l'officier enquêteur avait été mordu par son client, dans le passé. Strike dut échanger le dossier avec celui d'un collègue venu enquêter sur un trafic de drogue. Une semaine plus tard, quand il rencontra le collègue en question autour d'un verre, Strike découvrit avec étonnement qu'il prenait fait et cause pour Laing. Ce dernier lui avait servi une belle histoire selon laquelle la victime supposée, une femme qui travaillait dans un bar de l'île, avait couché avec lui de son plein gré lors d'une nuit de beuverie et avait ensuite déposé plainte parce que son petit ami avait appris par la rumeur qu'elle avait quitté son service en compagnie de Laing. Quant à la serveuse, elle prétendait qu'il l'avait violée sous la menace d'un couteau. Mais aucun témoin n'avait assisté à la scène.

« Une sacrée fêtarde. » Tel fut le commentaire de l'agent de la BSI au sujet de la victime présumée.

Strike n'était pas en position de le contredire, mais il n'avait pas oublié que, trois ans auparavant, Laing avait réussi à s'attirer la sympathie d'un officier supérieur, et ce après avoir fourni la preuve de son caractère violent et indiscipliné devant plusieurs centaines de personnes. Quand Strike lui demanda des détails sur la déposition de Laing et son comportement avec lui, son collègue le décrivit comme un homme sympathique, vif d'esprit et d'un humour redoutable.

« Il manque un peu de discipline, admit l'enquêteur qui avait survolé le dossier de Laing, mais je ne l'imagine pas sous les traits d'un violeur. Il a épousé une fille de chez lui ; elle est venue le rejoindre ici. »

Strike retourna à son affaire de drogue sous le soleil torride de Chypre. Il avait cessé de se raser et comme sa barbe poussait très vite, deux semaines plus tard, une belle touffe de poils drus ornait son menton. Une méthode qui lui permettait de se fondre dans le paysage chaque fois qu'il en avait besoin. Vautré sur le plancher d'un squat enfumé, il écoutait un type complètement défoncé raconter une histoire fort étrange. Le jeune dealer chypriote n'aurait jamais pu imaginer que ce routard débraillé, avec ses sandales de missionnaire, son short trop large et ses bracelets tressés était en réalité un officier de la Police militaire britannique. Ils étaient allongés tous les deux côte à côte, un pétard à la main, et dans un nuage de shit, le jeune homme livra le nom des soldats qui vendaient de la drogue sur l'île, et pas juste du cannabis. Il s'exprimait avec un fort accent et Strike avait tellement de mal à comprendre puis à mémoriser les noms qu'il baragouinait – ou du moins les pseudonymes – qu'il ne réagit pas immédiatement en l'entendant évoquer un certain « Dunnullung », inconnu au bataillon. Il ne fit la relation avec Laing qu'au moment où l'autre lui expliqua comment « Dunnullung » avait ligoté et torturé sa femme. « Fou le mec, dit platement le garçon en arrondissant les yeux. Juste parce qu'elle voulait le quitter. » Strike usa de la plus grande prudence pour lui tirer les vers du nez. Au bout du compte, il apprit que le jeune dealer tenait cette histoire de Laing en personne. Il la lui avait racontée en partie pour le faire rire et en partie pour qu'il sache à qui il avait affaire.

Le Seaforth Estate cuisait sous le soleil de midi quand Strike pénétra dans ce quartier résidentiel abritant les logements militaires les plus anciens de l'île, des maisons blanches un peu délabrées. Il avait choisi ce moment de la journée parce que Laing, qui entre-temps avait échappé à l'inculpation pour viol, était de service. Il sonna à la porte mais n'entendit rien, à part les pleurs lointains d'un bébé.

« On pense qu'elle est agoraphobe, lui confia la commère qui avait surgi de la maison voisine. C'est un peu bizarre ce qui se passe là-dedans. Elle est franchement timide.

— Et son mari ? demanda Strike.

— Donnie ? Une vraie pâte, cet homme, s'écria-t-elle. Vous devriez l'entendre imiter le caporal Oakley. C'est tout à fait lui. Trop marrant. »

Les règles en vigueur, et il y en avait pléthore, interdisaient de pénétrer au domicile d'un autre militaire sans sa permission expresse. Strike tambourina sur la porte, en vain. Le bébé pleurait toujours. Il contourna la maison. Tous les rideaux étaient tirés. Il frappa à la porte de derrière. Rien.

Si jamais on lui demandait de s'expliquer, il pourrait toujours dire qu'il avait agi pour secourir le bébé. Mais il doutait que cela suffise à justifier une entrée par effraction sans mandat. Strike se méfiait des gens qui suivaient aveuglément leur instinct ou leurs intuitions et pourtant, il était convaincu que quelque chose ne tournait pas rond dans cette maison. Il avait un don pour flairer les situations insolites ou malsaines. Peut-être parce qu'il avait assisté, durant toute son enfance, à des scènes que les gens pensaient n'exister qu'au cinéma.

La porte branla sur ses gonds et céda au deuxième coup d'épaule. Il y avait une odeur affreuse dans la cuisine. Cela faisait plusieurs jours qu'on n'avait pas sorti la poubelle. Strike s'enfonça à l'intérieur de la maison.

« Mrs. Laing ? »

Pas de réponse. Les faibles gémissements du bébé venaient de l'étage. Il monta l'escalier en continuant à donner de la voix.

La porte de la chambre principale était grande ouverte et la pièce plongée dans une semi-pénombre. Ça sentait horriblement mauvais.

« Mrs. Laing ? »

La femme était nue, un poignet attaché à la tête du lit, le corps en partie couvert d'un drap trempé de sang. Le bébé qui gisait à côté d'elle sur le matelas portait un lange pour seul vêtement. Il était maigre, maladif.

Strike se précipita pour la délivrer tout en cherchant son portable dans l'intention d'appeler une ambulance. Au même moment, il entendit la voix rauque de la femme :

« Non… allez-vous-en… partez… »

Strike avait rarement vu pareille terreur chez un être humain. À force de la torturer, son mari était devenu un être surnaturel à ses yeux. Alors même que Strike s'employait à détacher son poignet enflé, maculé de sang, elle continuait à le supplier de la laisser. Laing avait promis qu'il la tuerait si le bébé n'était pas plus sage à son retour. Elle semblait incapable d'imaginer un monde sur lequel Laing ne régnerait pas comme un dieu.

*

Donald Laing avait été condamné à seize ans d'emprisonnement pour ce qu'il avait fait subir à sa femme. Le témoignage de Strike s'était révélé déterminant. Jusqu'au bout, Laing avait tout nié en bloc. À l'en croire, elle s'était ligotée elle-même, elle aimait ça, vu que c'était une tordue. Non seulement elle avait négligé son enfant mais, en plus, elle voulait lui faire porter le chapeau. Tout cela n'était qu'un coup monté.

Ces souvenirs ignobles formaient un étrange contraste avec le paysage champêtre que Strike traversait au volant de la Mini, ces collines verdoyantes qui étincelaient sous le soleil bientôt à son zénith. C'était une vision inhabituelle pour lui : les buttes granitiques, les sommets posés sur l'horizon, lui apparaissaient comme une terre inconnue, majestueuse. Il avait passé une bonne partie de sa jeunesse à renifler l'odeur de la mer à St. Mawes, l'ancien repaire de contrebandiers où les maisons colorées s'étageaient depuis la falaise jusqu'à la plage. Cette région-ci, avec ses forêts, ses rivières, recelait d'autres mystères.

En franchissant un viaduc offrant une vue spectaculaire sur la vallée à droite, Strike se dit que les psychopathes ne vivaient pas uniquement dans des immeubles délabrés, des bidonvilles et des squats. On en rencontrait partout, même dans ce vaste panorama à la beauté sereine. Laing et ses semblables étaient comme les rats : on savait qu'ils existaient mais on n'y pensait guère, jusqu'au jour où on tombait face à l'un d'entre eux.

Deux châteaux miniatures en pierre de taille se dressaient comme des sentinelles de chaque côté de la route. Au moment où Strike entra dans la ville natale de Donald Laing, un soleil éblouissant apparut entre les nuages.

16

So grab your rose and ringside seat,
We're back home at Conry's bar.
Alors accroche-toi à ta rose et à ton siège,
On est rentrés chez nous au Conry Bar.

BLUE ÖYSTER CULT,
« Before the Kiss »

Sur la grand-rue, derrière la porte vitrée d'une boutique, était accroché un torchon portant des dessins à l'encre noire. On y voyait reproduits divers monuments et sites naturels de la région. Mais ce fut un autre motif qui attira le regard de Strike : des roses jaunes stylisées parfaitement identiques à celle qu'il avait vue tatouée sur l'avant-bras de Donald Laing. Il s'arrêta pour lire le texte imprimé au milieu du rectangle de tissu :

It's oor ain toon
It's the best toon
That ever there be:

Here's tae Melrose,
Gem o' Scotland,
The toon o' the free.

C'est notre ville
C'est la meilleure ville
Qu'on aura jamais :
Voici Melrose,
Joyau de l'Écosse,
Ville de la liberté.

Il avait laissé la Mini sur un parking à côté de l'abbaye en ruine dont les arches en grès rouge se profilaient contre le ciel bleu clair. Derrière, loin vers le sud-est, les trois pics d'Eildon Hill, que Strike avait repérés sur la carte, ajoutaient une note dramatique à la ligne d'horizon. Après avoir acheté un friand au bacon qu'il avait dégusté à la terrasse d'un petit café – repas suivi d'une cigarette et d'une tasse de thé corsé, la deuxième de la journée –, Strike était parti à la recherche du Wynd, l'adresse que Laing avait fournie seize ans auparavant quand il s'était engagé dans l'armée. Strike ne savait pas trop comment prononcer « Wynd ». Le « y » avait-il valeur de « i » ou devait-on le faire vibrer comme dans le mot « rayon » ?

La petite ville avait fière allure sous le soleil. Strike longea la grand-rue qui grimpait en pente douce vers la place centrale, au milieu de laquelle une colonne surmontée d'une licorne jaillissait d'une grande vasque de fleurs. Le nom de la ville romaine, Trimontium, était gravé sur une dalle ronde enchâssée dans le trottoir. Un toponyme certainement associé aux trois sommets emblématiques, songea Strike.

Il avait l'impression d'avoir raté le Wynd. Selon la carte affichée sur l'écran de son téléphone, cette rue débouchait pourtant sur l'artère principale où il se trouvait en ce moment. Il fit demi-tour et trouva sur sa droite un étroit passage ménagé entre deux murs, juste assez large pour une personne. Au bout, il tomba sur une cour intérieure sombre. La maison de la famille Laing possédait une porte d'entrée bleu vif à laquelle on accédait par quelques marches.

Une jolie femme brune ouvrit peu après que Strike eut frappé. Elle paraissait bien trop jeune pour être la mère de Laing. Quand Strike expliqua ce qui l'amenait, elle répondit avec un léger accent qu'il trouva séduisant :

« Mrs. Laing ? Elle est plus repassée par ici depuis dix ans au moins. »

Avant qu'il ne digère l'information, elle ajouta :

« Elle vit sur Dingleton Road.

— Dingleton Road ? C'est loin d'ici ?

— Par là-bas, dit-elle en indiquant une direction derrière elle, sur la droite. J'connais pas le numéro, désolée.

— Pas de problème. Merci pour votre aide. »

En rebroussant chemin dans la ruelle pour regagner la place ensoleillée, Strike songea qu'il n'avait jamais entendu Laing parler, sauf pour lui marmonner des obscénités à l'oreille sur le ring de boxe. À l'époque, comme il poursuivait sa mission d'infiltration dans le milieu des trafiquants chypriotes, Strike ne devait pas être vu au quartier général, affublé de sa barbe. Du coup, d'autres que lui s'étaient chargés d'interroger Laing après son arrestation. Par la suite, une fois qu'il eut mené à bien son enquête, Strike rasé de près s'était présenté devant la cour pour témoigner contre Laing, mais le jour où ce dernier avait lui-même comparu, et nié les accusations portées contre lui, Strike quittait Chypre à bord d'un avion. En traversant la place du marché, Strike se demanda si c'était l'accent de Donnie Laing qui avait incité les gens à lui donner le Bon Dieu sans confession. Le détective avait lu quelque part que les publicitaires utilisaient les divers accents écossais dans leurs spots, car le public les associait aux notions d'honnêteté et d'intégrité.

Le seul pub qu'il avait repéré jusqu'à présent se trouvait non loin de la rue que Strike empruntait pour se rendre sur Dingleton Road. Melrose ne jurait que par la couleur jaune, apparemment : les murs du pub étaient blancs mais ses portes et ses fenêtres avaient été peintes en jaune citron et en noir. Strike découvrit avec amusement – lui qui était natif de Cornouailles – qu'il s'appelait le Ship Inn (« l'Auberge du Bateau »), malgré la situation très enclavée de la ville. Dingleton Road passait sous un pont puis disparaissait derrière une côte.

Depuis que Strike avait perdu sa jambe, il trouvait que les gens employaient l'expression « pas loin » sans discernement. Au bout des dix minutes de marche qui le menèrent au sommet de la butte, il se prit à regretter de n'avoir pas fait demi-tour pour récupérer la Mini près de l'abbaye. Il interrogea des passantes à deux reprises, qui lui répondirent aimablement mais ne purent lui indiquer le domicile de Mrs. Laing. Il continua donc droit devant lui, transpirant un peu, passa devant plusieurs bungalows blancs et finit par tomber sur un vieux monsieur qui arrivait d'en face, une casquette en tweed sur la tête, un border collie noir et blanc au bout d'une laisse.

« Excusez-moi, dit Strike, sauriez-vous par hasard où habite Mrs. Laing ? J'ai oublié le numéro.

— M'dame Laing ? répondit l'homme en examinant Strike par-dessous ses épais sourcils poivre et sel. Elle vit à côté d'chez moi. »

Dieu merci.

« Troisième maison, dit l'homme en pointant le doigt. Celle avec le puits aux souhaits devant.

— Merci beaucoup », dit Strike.

En s'engageant dans l'allée de Mrs. Laing, il nota du coin de l'œil que le voisin n'avait pas bougé, malgré le chien qui tirait sur sa laisse. Il observait Strike.

Le bungalow de Mrs. Laing avait un air propret, respectable. Sur la pelouse, des animaux sculptés rappelant ceux des films de Walt Disney semblaient jouer à cache-cache derrière les parterres de fleurs. On entrait par une porte latérale, plongée dans l'ombre. Il tendit la main pour saisir le heurtoir et, à cet instant précis, l'idée lui vint que peut-être, dans quelques secondes, il se retrouverait nez à nez avec Donald Laing.

Il attendit une bonne minute mais personne ne lui ouvrit. Le vieux monsieur retourna sur ses pas, se posta devant le portillon et entreprit de le dévisager d'un air tranquille. Strike se dit qu'il regrettait peut-être de l'avoir envoyé chez sa voisine et qu'il venait à présent s'assurer que ce grand balèze ne voulait pas de mal à la vieille dame.

« L'est chez elle, cria-t-il à Strike qui hésitait à frapper encore. Mais l'est *wud.*

— Elle est quoi ? répondit Strike en refaisant un essai.

— *Wud* ».

Le vieux monsieur fit quelques pas vers Strike.

« Sénile, traduisit-il pour son interlocuteur anglais.

— Ah. »

La porte s'ouvrit, révélant une minuscule grand-mère toute ratatinée, au teint cireux, drapée dans une robe de chambre bleu foncé. Elle leva les yeux vers Strike. Son regard était à la fois malveillant et vague. Plusieurs poils raides prenaient racine sur son menton.

« Mrs. Laing ? »

Au lieu de répondre, elle persistait à le scruter. Ses yeux injectés de sang avaient perdu leur couleur naturelle mais Strike devinait qu'autrefois, ils avaient ressemblé à deux petites perles noires. Des yeux de furet.

« Mrs. Laing, je cherche votre fils Donald.

— Non, dit-elle avec une surprenante véhémence. Non. »

Elle recula et lui claqua la porte au nez.

« Et merde », murmura Strike, et aussitôt il pensa à Robin. Elle aurait su y faire avec la petite grand-mère. Il pivota lentement sur ses talons en se demandant si quelqu'un d'autre à Melrose serait susceptible de l'aider – il avait trouvé plusieurs Laing dans l'annuaire électronique – et se retrouva face à face avec l'homme au chien qui l'avait rejoint devant la porte.

« C'est vous le détective, dit-il avec une curiosité mal dissimulée. C'est vous le détective qui a mis son fils en prison. »

Strike était sidéré. Il n'aurait jamais cru être reconnu par un vieil Écossais qu'il n'avait jamais vu. Sa prétendue célébrité constituait un réel handicap puisque de parfaits inconnus réussissaient désormais à l'identifier. À Londres, il pouvait sillonner les rues à longueur de journée en passant totalement inaperçu et, à part ceux qui avaient affaire à lui ou entendaient son nom dans le cadre d'une enquête, les gens l'associaient rarement aux articles de presse louant ses exploits.

« Mais oui, c'est vous ! insista l'homme, de plus en plus excité. Ma femme et moi, on est des amis de Margaret Bunyan. » Et, devant l'air confus de Strike, il jugea bon de préciser : « La mère de Rhona. »

Il fallut attendre quelques secondes pour que la remarquable mémoire de Strike se mette en branle. Rhona : la femme de Laing, celle qu'il avait trouvée ligotée sous un drap taché de sang.

« Quand Margaret vous a vu dans les journaux, elle nous a dit : "C'est lui, c'est le gars qui a sauvé not' Rhona !" Vous avez fait du chemin depuis, pas vrai ? Arrête, Wullie ! ajouta-t-il en se penchant vers le collie qui tirait toujours sur la laisse, impatient de reprendre sa promenade. Ça oui, Margaret suit tout ce que vous faites, tous les articles dans les journaux. C'est vous qui avez mis la main sur l'assassin de cette jolie fille, le mannequin – et l'écrivain aussi ! Margaret n'a jamais oublié ce que vous avez fait pour sa gamine, jamais. »

Strike baragouina deux ou trois mots, histoire d'exprimer sa reconnaissance pour l'intérêt que lui portait la fameuse Margaret.

« Pourquoi vous voulez causer à la vieille Mrs. Laing ? Il a encore fait des siennes, le Donnie ?

— J'essaie de le trouver, dit Strike sans s'étendre. Savez-vous s'il est revenu à Melrose ?

— Oh, non. Ça m'étonnerait. Il est repassé par ici voir sa mère mais ça date d'un sacré bout de temps. Vous dire ce qu'il a fait depuis… Melrose est une p'tite ville : si Donnie Laing avait remis les pieds ici, ça s'saurait !

— Pensez-vous que Mrs. … Bunyan, disiez-vous… pourrait avoir des… ?

— Elle serait bien contente de vous voir, dit le vieil homme avec animation. *Non,* Wullie, lança-t-il au chien qui couinait en essayant de l'attirer vers la barrière. Je vais l'appeler, vous voulez ? Elle vit à Darnick. C'est le patelin d'à côté. Je l'appelle ?

— Ça pourrait m'être très utile. »

Strike l'accompagna chez lui et patienta dans son petit salon immaculé pendant que le vieil homme babillait dans le téléphone d'une voix assez sonore pour couvrir les bruyantes récriminations de son chien.

« Elle va venir, annonça-t-il, la main posée sur le combiné. Vous voulez la voir ici ? Vous êtes le bienvenu. Ma femme va faire du thé…

— Merci bien mais j'ai une ou deux choses à faire avant, mentit Strike, sachant que la présence de ce témoin volubile risquait de perturber son interrogatoire. Pourriez-vous lui demander si elle est libre pour déjeuner au Ship Inn ? Dans une heure ? »

En fin de compte, ce fut le collie surexcité qui fit pencher la balance en sa faveur. Les deux hommes redescendirent la colline ensemble. Le chien marchait à une telle allure sur la pente raide que Strike eut du mal à suivre le rythme jusqu'en bas. Ils prirent congé sur la place du marché et, avec un geste cordial, le serviable voisin partit en direction de la Tweed. Quant à Strike, qui boitait un peu à présent, il décida d'arpenter la grand-rue, histoire de tuer le temps avant son rendez-vous au Ship.

En apercevant au bout de la route une nouvelle explosion de jaune citron et de noir, Strike comprit d'où venaient les couleurs du Ship Inn. La rose jaune figurait sur une pancarte annonçant le MELROSE RUGBY FOOTBALL CLUB. Strike s'arrêta et, les mains dans les poches, regarda au-dessus d'un muret l'étendue de velours vert émeraude cernée par des arbres, les poteaux de rugby jaunes qui luisaient sous le soleil, les tribunes à droite et, au-delà, les collines ondoyantes. Le stade remarquablement bien équipé pour une si petite ville semblait religieusement entretenu.

Les yeux braqués sur la pelouse impeccable, Strike revit tout à coup le squat de sa jeunesse. Whittaker, crasseux, tirait sur sa clope pendant que Leda, allongée près de lui, l'écoutait bouche bée raconter sa vie de galère – elle gobait toutes les salades qu'il lui servait, comme une petite fille candide, Strike s'en rendait compte avec le recul. Le lycée de Gordonstoun était pour elle l'équivalent d'Alcatraz : quel scandale que son délicat poète ait dû sortir dans le froid humide de l'hiver écossais pour se rouler dans la boue et prendre des coups dans la figure.

« Du rugby, chéri ? Oh, pauvre bébé… toi, jouer au rugby ! »

Strike qui avait alors dix-sept ans (il était revenu de l'entraînement de boxe avec la lèvre tuméfiée) s'était mis à rire sous cape, penché sur ses devoirs. Voyant cela, Whittaker s'était relevé en vacillant et lui avait crié, avec ce faux accent cockney qui, dans sa bouche, prenait une tonalité désagréable :

« Pourquoi que tu te marres comme ça, crétin ? »

Whittaker ne supportait pas qu'on rît à ses dépens. Il avait un besoin viscéral qu'on le vénère ; faute de quoi, pour bien marquer sa domination, il se rabattait sur la peur, parfois même le dégoût, qu'il inspirait. Quand les gens se moquaient de lui, c'étaient eux qui prenaient le dessus, et ça, il ne l'admettait pas.

« Ça te botterait d'aller dans ce bahut, pas vrai, petit con ? Tu te verrais bien faire le malin, là-bas, avec ces enfoirés de rugbymen. T'as qu'à demander à son daron de l'envoyer à Gordonstoun, lui qui a les moyens ! avait-il hurlé à Leda.

— Calme-toi, chéri ! » avait-elle répondu. Puis, sur un ton légèrement plus autoritaire : « Non, Corm ! »

Strike s'était levé, muscles bandés, poings serrés. Jamais il n'avait été aussi près de lui cogner dessus. Mais sa mère s'était interposée, tendant vers le poitrail gonflé de chacun des deux hommes ses mains fines chargées de bagues.

Strike cligna les yeux et le terrain de rugby inondé de soleil – ce lieu dédié au fair play, à l'effort collectif – retrouva sa netteté. Une odeur de feuilles, d'herbe, de caoutchouc tiède lui parvint depuis la route. Il se retourna lentement et repartit vers le Ship Inn. Il rêvait d'un verre. Mais son inconscient n'avait pas fini de lui jouer des tours.

La vue de ce magnifique stade de rugby avait déclenché un autre souvenir : Noel Brockbank, cheveux noirs, yeux marron, se précipitant vers lui avec une bouteille de bière cassée à la main. Brockbank était à la fois massif, puissant et véloce : un ailier. Le poing de Strike avait frôlé le verre brisé pour s'écraser sur sa cible à l'instant même où le tesson touchait son cou…

Fracture de la base du crâne, c'était l'expression qu'ils avaient utilisée. Saignement par l'oreille. Lésion cérébrale majeure.

« Merde, merde, merde », marmonnait Strike en cadence avec ses pas.

Laing, c'est pour lui que tu es venu. Laing.

Il passa sous l'enseigne accrochée au-dessus de la porte du Ship Inn, représentant un galion en métal garni de voiles jaunes. Sur le seuil, une pancarte indiquait UNIQUE PUB DE MELROSE.

À peine entré, il trouva l'endroit reposant : des couleurs chaudes, des verres étincelants, des cuivres bien astiqués ; une moquette diaprée de brun, de rouge, de vert, en demi-teintes ; des murs aux pierres apparentes, dans les tons pêche. Tout ici était dédié à la passion obsessionnelle de Melrose, le rugby : les grandes ardoises qui annonçaient les matchs à venir, les gigantesques écrans plasma. Dans les toilettes messieurs, une petite télé fixée au-dessus des urinoirs (cela faisait des heures que Strike n'avait pas pissé) permettait aux amateurs qui ne pouvaient décidément plus se retenir de soulager leur vessie sans risquer de rater un essai.

Conscient du trajet qui l'attendait pour regagner Édimbourg avec la voiture de Hardacre, il s'offrit une demi-pinte de John Smith, s'installa dans un canapé en cuir face au comptoir et entreprit d'examiner le menu plastifié en espérant que Margaret Bunyan serait ponctuelle, parce qu'il venait de réaliser qu'il avait faim.

Elle fit son apparition à peine cinq minutes plus tard. Il ne l'avait jamais vue et se rappelait difficilement les traits de sa fille mais il la reconnut à son expression, mêlant impatience et appréhension. Elle resta un instant immobile sur le paillasson, à le dévisager.

Strike se leva et la regarda marcher vers lui d'une allure gauche, serrant de ses deux mains l'anse d'un gros sac à main noir.

« C'est vous », dit-elle, comme essoufflée.

C'était une petite femme frêle d'une soixantaine d'années. Elle avait des lunettes à monture métallique et un visage anxieux sous ses cheveux blonds copieusement permanentés.

Strike tendit sa grande main. Celle de la femme avait une ossature fragile ; elle était froide et tremblait un peu.

« Son père est à Hawick aujourd'hui, il ne peut pas venir, je l'ai appelé, il m'a dit de vous dire qu'il n'oubliera jamais ce que vous avez fait pour Rhona. » Elle se laissa tomber à côté de Strike sur le canapé et continua de l'observer avec une nervosité teintée d'adoration. « Nous n'avons jamais oublié. Nous lisons tout ce qui paraît sur vous. Nous avons été vraiment tristes pour votre jambe. Ce que vous avez fait pour Rhona ! Ce que vous avez fait… »

Des larmes scintillaient dans ses yeux.

« Nous étions tellement…

— Je suis content d'avoir pu… »

Trouver sa fille ligotée sur un lit, nue et couverte de sang ? À l'époque où il travaillait dans la Police militaire, le plus difficile était de raconter aux familles le calvaire que leurs proches avaient enduré.

« … l'aider. »

Mrs. Bunyan souffla dans un mouchoir qu'elle venait de pêcher au fond de son sac à main noir. Strike voyait clairement qu'elle appartenait à cette génération de femmes qui non seulement n'entraient jamais seules dans un pub mais attendaient que les hommes commandent pour elles.

« Puis-je vous offrir quelque chose à boire ?

— Juste un jus d'orange, dit-elle en se tamponnant les yeux.

— Et à manger », insista Strike qui avait déjà repéré un plat de haddock frit à la bière, servi avec des frites.

Quand il revint après avoir passé commande au comptoir, elle lui demanda ce qui l'amenait à Melrose. Strike comprit mieux la cause de sa fébrilité.

« Il n'est pas revenu, n'est-ce pas ? Donnie ? Si, il est revenu ?

— Pas que je sache, dit Strike. J'ignore où il est.

— Vous pensez qu'il a quelque chose à voir avec… ? »

Elle baissa la voix jusqu'au murmure.

« On a lu ça dans le journal… quelqu'un vous a envoyé une… une…

— Oui, répondit Strike. Je ne sais pas s'il y a un rapport mais j'aimerais retrouver Laing. Apparemment, après sa sortie de prison, il est repassé par ici pour voir sa mère.

— Oh, ça fait quatre ou cinq ans, dans ces eaux-là. Il s'est pointé sur le pas de sa porte et il est entré de force dans son bungalow. Elle a la maladie d'Alzheimer. Elle n'a rien pu faire mais les voisins ont téléphoné à ses frères, ils sont venus et l'ont fichu dehors.

— Ils ont fait ça ?

— Donnie est le plus jeune. Il a quatre grands frères. Rien que des durs-à-cuire. Jamie vit à Selkirk – il a rappliqué dare-dare et il l'a viré de chez sa mère. Il paraît qu'il l'a mis K.-O. »

De ses lèvres tremblantes, elle but une petite gorgée de jus d'orange avant de poursuivre :

« On a su ce qui s'était passé. Notre ami Brian, celui que vous avez croisé, il les a vus se battre dans la rue. À quatre contre un. Des cris, des hurlements. Quelqu'un a appelé la police. Jamie s'est pris un avertissement. Mais il s'en fichait. Lui et ses frères ne voulaient pas le voir traîner près de chez eux, ou de chez leur mère. Du coup, ils l'ont forcé à quitter la ville.

« J'étais terrifiée, continua-t-elle. Pour Rhona. Il avait toujours dit qu'il la retrouverait dès qu'il sortirait de prison.

— Et il l'a fait ? demanda Strike.

— Oh, oui, répondit Margaret Bunyan, d'un air pitoyable. On savait qu'il y arriverait. Elle avait déménagé à Glasgow, dégoté un boulot dans une agence de voyages. Mais il l'a quand même trouvée. Elle a vécu pendant six mois dans la peur de le voir apparaître et, un jour, ça s'est passé. Il s'est pointé chez elle, un soir, mais il était malade. Ce n'était plus le même.

— Malade ? répéta vivement Strike.

— Je ne sais plus trop ce qu'il avait, un genre d'arthrite, je crois. Rhona a dit qu'il avait pris beaucoup de poids. Il a débarqué chez elle de nuit, il l'avait filée, mais heureusement, dit Mrs. Bunyan en s'animant tout à coup, son fiancé était là. Il s'appelle Ben et, ajouta-t-elle avec un geste de triomphe et un soupçon de rose sur ses joues blêmes, il est *policier*. »

Elle semblait croire que Strike serait enchanté de l'apprendre, comme si Ben et lui faisaient partie d'une même communauté, la grande famille des enquêteurs.

« Ils sont mariés maintenant, dit Mrs. Bunyan. Pas d'enfant, vu que – enfin, vous savez pourquoi… »

Et soudain, un torrent de larmes jaillit de derrière ses lunettes et inonda le visage de Mrs. Bunyan. On aurait dit que l'horreur vécue par sa fille dix ans plus tôt venait de ressurgir devant ses yeux, comme si quelqu'un avait déversé un tas d'ordures sur la table.

« … Laing lui a planté un couteau dans le ventre », murmura-t-elle.

Elle se confiait à Strike comme à un médecin ou à un prêtre, comme si lui seul était capable d'entendre ce qu'elle avait sur le cœur et ne pouvait avouer à ses amis : il avait déjà assisté au pire. Pendant qu'elle cherchait son mouchoir dans son sac, Strike revit la grosse tache de sang sur les draps, la peau écorchée sur le poignet de Rhona. Heureusement que sa mère ne voyait pas ce qu'il avait dans la tête.

« Il lui a planté un couteau dans… ils ont essayé de… vous savez, de… réparer… »

Mrs. Bunyan reprit son souffle en frémissant. Leurs plats arrivèrent.

« Mais elle passe de belles vacances avec Ben », chuchota-t-elle, de plus en plus agitée. Elle ne cessait d'éponger ses joues creuses, de soulever et de reposer ses lunettes pour se sécher les yeux. « Et ils élèvent… ils élèvent des bergers… des bergers allemands. »

Strike était affamé mais ne pouvait décemment pas se jeter sur son haddock alors qu'ils venaient d'évoquer le supplice de Rhona Laing.

« Elle a eu un bébé avec Laing, n'est-ce pas ? demanda-t-il en revoyant la petite créature qui gémissait à côté de sa mère ensanglantée, déshydratée. Il doit avoir dans les dix ans maintenant ?

— Il est m… mort, bredouilla-t-elle tandis que des larmes dégoulinaient au bout de son menton. M… mort subite du nourrisson. Il était tout le temps malade, le pauvre gosse. C'est arrivé deux j… jours après qu'ils ont arrêté D… Donnie. Et l… lui… Donnie… il a téléphoné à Rhona depuis la prison pour dire qu'il savait qu'elle avait tué… tué… le bébé… et que, dès sa sortie, il lui réglerait son compte… »

Strike posa sa grande paluche sur l'épaule de la femme éplorée, puis il se leva et s'approcha de la jeune serveuse qui les regardait la bouche ouverte. Il renonça à commander un cognac ; trop fort pour une personne si délicate. Joan, la tante de Strike, qui était à peine plus âgée que Mrs. Bunyan, considérait le porto comme un remède. Il en demanda un verre et le lui apporta.

« Tenez. Buvez cela. »

En guise de remerciements, il eut droit à une nouvelle cascade de larmes. Elle reprit son mouchoir, s'épongea la figure à plusieurs reprises et, enfin, lui dit d'une voix frémissante : « Vous êtes très gentil. » Puis elle but son porto, poussa un petit soupir proche du hoquet et cligna ses yeux rougis frangés de cils blonds.

« Avez-vous une idée de l'endroit où Laing s'est rendu après avoir déboulé chez Rhona ?

— Oui, souffla-t-elle. Ben a pu tâter le terrain, grâce à son travail. Il est passé par le bureau des probations. Apparemment, Donnie est allé à Gateshead, mais je ne sais pas s'il y est encore. »

Gateshead. Strike se souvint du Donald Laing qu'il avait trouvé sur le Net. Avait-il quitté Gateshead pour Corby ? Ou s'agissait-il de deux individus différents ?

« En tout cas, reprit Mrs. Bunyan, il n'a plus jamais embêté Rhona et Ben.

— Le contraire m'aurait étonné, répondit Strike en s'emparant de ses couverts. Un flic et des bergers allemands ! Il n'est pas stupide. »

Les paroles réconfortantes de Strike semblèrent lui redonner courage. Avec un petit sourire mouillé, elle se mit à picorer ses macaronis au fromage.

« Ils se sont mariés jeunes », fit remarquer Strike, désireux d'en savoir un maximum sur Laing, au cas où se dégagerait une information valable sur ses fréquentations ou ses habitudes.

Elle hocha la tête, avala et dit :

« Bien trop jeunes. Elle n'avait que quinze ans quand elle a commencé à le fréquenter. Ça ne nous a pas plu. On avait entendu des choses sur lui. Il y avait une jeune fille qui disait qu'il l'avait forcée dans la discothèque Young Farmers. L'affaire n'a jamais été élucidée : preuves insuffisantes, a dit la police. On a essayé de parler à Rhona, lui faire comprendre que ce gars était bizarre, soupira-t-elle, mais on a obtenu le résultat contraire. C'était une vraie tête de mule, notre Rhona.

— Il avait déjà été accusé de viol ? » demanda Strike. Son fish and chips était excellent. Le pub se remplissait, ce qui n'était pas pour lui déplaire : la serveuse n'avait plus le temps de les observer.

« Oh oui. Une drôle de famille, dit Mrs. Bunyan avec cette pointe d'arrogance propre aux habitants des petites villes et que Strike lui-même avait expérimentée durant sa jeunesse. Une sacrée bande de loustics, les frères Laing ! Des bagarres sans arrêt, des problèmes avec la police, mais lui c'était le pire de tous. Même ses frères ne l'aimaient pas. Et sa mère pas trop non plus, pour dire la vérité. Il y avait une rumeur qui courait, ajouta-t-elle, soudain encline à la confidence. On disait qu'il n'était pas le fils de son père. Ses parents s'engueulaient tout le temps. Ils se sont séparés et, sur ces entrefaites, elle est tombée enceinte de Donnie. Elle aurait eu une aventure avec un policier du coin. Je ne sais pas si c'est vrai. Le policier est parti, Mr. Laing est revenu, mais Mr. Laing n'a jamais aimé Donnie, ça je le sais. Il ne l'aimait pas du tout. Les gens disaient qu'il savait que Donnie n'était pas de lui.

« C'était le plus terrible de la famille. Un costaud. Il était dans l'équipe junior du Sept…

— Du Sept ?

— Le rugby à sept », dit-elle. Même cette petite dame distinguée s'étonnait que Strike ne pige pas au quart de tour quand on évoquait ce sport que tout Melrose portait au rang de religion. « Mais ils l'ont fichu dehors. Aucune discipline. Et la semaine d'après, quelqu'un a retourné le Greenyards. Le terrain », précisa-t-elle, comme si décidément cet Anglais ne comprenait rien à rien.

Le porto la rendait volubile. Les mots sortaient facilement, à présent.

« Il s'est rabattu sur la boxe. Il savait embobiner son monde. Ah ça, oui. Quand Rhona s'est mise avec lui – elle avait quinze ans et lui dix-sept – des gens m'ont dit que ce n'était pas un mauvais gars. Ça oui, répéta-t-elle en hochant la tête devant l'expression incrédule de Strike. Ceux qui ne le connaissaient pas bien se laissaient avoir. Il pouvait être charmant quand il voulait, Donnie Laing.

« Mais vous n'avez qu'à demander à Walter Gilchrist s'il le trouve charmant. Walter l'a viré de sa ferme – il était tout le temps en retard – et, après, quelqu'un a mis le feu à sa grange. Oh, ils n'ont jamais pu prouver que c'était Donnie. Pas plus qu'ils n'ont pu prouver qu'il avait esquinté le terrain de rugby. Mais moi, les preuves, je n'en ai pas besoin.

« Rhona ne voulait rien entendre. Elle croyait le connaître. C'était un incompris et je ne sais trop quoi encore. Et nous, nous étions bourrés de préjugés, bornés. Il voulait s'engager dans l'armée. Bon débarras, j'ai pensé. J'espérais qu'elle l'oublierait.

« Et puis il est revenu. Il l'a mise enceinte mais elle a perdu le bébé. Elle était en colère contre moi parce que j'avais dit… »

Elle s'en tint là mais Strike compléta de lui-même.

« … Et après ça, elle n'a plus voulu me parler. Elle a attendu qu'il revienne en permission et elle s'est mariée avec lui. Son père et moi n'avons pas été invités. Ils sont partis pour Chypre tous les deux. Mais je sais qu'il a tué notre chatte.

— Quoi ? s'écria Strike, interdit.

— Je sais que c'était lui. La dernière fois qu'on a vu Rhona avant son mariage, on lui a dit qu'elle faisait une terrible erreur. Cette nuit-là, Purdy n'est pas rentrée. Le lendemain, elle était sur la pelouse, derrière la maison, morte. Le véto a dit qu'on l'avait étranglée. »

Sur l'écran plasma, derrière la tête de Mrs. Bunyan, Dimitar Berbatov en maillot écarlate venait de marquer un but contre Fulham. L'air bruissait tout autour d'eux : les voix à l'accent des Borders se mêlaient aux tintements des couverts et de la verrerie. Et pendant ce temps, la compagne de Strike parlait de mort et de mutilation.

« Je sais que c'est lui. Je sais qu'il a tué Purdy, dit-elle fiévreusement. Regardez ce qu'il a fait à Rhona et au bébé. Il est mauvais. »

Ses mains triturèrent un instant le fermoir de son sac. Puis elle lui tendit quelques photos.

« Mon mari dit tout le temps : "Pourquoi tu les gardes ? Brûle-les." Mais j'ai toujours pensé qu'on aurait besoin de photos de lui un jour ou l'autre. Voilà, dit-elle en lui remettant ce qu'il considéra comme une aubaine. Je vous les donne, gardez-les. Gateshead. C'est là qu'il est allé ensuite. »

Plus tard, quand elle l'eut quitté dans une effusion de larmes et de gratitude, Strike régla la note et marcha jusque chez Millers of Melrose, une charcuterie artisanale qu'il avait remarquée en traversant la ville. Il entra et s'offrit quelques pâtés de venaison qui, d'après lui, seraient dix fois plus savoureux que tout ce qu'il pourrait acheter à la gare avant de reprendre le train de nuit pour Londres.

En regagnant le parking par une ruelle garnie de roses dorées, Strike repensa à la fleur tatouée sur l'avant-bras de Laing.

Autrefois, voilà bien des années, le fait d'appartenir à cette jolie ville entourée de terres agricoles, dominée par les trois pics d'Eildon Hill, avait dû avoir son importance pour Donnie Laing. Et pourtant, il n'y avait pas trouvé sa place. Il n'était devenu ni agriculteur, ni rugbyman. Il n'avait pas intégré cette communauté de citoyens qui semblaient cultiver des valeurs telles que l'ordre, la discipline, l'honnêteté. Melrose avait expulsé comme un crachat l'homme qui brûlait ses granges, étranglait ses chats, retournait ses terrains de rugby. Si bien que Laing avait cherché refuge ailleurs, dans un lieu où tant d'autres avant lui avaient trouvé tantôt le salut, tantôt la juste rétribution de leurs actes : l'armée britannique. Lui, il avait fini en prison, et quand la prison elle-même l'avait rejeté, il avait tenté le retour au pays, mais au pays, personne n'avait voulu de lui.

Donald Laing avait-il reçu un accueil plus chaleureux à Gateshead ? Avait-il quitté Gateshead pour Corby ? Ou bien, se demanda Strike en se pliant pour s'encastrer dans l'habitacle de la Mini, ces deux villes n'étaient-elles que des étapes sur le chemin qui menait vers Londres, vers Strike ?

17

The Girl That Love Made Blind

La fille aveuglée par l'amour

Mardi matin. Ça n'avait presque pas fermé l'œil de la nuit. Ça disait qu'elle était fatiguée, comme s'il en avait quelque chose à foutre. Pourtant, il fallait bien faire semblant, alors il avait insisté pour que Ça retourne s'allonger et quand Ça s'était mise à respirer profondément, calmement, il était resté un moment près du lit à la regarder en s'imaginant qu'il l'étranglait jusqu'à ce que mort s'ensuive. Ça ouvrait grand les yeux, sa bouche happait l'air, sa figure virait au pourpre…

Après s'être assuré que Ça dormait pour de bon, il avait quitté la chambre sur la pointe des pieds et enfilé une veste pour sortir dans le petit matin blême, à la recherche de La Secrétaire. Cela faisait des jours qu'il n'avait plus eu l'occasion de la suivre et, à cette heure-ci, il était trop tard pour l'attendre à la station à côté de chez elle. Mieux valait se poster au croisement de Denmark Street.

Il la repéra au loin : ces cheveux ondulés blond vénitien étaient tellement faciles à reconnaître. La petite salope devait aimer qu'on la remarque sinon elle les aurait fait couper, teindre, ou alors elle aurait mis quelque chose dessus. Elles étaient toutes pareilles, elles voulaient qu'on les reluque, il le savait bien.

En la voyant approcher, il nota un changement en elle. Il avait un flair infaillible pour ça. Il notait immédiatement les sautes d'humeur chez les gens. Elle marchait en regardant par terre, les épaules voûtées, sans prendre garde aux passants qui se rendaient à leur travail, eux aussi, cramponnés à leur sac, leur téléphone, leur café.

Il la toucha presque en la croisant. Il était passé si près qu'il aurait pu renifler son parfum si la rue n'avait été saturée de gaz d'échappement et de poussière. Elle ne lui accorda pas plus d'attention qu'à une borne de signalisation. Bien sûr, il avait tout fait pour qu'elle ne le voie pas mais, quand même, c'était un peu agaçant de constater une telle indifférence de la part d'une femme qu'il avait choisie parmi des milliers d'autres.

D'un autre côté, il savait maintenant qu'elle avait pleuré. Et longtemps. Il avait l'œil pour ce genre de choses ; il en avait vu chialer des tas. Le visage gonflé, rougi, les traits flasques, les sanglots, les gémissements : elles avaient toutes le même comportement. Elles adoraient passer pour des victimes. On les tuerait juste pour qu'elles la ferment.

Il fit demi-tour et la suivit sur les quelques mètres qui les séparaient de Denmark Street. Dans cet état-là, les femmes étaient souvent malléables ; on les manipulait plus facilement quand elles étaient sous l'emprise de la peur ou du chagrin. Ces salopes oubliaient les petits trucs qu'elles utilisaient d'habitude pour tenir à distance les types comme lui : les clés serrées dans le poing, les téléphones à portée de main, les alarmes anti-viol au fond de la poche, les rues animées. Elles étaient à l'affût d'un mot gentil, d'une oreille amicale. C'est ainsi qu'il avait chopé Ça.

Quand il la vit s'engager sur Denmark Street, il pressa le pas. Les journalistes avaient fini par déguerpir au bout de huit jours de siège. La Secrétaire ouvrit la porte noire du bas et entra.

Allait-elle ressortir ou passer la journée avec Strike ? Il espérait que ces deux-là baisaient ensemble. C'était dans l'ordre des choses. Comment faire autrement quand on passe des jours entiers seuls dans le même bureau ? Il se réfugia dans l'ombre d'un perron et sortit son téléphone en gardant un œil sur la fenêtre du premier étage, au numéro 24.

18

I've been stripped, the insulation's gone.
Je me suis fait dépouiller, la chaleur est partie.

BLUE ÖYSTER CULT, « Lips in the Hills »

La première fois que Robin était entrée dans le bureau de Strike, elle venait à peine de se fiancer. Ce matin, en tournant la clé dans la serrure, elle revécut la scène. Elle allait frapper quand elle avait vu le saphir à son doigt s'assombrir et, deux secondes après, Strike surgir devant elle avant de se précipiter dans l'escalier en métal, manquant la renverser au passage.

Aujourd'hui, Robin n'avait plus de bague mais sur son annulaire, à l'endroit où elle était restée pendant des mois, la peau demeurait très sensible, comme si elle avait laissé sa marque. Robin trimbalait avec elle un fourre-tout contenant des vêtements de rechange et quelques articles de toilette.

Tu ne peux pas pleurer ici. Tu ne dois pas pleurer ici.

Comme un automate, elle effectua tous les menus gestes qu'elle faisait d'habitude en arrivant au travail :

enlever son manteau, le suspendre avec son sac à main sur une patère à côté de la porte, remplir et faire chauffer la bouilloire. Puis elle glissa le fourre-tout sous son bureau pour que Strike ne le voie pas, retourna sur ses pas et vérifia qu'elle n'avait rien oublié. Elle se sentait bizarre, comme si son corps n'était qu'une fumée, un fantôme dont les doigts glacés, impalpables se refermeraient en vain sur les anses des sacs, sur la poignée des bouilloires, sans parvenir à les saisir.

Quatre jours avaient suffi pour détruire une relation longue de neuf ans. Quatre jours de querelles de plus en plus violentes, quatre jours passés à accuser l'autre, à l'accabler de reproches. Pour des broutilles, parfois, songeait-elle avec le recul. La Land Rover, le Grand National, l'ordinateur portable qu'elle avait emporté en week-end. Le dimanche, ils s'étaient chamaillés pour savoir qui paierait les voitures du cortège. Son père à lui ou ses parents à elle ? Et dans la foulée, pour la énième fois, il lui avait reproché son salaire de misère. Ils avaient à peine échangé deux mots entre le moment où ils étaient montés dans la Land Rover, le lundi matin, et celui où ils étaient arrivés chez eux à West Ealing.

Puis, dans la soirée, tout avait explosé. Cet ultime embrasement avait ramené leurs précédentes escarmouches au rang de simples secousses augurant un tremblement de terre dévastateur.

Strike n'allait pas tarder à descendre. Elle l'entendait bouger dans son appartement, à l'étage du dessus. Robin savait qu'elle avait intérêt à donner le change, à cacher son désarroi. Désormais, il ne lui restait plus que son travail. Bientôt, elle chercherait une chambre à louer. Avec le maigre salaire que lui versait Strike, elle pouvait difficilement s'offrir autre chose. Elle essaya d'imaginer ses futurs colocataires. Ce serait comme retourner dans son foyer d'étudiantes.

Tu y penseras plus tard.

En préparant le thé, elle s'aperçut qu'elle avait oublié les sachets achetés chez Bettys, après le dernier essayage de sa robe de mariée. Cette dernière pensée faillit l'anéantir mais, rassemblant toute sa volonté, elle ravala ses larmes, porta la tasse jusqu'à son bureau et s'assit pour ouvrir les mails accumulés durant la semaine où ils avaient dû s'exiler loin de l'agence.

Strike venait de rentrer d'Écosse, par le train de nuit. Cela lui fournirait un bon sujet de conversation tout à l'heure, quand il la rejoindrait dans le bureau. Peut-être qu'ainsi il ne remarquerait pas ses yeux bouffis. Avant de sortir de chez elle, elle avait tenté de remédier au problème en appliquant de la glace et de l'eau froide sur ses paupières. Sans grand succès.

Ce matin, Matthew avait voulu l'empêcher de partir ; il lui avait bloqué le passage. Lui aussi était dans un triste état.

« Écoute, il faut qu'on parle. Vraiment. »

Plus jamais, pensa Robin en portant la tasse de thé chaud à ses lèvres d'une main tremblante. *Plus jamais je n'agirai contre ma volonté.*

Cet accès de bravoure fut aussitôt compromis par l'apparition inopinée d'une grosse larme tiède qui roula le long de sa joue. Catastrophée, elle l'essuya d'un revers de main ; elle qui croyait avoir versé toutes les larmes de son corps. Elle tourna les yeux vers l'écran et se mit à taper une réponse à un client qui réclamait sa facture. C'est à peine si elle comprenait ce qu'elle écrivait.

Des pas résonnèrent dans l'escalier. Elle serra les dents. La porte s'ouvrit. Robin leva la tête. L'homme qui venait d'entrer n'était pas Strike.

Un réflexe de peur primale la saisit avant qu'elle puisse analyser les raisons de cette intrusion. Elle savait juste que l'inconnu représentait un danger. En une fraction de seconde, elle calcula qu'il était trop tard pour s'enfuir, que son alarme anti-viol se trouvait dans la poche de son manteau et que la seule arme un tant soit peu dissuasive était le coupe-papier posé à quelques centimètres de sa main gauche.

L'homme était effrayant : décharné, le visage blême, le crâne rasé, le nez épais, parsemé de taches de son, la bouche large, les lèvres charnues. Des tatouages coloraient ses poignets, ses doigts, son cou. Une dent en or brillait sur un côté de sa bouche grimaçante, déformée par l'horrible cicatrice qui s'étirait depuis sa lèvre supérieure jusqu'à sa pommette, imprimant à tout jamais le rictus d'Elvis sur son visage hideux. Il portait un jean baggy, un haut de survêtement, et de sa personne émanait une forte odeur de tabac froid et de cannabis.

« Ça baigne ? » dit-il en s'avançant vers elle. Il n'arrêtait pas de claquer les doigts de ses deux mains ballantes. *Clic, clic, clic.* « Vous êtes toute seule, hein ?

— Non », dit-elle, la bouche sèche. Il fallait qu'elle attrape ce coupe-papier avant qu'il ne soit trop près. *Clic, clic, clic.* « Mon patron est juste…

— Shanker ! » la voix de Strike venait de retentir sur le seuil.

L'inconnu se retourna.

« Bunsen », dit-il. Le claquement de doigts s'arrêta, il leva le bras et son poing atterrit sur celui de Strike. « Comment tu vas, vieux frère ? »

Oh mon Dieu, songea Robin, soulagée. Elle avait les jambes en coton. Pourquoi Strike ne l'avait-il pas informée qu'il attendait une visite ? Elle détourna vite la tête et se remit à taper pour que Strike ne remarque pas son visage gonflé. Strike et Shanker passèrent dans la deuxième pièce et, avant que la porte se referme sur eux, elle entendit le nom de « Whittaker ».

En temps normal, elle les aurait volontiers suivis dans le bureau pour écouter leur conversation. Une fois son courrier terminé, elle se dit qu'elle ferait bien de leur apporter du café. Mais d'abord, elle effectua un crochet par la salle de bains sur le palier pour se rafraîchir le visage. Elle avait beau acheter tous les désodorisants possibles et imaginables sur la cagnotte réservée aux frais courants, cette petite pièce continuait à sentir les égouts.

Strike avait reçu un choc en voyant la tête de Robin, même s'il avait à peine eu le temps de la regarder. Il ne l'avait jamais vue si pâle, les yeux gonflés, injectés de sang. En s'asseyant derrière son bureau, impatient d'entendre ce que Shanker avait pu glaner sur Whittaker, il ne put s'empêcher de penser : *Qu'est-ce que ce connard lui a encore fait ?* Et, l'espace d'un instant, il rêva d'écraser son poing sur la tronche de Matthew. Sensation délectable. Puis il se concentra sur son visiteur.

« T'as une gueule de ouf, Bunsen », dit Shanker en s'affalant dans le fauteuil posé en face. Il se remit à claquer les doigts avec un vif enthousiasme. Il traînait ce tic depuis l'adolescence et Strike plaignait la personne qui tenterait de l'en guérir.

« Je suis crevé, expliqua Strike. J'étais en Écosse. Ça fait deux heures que je suis rentré.

— Connais pas l'Écosse. »

Strike savait que Shanker n'avait jamais mis les pieds hors de Londres.

« Alors, qu'est-ce que tu as pour moi ?

— Il zone encore par ici », dit Shanker en récupérant l'usage de ses doigts pour sortir un paquet de Mayfair de sa poche. Sans demander l'autorisation, il en alluma une. Strike pensa : *À quoi bon*, attrapa son paquet de Benson et lui emprunta son briquet. « D'après son dealer, il est à Catford.

— Il a quitté Hackney ?

— Ouais, ou alors il a laissé un clone derrière lui. Je n'ai pas vérifié ça, Bunsen. File-moi encore 100 tickets et j'irai voir. »

Strike ricana. Les gens qui sous-estimaient Shanker se mettaient le doigt dans l'œil jusqu'au coude. À le voir, on se disait qu'il avait sûrement essayé toutes les substances prohibées existant sur le marché, mais il ne fallait pas se fier à cette fébrilité qui l'agitait en permanence. Il n'était pas défoncé ; en fait, il était même plus vigilant, plus sobre que la plupart des hommes d'affaires après une journée de travail. Cela dit, il avait le crime dans le sang.

« Une adresse ? demanda Strike en lui tendant un calepin.

— Pas encore.

— Il bosse ?

— Il raconte partout qu'il organise des tournées pour un groupe de metal.

— Mais ?

— Il fait le mac », dit Shanker d'une voix plate.

On entendit un coup à la porte.

« Quelqu'un veut du café ? » demanda Robin. Strike voyait parfaitement qu'elle évitait d'exposer son visage à la lumière. Il posa les yeux sur sa main gauche. La bague de fiançailles n'y était plus.

« Ouais, merci, dit Shanker. Deux sucres.

— Du thé pour moi, si vous voulez bien », dit Strike en la regardant s'éloigner. Il glissa la main dans le tiroir où il rangeait le vieux cendrier en fer-blanc qu'il avait subtilisé dans un bar en Allemagne et le poussa vers Shanker avant que les quatre centimètres de cendre qui vacillaient au bout de sa clope ne tombent par terre.

« Comment tu sais qu'il fait le mac ?

— Je connais un type qui l'a vu avec sa gagneuse, dit Shanker. Une gamine. À peine majeure.

— Parfait », dit Strike.

Depuis qu'il exerçait ce métier, il avait dû traiter toutes sortes d'affaires liées à la prostitution, mais là, c'était différent : il s'agissait de son ex-beau-père, un homme que sa mère avait aimé passionnément, avec lequel elle avait conçu un enfant. De nouveau, il crut renifler Whittaker : ses vêtements crasseux, sa puanteur bestiale.

« Catford, répéta-t-il.

— Ouais. Je continue à fouiner, si tu veux, dit Shanker en secouant son mégot au hasard au lieu de se servir du cendrier. T'es prêt à lâcher combien, Bunsen ? »

Ils en étaient encore à fixer les prix, dans la bonne humeur mais sachant que Shanker ne bougerait pas le petit doigt à moins d'être dûment arrosé, quand Robin entra avec le café. Son visage passa dans la lumière. Elle faisait peine à voir.

« J'ai répondu aux courriers les plus urgents, dit-elle à Strike en feignant de ne pas remarquer son regard inquisiteur. Maintenant, je sors m'occuper de Platine. »

Cette déclaration laissa Shanker perplexe, mais personne ne prit la peine de l'éclairer.

« Vous allez bien ? lui demanda Strike qui aurait préféré que Shanker ne soit pas présent.

— Oui, ça va, dit Robin en esquissant un sourire raté. Je vous tiens au courant.

— Elle sort s'occuper de Platine ? répéta Shanker pendant qu'on entendait se fermer la porte du palier.

— Ne va pas t'imaginer des choses », dit Strike, reculant au fond de son siège pour regarder par la fenêtre. Il vit Robin sortir de l'immeuble avec son imperméable, longer Denmark Street et tourner au coin. Un grand type coiffé d'un bonnet surgit du magasin de guitares, de l'autre côté de la rue, et s'engagea dans la même direction qu'elle. Strike reporta son attention sur Shanker qui lui demandait :

« C'est vrai qu'on t'a envoyé une putain de jambe, Bunsen ?

— Eh ouais. Bien coupée, emballée et livrée à domicile.

— Que le diable m'encule », dit Shanker, expression qu'il n'employait que dans les grandes occasions.

Après que Shanker fut parti, muni d'une liasse de billets correspondant aux services rendus et de la promesse d'une somme équivalente pour ses futurs tuyaux sur Whittaker, Strike appela Robin qui ne décrocha pas. En général, elle préférait ne pas répondre quand elle était dans un lieu où elle ne pouvait pas parler en toute liberté. Il lui envoya un texto :

Dites-moi où et quand je peux vous rejoindre

Puis il s'installa dans le fauteuil de Robin pour faire sa part de travail administratif.

Mais comme il avait passé deux nuits d'affilée à sommeiller sur la couchette d'un wagon-lit, il ne parvenait pas à se concentrer sur les factures et autres paperasses. Cinq minutes passèrent. Il vérifia son portable. Pas de nouvelles de Robin. Il se leva pour refaire du thé. Quand il porta la tasse à ses lèvres, une très légère odeur de cannabis lui chatouilla les narines, souvenir de sa dernière poignée de main avec Shanker.

Shanker était né à Canning Town mais il avait des cousins à Whitechapel. Vingt ans auparavant, ces gens-là avaient eu maille à partir avec un gang rival. En voulant les aider, Shanker s'était retrouvé au fond d'un caniveau sur Fulbourne Street, le visage entaillé par une estafilade d'où le sang coulait à flots. D'où l'horrible cicatrice qui barrait sa joue. Leda Strike était sortie en pleine nuit pour acheter un étui de Rizla et c'est en rentrant qu'elle l'avait découvert.

Leda aurait été incapable de passer sans broncher devant un garçon de l'âge de son fils baignant dans son sang au fond d'un caniveau. Le fait que le garçon en question tienne un couteau ayant visiblement servi et hurle des imprécations sous l'emprise de la drogue ne faisait aucune différence pour elle. Leda épongea le sang sur sa figure et lui parla comme personne ne lui avait parlé depuis que sa mère était morte quand il avait huit ans. Comme il refusait obstinément de laisser cette drôle de bonne femme appeler une ambulance, par peur de se retrouver en taule (Shanker avait poignardé son agresseur à la cuisse), Leda opta pour la seule solution qui se présentait à elle : l'aider à marcher jusqu'au squat où elle vivait. Elle découpa des bouts de sparadrap, les appliqua comme d'improbables points de suture sur la plaie, puis elle prépara un genre de bouillie à la cendre de cigarette et dit à son fils éberlué de lui trouver un matelas pour dormir.

Leda avait traité Shanker comme un neveu rentré au bercail après une longue absence. En retour, il l'avait vénérée comme l'orphelin qu'il était, un garçon brisé par le sort, vivant dans le souvenir d'une mère aimante. Il avait guéri, et elle l'avait laissé partir en lui proposant de repasser la voir aussi souvent qu'il le souhaitait. Il l'avait prise au mot. Shanker confiait à Leda des secrets qu'il n'aurait jamais partagés avec personne ; il ne lui trouvait aucun défaut, contrairement à la plupart des autres gens. Et il respectait Strike autant qu'il respectait sa mère. Les deux adolescents n'avaient quasiment aucun point commun, pourtant ils étaient liés. Leur amitié reposait en partie sur la haine silencieuse mais farouche qu'ils éprouvaient envers Whittaker. Ce dernier avait très mal réagi en voyant débarquer ce nouvel élément dans la vie de Leda. Il était d'une jalousie maladive mais se méfiait trop de Shanker pour le traiter avec le mépris qu'il manifestait envers Strike.

Strike savait pourquoi. Comme lui, Shanker ne connaissait pas de limite. Il était capable de faire n'importe quoi. Whittaker avait bien cerné la situation : son beau-fils souhaitait peut-être sa mort mais jamais il ne passerait à l'acte, par peur de blesser sa mère, d'enfreindre la loi et de compromettre définitivement son avenir. Shanker, lui, ne craignait rien de tout cela. Par conséquent, sa présence au sein de cette famille bancale les protégea des accès de violence toujours plus redoutables de Whittaker.

En fait, c'est grâce à Shanker que Strike avait pu envisager de s'inscrire à l'université. En lui faisant ses adieux, il n'avait pas eu le courage d'exprimer par des mots ce qu'il craignait le plus, mais Shanker avait compris.

« T'inquiète pas, Bunsen. T'inquiète pas, mon vieux. »

Pourtant Shanker ne pouvait pas veiller sur Leda vingt-quatre heures sur vingt-quatre. Le jour de sa mort, il écumait les rues de Londres, comme il le faisait souvent pour les besoins de son commerce. Strike n'oublierait jamais la douleur de son ami quand ils s'étaient revus par la suite. Shanker avait éclaté en sanglots, s'accusant de l'avoir abandonnée. De fait, pendant que Shanker négociait un bon prix pour 1 kilo de cocaïne Premium bolivienne à Kentish Town, le cadavre de Leda Strike se rigidifiait lentement sur un matelas crasseux. D'après l'autopsie, elle avait cessé de respirer six bonnes heures avant qu'un habitant du squat songe à la réveiller de ce qu'il croyait être un profond sommeil.

Tout comme Strike, Shanker était persuadé que Whittaker l'avait tuée. Il avait réagi avec une telle violence, une telle fureur vengeresse que Whittaker avait eu de la chance d'être emmené par les flics avant qu'il ne l'attrape. Lors du procès, on l'avait fait venir à la barre des témoins pour qu'il dresse le portrait d'une femme maternelle n'ayant jamais touché à l'héroïne, mais on avait eu tort, car Shanker s'était précipité sur Whittaker en hurlant : « Enculé, c'est toi qui l'as tuée ! » avant d'être expulsé sans ménagement de la salle d'audience.

Ces lointains souvenirs enfouis six pieds sous terre sentaient encore plus mauvais quand on les déterrait. Strike les rejeta tout au fond de sa mémoire, prit une gorgée de thé chaud et regarda son portable. Toujours aucune nouvelle de Robin.

19

Workshop of the Telescopes

Atelier de télescopes

À la seconde même où il l'avait aperçue, ce matin, il avait compris que La Secrétaire n'était pas dans son assiette. À présent, elle était assise derrière la vitre du Garrick, le vaste restaurant fréquenté par les étudiants de la LSE. Elle était laide, aujourd'hui. Le visage blafard, bouffi, les yeux rouges. Il aurait pu s'installer à la table d'à côté, elle ne l'aurait même pas remarqué, cette pauvre idiote. Elle n'avait d'yeux que pour la poule aux cheveux cendrés, penchée sur son ordinateur portable, quelques mètres plus loin. Les hommes ne l'intéressaient pas. Mais dans pas longtemps, elle serait bien obligée de le regarder. Et après, elle ne verrait plus rien.

Aujourd'hui, pas besoin de faire le Joli Cœur ; quand elles étaient déprimées, il n'avait pas envie d'elles. Dans ces moments-là, il changeait de rôle, il devenait l'ami serviable, l'inconnu bienveillant. *Tous les hommes ne sont pas comme lui, ma chérie. Tu mérites mieux. Laisse-moi te raccompagner chez toi. Viens, je te dépose.* Dès qu'elles oubliaient que vous aviez une bite, vous pouviez faire d'elles à peu près n'importe quoi.

Il entra dans la salle bondée, traîna autour du comptoir, se paya un café et trouva un coin d'où il pourrait l'observer de dos.

Elle ne portait plus sa bague de fiançailles. Intéressant. Voilà qui expliquait la présence de ce fourre-tout qu'elle trimbalait sur l'épaule quand elle ne le glissait pas sous une table. Avait-elle l'intention de passer la nuit ailleurs que dans son appartement d'Ealing ? Est-ce que, pour une fois, elle emprunterait une rue déserte, un raccourci mal éclairé, un souterrain abandonné ?

C'est ce qu'il s'était passé, la première fois qu'il avait tué : il fallait juste savoir saisir l'occasion. Les images de la scène lui revenaient par à-coups, comme dans une projection de diapositives, à cause de la nouveauté, de l'excitation qui l'avait envahi ce jour-là. C'était avant qu'il ne peaufine sa technique, avant que cela ne devienne un jeu pour lui.

La fille était brune, grassouillette. Sa copine venait de partir dans la voiture d'un client. Le mec ne savait pas qu'il venait de choisir laquelle des deux survivrait.

Lui, pendant ce temps, faisait des allers-retours au volant de sa voiture, un couteau dans la poche. Quand il avait acquis la certitude qu'elle était seule, complètement seule, il s'était arrêté et, la bouche sèche, s'était penché sur le siège du passager pour lui demander par la vitre ouverte combien elle prenait. Une fois le prix fixé, elle était montée à côté de lui. Il avait roulé jusqu'à une impasse, à l'abri des passants et des réverbères.

Il en avait eu pour son argent et, au moment où elle s'était relevée, avant même de remonter sa braguette, il l'avait frappée. L'arrière de sa tête avait heurté la vitre. Elle n'avait pas eu le temps de dire ouf que déjà il sortait sa lame.

Le bruit sourd de l'acier pénétrant dans la chair, les flots de sang tiède sur ses mains, pas un cri, juste un petit hoquet de surprise suivi d'un gémissement. Son corps s'était affaissé sur le siège, et lui, il avait continué à la larder de coups de couteau. Ensuite, il avait arraché le pendentif doré qu'elle portait autour du cou. Sur l'instant, il n'avait pas songé à s'emparer de l'ultime trophée : un morceau d'elle. En revanche, il s'était essuyé les mains sur sa robe en regardant les spasmes d'agonie secouer son corps avachi. Il avait tremblé de peur et d'excitation en faisant demi-tour pour sortir de l'impasse. Il avait roulé loin de la ville, avec le cadavre à côté de lui, sans jamais dépasser les limites de vitesse, vérifiant son rétroviseur toutes les dix secondes. Quelques jours auparavant, il avait repéré un endroit, un coin de campagne désert avec un fossé rempli de mauvaises herbes. Il y avait eu un grand bruit sourd et des éclaboussures quand il l'avait poussée dans le trou.

Il avait gardé son pendentif, rangé avec d'autres petits souvenirs. C'était son trésor. Que pourrait-il bien prendre à La Secrétaire ? se demanda-t-il.

Un jeune Chinois assis à côté de lui lisait quelque chose sur une tablette. *Économie comportementale*. Encore de la psychologie à la mords-moi-le-nœud. Il avait vu un psychologue, une fois, on l'avait forcé.

« Parlez-moi de votre mère. »

Il lui avait sorti ça texto, le mec. Un nabot sans un poil sur le caillou. Le cliché. Dire que les psychologues sont censés être intelligents. Il avait joué le jeu, pour rigoler. Il lui avait tout déballé sur sa mère : qu'elle était froide, méchante, une foutue salope, qu'elle se serait bien passée de le voir naître. Il était juste une gêne pour elle. Elle se fichait bien qu'il soit vivant ou mort.

« Et votre père ?

— Je n'ai pas de père.

— Vous voulez dire que vous ne l'avez jamais rencontré ? »

Silence.

« Vous ne le connaissez pas ? »

Silence.

« Ou alors que vous ne l'aimez pas ? »

Il ne disait plus rien. Il était fatigué de jouer. Il n'y avait que les demeurés pour s'intéresser à ce genre de conneries. Cela dit, il savait depuis belle lurette que tous les gens sans exception étaient des demeurés.

Pourtant, il avait dit la vérité : il n'avait pas de père. L'homme qui avait rempli ce rôle, si on pouvait s'exprimer ainsi – l'homme qui l'avait tabassé un jour sur deux (« sévère mais juste ») –, n'avait rien eu d'un père. La violence, le rejet, voilà ce que représentait la famille pour lui. En même temps, c'est dans ce contexte qu'il avait appris comment survivre, comment développer ses facultés intellectuelles. Il avait toujours su qu'il était supérieur, même quand il était enfant et qu'il se planquait sous la table de la cuisine. Oui, même en ce temps-là, il se savait fait d'une matière plus noble que le salopard qui lui cognait dessus en grimaçant de haine…

La Secrétaire se leva pour suivre la poule aux cheveux cendrés qui venait de partir avec son portable dans une mallette. Il avala son café d'un trait et leur emboîta le pas.

C'était tellement facile avec elle, aujourd'hui. Comme sur des roulettes ! Elle n'était plus méfiante pour un sou ; elle avait même du mal à surveiller l'autre blondasse. Il monta dans le même métro qu'elles, se plaça de dos pour mieux observer, entre les bras des touristes néo-zélandais qui s'accrochaient aux sangles, le reflet de La Secrétaire dans la vitre. Et quand elle descendit, il se glissa sans problème derrière elle parmi la foule.

Ils avançaient à la queue leu leu, tous les trois. La poule aux cheveux cendrés venait en premier, puis La Secrétaire et enfin lui. Les escaliers de la station, le trottoir, la rue qui menait au Spearmint Rhino… Il était déjà en retard mais il n'avait pas envie de rentrer. Il s'amusait trop. C'était la première fois qu'elle s'attardait en ville après le coucher du soleil. Il y avait aussi ce fourre-tout et cette bague qu'elle ne portait plus. L'occasion était trop belle. Il trouverait bien une histoire à raconter à Ça.

La poule aux cheveux cendrés disparut dans le club. La Secrétaire ralentit le pas et resta plantée au milieu du trottoir comme si elle hésitait. Il sortit son portable et se retrancha dans une entrée d'immeuble pour l'examiner tout à loisir.

20

I never realized she was so undone.
Je ne savais pas qu'elle était si défaite.

BLUE ÖYSTER CULT, « Debbie Denise »
Paroles de Patti Smith

Robin avait oublié la promesse qu'elle avait faite à Strike de rentrer chez elle avant le coucher du soleil. En fait, elle n'avait réalisé qu'il faisait nuit qu'en voyant les phares des voitures et les vitrines allumées. Platine avait changé ses habitudes. En temps normal, elle prenait son service au Spearmint Rhino beaucoup plus tôt. En ce moment, elle devrait être en train de virevolter à moitié nue devant des inconnus, au lieu d'arpenter la rue, vêtue d'un jean, d'une paire de bottines à talons et d'une veste en daim frangée. Bon, elle avait dû modifier ses horaires de travail. Cela dit, elle était à l'intérieur du club maintenant, prête à démarrer son numéro. Et Robin était désormais libre de se chercher un hôtel pour ce soir.

Toute la journée, son portable n'avait cessé de vibrer dans la poche de son imper. Matthew lui avait envoyé plus de trente textos.

Il faut qu'on parle.
Appelle-moi, s'il te plaît.
Robin, si tu ne me parles pas rien ne s'arrangera.

Les heures passant, voyant qu'elle ne répondait pas à ses messages, il avait tenté de l'appeler. Puis ses textos avaient changé de ton.

Robin, tu sais que je t'aime.
Je regrette ce qui s'est passé. Je voudrais pouvoir revenir en arrière.
C'est toi que j'aime, Robin. Je t'ai toujours aimée et je t'aimerai toujours.

Elle n'avait donné suite ni à ses textos, ni à ses appels. Tout ce qu'elle savait c'est qu'elle ne remettrait pas les pieds dans leur appartement, pas ce soir. C'était au-dessus de ses forces. Et elle ignorait ce qu'elle ferait le lendemain, ou le jour d'après. Elle était affamée, épuisée, sonnée.

Quant à Strike, il était devenu presque aussi cassepied que Matthew, surtout en fin d'après-midi.

Où êtes-vous ? Appelez-moi SVP.

Comme elle ne pouvait se résoudre à l'avoir en direct, lui non plus, elle avait répondu par texto.

Impossible de parler. Platine pas au boulot.

Strike et elle maintenaient une certaine distance dans leurs rapports. Si tout à coup il se montrait trop gentil, elle craignait de fondre en larmes. Or, c'était exactement le genre de faiblesse qu'il désapprouvait chez une collaboratrice. Ils avaient perdu quasiment tous leurs clients, l'homme à la jambe pouvait lui tomber dessus à n'importe quel moment, alors autant dire que Strike n'attendait que cela pour lui conseiller de rester chez elle.

Visiblement, sa réponse n'avait pas plu.

Appelez-moi au plus vite.

Elle avait ignoré son message. Après tout, elle aurait très bien pu ne pas le recevoir. Il l'avait envoyé alors qu'elle s'apprêtait à descendre dans le métro, sur les traces de Platine ; et une fois dans la rame, Robin avait perdu le réseau. En émergeant de la station Tottenham Court Road, elle ressortit son portable et trouva un autre appel manqué de Strike plus un nouveau texto de Matthew.

Je veux savoir si tu rentres ce soir. Je suis malade d'angoisse. Dis-moi juste si tu es vivante, je m'en contenterai.

« Arrête de te la jouer, marmonna Robin. Comme si j'allais me tuer pour toi. »

Sous la marquise du Spearmint Rhino, Robin croisa un homme en costume, éclairé par la verrière débordant sur la rue. Sa silhouette ventripotente lui était familière. Deux-Fois. Robin crut voir un sourire d'autosatisfaction sur son visage.

Venait-il reluquer sa copine en train de s'exhiber devant d'autres hommes ? Jouissait-il de voir sa vie sexuelle observée, photographiée ? Quel genre de taré ce type était-il exactement ?

Robin détourna la tête. Il était temps de décider quoi faire ce soir. Une centaine de mètres plus loin, dans le renfoncement d'une entrée, un homme de haute taille coiffé d'un bonnet parlait avec animation dans son portable, comme s'il se disputait avec son correspondant.

Elle n'avait plus rien à faire, maintenant que Platine avait disparu. Où allait-elle dormir cette nuit ? Et tandis qu'elle réfléchissait au milieu du trottoir, un groupe de jeunes gens passa à quelques centimètres d'elle, sans s'écarter. L'un d'entre eux frôla même son fourre-tout. Ils sentaient la bière et le déodorant Axe.

« C'est ton costume que t'as mis là-dedans, chérie ? »

Robin réalisa qu'elle faisait le pied de grue devant un club de strip-tease. Automatiquement, elle pivota sur elle-même comme pour rentrer à l'agence. Au même instant, son portable sonna et, par réflexe, elle décrocha.

« Je pourrais savoir où vous êtes, bordel ? » hurla Strike dans son oreille.

Tant mieux, ce n'était pas Matthew. Elle n'eut guère le temps de se réjouir car déjà Strike reprenait :

« J'ai essayé de vous joindre toute la journée ! Vous êtes où ?

— Tottenham Court Road, dit Robin en s'éloignant rapidement des types qui continuaient à se moquer d'elle. Platine vient d'entrer et Deux…

— Qu'est-ce que je vous ai dit ? Jamais la nuit !

— C'est bien éclairé, par ici. »

Tout en parlant, elle se creusait la cervelle. Y avait-il un hôtel Travelodge dans le quartier ? Elle avait besoin d'une chambre propre et pas chère. Pas chère, oui, c'était essentiel puisqu'elle la paierait sur leur compte joint et qu'elle ne voulait surtout pas dépasser sa quote-part.

« Vous allez bien ? » demanda Strike, un ton en dessous.

Robin déglutit.

« Très bien », dit-elle avec toute la conviction dont elle était capable. Elle essayait d'être professionnelle, à la hauteur de ses attentes.

« Je suis encore au bureau. Tottenham Court Road, disiez-vous ?

— Il faut que j'y aille, désolée », lâcha-t-elle d'une voix tendue. Puis elle coupa la communication.

Elle avait dû raccrocher par peur de craquer au téléphone. En plus, elle avait senti qu'il s'apprêtait à lui proposer un rendez-vous quelque part. Si jamais elle le voyait ce soir, elle lui déballerait tout, et c'était hors de question.

Ses joues étaient baignées de larmes, tout à coup. Vers qui d'autre pouvait-elle se tourner ? C'était justement ça, le problème. Enfin, elle osait se l'avouer. Ces gens avec lesquels ils dînaient le week-end, ceux avec lesquels ils allaient voir des matchs : c'étaient des amis de Matthew, des collègues de Matthew, des camarades d'université de Matthew. Elle-même ne connaissait personne, à part Strike.

« Oh mon Dieu, dit-elle en s'essuyant les yeux et le nez d'un revers de manche.

— Comment ça va, mon petit cœur ? » lui lança un clochard édenté vautré sous un porche.

Elle finit par entrer dans le Tottenham mais sans trop comprendre pourquoi. Peut-être parce que les serveurs la connaissaient, qu'elle savait où se trouvaient les toilettes et que Matthew n'avait jamais mis les pieds dans ce pub. Elle avait juste besoin de s'asseoir dans un coin tranquille, le temps de dégoter un hôtel bon marché. Elle avait très envie d'un verre, chose inhabituelle chez elle. Après s'être aspergé le visage d'eau froide, elle sortit des toilettes, prit un verre de vin rouge, le posa sur une table et revérifia son téléphone. Elle avait encore raté un appel de Strike.

Des hommes l'observaient depuis le comptoir. Elle savait bien qu'elle avait un drôle d'air, toute seule avec son fourre-tout et ses yeux mouillés. Et alors ? Que pouvait-elle y faire ? Elle tapa **Travelodge près de Tottenham Court Road** dans la barre de recherche et attendit patiemment la réponse en sirotant son vin rouge. Elle aurait dû boire moins vite, sachant qu'elle n'avait quasiment rien avalé de la journée. Elle avait sauté le petit déjeuner et à midi s'était contentée d'un paquet de chips et d'une pomme, rapidement expédiés dans la cafétéria de l'école où étudiait Platine.

Il y avait un Travelodge à High Holborn. Ça devrait faire l'affaire. Ayant trouvé un point de chute pour la nuit, Robin se sentit légèrement rassérénée. En évitant soigneusement de croiser le regard des hommes au comptoir, elle alla se chercher un deuxième verre de vin. Peut-être devrait-elle appeler sa mère, songea-t-elle soudain, mais cette perspective lui redonna envie de pleurer. Elle savait qu'elle ne serait pas capable d'affronter la compassion de Linda, pas encore.

Un grand type coiffé d'un bonnet poussa la porte du pub mais Robin faisait bien attention à ne regarder que son verre et sa monnaie, de crainte que les individus qui l'observaient accoudés au comptoir ne l'abordent au prétexte qu'elle aurait l'air de chercher de la compagnie.

Après le deuxième verre, elle se sentit encore plus détendue. Elle se rappela que, dans ce même pub, Strike s'était saoulé au point de ne plus pouvoir marcher droit. Ce soir-là, il lui avait un peu raconté sa vie, pour la première et la dernière fois. C'était peut-être à cause de cela qu'elle était entrée ici, se dit-elle en contemplant les vitraux colorés de la coupole au-dessus de sa tête. C'était le genre de troquet où on se réfugiait quand on apprenait que la personne aimée vous était infidèle.

« Vous êtes seule ? dit une voix masculine.

— J'attends quelqu'un », répondit-elle.

Quand elle leva les yeux vers l'homme maigre, blond, les yeux bleus délavés, dont la silhouette un peu trouble se dressait devant elle, Robin comprit qu'il ne la croyait pas.

« Je peux attendre avec vous ?

— Pas question. Dégage », dit une autre voix, plus familière.

Strike était là, massif, menaçant. Sous son regard furieux, l'inconnu se retrancha de mauvais gré vers ses deux amis debout au comptoir.

« Qu'est-ce que vous faites ici ? s'écria Robin, surprise de constater à quel point sa langue était engourdie et râpeuse après deux verres de vin.

— Je vous cherche.

— Comment m'avez-vous trouvée ?

— C'est mon métier. Combien en avez-vous bu ? demanda-t-il en regardant le verre posé devant elle.

— Juste un », mentit-elle. Il fit aussitôt demi-tour pour lui en chercher un autre et se prendre en même temps une pinte de Doom Bar. Tandis qu'il passait commande, un individu de grande taille coiffé d'un bonnet s'approcha de la sortie et s'esquiva discrètement. Mais Strike préférait surveiller le blond qui reluquait toujours Robin et ne parut renoncer à son manège qu'au moment où Strike regagna leur table, posa les deux verres et s'assit en le fusillant du regard.

« Que se passe-t-il ?

— Rien.

— À d'autres. Vous avez une tête de déterrée.

— Eh bien, dit Robin en avalant une bonne rasade, merci, vous m'avez remonté le moral. »

Strike eut un rire bref.

« C'est quoi ce sac que vous trimbalez ? » Comme elle ne répondait pas, il ajouta : « Où est votre bague de fiançailles ? »

Elle ouvrit la bouche pour parler mais les mots restèrent coincés dans sa gorge, noyés par une dangereuse vague d'émotion. Après quelques secondes de lutte intérieure et une nouvelle gorgée de vin, elle articula :

« Je ne suis plus fiancée.

— Et pourquoi cela ?

— C'est un peu fort, venant de vous. »

Je suis bourrée, pensa-t-elle comme si elle était sortie de son corps et se regardait de l'extérieur. *Quelle pitié. Je suis bourrée parce que j'ai bu deux verres et demi, sans avoir mangé ni dormi.*

« Qu'est-ce qui est fort ? demanda Strike, éberlué.

— Nous ne parlons jamais de nos vies… vous ne parlez jamais de votre vie privée.

— Je crois me rappeler qu'un soir j'ai vidé mon sac devant vous, ici même, dans ce pub.

— Une fois », admit Robin.

Strike comprit qu'elle n'en était pas à son deuxième verre ; il suffisait de voir les taches rouges sur ses joues, d'entendre sa voix pâteuse.

« Je pense que vous avez besoin de manger un morceau, dit-il, mi-amusé, mi-inquiet.

— C'est ez'actement ce que je vous ai dit… le soir où vous… et on a fini par aller manger un kebab… et je ne veux pas manger de kebab, ajouta-t-elle avec autorité.

— Eh bien, vous savez, on est à Londres. Il y a forcément un resto, pas loin d'ici, qui sert autre chose que des kebabs.

— J'aime les chips », décida Robin. Il se leva pour lui en acheter.

« Que se passe-t-il ? » répéta-t-il à son retour. Après l'avoir regardée quelques secondes s'énerver sur le paquet de chips, il l'attrapa et l'ouvrit pour elle.

« Rien. Je vais dormir dans un Travelodge cette nuit, c'est tout.

— Un Travelodge.

— Ouais. Y en a un à… y en a un… »

Elle baissa les yeux sur son portable éteint et elle réalisa qu'elle avait oublié de le mettre à recharger la veille au soir.

« Je ne sais plus où il est, cet hôtel. Mais vous pouvez rentrer chez vous, ça va, ajouta-t-elle en farfouillant dans son fourre-tout à la recherche d'un truc pour se moucher.

— Ouais, répliqua-t-il. Maintenant que je vous ai vue, je suis complètement rassuré.

— Mais si. Je vais bien, répliqua-t-elle. Je serai au boulot demain, comme d'habitude, vous verrez.

— Vous pensez que je suis là parce que je m'inquiète pour le boulot ?

— Ne soyez pas gentil ! grogna-t-elle en enfouissant son visage dans une poignée de mouchoirs en papier. C'est pas crédible ! Soyez normal !

— C'est quoi, normal ? demanda-t-il, désemparé.

— Ronch… chon, incapable de comm… de communi…

— Sur quoi voulez-vous communiquer ?

— Rien de particulier, se rétracta-t-elle. Je pensais juste… des trucs professionnels.

— Que s'est-il passé entre vous et Matthew ?

— Que s'est-il passé entre vous et Elin ?

— Quelle importance ? s'étonna-t-il.

— Pareil pour moi, marmonna-t-elle en vidant son verre. J'aimerais bien un autre…

— Ce sera un soda, cette fois. »

Elle examina le plafond le temps qu'il revienne. Il y avait des fresques là-haut, comme un décor de théâtre : Bottom gambadait avec Titania au milieu d'un groupe de fées.

« Tout va bien avec Elin », dit-il en se rasseyant. Après réflexion, il avait décidé que parler un peu de lui aiderait Robin à exprimer ses problèmes. « Je préfère rester discret sur cette relation. Elle ne veut pas que je m'approche trop de sa fille. Un divorce compliqué.

— Oh, dit Robin qui le regardait en clignant les yeux au-dessus de son Coca. Comment vous l'avez rencontrée ?

— Par Nick et Ilsa.

— D'où ils la connaissent ?

— Ils ne la connaissent pas. Ils donnaient une fête et elle est venue avec son frère. Il est médecin, il travaille avec Nick. Ils ne l'avaient jamais vue avant.

— Oh », répéta Robin.

L'espace d'un instant, cette intrusion dans la sphère privée de Strike lui avait fait oublier ses propres soucis. Une rencontre normale, tellement banale ! Une soirée chez des amis, une jolie blonde, on engage la conversation. Strike avait du succès auprès des femmes – depuis le temps qu'ils travaillaient ensemble, elle avait eu l'occasion de s'en rendre compte. Elle n'avait pas compris tout de suite l'attirance qu'il exerçait sur elle. Il était tellement différent de Matthew.

« Est-ce qu'Ilsa apprécie Elin ? », demanda Robin.

Strike fut surpris par son intuition mais préféra mentir.

« Euh… oui, je crois. »

Robin but une gorgée de Coca.

« OK, dit Strike, réprimant difficilement son impatience. À votre tour.

— On a rompu », lâcha-t-elle.

Un bon enquêteur devait savoir se taire et écouter. La méthode porta ses fruits au bout d'une minute ou deux.

« Il… m'a dit un truc, reprit-elle. Hier soir. »

Strike attendit.

« Et après ça, impossible de revenir en arrière. C'est trop grave. »

Elle s'exprimait sur un ton posé mais l'angoisse sourdait derrière chacun de ses mots. Il attendit encore.

« Il a couché avec une autre femme », fit-elle d'une petite voix étranglée.

Un ange passa. Elle reprit son paquet de chips, vit qu'il n'y en avait plus et le laissa tomber sur la table.

« Merde », dit Strike.

Il était surpris ; non pas que Matthew ait couché avec une autre femme mais qu'il l'ait avoué. Le jeune et beau comptable donnait l'impression de mener sa vie à sa stricte convenance, en séparant bien les choses de manière à ne jamais se retrouver au pied du mur.

« Et pas qu'une fois, précisa Robin de la même voix étranglée. Ça a duré des mois. Avec une fille que je connais. Sarah Shadlock. Il l'a rencontrée quand il était à la fac.

— Oh, dit Strike, je suis désolé. »

Il était sincère, il la plaignait de tout son cœur. Et pourtant, cette nouvelle avait réveillé en lui un autre genre de sentiments – des sentiments qu'il tenait sous contrôle, d'habitude, car il les trouvait à la fois malvenus et dangereux –, lesquels commencèrent à s'agiter, cherchant à se défaire des liens qui les emprisonnaient.

Arrête de déconner, se fustigeait-il. *Il ne faut pas que ça arrive. Jamais. Ça ficherait tout par terre.*

« Qu'est-ce qui l'a poussé à vous en parler ? » demanda Strike.

Elle ne répondit pas mais cette question raviva malencontreusement la scène de la veille.

Leur petit salon magnolia ne suffisait pas à contenir une telle fureur. Ils venaient de rentrer du Yorkshire d'une traite, à bord de la Land Rover dont Matthew n'avait pas voulu. Sur la route, il avait recommencé à déblatérer contre Strike, en disant que, d'après lui, ce dernier n'allait pas tarder à faire des avances à Robin et, pire encore, que Robin les accepterait.

Ils venaient d'arriver, elle se tenait à côté de leur canapé bon marché, les bagages étaient encore posés au milieu du vestibule. Elle s'était mise à hurler à pleins poumons : « C'est mon ami, point barre ! Et je trouve ta façon d'insinuer que je suis *émoustillée* par le fait que sa jambe…

— Ton ami ? Tu es fichtrement naïve, ma pauvre ! l'avait-il interrompue, sur le même ton. Et quand il essaiera de te mettre dans son lit…

— D'où tu tiens ces idées tordues ? Parce que toi, tu rêves de sauter sur tes collègues femmes ?

— Bien sûr que non, mais tu es tellement bouche bée devant lui. C'est un homme et vous êtes seuls tous les deux, dans le même bureau…

— C'est mon *ami*, tout comme Sarah Shadlock est ton *amie*. Pourtant il ne te viendrait pas à l'idée de la… »

Elle avait alors vu quelque chose passer sur son visage. Une expression qu'elle ne lui connaissait pas mais qu'elle identifia aussitôt. Une ombre chargée de culpabilité glissa sur ses hautes pommettes, survola sa mâchoire bien rasée et termina sa course dans ces jolis yeux noisette qu'elle adorait depuis tant d'années.

« … Tu l'as fait ? dit-elle en passant subitement au mode interrogatif. Tu as couché avec elle ? »

Il hésita un peu trop longtemps.

« Non, reprit-il brusquement, comme si on venait de redémarrer un film resté sur pause. Bien sûr que non…

— Mais si. Tu as couché avec elle. »

Il suffisait de le regarder pour comprendre. S'il ne croyait pas à l'amitié entre hommes et femmes, c'était que lui-même n'avait jamais eu de véritable amie. Sarah et lui avaient couché ensemble.

« Quand ? demanda-t-elle. Ce n'était quand même pas… au moment où… ?

— Non… »

Cette indigente protestation trahissait le désarroi d'un homme qui reconnaissait sa défaite, qui l'avait peut-être même appelée de ses vœux. Robin y avait pensé et repensé toute la nuit, toute la journée : quelque part, il avait souhaité qu'elle l'apprenne.

Robin avait réagi avec un calme étrange, plus abasourdie que vindicative, si bien que Matthew avait fini par tout lui déballer. Oui, en effet, ça s'était passé *à ce moment-là*. Il se sentait horriblement coupable, et même à l'époque déjà – sauf qu'en ce temps-là, Robin et lui ne couchaient pas ensemble, et voilà, une nuit, Sarah était passée le voir, elle l'avait réconforté, et puis, bon, de fil en aiguille…

« Elle te *réconfortait* ? répéta Robin avant d'exploser, passant abruptement de l'apathie à la fureur noire. Elle te réconfortait, toi ?

— Moi aussi j'en ai bavé, à l'époque, tu sais ? » répliqua-t-il vertement.

Strike regardait Robin secouer la tête involontairement, comme pour s'éclaircir les idées. Cette minute d'introspection avait redonné du rose à ses joues, de l'éclat à ses yeux.

« Qu'avez-vous dit ? lui demanda-t-elle en reprenant ses esprits.

— Qu'est-ce qui l'a poussé à vous en parler ?

— Je n'en sais rien. On était en train de se disputer. Il croit que... » Elle inspira profondément. Avec les deux tiers d'une bouteille de vin dans son estomac vide, il lui semblait plus facile de suivre l'exemple de Matthew et d'opter pour la franchise. « Il croit que vous et moi sommes plus que des amis. » Ce n'était pas une surprise pour Strike. Depuis qu'il connaissait Matthew, il lisait la méfiance dans chacun de ses regards, le manque d'assurance dans chacune des remarques cinglantes dont il l'abreuvait.

« Et donc, poursuivit Robin sans trop savoir où elle allait, je lui ai redit pour la énième fois que nos rapports étaient purement platoniques, qu'il pouvait comprendre cela puisque lui-même, avec sa vieille copine Sarah Shadlock... Et c'est là que j'ai réalisé. Il a eu une aventure avec Sarah à l'université pendant que moi... pendant que moi, j'étais chez mes parents.

— Ça fait longtemps ? demanda Strike.

— Vous croyez que j'ai tort de m'énerver pour une histoire vieille de sept ans ? Il ne m'a jamais rien dit, et cette fille, nous la voyons régulièrement.

— Non, je suis juste surpris qu'il ait avoué après toutes ces années, répondit calmement Strike pour éviter de tomber dans la polémique.

— Oh. Eh bien, il avait honte. À cause de l'époque où c'est arrivé.

— Pendant vos études ? dit Strike qui nageait complètement.

— Je venais d'arrêter la fac.

— Ah. »

Robin ne lui avait jamais dit pourquoi elle avait abandonné ses études de psycho pour rentrer chez elle, à Masham.

Elle aurait d'ailleurs préféré qu'il reste dans l'ignorance, mais ce soir, toutes ses résolutions se dissolvaient dans l'alcool qu'elle avait injecté dans son pauvre corps affamé, épuisé. Elle pouvait bien le lui dire. Quelle importance, après tout ? Il avait besoin de cet élément pour saisir le problème dans son ensemble et peut-être lui fournir des solutions. Elle lui faisait confiance, comprenait-elle obscurément. Il pouvait l'aider. De toute manière, qu'elle le veuille ou non – qu'*il* le veuille ou non –, Strike était le meilleur ami qu'elle avait à Londres. Pourtant, elle n'avait jamais considéré la chose sous cet angle. Rien de tel que l'alcool pour vous remettre sur les rails, vous ouvrir les yeux. Ne dit-on pas *In vino veritas* ? Strike le savait, lui qui avait cette étrange habitude de balancer des citations latines.

« Je ne voulais pas quitter la fac, dit Robin avec un léger vertige. Mais il est arrivé quelque chose et ensuite j'ai eu des difficultés à… »

C'était nul comme explication.

« J'avais été voir une amie qui logeait sur le campus et je regagnais le bâtiment où se trouvait ma chambre d'étudiante, dit-elle. Il n'était pas très tard… dans les huit heures, pas plus… mais ils avaient appelé à la vigilance… dans la presse locale… »

Pas terrible non plus. Pourquoi se répandre en détails ? Elle devait lui annoncer cela nettement, sans chercher midi à quatorze heures. Les faits, rien que les faits, comme devant un tribunal.

Elle respira un bon coup, le regarda droit dans les yeux et vit à son expression qu'il venait de comprendre. Franchement soulagée de n'avoir pas à prononcer le mot fatidique, elle demanda :

« Je pourrais avoir un autre paquet de chips ? »

Quand il revint du comptoir et lui tendit le paquet sans rien dire, elle lui trouva un air inquiétant.

« Surtout, n'allez pas croire que… Ça ne change rien du tout ! plaida-t-elle. Vingt minutes dans mon existence. Ce truc m'est arrivé. Mais, bon, ce n'est pas moi. Cela ne me *définit* pas. »

Strike supposa qu'elle avait adopté ce jargon à force d'analyser ce qu'elle avait subi, au cours d'une thérapie. Il avait maintes fois interrogé des victimes de viol. Il connaissait les mots qu'on fournissait aux femmes afin qu'elles puissent donner du sens à une chose qui pour elles n'en avait pas. À présent, il comprenait mieux certains de ses choix. Son indéfectible fidélité envers Matthew, par exemple : un garçon sécurisant qui avait grandi à côté de chez elle.

Mais l'esprit de Robin, embrumé par l'alcool, interpréta tout autrement le silence de Strike. Elle n'aurait jamais dû se confier. Maintenant, il la voyait comme une victime alors qu'avant elle était son égale.

« Ça ne change rien ! s'emporta-t-elle. Je suis toujours la même !

— Je le sais bien, mais quand même, c'est horrible pour vous d'avoir vécu cela.

— Bon, oui… c'était… », grommela-t-elle, radoucie. Puis elle repartit de plus belle : « C'est grâce à mon témoignage qu'ils ont pu l'attraper. J'avais remarqué certains détails pendant qu'il… Il avait une tache blanche sous l'oreille – ça s'appelle du vitiligo – et l'une de ses pupilles était dilatée. »

En attaquant son troisième paquet de chips, elle se mit à parler comme une mitraillette.

« Il a essayé de m'étrangler mais j'ai fait la morte, je me suis complètement relâchée, et alors il s'est enfui. Il avait agressé deux autres filles avec le même masque, et donc, elles n'avaient rien pu dire d'intéressant à la police. C'est ma déposition qui a permis son arrestation.

— Ça ne me surprend guère », dit Strike.

Elle trouva sa réponse satisfaisante. Ils gardèrent le silence durant une minute, le temps qu'elle termine ses chips.

« Seulement voilà, après ça, j'ai eu des problèmes, dit-elle comme s'il n'y avait jamais eu de pause. Je ne pouvais plus sortir de ma chambre. À la fin, l'université m'a renvoyée chez moi. J'étais censée reprendre mes études au semestre suivant, mais je… je ne suis jamais revenue. »

Robin remâchait ses souvenirs, le regard dans le vide. Matthew avait insisté pour qu'elle reste chez ses parents. Au bout d'un an, quand son agoraphobie s'était dissipée, elle avait commencé à lui rendre visite à Bath où il faisait ses études. Ils se promenaient main dans la main entre les maisons en pierre des Cotswolds, le long des somptueuses avenues, sur les rives arborées de l'Avon. Chaque fois qu'ils sortaient avec ses amis, Sarah Shadlock était là. Elle hurlait de rire dès que Matthew disait quelque chose de drôle, elle lui touchait le bras, elle ne perdait pas une occasion d'évoquer tous les bons moments qu'ils passaient ensemble quand Robin, cette fille ennuyeuse avec laquelle il sortait, n'était pas là…

Elle m'a réconforté. Moi aussi j'en ai bavé, à l'époque, tu sais !

« Bien, dit Strike, il faut qu'on vous trouve un endroit où dormir ce soir.

— Je vais aller au Travel…

— Non, hors de question que vous alliez là-bas. »

Il ne voulait pas qu'elle loge dans un hôtel où n'importe qui pouvait entrer et circuler à sa guise dans les couloirs. Il était peut-être parano mais il préférait qu'elle passe la nuit dans un endroit où un appel à l'aide ne risquait pas d'être noyé sous les rires et les cris des soirées entre copines.

« Je pourrais dormir au bureau », dit Robin en essayant de se lever. Elle vacilla ; il la rattrapa par le bras. « Si vous avez toujours ce lit…

— Vous ne dormirez pas au burcau non plus. Je connais un endroit sûr. Où mon oncle et ma tante sont descendus quand ils sont venus à Londres pour voir *La Souricière*. Allez, donnez-moi ce sac. »

Il avait déjà posé son bras sur les épaules de Robin, mais en de tout autres circonstances : ce soir-là, elle lui avait servi de canne pour marcher. Aujourd'hui, c'était elle qui avait du mal à mettre un pied devant l'autre. Il chercha sa taille et l'attrapa fermement pour l'aider à sortir du pub.

« Matthew n'aimerait pas cela », dit-elle.

Strike ne répondit rien. Malgré tout ce qu'il avait entendu, et bien qu'elle affirmât le contraire, il n'était pas vraiment sûr que tout était fini entre Robin et son fiancé. Elle le connaissait depuis neuf ans, une robe de mariée l'attendait à Masham. Strike s'était bien gardé de critiquer ouvertement Matthew, de peur qu'elle ne répète un jour ses propos devant lui, lors d'une prochaine dispute, car il savait qu'il y en aurait une ; on ne rompt pas en l'espace d'une seule nuit neuf ans de vie commune. S'il s'était tu ce soir, c'était dans l'intérêt de Robin, pas pour se préserver lui-même. Il n'avait pas peur de Matthew.

« Qui était ce type ? demanda Robin à moitié endormie, après qu'ils eurent parcouru une centaine de mètres sans piper mot.

— Quel type ?

— Celui de ce matin… j'ai cru que c'était le découpeur de jambe… il m'a fichu une de ces trouilles !

— Ah, lui ! C'est Shanker. Un vieil ami.

— Il est effrayant.

— Shanker ne vous ferait jamais de mal », lui assura Strike. Puis il se reprit : « Mais ne le laissez jamais seul dans le bureau.

— Pourquoi cela ?

— Il serait capable de faucher tout ce qui n'est pas vissé au sol, ou ailleurs. Il ne fait rien pour rien.

— Où l'avez-vous connu ? »

Le récit de la rencontre entre Shanker et Leda les occupa le temps qu'ils atteignent Frith Street. De chaque côté de la rue, de belles maisons de ville les contemplaient sereinement. Tout ici n'était qu'ordre et dignité.

« On est arrivés ? demanda Robin en regardant bouche bée la façade de l'hôtel Hazlitt. Je ne peux pas dormir ici… ça doit coûter horriblement cher !

— C'est moi qui régale. Prenez ça comme une prime. Pas de discussion, ajouta-t-il pendant que la porte s'ouvrait et qu'un jeune homme souriant s'effaçait pour leur permettre d'entrer. Après tout, c'est ma faute si vous avez besoin d'un endroit sûr. »

Dès le hall, les cloisons lambrissées donnaient une impression de confort douillet, comme dans une maison particulière. Il n'y avait qu'une seule porte et elle ne s'ouvrait pas de l'extérieur.

Strike donna sa carte de crédit au réceptionniste puis se tourna vers Robin qui tanguait au pied de l'escalier.

« Vous pouvez faire la grasse matinée, demain… si vous voulez…

— Je serai au bureau à neuf heures, répondit-elle. Cormoran, merci pour… pour…

— Pas de problème. Dormez bien. »

Strike ressortit dans le silence de Frith Street, tira la porte du Hazlitt derrière lui et s'éloigna, les mains au fond des poches, perdu dans ses pensées.

Elle avait été violée et laissée pour morte. *Putain !*

Voilà huit jours, un enfoiré lui avait remis un colis contenant une jambe de femme et, elle, elle n'avait pas soufflé mot de son passé, elle ne lui avait pas demandé un congé pour aller se changer les idées, elle avait continué à travailler avec le même sérieux, la même rigueur qu'elle affichait chaque matin en arrivant au bureau. Et c'était lui qui avait dû insister, alors qu'il ignorait tout de cette histoire, pour qu'elle s'équipe de la meilleure alarme anti-viol, pour qu'elle ne sorte pas après le coucher du soleil, pour qu'elle lui donne régulièrement des nouvelles dans la journée…

Strike vit qu'il venait de rater Denmark Street et, dans le même temps, repéra une présence à vingt mètres de lui. Un homme coiffé d'un bonnet se cachait au coin de Soho Square. Sa cigarette rougeoyait dans l'obscurité ; la lueur disparut très vite car l'homme venait de se retourner pour s'éloigner précipitamment.

« Hé, dis donc, mec ! »

La voix de Strike résonna d'un bout à l'autre de la place. Il s'élança. Sans prendre la peine de regarder derrière lui, l'homme au bonnet se mit à courir.

« Hé, mec ! »

Strike l'imita, même si son genou n'était pas d'accord. L'homme jeta un coup d'œil vers lui et, tout de suite après, tourna à gauche, Strike sur les talons. À l'entrée de Carlisle Street, Strike plissa les yeux pour essayer de le repérer parmi la foule qui piétinait devant le Toucan. Hors d'haleine, il passa derrière les clients du pub, continua jusqu'au coin de Dean Street et, là, s'arrêta en tournant sur lui-même, à la recherche de sa proie. Il avait le choix entre prendre à gauche ou à droite ou continuer tout droit sur Carlisle. Où qu'il décidât d'aller, c'était le même problème : l'homme au bonnet disposait d'une multitude de porches, d'escaliers qui descendaient vers des espaces en sous-sol, autant de cachettes bien commodes, à supposer qu'il ne fût pas déjà à l'intérieur d'un taxi.

« Fait chier », marmonna Strike. Son moignon lui faisait un mal de chien à force de frotter sur sa prothèse. Qu'avait-il à se mettre sous la dent ? Une vague impression : un homme grand, costaud, avec une veste et un bonnet noir avait pris ses jambes à son cou en s'entendant interpeller, alors que Strike aurait très bien pu vouloir lui demander l'heure ou du feu ou son chemin.

Il s'engagea au hasard sur la droite pour remonter Dean Street. Les véhicules passaient en sifflant dans les deux sens. Strike patrouilla le secteur pendant presque une heure, vérifiant les entrées d'immeuble, les recoins en sous-sol. Il savait qu'il n'avait quasiment aucune chance de le retrouver, mais si jamais ce type était le tordu à la jambe, cela signifiait qu'il était du genre téméraire et que la maladroite poursuite de Strike ne le dissuaderait sans doute pas de traîner autour de Robin.

Des types allongés dans des sacs de couchage lui jetèrent un regard mauvais en le voyant approcher plus près que les gens n'osaient le faire en règle générale ; par deux fois, il effraya des chats planqués derrière des poubelles, mais l'homme au bonnet demeura introuvable.

21.

… the damn call came,
And I knew what I knew and didn't want to know.

… ce fichu coup de fil est arrivé,
Et je savais ce que je savais et ne voulais pas savoir.

BLUE ÖYSTER CULT, « Live for Me »

Robin se réveilla le lendemain avec une furieuse migraine et le ventre noué. Le temps qu'elle se retourne sur les oreillers blancs amidonnés, les événements de la veille au soir lui revinrent à l'esprit. D'un geste, elle dégagea les mèches plaquées sur son visage, puis se redressa et regarda autour d'elle. Entre les montants sculptés de son lit à baldaquin, elle entrevit les contours grisâtres d'une chambre faiblement éclairée par le rai de lumière vive qui séparait des rideaux de brocart. Quand ses yeux réussirent à accommoder, ils se posèrent sur un gros monsieur portant des favoris, à l'intérieur d'un cadre doré. C'était le genre d'hôtel qu'on s'offre une fois de temps en temps pour un week-end d'exception, pas pour récupérer d'une gueule de bois à côté d'un fourre-tout contenant quelques fringues entassées à la hâte.

Strike l'aurait-il conduite ici, dans cet endroit chic au charme suranné, pour mieux faire passer la pilule qu'il comptait lui faire avaler ? Devait-elle s'attendre à une discussion sérieuse, aujourd'hui ? *Visiblement, vous êtes très affectée par... Je crois que vous devriez prendre quelques jours de repos...*

Deux tiers d'une bouteille de piquette lui avaient suffi pour tout déballer. Avec un petit gémissement, Robin retomba sur les oreillers, replia les bras sur son visage et, abandonnant toute résistance, se laissa envahir par les souvenirs que sa détresse venait de raviver.

Le violeur portait un masque de gorille en latex. D'une main, il la tenait plaquée contre le sol, il appuyait de toutes ses forces sur sa gorge et, pendant qu'il la violait, il disait qu'elle allait crever, qu'il allait l'étrangler jusqu'à ce que mort s'ensuive. Elle n'était plus qu'un hurlement muet explosant dans le vide écarlate de son cerveau. Et ces mains qui lui broyaient le cou à la manière d'un nœud coulant. Elle n'avait survécu que parce qu'elle avait simulé la mort.

Ensuite, la mort ne l'avait plus lâchée pendant des jours, des semaines. Elle s'était sentie piégée à l'intérieur d'un corps dont elle était totalement détachée. C'était comme si, pour se protéger, elle devait se séparer de sa chair, refuser d'admettre qu'elle lui appartenait. Il lui avait fallu du temps pour commencer à reprendre possession d'elle-même.

Devant le tribunal, il avait feint la douceur, l'humilité, « oui, votre honneur », « non, votre honneur ».

C'était un homme blanc entre deux âges comme on en voit des milliers, avec un teint fleuri et, sous l'oreille, une tache de peau décolorée. Il ne cessait de cligner ses yeux délavés, des yeux qu'elle avait vus sous forme de fentes derrière le masque.

En la violant, il avait fracassé l'image qu'elle se faisait de sa place dans le monde. Il avait mis un point final à ses études universitaires et l'avait renvoyée à la case départ, à Masham. Elle avait dû assister à un procès exténuant avec un contre-interrogatoire aussi traumatisant que l'agression elle-même, car le violeur s'était défendu en arguant qu'elle l'avait attiré dans la cage d'escalier. Pendant des mois, elle avait revu ces mains gantées jaillissant de l'obscurité pour l'entraîner, pantelante, dans le recoin sombre derrière les marches. Pendant des mois, elle n'avait pas supporté qu'on la touche ; même les gens de sa famille ne pouvaient la serrer dans leurs bras. Ce type avait gâché sa toute première relation sexuelle, si bien qu'elle et Matthew avaient dû tout reprendre au départ, craignant à chaque étape d'être rattrapés par la peur et la culpabilité.

Robin appuya ses bras repliés contre ses yeux, comme si elle avait pu effacer sa mémoire par la simple volonté. Maintenant, bien sûr, elle savait à quel point elle s'était trompée sur Matthew. Pendant qu'elle se morfondait dans son petit lit, à Masham, en fixant d'un œil vide son poster de Destiny's Child, le charmant jeune homme qu'elle avait pris pour un modèle d'altruisme et de compréhension faisait des galipettes à Bath dans son foyer d'étudiants avec une Sarah en tenue d'Ève. Dans le silence feutré du

Hazlitt, une question surgit pour la première fois dans son esprit : Matthew l'aurait-il quittée pour Sarah si elle n'avait pas été agressée ? Ou alors, pourquoi ne pas aller jusque-là, auraient-ils fini par rompre tout naturellement si elle avait poursuivi ses études jusqu'à l'obtention de son diplôme ?

Elle baissa les bras, ouvrit les yeux. Ils étaient secs, elle n'avait plus de larmes. La douleur causée par la confession de Matthew ne la transperçait plus. Elle ne ressentait désormais qu'un vague malaise, lui-même recouvert par une vive angoisse, celle d'avoir détruit sa carrière de détective. Comment avait-elle pu être assez stupide pour raconter à Strike ce qu'il lui était arrivé ? N'avait-elle pas appris à ses dépens qu'il ne servait à rien d'être honnête ?

Un an après son viol, Robin avait commencé à renouer avec la vie. Elle n'avait plus peur de sortir, elle avait récupéré son poids d'avant, elle avait hâte de faire à nouveau partie du monde, de rattraper le temps perdu. Dès lors, elle avait timidement exprimé son intérêt pour les « activités liées » aux enquêtes criminelles. Mais n'ayant ni diplôme ni confiance en elle, à cause des récents événements, elle n'avait pas osé affirmer clairement son intention de devenir détective. Heureusement, d'ailleurs, parce que tous les gens qu'elle connaissait, sans la moindre exception, n'avaient eu de cesse de l'en dissuader, à peine l'entendaient-ils évoquer son envie de s'initier aux techniques policières. Même sa mère, d'habitude si tolérante, avait craint que cette étrange curiosité ne fût le signe d'une rechute, la preuve qu'elle ne parvenait pas à tourner la page.

C'était parfaitement faux : cet intérêt pour les énigmes policières remontait à une époque bien antérieure. À l'âge de huit ans, elle avait annoncé à ses frères qu'elle attraperait les voleurs quand elle serait grande. Ils s'étaient copieusement moqués d'elle pour la simple raison qu'elle était une fille et, qui plus est, leur sœur. Robin avait voulu croire que leur réaction ne traduisait pas leur véritable opinion sur ses capacités mais seulement une sorte de réflexe collectif, typiquement masculin. Et pourtant, par la suite, elle n'avait plus guère abordé le sujet devant ces trois garçons aux idées bien arrêtées. Personne ne savait qu'elle avait choisi d'étudier la psychologie dans l'espoir de se spécialiser en profilage.

Son violeur avait mis un point final à ses belles espérances. Encore une chose qu'il lui avait dérobée. Faire valoir ses ambitions tout en se relevant d'une terrible dépression, alors que tout le monde autour d'elle semblait redouter qu'elle n'y retombe, s'était révélé au-dessus de ses forces. C'est ainsi que, par lassitude et par reconnaissance forcée envers cette famille qui l'avait aimée et protégée au moment le plus horrible de son existence, elle avait renoncé à la vocation qui l'accompagnait depuis toujours, au vif soulagement de ses proches.

Puis, à la suite d'une erreur administrative, une agence d'intérim l'avait envoyée chez un détective privé, pour un remplacement d'une semaine qui s'était prolongé *sine die*. Une coïncidence qui tenait du miracle. Par chance au départ, puis grâce à son talent et à sa ténacité, elle avait su se rendre indispensable aux yeux de Strike dont l'agence traversait une période difficile. Ainsi s'était réalisé le rêve qu'elle avait caressé en secret avant qu'un pervers se serve d'elle comme d'un objet de plaisir, une chose qu'on jette, qu'on frappe et qu'on étrangle.

Mais pourquoi, *pourquoi* avait-elle tout raconté à Strike ? Avant cela, il se faisait déjà du souci pour elle, alors maintenant… C'était évident, il déciderait qu'elle était trop fragile pour travailler. Et après cela, il n'y aurait qu'un pas à franchir pour se retrouver sur la touche. Strike avait besoin d'une collègue en mesure d'assumer ses responsabilités.

Par son calme, sa solidité, cette chambre au mobilier georgien devenait oppressante.

Robin rejeta brusquement les épaisses couvertures et traversa le parquet incliné jusqu'à la salle de bains dépourvue de douche mais ornée d'une baignoire aux pieds griffus. Quinze minutes plus tard, elle était en train de s'habiller quand le portable qu'elle avait heureusement pensé à brancher avant de dormir se mit à sonner sur la coiffeuse.

« Bonjour, dit Strike. Comment allez-vous ?

— Bien », fit-elle d'une voix cassée.

Il appelait pour la dissuader de venir travailler, évidemment.

« Wardle vient de téléphoner. Ils ont trouvé le reste du corps. »

Robin tomba assise sur le tabouret tendu de tapisserie, les deux mains agrippées au portable qu'elle tenait contre son oreille.

« Quoi ? Où ? Qui est-ce ?

— Je vous dirai ça tout à l'heure. Je viens vous chercher. Ils veulent nous interroger. Je serai devant l'hôtel à neuf heures. N'oubliez pas de manger quelque chose, ajouta-t-il.

— Cormoran ! dit-elle juste avant qu'il ne raccroche.

— Quoi ?

— Est-ce que je… est-ce que je travaille toujours pour vous ? »

Il y eut un blanc.

« De quoi vous parlez ? Bien sûr que oui.

— Vous ne… je suis toujours… rien n'a changé ?

— Allez-vous suivre mes directives ? demanda-t-il. Je ne veux pas que vous restiez dehors après le coucher du soleil. Vous accepterez de m'écouter, à partir de maintenant ?

— Oui, dit-elle en tremblant un peu.

— Bien. Alors on se voit à neuf heures. »

Un grand soupir sortit en frémissant de sa poitrine. Elle n'était pas virée : il voulait toujours d'elle. Elle allait reposer son portable sur la coiffeuse quand elle vit qu'un texto était arrivé durant la nuit. Elle n'en avait jamais vu de si long.

Robin, je ne peux pas dormir car je pense sans arrêt à toi. Je regrette amèrement ce que j'ai fait. C'était stupide et je n'ai aucune excuse. J'avais 21 ans et je ne savais pas ce que j'ai appris depuis : que tu es la seule l'unique et que jamais je n'aimerai personne autant que toi. Après il n'y a plus eu personne à part toi. J'étais jaloux de toi et Strike et je sais qu'avec ce que j'ai fait je n'ai pas le droit d'être jaloux mais peut-être qu'au fond je trouve que tu mérites mieux que moi et ça m'obsède. Je sais juste que je t'aime et

que je veux t'épouser et si tu n'en as plus l'intention j'accepterai cela mais je t'en prie Robin écris-moi et dis-moi si tu vas bien, je t'en prie.
Matt xxxxxxx

Robin reposa le portable sur la coiffeuse pour finir de s'habiller. Elle appela le service d'étage, commanda un croissant, un café et, quand le plateau arriva, constata avec surprise que manger lui faisait un bien fou. Une fois rassasiée, elle relut le texto de Matthew.

... peut-être qu'au fond je trouve que tu mérites mieux que moi et ça m'obsède...

C'était touchant et fort étonnant de sa part, lui qui passait son temps à affirmer que disséquer les ressorts de l'inconscient relevait de la plus pure charlatanerie. Et juste après avoir pensé cela, Robin se dit que Matthew avait un sacré culot. Il n'avait jamais coupé les ponts avec Sarah. Elle faisait toujours partie de ses meilleurs amis de fac : elle l'avait serré tendrement contre elle à l'enterrement de sa mère, elle et son copain sortaient souvent avec eux le soir, elle continuait à flirter avec Matthew et à provoquer des tensions dans son couple.

Après une brève délibération, Robin répondit :

Je vais bien.

Relativement fraîche et dispose, Robin attendait Strike sur le perron de l'hôtel Hazlitt quand elle le vit arriver dans un taxi noir, à neuf heures moins cinq.

Il n'était pas rasé et, comme il avait la barbe épaisse, on aurait dit que sa mâchoire était sale.

« Vous avez regardé les informations ? demanda-t-il dès qu'elle monta en voiture.

— Non.

— La presse est au courant. J'ai vu la nouvelle à la télé en partant. »

Il se pencha pour fermer la cloison de plastique qui les séparait du chauffeur.

« Qui est-ce ? demanda Robin.

— Ils ne l'ont pas encore formellement identifiée mais il s'agirait d'une jeune Ukrainienne de vingt-quatre ans.

— Une Ukrainienne ? s'écria Robin.

— Ouais. » Il hésita avant d'ajouter : « Sa logeuse l'a trouvée à l'intérieur d'un frigo, coupée en morceaux, dans son propre appartement, semble-t-il. Il manque juste la jambe droite, c'est forcément elle. »

Robin sentit le goût du dentifrice virer à l'aigre dans sa bouche. Le café et le croissant se retournèrent dans son estomac.

« Où est cet appartement ?

— Sur Coningham Road, Shepherd's Bush. Ça vous dit quelque chose ?

— Non, je… oh mon Dieu. *Mon Dieu.* La fille qui voulait se couper la jambe ?

— Apparemment.

— Mais elle n'avait pas un nom ukrainien, pourtant !

— Wardle dit qu'elle a pu utiliser un pseudonyme. Vous savez, comme font les prostituées. »

Le taxi les transporta de Pall Mall jusqu'au siège de New Scotland Yard. De chaque côté de la voiture défilaient des bâtiments blancs de style néoclassique : d'imposants et majestueux blocs de pierre imperméables aux chocs qui secouaient la frêle humanité.

« Cela corrobore la théorie de Wardle, reprit Strike après un long silence. Pour lui, la jambe appartenait à une prostituée ukrainienne aperçue récemment dans l'entourage de Digger Malley. »

Devinant qu'il y avait autre chose, Robin le regarda d'un air anxieux.

« Ils ont trouvé des lettres dans son appartement. Des lettres signées de mon nom.

— Mais vous ne lui avez pas répondu !

— Wardle sait qu'elles sont fausses. Il y aurait une erreur dans mon prénom – ils ont écrit Cameron – mais il faut quand même que je me présente à la police.

— Qu'y a-t-il dans ces lettres ?

— Il n'a pas voulu me le dire au téléphone. Je trouve qu'il agit correctement, fit remarquer Strike. Il n'est pas trop chiant. »

Buckingham Palace se dressait devant eux. D'un air désapprobateur, la gigantesque statue en marbre de la reine Victoria regarda passer Robin et sa gueule de bois avant de disparaître au loin.

« Je suppose qu'ils vont nous montrer des photos pour savoir si nous pouvons identifier la victime.

— OK, dit Robin plus vivement qu'elle l'aurait voulu.

— Comment vous sentez-vous ? demanda Strike.

— Bien. Ne vous inquiétez pas pour moi.

— De toute façon, j'avais l'intention d'appeler Wardle ce matin.

— Pourquoi ?

— Hier soir, en revenant de l'hôtel Hazlitt, j'ai vu un grand type avec un bonnet noir traîner dans une rue transversale. Quelque chose dans son attitude m'a intrigué. Je l'ai appelé – je m'apprêtais à lui demander du feu – mais il s'est carapaté. *Non*, renchérit Strike alors que Robin n'avait pas prononcé un mot, ne me dites pas que je suis sur les nerfs ou que je me fais des idées. Je pense qu'il nous suivait, et écoutez-moi bien – je pense qu'il était dans le pub au moment où je suis arrivé. Je n'ai pas vu son visage, juste l'arrière de son crâne à l'instant même où il sortait dans la rue. »

Strike fut surpris de constater que non seulement Robin ne le contredisait pas mais qu'en plus, elle fronçait les sourcils comme pour se remémorer une vague impression.

« Vous savez… moi aussi j'ai vu un grand type avec un bonnet… c'était hier… oui, il se tenait à l'entrée d'un immeuble, sur Tottenham Court Road. Mais son visage était dans l'ombre. »

Strike jura entre ses dents.

« Je vous en prie, ne m'interdisez pas de travailler, dit Robin d'une voix plus aiguë qu'à l'accoutumée. *S'il vous plaît*. J'adore ce boulot.

— Et si jamais cet enfoiré vous suivait ? »

Elle ne put réprimer un frisson mais sa détermination était plus forte que sa peur. Contribuer à l'arrestation de ce monstre, quel qu'il soit, prévalait sur presque tout…

« Je serai sur mes gardes. J'ai deux alarmes anti-viol. »

Strike ne semblait guère rassuré.

Dès qu'ils débarquèrent à New Scotland Yard, on les fit monter dans une vaste pièce remplie de bureaux alignés. Wardle, en bras de chemise, s'adressait à ses collaborateurs. Quand il vit arriver Strike et Robin, il interrompit le briefing et les emmena dans une petite salle de réunion.

« Vanessa ! cria-t-il par la porte pendant que Strike et Robin s'installaient autour d'une table ovale. Tu as les lettres ? »

Le sergent Ekwensi apparut avec dans la main deux feuilles de papier tapées à la machine glissées dans des pochettes en plastique, ainsi qu'une copie d'une des deux lettres manuscrites que Strike avait remises à Wardle à l'Old Blue Last. Le sergent Ekwensi salua Robin d'un sourire que cette dernière trouva une fois encore immensément rassurant, puis s'installa à côté de Wardle et sortit un calepin.

« Voulez-vous du café ou autre chose ? » demanda Wardle. Strike et Robin refusèrent d'un signe de tête. Wardle fit glisser les lettres sur la table en direction de Strike qui en prit connaissance avant de les pousser vers Robin.

« Je n'ai écrit ni l'une ni l'autre, dit Strike.

— C'est bien ce que je pensais, répondit Wardle. Vous n'avez pas répondu de la part de Strike, Miss Ellacott ? »

Robin fit signe que non.

Dans la première lettre, le pseudo-Strike reconnaissait avoir organisé sa propre amputation. Il disait avoir inventé de toutes pièces l'histoire de la bombe artisanale, de manière à couvrir ses agissements. Ayant pris toutes ses précautions, il ignorait comment elle avait pu découvrir la vérité, mais il la suppliait de n'en parler à personne. À la suite de quoi, il acceptait de l'aider à se défaire de son propre « fardeau » et proposait de la rencontrer où elle voudrait et le jour de son choix.

La deuxième lettre tenait en quelques lignes. Strike y confirmait le rendez-vous fixé le 3 avril à 19 heures.

Les deux courriers portaient la signature de *Cameron Strike* tracée à l'encre noire.

« On dirait qu'entre les deux, elle m'a écrit pour me proposer un rendez-vous, dit Strike après avoir restitué le second courrier que Robin venait de lire.

— C'était ma question suivante, dit Wardle. Avez-vous une deuxième lettre d'elle ? »

Strike se tourna vers Robin qui secoua la tête.

« OK, dit Wardle. Je reprends pour les besoins de l'enregistrement : quand avez-vous reçu la première lettre de… » Il vérifia sur la photocopie. « … de Kelsey, d'après ce que je déchiffre de la signature ? »

Robin répondit.

« J'ai rangé l'enveloppe dans le tiroir aux cinq… » Strike esquissa un sourire. « … dans le tiroir où nous conservons les lettres insolites. On peut vérifier sur le tampon mais pour autant que je me souvienne, elle nous est parvenue en début d'année. Février, peut-être.

— OK, excellent, dit Wardle. On enverra quelqu'un récupérer l'enveloppe. » Il sourit en voyant la mine crispée de Robin. « Pas de panique : je vous crois. Un type complètement taré s'est mis en tête de coincer

Strike. Il n'y a rien qui tienne debout dans tout cela. Pourquoi Strike aurait-il poignardé une femme avant de la débiter en morceaux pour ensuite envoyer l'une de ses jambes à sa propre adresse ? Pourquoi aurait-il laissé des lettres portant sa signature dans l'appartement de la victime ? »

Robin essaya de lui sourire en retour.

« Elle a été poignardée ? intervint Strike.

— On ne sait pas encore de quoi elle est morte mais on a constaté la présence de deux entailles profondes sur son torse. Et on est quasiment sûrs qu'elles ont été pratiquées avant qu'il ne commence à la découper. »

Robin serrait si fort les poings sous la table que ses ongles s'enfonçaient dans ses paumes.

« Passons à autre chose, dit Wardle tandis que le sergent Ekwensi faisait sortir la pointe de son stylo pour se préparer à écrire. Est-ce que le nom d'Oxana Volochina vous évoque quelque chose à l'un ou à l'autre ?

— Non », dit Strike. Robin secoua la tête.

« C'est le vrai nom de la victime, apparemment, expliqua Wardle. Celui avec lequel elle a signé son contrat de bail. Sa logeuse dit avoir vu sa pièce d'identité. Elle prétendait suivre des études.

— Prétendait ? l'interrompit Robin.

— Nous cherchons quelles étaient ses véritables activités », dit Wardle.

Bien sûr, il part du principe qu'elle se prostituait, songea Robin.

« Elle maniait bien l'anglais, à en juger par sa lettre, commenta Strike. À supposer qu'elle en soit l'auteur. »

Robin le regarda d'un air perplexe.

« Quelqu'un a écrit deux lettres en se faisant passer pour moi. Ils auraient pu de la même façon fabriquer la lettre signée Kelsey, expliqua Strike.

— Pour vous pousser à entrer en communication en elle, vous voulez dire ?

— Ouais… pour me pousser à lui donner rendez-vous ou à laisser une trace écrite susceptible d'attirer sur moi les soupçons de la police, une fois qu'elle serait morte.

— Vanessa, va donc voir si les photos du cadavre sont disponibles », dit Wardle.

Le sergent Ekwensi quitta la pièce. Elle marchait comme un mannequin dans un défilé. Robin sentit son ventre se tordre sous l'effet de la panique. Comme s'il l'avait deviné, Wardle se tourna vers elle et dit :

« Il n'est pas nécessaire que vous les regardiez puisque Strike…

— Elle doit les voir », dit Strike.

Wardle eut l'air surpris. Tout en s'efforçant de ne rien laisser paraître, Robin se demanda si Strike voulait l'effrayer pour l'obliger à respecter ses consignes de prudence au pied de la lettre.

« Oui, répondit-elle avec un calme relativement convaincant. Je pense aussi que je dois les voir.

— Elles ne sont pas… très ragoûtantes, dit Wardle qui n'était pas coutumier de ce genre d'euphémisme.

— La jambe était adressée à Robin, lui rappela Strike. En termes de probabilités, elle est tout aussi susceptible que moi d'avoir déjà vu cette femme. Elle est mon associée. Nous travaillons sur les mêmes dossiers. »

Robin lui décocha un regard en biais. Jamais, devant personne, il ne l'avait présentée comme son associée. À sa connaissance, du moins. Comme Strike ne la regardait pas, Robin reporta son attention sur Wardle. Elle avait toujours peur mais, après l'incroyable déclaration de Strike, elle savait qu'elle tiendrait le coup, qu'elle ne le lâcherait pas, quoi qu'elle découvre sur ces images. Le sergent Ekwensi revint avec une pile de photos, Robin déglutit et se redressa sur sa chaise.

Strike les examina en premier et sa réaction confirma les craintes de Robin.

« Bordel de merde.

— La tête est mieux conservée que le reste, lâcha platement Wardle. Elle était au congélateur. »

Comme lorsqu'on retire vivement sa main du feu, Robin éprouva le besoin impérieux de tourner la tête, de fermer les yeux, de mettre la photo à l'envers sur la table. Mais elle n'en fit rien. Au contraire, lorsque Strike lui tendit le cliché, elle le prit et le regarda ; aussitôt ses intestins se liquéfièrent.

La tête coupée, qui reposait sur un reste de cou, fixait l'objectif de ses yeux vides, blanchis par le gel. Sa bouche n'était qu'un gouffre noir. Des cristaux de glace parsemaient ses cheveux châtains raidis. Elle avait les joues pleines, le menton et le front couverts d'acné. Elle faisait largement moins de vingt-quatre ans.

« Vous la reconnaissez ? »

La voix de Wardle lui parut étonnamment proche car la vision de la tête coupée l'avait projetée vers un ailleurs incommensurable.

« Non », répondit-elle.

Elle laissa la photo et tendit la main vers la suivante. Une jambe gauche, deux bras enfoncés dans un frigo. Ils avaient commencé à pourrir. Ayant réussi à se blinder pour la première image, elle croyait avoir vu le pire. Du coup, elle eut honte du petit cri d'horreur qu'elle laissa échapper.

« Ouais, c'est moche », reconnut le sergent Ekwensi dans un murmure. Robin croisa son regard et la remercia silencieusement.

« On remarque un tatouage sur le poignet gauche », dit Wardle en pointant du doigt le troisième cliché. Le bras était posé sur une table, déplié. Robin avait envie de vomir mais, au point où elle en était, elle se concentra sur le poignet et vit « 1D » tracé à l'encre noire.

« Le tronc ne vous apprendra rien, dit Wardle en feuilletant les autres photos avant de les rendre au sergent Ekwensi.

— Où était-il ? demanda Strike.

— Dans la baignoire. Elle a été tuée dans la salle de bains. Une vraie boucherie. » Wardle hésita. « Il manquait un autre morceau, en plus de la jambe. »

Strike ne demanda pas lequel, ce dont Robin lui fut reconnaissante. Elle n'aurait sans doute pas supporté d'entendre la réponse.

« Qui l'a trouvée ? reprit Strike.

— La logeuse, dit Wardle. Une vieille dame. Elle a eu une attaque juste après notre arrivée. Un infarctus, je suppose. Ils l'ont conduite au Hammersmith Hospital.

— Que faisait-elle sur les lieux ?

— Elle est venue à cause de l'odeur, dit Wardle. C'est une locataire du rez-de-chaussée qui l'a contactée. Elle est passée dans la matinée, avant d'aller faire ses courses, pour essayer de voir Oxana avant qu'elle ne sorte. Comme elle ne répondait pas, elle est entrée.

— Ceux du rez-de-chaussée n'ont rien entendu ? Des cris ou autre ?

— Il s'agit d'une maison divisée en studios pour étudiants. Impossible de rien en tirer, dit Wardle. Ça met la musique à fond, ça rentre, ça sort à toute heure du jour et de la nuit. Quand on leur a demandé s'ils avaient entendu du bruit à l'étage, ils nous ont regardé bouche bée. La fille qui avait appelé la proprio était dans tous ses états. Elle répétait qu'elle ne se pardonnerait jamais de ne pas avoir téléphoné dès qu'elle avait senti l'odeur.

— Ouais, ça aurait tout changé, dit Strike. Tu aurais pu recoller la tête sur le corps et elle serait en pleine forme maintenant. »

Wardle s'esclaffa. Le sergent Ekwensi esquissa un sourire.

Robin se leva d'un bond. L'alcool de la veille et le croissant du matin faisaient décidément mauvais ménage dans son estomac. Elle s'excusa d'une petite voix et se précipita vers la sortie.

22

I don't give up but I ain't a stalker,
I guess I'm just an easy talker.
Je ne lâche rien mais je ne suis pas un harceleur,
au fond, je suis simplement un beau parleur.

BLUE ÖYSTER CULT, « I Just Like to Be Bad »

« Merci bien, l'humour macabre, je *connais*, dit Robin une heure plus tard, sur un ton faussement exaspéré. On peut passer à autre chose ? »

Strike regrettait le mot d'esprit qui lui avait échappé en salle de réunion. Robin avait passé vingt minutes aux toilettes et en était ressortie blanche comme un linge et légèrement moite, suivie d'une odeur mentholée qui laissait supposer qu'elle s'était brossé les dents. Au lieu de prendre un taxi, il lui avait proposé de remonter Broadway à pied, histoire de prendre l'air. Une fois qu'ils furent installés au Feathers, le pub le plus proche, il avait commandé du thé pour deux. Il aurait bien pris une bière mais Robin n'avait pas assez d'expérience du terrain pour savoir que l'alcool et les effusions de sang étaient comme les deux faces d'une même pièce, et il craignait que la vue d'une pinte achève de la convaincre qu'il n'était qu'une brute sans cœur.

Le mercredi matin, à onze heures trente, le Feathers était calme. Ils avaient choisi une table au fond de la grande salle, à bonne distance des deux flics en civil qui discutaient à voix basse près de la fenêtre.

« Pendant que vous étiez aux toilettes, j'ai parlé à Wardle de notre ami au bonnet, dit Strike. Il va placer un agent en civil sur Denmark Street pendant quelques jours.

— Vous croyez que les journalistes vont revenir ? demanda Robin qui n'avait pas encore eu le temps de s'en inquiéter.

— J'espère que non. Wardle va garder les lettres bien à l'abri dans leurs pochettes. Il estime qu'en les publiant, on ferait le jeu de l'autre cinglé. Il semble croire que le tueur essaie de me tendre un piège.

— Pas vous ?

— Non, répondit Strike. Il est détraqué mais pas comme ça. Il y a quelque chose de plus pervers dans cette histoire. »

Il sombra dans le silence et Robin l'imita pour le laisser réfléchir.

« Du terrorisme, voilà ce que c'est, articula Strike en grattant son menton piquant. Il essaie de nous foutre la trouille, de bouleverser notre mode de vie et, voyons les choses comme elles sont, il y parvient très bien. La police a passé l'agence au peigne fin, ils nous ont convoqués au Yard, nous avons perdu la plupart de nos clients, vous…

— Ne vous inquiétez pas pour moi ! dit soudain Robin. Je ne veux pas que vous…

— Pour l'amour du ciel, Robin, explosa Strike. Ce type, hier, nous l'avons vu tous les deux. Wardle estime que je devrais vous demander de rester chez vous et je…

— Je vous en prie, dit-elle en voyant ses craintes ressurgir d'un coup, ne faites pas cela…

— Faut-il que vous risquiez la mort pour échapper à vos problèmes de couple ? »

En la voyant tiquer, il regretta immédiatement ses paroles.

« Mon travail n'est pas un dérivatif, marmonna-t-elle. J'aime ce que je fais. Ce matin, en me réveillant, je me suis reproché de vous avoir raconté ma vie. Je craignais que vous… que vous me trouviez encore trop fragile.

— Ça n'a rien à voir avec ce que vous m'avez dit hier soir. Peu importe que vous soyez fragile ou pas. Nous avons affaire à un malade mental, un type qui vous suit peut-être à la trace et qui a déjà découpé une femme en morceaux. »

Robin but une gorgée de thé tiède et ne répondit pas. Elle avait une faim de loup. Pourtant, rien qu'à l'idée d'absorber le moindre plat à base de viande, comme tout ce qu'on sert habituellement dans les pubs, elle sentait des gouttes de sueur froide perler sur son cuir chevelu.

« Ce n'était pas son premier meurtre, n'est-ce pas ? demanda Strike par pure rhétorique, tout en promenant un regard sombre sur les noms de bière peints à la main au-dessus du comptoir. Il l'a décapitée, démembrée, il a emporté des parties d'elle. Qu'en pensez-vous ?

— On dirait bien, oui, acquiesça Robin.

— Il a fait cela pour le plaisir. Il s'est vraiment bien éclaté, dans cette salle de bains. »

Robin ne savait plus très bien si elle avait faim ou envie de vomir.

« Un fou sadique qui a une dent contre moi et qui a trouvé un moyen de faire d'une pierre deux coups, dit Strike en réfléchissant tout haut.

— Vous pensez à l'un des hommes que vous soupçonnez ? demanda Robin. Savez-vous si l'un d'entre eux a déjà tué ?

— Ouais, dit Strike. Whittaker. Il a tué ma mère. »

Mais pas comme ça, songea Robin. Leda Strike s'était retrouvée à la morgue à cause d'une aiguille, pas d'un couteau. Elle préféra ne rien dire, par respect pour Strike qui faisait une tête de six pieds de long. Puis elle se rappela autre chose.

« Vous savez, je suppose, dit-elle en avançant prudemment, que Whittaker a conservé le cadavre d'une femme chez lui pendant un mois.

— Ouais. J'ai entendu dire ça. »

La chose lui était venue aux oreilles alors qu'il servait dans les Balkans, relayée par sa sœur Lucy. Sur le Net, il avait trouvé une photo de Whittaker entrant dans le tribunal. Il avait eu du mal à le reconnaître, car son ex-beau-père s'était coupé les cheveux et laissé pousser la barbe. Seuls ses yeux dorés au regard fixe n'avaient pas changé. De mémoire, Whittaker avait construit sa défense autour de l'argument suivant : craignant d'être encore une fois « accusé à tort » de meurtre, il avait tenté de momifier le corps de sa compagne en le fourrant dans des sacs-poubelle avant de le glisser sous le plancher. Son avocat avait tenté de faire passer l'idée, auprès d'un juge peu complaisant, que la méthode fort originale choisie par son client pour résoudre son problème était directement liée à son usage de stupéfiants.

« Mais il ne l'a pas assassinée, n'est-ce pas ? demanda Robin en essayant de bien se rappeler ce qu'elle avait lu sur Wikipédia.

— Elle était morte depuis un mois. L'autopsie n'a pas dû être très facile à réaliser », dit Strike. L'expression que Shanker avait qualifiée de « gueule de ouf » était de nouveau plaquée sur son visage. « Personnellement, je serais prêt à parier qu'il l'a tuée. Il faudrait vraiment qu'il ait une foutue guigne pour que deux de ses compagnes décèdent comme ça, à la maison, devant son nez.

« Whittaker aimait la mort ; il aimait les cadavres. Il disait qu'il avait bossé comme fossoyeur dans son adolescence. Les macchabées, c'était son truc. Les gens le prenaient pour un gothique version hard ou pour un frimeur à la con – chansons nécrophiles, Bible satanique, Aleister Crowley, tout ce fatras occultiste – mais en fait c'était juste un salaud, un type immoral, malfaisant. Le plus beau c'est qu'il s'en vantait, et vous savez quoi ? Les femmes se battaient pour l'avoir.

« J'ai besoin d'un verre », conclut Strike. Il se leva et partit vers le comptoir.

Robin le regarda s'éloigner, légèrement déconcertée par son brusque accès de colère. Il soutenait que

Whittaker avait commis deux meurtres mais cette opinion allait à l'encontre des verdicts rendus par la justice et, pour autant qu'elle sache, des preuves recueillies par la police. Depuis qu'elle le connaissait, elle l'entendait répéter que leur travail consistait à rassembler méticuleusement les faits, à chercher des preuves. Il disait que les intuitions, les antipathies personnelles pouvaient parfois enrichir mais jamais au grand jamais orienter une enquête. Bien sûr, dans le cas présent, il s'agissait de sa propre mère…

Strike revint avec une pinte de Nicholson's Pale Ale et deux menus.

« Désolé, marmonna-t-il quand il eut pris une bonne gorgée de bière. Je pensais à des trucs qui m'étaient sortis de l'esprit depuis longtemps. Ces paroles de chansons.

— Oui, dit Robin.

— Putain de merde, ça ne *peut* pas être Digger, s'emporta Strike en passant la main dans ses épais cheveux crépus, ce qui ne changea rien à sa coiffure. C'est un truand, un professionnel du crime ! S'il avait découvert mon rôle dans son incarcération et qu'il avait voulu se venger, il m'aurait mis une balle dans la tête. Il ne se serait pas amusé à m'envoyer une jambe coupée et des paroles de chansons, histoire de fournir des indices à la police. C'est un homme d'affaires.

— Wardle croit toujours que c'est lui ?

— Ouais, dit Strike. Pourtant il est bien placé pour savoir que les témoignages anonymes devant la cour bénéficient d'une procédure parfaitement étanche. La ville serait jonchée de cadavres de flics si ce n'était pas le cas. »

Au prix d'un gros effort, il cessa de critiquer Wardle. Ce type aurait pu lui mettre des bâtons dans les roues, or il se montrait serviable et prévenant. Strike n'avait pas oublié la dernière fois où il avait eu affaire aux officiers du Met. Ils l'avaient laissé moisir dans une salle d'interrogatoire pendant cinq heures montre en main rien que pour assouvir leur rancune.

« Et les deux individus que vous avez connus à l'armée ? » demanda Robin en baissant la voix. Un groupe d'employées de bureau s'installait à la table voisine. « Brockbank et Laing. Est-ce qu'ils ont tué des gens, eux aussi ? Je veux dire, ajouta-t-elle, je sais qu'ils étaient soldats mais en dehors des combats ?

— Dans le cas de Laing, je n'en serais pas surpris, dit Strike, mais à ma connaissance, il n'a tué personne. Du moins pas avant qu'on l'envoie en taule. Je sais qu'il s'est servi d'un couteau contre son ex-épouse – il l'a ligotée, tailladée. Il a passé dix ans derrière les barreaux et je doute qu'ils aient réussi à le rééduquer. Ça fait quatre ans qu'il est en liberté : depuis, il a très bien pu commettre un meurtre.

« Au fait, je ne vous ai pas dit – j'ai rencontré son ex-belle-mère à Melrose. Elle pense qu'il s'est installé à Gateshead à sa sortie de prison et, de notre côté, nous savons qu'il a pu séjourner à Corby en 2008… En outre, elle m'a dit qu'il était malade.

— Quel genre de maladie ?

— Une forme d'arthrite. Elle n'en sait pas davantage. Est-ce qu'un homme handicapé par la maladie aurait pu faire ce que nous avons vu sur ces photos ? » Strike s'empara du menu. « Bon. Je crève de faim et vous n'avez rien mangé depuis deux jours, à part des chips. »

Quand Strike eut commandé du colin et des frites et Robin une assiette composée, il changea de sujet de conversation.

« D'après vous, la victime avait-elle l'air d'avoir vingt-quatre ans ?

— Je… je ne saurais pas dire, répondit Robin en essayant vainement de bloquer l'image du visage poupin aux yeux blanchis par le gel. Non, reprit-elle après une courte pause. J'ai trouvé qu'elle… qu'elle faisait plus jeune.

— Moi aussi.

— Faut que j'aille… toilettes, dit Robin en se levant.

— Ça va ?

— Juste faire pipi… trop de thé. »

Il la regarda s'éloigner puis termina sa pinte en suivant le fil de ses pensées. Il y avait une chose dont il n'avait pas encore parlé à Robin, ni à personne d'autre, d'ailleurs.

Il était en Allemagne. Une enquêtrice lui avait montré la rédaction d'une écolière. Strike se souvenait encore de la dernière phrase, tracée d'une main appliquée sur une copie rose pâle.

> *La dame a changé son prénom, elle a dit qu'elle s'appelait Anastasia et elle a teint ses cheveux et personne ne sait où elle est partie, elle a disparu.*

Sur la cassette qu'il avait visionnée par la suite, l'enquêtrice demandait gentiment à la petite fille :

« C'est ce que tu aimerais faire, Brittany ? Tu voudrais t'enfuir, disparaître ?

— Mais non, c'est juste une histoire ! », insistait Brittany avec un petit rire qui sonnait faux. Elle agitait les doigts, les croisait, les décroisait ; l'une de ses jambes était enroulée autour de l'autre. Ses cheveux filasse pendaient de chaque côté de sa frimousse pâle, criblée de taches de rousseur. Ses lunettes étaient posées de guingois sur son nez, la monture faussée. En la regardant, Strike avait pensé à un petit perroquet jaune. « J'ai tout inventé ! »

Bientôt, avec les résultats du test ADN, on connaîtrait l'identité de la femme dans le frigo. Ensuite, la police remonterait la piste pour découvrir qui était réellement Oxana Volochina – à supposer qu'il s'agisse bien de son nom. Strike avait-il raison de redouter que le cadavre soit celui de Brittany Brockbank ou faisait-il de la parano ? Pourquoi le prénom de Kelsey figurait-il sur la première lettre qu'il avait reçue ? Pourquoi la victime avait-elle l'air si jeune, avec ses joues potelées comme celles d'une gamine ?

Robin vint se rasseoir. « Je devrais être en train de filer Platine, en ce moment », dit-elle piteusement en regardant sa montre. Apparemment, l'une des femmes à la table d'à côté fêtait son anniversaire : ses collègues hurlèrent de rire en la voyant ouvrir son cadeau, une guêpière rouge et noire.

« Pas très grave », dit Strike d'un air absent. Leurs plats venaient d'arriver. Strike dégusta les premières bouchées en silence puis il posa ses couverts, sortit son calepin, consulta les notes qu'il avait prises dans le bureau de Hardacre et attrapa son téléphone pour effectuer une recherche sur le Net. Robin le regarda sans comprendre.

« Parfait, dit Strike après avoir lu les résultats. Demain, je vais à Barrow-in-Furness.

— Vous… quoi ? demanda Robin abasourdie. Pourquoi là-bas ?

— C'est là que Brockbank se trouve… enfin, normalement.

— Comment le savez-vous ?

— À Édimbourg, j'ai appris que sa pension lui était versée dans cette ville. Je viens juste de vérifier l'adresse de la famille. Actuellement, la maison est au nom d'une certaine Holly Brockbank. Sûrement une parente. Elle sait peut-être où il est. Si je peux établir qu'il se trouvait dans le comté de Cumbria au cours des dernières semaines, nous saurons que ce n'est pas lui qui a livré la jambe et vous a suivie dans les rues de Londres, pas vrai ?

— Qu'essayez-vous de me cacher au sujet de Brockbank ? » demanda Robin en plissant ses yeux gris-bleu.

Strike ne prit pas la peine de répondre.

« Je veux que vous restiez chez vous pendant mon absence. Cet abruti de Deux-Fois peut aller se faire voir. Si Platine sort avec un autre micheton, il n'a qu'à s'en prendre à lui-même. On se passera de son fric.

— Nous n'aurons plus qu'un seul client, fit remarquer Robin.

— J'ai dans l'idée que nous n'en aurons bientôt plus du tout, tant que l'autre cinglé ne se sera pas fait serrer. Les gens vont prendre leurs distances.

— Comment allez-vous faire pour vous rendre à Barrow ? » demanda Robin.

Un plan commençait à se former dans sa tête. N'avait-elle pas prévu cette éventualité ?

« Je prendrai le train, dit-il. Je n'ai pas les moyens de louer une voiture en ce moment, vous le savez bien.

— Et si je vous emmenais dans ma nouvelle… je veux dire dans ma vieille – mais elle marche bien – Land Rover ? claironna Robin.

— Depuis quand possédez-vous une Land Rover ?

— Depuis dimanche. Elle appartenait à mes parents.

— Ah bon. Eh bien, oui, ce serait parfait…

— Mais ?

— Non, ça m'aiderait vraiment…

— *Mais ?* insista Robin en voyant qu'il avait des réserves.

— J'ignore combien de temps je vais passer là-bas.

— Quelle importance ? De toute façon, je préfère ça que de tourner en rond chez moi. »

Strike hésita. Cette proposition lui avait-elle été inspirée par son désir de faire souffrir Matthew ? Il imaginait déjà la réaction du comptable quand il apprendrait qu'ils partaient ensemble dans le nord pour un temps indéterminé. Rien que tous les deux, même la nuit. Dans une relation professionnelle normale, on n'était pas censé utiliser un collègue pour rendre jaloux son conjoint.

« Oh merde, s'écria-t-il en pêchant son portable au fond de sa poche.

— Quoi ? demanda Robin, alarmée.

— Ça m'était complètement sorti de l'esprit. J'avais rendez-vous avec Elin, hier soir. Putain… j'ai oublié. Ne bougez pas. »

Il sortit sur le trottoir en laissant Robin devant son assiette. Pourquoi, songea-t-elle en regardant l'imposante silhouette de Strike faire les cent pas devant les hautes baies vitrées, le téléphone collé à l'oreille, pourquoi Elin ne s'était-elle pas manifestée, par un texto, un coup de fil ? Et par association d'idées, elle pensa à Matthew – ce qu'elle n'avait pas encore fait, quoi que soupçonnât Strike. Que dirait-il s'il la voyait rentrer à la maison et repartir aussi sec avec la Land Rover et des vêtements de rechange pour plusieurs jours ?

Il aurait tort de râler, pensa-t-elle, avec tout le mépris dont elle était capable. *Ça ne le concerne plus désormais.*

Pourtant, l'idée de revoir Matthew, ne serait-ce que quelques minutes, la mettait mal à l'aise.

Strike revint en levant les yeux au ciel.

« Ça craint, dit-il laconiquement. J'irai la voir ce soir pour me faire pardonner. »

Robin ne voyait pas pourquoi le fait que Strike parte retrouver Elin tout à l'heure lui donnerait le cafard. C'était sûrement à cause de la fatigue. Depuis trente-six heures, elle n'arrêtait pas d'encaisser des chocs. Il fallait plus qu'un déjeuner dans un pub pour dissiper une telle tension. Les collègues de bureau, à la table d'à côté, explosèrent de rire ; une paire de menottes garnies de fausse fourrure avait glissé d'un autre paquet-cadeau.

Ce n'est pas son anniversaire, réalisa Robin. *Elle va se marier*.

« Alors, je vous emmène en voiture, oui ou non ? s'énerva-t-elle.

— Ouais, dit Strike qui semblait plus favorable à cette idée, tout à coup (ou peut-être se réjouissait-il seulement de passer la soirée avec Elin ?). Vous savez quoi ? C'est génial. Merci. »

23

Moments of pleasure, in a world of pain.

Quelques moments de plaisir, dans un monde de souffrance.

BLUE ÖYSTER CULT, « Make Rock Not War »

Le lendemain matin, d'épais voiles de brume s'étiraient comme de gigantesques toiles d'araignée entre les cimes des arbres de Regent's Park. Strike, qui avait vite coupé l'alarme de son portable pour éviter de réveiller Elin, se tenait en équilibre sur une seule jambe devant la fenêtre, entre la vitre et la tenture qui assombrissait la chambre. Il resta une minute à contempler le parc dans son linceul, fasciné par le spectacle du soleil levant éclairant les feuilles qui surgissaient de l'océan de vapeur. Si on en prenait le temps, on pouvait trouver de la beauté quasiment partout sur cette Terre, mais à force de se battre pour avancer encore et toujours, on oubliait qu'il subsistait un luxe entièrement gratuit. Strike portait en lui maints souvenirs de cet ordre, la plupart liés à son enfance dans les Cornouailles : le scintillement de la mer qu'on aperçoit au matin sous une lumière bleue comme une aile de papillon ; la jungle mystérieuse du Gunnera Passage dans le Trebah Garden ; les voiles blanches qui se balancent sur une mer couleur plomb, comme des mouettes posées à la crête des vagues.

Derrière lui, Elin remuait, soupirait dans le lit plongé dans la pénombre. Sans faire de bruit, Strike passa de l'autre côté des tentures, attrapa la prothèse posée contre le mur et la rattacha, assis sur une chaise. Puis, avec d'infinies précautions, il gagna la salle de bains, ses vêtements au creux de ses bras.

Hier soir, ils s'étaient disputés pour la première fois : un événement à marquer d'une pierre blanche, dans toute relation. C'était à prévoir ; le fait qu'elle n'ait pas réagi en ne le voyant pas apparaître le mardi soir aurait dû lui mettre la puce à l'oreille. Mais entre Robin et la femme coupée en morceaux, il n'avait pas eu le temps d'y penser. Certes, elle lui avait répondu froidement quand il l'avait appelée pour s'excuser, mais comme elle avait tout de suite accepté de le voir le soir même, il n'avait pas imaginé une seconde qu'elle l'accueillerait de manière aussi glaciale. Ils avaient dîné dans une ambiance tendue, en échangeant à peine quelques mots, puis Strike s'était levé en disant qu'il préférait la laisser seule avec sa rancœur. En le voyant prendre son manteau, elle s'était brusquement emportée mais sa colère était retombée comme un pétard mouillé ; il avait eu droit à une tirade larmoyante entrecoupée d'excuses, au terme de laquelle il apprit, primo, qu'elle suivait une thérapie, secundo, que son psy lui avait diagnostiqué une tendance passive-agressive, et tertio, que son absence au rendez-vous du mardi l'avait tellement déprimée qu'elle avait descendu une bouteille de vin toute seule devant la télévision.

Strike lui avait de nouveau présenté ses excuses, prétextant une affaire particulièrement complexe, un rebondissement inattendu, délicat. Il était désolé d'avoir oublié leur rendez-vous mais, si elle refusait de lui pardonner, il n'avait plus qu'à rentrer chez lui.

C'est alors qu'elle s'était jetée dans ses bras ; deux secondes après, ils étaient au lit. Ils ne s'étaient jamais donné autant de plaisir.

Tout en se rasant dans la salle de bains d'Elin, une pièce immaculée avec des spots encastrés et des serviettes blanches comme neige, Strike songeait qu'il s'en était tiré à bon compte. S'il avait oublié un rendez-vous avec Charlotte, la femme qu'il avait fréquentée par intermittence pendant seize ans, les représailles auraient été autrement plus sévères. En ce moment, il porterait des blessures au visage ou bien il la chercherait à travers toute la ville, ou bien encore il serait sur le balcon, à l'empêcher de sauter.

Il avait mis le mot amour sur les sentiments qu'il portait à Charlotte et, depuis, n'avait rien éprouvé d'aussi fort pour une femme. Mais cet amour avait été douloureux, et non sans conséquences. En cela, il ressemblait davantage à une maladie. Une maladie dont il n'était pas vraiment sûr d'avoir guéri. Pour en éradiquer les symptômes, il avait son propre remède : ne pas la voir, ne jamais l'appeler ni se servir de la nouvelle adresse mail qu'elle avait utilisée pour lui envoyer une photo de son visage hagard, le jour de son mariage avec un ancien soupirant. Il avait conscience que cette histoire l'avait meurtri à tel point qu'aujourd'hui il ressentait les émotions de manière beaucoup moins vive. Hier soir, par exemple, la détresse d'Elin l'avait bien moins touché que celle de Charlotte, autrefois. C'était comme si sa faculté d'aimer s'était émoussée, comme si on l'avait privé d'une partie de sa sensibilité. Il n'avait pas voulu blesser Elin ; il n'avait pas aimé la voir pleurer ; et pourtant, il ne ressentait plus vraiment la douleur d'autrui. Pour tout dire, pendant qu'elle sanglotait, il avait commencé à réfléchir à l'itinéraire qu'il emprunterait pour rentrer chez lui.

Après s'être habillé dans la salle de bains, Strike repassa dans le couloir faiblement éclairé pour ranger sa trousse de toilette dans le sac qu'il avait apporté en prévision de son départ pour Barrow-in-Furness. Sur sa droite, une porte était entrebâillée. Pris d'une impulsion subite, il l'ouvrit davantage.

C'était la pièce où dormait la petite fille qu'il n'avait jamais rencontrée, quand elle n'était pas chez son père. Une chambre rose et blanc, bien rangée, avec des images tirées de contes de fées collées au plafond tout autour de la corniche. Sur une étagère, des poupées Barbie étaient posées en rang, avec leurs sourires vides, leurs seins pointant sous un arc-en-ciel de robes tape-à-l'œil. Un tapis en fourrure synthétique, terminé par une tête d'ours polaire, s'étalait au pied d'un minuscule lit à baldaquin.

Strike ne connaissait quasiment aucune petite fille. Il avait deux filleuls, qu'il n'appréciait pas particulièrement, et trois neveux. Son plus vieil ami, qui vivait en Cornouailles, avait plusieurs filles mais Strike n'entretenait aucun lien avec elles ; les gamines passaient devant lui en courant dans un brouillard de queues-de-cheval et de petites mains agitées en signe de salut : « Bonjour, oncle Corm, au revoir, oncle Corm. » Il avait une sœur, bien sûr, et ils avaient grandi ensemble mais, du temps de leur enfance, Lucy ne dormait pas dans un lit à baldaquin rose bonbon, encore qu'elle eût certainement adoré cela.

Brittany Brockbank possédait un lion en peluche. Ce détail incongru lui revint brusquement à l'esprit à cause de la descente de lit en forme d'ours polaire. Un lion en peluche avec une tête rigolote. Elle l'avait affublé d'un tutu rose et il se trouvait sur le canapé au moment où son beau-père s'était précipité sur Strike, avec une bouteille de bière brisée dans la main.

Strike se retourna vers le mur, en fouillant sa poche. Il ne sortait jamais sans un calepin et un stylo. Il écrivit un petit mot à l'intention d'Elin, faisant allusion à la meilleure partie de la soirée précédente, et pour ne pas la réveiller, le déposa sur la console dans l'entrée. Puis, tout aussi discrètement qu'il s'était levé, rasé et habillé, il passa son sac sur son épaule et se glissa hors de l'appartement. Il avait rendez-vous avec Robin à la station West Ealing à huit heures.

*

Les derniers lambeaux de brume s'envolaient au-dessus de Hasting Road quand Robin – fébrile, les yeux battus – sortit de chez elle, un panier à provision dans une main, un sac de vêtements de rechange dans l'autre. Elle déverrouilla la porte arrière de la vieille Land Rover grise, balança les fringues à l'intérieur en gardant les provisions avec elle et s'installa derrière le volant.

Tout à l'heure, dans l'entrée, Matthew avait essayé de l'attirer contre lui. Elle avait résisté en posant les deux mains sur son torse imberbe. Elle l'avait repoussé en lui criant de dégager. Il était en caleçon et elle ne voulait pas lui laisser le temps de s'habiller, au cas où il chercherait à la poursuivre. Elle claqua la portière, boucla sa ceinture de sécurité, mais à peine eut-elle mis le contact qu'elle vit Matthew surgir sur le trottoir, pieds nus, en tee-shirt et pantalon de survêtement. Elle ne l'avait jamais vu si désemparé, si vulnérable.

« Robin ! cria-t-il pendant qu'elle appuyait sur l'accélérateur et s'éloignait du trottoir. Je t'aime. *Je t'aime !* »

Elle braqua et s'extirpa tant bien que mal de sa place de parking en manquant érafler la Honda du voisin. Matthew rétrécissait dans son rétroviseur ; lui qui d'habitude ne montrait jamais la moindre faiblesse hurlait son amour à tue-tête, au risque de rameuter les voisins, voire de susciter leurs moqueries.

Le cœur de Robin cognait douloureusement dans sa poitrine. Sept heures quinze ; Strike n'était sûrement pas arrivé au point de rendez-vous. Elle tourna à gauche au bout de la rue dans l'unique intention d'accroître la distance entre elle et Matthew.

Il s'était levé à l'aube, pendant qu'elle emballait ses affaires le plus discrètement possible.

« Où est-ce que tu vas ?

— Aider Strike sur une enquête.

— Tu rentres ce soir ?

— Je crois que non.

— Où ça se trouve ?

— Je ne sais pas très bien. »

Elle ne voulait pas lui dire où ils allaient de peur qu'il ne les suive. Elle était encore sous le coup de la scène à laquelle elle avait assisté en rentrant à la maison, la veille au soir. Matthew avait pleuré, supplié. Même à la mort de sa mère, elle ne l'avait pas vu dans un tel état.

« Robin, il faut qu'on parle.

— On a assez parlé comme ça.

— Est-ce que ta mère sait où tu vas ?

— Oui. »

Elle mentait. Linda ignorait que Robin avait rompu ses fiançailles et qu'elle partait dans le nord avec Strike. Après tout, elle avait vingt-six ans ; ses affaires ne regardaient qu'elle. Pourtant, elle comprenait qu'en réalité, Matthew voulait savoir si elle avait prévenu sa mère que la cérémonie était annulée. L'un comme l'autre étaient parfaitement conscients que si leur mariage avait encore été d'actualité, elle n'aurait pas eu l'idée de partir avec la Land Rover vers une destination mystérieuse en compagnie de Strike. La bague en saphir était toujours là où elle l'avait laissée, sur l'étagère où il rangeait ses vieux manuels de comptabilité.

« Et merde », murmura Robin en évacuant ses larmes d'un clignement de paupières. Elle roulait au hasard des rues silencieuses en évitant de regarder son annulaire et de repenser au visage angoissé de Matthew.

*

Il suffisait de faire quelques pas pour parcourir une longue distance. Londres était ainsi, songea Strike en fumant sa première cigarette de la journée : le voyage commençait en douceur par les colonnades symétriques de Nash, comme sculptées dans une gigantesque glace à la vanille. Le voisin d'Elin, un Russe en costume pied-de-poule, avait répondu à son « bonjour » par un bref signe de tête avant de monter dans son Audi. Encore quelques pas devant les silhouettes de Sherlock Holmes à la station Baker Street, et voilà, Strike était assis dans un métro crasseux, entouré d'ouvriers polonais volubiles, prêts à se mettre au boulot dès sept heures du matin. Après cela, correspondance en gare de Paddington, toujours aussi bondée. Strike se fraya un passage entre les troquets et la foule des banlieusards, son sac bien calé sur l'épaule. Hop, il monta dans le Heathrow Connect pour quelques stations. Avec lui, une famille nombreuse venue du sud-ouest de l'Angleterre, fringuée comme en Floride malgré la fraîcheur du petit matin. Ils examinaient les panneaux indicateurs tels des suricates survoltés, agrippés à leurs valises comme s'ils redoutaient une agression imminente.

Strike sortit de la station West Ealing avec quinze minutes d'avance et une terrible envie de fumer. Il s'alluma une cigarette en espérant que Robin n'arriverait pas trop vite. Elle ne lui permettrait sans doute pas de fumer dans la Land Rover. Il eut à peine le temps de tirer deux bouffées qu'une voiture en forme de carton à chaussures tournait au coin de la rue, la chevelure dorée de Robin bien visible à travers le parebrise.

« Ça m'est égal, cria-t-elle pour couvrir le bruit du moteur pendant qu'il récupérait son sac et faisait mine d'éteindre sa cigarette. Tant que vous laissez la vitre ouverte. »

Il monta et claqua la portière.

« Ça pourrait difficilement sentir plus mauvais, ajouta Robin en manœuvrant le levier de vitesses grinçant avec son expertise habituelle. Ici, c'est cent pour cent labrador. »

Strike boucla sa ceinture et, pendant qu'elle reprenait de la vitesse, inspecta l'habitacle du regard. Toutes les surfaces étaient abîmées, éraflées et, en effet, ça puait la botte en caoutchouc et le chien mouillé. Une odeur qui lui rappela l'armée et les véhicules qu'il avait pilotés sur toutes sortes de terrains, en Bosnie et en Afghanistan. En même temps, elle l'aidait à replacer Robin dans son contexte familial. Cette Land Rover parlait de sentiers boueux, de terres cultivées. Un jour, elle lui avait parlé d'un oncle fermier.

« Vous aviez un poney ? »

Elle lui lança un coup d'œil surpris. Et durant la fraction de seconde où il la vit de face, il remarqua ses yeux bouffis, son teint pâle. Visiblement, elle n'avait pas beaucoup dormi.

« Pourquoi diable voulez-vous savoir ça ?

— C'est avec ce genre de caisse qu'on va faire du saut d'obstacles. »

Elle répondit, légèrement sur la défensive : « Oui, j'ai eu un poney. »

Il éclata de rire, baissa sa vitre au maximum et sortit la main qui tenait la cigarette.

« Qu'y a-t-il de drôle là-dedans ?

— J'en sais rien. Il s'appelait comment ?

— Angus, dit-elle en tournant à gauche. Une sale carne. Il n'arrêtait pas de m'éjecter.

— Je n'ai aucune confiance dans les chevaux, dit Strike en tirant sur sa clope.

— Vous en avez déjà fait ? »

Ce fut au tour de Robin de sourire. Elle venait d'imaginer Strike sur un cheval. C'était peut-être l'une des rares situations où il aurait perdu son légendaire aplomb, songea-t-elle.

« Non. Et je n'ai pas l'intention de m'y mettre.

— Mon oncle en possède un assez costaud pour vous porter, dit Robin. Il s'appelle Clydesdale. Une bête énorme.

— Un point pour vous », répliqua Strike sur un ton sec. Elle se mit à rire.

Ils tombèrent sur les premiers embouteillages. Strike fumait en silence pour éviter de perturber Robin, concentrée sur sa conduite. Il venait de remarquer combien il aimait la faire rire. De même, il se sentait mieux ici, dans cette vieille Land Rover cabossée, à parler de tout et de rien avec Robin, que la veille au soir, à dîner avec Elin.

Il n'était pas homme à se bercer de pieux mensonges. Il aurait pu se raconter que Robin représentait pour lui les joies simples de l'amitié et Elin les plaisirs plus tortueux de la relation amoureuse. Mais il savait que la vérité était plus complexe, surtout depuis que Robin avait retiré sa bague de saphir. À la minute où ils s'étaient rencontrés, il avait mesuré la menace que Robin allait faire peser sur sa tranquillité d'esprit, mais il n'était pas question de compromettre la meilleure relation de boulot qu'il ait connue de toute sa vie. Non, ce serait du sabordage, ni plus ni moins, surtout après ces années de passion destructrice, après ces mois de sacrifices et les obstacles qu'il avait surmontés pour créer son agence.

« Vous boudez ?

— Quoi ? »

Le moteur de la vieille Land Rover était tellement bruyant qu'il n'avait rien entendu.

« Je vous ai demandé comment ça se passe avec Elin ? »

Elle ne s'était jamais montrée aussi directe. Les confidences qu'ils avaient échangées deux jours avant les avaient peut-être fait accéder à un autre degré d'intimité, se dit Strike. Il aurait préféré éviter cela.

« Très bien », répondit-il, de mauvaise grâce. Il jeta son mégot et remonta la vitre, ce qui atténua très légèrement le vacarme.

« Elle vous a pardonné, alors ?

— Pardonné ?

— D'avoir oublié votre rendez-vous ! précisa Robin.

— Ah oui ! Eh ben, non… et après oui. »

Robin s'engagea sur la bretelle d'accès de l'A40. En entendant sa réponse énigmatique, elle vit surgir une image très explicite : Strike, avec son grand corps poilu et sa jambe et demie, mêlé à la fine Elin, blonde et diaphane comme de l'albâtre, sur des draps de coton blanc… Les draps d'Elin étaient forcément blancs et propres. Elle avait sûrement quelqu'un pour faire sa lessive. Elin était trop bourgeoise, trop riche pour repasser ses housses de couette en regardant la télé dans un salon exigu à Ealing.

« Et avec Matthew ? lui renvoya Strike au moment où elle pénétrait sur l'autoroute. Comment ça se passe ?

— Bien, dit Robin.

— À d'autres », répliqua Strike.

Elle se remit à rire, un peu par réflexe, mais sa question l'agaça légèrement. Pourquoi une telle curiosité, alors que lui-même parlait si peu de sa vie avec Elin ?

« Il veut qu'on se remette ensemble.

— Bien entendu, dit Strike.

— Pourquoi "bien entendu" ?

— Si je n'ai pas le droit d'aller à la pêche, toi non plus. »

Robin ne savait trop comment prendre sa repartie. Pourtant, elle provoqua en elle un petit frisson de plaisir. C'était peut-être la toute première fois que Strike montrait qu'il la voyait comme une femme. Elle préféra remiser ce bref échange dans un coin de sa tête pour y réfléchir plus tard, quand elle serait seule.

« Il s'est répandu en excuses, il m'a demandé à plusieurs reprises de remettre ma bague de fiançailles », avoua Robin. Le peu de loyauté qu'il lui restait envers Matthew l'empêcha de mentionner qu'il avait pleuré et supplié. « Mais je… »

Elle s'en tint là. Strike aurait aimé en savoir plus mais ne posa pas d'autres questions. En revanche, il redescendit sa vitre pour fumer une autre cigarette.

*

Ils s'arrêtèrent au Hilton Park Services pour une pause-café. Pendant que Strike faisait la queue au

Burger King, Robin se rendit aux toilettes. Devant le miroir, elle vérifia son portable et, sans surprise, trouva un nouveau message de Matthew. Cette fois, il ne la suppliait plus du tout.

> **Si tu couches avec lui c'est fini pour de bon. Tu espères peut-être me rendre la monnaie de ma pièce mais sache que ça n'a rien à voir. Sarah ça remonte à loin, on était des gosses et je ne l'ai pas fait pour te blesser. Pense à ce que nous allons perdre, Robin. Je t'aime.**

« Désolée », marmonna Robin en s'effaçant pour laisser passer une jeune fille impatiente d'accéder au sèche-mains.

Elle relut le texto de Matthew. Une giclée de colère effaça le sentiment de pitié qu'elle remâchait depuis la poursuite de ce matin. Là, c'était vraiment lui, pensa-t-elle. **Si tu couches avec lui c'est fini pour de bon.** Il ne l'avait donc pas prise au sérieux quand elle avait retiré sa bague, quand elle lui avait dit qu'elle ne souhaitait plus l'épouser ? Ce ne serait fini « pour de bon » que lorsque lui, Matthew, l'aurait décidé ? **Ça n'a rien à voir.** Par principe, son infidélité à elle serait donc plus grave que la sienne. Pour lui, son voyage dans le nord n'était qu'une mesure de représailles : une femme assassinée, un meurtrier dans la nature, tout cela n'était qu'un prétexte pour le faire souffrir.

Va te faire foutre, pensa-t-elle en rangeant son portable dans sa poche. Elle repassa dans la salle où

Strike mangeait un double Croissan'Wich à la saucisse et au bacon.

À la vue de ses joues rouges, de sa mâchoire crispée, Strike supposa que Matthew s'était manifesté.

« Tout va bien ?

— Oui », dit Robin. Et pour l'empêcher de renchérir sur le sujet, elle sauta du coq à l'âne : « Bon, alors, allez-vous me parler de Brockbank ? »

Elle n'avait pas voulu se montrer agressive mais elle était exaspérée, d'abord par le toupet de Matthew et ensuite par la question que son message avait fait naître dans son esprit : où allaient-ils dormir la nuit prochaine ?

« Si vous voulez », dit Strike gentiment.

Il sortit son téléphone, afficha à l'écran la photo de Brockbank prise sur l'ordinateur de Hardacre et lui tendit l'appareil par-dessus la table.

Un visage tout en longueur, basané, d'épais cheveux bruns. Il n'avait pas la tête de tout le monde mais ne manquait pas de charme. Comme s'il lisait dans son esprit, Strike précisa :

« Il est plus laid que ça, aujourd'hui. Cette photo date de l'époque où il s'était engagé. Maintenant, il a une orbite enfoncée et une oreille en chou-fleur.

— Quelle taille fait-il ? demanda Robin en revoyant le coursier debout devant elle, avec sa tenue de motard et sa visière réfléchissante.

— Comme moi, voire plus.

— Vous l'avez connu à l'armée, disiez-vous ?

— Eh oui », dit Strike.

Un court instant, elle crut qu'il allait s'en tenir là, puis elle comprit la cause de son silence. Il attendait qu'un couple de gens âgés, qui cherchait un coin où s'asseoir, ne soit plus à portée de voix. Quand ils s'éloignèrent, Strike reprit :

« Il était major, 7e division blindée. Il a épousé la veuve d'un collègue. Elle avait deux petites filles. Ensuite ils ont eu un enfant ensemble, un garçon. »

Strike lui restitua tous les détails du dossier qu'il avait relu dernièrement. Il ne les avait jamais oubliés. C'était l'une de ces histoires qui vous hantent jusqu'à la fin de vos jours.

« La plus âgée de ses belles-filles s'appelait Brittany. Elle avait douze ans quand elle a confié à une copine de classe, en Allemagne, qu'elle était victime d'abus sexuels. La petite en a parlé à sa mère qui a prévenu les autorités. On a fait appel à nous – je ne l'ai pas interrogée personnellement, c'est une femme officier qui s'en est chargée. J'ai seulement vu la vidéo. »

Le plus horrible, c'était l'attitude de la gamine. Elle essayait de prendre un air détaché, de jouer à l'adulte. En fait, elle avait atrocement peur que sa famille subisse les conséquences de son aveu. Et donc, elle faisait tout pour revenir sur ses déclarations.

Bien sûr que non, elle n'avait jamais dit à Sophie qu'il avait menacé de tuer sa petite sœur si elle le dénonçait ! Non, Sophie ne mentait pas vraiment – c'était une blague, rien de plus. Si elle avait demandé à Sophie comment on faisait pour ne pas avoir de bébé c'était que… enfin, elle était curieuse, toutes les filles voulaient savoir ces trucs-là. Mais non, il n'avait jamais dit qu'il couperait sa mère en petits morceaux si elle parlait… Ces marques sur sa jambe ? Oh, ça… eh ben, c'était une blague aussi – c'était pour rire, tout ça – il lui avait dit qu'elle avait des cicatrices sur la jambe parce qu'il avait failli la lui couper quand elle était petite, mais que sa maman était arrivée et qu'elle l'avait vu faire. Il avait dit qu'il lui avait fait ça parce qu'elle avait marché sur ses parterres de fleurs quand elle était toute petite, mais en fait, c'était une blague – demandez à maman. En réalité, elle s'était pris les pieds dans des barbelés et, en voulant se libérer, elle s'était entaillé le mollet. Ils n'avaient qu'à poser la question à sa maman. Il ne l'avait jamais blessée. Jamais. Papa ne faisait pas ces choses-là.

Le rictus involontaire qui avait crispé son visage au mot « papa » restait gravé dans la mémoire de Strike : c'était la grimace d'un enfant qui doit avaler des tripes froides sous la menace d'une correction. Elle avait douze ans et elle savait que sa famille continuerait à vivre normalement à la seule condition qu'elle ferme son bec et subisse sans se plaindre tout ce que ce type lui faisait.

Dès leur premier entretien, Mrs. Brockbank lui avait fait mauvaise impression. Strike avait vu arriver une femme maigre, trop maquillée. Sans doute une victime elle aussi, à sa manière. Pourtant Strike avait eu le sentiment qu'elle avait sacrifié Brittany pour sauver ses deux autres enfants. Elle avait fermé les yeux quand son mari s'absentait longuement du domicile avec sa fille aînée. Refuser de savoir revenait à se rendre complice. Brockbank avait dit à Brittany qu'il étranglerait sa mère et sa sœur si jamais elle racontait ce qu'il lui faisait dans la voiture, durant leurs excursions dans les bois, ou dans des ruelles sombres. Il les découperait en petits morceaux et les enterrerait dans le jardin. Ensuite, il prendrait Ryan – son jeune fils, le seul membre de la famille auquel Brockbank semblait tenir – et s'en irait avec lui dans un lieu où personne ne les retrouverait jamais.

« C'était une blague, juste une blague. Il ne parlait pas sérieusement. »

Des petits doigts maigrelets qui remuaient tout le temps, des lunettes de traviole, ses pieds qui ne touchaient pas le sol. Le jour où Strike et Hardacre s'étaient rendus chez Brockbank pour procéder à son arrestation, elle n'avait toujours pas accepté qu'un médecin l'examine.

« Il était bourré quand on est entrés. Je lui ai annoncé la raison de notre venue et il s'est jeté sur moi en me menaçant avec une bouteille cassée.

« Je l'ai mis K.-O., dit Strike sans bravade. Mais j'ai eu tort. C'était inutile. »

Jamais il n'avait avoué ouvertement son erreur, même si Hardacre (qui l'avait soutenu mordicus durant l'enquête qui suivit) savait lui aussi que c'en était une.

« Mais il s'est jeté sur vous avec une bouteille…

— J'aurais dû le désarmer sans le frapper.

— Vous disiez qu'il était grand…

— Il était ivre mort. J'aurais très bien pu le maîtriser sans l'assommer. Hardacre était présent, on était deux contre un.

« Pour dire la vérité, j'étais content qu'il m'attaque. J'avais envie de cogner. Un crochet du droit, un seul, et il s'est écroulé – c'est comme ça qu'il s'en est sorti.

— Il s'en est sorti…

— Il a échappé à la prison, dit Strike. Comme s'il n'avait jamais rien fait de répréhensible.

— Mais comment cela ? »

Strike se resservit du café, les yeux dans le vague, perdu dans ses souvenirs.

« Ils l'ont emmené à l'hôpital, parce que, en reprenant connaissance après mon coup de poing, il a fait une violente crise d'épilepsie. Lésion cérébrale traumatique.

— Oh, mon Dieu, dit Robin.

— Ils ont dû l'opérer d'urgence pour stopper l'hémorragie. Ses crises ont continué. Ils ont diagnostiqué une lésion cérébrale, une névrose post-traumatique et une addiction à l'alcool. Il a été dispensé de comparution. Ses avocats s'en sont donné à cœur joie. On m'a inculpé pour coups et blessures.

« Heureusement, mes conseillers juridiques ont découvert qu'il avait disputé un match de rugby, le week-end avant son arrestation. En creusant un peu, ils ont appris qu'il s'était pris le genou d'un Gallois de 110 kilos dans la tête. Le choc l'avait étendu raide sur le terrain. Comme il était couvert de boue et d'hématomes, le jeune médecin qui s'était occupé de lui n'avait pas vu qu'il saignait de l'oreille. Il lui avait juste recommandé du repos. En fait, le toubib était passé à côté d'une fracture basale. C'est du moins ce qui est apparu quand mes avocats ont demandé à des spécialistes d'examiner les radios prises à l'issue du match. C'était l'avant gallois qui lui avait cassé la tête, pas moi.

« Et pourtant, si Hardy n'avait pas témoigné qu'il s'était jeté sur moi armé d'une bouteille, je me serais retrouvé dans une merde noire. Les juges ont fini par admettre que j'avais agi en état de légitime défense. Je ne pouvais ni savoir qu'il avait une fracture du crâne, ni prévoir les conséquences de mon geste.

« Entre-temps, ils ont trouvé de la pornographie infantile sur son ordinateur. La déposition de Brittany recoupait les témoignages des diverses personnes qui l'avaient souvent vue partir seule en voiture avec son beau-père. Ils ont interrogé son professeur qui leur a dit que Brittany était de plus en plus renfermée en classe.

« Il avait abusé d'elle pendant deux longues années, en menaçant de tuer sa mère et sa sœur si jamais elle parlait. Il avait réussi à lui faire croire qu'il avait tenté de lui couper la jambe, autrefois – d'où ces cicatrices de chaque côté du tibia – et qu'il aurait été jusqu'au bout si sa mère n'était pas arrivée à temps. La mère, quant à elle, disait qu'elle s'était blessée accidentellement durant sa petite enfance. »

Robin se tenait coite, les yeux écarquillés, les mains sur la bouche. Strike faisait peur à voir.

« Ils l'ont gardé à l'hôpital le temps de traiter ses crises d'épilepsie. Dès qu'on essayait de l'interroger, il simulait la confusion mentale, l'amnésie. Il avait un essaim d'avocats autour de lui : ils avaient flairé la bonne occase avec cette affaire d'agression doublée d'une erreur médicale. Il prétendait avoir été lui-même victime de maltraitance, que la pornographie infantile n'était qu'un symptômc de ses problèmes mentaux, de son alcoolisme. Brittany continuait à dire qu'elle avait tout inventé, la mère criait sur les toits que Brockbank n'avait jamais porté la main sur les enfants, que c'était un bon père, qu'elle avait déjà perdu un mari et qu'elle tenait à garder celui-là. De son côté, la hiérarchie militaire avait juste envie de clore le dossier.

« Il a été réformé pour invalidité, dit Strike dont le regard sombre se posa sur les yeux gris-bleu de Robin. Il en est sorti blanchi, avec des dommages et intérêts et une pension par-dessus le marché. Ensuite il est parti, avec Brittany dans ses bagages. »

24

Step into a world of strangers
Into a sea of unknowns...
Pénétrer dans un monde d'étrangers
dans un océan d'inconnus…

BLUE ÖYSTER CULT, « Hammer Back »

La Land Rover brinquebalante dévorait les kilomètres avec une stoïque efficacité mais, bien avant l'apparition des premières pancartes indiquant Barrow-in-Furness, le trajet avait commencé à paraître interminable. Sur la carte, le port semblait plus proche, la bourgade moins isolée. En fait, personne ne passait par Barrow-in-Furness, personne n'y faisait escale ; c'était un cul-de-sac.

En franchissant la bordure sud du Lake District, ils découvrirent un paysage champêtre : des moutons dans les prés, des murs en pierrcs sèches et des hameaux pittoresques qui rappelèrent à Robin son Yorkshire natal. Puis ils traversèrent Ulverston (« Patrie de Stan Laurel ») et aperçurent pour la première fois un large estuaire, signe qu'ils approchaient de la côte. Enfin, vers midi, ils entrèrent dans la zone industrielle par une route flanquée de hangars et d'usines. Au-delà se trouvait la ville elle-même.

« On va se chercher un truc à manger avant de débarquer chez Brockbank », dit Strike qui depuis cinq minutes étudiait le plan de Barrow. Pour se diriger, il refusait les appareils électroniques, au prétexte qu'une carte papier était consultable immédiatement sans attendre qu'elle se télécharge et ne disparaissait pas au moindre problème de réseau. « Il y a un parking par ici. Prenez à gauche au rond-point. »

Ils passèrent devant un portail cabossé, l'une des entrées du Craven Park, le stade des Barrow Raiders. Strike ouvrait grand les yeux au cas où Brockbank passerait dans le coin, et il en profitait pour s'imprégner des lieux. En bon Cornouaillais, il avait espéré apercevoir la mer ou, du moins, en sentir l'odeur. Mais jusqu'ici, on aurait tout aussi bien pu se trouver à des dizaines de kilomètres du rivage. On avait plutôt l'impression de traverser un gigantesque centre commercial de banlieue, avec de grandes enseignes logées dans des entrepôts sinistres et, çà et là, entre un magasin de bricolage et une pizzeria, la vision incongrue d'un joyau architectural rappelant l'époque où Barrow était une cité industrielle prospère. L'hôtel des douanes, une belle bâtisse Art déco, avait été reconverti en restaurant. Un collège technique victorien orné de statues classiques portait la devise *Labor omnia vincit*. Un peu plus loin, ils longèrent d'interminables alignements de logements ouvriers, rappelant les tableaux de L.S. Lowry.

« Je n'ai jamais vu autant de pubs », dit Strike tandis qu'ils pénétraient sur le parking. Il avait très envie d'une bière mais, influencé par l'adage latin au fronton du collège, se rangea à l'avis de Robin et se décida pour une cafétéria.

C'était une journée d'avril très ensoleillée ; une brise glacée soufflait depuis la mer invisible.

« On ne peut pas dire qu'ils se la jouent, ici », marmonna-t-il en découvrant le nom du café : Le Dernier Recours. Sur le trottoir d'en face, on avait Deuxième Chance, une boutique de fripes, et un mont-de-piété florissant. Contrairement à ce que laissait entendre son nom, Le Dernier Recours était un établissement confortable et propre, rempli de vieilles dames qui papotaient. Après s'être rassasiés, ils repartirent en direction du parking.

« Sa maison ne sera pas facile à surveiller s'il n'y a personne, dit Strike en montrant le plan à Robin une fois qu'ils eurent regagné leurs sièges dans la Land Rover. C'est une rue droite, en impasse. Pas un seul endroit où se cacher.

— L'idée ne vous a pas effleuré que Holly pourrait être Noel ? dit Robin sur un ton vaguement désinvolte tandis qu'ils s'éloignaient en voiture. Il aurait pu changer de sexe, non ?

— Si c'est le cas, on ne risque pas de le rater, répliqua Strike. Une femme de un mètre quatre-vingt-dix avec une oreille en chou-fleur, perchée sur des talons. Prenez à droite ici », dit-il en lisant l'enseigne du night-club au coin de la rue. La Dèche. « Bon sang, ils appellent un chat un chat, dans ce patelin ! »

Devant eux, un gigantesque bâtiment beige marqué BAE SYSTEMS bouchait complètement la vue sur le rivage. Un impressionnant bloc de béton d'une longueur incroyable, sans aucune ouverture.

« Je pense que la fameuse Holly doit être sa sœur ou peut-être une nouvelle épouse, dit Strike. À gauche maintenant… Elle a le même âge que lui. Très bien, nous cherchons Stanley Road… Comme c'est parti, on va se retrouver devant BAE Systems. »

Strike avait raison. Stanley Road courait en ligne droite entre une rangée d'habitations d'un côté et un grand mur garni de fil de fer barbelé de l'autre. Au-delà de cette barrière infranchissable s'élevait l'usine elle-même, une masse blanche, sinistre, fermée, effrayante rien que par sa taille.

« "Limite du site nucléaire" ? » lut Robin sur une pancarte accrochée au mur d'enceinte. La Land Rover roulait au pas.

« Ils construisent des sous-marins, dit Strike en levant les yeux vers la rangée de barbelés. La police a placé des panneaux d'interdiction un peu partout – regardez. »

Le cul-de-sac désert se terminait sur un petit parking, à côté d'un terrain de jeux pour enfants. En se garant, Robin nota la présence de plusieurs objets pris dans les fils métalliques, au sommet du mur. La balle avait probablement atterri là par accident, mais il y avait aussi une poussette rose de poupée tellement emmêlée dans la ferraille qu'elle était irrécupérable. La vue de ce jouet mit Robin étrangement mal à l'aise : quelqu'un l'avait jeté là-haut intentionnellement.

« Pourquoi vous descendez ? demanda Strike en faisant le tour du véhicule par l'arrière.

— Je…

— C'est moi qui m'occupe de Brockbank, enfin s'il est là, dit Strike en allumant une cigarette. Il n'est pas question que vous l'approchiez. »

Robin remonta en voiture.

« Évitez de lui cogner dessus, d'accord ? » murmura-t-elle en se retournant vers la silhouette qui s'éloignait vers la maison en boitant légèrement à cause de son genou raidi par le voyage.

Certaines habitations avaient des fenêtres bien astiquées, avec des bibelots sur le rebord intérieur ; d'autres arboraient des voilages plus ou moins grisâtres. Quelques-unes, plus rares, faisaient vraiment minables et la crasse accumulée sur les appuis de fenêtre laissait présager du reste. Strike allait arriver devant une porte d'entrée marron quand il s'arrêta net. Au bout de la rue, Robin vit apparaître plusieurs hommes portant des salopettes bleues et des casques de chantier. Brockbank faisait-il partie du groupe ? Strike s'était-il immobilisé à cause de cela ?

Non. Il répondait au téléphone, tout simplement. Il pivota sur lui-même, tournant le dos à la maison et aux ouvriers, et repartit vers Robin en marchant lentement, sans but précis, comme un homme trop absorbé par la conversation pour prendre garde à ce qui l'entourait.

Parmi les hommes en salopette, il y avait un grand brun barbu. Strike l'avait-il remarqué ? Robin descendit de la Land Rover et, feignant de rédiger un texto sur son portable, se mit à photographier les ouvriers, la fonction zoom réglée au maximum, jusqu'à ce que le groupe disparaisse derrière un coin de mur.

Strike s'arrêta à dix mètres d'elle. Il fumait en écoutant son interlocuteur. Au premier étage de la maison voisine, une femme aux cheveux gris les surveillait derrière ses carreaux. Pour détourner les soupçons, Robin décida de jouer la touriste et braqua son portable sur l'énorme usine nucléaire.

« C'était Wardle, maugréa Strike en la rejoignant. Le cadavre n'est pas celui d'Oxana Volochina.

— Comment le savent-ils ? demanda Robin, abasourdie.

— Oxana est rentrée chez elle à Donetsk voilà trois semaines. Pour le mariage d'un membre de sa famille – ils ne l'ont pas eue en direct mais ils ont parlé avec sa mère au téléphone. Elle a confirmé sa présence. Entre-temps, la logeuse s'est remise de son attaque, suffisamment du moins pour leur dire qu'Oxana l'avait prévenue qu'elle partait en vacances en Ukraine, d'où sa stupéfaction en découvrant le corps. Elle a également précisé que la tête congelée ne lui ressemblait pas du tout. »

Strike glissa son téléphone dans sa poche, le front soucieux. Il espérait que ce nouvel élément pousserait Wardle à orienter ses recherches vers un autre que Malley.

« Remontez en voiture », dit-il. Perdu dans ses pensées, il repartit vers la maison de Brockbank.

Robin reprit sa place au volant, sous le regard attentif de la vieille dame à sa fenêtre.

Deux policières équipées de dossards fluorescents marchaient vers Strike, lequel était en train d'actionner le heurtoir fixé sur la porte marron. Le choc du métal sur le bois résonna dans toute la rue. Comme personne ne se manifestait, Strike s'apprêtait à recommencer quand les policières se plantèrent derrière lui.

Robin se redressa sur son siège. Que venait donc faire la police ? Elle les vit discuter quelques secondes tous les trois puis se diriger ensemble vers la Land Rover.

Robin baissa sa vitre. Elle se sentait coupable, tout à coup, sans savoir de quoi.

« Elles demandent si je m'appelle Michael Ellacott, lui lança Strike quand il fut à portée de voix.

— Quoi ? » s'écria Robin, sidérée d'entendre prononcer le nom de son père.

Elle eut d'abord une idée absurde : Matthew avait envoyé la police à leurs trousses. Mais pourquoi leur aurait-il dit que Strike était son père ? Puis elle comprit de quoi il retournait et répondit en conséquence.

« La voiture est enregistrée au nom de mon père. J'ai fait quelque chose de mal ?

— Eh bien, vous êtes garée sur une double bande jaune, répondit sèchement l'une des policières. Mais nous ne sommes pas là pour ça. Vous avez pris des photos de l'usine. C'est bon, ajouta-t-elle en voyant la mine affolée de Robin. Vous n'êtes pas la première. On vous a repérée sur les caméras de sécurité. Puis-je voir votre permis de conduire ?

— Oh, gémit Robin en sentant sur elle le regard narquois de Strike. Je voulais juste… je pensais que ça ferait une photo sympa. Vous voyez, les fils barbelés, l'usine blanche, les nuages dans le fond… »

Mortifiée, elle tendit ses papiers en évitant de croiser les yeux de Strike.

« Mr. Ellacott est votre père, vous disiez ?

— Il nous a prêté sa voiture, c'est tout », dit Robin, redoutant que la police contacte ses parents et que ces derniers apprennent qu'elle était à Barrow, sans Matthew, sans bague et seule avec…

« Où vous habitez tous les deux ?

— Nous ne… nous ne sommes pas ensemble », dit Robin.

Ils donnèrent leurs noms et adresses.

« Vous êtes venu voir quelqu'un, Mr. Strike ? demanda la deuxième policière.

— Noel Brockbank, répondit-il vivement. Un vieil ami. Je passais par là et j'ai eu l'idée de lui faire une petite visite.

— Brockbank », répéta la policière en rendant son permis à Robin. Celle-ci se prit à espérer que la fliquette les renseignerait sur lui, ce qui compenserait la gaffe qu'elle venait de commettre. « C'est un nom courant par chez nous. Très bien, vous pouvez circuler. Mais plus de photos. »

« Je suis. Vraiment. Désolée », articula silencieusement Robin en se tournant vers Strike tandis que les policières repartaient d'où elles étaient venues. Il secoua la tête et sourit malgré son agacement.

« Une photo sympa… les barbelés… le ciel…

— Qu'auriez-vous dit à ma place ? Je ne pouvais tout de même pas leur avouer que je photographiais les ouvriers au cas où l'un d'eux serait Brockbank. Regardez. »

Malheureusement, quand elle afficha le cliché, elle vit que le plus grand des ouvriers avait les joues rouges, de grandes oreilles et presque pas de cou. Rien à voir avec l'homme qu'ils cherchaient.

La porte de la maison voisine s'ouvrit et la vieille dame qui les avait espionnés depuis sa fenêtre sortit en traînant un caddie en toile écossaise. À son air affable, Robin devina qu'elle avait assisté à leur échange avec les policières et que, voyant ces dernières repartir, elle avait conclu qu'ils n'étaient pas des espions.

« Ça arrive tout le temps », leur lança-t-elle. Sa voix retentit dans toute la rue. Elle ne disait pas « tout le temps » mais « tol'temps ». Robin fut étonnée par son accent cumbrien, elle qui était pourtant originaire du comté voisin. « Y z'ont mis des cam'ras partout. Y vérifient les plaques. On a l'habitude par'ci.

— Les Londoniens se repèrent vite », dit aimablement Strike. À ces mots, la femme s'arrêta un instant, poussée par la curiosité.

« Z'êtes de Londres ? Qu'est-ce qui vous amène par'ci ?

— On cherche un vieil ami. Noel Brockbank, dit Strike en désignant la maison, plus bas dans la rue. On a sonné mais personne n'a répondu. Il doit être au boulot, je suppose. »

Elle fronça les sourcils.

« Noel, z'avez dit ? Pas Holly ?

— Si elle est là, on aimerait bien la voir aussi.

— L'est au travail à c'theure, dit la voisine en regardant sa montre. È' bosse à la boulang'rie d'Vickertown. Sinon, ajouta-t-elle avec une pointe d'humour désabusé, z'avez qu'à essayer au Crow's Nest c'soir. È' y est tol'temps.

— On va passer par la boulangerie – pour lui faire la surprise, dit Strike. Où est-ce exactement ?

— La p'tite blanche, en allant vers Vengeance Street. »

Ils la remercièrent et la regardèrent s'éloigner, ravie d'avoir pu leur être utile.

« J'ai bien entendu ? marmonna Strike en dépliant sa carte d'un coup sec, une fois qu'ils eurent regagné la Land Rover. Vengeance Street ?

— Je crois que oui », dit Robin.

La boulangerie n'était pas bien loin. Ils traversèrent un pont au-dessus de l'estuaire où des voiliers tantôt se balançaient sur une eau marronnasse tantôt reposaient dans la vase. Les entrepôts, les bâtiments industriels dressés sur la rive laissèrent progressivement place à d'autres rangées de maisons mitoyennes, les unes en briques rouges, les autres couvertes d'un crépi incrusté de petits cailloux.

« Des noms de bateaux », supposa Strike tandis qu'ils parcouraient Amphitrite Street.

Vengeance Street suivait la pente d'une colline. Après avoir un peu tourné dans le quartier, ils tombèrent sur une petite boulangerie à la devanture peinte en blanc.

« C'est là », dit brusquement Strike. Robin venait de s'arrêter devant la porte en verre. « C'est forcément sa sœur, regardez-la. »

La boulangère était plus baraquée que bien des hommes, pensa Robin. Elle avait le visage allongé et le grand front de Brockbank, des petits yeux durs soulignés d'un épais trait de khôl, des cheveux noir corbeau tirés en queue-de-cheval, coiffure qui ne l'avantageait guère. Les manches très courtes du tee-shirt noir qu'elle portait sous son tablier blanc mettaient en valeur ses bras musclés, couverts de tatouages depuis l'épaule jusqu'au poignet. Un nombre impressionnant d'anneaux dorés ornait chacune de ses oreilles. À cause du pli vertical qui barrait son front entre ses sourcils, elle semblait perpétuellement de mauvaise humeur.

L'échoppe était bondée. En voyant Holly servir ses clients, Strike se rappela les petits pâtés de venaison qu'il s'était offerts à Melrose. Il se mit à saliver.

« Je mangerais bien encore un truc.

— On ne peut pas lui parler maintenant, dit Robin. Il vaudrait mieux la voir chez elle ou au pub.

— Vous pourriez entrer deux secondes et m'acheter un gâteau.

— On a mangé des friands il y a moins d'une heure !

— Et alors ? Je ne suis pas au régime.

— Moi non plus, remarquez », dit Robin.

Sa courageuse déclaration fit ressurgir à sa mémoire la robe-bustier qui l'attendait à Harrogate. Avait-elle vraiment renoncé à la porter ? Devait-elle vraiment tirer un trait sur les fleurs, le traiteur, les demoiselles d'honneur, la première danse à l'ouverture du bal ? À quoi bon tout cela, désormais ? Elle songea à l'argent gaspillé, aux cadeaux qu'il faudrait renvoyer, à la stupéfaction des amis, des parents quand elle leur annoncerait…

Il faisait froid dans la Land Rover, on y était mal assis et la fatigue commençait à se faire sentir, après toutes ces heures de conduite. L'espace d'une poignée de secondes – juste le temps que son cœur se serre – elle repensa à l'aventure de Matthew avec Sarah Shadlock et crut fondre en larmes.

« Ça vous ennuie si je fume ? » demanda Strike en descendant la vitre sans attendre sa réponse. Une bouffée d'air glacé s'engouffra dans l'habitacle. Robin ne trouva rien à redire ; après tout, il lui avait pardonné tout à l'heure, pour la police. Et peut-être que cette brise fraîche l'aiderait à se ressaisir avant qu'elle lui expose l'idée qu'elle avait en tête.

« Vous ne pouvez pas interroger Holly. »

Il se retourna vers elle en fronçant les sourcils.

« C'est bien beau de vouloir prendre Brockbank par surprise, mais si Holly vous reconnaît, elle l'avertira. Il va falloir que je vous remplace. J'ai un plan.

— Ah ouais ? Eh ben c'est hors de question, répondit platement Strike. Il y a de fortes chances pour qu'il vive avec elle ou deux rues plus loin. Ce mec est complètement fou. S'il sent qu'il y a anguille sous roche, il deviendra méchant. Je ne vous laisserai pas y aller seule. »

Robin resserra son manteau autour d'elle et répondit par une question :

« Allez-vous m'écouter, oui ou non ? »

25

There's a time for discussion and a time for a fight.

Il y a un temps pour la discussion et un temps pour le combat.

BLUE ÖYSTER CULT, « Madness to the Method »

Strike n'était pas absolument ravi mais force était de reconnaître que Robin avait raison. Son plan comportait quelques risques pour elle mais pas autant que si Holly prévenait son frère. Holly quitta son travail à dix-sept heures en compagnie d'une collègue, sans noter la présence de Strike derrière elle. Pendant ce temps, Robin garait la voiture au bord d'une route peu fréquentée, près d'un vaste marécage. Elle récupéra son sac à l'arrière puis échangea son jean contre un pantalon plus chic, bien que froissé.

Elle franchissait le pont dans l'autre sens pour regagner le centre-ville quand Strike l'appela pour l'informer qu'au lieu de rentrer chez elle, Holly filait droit vers le pub au bout de sa rue.

« Génial, à mon avis ce sera plus facile comme ça », hurla Robin. Son portable réglé sur haut-parleur était posé sur le siège passager. La Land Rover faisait un bruit d'enfer.

« Quoi ?

— Je disais, à mon avis… peu importe, j'y suis presque ! »

Strike l'attendait devant le Crow's Nest, à l'entrée du parking. Il ouvrait la portière pour monter quand Robin lui souffla : « Baissez-vous, vite ! »

Holly venait d'apparaître sur le seuil, une pinte à la main. Elle était plus grande et deux fois plus large que Robin, dans son tee-shirt noir à manches courtes et son jean. Elle alluma une cigarette et se mit à scruter le paysage qu'elle devait connaître par cœur. Ses petits yeux s'arrêtèrent une seconde sur la Land Rover inconnue.

La tête dans les épaules, Strike essaya de se faire tout petit sur son siège. Robin appuya sur l'accélérateur et s'éloigna aussitôt.

« Je suis sûr de ne pas avoir croisé son regard quand je la filais, dit Strike en se redressant.

— Oui mais quand même, il vaut mieux faire profil bas, répondit Robin. Au cas où elle vous aurait aperçu et qu'elle s'en souvienne.

— Désolé, j'oubliais que vous aviez reçu les félicitations du jury, dit Strike.

— Oh, la ferme, répliqua-t-elle.

— Je plaisantais », dit-il, surpris par la brusquerie de sa réponse.

Robin trouva une place discrète entre deux voitures, un peu plus loin sur la route. Puis elle sortit de sa poche un petit paquet qu'elle avait acheté plus tôt dans l'après-midi.

« Vous m'attendez ici.

— Vous rigolez ? Je serai sur le parking du Crow's Nest, au cas où Brockbank se ramènerait. Donnez-moi les clés. »

Elle les lui remit de mauvaise grâce et s'en alla. Strike la regarda marcher vers le pub en se demandant pourquoi elle avait réagi si vivement à son trait d'humour. Peut-être parce que Matthew avait accueilli sa belle réussite avec mépris.

Le Crow's Nest se trouvait dans un virage en épingle, au croisement de Ferry et Stanley Roads. C'était une robuste bâtisse en briques rouges dont la forme évoquait un peu celle d'un tambour. Holly se tenait toujours sur le seuil, à fumer tout en sirotant sa bière. Robin avait un poids sur l'estomac. Elle s'était portée volontaire : maintenant elle ne devait plus compter que sur elle-même pour localiser Brockbank. Elle se sentait tellement bête d'avoir attiré sur eux l'attention de la police, tout à l'heure, que la plaisanterie douteuse de Strike l'avait fait monter sur ses grands chevaux ; elle lui avait rappelé Matthew et ses petites remarques pernicieuses. Après l'avoir félicitée du bout des lèvres pour les excellentes notes obtenues à l'issue de son stage de contre-surveillance, il avait laissé entendre que ces techniques relevaient du simple bon sens.

Son portable sonna dans la poche de son manteau. Consciente du regard de Holly posé sur elle tandis qu'elle s'approchait, Robin vérifia le nom sur l'écran.

Sa mère. Estimant que rejeter l'appel pourrait éveiller les soupçons, Robin décrocha.

« Robin ? dit la voix de Linda pendant que sa fille passait à côté de Holly sans lui accorder un regard. Tu es à Barrow-in-Furness ?

— Oui. » Elle avait le choix entre deux portes. Elle poussa celle de gauche et pénétra dans une grande salle vieillotte, haute de plafond. Deux hommes en salopette bleue jouaient au billard près de l'entrée. Robin sentit – plus qu'elle ne vit – les regards converger vers elle. Pour éviter tout contact visuel, elle poursuivit son chemin jusqu'au comptoir en discutant avec sa mère.

« Que fais-tu là-bas ? » demanda Linda. Et, sans attendre la réponse : « La police nous a appelés pour vérifier que papa t'avait bien prêté la voiture !

— Il s'agit d'un simple malentendu. Maman, je ne peux pas te parler maintenant. » La porte s'ouvrit derrière elle. Holly entra, ses bras tatoués croisés sur la poitrine, et se mit à l'examiner d'un regard oblique dans lequel Robin crut déceler de l'hostilité. En dehors de la serveuse aux cheveux courts, elles étaient les deux seules femmes dans ce bar.

« On a appelé chez vous, poursuivit sa mère sans l'écouter. Matthew a dit que tu étais partie avec Cormoran.

— Oui.

— Et quand j'ai demandé si vous auriez le temps de passer déjeuner ce week-end…

— Qu'est-ce que j'irais faire à Masham ce week-end ? » s'étonna Robin. Du coin de l'œil, elle vit Holly se percher sur un tabouret de bar pour discuter avec des ouvriers de l'usine BAE.

« C'est l'anniversaire du père de Matthew, dit sa mère.

— Oh, mais oui, bien sûr. » Elle avait complètement oublié. Une réception devait avoir lieu à cette occasion. La date était inscrite sur son calendrier depuis si longtemps qu'elle ne la voyait plus. En effet, ils avaient prévu de se rendre à Masham ce week-end.

« Robin, est-ce que tout va bien ?

— Je te le répète, maman, je ne peux pas te parler maintenant.

— *Tu vas bien ?*

— Mais oui ! s'énerva Robin. Très très bien. Je te rappelle plus tard. » Elle raccrocha et se tourna vers le comptoir. La serveuse qui attendait sa commande la gratifia du même regard inquisiteur que la vieille dame à sa fenêtre, sur Stanley Road. Mais ici, Robin ressentit une couche de méfiance supplémentaire. Rien à voir avec le chauvinisme que les autochtones manifestent parfois à l'égard des étrangers. C'était plutôt l'attitude qu'on observe chez les gens soumis à une obligation de confidentialité. Le cœur de Robin battait un peu plus vite que d'habitude quand elle lança courageusement :

« Bonjour, je ne sais pas si vous pouvez m'aider. Je cherche Holly Brockbank. On m'a dit qu'elle serait peut-être ici. »

La serveuse prit le temps de réfléchir avant de répondre, impassible :

« C't'elle, là-bas au comptoir. Vous prenez quequ'chose ?

— Un verre de blanc, s'il vous plaît. »

La femme qu'elle avait choisi d'incarner buvait du vin, bien entendu. Et elle n'était pas du genre à se laisser impressionner par la mine soupçonneuse de la serveuse, les regards en coin de Holly et les œillades concupiscentes des joueurs de billard. C'était une personne sereine, clairvoyante et ambitieuse.

Robin paya son verre et se dirigea aussitôt vers Holly et ses trois comparses accoudés au comptoir. Dès qu'ils la virent approcher, leur curiosité se mua en défiance.

« Bonjour, lança cordialement Robin. Vous êtes Holly Brockbank ?

— Ouais, dit Holly d'un air sinistre. Et vous, qui qu'vous z'êtes ?

— Pardon ? »

Avec ces regards moqueurs braqués sur elle, Robin dut faire appel à toute sa volonté pour garder son sourire en place.

« Qui… êtes… viou ? répéta Holly en imitant l'accent londonien.

— Je m'appelle Venetia Hall.

— Ooh, ça c'est pô d'chance », dit Holly en adressant un immense sourire au type assis à côté d'elle, lequel ricana bêtement.

Robin sortit de son sac à main une carte de visite imprimée dans le centre commercial où elle avait fait une courte incursion l'après-midi même, pendant que Strike surveillait Holly devant la boulangerie. C'était lui qui avait eu l'idée d'utiliser le deuxième prénom de Robin. « Ça vous donnera un petit côté snob. »

Robin lui tendit la carte en plantant son regard dans ses yeux noircis de khôl et répéta : « Venetia Hall. Je suis avocate. »

Le grand sourire de Holly s'effaça d'un coup. Elle fronça les sourcils, prit la carte – l'une parmi les deux cents que Robin avait acquises pour la modeste somme de 4 £ 50 – et lut :

HARDACRE ET HALL
Réparation des dommages corporels
Venetia Hall
Associée
Tél : 0888 789654
Fax : 0888 465877 Email : venetia@h&hlegal.co.uk

« Je cherche votre frère Noel, dit Robin. Nous…

— Comment qu'vous m'avez trouvée ? »

On aurait dit un chat qui se hérisse pour impressionner l'ennemi.

« Une de vos voisines m'a parlé de ce bar. »

Les compagnons de Holly prirent un air entendu. Robin se jeta à l'eau :

« Notre cabinet a peut-être de bonnes nouvelles à annoncer à votre frère. Voilà pourquoi nous le cherchons.

— J'sais pas où qu'il est et j'm'en bats l'œil. »

Deux de ses compagnons se retranchèrent vers une table. Le seul à rester semblait prendre un certain plaisir à observer la mine déconfite de Robin. Après avoir vidé son verre, Holly poussa une pièce vers lui sur le comptoir pour qu'il lui en commande un autre, descendit de son tabouret et se dirigea d'un bon pas vers les toilettes en gardant les bras collés au corps, comme un homme.

« Son frangin et elle, y s'causent pus », dit la serveuse qui s'était glissée le long du comptoir, histoire d'écouter leur conversation. Elle semblait un peu embêtée pour Robin.

« J'imagine que vous non plus vous ne savez pas où est Noel ? essaya Robin sans trop d'espoir.

— Ça doit faire un an, même plus, qu'on l'a pas vu, dit la serveuse, pensive. T'sais où l'est, Kev ? »

L'homme se contenta de hausser les épaules avant de commander la pinte pour Holly. À en juger par son accent, il venait de Glasgow.

« Eh bien, c'est fort dommage », dit Robin d'une voix claire, malgré les battements frénétiques de son cœur. Elle redoutait de revenir vers Strike les mains vides. « La famille aurait peut-être droit à une indemnité substantielle. Si seulement j'arrivais à le retrouver… »

Elle fit mine de partir.

« Le fric, c'est pour la famille ou pour lui ? l'interpella brusquement l'homme de Glasgow.

— Tout dépend », dit froidement Robin en pivotant sur les talons. Venetia Hall n'avait aucune raison d'être aimable avec des tierces personnes. « Si des membres de la famille ont eu l'occasion de s'occuper de lui, de le soigner… mais j'ai besoin de détails pour en juger. Il est arrivé que certains parents touchent des sommes non négligeables », mentit Robin.

Holly revenait des toilettes. Quand elle vit que Robin parlait à Kevin, son expression s'assombrit dangereusement. Le cœur battant, Robin se dirigea à son tour vers les toilettes en se demandant si la fable qu'elle venait d'inventer porterait ses fruits. Mais au moment où elle croisa Holly, elle redouta un peu de se retrouver assommée entre deux lavabos.

Pourtant, à son retour, Holly et Kevin étaient en grand conciliabule. Il ne fallait pas pousser trop loin le bouchon, songea Robin. Si Holly ne mordait pas à l'hameçon, elle laisserait tomber. Robin serra d'un cran la ceinture de son manteau, passa devant eux d'une démarche assurée et prit le chemin de la sortie.

« Hé !

— Oui ? » fit Robin, toujours glaciale. Après tout, Holly l'avait traitée avec grossièreté et Venetia Hall avait l'habitude qu'on lui témoigne du respect.

« C'est bon, de quoi qu'y s'agit ? »

Kevin semblait désireux de rester mais, visiblement, il n'était pas encore assez intime avec Holly pour qu'elle l'implique dans ses affaires financières. Il s'éloigna, mécontent, pour aller se poster devant une machine à sous.

« On a qu'à s'mett' là-bas pour causer », dit Holly en prenant son verre. Elle lui montra une table à l'écart, à côté d'un piano.

Des bateaux en bouteille garnissaient le rebord de la fenêtre : de jolis objets fragiles, surtout comparés aux monstres d'acier qui se construisaient à deux pas dc là, derrière le grand mur d'enceinte. Les motifs alambiqués de la moquette dissimulaient sans doute des milliers de taches ; les plantes derrière les rideaux avaient un air penché, tristounet. Pourtant, ces éléments de décor disparates, ajoutés aux trophées sportifs, créaient une ambiance chaleureuse. Et des salopettes bleu vif des consommateurs se dégageait une impression de fraternité.

« Le cabinet Hardacre et Hall représente un groupe de militaires ayant reçu hors combat des blessures graves et évitables, dit Robin en démarrant son speech. Au cours de nos recherches, le cas de votre frère est parvenu à notre connaissance. Évidemment, nous ne pouvons rien promettre avant de l'avoir rencontré, mais nous serions ravis d'ajouter son nom à la liste des demandeurs. Son affaire correspond aux critères de celles que nous espérons gagner. S'il accepte de nous rejoindre, nous bénéficierons d'un moyen de pression supplémentaire lors du procès contre l'armée. Plus il y a de plaignants, mieux c'est. Bien sûr, si jamais nous sommes déboutés, Mr. Brockbank n'aura rien à payer. Sans indemnités, pas d'honoraires », conclut-elle en citant la pub à la télé.

Holly ne répondit rien. Son visage pâle était fermé à double tour. À chacun de ses doigts, hormis l'annulaire, brillaient des bagues en or de piètre qualité.

« Kevin disait qu'y avait d'l'argent pour la famille.

— Oh oui, repartit gaiement Robin. Si les blessures de Noel vous ont atteinte, en tant que parente…

— Ça, c'est l'moins qu'on puisse dire, grommela Holly.

— En quoi ? » demanda Robin en sortant un calepin de son sac en bandoulière. Elle attendit, prête à noter.

Robin comprenait que, pour lui soutirer un maximum d'informations, elle aurait comme alliés l'alcool et le sentiment d'injustice. Holly avait baissé la garde. Robin la sentait prête à déballer le genre d'histoire que l'avocate semblait désireuse d'entendre.

Mais pour cela, Holly devait d'abord réparer la mauvaise impression qu'elle avait donnée en maugréant contre son frère. Elle prit donc soin d'évacuer toute animosité de son discours. Noel s'était engagé à l'âge de seize ans. Il avait tout donné pour l'armée. Ça ouais. Les gens ne mesuraient pas tous les sacrifices que faisaient les soldats… Robin savait-elle que Noel était son jumeau ? Eh ouais, nés un 25 décembre… Noel et Holly…

En édulcorant la biographie de son frère, elle-même s'élevait aussi. L'homme qui avait cohabité neuf mois avec elle, dans la même matrice, n'était pas n'importe qui. Il avait payé de sa personne, voyagé, combattu, pris du galon. Sa bravoure, son audace rejaillissaient sur elle, la jumelle qu'il avait laissée au pays.

« … l'a marié une femme, Irène qu'è s'appelait. Une veuve. L'a prise avec ses deux gosses. Seigneur. Une bonne action ne reste pas impunie, c'est ça qu'on dit ?

— Qu'entendez-vous par là ? demanda poliment Venetia Hall en aspirant un doigt de la piquette tiède qui stagnait dans son verre.

— Y s'sont mariés, y z'ont eu un gamin. Un joli p'tit gars… Ryan… gentil comme tout. Ça fait quoi… six ans qu'on l'a pas vu ? Sept ans ? C'te garce. Ouais, la Irène è' s'est tirée un jour qu'il était au docteur. L'a pris les gosses avec elle… Noel il était dingue de ce p'tit, j'vous jure. Pour le meilleur et pour le pire, qu'y disent ! Salope de bonne femme. L'a largué quand il avait l'pusse besoin… Sale garce. »

Ainsi donc, Noel et Brittany n'étaient plus en contact depuis longtemps. Ou alors s'était-il lancé sur les traces de la belle-fille qu'il estimait sans doute responsable de son infirmité, au même titre que Strike ? s'interrogeait Robin. Son cœur battait la chamade mais elle restait impassible. Elle aurait bien aimé tenir Strike au courant au fur et à mesure par texto.

Après le départ de sa femme, Noel avait débarqué sans prévenir dans la vieille maison familiale sur Stanley Road, un minuscule trois-pièces réparti sur deux étages où Holly avait toujours vécu et qu'elle occupait seule depuis la mort de son beau-père.

« J'l'ai hébergé, dit Holly en se redressant sur son siège. La famille c'est sacré. »

Elle ne fit aucune allusion à Brittany. Holly voulait passer pour une parente dévouée, soucieuse du bien-être de son frère. C'était de la poudre aux yeux mais Robin avait assez d'expérience en la matière pour savoir qu'on trouvait des pépites d'or dans les plus vulgaires scories.

Robin se demanda si Holly savait que son frère avait été accusé d'abus sexuel sur mineure : la chose s'était passée en Allemagne, après tout, et aucune charge n'avait été retenue contre lui. Pourtant, si Brockbank avait réellement subi des lésions cérébrales, aurait-il eu la présence d'esprit de taire la cause de son renvoi ignominieux de l'armée ? S'il avait été innocent et perturbé mentalement, n'aurait-il pas dénoncé haut et fort l'injustice qui l'avait conduit à l'indigence ?

Robin lui commanda une troisième pinte et s'arrangea pour obtenir d'elle une description de Noel après qu'il eut été réformé pour invalidité.

« L'était pus l'même. L'avait des crises. Y prenait plein d'médicaments. Moi j'commençais juste à souffler. M'étais occupée du beau-père – l'avait fait une attaque – et vlan, rebelote. V'là le Noel qui s'ramène, 'vec ses convulsions et tout… »

La fin de sa phrase fut noyée dans la bière.

« C'est dur, admit Robin, penchée sur son petit calepin. Des troubles du comportement ? Les familles disent souvent que c'est cela le plus pénible.

— Ouais, dit Holly. Sûr que c'coup sur la tête lui a pas arrangé l'caractère. Deux fois, l'a tout cassé dans la maison. L'était tout l'temps en pétard.

« L'est célèb' à c't'heure, ajouta-t-elle d'un air sombre.

— Pardon ? fit Robin, déconcertée.

— L'gadjo qui l'a cogné !

— Le gadj…

— C't'enflure de Cameron Strike !

— Ah oui. J'ai entendu parler de lui.

— Détective privé qu'y est maint'nant, c'putain d'enfoiré. On cause de lui dans les journaux ! L'était flic pour l'armée quand l'a cogné sur Noel… pauv'gars, l'est handicapé à vie à cause de c'salaud… »

Elle poursuivit sa diatribe. De son côté, Robin prenait des notes en attendant qu'elle lui explique pourquoi la Police militaire était venue arrêter son frère. Mais soit elle l'ignorait, soit elle ne voulait rien dire. Il y avait au moins une chose de sûre : Noel Brockbank avait rejeté sur Strike l'entière responsabilité de son épilepsie.

Holly avait vécu une année de purgatoire. Pour évacuer sa colère, sa frustration, Noel s'était défoulé sur sa sœur jumelle et tout ce qui lui tombait sous la main dans la maison. Ensuite, il s'était trouvé une place de videur à Manchester, grâce à un vieux copain de Barrow.

« Il était donc apte à exercer un emploi ? s'étonna Robin après le portrait qu'avait brossé Holly d'un homme incapable de se maîtriser, toujours au bord de la crise de nerfs.

— Ouais, enfin bon, tant qu'y picolait pas et qu'y prenait ses médocs. J'étais contente qu'y s'tire. Y commençait à m'sortir par les yeux à force », ajouta Holly qui venait de se rappeler qu'il y avait de l'argent à la clé, pour peu qu'elle démontre combien elle avait souffert. « J'avais des attaques de panique. Chuis allée voir mon toubib. C'est dans mon dossier. »

Les dix minutes suivantes furent consacrées à la description du calvaire qu'elle avait vécu à cause du mauvais comportement de son frère. De temps à autre, Robin opinait d'un air consterné, en répétant pour l'encourager : « Oui, j'ai déjà entendu cela de la bouche d'autres parents », et « Oh oui, il faudra ajouter cette précision à notre requête ». Robin proposa une quatrième pinte à son interlocutrice, toujours plus accommodante.

« Celle-là, j'la paie, dit Holly en faisant semblant de se lever.

— Non, non, je les mettrai sur ma note de frais », dit Robin. En attendant que la McEwan's arrive sur le comptoir, elle consulta son portable. Elle ignora un nouveau texto de Matthew et ouvrit celui de Strike.

Tout va bien ?

Oui, répondit-elle.

« Donc votre frère vit à Manchester actuellement ? rembraya-t-elle en revenant s'asseoir à la table.

— Non, dit Holly après s'être accordé une bonne gorgée. L'a été viré.

— Non ! s'indigna Robin, le crayon en l'air. S'il a été renvoyé à cause de son état de santé, nous pouvons intenter une action pour licenciement abusif…

— C'est pas à cause de ça. » Une étrange expression passa sur le visage maussade de Holly, comme un éclair argenté entre deux nuages noirs. Quelque chose d'intense insistait pour sortir.

« L'est rev'nu, et tout a r'commencé… »

De nouveau, la violence, les crises de fureur, les dégâts dans la maison… À la suite de quoi, Brockbank s'était dégoté un nouveau boulot, un poste dans la « sécurité », avait-il dit sans entrer dans les détails, et il était parti pour Market Harborough.

« Après, l'est encore rev'nu, dit Holly.

— Donc il est ici à Barrow ? demanda Robin, le cœur battant.

— Non. » Holly était tellement saoule qu'elle avait du mal à suivre le fil de son histoire revue et corrigée. « L'est resté deux s'maines mais c'coup-ci, j'ai dit qu'j'y enverrai les flics si y s'repointait. Et là, l'est parti pour de bon. Faut qu'j'aille pisser, dit Holly. Et après, j'me f'rais bien une clope. Vous fumez ? »

Robin fit signe que non. Holly réussit à se lever et partit en titubant vers les toilettes. Robin profita de ce temps mort pour écrire à Strike.

Il n'est pas à Barrow. Elle est ivre. Je la travaille encore un peu. Elle va sortir fumer, restez planqué.

À peine eut-elle appuyé sur la touche d'envoi qu'elle regretta les deux derniers mots, craignant qu'ils ne suscitent une nouvelle allusion ironique à son stage de formation. Mais la réponse qui lui parvint presque aussitôt ne comportait que deux mots :

Ça marche.

Enveloppée d'une puissante odeur de Rothmans, Holly finit par la rejoindre avec, dans une main, un verre de blanc qu'elle déposa devant Robin et, dans l'autre, une pinte de bière. Sa cinquième.

« Merci beaucoup, dit Robin.

— C'est sûr, reprit Holly d'une voix geignarde, comme si elle ne s'était jamais absentée. Question santé, j'en ai bavé quand y traînait par ici.

— Je vous crois sur parole. Donc, Mr. Brockbank habite… ?

— L'était violent. J'vous ai raconté la fois où y m'a j'tée tête la première dans la porte du frigo.

— Oui, c'est fait, dit patiemment Robin.

— Et y m'a collé un œil au beurre noir quand j'ai voulu l'empêcher d'casser la vaisselle…

— Horrible. Vous aurez droit à des dommages-intérêts, certainement », mentit Robin. Surmontant sa culpabilité, elle plongea au cœur du sujet : « Nous supposions que Mr. Brockbank vivait à Barrow parce que c'est ici que sa pension lui est versée. »

Après quatre pintes et demie, Holly réagissait bien plus lentement. Son visage avait pris un certain éclat depuis qu'elle espérait toucher une indemnité en compensation de ses souffrances. Même la ride que la vie avait gravée entre ses sourcils et qui lui donnait l'air d'être constamment en colère semblait moins creusée qu'avant. Et pourtant, dès qu'elle entendit Robin évoquer la pension de son frère, elle se replaça sur la défensive.

« Non, c'est pas vrai, dit-elle.

— D'après nos documents, c'est pourtant le cas », insista Robin.

Dans le coin, la machine à sous se mit à clignoter en faisant retentir sa petite mélodie synthétique ; des boules de billard s'entrechoquèrent avant d'atterrir au fond de la poche avec un bruit sourd ; les accents de Barrow se mêlaient aux accents écossais. Et soudain, Robin comprit que son intuition était juste. Holly détournait la pension militaire de son frère.

« Évidemment, renchérit-elle sur un ton assez léger pour désamorcer la tension, nous sommes bien conscients que Mr. Brockbank ne s'occupait pas forcément de ces choses-là. Les parents sont parfois autorisés à toucher l'argent à la place du bénéficiaire, en cas de handicap.

— Ouais, c'est ça », s'empressa de répondre Holly. Les taches rouges qui constellaient son visage pâle lui donnaient presque un air juvénile, malgré les tatouages et les innombrables piercings. « J'ai fait ça quand il est v'nu habiter ici, la première fois. Quand il avait ses crises. »

S'il était à ce point handicapé, pensa Robin, *pourquoi a-t-il fait transférer sa pension à Manchester, puis à Market Harborough, puis de nouveau à Barrow ?*

« Et maintenant, vous continuez à lui envoyer les sous ? », demanda-t-elle. Son cœur se remit à battre à tout rompre. « Ou alors, est-il en état de percevoir lui-même sa pension ?

— Écoutez », dit Holly.

Le tatouage des Hell's Angels qui s'étalait en haut de son bras, un crâne coiffé d'un casque ailé, se plissa au moment où elle se pencha vers Robin. Son haleine empestait la bière, le tabac et le sucre, mais Robin resta stoïque.

« Écoutez, répéta Holly. Est-ce qu'on touche des indemnités quand on a été… blessé… ou un truc dans le genre ?

— Oui, absolument.

— Et si on a été… si les services sociaux devaient… devaient faire un truc qu'ils n'ont pas fait ?

— Tout dépend des circonstances.

— Not' mère est partie quand on avait neuf ans. È nous a laissés avec le beau-père.

— Je suis désolée, dit Robin. C'est affreux.

— Dans les années 70, tout le monde s'en fichait d'ces histoires de maltraitance. »

Robin sentit une boule de plomb se former au creux de son ventre. Holly soufflait son haleine fétide sous son nez, sa peau tachée de rouge était à vingt centimètres de ses yeux. Elle n'imaginait pas une seule seconde que la gentille avocate qui lui promettait monts et merveilles n'était en fait qu'un mirage.

« Y nous l'a fait à tous les deux, lâcha Holly. L'beau-père. On était p'tits. On s'cachait sous les lits. Et après, Noel, y m'l'a fait à moi. Savez, ajouta-t-elle d'un air grave, des fois il était sympa, Noel. On était proches étant mômes. 'fin bref, quand il a eu seize ans, y nous a quittés pour entrer dans l'armée. » À sa voix, on devinait qu'elle se sentait doublement trahie.

Robin estimait avoir assez bu mais elle attrapa son verre et s'enfila une bonne gorgée de vin blanc. Holly avait donc été violée par deux hommes dont le second l'avait protégée du premier : le moindre des deux maux.

« Un gros salaud, c'type », reprit-elle. Robin comprit qu'elle parlait du beau-père, pas du jumeau qui avait abusé d'elle avant de s'enfuir à l'étranger. « L'a eu un accident de travail quand moi j'avais seize ans, alors après, y m'a pus trop emmerdée. Produits chimiques industriels. L'enculé. Y pouvait pus s'lever. Y s'bouffait des tas de cachets cont' la douleur, et d'autres cochonneries. Et après, l'a eu son attaque. »

L'expression malveillante sur le visage de Holly disait quel genre de soins elle avait administré au beau-père.

« Enculé, répéta-t-elle à mi-voix.

— Avez-vous suivi une thérapie ? » s'entendit demander Robin.

Là, pour le coup, je parle comme une vraie snobinarde.

Holly renifla.

« Putain, non. Z'êtes la première à qui qu'j'en cause. Z'avez d'jà entendu des tas d'histoires comme ça, hein ?

— Oh oui, des tas », dit Robin. Elle lui devait bien ça.

« La dernière fois que j'l'ai vu, j'y ai dit à Noel, bafouillait-elle. J'y ai dit dégage et pour de bon.

Sinon, j'vais à la police et j'déballe tout. Et on verra c'qu'y z'en pensent, avec en plus ces gamines qu'arrêtent pas de dire qu'tu les as tripotées. »

La bibine tiède tourna au vinaigre dans la bouche de Robin.

« C'est pour ça qu'il a perdu son job à Manchester. Une gosse de treize ans. Et il a r'mis ça à Market Harborough, j'imagine. Chaque fois qu'y s'pointait à la maison, y voulait pas m'dire pourquoi. Mais moi, j'savais bien qu'y avait r'mis ça. L'avait été à bonne école. Dites, j'peux lui faire un procès ? »

Robin redoutait d'aggraver la situation de la pauvre femme en lui donnant un conseil mal avisé.

« Je crois que le mieux serait d'aller voir la police. Où est votre frère ? insista-t-elle, impatiente d'obtenir sa réponse pour pouvoir s'en aller très vite.

— J'en sais rien. Quand j'y ai parlé d'la police, l'a pété un câble, mais après… »

Elle marmonna quelques mots incompréhensibles, parmi lesquels Robin crut entendre « pension ».

Il lui a donné sa pension pour qu'elle n'aille pas tout raconter à la police.

Et depuis, elle se tuait à petit feu avec l'alcool qu'elle achetait grâce à l'argent que son frère lui avait refilé en échange de son silence. Holly se doutait qu'il continuait à « tripoter » des jeunes filles… Avait-elle eu vent des accusations de Brittany ? S'en souciait-elle ? Ou le tissu cicatriciel couvrant ses propres blessures était-il si épais que les souffrances d'autrui ne l'atteignaient plus ? Elle continuait à vivre dans la maison où tout cela était arrivé, une maison qui donnait sur des fils barbelés, des briques… Pourquoi n'était-elle pas partie ? se demanda Robin. Pourquoi n'avait-elle pas déguerpi, comme Noel ? Pourquoi restait-elle face à ce grand mur aveugle ?

« Vous n'auriez pas un numéro où je pourrais le joindre ? Ou n'importe quoi d'autre ?

— Non, dit Holly.

— C'est vraiment dommage. Il y a beaucoup d'argent en jeu. Si au moins vous pouviez me fournir une piste, un contact, dit Robin trop découragée pour continuer à prendre des gants.

— Y a un endroit, bredouilla Holly après s'être longuement creusé la cervelle, le regard braqué sur son portable. À Market Harborough… »

Il leur fallut un bon moment pour retrouver le numéro du dernier employeur de Noel, mais elles y parvinrent. Robin prit note, sortit un billet de dix livres de son porte-monnaie et le tendit à Holly.

« Merci, vous m'avez beaucoup aidée. Vraiment.

— Sont tous pareils, les gadjé, pas vrai ? Tous pareils.

— Oui, dit Robin sans comprendre. On reste en contact. J'ai votre adresse. »

Elle se leva.

« Ouais. À plus. Les gadjé. Tous pareils.

— Elle parle des hommes », dit la serveuse venue ramasser les verres vides posés devant Holly. Elle sourit devant l'air confus de Robin. « Un gadjo, c'est un homme. Elle dit que les hommes sont tous pareils.

— Oui, bien sûr, bredouilla Robin sans trop réfléchir à ce qu'elle disait. Je suis bien d'accord. Merci beaucoup. Au revoir, Holly… Prenez soin de vous… »

26

Desolate landscape,
Storybook bliss…
Paysage de désolation,
Proverbiale félicité…

Blue Öyster Cult, « Death Valley Nights »

« Une perte pour la psychologie mais un gain pour la science policière, dit Strike. Vous avez fait des merveilles, Robin. »

Il leva sa canette de McEwan's pour lui porter un toast. Robin et Strike mangeaient leur fish and chips dans la Land Rover garée non loin de l'Olympic Takeaway dont les vitres éclairées renforçaient l'obscurité alentour. Les silhouettes qui passaient à intervalle régulier devant les rectangles lumineux se métamorphosaient en êtres humains à trois dimensions dès qu'elles entraient dans l'échoppe bondée et redevenaient des ombres aplaties en ressortant.

« Donc sa femme l'a quitté.

— Eh oui.

— Et, d'après Holly, il n'aurait pas revu les gosses depuis ?

— Exact. »

Strike sirotait sa McEwan's en réfléchissant. Il voulait bien croire que Brockbank n'était plus en contact avec Brittany. Mais rien ne prouvait que ce salopard n'ait pas retrouvé sa trace.

« Hélas, on ignore toujours où il est, soupira Robin.

— On sait quand même qu'il n'est pas à Barrow et qu'il n'a pas remis les pieds dans le coin depuis un an. On sait qu'il me rend toujours responsable de ses problèmes, qu'il continue à violer des gamines et qu'il va foutrement mieux que ce que croyaient les toubibs à l'hôpital.

— Pourquoi cela ?

— Il ne parle jamais de cette accusation de maltraitance sur mineur. Il a exercé plusieurs emplois alors qu'il pouvait très bien rester chez lui peinard et profiter de sa pension d'invalidité. Je suppose que travailler lui permet de rencontrer des jeunes filles.

— Oh non », murmura Robin. Dans son esprit, la confession de Holly venait de laisser place à une image, celle d'une tête congelée avec de bonnes joues et un air vaguement étonné.

« Pour résumer, Brockbank et Laing sont quelque part au Royaume-Uni, libres de leurs mouvements et résolus à se venger de moi. »

Strike mangeait ses frites tout en farfouillant dans la boîte à gants. Il en extirpa l'atlas routier qu'il feuil leta silencieusement pendant quelques secondes. Robin replia le papier journal autour des restes de son dîner.

« Il faut que j'appelle ma mère. Je reviens tout de suite », dit-elle.

Appuyée contre un réverbère, elle composa le numéro de ses parents.

« Tu vas bien, Robin ?

— Oui, maman.

— Que se passe-t-il entre Matthew et toi ? »

Robin leva les yeux vers le ciel faiblement étoilé.

« Je crois que nous avons rompu.

— Tu *crois* ? », dit Linda. Elle ne semblait ni choquée ni triste, juste impatiente d'en savoir plus.

Robin avait eu peur de se mettre à pleurer en annonçant la nouvelle à sa mère. Mais finalement non, elle avait les yeux secs et elle parlait calmement, sans se forcer. Peut-être commençait-elle à s'endurcir, tout compte fait. La vie misérable de Holly Brockbank, la mort atroce de la jeune inconnue de Shepherd's Bush l'aidaient à relativiser ses propres malheurs.

« Ça ne date que de lundi soir.

— Est-ce à cause de Cormoran ?

— Non, dit Robin. Sarah Shadlock. Il se trouve que Matt couchait avec elle pendant que moi j'étais… à la maison. Quand… tu sais quand. Après que j'ai laissé tomber la fac. »

Deux jeunes gens visiblement éméchés sortirent en titubant de l'Olympic. Ils braillaient, s'insultaient. L'un d'eux repéra Robin, poussa du coude son compère et ensemble ils obliquèrent en direction du réverbère.

« Comment qu'ça va, chérie ? »

Strike descendit de voiture en claquant la portière. Il avait sa tête des mauvais jours et presque trente centimètres de plus qu'eux. Sidérés, les deux gamins s'éloignèrent en zigzaguant. Strike alluma une cigarette et s'adossa contre la Land Rover, le visage dans l'ombre.

« Maman, tu es toujours là ?

— Il t'a dit ça lundi soir ? demanda Linda.

— Oui.

— Pourquoi ?

— On était encore en train de se disputer à propos de Cormoran, murmura Robin, sachant que Strike n'était pas loin. J'ai dit : "C'est une relation platonique, comme celle entre toi et Sarah" – et alors, j'ai vu sa tête – et après, il a tout avoué. »

Sa mère poussa un long soupir. Robin attendait des paroles de réconfort, d'apaisement.

« Dieu du ciel », dit Linda. Puis, après un autre silence : « Dis-moi franchement comment tu vas, Robin.

— Bien, je t'assure, maman. Je travaille. Ça m'aide.

— Qu'êtes-vous allés faire à Barrow ?

— Nous essayons de pister l'un des hommes que Strike soupçonne d'avoir envoyé la jambe.

— Où logez-vous ?

— Nous allons dormir au Travelodge. Dans des chambres séparées, évidemment, se dépêcha-t-elle d'ajouter.

— As-tu appelé Matthew depuis que tu es partie ?

— Il n'arrête pas de m'écrire pour me dire qu'il m'aime. »

En s'entendant parler, elle réalisa qu'elle n'avait pas lu son dernier message.

« Je suis désolée pour la robe, la réception et tout le reste, dit Robin. Vraiment, je suis désolée, maman.

— C'est le cadet de mes soucis, répliqua Linda avant de répéter : Est-ce que tu vas bien, Robin ?

— Oui, je t'assure. » Elle hésita puis s'accorda un petit plaisir. « Cormoran a été génial.

— Pourtant, il faudra bien que tu parles à Matthew, insista Linda. Après tout ce temps… tu ne peux pas lui refuser cela. »

Robin perdit tout contrôle, brusquement. Ses mains, sa voix tremblaient de rage quand les mots se déversèrent de sa bouche.

« On était avec eux au match de rugby voilà tout juste deux semaines, avec Sarah et Tom. Elle n'arrête pas de lui tourner autour depuis la fac – ils couchaient ensemble pendant que j'étais… – pendant que je… – il n'a jamais vraiment rompu avec elle, elle est tout le temps à le prendre dans ses bras, à flirter avec lui, à foutre la merde dans notre couple – pendant le match, elle a parlé de Strike, *Oh, comme il est séduisant, et vous êtes seuls tous les deux au bureau, n'est-ce pas ?* – et moi, pendant tout ce temps, je croyais que c'était juste à sens unique, je *savais* qu'elle avait essayé de l'attirer dans son lit, à l'université, mais jamais je… – dix-huit mois, ils ont couché ensemble pendant dix-huit mois – et tu sais ce qu'il m'a sorti ? Qu'elle le réconfortait… ! Quand je pense qu'il a insisté pour que je l'invite au mariage, au prétexte que j'avais invité Strike sans lui en parler, pour me punir, parce que je n'avais pas envie de la voir. Matt déjeune avec elle chaque fois qu'il passe près de son bureau…

— Je vais venir te voir, dit Linda.

— Non, maman…

— Juste une journée. Je t'emmènerai déjeuner. »

Robin eut un petit rire.

« Maman, je ne fais pas de pause-déjeuner. Pas dans ce genre de boulot.

— Je viens à Londres, Robin. »

Quand sa mère prenait ce ton cassant, il n'y avait pas moyen de discuter.

« Je ne sais pas quand je rentrerai.

— Eh bien, tu me le diras et je réserverai ma place de train.

— Je… oh, d'accord », concéda Robin.

Quand elle raccrocha, elle s'aperçut qu'elle pleurait. Enfin. Elle avait eu beau prétendre le contraire, la perspective de voir sa mère la soulageait énormément.

Elle se tourna vers Strike, toujours appuyé contre la Land Rover. Lui aussi discutait au téléphone. Ou alors faisait-il semblant ? Elle avait parlé fort. Strike avait du tact, quand il voulait bien s'en donner la peine. Elle baissa les yeux sur le portable qu'elle tenait toujours en main et ouvrit le message de Matthew.

> **Ta mère a appelé. J'ai dit que tu étais partie pour ton travail. Dis-moi si tu veux que je prévienne papa que tu ne seras pas là pour son anniversaire. Je t'aime, Robin. Mxxxxx**

Voilà qu'il remettait ça : il refusait toujours de comprendre que c'était fini entre eux. **Dis-moi si tu veux que je prévienne papa**… comme si elle faisait des tas d'histoires pour pas grand-chose, comme si elle n'oserait jamais aller jusqu'à ne pas assister à l'anniversaire de son père… *En plus, je ne l'aime pas, ton foutu paternel…*

Furieuse, elle lui répondit :

Bien sûr que non je ne viendrai pas.

Elle retourna s'asseoir au volant. En fait, Strike ne faisait pas semblant de téléphoner. L'atlas routier était ouvert sur le siège passager : il avait cherché la ville de Market Harborough, dans le Leicestershire.

« Ouais, toi aussi, l'entendit-elle répondre. Ouais, on se voit quand je rentre. »

Elin, songea-t-elle.

Il remonta en voiture.

« C'était Wardle ? demanda-t-elle innocemment.

— Elin. »

Sait-elle que vous êtes parti avec moi ? Tous les deux seuls ?

Robin se sentit rougir. D'où lui était venue cette pensée ? Ce n'était pas comme si…

« Vous comptez aller à Market Harborough ? dit-elle en soulevant l'atlas.

— Peut-être bien, dit Strike en avalant une gorgée de bière. Brockbank y travaillait il n'y a pas si longtemps. On pourrait tomber sur une piste ; ce serait idiot de ne pas essayer… et par la même occasion… »

Il lui prit l'atlas et tourna quelques pages.

« Oui, c'est à 18 km de Corby. Après, on pourrait faire un crochet pour voir si le Laing qui vivait avec une femme là-bas, en 2008, est celui que nous recherchons. Elle y est encore : elle s'appelle Lorraine McNaughton. »

Robin savait que Strike avait une fabuleuse mémoire des noms et des détails.

« D'accord », dit-elle, enchantée d'apprendre que leur enquête se poursuivrait le lendemain, elle qui appréhendait le long trajet de retour. S'ils trouvaient quelque chose d'intéressant, peut-être passeraient-ils une deuxième nuit loin de Londres. Du coup, elle bénéficierait de vingt-quatre heures de sursis supplémentaires avant de revoir Matthew. Puis elle se rappela que ce dernier partait dans le Yorkshire le lendemain soir pour assister à l'anniversaire de son père. Elle aurait l'appartement pour elle dans tous les cas.

« Aurait-il pu retrouver sa trace ? pensa tout haut Strike.

— Pardon… quoi ? Qui ?

— Brockbank aurait-il pu retrouver la trace de Brittany et la tuer après toutes ces années ? Ou est-ce que je me laisse complètement berner par mon foutu sentiment de culpabilité ? »

Il cogna du poing contre la portière de la Land Rover.

« Et pourtant cette jambe, reprit Strike en faisant les questions et les réponses. Elle est couverte de cicatrices, exactement comme la sienne. C'était comme une blague entre elle et lui : "J'ai essayé de te couper la jambe quand tu étais petite mais ta maman est arrivée." Quelle ordure, ce type. Autrement, qui aurait eu l'idée de m'envoyer une jambe avec des cicatrices ?

— Eh bien, dit lentement Robin. Le fait qu'il ait choisi une jambe n'a peut-être aucun rapport avec Brittany Brockbank. »

Strike se retourna vers elle.

« Continuez.

— Celui qui a tué cette fille aurait pu vous envoyer n'importe quelle partie de son corps et arriver au même résultat. Un bras ou… ou un sein » – elle fit de son mieux pour conserver un ton neutre – « aurait pareillement attiré sur nous l'attention de la police et de la presse. Les répercussions sur l'agence et nous-mêmes auraient été tout aussi dommageables. Mais il a choisi d'envoyer une jambe droite, tranchée à l'emplacement précis où la vôtre a été amputée.

— J'imagine que c'est lié à cette chanson à la con. Pourtant…, songea Strike. Non, je dis n'importe quoi. Un bras aurait produit exactement le même effet. Ou un cou.

— Il fait clairement référence à votre blessure, reprit Robin. Qu'évoque pour lui votre jambe amputée ?

— Dieu seul le sait, dit Strike en observant le profil de Robin pendant qu'elle parlait.

— L'héroïsme », dit Robin.

Strike renifla.

« Il n'y a rien d'héroïque dans le fait de se trouver au mauvais endroit au mauvais moment.

— Vous êtes un vétéran, on vous a remis une médaille.

— Ils ne me l'ont pas donnée à cause de la bombe. C'était avant.

— Vous ne me l'aviez jamais dit. » Elle se tourna pour le regarder en face mais il ne se laissa pas distraire.

« Poursuivez. Pourquoi une jambe ?

— C'est une blessure de guerre. Elle représente la bravoure, la victoire sur l'adversité. Chaque fois qu'on parle de vous dans la presse, on fait référence à votre amputation. Je pense que – pour lui – elle symbolise la notoriété, la réussite et… et l'honneur. Il tente de salir cela, de dénigrer votre blessure, de l'associer à quelque chose d'horrible, de faire en sorte que le public ne vous voie plus comme un héros mais comme le destinataire d'un morceau de cadavre. Il veut vous nuire, oui, mais en même temps vous rabaisser. Il veut obtenir ce que vous avez. Il cherche la reconnaissance et la célébrité. »

Strike se pencha pour attraper une deuxième canette de McEwan's dans le sac marron posé à ses pieds. Le claquement de la goupille se répercuta dans l'air glacé.

« Si vous avez raison, dit Strike en regardant la fumée de sa cigarette s'éloigner en volutes dans la nuit, si c'est ma notoriété qui exaspère ce maniaque, alors Whittaker se retrouve tout en haut de la liste des suspects. C'est précisément ce qu'il a toujours rêvé d'être : une célébrité. »

Robin attendit. Il ne lui avait pas dit grand-chose au sujet de son beau-père, mais internet avait comblé presque tous les vides.

« Ce salaud était un parasite de la pire espèce, dit Strike. Ça lui ressemblerait bien de détourner la célébrité d'un autre à son profit. »

Elle le sentait bouillir de nouveau dans l'habitacle étroit. Il réagissait différemment selon qu'on évoquait l'un ou l'autre des trois suspects : Brockbank réveillait sa culpabilité, Whittaker sa colère. Laing était le seul dont il pouvait parler avec une relative objectivité.

« Shanker vous a donné des infos intéressantes ?

— Il dit qu'il est à Catford. Il le trace. Whittaker doit se cacher quelque part, dans un trou à rats. Et à Londres, j'en suis sûr.

— Pourquoi ?

— Parce que c'est Londres, un point c'est tout, dit Strike en regardant les maisons au cordeau au-delà du parking. Vous savez, il vient du Yorkshire, Whittaker, mais maintenant, il est 100 % cockney.

— Ça fait des siècles que vous ne l'avez pas vu, n'est-ce pas ?

— Peu importe. Je le connais. Il fait partie de ces paumés en quête de gloire qui échouent dans la capitale et n'en repartent jamais. Il estimait que Londres était la seule ville digne de lui. Il avait besoin d'une scène à sa mesure. »

Pourtant Whittaker n'avait jamais pu sortir des quartiers pourris de la capitale, ces cloaques où la criminalité, la misère et la violence proliféraient comme des bactéries, et où Shanker résidait encore. Ceux qui n'y avaient jamais vécu ne pouvaient concevoir que Londres était en quelque sorte un pays à part entière. Les gens lui reprochaient de monopoliser la richesse, le pouvoir, mais ce qu'ils ne comprenaient pas, c'était que dans cette ville où tout était plus cher qu'ailleurs, où les implacables différences entre riches et pauvres se voyaient comme le nez au milieu de la figure, la misère avait son propre style. Entre le splendide appartement néoclassique d'Elin à Clarence Terrace et le squat pouilleux de Whitechapel où sa mère était morte, la distance ne se mesurait pas seulement en kilomètres. Ces lieux étaient séparés par un océan de disparités, par les hasards de la naissance, de la fortune, les erreurs de jugement et les coups de bol. Sa mère et Elin étaient à la base deux femmes magnifiques, intelligentes, mais l'une avait fini aspirée par les sables mouvants de la drogue et de la déchéance tandis que l'autre trônait au-dessus de Regent's Park, derrière ses vitres impeccables.

Robin pensait à Londres, elle aussi. Cette ville avait ensorcelé Matthew. Et pourtant, les méandres urbains qu'elle arpentait chaque jour dans le cadre de ses enquêtes n'avaient pas le moindre intérêt pour lui. Il posait un regard avide sur tout ce qui brillait : les meilleurs restaurants, les meilleurs quartiers où habiter, comme si Londres n'était qu'un gigantesque plateau de Monopoly. Il n'avait jamais été un inconditionnel du Yorkshire et de leur ville de Masham. Certes, son père était né dans le Yorkshire mais sa défunte mère, originaire du Surrey, avait toujours regretté d'avoir dû s'exiler dans le nord ; autrefois, quand Matthew et sa sœur Kimberley employaient des tournures typiques du Yorkshire, elle les reprenait systématiquement. Si Matthew n'avait pas soulevé l'enthousiasme des frères de Robin, au début de leur relation, c'était en partie à cause de son accent neutre. Robin avait pris sa défense mais il avait beau porter un nom du coin, ils avaient flairé en lui le futur Londonien.

« Ça doit faire bizarre d'être né ici, vous ne trouvez pas ? dit Strike, le regard toujours rivé sur les alignements de maisons. On dirait une île. Et c'est la première fois que j'entends cet accent. »

Quelque part dans le voisinage, un homme chantait à tue-tête. Robin crut d'abord qu'il s'agissait d'un hymne. Puis d'autres voix se mêlèrent à la première et, comme la brise tournait, ils perçurent plus distinctement certains mots :

« Friends to share in games and laughter
Songs at dusk and books at noon… »
« Des amis qui partagent les jeux et puis les rires,
Des chansons dans le soir, des livres à midi… »

« Une comptine », dit Robin en souriant. Elle les voyait à présent. Un groupe d'individus entre deux âges, vêtus de noir, marchait sur Buccleuch Street en chantant à pleine voix.

« Des funérailles, supposa Strike. Un camarade de classe. Regardez-les. »

Les hommes en deuil arrivèrent au niveau de la voiture. L'un d'entre eux croisa le regard de Robin.

« École primaire de garçons de Barrow ! », clama-t-il à son intention. Il leva le poing comme s'il venait de marquer un but. Les autres l'acclamèrent mais, derrière leurs airs fanfarons, encouragés par l'alcool, on décelait une profonde mélancolie. La nuit les avala mais on les entendait encore psalmodier.

« Harbour lights and clustered shipping
Clouds above the wheelings gulls… »
« Les lumières de la baie, les bateaux amarrés,
Les nuages au-dessus des mouettes qui volent… »

« Les villes natales », commenta Strike.

Il songeait à son oncle Ted, Cornouaillais jusque dans la moelle des os. Il avait toujours vécu à St. Mawes et c'est là qu'il mourrait. Il était indissociable de cette ville et, aussi longtemps qu'elle serait habitée, on se souviendrait de son visage souriant sur les photos jaunies accrochées aux murs du Life Boat.

Quand l'oncle Ted disparaîtrait – Strike espérait que ce jour ne viendrait pas avant vingt ou trente ans – les siens célébreraient sa mémoire comme le faisaient ces hommes pour leur camarade d'école : en pleurant, en buvant mais aussi en se rappelant tout ce qu'il leur avait apporté. Dans leurs villes respectives, quelles images gardait-on du sombre et massif Brockbank, le violeur d'enfants, et de Laing, le rouquin qui avait torturé sa femme ? Qu'avaient-ils laissé en partant ? Des soupirs de soulagement, la peur de les voir revenir, des vies brisées et de mauvais souvenirs.

« On y va ? » souffla Robin.

Strike hocha la tête. En tombant dans les trois gouttes de bière qui restaient au fond de sa canette, son mégot allumé produisit un léger grésillement.

27

A dreadful knowledge comes...
Soudain savoir et être terrifié...

BLUE ÖYSTER CULT,
« In the Presence of Another World »

Au Travelodge, on leur attribua deux chambres à cinq portes de distance l'une de l'autre. Robin avait redouté que le réceptionniste ne leur propose une double, mais Strike avait pris les devants en réclamant « deux simples » avant que l'homme n'ouvre la bouche.

C'était franchement ridicule de sa part. Pourquoi se sentir ainsi gênée à l'intérieur de cet ascenseur alors qu'ils avaient passé toute la journée confinés dans la Land Rover ? Pourtant, il y avait quelque chose d'insolite dans le fait de lui dire bonsoir devant une porte close ; non pas que Strike donnât l'impression de vouloir rester. Il lâcha un « 'soir » puis s'éloigna dans le couloir mais, avant d'entrer dans sa chambre, attendit qu'elle ait poussé le battant et franchi le seuil de la sienne en le saluant d'un petit geste nerveux.

Pourquoi avait-elle agité la main comme ça ? C'était débile.

Elle jeta son fourre-tout sur le lit et se dirigea vers la fenêtre qui donnait sur le genre de bâtiments industriels qu'ils avaient croisés en arrivant, quelques heures plus tôt. Elle avait l'impression d'avoir quitté Londres depuis des jours. Cet hôtel était surchauffé. Robin dut se battre avec la crémone pour réussir à ouvrir la fenêtre. L'air frais de la nuit s'engouffra dans la petite chambre cubique, renouvelant l'atmosphère. Après avoir mis son portable à charger, elle se déshabilla, enfila une chemise de nuit, se brossa les dents et se glissa entre les draps frais.

Curieusement, la présence de Strike au bout du couloir la perturbait toujours autant. C'était à cause de Matthew, bien sûr. *Si tu couches avec lui, c'est fini pour de bon.*

Dans sa folle imagination, elle se figura Strike frappant à la porte de sa chambre, sous un prétexte quelconque…

Ne sois pas ridicule.

Elle se tourna sur le côté, pressa son visage rouge de honte sur l'oreiller. Mais qu'est-ce qui lui arrivait ? C'était lui, ce maudit Matthew, qui lui mettait des choses pareilles dans la tête, à force de la croire comme lui…

De son côté, Strike n'était pas encore couché. Après toutes ces heures à rester immobile dans la voiture, il avait mal partout. Retirer sa prothèse lui procura un immense plaisir. La cabine de douche n'était guère adaptée à son handicap mais il y resta un bon moment, se tenant à la barre fixée à l'intérieur de la porte, tandis qu'il aspergeait d'eau chaude son genou douloureux. Une fois sec, il se dirigea prudemment vers le lit, brancha son portable et se glissa nu sous les couvertures.

Les mains croisées derrière la tête, il contemplait le plafond obscur en songeant à Robin, couchée cinq chambres plus loin. Avait-elle reçu un nouveau texto de Matthew ? Était-elle au téléphone avec lui ? Profitait-elle d'être enfin seule pour verser ses premières larmes de la journée ?

À travers le plancher, on entendait des hommes rire, brailler, s'interpeller, claquer les portes. Un enterrement de vie de garçon, probablement. Quelqu'un mit de la musique. Les basses qui faisaient vibrer les murs de sa chambre lui rappelèrent les nuits passées dans son bureau, autrefois, quand il y avait la fête au Bar 12 et que la musique hurlait si fort qu'elle faisait trembler les pieds de son lit. Il espéra que le vacarme épargnait la chambre de Robin. Elle avait besoin de repos – il leur restait 400 kilomètres à parcourir demain. Strike bâilla, se tourna sur le côté et, malgré les cris et la musique à fond, s'endormit presque aussitôt.

*

Le lendemain matin, comme convenu, ils se retrouvèrent dans la salle de restaurant. Strike se plaça devant Robin pour qu'on ne la voie pas remplir leur Thermos à la fontaine à thé, puis ils garnirent leurs assiettes d'un monticule de toasts. Strike fut assez raisonnable pour résister au petit déjeuner anglais complet et, en compensation, glissa subrepticement quelques viennoiseries dans son sac à dos. À huit heures, ayant regagné la Land Rover, ils roulaient à travers la splendide campagne de Cumbria, ses landes envahies de bruyère et ses vastes tourbières ondulant sous un ciel légèrement voilé, en direction de la M6 sud.

« Je ne vous propose pas de prendre le volant, s'excusa Strike en sirotant son café. Cet embrayage me tuerait. Il nous tuerait tous les deux.

— Ça m'est égal, répondit Robin. J'aime conduire, vous le savez. »

Les kilomètres défilaient dans un silence agréable. Robin était la seule personne avec laquelle Strike supportait de voyager en tant que passager, sachant par ailleurs qu'il avait un préjugé bien ancré contre les femmes au volant, ce dont il ne se vantait pas. Son opinion était fondée sur des expériences vécues. Toutes les femmes de son entourage étaient de vrais dangers publics. Sa tante de Cornouailles était trop nerveuse, sa sœur Lucy trop distraite, Charlotte volontairement imprudente. Il se souvenait d'une fille de la BSI qu'il avait fréquentée jadis ; Tracey conduisait bien mais, un jour, sur une étroite route de montagne dans les Alpes, elle avait dû s'arrêter, paralysée par la peur, le souffle court. Elle avait refusé de lui céder le volant alors qu'elle était incapable de reprendre la route.

« La Land Rover convient-elle à Matthew ? demanda Strike tandis qu'ils franchissaient un viaduc.

— Non, dit Robin. Il veut une A3 Cabriolet.

— Ça ne m'étonne pas », marmonna Strike entre ses dents. Sa réflexion se perdit dans les trépidations de la voiture. « Petit con. »

Il leur fallut quatre heures pour atteindre Market Harborough, une ville que ni l'un ni l'autre ne connaissait. Au cours des derniers kilomètres, ils traversèrent nombre de jolis villages abritant des maisons au toit de chaume, des églises du XVIIe siècle, des jardins ornementaux. Ils passèrent par des rues portant des noms bucoliques tels que Honeypot Lane. Strike se remémora le mur immense, sinistre, couronné de barbelés, qui entourait l'inquiétante usine de sous-marins nucléaires. Brockbank avait passé son enfance avec cette image devant les yeux. Qu'était-il allé chercher dans cette autre région, tellement plus charmante et champêtre ? Quelles affaires louches se cachaient derrière le numéro de téléphone que Holly avait donné à Robin et qui était à présent à l'abri dans le portefeuille de Strike ?

En entrant dans Market Harborough, ils retrouvèrent le charme désuet des villages croisés en chemin, mais un cran au-dessus. Sur la place centrale, où se dressaient fièrement les arches sculptées de la vieille église St. Dionysus, ils découvrirent une curieuse bâtisse ressemblant à une cabane sur pilotis.

C'est à l'arrière de ce surprenant édifice qu'ils garèrent la voiture. Strike descendit aussitôt pour fumer et se dégourdir le genou. Il marcha jusqu'à une plaque explicative. La cabane sur pilotis était une école construite en 1614. Des versets de la Bible peints en lettres d'or en ornaient le pourtour.

L'homme regarde ce qui frappe les yeux, mais l'Éternel regarde au cœur.

Restée dans la Land Rover, Robin étudiait la carte pour trouver le meilleur itinéraire entre ici et Corby, leur prochaine étape. Quand Strike eut fini sa cigarette, il regagna sa place et dit :

« OK, je vais essayer le numéro. Si vous avez envie de faire un peu d'exercice, je suis presque à court de cigarettes. »

Robin leva les yeux au ciel mais consentit à prendre le billet de dix livres qu'il lui tendait et partit en quête de Benson.

La première fois, la ligne était occupée. À sa deuxième tentative, une femme lui répondit avec un accent à couper au couteau :

« Orchidée. Institut de massage thaï. Que puis-je faire pour vous ?

— Bonjour, dit Strike. Un ami m'a donné votre numéro. Je pourrais avoir votre adresse ? »

L'institut se trouvait sur St. Mary Road, c'est-à-dire – apprit-il après un coup d'œil sur la carte – à quelques minutes du centre-ville.

« L'une de vos masseuses serait-elle disponible ce matin ? demanda-t-il.

— Quel genre vous plaire ? »

Dans le rétroviseur latéral, il aperçut Robin qui revenait, ses cheveux blond vénitien volant sous la brise, le paquet doré de Benson bien visible au creux de sa main.

« Brune, dit Strike après une demi-seconde d'hésitation. Thaïlandaise.

— OK, nous avoir deux dames thaïes pour vous. Quel service vous vouloir ? »

Robin ouvrit sa portière et s'installa au volant.

« Que proposez-vous ? demanda Strike.

— Massage sensuel aux huiles avec une dame : 90 livres. Massage sensuel aux huiles avec deux dames : 120. Massage aux huiles corps contre corps : 150. Vous négocier extras avec dame, OK ?

— OK, je prendrai le… heu… avec une dame, dit Strike. J'arrive tout de suite. »

Il raccrocha.

« C'est un salon de massage, dit-il à Robin tout en consultant la carte. Mais pas comme ceux qui soulagent les problèmes de genou.

— Ah bon ? s'étonna-t-elle.

— Il y en a un peu partout. Vous savez bien. »

Il comprenait ce qui la déconcertait. La scène qui s'étendait au-delà du pare-brise – l'église St. Dionysus, l'école sur pilotis, une grand-rue commerçante très animée, une croix de saint Georges ondulant sur un drapeau à l'extérieur d'un pub voisin – aurait pu figurer sur une affiche touristique.

« Où allez-vous… où se trouve ce salon ? demanda Robin.

— Pas très loin, dit-il en lui désignant l'endroit sur la carte. Mais d'abord, il faut que je tire de l'argent. »

Il était sérieux ? Il allait vraiment s'offrir un massage ? s'interrogea Robin, un peu étonnée. Mais elle ne voyait pas comment formuler sa question et n'était pas certaine de vouloir connaître la réponse. Elle se gara devant un distributeur où Strike accrut son découvert de 200 livres, puis suivit ses indications jusqu'à St. Mary Road qui commençait au bout de la rue principale. C'était une belle avenue cossue, bordée d'agences immobilières, de salons de beauté et de cabinets d'avocats, dont la plupart occupaient des maisons particulières.

« C'est là », dit Strike en tendant le doigt. Un établissement discret, installé à un croisement, avec une enseigne rutilante pourpre et or marquée ORCHIDÉE INSTITUT DE MASSAGE THAÏ. On aurait pu le prendre pour un cabinet médical spécialisé dans les articulations douloureuses sans ces stores baissés qui laissaient présager des activités non reconnues par la Faculté. Robin se gara dans une rue transversale et regarda Strike tourner au coin.

En s'approchant de l'entrée, Strike remarqua que l'orchidée peinte sur l'enseigne ressemblait étrangement à une vulve. Dès qu'il appuya sur la sonnette, la porte s'ouvrit sur un homme aux cheveux longs, presque aussi grand que lui.

« Je viens d'appeler », dit Strike.

Le videur grommela et, du menton, lui indiqua un passage fermé par deux épaisses tentures noires. Derrière, il trouva un petit salon moquetté, garni de deux canapés. Deux jeunes Thaïlandaises, dont l'une ne devait pas avoir plus de quinze ans, y étaient assises près d'une femme plus âgée. Une télé dans un coin diffusait *Qui veut gagner des millions ?*

En le voyant entrer, les deux filles passèrent de l'ennui à la vigilance. La femme se leva en mastiquant son chewing-gum la bouche ouverte.

« Vous appeler, ouais ?

— Exact, dit Strike.

— Vous vouloir boisson ?

— Non merci.

— Vous aimer fille thaïe ?

— Ouais.

— Qui vouloir ?

— Elle », dit Strike en désignant la plus jeune, vêtue d'un débardeur dos nu, d'une minijupe en daim et d'escarpins en simili. Elle sourit. Quand elle se redressa, ses jambes maigrelettes lui évoquèrent les pattes d'un flamant rose.

« OK, dit la patronne. Vous payer maintenant. Après, vous aller cabine privée, OK ? »

Strike tendit 90 livres et, avec un sourire radieux, la fille choisie lui fit signe de la suivre. Elle avait la silhouette d'une adolescente sauf en ce qui concernait la poitrine, visiblement fausse. Strike songea aux poupées Barbie alignées sur l'étagère de la fille d'Elin.

On accédait à la cabine privée par un petit corridor : une pièce exiguë, mal éclairée, avec une seule fenêtre fermée par un store noir, où régnait une odeur de bois de santal. Il y avait une cabine de douche dans un coin et, au milieu, une table de massage en skaï noir.

« Vous vouloir douche d'abord ?

— Non merci, dit Strike.

— OK, vous enlever vêtements là-bas, dit-elle en désignant un renfoncement clos par un rideau où la grande carcasse de Strike aurait eu beaucoup de peine à se glisser.

— Je préfère rester habillé. Je veux vous parler. »

Elle demeura impassible. Elle en avait vu d'autres.

« Vous vouloir sans le haut ? offrit-elle gaiement en touchant l'attache de son dos-nus, sur sa nuque. Dix livres en plus, sans le haut.

— Non.

— Soulagement à la main ? renchérit-elle en lorgnant sa braguette. Soulagement à l'huile ? Vingt en plus.

— Non, je veux juste vous parler », dit Strike.

Un doute obscurcit son visage, suivi d'une soudaine frayeur.

« Vous police.

— Non, dit Strike en levant les mains comme s'il se rendait. Je ne suis pas de la police. Je cherche un homme. Il s'appelle Noel Brockbank. Il travaillait ici autrefois. À l'entrée, je suppose – videur, probablement. »

Strike avait choisi cette fille-là à cause de son jeune âge, en se disant que Brockbank l'avait peut-être approchée, étant donné ses penchants. Mais elle secoua la tête.

« Lui parti.

— Je sais. J'essaie de savoir où il est allé.

— Mama renvoyer lui. »

La patronne était-elle sa mère ou la fille l'appelait-elle par son titre honorifique ? En tout cas, Strike préférait laisser Mama en dehors de tout cela. Cette femme paraissait dure en affaires et Strike craignait de devoir payer cher des renseignements qui risquaient de se révéler inutiles par la suite. En revanche, la candeur de cette fille lui semblait prometteuse. Elle aurait pu lui demander des sous pour les quelques infos qu'elle venait de lui fournir. Mais elle n'y avait pas pensé.

« Vous le connaissiez ? reprit Strike.

— Lui renvoyé semaine où moi j'arrive.

— Pourquoi a-t-il été renvoyé ? »

La fille jeta un coup d'œil vers la porte.

« Quelqu'un ici aurait-il un numéro où je pourrais le contacter ? Ou me dire où il est parti ? »

Elle hésita. Strike sortit son portefeuille.

« Je vous donne vingt livres si vous me présentez quelqu'un possédant ce genre d'informations. Et vous gardez l'argent pour vous. »

Elle resta plantée à le regarder fixement, tout en jouant avec l'ourlet de sa jupe en daim comme une enfant, puis soudain lui arracha les deux billets de dix et les fourra dans la poche de sa minijupe.

« Attendre ici. »

Il posa les fesses sur la table de massage en skaï et prit le temps d'observer la pièce autour de lui. Elle était aussi propre que n'importe quel salon de beauté, ce dont il se félicita. Strike trouvait la saleté profondément répulsive. Elle lui rappelait des mauvais souvenirs : le squat fétide où sa mère et Whittaker avaient vécu sur un matelas souillé, l'horrible puanteur de son beau-père. Dans cette cabine, avec ces flacons d'huile de massage exposés sur un petit meuble bas, les pensées érotiques venaient tout naturellement. Un massage corps contre corps ne lui aurait pas vraiment déplu.

Il ne comprit pas pourquoi mais, tout à coup, il songea à Robin qui l'attendait dehors, dans la voiture. Il sauta sur ses pieds, comme si on l'avait surpris en train de se livrer à quelque activité compromettante. Une vive discussion en langue thaïe retentit dans le corridor, la porte s'ouvrit à la volée et Mama apparut sur le seuil, escortée de la jeune fille apeurée.

« Vous payer pour massage une fille ! » gronda Mama.

Comme l'avait fait sa protégée, elle baissa les yeux sur sa braguette, histoire de vérifier si la chose était faite. Elle le soupçonnait d'en vouloir davantage pour le même prix.

« Lui changer d'avis, plaidait la fille. Lui vouloir deux dames, une Thaïe, une blonde. Nous rien fait. Lui changer d'avis.

— Vous payer pour une dame », hurla Mama en menaçant Strike de son doigt terminé par une serre.

En entendant approcher des pas lourds, Strike supposa que le portier aux cheveux longs n'était pas très loin.

« Je veux bien payer pour deux dames, dit-il en pestant intérieurement.

— Cent vingt en plus ? claironna Mama qui n'en croyait pas ses oreilles.

— Oui, oui. Entendu. » Elle le rapatria dans le salon pour qu'il procède au paiement. Une rousse obèse était posée là, dans une robe ajourée en Lycra noir. Elle lui lança un regard chargé d'espoir.

« Lui vouloir blonde », intervint la complice de Strike au moment où ce dernier remettait la somme exigée. Le sourire de la rousse s'effaça.

« Ingrid avec client, dit Mama en glissant les billets au fond d'un tiroir. Vous attendre ici, elle finir bientôt. »

Docilement, Strike prit place sur le canapé entre la petite Thaïlandaise maigrichonne et la rousse plantureuse. Il regarda *Qui veut gagner des millions ?* jusqu'à ce qu'un petit homme avec un costume et une barbe blanche surgisse du corridor en évitant tout contact visuel et passe entre les tentures noires pour se précipiter dans la rue. Cinq minutes plus tard apparut une fine créature peroxydée aussi âgée que lui, estima Strike, gainée dans une tenue en Lycra violet complétée par une paire de cuissardes.

« Vous aller avec Ingrid », dit Mama. Strike et la jeune Thaïlandaise regagnèrent bien sagement la cabine privée.

« Lui pas vouloir massage, dit la jeune fille essoufflée à sa collègue blonde quand la porte se referma sur eux. Lui demander où Noel parti. »

La blonde le considéra d'un air méfiant. Elle avait facilement deux fois l'âge de sa compagne mais c'était une belle femme aux yeux bruns et aux pommettes hautes.

« Et j'peux savoir pourquoi ? demanda-t-elle avec un accent de l'Essex, avant d'ajouter posément : Z'êtes flic ?

— Non », la rassura Strike.

Soudain, son joli visage s'illumina.

« Attendez, articula-t-elle. Je sais qui vous êtes – Strike ! Cameron Strike ! Le détective ! C'est vous qu'avez trouvé l'assassin de Lula Landry et – Seigneur Dieu – vous auriez pas reçu une *jambe* dernièrement ?

— Euh, ouais… C'est bien cela.

— Noel ouvrait son bec que pour parler de vous ! dit-elle. Une foutue *obsession*. Après qu'on vous a vu aux infos.

— Ah bon ?

— Ouais, il répétait que vous l'aviez blessé au cerveau !

— Ce n'est pas tout à fait exact. Vous le connaissiez bien, n'est-ce pas ?

— Pas si *bien* que ça ! dit-elle en interprétant correctement le sous-entendu de Strike. Je connaissais plutôt son copain John, un gars du nord. Un mec super. Il venait me voir ici régulièrement, avant qu'il parte en Arabie Saoudite. Ouais, ils étaient à l'école ensemble, je crois. Il avait pitié de lui vu qu'il avait été soldat et qu'il avait des petits problèmes. C'est lui qui l'a fait entrer ici. Il disait qu'il avait pas eu de chance. Il a voulu que je lui loue une chambre chez moi et tout. »

Le ton employé disait explicitement qu'elle trouvait la sympathie de John pour Brockbank parfaitement incongrue.

« Comment ça s'est passé ?

— Au début il a été correct, mais dès qu'il a commencé à prendre ses aises, c'était plus pareil. Il arrêtait pas de râler, contre l'armée, contre vous. Il parlait de son fils – il est obsédé par son fils, il pense qu'à le récupérer. Il dit que c'est de votre faute s'il peut pas le voir, mais je saisis pas le rapport. Faut pas être un génie pour comprendre pourquoi son ex voulait pas qu'il s'approche du gosse.

— Ah, et pourquoi ?

— Un jour, Mama l'a surpris avec sa petite-fille sur les genoux, dit Ingrid. Il avait la main sous sa jupe. Une gamine de six ans.

— Ah.

— Il est parti alors qu'il me devait encore deux semaines de loyer. Je l'ai plus revu depuis. Bon débarras.

— Savez-vous où il est allé après son renvoi ?

— Aucune idée.

— Donc vous n'avez aucun moyen de le joindre ?

— Il se peut que j'aie gardé son numéro de portable. Je ne sais pas s'il marche encore.

— Pourriez-vous me le donner… ?

— Est-ce que j'ai l'air d'avoir un portable sur moi ? » demanda-t-elle en levant les bras au-dessus de sa tête. Le Lycra, les cuissardes épousaient étroitement ses formes. Ses mamelons pointaient sous le tissu impalpable. Strike résista à la tentation de regarder en fixant résolument les yeux d'Ingrid.

« On pourrait se retrouver quelque part ?

— On n'a pas le droit d'échanger des numéros avec les clients. C'est le règlement, chéri : raison pour laquelle on n'a pas de portable. Cela dit, fit-elle en l'observant des pieds à la tête, comme c'est vous, que vous avez cassé la gueule à ce salopard et que vous êtes un héros de guerre et tout, je veux bien qu'on se voie après le boulot, pas loin d'ici.

— Formidable, dit Strike. Merci beaucoup. »

Avait-il imaginé cette lueur coquine dans l'œil d'Ingrid ? S'était-il laissé distraire par le parfum de l'huile de massage et ses récents fantasmes de corps tièdes et glissants ?

Vingt minutes plus tard, laps de temps nécessaire pour rassurer Mama et lui faire croire que le soulagement promis avait été accordé, Strike sortit de l'Orchidée thaïe et rejoignit Robin de l'autre côté de la route.

« Deux cent trente livres pour un vieux numéro de portable, dit-il, tandis qu'elle démarrait en direction du centre-ville. J'espère sincèrement que ça les vaudra. Elle m'a donné rendez-vous sur Adam and Eve Street – il paraît que c'est ici sur la droite – le café Appleby's. Elle arrive dans pas longtemps. »

Robin trouva une place pour se garer et ils attendirent dans la voiture en discutant de ce qu'Ingrid avait dit au sujet de Brockbank. Ils en profitèrent pour manger les viennoiseries chipées sur le buffet du petit déjeuner. Robin commençait à comprendre pourquoi Strike était enrobé. C'était la première fois qu'elle passait plus de vingt-quatre heures d'affilée sur le terrain avec lui. Quand, pour se nourrir, on était obligé d'acheter ici ou là des bricoles qu'on mangeait en faisant autre chose, on tombait vite dans les pièges de la malbouffe.

« C'est elle », dit Strike, quarante minutes plus tard. Il descendit tant bien que mal de la Land Rover et poussa la porte de l'Appleby's. La blonde approchait sur le trottoir. Elle avait enfilé un jean et une veste en fourrure synthétique. Avec son physique de mannequin, elle ressemblait un peu à Platine, se dit Robin. Dix minutes passèrent, puis quinze. Personne ne ressortait, ni Strike ni la fille.

« Combien de temps faut-il pour remettre un numéro de téléphone ? » dit Robin à haute voix. Elle était énervée, elle avait froid. « Je croyais qu'on devait aller à Corby ? »

Il lui avait dit que rien ne s'était passé dans l'institut de massage, mais allez savoir ! Peut-être que si. Peut-être que cette fille lui avait versé de l'huile sur le corps et qu'elle…

Robin pianotait nerveusement sur le volant. Elle songeait à Elin et se demandait comment elle réagirait si elle apprenait ce que Strike avait fait aujourd'hui. Puis, dans un léger sursaut, elle se rappela n'avoir pas revérifié son portable. Elle le prit dans la poche de son manteau, mais il n'y avait pas d'autre message. Matthew ne s'était plus manifesté depuis qu'elle lui avait dit de ne pas compter sur elle pour l'anniversaire de son père.

La blonde et Strike sortirent du café. On aurait dit qu'elle ne voulait pas le lâcher. Il lui fit un geste d'adieu, elle se pencha vers lui, l'embrassa sur la joue et s'en alla. Strike croisa le regard attentif de Robin et regagna sa place dans la voiture avec une petite grimace gênée.

« Ça m'avait l'air intéressant, dit Robin.

— Pas vraiment, répondit Strike en lui montrant la nouvelle entrée dans ses contacts : **NOEL BROCKBANK PORTABLE**. Elle est bavarde, c'est tout. »

Si Robin avait été un homme, Strike n'aurait pu s'empêcher d'ajouter : « J'ai fait une touche. » Ingrid l'avait clairement aguiché. Elle avait commencé par faire lentement défiler son répertoire en disant qu'elle ne savait plus où était ce numéro – si bien que Strike s'était mis à douter qu'elle l'ait. Elle avait voulu savoir s'il avait déjà essayé un vrai massage thaïlandais, pourquoi il recherchait Noel, comment il avait résolu ses précédentes affaires, surtout le meurtre du top model qui l'avait fait sortir de l'anonymat. Puis elle avait insisté pour qu'il note son numéro à elle aussi, « juste au cas où », avait-elle précisé dans un sourire.

« Vous allez essayer d'appeler Brockbank tout de suite ? lui demanda Robin pour qu'il arrête de fixer le dos d'Ingrid qui s'éloignait sur le trottoir.

— Comment ? Non. Ça mérite réflexion. Si jamais il décroche, on n'aura droit qu'à un seul essai. » Il vérifia l'heure à sa montre. « Allons-y, je ne veux pas arriver trop tard à Cor… »

Le téléphone sonna.

« Wardle », dit Strike.

Il répondit en activant le haut-parleur pour que Robin entende leur conversation.

« Qu'y a-t-il ?

— On a identifié le corps », dit Wardle. À la façon dont il avait dit cela, ils devinèrent qu'ils connaissaient la victime. Durant les deux secondes de silence qui suivirent, une image traversa la tête de Strike, celle d'une fillette aux petits yeux d'oiseau.

« C'est Kelsey Platt, la fille qui vous a écrit pour vous demander conseil pour son amputation. Elle était sincère. Une gamine de seize ans. »

Soulagé autant qu'abasourdi, Strike tâta ses poches à la recherche d'un stylo. Mais Robin écrivait déjà.

« Elle faisait un CAP pour devenir assistante maternelle. C'est dans sa formation qu'elle a rencontré Oxana Volochina. Kelsey vivait avec sa demi-sœur et son compagnon. Elle leur a fait croire qu'elle partait en stage pour deux semaines. Ils n'ont pas signalé sa disparition – ils n'étaient même pas inquiets. Elle devait rentrer ce soir.

« Oxana dit que Kelsey ne s'entendait pas avec sa sœur. Elle lui a demandé de l'héberger pendant deux semaines, histoire de respirer. On dirait qu'elle avait tout planifié, jusqu'à vous écrire depuis le domicile d'Oxana. La sœur est complètement anéantie, c'est compréhensible. Je n'ai pas pu tirer grand-chose d'elle mais je lui ai montré la lettre et elle a reconnu l'écriture. Et le fait que Kelsey ait voulu se couper la jambe ne l'a pas surprise plus que ça. Nous avons prélevé des échantillons d'ADN sur la brosse à cheveux de la fille. Ça correspond. C'est bien elle. »

Le siège grinça sous le poids de Strike lorsqu'il se pencha vers Robin pour lire ses notes. Elle renifla sur lui l'odeur du tabac froid et un soupçon de bois de santal.

« La sœur vit avec un homme, tu disais ? demanda-t-il.

— On ne peut pas lui coller ça sur le dos », dit Wardle. Strike comprit que le policier avait déjà envisagé la chose. « Quarante-cinq ans, pompier à la retraite, pas très en forme. Il a de gros problèmes aux poumons et un alibi en béton pour le week-end en question.

— Le week-end… ? s'étonna Robin.

— Kelsey a quitté le domicile de sa sœur dans la nuit du 1er avril. Nous savons qu'elle est morte le 2 ou le 3 avril – et le 4, vous receviez sa jambe. Strike, je vais avoir besoin de toi ici. Il faut que je te pose d'autres questions. La routine. Mais il nous faut une déposition en bonne et due forme, en ce qui concerne ces lettres. »

Ils s'étaient tout dit. Wardle raccrocha. Un silence vibrant s'installa dans la Land Rover. Le silence qui suit les grands chocs, songea Robin.

28

… oh Debbie Denise was true to me,
She'd wait by the window, so patiently.
… oh Debbie Denise ne m'a jamais trahi,
Elle m'attendait à la fenêtre, avec une patience infinie.

BLUE ÖYSTER CULT, « Debbie Denise »
Paroles de Patti Smith

« On a fait tout ce voyage pour rien. Si ce n'est pas Brittany, ce n'est donc pas Brockbank. »

Strike était perché sur un nuage. Depuis ce coup de téléphone, les couleurs lui semblaient plus brillantes sur Adam and Eve Street, les passants plus gais, plus aimables. Brittany était vivante, quelque part. Il n'était pas responsable. La jambe n'était pas la sienne.

Robin ne disait rien ; elle entendait l'allégresse dans la voix de Strike, ressentait son soulagement. N'ayant jamais vu Brittany Brockbank, elle était bien sûr contente pour elle, mais il n'en demeurait pas moins qu'une jeune fille était morte dans des circonstances atroces. Le sentiment de culpabilité dont Strike venait de se départir retomba brutalement sur Robin. C'était elle qui avait ouvert la lettre de Kelsey et qui, sans prendre la peine de la lire attentivement et encore moins d'y répondre, l'avait fourrée dans le tiroir aux cinglés. Si elle avait contacté Kelsey pour lui conseiller de se faire aider, les choses auraient-elles pu tourner autrement ? Ou si Strike lui avait passé un coup de fil pour lui expliquer qu'il avait vraiment perdu sa jambe à la guerre, qu'on lui avait raconté des mensonges ? Le remords lui tordait le ventre.

« Vous en êtes sûr ? dit-elle une minute plus tard, alors qu'ils étaient l'un et l'autre perdus dans leurs pensées.

— Sûr de quoi ? fit Strike en se tournant vers elle.

— Que ce n'est pas Brockbank.

— Si ce n'est pas Brittany…

— Vous venez de me dire que cette fille…

— Ingrid ?

— Oui, Ingrid, fit Robin un tantinet agacée. Elle dit que Brockbank parle de vous sans arrêt, qu'il vous tient pour responsable de ses lésions cérébrales, de la perte de sa famille. »

Strike la fixa d'un air soucieux. Il réfléchissait.

« Tout ce que je vous ai dit l'autre soir, au sujet du tueur qui ne cherchait qu'à vous rabaisser, à salir votre carrière militaire, cadre parfaitement avec le profil de Brockbank, poursuivit Robin. Ne pensez-vous pas qu'il a pu rencontrer Kelsey, voir les cicatrices sur sa jambe, les mêmes que celles de Brittany, ou apprendre d'une manière ou d'une autre qu'elle voulait se faire amputer ? Ça n'aurait pas pu – je ne sais pas, moi – déclencher quelque chose en lui ? Je veux dire, ajouta

Robin en marchant sur des œufs, on ignore si ses lésions cérébrales…

— Lésions cérébrales, mon cul ! répliqua Strike. À l'hôpital, il faisait semblant. Je sais qu'il faisait semblant. »

Au lieu de répondre, Robin resta assise à regarder les passants. Elle les enviait. Ils avaient tous leurs problèmes, bien sûr, mais elle doutait que le meurtre, la mutilation en fassent partie.

« Certaines de vos remarques sont très pertinentes », admit enfin Strike. Robin vit que son intervention avait brusquement refroidi l'enthousiasme de son patron. Il regarda sa montre. « Bon, on ferait mieux d'y aller si on veut passer par Corby aujourd'hui. »

Les trente kilomètres entre les deux villes furent rapidement couverts. Strike s'était rembruni. Robin supposait qu'il ruminait leur discussion au sujet de Brockbank. Le paysage sur la route n'avait rien d'extraordinaire, une vaste plaine, des champs, des haies, un arbre de temps à autre.

« Rappelez-moi, Laing…, dit Robin pour l'aider à s'abstraire de ses pénibles cogitations. Qu'a-t-il fait, déjà… ?

— Laing… ouais », articula Strike.

Elle avait deviné juste. C'était effectivement à Brockbank qu'il songeait. Et maintenant, il avait du mal à émerger, à se concentrer sur le moment présent.

« Eh bien, Laing a ligoté et tailladé sa femme ; il a été soupçonné de viol à deux reprises, d'après ce que je sais, mais il s'en est sorti à chaque fois ; et il a essayé de m'arracher la moitié du visage avec les dents sur un ring de boxe. En bref, c'est un type vicieux, violent et fourbe mais, comme je vous l'ai dit, sa belle-mère considère qu'il était malade en sortant de prison. Il serait parti juste après pour Gateshead mais, à mon avis, il n'a pas dû y rester longtemps, puisqu'en 2008 il habitait déjà Corby avec cette femme, dit-il en revérifiant sur la carte la rue où logeait Lorraine McNaughton. L'âge correspond, la période également… Nous verrons. Si Lorraine n'est pas là, nous repasserons après cinq heures. »

Robin suivit les indications de Strike pour traverser le centre de Corby, une étendue de béton et de briques dominée par un centre commercial. Un énorme cube abritant les bureaux du conseil municipal, coiffé d'antennes hérissées comme des roseaux métalliques, barrait l'horizon. À Corby, il n'y avait pas de place du marché, pas d'église ancienne et encore moins d'école en bois sur pilotis. Cette ville avait été créée de toutes pièces pour loger les travailleurs immigrés dans les années 40 et 50 ; d'où l'aspect fonctionnel et triste de la plupart des bâtiments.

« La moitié des rues portent des noms écossais, dit Robin en croisant Argyll et Montrose Street.

— Ce n'est pas pour rien qu'on l'appelait la Petite Écosse, autrefois », dit Strike en voyant la mention EDINBOURG HOUSE inscrite sur un panneau. Il avait entendu dire que, durant sa grande période d'activité industrielle, Corby avait accueilli la plus forte communauté écossaise au sud de la frontière. Des drapeaux frappés de lions rampants et de croix de saint André flottaient au balcon des immeubles. « Laing devait se sentir ici chez lui, en tout cas plus qu'à Gateshead. Il avait peut-être des relations dans le coin. »

Cinq minutes plus tard, ils entraient dans le quartier historique dont les jolies constructions en pierre offraient un aperçu du village qu'avait été Corby avant l'installation des aciéries. Weldon Road, où vivait Lorraine McNaughton, se trouvait non loin de là.

Les maisons étaient groupées par blocs de six, chacune étant l'image inversée de sa voisine, portes accolées, fenêtres en miroir. Le linteau de pierre au-dessus de chaque entrée portait un nom gravé.

« C'est là », dit Strike en désignant la maison Summerfield, jumelée avec Northfield.

Devant Summerfield, on avait remplacé l'herbe par des petits graviers. La pelouse de Northfield avait besoin d'un coup de tondeuse. Voyant cela, Robin songea à son appartement londonien.

« Je pense qu'on devrait y aller à deux, dit Strike en détachant sa ceinture de sécurité. Elle se sentira plus à l'aise si vous êtes présente, à mon avis. »

La sonnette devait être en dérangement. Strike frappa plusieurs coups secs à la porte. Les aboiements furieux qui retentirent aussitôt les informèrent qu'il y avait au moins un être vivant dans la maison. Puis ils entendirent une femme réprimander le chien, sans grand succès.

« Chut ! Tais-toi ! Arrête ! Chut ! Non ! »

La porte s'ouvrit. Robin eut juste le temps d'apercevoir une femme d'environ cinquante ans au visage sévère avant qu'un jack russell à poil dur ne se précipite vers eux dans un concert de grognements menaçants et autres jappements furieux. Il planta ses crocs dans la cheville de Strike. Heureusement pour ce dernier, mais un peu moins pour le jack russell, ils dérapèrent sur une tige d'acier. Le chien glapit de douleur. Robin profita de son désarroi pour le soulever par la peau du cou. Sa surprise fut telle qu'il resta pétrifié, entre ciel et terre.

« On ne mord pas », gronda Robin.

Ayant apparemment décidé qu'une femme assez brave pour le traiter ainsi méritait son respect, il la laissa assurer sa prise et se contorsionna pour lui lécher la main.

« Désolée, dit la femme. Il était à ma mère. Un foutu cauchemar. Regardez, il vous aime bien. Miracle. »

Ses cheveux châtains mi-longs étaient gris à la racine. Des rides profondes en forme de parenthèse encadraient sa bouche aux lèvres minces. Elle s'appuyait sur des béquilles. Un bandage enveloppait sa cheville enflée. On voyait dépasser des ongles de pied jaunis au bout de sa sandale.

Strike se présenta, puis lui montra son permis de conduire et une carte de visite.

« Lorraine McNaughton ?

— Oui », fit-elle, hésitante. Elle tourna les yeux vers Robin qui la rassura d'un sourire, au-dessus de la tête du jack russell. « Vous êtes… vous êtes quoi, déjà ?

— Détective, dit Strike. Et je me demandais si vous pourriez me fournir quelques renseignements à propos de Donald Laing. D'après les relevés téléphoniques, il vivait ici avec vous, il y a deux ans de cela.

— Oui, en effet, dit-elle lentement.

— Est-il encore ici ? demanda Strike, bien qu'il connût la réponse.

— Non. »

Strike désigna Robin.

« Verriez-vous un inconvénient à ce que ma collègue et moi entrions pour vous poser quelques questions ? Nous recherchons Mr. Laing. »

Il y eut un temps mort. Lorraine mordillait sa lèvre intérieure en fronçant les sourcils. Robin tenait dans ses bras le jack russell qui lui léchait les doigts avec un enthousiasme redoublé, sans doute à cause des odeurs laissées par les viennoiseries. La jambe de pantalon déchirée de Strike s'agitait dans la brise légère.

« Très bien, entrez », dit Lorraine qui recula sur ses béquilles pour les laisser passer.

Une odeur entêtante de tabac froid planait dans le salon poussiéreux, parsemé de ces objets qu'on trouve plus souvent chez les vieilles dames : des housses de boîte de mouchoirs réalisées au crochet, des coussins à volants bon marché, une collection d'ours en peluche endimanchés alignés sur un buffet verni. Une peinture contre un mur représentait un enfant aux yeux démesurés, déguisé en Pierrot. Strike avait un mal fou à imaginer Donald Laing dans cet environnement. Un éléphant dans un magasin de porcelaine.

Une fois qu'ils furent entrés, le jack russell se tortilla dans tous les sens et, quand Robin le déposa par terre, se remit à aboyer sur Strike.

« Oh, la ferme », grommela Lorraine. Elle s'enfonça dans le canapé en velours marron fané, souleva sa cheville bandée avec ses deux mains, la plaça sur un pouf en cuir, puis chercha son paquet de Superking à côté d'elle et en alluma une.

« Je suis censée la tenir surélevée », expliqua-t-elle tandis que la cigarette tressautait entre ses lèvres.

Elle s'empara d'un cendrier en verre taillé rempli de mégots et le posa sur son ventre. « L'infirmière passe tous les jours changer le pansement. Asseyez-vous.

— Que vous est-il arrivé ? » demanda Robin en se faufilant entre la table basse et le canapé pour s'asseoir à côté de Lorraine. Dans la seconde, le jack russell sauta près d'elle sur le coussin et, grâce à Dieu, cessa d'aboyer.

« Je me suis renversé de l'huile bouillante, expliqua Lorraine. Au boulot.

— C'est affreux, dit Strike en s'installant dans le fauteuil en face. Vous avez dû avoir très mal.

— Ouais, très mal. Ils m'ont dit que j'en avais pour un mois, minimum. Au moins, je n'ai pas eu besoin d'aller loin pour me faire soigner. »

Il s'avérait que Lorraine travaillait dans la cantine d'un hôpital.

« Alors, qu'est-ce qu'il a fait, Donnie ? marmonna Lorraine en soufflant la fumée quand ce premier sujet fut épuisé. Encore un cambriolage ?

— Pourquoi cette question ? demanda Strike prudemment.

— Il m'a volée. »

Sa longue cigarette trembla quand elle prononça ces mots. Robin comprit que la brusquerie de Lorraine n'était qu'une façade.

« Ça s'est passé quand ? reprit Strike.

— Le jour où il est parti. Il a pris tous mes bijoux. L'alliance de maman, tout. Il savait que j'y tenais. Elle était morte depuis moins d'un an. Eh ouais, un beau jour, il est sorti de cette maison et il n'est jamais revenu. J'ai appelé la police, je pensais qu'il avait eu un accident. Et après, j'ai vu qu'il n'y avait plus rien dans mon porte-monnaie et que mes bijoux s'étaient envolés. »

Ses joues creusées s'empourprèrent. Son humiliation était toujours aussi vive.

Strike fouilla dans la poche intérieure de sa veste.

« Je veux m'assurer que nous parlons bien du même individu. Est-ce lui ? »

Il lui tendit l'une des photos que l'ex-belle-mère de Laing lui avait remises à Melrose. Un colosse vêtu d'un kilt bleu et jaune, avec des yeux sombres de furet et des cheveux roux foncé, presque ras. Laing avait été photographié devant le bureau de l'état civil, Rhona suspendue à son bras. La jeune femme était moitié moins épaisse que lui et sa robe de mariée, probablement achetée d'occasion, lui allait mal.

Lorraine contempla le couple durant un temps infini, puis elle dit :

« Je *pense* que c'est lui. C'est possible.

— Ça ne se voit pas là-dessus mais il a une rose jaune tatouée sur l'avant-bras gauche, précisa Strike.

— Ouais, fit Lorraine d'un air maussade. Exact. C'est bien lui. »

Elle fumait, les yeux rivés sur la photo.

« Il a été marié, n'est-ce pas ? demanda-t-elle avec un léger trémolo dans la voix.

— Il ne vous l'a pas dit ? s'étonna Robin.

— Non. Il m'a dit le contraire.

— Comment l'avez-vous rencontré ? poursuivit Robin.

— Dans un pub. Mais il n'avait pas cette tête-là, à l'époque. »

Elle regarda le buffet derrière elle et tenta vaguement de se lever.

« Puis-je vous aider ? proposa Robin.

— Dans le tiroir du milieu. Il doit y avoir une photo. »

Sous une nouvelle salve d'aboiements, Robin découvrit dans le tiroir un assortiment de ronds de serviette, napperons au crochet, cuillères à thé souvenirs, cure-dents et photographies en vrac. Robin puisa largement parmi ces dernières et ramena le tas vers le canapé.

« C'est lui », dit Lorraine après avoir fait défiler un grand nombre de clichés montrant une très vieille dame, sans doute sa mère, se dit Robin. Puis elle tendit la photo à Strike.

Il aurait pu passer à côté de lui dans la rue sans le reconnaître. L'ancien boxeur avait considérablement enflé, surtout au niveau du visage. On ne voyait plus son cou ; sa peau était tendue, ses traits déformés. L'un de ses bras était posé sur les épaules de Lorraine, l'autre pendait le long de son corps. Il ne souriait pas. Strike regarda de plus près. La rose jaune était bien là, mais brouillée par les taches rouge vif qui parsemaient son avant-bras.

« Il a un problème de peau ?

— Arthrite psoriasique, répondit Lorraine. Il en souffrait énormément. Il touchait une pension d'invalidité. Il ne pouvait plus travailler.

— Ah oui ? dit Strike. Et quel genre de boulot exerçait-il avant ?

— Il est venu ici pour prendre la tête d'une grosse société de construction. Mais il est tombé malade et il a dû arrêter. Il avait sa propre boîte, là-bas, à Melrose. Il était directeur général.

— Vraiment ? dit Strike.

— Ouais, une affaire de famille, précisa Lorraine en cherchant dans sa pile de photos. Il avait hérité de son père. Le voilà encore. Regardez. »

Sur cette photo, Lorraine et Laing se tenaient par la main à la terrasse d'un pub, apparemment. Lorraine rayonnait, Laing fixait l'objectif d'un air impassible. Ses yeux n'étaient plus que deux fentes au milieu de son visage lunaire. Il avait le faciès caractéristique d'un homme qui suit un traitement médical à base de stéroïdes. Ses cheveux roux foncé rappelaient toujours la fourrure d'un renard mais, à part cela, Strike dut faire un gros effort pour reconnaître les traits du jeune boxeur musclé qui l'avait autrefois mordu au visage.

« Depuis quand étiez-vous ensemble ?

— Dix mois. Je l'ai rencontré juste après la mort de maman. Elle avait quatre-vingt-douze ans – elle vivait ici, avec moi. Je m'occupais aussi de Mrs. Williams qui habitait juste à côté. Elle avait quatre-vingt-sept ans. Sénile. Son fils est en Amérique. Donnie était gentil avec elle. Il tondait sa pelouse, allait faire ses courses. »

Le salopard savait où était son intérêt, songea Strike. Quelle magnifique aubaine pour un type malade, fauché, sans emploi, comme l'était Laing à l'époque, que de rencontrer une femme esseulée, plus toute jeune, sans attaches familiales et sachant faire la cuisine. En plus, elle était propriétaire de sa maison et venait de toucher l'héritage de sa mère. Pour obtenir le droit de mettre les pieds sous la table, il lui avait suffi de feindre la compassion. Laing savait se montrer charmant quand il le voulait.

« Au début, tout allait pour le mieux, poursuivit Lorraine d'un air accablé. Il était vraiment aux petits soins avec moi. Il n'était pas très en forme. Les articulations enflées, et tout. Le docteur lui avait prescrit des injections… Par la suite, il est devenu irritable mais j'ai cru que c'était juste à cause de sa mauvaise santé. Il ne faut pas s'attendre à ce que les gens malades soient tout le temps joyeux, c'est normal, n'est-ce pas ? Tout le monde n'est pas comme maman. C'était une femme merveilleuse, elle allait vraiment mal et pourtant elle n'arrêtait pas de sourire et… et…

— Je vais vous donner un mouchoir, dit Robin en se penchant vers la boîte dans sa housse tricotée au crochet, assez délicatement pour ne pas déranger le jack russell dont la tête reposait sur ses cuisses.

— Avez-vous signalé le vol de vos bijoux ? demanda Strike une fois que Lorraine eut attrapé un mouchoir dont elle se servit en tirant alternativement sur sa cigarette.

— Non, bougonna-t-elle. Quel intérêt ? Ils ne les auraient jamais retrouvés. »

Robin supposa que Lorraine n'avait pas voulu attirer l'attention des autorités sur l'humiliation dont elle avait été victime. Elle la comprenait.

« Était-il violent ? » demanda gentiment Robin.

Lorraine eut l'air surpris.

« Non. C'est pour ça que vous êtes là ? Il a blessé quelqu'un ?

— On ne sait pas, répondit Strike.

— Ça m'étonnerait, dit-elle. Ce n'était pas son genre. Je l'ai dit à la police.

— Je ne saisis pas, répliqua Robin en caressant la tête du chien qui dormait comme un bienheureux. Je croyais que vous n'aviez pas signalé le vol ?

— Ça c'était plus tard, dit Lorraine. Un mois environ après son départ. Quelqu'un est entré par effraction chez Mrs. Williams, l'a assommée et a cambriolé sa maison. La police voulait savoir où était Donnie. J'ai dit : "Ça fait longtemps qu'il est parti, il a déménagé." En tout cas, il n'aurait jamais fait un truc pareil, je leur ai dit. Il était si gentil avec elle. Donnie aurait été incapable de frapper une vieille dame. »

Ils s'étaient tenu la main à la terrasse d'un pub. Il avait tondu la pelouse de la voisine. Lorraine refusait de croire que Laing avait pu commettre un tel forfait.

« Je suppose que votre voisine n'a pas pu décrire son agresseur ? » intervint Strike.

Lorraine fit signe que non.

« Elle n'est jamais revenue. Elle est morte dans une maison de retraite. Maintenant, c'est une famille qui vit à Northfield, dit Lorraine. Trois petits enfants. Vous devriez entendre le raffut qu'ils font – et ils ont le culot de se plaindre du chien ! »

Ils étaient tombés sur une impasse. Lorraine ignorait où Laing était passé. Elle ne se souvenait pas de l'avoir entendu évoquer un point de chute autre que Melrose et n'avait jamais rencontré un seul de ses amis. Quand elle s'était faite à l'idée qu'il ne reviendrait pas, elle avait supprimé son numéro sur la liste de ses contacts. Elle consentit à leur donner ses deux photos de Laing, mais elle n'avait rien d'autre à leur offrir.

Lorsque Robin le priva de la tiédeur de son giron, le jack russell protesta vigoureusement et, pour mieux exprimer sa contrariété, dirigea sa colère contre Strike qui, lui aussi, venait de se relever.

« *Ça suffit,* Tigger », s'emporta Lorraine. Non sans peine, elle réussit à le maintenir sur le canapé.

« On connaît le chemin, hurla Robin pour se faire entendre malgré les aboiements. Merci beaucoup pour votre aide ! »

Ils s'en allèrent en laissant derrière eux Lorraine au milieu de son salon encombré, enfumé, avec sa cheville bandée, sa tristesse et son désarroi. Leur passage n'avait certainement pas contribué à lui remonter le moral. Les glapissements hystériques du chien les suivirent jusqu'au trottoir.

« On aurait quand même pu lui préparer une tasse de thé ou autre chose, dit Robin d'un air coupable tandis qu'ils remontaient dans la Land Rover.

— Elle ignore à quoi elle a échappé, répliqua Strike. Pensez à cette malheureuse vieille dame qui vivait là. » Il désigna l'entrée marquée Northfield. « Battue comme plâtre pour quelques billets.

— Vous pensez que c'était Laing ?

— Bien sûr que c'était lui, dit Strike tandis que Robin démarrait le moteur. Il a dû monter son coup pendant qu'il lui rendait des services, soi-disant. En passant, vous remarquerez que son arthrite ne l'empêchait pas de tondre les pelouses et d'assommer les grand-mères. »

Épuisée, Robin se contenta d'acquiescer sans faire de commentaires. Elle avait faim, mal à la tête.

Après cet entretien déprimant, elle redoutait les deux heures et demie de route qui l'attendaient pour rentrer à Londres.

« Ça vous ennuie si on y va ? dit Strike en regardant sa montre. J'ai promis à Elin de revenir ce soir.

— Pas de problème. »

Robin ne savait pas très bien pourquoi – peut-être à cause de sa migraine, peut-être à cause de cette femme solitaire assise dans son salon parmi les souvenirs des êtres chers qui l'avaient quittée – mais elle était encore à deux doigts de pleurer.

29

I Just Like to Be Bad

J'aime juste être mauvais

Il avait parfois du mal à supporter ces types qui se croyaient ses amis : ceux auxquels il s'associait quand il manquait d'argent. Ils passaient la semaine à faire des casses et le samedi soir à s'en vanter. Ces gars-là l'aimaient bien, ils le considéraient comme leur copain, leur camarade, leur égal. Leur égal !

Le jour où la police l'avait trouvée, il avait eu envie de savourer seul son triomphe en lisant la presse. Tous ces articles étaient si agréables. Il se sentait fier : c'était la première fois qu'il tuait dans de si bonnes conditions, à l'abri des regards, sans se presser, en ayant tout organisé à sa manière. C'est aussi ce qu'il projetait de faire avec La Secrétaire ; prendre le temps de profiter d'elle avant de la tuer.

Seule ombre au tableau, il ne voyait nulle part mention des lettres qu'il avait écrites pour attirer l'attention de la police sur cet enfoiré de Strike, les inciter à le cuisiner, le harceler, de telle manière que sa réputation soit à jamais ternie, son nom traîné dans la boue à longueur d'articles, pour que le public débile le croie impliqué dans l'affaire.

Pourtant, les journaux n'étaient pas avares de commentaires ; ils avaient publié des photos de l'appartement où il l'avait tuée, des interviews du Joli-Cœur qui menait l'enquête. Il conservait toutes les coupures de presse : ces articles étaient des souvenirs, comme les échantillons de corps qui constituaient sa collection privée.

Bien sûr, à la maison, il avait dû cacher sa joie, sa fierté. En ce moment, il devait faire très attention. Ça n'était pas heureuse, mais alors pas heureuse du tout. La vie ne se déroulait pas comme elle l'avait prévu. Du coup, il devait faire semblant de compatir, s'inquiéter pour elle, jouer au gentil garçon, parce que Ça lui était indispensable : Ça ramenait de l'argent et lui fournirait des alibis si jamais il en avait besoin, un jour. Comme la fois où il avait failli se faire choper, à Milton Keynes.

Il avait commis son deuxième meurtre à Milton Keynes en vertu du principe selon lequel on ne chie pas devant sa porte. De fait, il n'avait jamais mis les pieds dans ce bled et n'y était jamais retourné depuis. Il avait commencé par voler une voiture, tout seul, sans l'aide des copains. Ça faisait un bout de temps qu'il gardait des fausses plaques pour l'occasion. Puis il avait roulé au hasard en comptant sur la chance. Depuis son premier crime, il avait fait chou blanc à deux reprises : draguer les filles dans les bars, les séparer de leurs amis n'était plus aussi simple pour lui. Il avait perdu sa beauté d'autrefois, il le savait bien, mais par ailleurs il ne voulait pas s'attaquer exclusivement aux prostituées. La police vous repérait plus facilement quand vous preniez pour cible toujours le même type de femme. Une fois, il avait suivi une fille éméchée jusque dans une ruelle, mais n'avait même pas eu le temps de sortir son couteau qu'une bande de gamins avait surgi en rigolant comme des idiots. Il avait dû prendre la tangente. Depuis, il avait opté pour la manière forte.

Ce soir-là, à Milton Keynes, il avait roulé pendant des heures dans un état de frustration croissante ; pas la moindre victime à l'horizon. À vingt-trois heures cinquante, il allait abandonner et se rabattre sur une prostituée quand il l'avait aperçue. Elle se disputait avec son petit ami sur un rond-point, au milieu de la route. Une fille en jean, brune aux cheveux courts. Il les dépassa sans les quitter des yeux dans son rétro. Soudain, la fille partit en courant, ivre de colère et de larmes. Le type qu'elle venait de planter là commença par l'appeler puis, avec un geste d'agacement, s'éloigna dans la direction opposée.

Voyant cela, il fit demi-tour pour la suivre. Elle sanglotait tout en marchant, s'essuyait les yeux avec sa manche.

Il ouvrit sa vitre.

« Ça va, ma belle ?

— Dégage ! »

Pour s'écarter de la voiture qui roulait au pas, elle obliqua et s'enfonça dans les buissons qui bordaient la route, scellant ainsi son destin. Cent mètres plus loin, elle serait arrivée sur un tronçon de route bien éclairé.

Il n'avait pas eu grand-chose à faire, sinon garer sa voiture sur le bas-côté. Avant de descendre, il enfila le passe-montagne et, empoignant son couteau, alla tranquillement se poster devant l'endroit où elle avait disparu. Il l'entendait revenir sur ses pas à travers les épais fourrés que des architectes urbains avaient plantés de part et d'autre de la quatre-voies, histoire d'en adoucir le tracé. Comme il n'y avait pas de réverbères, les automobilistes qui passaient ne le virent pas longer le feuillage sombre. Quand elle émergea, il l'attendait. Sous la menace de son couteau, il la fit reculer dans les buissons.

Il passa une heure avec elle. Ensuite, il lui arracha ses boucles d'oreilles et, avec sa lame, s'amusa à prélever quelques morceaux de choix. Profitant d'un trou dans la circulation, il regagna prestement sa voiture, le souffle court, le visage toujours caché sous sa cagoule.

Quand il repartit, les poches dégoulinantes de sang, chaque particule de son être exultait, rassasiée. Et soudain, la brume se leva.

La fois d'avant, il avait pris un véhicule du boulot et au retour l'avait nettoyé à fond devant ses collègues. Mais comment faire disparaître le sang qui imprégnait les housses, cette fois-ci ? Sans compter qu'il avait laissé son ADN un peu partout. Il n'avait jamais été aussi proche de la panique.

Cette nuit-là, il roula plein nord sur des kilomètres et des kilomètres avant d'abandonner la voiture dans un terrain vague, loin de la route et de toute construction. Tremblant de froid, il retira les fausses plaques, enfonça l'une de ses chaussettes dans le réservoir d'essence puis la jeta sur le siège et l'enflamma.

L'incendie mit du temps à se déclarer ; il dut s'y reprendre à plusieurs fois, revenir attiser les flammes et, finalement, à trois heures du matin, alors qu'il s'était retranché sous des arbres pour assister au spectacle en frissonnant, le véhicule explosa. Il s'enfuit en courant.

Comme c'était l'hiver, son passe-montagne ne risquait pas d'éveiller les soupçons. Il enterra les fausses plaques dans un bois avant de s'éloigner d'un bon pas, la tête baissée, les mains posées sur les trésors cachés dans ses poches. Il avait songé un instant à les enterrer, eux aussi, mais n'avait pu s'y résoudre. Par précaution, il avait frotté avec de la boue les taches de sang sur son pantalon et n'avait ôté sa cagoule qu'en arrivant à la gare. Et une fois dans le train, pour que personne ne l'aborde, il s'était tassé au fond du wagon en marmonnant dans sa barbe comme un ivrogne. Il savait s'y prendre pour tenir les gens à l'écart ; son air menaçant et le halo de folie qui émanait de sa personne lui servaient de cordon de sécurité.

Au moment où il arriva chez lui, le corps avait été retrouvé. Il regarda le reportage à la télé, un plateau-repas sur les genoux. Ils avaient découvert la voiture calcinée, mais pas les plaques, et – signe évident que la chance était avec lui, que l'univers lui accordait sa bienveillante protection – ils avaient appréhendé, inculpé et, malgré une quasi-absence de preuves, emprisonné le copain de la fille, celui avec lequel elle s'était disputée. Imaginer cette tête de nœud derrière les barreaux le faisait encore marrer parfois…

Et pourtant, il avait tiré les leçons de cette aventure : les longues heures passées sur la route, en pleine nuit, dans la crainte de voir apparaître une voiture de patrouille, et le retour en train, à trembler rien qu'à l'idée qu'on lui demande de vider ses poches ou qu'un passager trop observateur remarque le sang sur ses vêtements. Désormais, il ne laisserait plus rien au hasard.

Voilà pourquoi il devait absolument sortir acheter du Vicks VapoRub, sa priorité numéro un étant de s'assurer que Ça et les idées stupides qu'elle trimbalait en ce moment n'entravent pas ses projets.

30

I am gripped, by what I cannot tell...
Je suis saisi, je ne saurais dire par quoi…

Blue Öyster Cult, « Lips in the Hills »

Strike était immunisé contre les brusques changements de rythme ; dans son métier, les phases d'activité intense étaient fréquemment suivies de longues heures d'immobilité forcée. Pourtant, après leur voyage aller-retour Londres, Barrow, Market Harborough, Corby, Londres, il ne réussit pas à décompresser de tout le week-end.

Ces deux dernières années, sa progressive replongée dans la vie civile s'était accompagnée de diverses contraintes dont son statut de militaire l'avait autrefois protégé. Lucy, la demi-sœur qui avait partagé son enfance, l'appela de bonne heure le samedi matin pour lui demander s'il assisterait à l'anniversaire de son neveu et pourquoi il n'avait pas répondu à son invitation. Il eut beau lui expliquer qu'il était parti en déplacement, qu'il n'avait pas eu accès à son courrier, elle se montra intraitable.

« Jack te vénère, tu le sais, dit-elle. Il veut vraiment que tu sois présent à sa fête.

— Désolé, Lucy, c'est impossible. Je lui enverrai un cadeau. »

Lucy n'aurait pas osé exercer un tel chantage affectif si Strike travaillait encore à la BSI. En ce temps-là, il voyageait sans cesse de par le monde, ce qui lui permettait de se soustraire aux obligations familiales ; Lucy le considérait comme un rouage de l'immense et implacable machine de l'armée. Quand elle vit que Strike campait sur ses positions et que sa description du petit garçon de huit ans guettant vainement l'arrivée de son oncle Cormoran à la barrière du jardin le laissait de marbre, elle décida d'économiser sa salive et de passer à un autre sujet : allait-il bientôt retrouver l'homme qui lui avait envoyé une jambe ? Au ton de sa voix, on aurait dit qu'il y avait quelque chose de déshonorant à recevoir une jambe. Pressé de raccrocher, Strike répondit qu'il laissait faire la police.

Il avait de l'affection pour sa jeune sœur et regrettait que leurs rapports actuels reposent presque exclusivement sur les souvenirs qu'ils gardaient de leur enfance désastreuse. S'il ne se confiait jamais à elle, sauf contraint par des événements indépendants de sa volonté, c'était pour l'épargner. Lucy était une femme inquiète, angoissée de nature. La vie que son frère avait choisi de mener était pour elle une source permanente de déception. Elle n'admettait pas qu'à l'âge de trente-sept ans il persiste à refuser ce qu'elle considérait comme les conditions imparables pour accéder au bonheur : un travail avec des heures régulières, plus d'argent, une femme et des enfants.

Soulagé d'être enfin débarrassé d'elle, Strike prépara sa troisième tasse de thé de la matinée et alla se recoucher avec une pile de journaux. Plusieurs d'entre eux publiaient une photo de LA VICTIME KELSEY PLATT, en uniforme scolaire bleu marine, un sourire sur son visage ingrat et boutonneux.

Le ventre poilu de Strike débordait par-dessus son caleçon. Les repas à emporter et les barres chocolatées qu'il ingurgitait en continu depuis deux semaines n'avaient guère remédié à son embonpoint. Il attaqua un paquet de biscuits Rich Tea tout en parcourant la presse. Et comme il n'y avait rien de neuf au sujet du tueur, il se rabattit sur les articles concernant le match Arsenal-Liverpool prévu pour le lendemain.

La sonnerie de son portable l'arracha à sa lecture. Il n'avait pas réalisé à quel point il était tendu : il décrocha si vite que Wardle en fut surpris.

« Dieu du ciel, quelle rapidité ! Tu étais assis dessus ?

— Que se passe-t-il ?

— Nous sommes allés chez la sœur de Kelsey – Hazel, elle est infirmière. On est en train d'éplucher tous les contacts de la victime. On a fouillé sa chambre, saisi son ordinateur portable. Elle passait son temps sur des forums à discuter avec des adeptes de l'automutilation. Elle posait des questions à ton sujet. »

Strike grattait ses cheveux crépus tout en contemplant le plafond.

« J'ai obtenu les coordonnées de deux internautes avec lesquels elle échangeait régulièrement, poursuivit Wardle. J'aurai leur photo lundi, probablement – où tu seras ?

— Ici, au bureau.

— Le compagnon de sa sœur, l'ex-pompier, dit que Kelsey l'interrogeait souvent sur les victimes d'accident, les gens qui restent coincés sous des éboulis ou des carcasses de voiture, ce genre de choses. Elle voulait vraiment se débarrasser de sa jambe.

— Seigneur », murmura Strike.

Après ce coup de fil, Strike eut le plus grand mal à se concentrer sur les rumeurs de remaniement au sein de l'équipe d'Arsenal. Au bout de quelques minutes, il ne fit même plus semblant de s'intéresser au destin du staff d'Arsène Wenger et se remit à fixer les fissures au plafond en retournant constamment son portable au creux de sa paume d'un geste machinal.

Heureux d'apprendre que la jambe coupée n'était pas celle de Brittany Brockbank, il n'avait pas porté une attention suffisante à la victime. Et voilà qu'à présent la lettre de Kelsey lui revenait en tête. La lettre qu'il ne s'était pas donné la peine de lire.

Cette notion d'amputation volontaire lui causait un profond dégoût. Dans sa main gauche, le portable tournait toujours sur lui-même comme pour l'aider à rassembler tout ce qu'il savait sur Kelsey. Une image mentale commençait à se dessiner, à partir de son prénom et des sentiments qu'elle lui inspirait, oscillant entre pitié et répulsion. Elle avait seize ans, ne s'entendait pas avec sa sœur, suivait une formation d'assistante maternelle… Strike attrapa son calepin et se mit à écrire : *Petit ami au collège ? Professeur ?* Elle avait posé des questions sur lui. Pourquoi ? D'où tenait-elle cette idée farfelue qu'il se serait automutilé ? Avait-elle développé ce fantasme en lisant des articles de presse à son sujet ?

Maladie mentale ? Mythomanie ? inscrivit-il.

Wardle s'occupait déjà de ses contacts en ligne. Strike cessa d'écrire. Il revit la photo de la tête congelée, les joues pleines, le regard fixe de Kelsey. Des rondeurs d'adolescente. Il avait tout de suite vu qu'elle n'avait pas vingt-quatre ans. Mais à bien y réfléchir, elle n'en faisait même pas seize.

Il laissa tomber son crayon tout en continuant à jouer avec son portable, l'esprit dans le vague…

Brockbank était-il un « vrai » pédophile, comme l'avait affirmé un psychologue que Strike avait rencontré lors d'une autre affaire de viol au sein de l'armée ? Était-il exclusivement attiré par les enfants ? Ou faisait-il partie de ces criminels sexuels qui ciblaient les jeunes filles parce qu'elles étaient plus disponibles, plus faciles à intimider, mais qui pouvaient tout aussi bien s'attaquer à des victimes plus âgées ? En bref, une adolescente de seize ans au visage poupin était-elle trop vieille pour exciter Brockbank, ou s'en prenait-il à toute sorte de femmes, pour peu qu'elles soient assez fragiles et impressionnables ? Autrefois, Strike avait interrogé un soldat de dix-neuf ans accusé de tentative de viol sur une femme de soixante-sept ans. Certaines pulsions sexuelles violentes ne se révélaient que dans des circonstances favorables à leur éclosion.

Strike n'avait pas encore essayé le numéro qu'Ingrid lui avait donné. Il tourna son regard sombre vers le ciel légèrement voilé, derrière sa lucarne. Il aurait peut-être dû le transmettre à Wardle. Et s'il essayait de l'appeler tout de suite…

Alors même qu'il recherchait le numéro du policier dans son répertoire, Strike changea d'avis. Il l'avait informé de ses soupçons depuis le début. Et à quoi cela avait-il servi ? À rien. En ce moment, Wardle devait être occupé à diriger les recherches depuis son centre d'opérations. Il continuait à suivre ses propres pistes sans accorder tellement plus d'attention à celles de Strike – tel était du moins son sentiment – que si ce dernier avait été un simple quidam avec des intuitions mais pas de preuves. Le fait que Wardle, malgré tous ses moyens, n'ait pas encore réussi à les localiser démontrait le peu d'empressement qu'il mettait à retrouver Brockbank, Laing et Whittaker.

Non, pour débusquer Brockbank, il allait devoir s'appuyer sur la fiction imaginée par Robin : le cabinet d'avocats, la promesse de dommages et intérêts. L'histoire parfaitement crédible qu'elle avait servie à sa sœur Holly, l'autre jour à Barrow, pouvait se révéler payante. En fait, songea Strike en se redressant sur son lit, il aurait même intérêt à appeler Robin sur-le-champ pour lui donner le fameux numéro. Il la savait seule chez elle, Matthew étant parti voir sa famille à Masham. Il pourrait lui téléphoner et peut-être que…

Ne fais surtout pas ça, pauvre imbécile.

Soudain il se vit attablé avec elle au Tottenham ; il suffisait d'un coup de fil pour la retrouver là-bas. Ils étaient disponibles tous les deux. Discuter de l'affaire autour d'un verre…

Un samedi soir ? Là, tu déconnes.

Comme si son lit avait été hérissé de piquants, Strike se leva d'un coup, s'habilla et sortit faire des courses.

Quand il revint sur Denmark Street, chargé de sacs en plastique débordant de victuailles, il crut repérer le policier en civil que Wardle avait posté devant chez lui, au cas où un type de grande taille coiffé d'un bonnet traînerait dans le secteur. Le jeune homme en caban se tenait aux aguets ; son regard ne fit que glisser sur le détective qui passait devant lui avec ses provisions.

Bien plus tard, après qu'il eut dîné en solitaire dans son appartement, Strike reçut un coup de fil d'Elin. Ils ne se voyaient jamais le samedi soir et aujourd'hui ne ferait pas exception à la règle. Tandis qu'elle parlait, il entendait sa fille jouer dans la pièce. Ils étaient convenus d'un rendez-vous le lendemain soir mais Elin appelait pour lui proposer de se retrouver plus tôt. Son mari s'était mis en tête de vendre le superbe appartement de Clarence Terrace et, sachant qu'il arriverait à ses fins, elle en recherchait un autre.

« Tu viendrais le visiter avec moi ? demanda-t-elle. J'ai rendez-vous avec l'agent immobilier demain à quatorze heures. »

Il savait, ou croyait savoir, qu'aucune arrière-pensée ne se dissimulait derrière cette invitation. Si Elin désirait qu'il l'accompagne, ce n'était pas dans l'espoir qu'ils s'installent ensemble – ils se connaissaient depuis à peine trois mois – mais parce qu'elle n'aimait pas faire les choses toute seule. Il ne fallait pas se fier à ses allures de femme indépendante et sans attaches. Si, alors qu'elle n'y connaissait personne, elle avait décidé de ne pas se rendre à cette soirée rassemblant des amis, des collègues de son frère, et de rester seule chez elle, jamais ils ne se seraient rencontrés. Rien de mal à cela, bien sûr, tout le monde avait le droit d'aimer la compagnie. Seulement voilà, depuis un an, Strike organisait son temps comme il le souhaitait et n'avait pas trop envie que ça change.

« Impossible, dit-il. Désolé. Je suis pris jusqu'à trois heures. »

Un mensonge énoncé sur un ton convaincant. Elle ne se formalisa pas et ils raccrochèrent en promettant de se retrouver au bistrot le dimanche soir, comme prévu initialement. Ce qui signifiait que Strike pourrait regarder le match Arsenal-Liverpool en toute tranquillité.

Strike repensa à Robin, seule dans l'appartement qu'elle partageait avec Matthew. Il tendit la main vers son paquet de cigarettes, alluma la télé et s'installa confortablement sur ses oreillers.

*

Pour Robin, c'était un week-end plutôt insolite. Déterminée à ne pas sombrer dans la morosité parce qu'elle était seule et que Strike passait la soirée chez Elin (d'où lui venait cette idée ? Il était libre ; après tout, c'était le week-end, et il avait le droit faire ce qu'il voulait avec qui il voulait), elle était restée penchée des heures durant sur son ordinateur portable, à poursuivre obstinément deux lignes d'enquête, une ancienne et une autre, plus récente.

Dans la nuit de samedi, elle découvrit quelque chose sur le Net. Un truc tellement génial qu'elle esquissa quelques pas de danse dans leur minuscule salon. Elle fut même tentée d'appeler Strike pour lui annoncer la nouvelle. Le cœur battant, le souffle court, il lui fallut plusieurs minutes pour se calmer et se dire que cela pouvait attendre lundi. De vive voix, ce serait tellement plus gratifiant.

Sachant que Robin était seule, sa mère l'appela deux fois durant le week-end et, les deux fois, elle insista pour fixer avec elle la date de sa venue à Londres.

« Je ne sais pas trop, maman, pas pour l'instant », soupira Robin le dimanche matin. Assise sur le canapé, en pyjama, l'ordinateur ouvert devant elle, elle essayait de discuter en ligne avec un membre de la communauté TIRIC ayant pour pseudo <<Δēvōtėė>>. En fait, elle n'avait décroché que par crainte de voir sa mère débarquer sans prévenir.

<<Δēvōtėė>> : où tu veux être amputée ?
Handilove : mi-cuisse.
<<Δēvōtėė>> : les deux jambes ?

« Et si je venais demain ? demanda Linda.

— Non, j'ai du boulot par-dessus la tête, se hâta de répondre Robin en mentant avec le même aplomb que Strike. La semaine prochaine me conviendrait mieux. »

Handilove : Oui, les deux. Tu connais quelqu'un qui l'a déjà fait ?
<<Δēvōtėė>> : Peux pas en parler sur le forum. Où tu vis ?

« Je ne l'ai pas vu, dit Linda. Robin, tu es sur ton ordinateur ?

— Non, mentit encore Robin, les doigts levés au-dessus des touches. Tu n'as pas vu qui ?

— Matthew évidemment !

— Oh. Eh bien, à mon avis, il ne comptait pas passer vous voir ce week-end. »

Elle se remit à taper mais plus discrètement.

Handilove : Londres

<<Δēvōtėė>> : Moi aussi. Tu as une photo ?

« Vous n'êtes pas allés à l'anniversaire de Mr. Cunliffe ? demanda-t-elle en parlant assez fort pour couvrir le bruit des touches.

— Tu penses bien que non ! répliqua Linda. Bon, tu me diras quel jour de la semaine prochaine te va le mieux et je réserverai mon billet. C'est Pâques ; il y aura du monde. »

Robin acquiesça, rendit à sa mère son affectueux au revoir et reporta toute son attention sur <<Δēvōtėė>>. Malheureusement, dès que Robin refusa de lui envoyer une photo d'elle, ce dernier (elle était quasiment sûre qu'il s'agissait d'un homme) interrompit la conversation et ne se manifesta plus.

*

Elle avait cru que Matthew rentrerait à Londres le dimanche soir mais quand, à huit heures, ne le voyant pas venir, elle vérifia sur le calendrier de la cuisine, elle réalisa qu'il avait pris son lundi. Il le lui avait sûrement dit et elle avait dû renchérir en promettant de demander une journée de congé à Strike, elle aussi. Heureusement qu'ils avaient rompu, se dit-elle résolument. Sinon, elle aurait encore eu droit à une scène.

Et pourtant, quelques minutes plus tard, elle se retrouva en pleurs dans la chambre. Il y avait là tant de souvenirs de leur histoire commune : l'éléphant en peluche qu'il lui avait donné pour leur première Saint-Valentin – il était plus timide en ce temps-là ; elle se rappelait qu'il avait piqué un fard en lui tendant le paquet – et la boîte à bijoux qu'il lui avait offerte pour son vingt et unième anniversaire. Et toutes ces photos où on les voyait rayonnants de bonheur, en Grèce, en Espagne, ou bien sur leur trente-et-un, lors du mariage de la sœur de Matthew. La plus grande de la série avait été prise le jour de la remise des diplômes. Ils posaient bras dessus bras dessous. Matthew portait sa toge universitaire et Robin une robe d'été. Elle célébrait une réussite dont elle-même avait été privée par un homme affublé d'un masque de gorille.

31

Nighttime flowers, evening roses,
Bless the garden that never closes.
Fleurs de la nuit, roses du soir
Béni soit ce jardin qui jamais ne ferme.

BLUE ÖYSTER CULT, « Tenderloin »

Le lendemain matin, Robin retrouva un peu d'entrain en sortant de chez elle. C'était une magnifique journée de printemps. Elle se tint sur ses gardes durant le trajet en métro vers Tottenham Court Road, mais ne vit aucun homme de grande taille coiffé d'un bonnet. En revanche, elle remarqua que le mariage royal suscitait un enthousiasme croissant dans la presse. Kate Middleton faisait la une de tous les journaux ouverts autour d'elle. Elle ressentit avec d'autant plus d'acuité le vide laissé sur son annulaire par la bague de fiançaillcs qu'cllc avait portéc pcndant un an. Mais cllc était tellement impatiente de présenter à Strike les résultats de ses recherches en solo qu'elle refusa de sombrer dans la morosité.

Elle sortait de la station Tottenham Court Road quand elle entendit un homme crier son nom. Pendant un quart de seconde, elle craignit que Matthew ne lui ait tendu une embuscade. Puis elle vit Strike la rejoindre en se frayant un chemin à travers la foule, son sac à dos sur l'épaule, signe qu'il avait passé la nuit avec Elin.

« Bonjour. Vous avez passé un bon week-end ? » lança-t-il. Puis, sans attendre sa réponse : « Désolé. Non. Un week-end pourri, à ce que je vois.

— Pas entièrement », répliqua Robin tandis qu'ils franchissaient les obstacles habituels, entre barrières de chantier et tranchées creusées dans le bitume.

« Qu'avez-vous trouvé ? demanda Strike en hurlant pour couvrir le vacarme des marteaux-piqueurs.

— Pardon ? cria-t-elle.

— Qu'avez. Vous. Trouvé ?

— Comment savez-vous que j'ai trouvé quelque chose ?

— Votre regard. C'est celui que vous avez quand vous mourez d'envie de me raconter un truc. »

Elle sourit de toutes ses dents.

« J'ai besoin d'un ordinateur, d'abord. »

Ils tournèrent au coin de Denmark Street. Un homme tout de noir vêtu se tenait à la porte de leur immeuble, chargé d'un gigantesque bouquet de roses rouges.

« Oh, mon Dieu », fit Robin dans un souffle.

Son effroi ne dura qu'un instant : son cerveau avait occulté la brassée de fleurs pour se polariser sur l'homme en noir – ce n'était pas lui, bien sûr, mais un livreur d'Interflora, un jeune homme aux cheveux longs, sans casque. Le pauvre n'avait sans doute jamais remis un bouquet de cinquante roses rouges à une personne moins enthousiaste, se dit Strike.

« C'est son père qui lui a dit de faire ça », marmonna Robin pendant que Strike lui tenait la porte. Elle entra sans trop prendre soin de la fragile composition florale. « Je l'entends d'ici : "Toutes les femmes aiment les roses. C'est pas compliqué : un bouquet et voilà, le tour est joué !" »

Strike la suivit dans l'escalier métallique en essayant de cacher son amusement. Dès qu'il ouvrit la porte, Robin fila droit vers son bureau pour y déposer les fleurs sans autre forme de cérémonie. Elles frémirent dans leur emballage en cellophane orné de rubans. Les tiges trempaient dans quelques centimètres d'eau verdâtre. Il y avait une carte mais Robin ne voulait pas l'ouvrir devant Strike.

« Alors ? dit-il en suspendant son sac à dos à la patère. Qu'avez-vous trouvé ? »

Robin allait répondre quand on frappa à la porte. Derrière le verre dépoli, la silhouette de Wardle était facilement reconnaissable : ses cheveux ondulés, sa veste en cuir.

« Je passais dans le coin. Il n'est pas trop tôt, j'espère ? Un type en bas m'a laissé entrer. »

Les yeux de Wardle tombèrent immédiatement sur les roses.

« Anniversaire ?

— Non, dit-elle sèchement. Qui prendra du café ?

— Je m'en charge, répondit Strike en se dirigeant vers la bouilloire. Wardle a des choses à nous montrer. »

Robin en fut toute déconfite : le policier allait-il lui couper l'herbe sous le pied ? Pourquoi n'avait-elle pas appelé Strike le samedi soir pour lui annoncer sa découverte ?

Wardle s'assit sur le canapé en skaï qui, depuis toujours, émettait des flatulences dès qu'une personne d'un certain poids s'y asseyait. Le policier sursauta presque, changea prudemment de position et ouvrit un dossier.

« Il s'avère que Kelsey discutait sur un site web avec d'autres candidats à l'automutilation », dit Wardle à Robin.

Cette dernière s'installa dans son fauteuil pivotant et, comme les roses sur son bureau l'empêchaient de voir le policier, elle les attrapa d'un geste impatient et les déposa à ses pieds.

« Elle a fait allusion à Strike, sur le site en question, poursuivit Wardle. Elle voulait savoir si quelqu'un avait des renseignements sur lui.

— Elle n'aurait pas utilisé le pseudo Seulomonde, par hasard ? » demanda Robin sur un ton anodin. Wardle leva les yeux, étonné. Strike se retourna, une petite cuillère dans la main.

« Oui, en effet, dit le policier en fixant son regard sur elle. Comment le savez-vous ?

— Je suis tombée sur le même forum, ce week-end. Je me suis dit que Seulomonde et la fille de la lettre étaient une seule et même personne.

— Bon Dieu, dit Wardle dont les yeux passèrent de Robin à Strike. On devrait lui proposer un poste.

— Elle en a déjà un, dit Strike. Continue. Kelsey discutait…

— Ouais, bon, à la fin, elle a échangé son adresse mail avec deux personnes. On n'a rien obtenu de passionnant, mais on essaie de savoir si elle les a rencontrées – vous savez, dans la vraie vie. »

C'était étrange, pensa Strike, comme cette expression – que les enfants employaient couramment pour distinguer leur monde imaginaire de l'ennuyeuse réalité des adultes – avait évolué jusqu'à désigner aujourd'hui la vie qu'une personne menait en dehors d'internet. Il tendit leur café à Wardle et Robin puis alla se chercher une chaise dans son bureau, préférant éviter de partager le canapé péteur avec Wardle.

Quand il revint, Wardle montrait à Robin les pages Facebook des deux internautes, imprimées à partir de captures d'écran.

Elle les examina avec soin puis les tendit à Strike. Sur l'une figurait la photo d'une jeune femme bien en chair, avec un visage rond et pâle, des cheveux noirs coupés au carré et des lunettes. Sur la deuxième, un homme blond, âgé d'une vingtaine d'années, regardait l'objectif avec des yeux asymétriques.

« Sur son blog, *elle* se prétend “transcapacitaire”, va savoir ce que c'est. Et *lui*, il poste des messages sur tous les forums possibles et imaginables en suppliant qu'on l'aide à s'automutiler. Ils ont de foutus problèmes tous les deux, si vous voulez mon avis. Leur tête vous dit quelque chose ? »

Strike fit signe que non, Robin également. Wardle soupira et récupéra les sorties imprimante.

« Un coup pour rien.

— Tu sais si elle voyait d'autres gens ? Des garçons de son collège, des professeurs ? demanda Strike en retrouvant les questions qui lui étaient venues à l'esprit le samedi précédent.

— La sœur de Kelsey nous a parlé d'un mystérieux petit copain qu'ils n'ont jamais eu l'honneur de rencontrer. Hazel pense qu'il n'existe pas. Nous avons discuté avec deux filles de sa classe. Ni l'une ni l'autre ne l'a jamais aperçue avec un garçon. Mais nous creusons cette piste.

« À propos de Hazel, reprit Wardle, avalant une gorgée de café avant de continuer. J'ai promis de te transmettre un message. Elle voudrait te voir.

— Moi ? s'étonna Strike. Pourquoi ?

— Aucune idée. Je crois qu'elle a besoin de se justifier devant la terre entière. Elle est dans un sale état.

— Se justifier ?

— Elle culpabilise à mort parce qu'elle n'a jamais pris cette histoire de jambe au sérieux. Elle pense que si elle avait réagi autrement, Kelsey n'aurait pas cherché de l'aide à l'extérieur.

— Elle sait que je n'ai jamais répondu à la lettre ? Que je n'ai jamais eu de contact avec Kelsey ?

— Ouais, ouais, je lui ai tout expliqué. Mais elle veut quand même te parler. Je ne sais pas, moi, dit Wardle légèrement agacé, c'est quand même toi qui as réceptionné la jambe de sa sœur – tu sais comment sont les gens qui ont reçu un choc. En plus, tu n'es pas n'importe qui, hein ? ajouta-t-il plus froidement. Elle doit s'imaginer que Superman va résoudre l'affaire pendant que la police tourne en rond. »

Robin et Strike évitèrent de se regarder. Wardle reprit en bougonnant :

« J'avoue qu'on aurait pu être plus délicat avec elle. Elle n'a pas trop apprécié l'interrogatoire un peu musclé que les gars ont fait subir à son compagnon. Du coup, elle s'est braquée. Elle préfère peut-être t'avoir de son côté : le célèbre détective qui a déjà sauvé un malheureux innocent de la prison. »

Strike décida d'ignorer la nuance défensive dans la voix de l'inspecteur.

« On était bien obligés d'interroger le type qui vivait avec Kelsey, expliqua Wardle à l'intention de Robin. C'est la routine.

— Oui, dit-elle. Bien sûr.

— Pas d'autres hommes dans son entourage, hormis le compagnon de sa sœur et l'improbable petit copain ? demanda Strike.

— Elle voyait un thérapeute, un black d'une cinquantaine d'années, maigre comme un clou. Il était dans sa famille à Bristol, le week-end où elle est morte. Et il y a un certain Darrell, un type obèse en salopette qui organise des activités pour les jeunes dans le cadre de la paroisse. Il a pleuré comme une madeleine du début à la fin de l'interrogatoire. Le dimanche, il bossait à l'église, mais sinon, on n'a rien pu vérifier de son emploi du temps. Cela dit, je l'imagine mal avec un couteau à découper dans la main. Voilà tout ce que nous avons, côté masculin. Dans sa classe, il n'y avait quasiment que des filles.

— Pas de garçons dans le groupe de jeunes à la paroisse ?

— Là aussi, des filles essentiellement. Le garçon le plus âgé a quatorze ans.

— Comment réagirait la police si j'allais voir Hazel ? demanda Strike.

— On ne peut pas t'en empêcher, dit Wardle en haussant les épaules. Moi, ça me va, à condition que tu nous refiles les infos après, mais je doute qu'il y ait grand-chose à en tirer. On a interrogé tout le monde, on a passé la chambre de Kelsey au peigne fin, saisi son ordinateur portable. Je suis prêt à parier que personne n'était au courant de rien, parmi les gens que j'ai vus. Ils croyaient tous qu'elle était en stage. »

Wardle remercia pour le café, adressa à Robin un sourire appuyé auquel elle répondit à peine, et s'en alla.

« Il n'a pas dit un mot de Brockbank, Laing ou Whittaker, grommela Strike pendant que les pas de Wardle s'éloignaient dans l'escalier. Et j'ignorais que vous furetiez sur le Net, ajouta-t-il à l'intention de Robin.

— Rien ne me prouvait qu'il s'agissait de la fille à la lettre, dit Robin, mais il y avait de fortes chances pour que Kelsey ait cherché de l'aide sur internet. »

Strike se leva, prit la tasse de Robin posée sur son bureau et se dirigea vers la porte.

« Ce que j'avais à vous dire ne vous intéresse donc pas ? » s'écria Robin sur un ton indigné.

Il se retourna, surpris.

« Ce n'était pas ça ?

— Non !

— Alors quoi ?

— Je crois avoir trouvé Donald Laing. »

Strike resta figé sur place, une tasse dans chaque main.

« Vous avez… quoi ? Comment ? »

Robin alluma son ordinateur, lui fit signe d'approcher et se mit à pianoter. Strike se posta derrière elle pour voir l'écran.

« D'abord, il a fallu que je vérifie l'orthographe de "arthrite psoriasique". Ensuite… regardez. » Elle venait d'afficher la page d'accueil d'une association humanitaire nommée JustGiving. Tout en haut de l'écran, on voyait la photo en petit format d'un homme au regard intense.

« Nom de Dieu, c'est lui ! » dit Strike si fort que Robin sursauta. Il posa les tasses et traîna sa chaise jusque devant l'ordinateur, renversant les roses au passage.

« Merde… désolé…

— Aucune importance, dit-elle. Prenez ma place, je m'en occupe. »

Strike s'installa dans le fauteuil à roulettes de Robin.

Il commença par agrandir le cliché en cliquant dessus. L'Écossais se tenait sur un genre de balcon étroit, fermé par une balustrade constituée d'une plaque verte translucide. Il ne souriait pas. On apercevait une béquille sous son bras droit. Ses cheveux courts hirsutes étaient encore plantés bas sur son front mais semblaient avoir foncé avec le temps. Fini la fourrure de renard. Son visage bien rasé, criblé de petits trous, paraissait moins enflé que sur la photo de Lorraine. En revanche, il avait pris pas mal de kilos depuis l'époque où il avait mordu Strike au visage sur un ring de boxe. Plus rien à voir avec le colosse bardé de muscles évoquant un Atlas de marbre. Son tee-shirt jaune laissait apparaître son avant-bras tatoué. La rose avait subi quelques retouches : un poignard la transperçait et des gouttes de sang coulaient de sa corolle vers le poignet. Dans le fond, derrière Laing et son balcon, on discernait une façade d'immeuble plus ou moins nette, avec des fenêtres noires formant un motif asymétrique sur un fond argenté.

Il avait utilisé son vrai nom :

Donald Laing fait appel à votre générosité.
Je suis un vétéran de l'armée britannique et je souffre d'arthrite psoriasique. Je collecte des fonds pour la recherche sur cette maladie. Merci de donner ce que vous pouvez.

La page avait été créée trois mois auparavant. Sur les 1000 livres qu'il espérait recevoir, Laing avait recueilli 0 %.

« Tous les moyens sont bons pour se faire du fric, commenta Strike. Il suffit de dire "donnez-moi".

— Pas donnez-*moi*, le corrigea Robin, accroupie par terre en train d'éponger l'eau des fleurs avec une feuille d'essuie-tout. L'argent est censé revenir à l'association caritative.

— Qu'il dit. »

Strike se concentra sur la façade aux formes irrégulières, derrière le balcon de Laing.

« Ces fenêtres vous disent quelque chose ?

— Dans un premier temps, j'ai pensé au Gherkin, dit Robin en jetant à la poubelle le papier imbibé d'eau. Mais le dessin des fenêtres est différent.

— On ne sait pas où il vit », dit Strike. Il se mit à cliquer sur tous les liens visibles. « JustGiving doit bien afficher ses coordonnées quelque part.

— C'est curieux, on n'imagine jamais que les méchants peuvent tomber malades », dit Robin.

Elle vérifia l'heure à sa montre.

« Je dois aller m'occuper de Platine. Il faut que je file pour y être dans quinze minutes.

— Ouais, dit Strike, toujours fasciné par la photo de Laing. On se tient au courant… Au fait, j'ai besoin de vous pour un truc. »

Il sortit son portable de sa poche.

« Brockbank.

— Vous le soupçonnez toujours ? dit Robin en s'immobilisant alors qu'elle enfilait sa veste.

— Peut-être bien. Je veux que vous l'appeliez, toujours en vous faisant passer pour Venetia Hall, avocate spécialisée dans la réparation des dommages corporels.

— OK », dit-elle en prenant son portable pour y entrer le numéro que Strike lui montrait. Malgré son air détaché, elle jubilait intérieurement. Venetia était son idée, sa création, et maintenant Strike s'en remettait entièrement à elle pour cette ligne d'enquête.

Elle avait parcouru la moitié de Denmark Street sous un beau soleil quand elle se souvint de la carte glissée à l'intérieur du bouquet de roses, à présent fichu. Elle ne l'avait même pas lue.

32

What's that in the corner ?
It's too dark to see.
Qu'y a-t-il dans le coin ?
Il fait trop noir pour y voir.

BLUE ÖYSTER CULT, « After Dark »

Entre le vacarme de la circulation et les gens qui gueulaient dans la rue, Robin dut attendre dix-sept heures avant de réussir à appeler Noel Brockbank. Quand Platine disparut à l'intérieur du club de strip-tease, elle se réfugia dans le restaurant japonais mitoyen et porta sa tasse de thé vert jusqu'à une table placée en retrait. Elle patienta encore cinq minutes, le temps de vérifier que le bruit de fond pouvait être confondu avec la rumeur qui prévaut dans un cabinet juridique situé sur une grande avenue, puis elle composa le numéro, le cœur battant à tout rompre.

Il était encore en service. Robin écouta sonner pendant une vingtaine de secondes. Elle commençait à se dire que personne ne décrocherait quand un déclic se fit entendre.

Quelqu'un respirait comme un phoque au bout du fil. Robin resta sans rien dire, son portable collé à l'oreille, puis elle sursauta. Une voix d'enfant suraiguë venait de hurler :

« ALLÔ !

— Allô ? » fit prudemment Robin.

Dans le fond, elle entendit confusément une femme dire : « Qu'est-ce que tu fais, Zahara ? »

Il y eut un raclement et la voix se rapprocha :

« C'est celui de Noel, il le cherch… »

La communication s'interrompit. Robin baissa lentement son téléphone, le cœur toujours palpitant. Elle voyait presque les petits doigts collants qui avaient appuyé par maladresse sur la touche Raccrocher.

L'appareil se remit à vibrer dans sa main : le numéro de Brockbank venait de s'afficher. Elle respira profondément et répondit.

« Allô, ici Venetia Hall.

— Quoi ? demanda la même voix féminine.

— Venetia Hall – de Hardacre et Hall.

— Quoi ? répéta la femme. C'est vous qui venez d'appeler ? »

Elle avait un accent londonien. Robin avait la bouche sèche.

« Oui, en effet, dit Robin alias Venetia. Je voudrais parler à Mr. Noel Brockbank.

— Pourquoi ? »

Robin laissa passer un blanc avant de demander :

« Puis-je savoir à qui je m'adresse, s'il vous plaît ?

— Pourquoi ? répondit son interlocutrice, toujours plus vindicative. Qui êtes-vous ?

— Je m'appelle Venetia Hall et je suis avocate spécialisée dans la réparation des dommages corporels. »

Un couple s'attabla juste devant elle et se mit à discuter en italien.

« Quoi ? » dit la femme au bout de la ligne.

En pestant intérieurement contre ses voisins, Robin monta d'un ton pour lui débiter l'histoire qu'elle avait déjà servie à Holly, dans le pub de Barrow.

« De l'argent pour *lui* ? s'étonna la femme, un tantinet moins agressive.

— Oui, s'il gagne son procès, précisa Robin. Puis-je vous demander... ?

— Comment vous avez appris, pour lui ?

— Nous sommes tombés sur l'affaire de Mr. Brockbank alors que nous faisions des recherches sur un autre...

— Quelle somme ?

— Tout dépend. » Robin respira à fond. « Où est Mr. Brockbank ?

— Au boulot.

— Puis-je savoir où...

— Je lui dirai de vous appeler. À ce numéro, hein ?

— Oui, s'il vous plaît, dit Robin. Je serai à mon bureau demain à partir de neuf heures.

— Vene... Ven... c'est comment déjà ? »

Robin épela le prénom.

« Ouais, bon d'accord. Je lui dirai de vous rappeler. Au revoir. »

Robin voulut joindre Strike pour lui résumer la conversation tout en rejoignant le métro, mais son téléphone sonnait occupé.

Elle avait le moral dans les chaussettes en descendant les marches de la station. Matthew était sûrement rentré. Il lui semblait qu'elle ne l'avait pas vu depuis un siècle ; elle redoutait de se retrouver en face de lui. En chemin, son humeur chuta encore de quelques degrés. Elle aurait bien aimé avoir une raison valable pour rester dehors, mais Strike ne voulait pas qu'elle traîne dans les rues après le coucher du soleil. C'était rageant mais elle devait respecter sa promesse.

Quarante minutes plus tard, elle sortait de la station West Ealing et se dirigeait vers chez elle, la gorge serrée. Elle tenta encore une fois de contacter Strike et, cette fois, il décrocha.

« Beau travail, bravo ! dit-il en apprenant que quelqu'un avait répondu sur le téléphone de Brockbank. Vous dites que cette femme avait un accent londonien ?

— C'est l'impression que j'ai eue, oui, répondit Robin en se disant que Strike ratait un détail plus important. Et il y avait aussi une petite fille.

— Ouais. C'est ce qui a dû l'attirer. »

Elle avait cru qu'il réagirait en apprenant qu'une petite fille vivait avec un violeur d'enfants, mais non ; il passa à un autre sujet.

« J'ai parlé au téléphone avec Hazel Furley.

— Qui ça ?

— La sœur de Kelsey, vous vous rappelez ? Celle qui veut me rencontrer ? J'irai la voir samedi.

— Oh.

— Avant, c'est impossible – Mad Dad est rentré de Chicago. Ça tombe bien. Deux-Fois ne sera pas toujours là pour faire bouillir la marmite. »

Robin ne répondit pas. Elle pensait encore à la gamine qui avait décroché. La réaction de Strike l'avait déçue.

« Vous allez bien ? demanda Strike.

— Oui. »

Robin avait atteint le bout de la rue Hastings.

« Bon, eh bien, à demain alors », dit-elle.

Il acquiesça et raccrocha. C'était curieux mais cette conversation ne l'avait nullement revigorée, songea-t-elle en regagnant anxieusement son domicile.

*

Elle avait eu tort de s'inquiéter. Le Matthew qu'elle découvrit ce soir-là n'avait rien de commun avec celui qui l'avait suppliée heure après heure de lui répondre. Il dormit sur le canapé et, durant trois jours, ils cohabitèrent dans le calme, chacun de son côté. Robin le traitait avec une politesse glaciale tandis que lui faisait montre à son égard d'une adoration qui frisait parfois la parodie. À peine avait-elle fini de boire son thé qu'il courait laver la tasse. Le jeudi matin, il poussa le zèle jusqu'à prendre des nouvelles de son travail.

« Oh, *je t'en prie* », se contenta de répondre Robin en lui passant devant le nez pour sortir.

Sa famille avait dû lui conseiller de se faire tout petit, supposait-elle. De ne pas la brusquer. Ils n'avaient pas encore discuté de la façon dont ils allaient s'y prendre pour annoncer l'annulation du mariage à leurs invités. Visiblement, Matthew ne souhaitait pas aborder la question. Quant à Robin, elle n'en trouvait pas le courage. À certains moments, elle se demandait si cette lâcheté n'était pas le signe qu'au tréfonds d'elle-même, elle souhaitait renfiler sa bague de fiançailles. À d'autres, elle mettait sa faiblesse sur le compte de l'épuisement ; cette confrontation serait sans doute bien pire que leurs précédentes disputes et elle avait besoin de rassembler toutes ses forces avant la rupture définitive. Bien qu'elle n'ait guère encouragé sa mère à venir, Robin espérait sans se l'avouer que Linda lui apporterait son soutien et son réconfort dans la rude tâche qui l'attendait.

Les roses sur son bureau se flétrissaient tout doucement. Personne n'ayant pris la peine de les mettre dans l'eau, elles se desséchaient sous leur emballage de cellophane. Mais Robin n'était pas là pour les jeter, et Strike, qui faisait un saut de temps à autre pour prendre des affaires, ne s'en sentait pas le droit. De même, il ne toucha pas à la carte qui resta dans son enveloppe cachetée.

Après une semaine de travail en duo, désormais ils ne faisaient plus que se croiser, quand ils se relayaient pour filer Platine et Mad Dad, lequel à peine rentré d'Amérique s'était remis à harceler ses fils. Le jeudi après-midi, ils discutèrent de Noel Brockbank par téléphone. Celui-ci ne s'étant pas manifesté, ils se demandèrent si Robin devait tenter de le rappeler. Après réflexion, Strike décida que Venetia Hall, avocate très sollicitée, avait d'autres chats à fouetter.

« S'il ne donne pas signe de vie demain, tentez le coup. Ça fera une semaine pile. Bien sûr, sa copine a pu égarer le numéro. »

Quand Strike eut raccroché, Robin reprit ses déambulations sur Edge Street, à Kensington, où vivait la famille de Mad Dad. Arpenter ce quartier chic ne contribuait guère à lui remonter le moral. Elle avait commencé à chercher un logement sur internet, mais ceux qu'elle pouvait se payer avec le salaire que lui versait Strike étaient encore pires que dans ses craintes. En fait, elle devrait se contenter d'une colocation.

Les superbes maisons victoriennes qui l'entouraient, avec leurs portes d'entrée étincelantes, leurs façades ornées de belles plantes grimpantes, leurs jardinières fleuries posées devant des fenêtres à guillotine immaculées, lui évoquaient la vie confortable et prospère à laquelle Matthew avait aspiré du temps où Robin semblait désireuse d'embrasser une carrière plus lucrative. Dès le début, elle lui avait dit que l'argent ne l'intéressait pas, du moins pas autant que lui, et cela demeurait vrai, mais en marchant devant ces jolies maisons bourgeoises, aucun être humain normalement constitué n'aurait pu s'empêcher de les comparer, et à leur avantage, avec la petite pièce qui l'attendait quelque part, dans une communauté strictement végétarienne où l'usage du téléphone portable serait toléré sauf dans les parties communes, ou avec le placard à balai qui semblait disponible à Hackney, chez une « famille amicale et tolérante, prête à VOUS ACCUEILLIR À BORD ! ».

Son portable sonna de nouveau. Elle le sortit de sa poche en croyant voir s'afficher le nom de Strike. Son estomac se retourna : Brockbank. Elle respira un bon coup avant de répondre.

« Venetia Hall.

— C'est vous l'avocate ? »

À quelle voix s'était-elle attendue ? Impossible à dire tant cet homme avait pris une forme monstrueuse dans son esprit. Un violeur d'enfants, un voyou au menton en galoche brandissant une bouteille brisée, un simulateur qui jouait la comédie de l'amnésie, selon Strike. Sa voix était profonde et son accent, moins prononcé toutefois que celui de sa sœur jumelle, le reliait clairement à sa ville natale de Barrow.

« Oui, dit Robin. Mr. Brockbank, je présume ?

— Ouais, c'est moi. »

Il y avait dans son silence quelque chose de menaçant. Robin se dépêcha d'embrayer sur l'indemnisation susceptible de lui échoir s'il consentait à la rencontrer pour discuter. Nouveau silence. Robin attendit stoïquement qu'il se décide à répondre. Venetia Hall était une personne assez sûre d'elle-même pour supporter un blanc dans une conversation. Pourtant c'était assez troublant de n'entendre que des craquements sur la ligne.

« Comment qu'vous avez appris, pour moi ?

— Nous sommes tombés sur votre dossier pendant que nous enquêtions sur…

— C'est quoi c't'enquête ? »

Pourquoi se sentait-elle en danger ? Ce type ne rôdait pas dans les parages, et pourtant elle ne pouvait s'empêcher de regarder nerveusement autour d'elle. Il n'y avait pas un chat dans cette charmante impasse ensoleillée, fermée par une école.

« Une enquête concernant des soldats blessés en dehors du combat », dit-elle en espérant que sa voix ne partait pas trop dans les aigus.

Nouveau silence. Une voiture tourna au bout de la rue et s'engagea dans sa direction.

Merde, pesta Robin. Le conducteur n'était autre que le père de famille obsessionnel qu'elle était censée surveiller. Quand elle s'était tournée vers la voiture, il avait pu la voir de face. Robin baissa la tête et s'éloigna lentement de l'école.

« Alors, y faut que j'fasse quoi, hein ? demanda Noel Brockbank.

— On pourrait se voir pour discuter un peu de votre histoire ? » répondit Robin. Son cœur battait si fort qu'elle avait mal dans la poitrine.

« J'croyais qu'vous la connaissiez, mon histoire ? répliqua Brockbank sur un ton qui lui donna la chair de poule. Ce connard de Cameron Strike m'a endommagé le cerveau.

— Oui, c'est ce que j'ai lu dans votre dossier, dit Robin en cherchant son souffle. Mais j'ai absolument besoin de votre déposition…

— Une déposition ? »

La pause qui suivit ne présageait rien de bon.

« Vous seriez pas *Pardu*, des fois ? »

Elle-même originaire du nord de l'Angleterre, Robin Ellacott savait que les habitants de Cumbria disaient *Pardu* pour flic ; mais la Londonienne Venetia Hall ne pouvait pas comprendre.

« Quoi… pardon ? » dit-elle en faisant de son mieux pour paraître interloquée.

Mad Dad avait garé sa voiture devant la maison de son ex-épouse. À tout moment, ses fils pouvaient sortir avec leur nounou pour aller jouer chez un camarade. Si jamais le père les abordait, Robin devait absolument photographier la scène. Elle était en train de foirer une mission rémunératrice : elle aurait déjà dû commencer à mitrailler Mad Dad.

« Flic, cracha Brockbank.

— Flic ? dit-elle avec un petit rire incrédule. Bien sûr que non.

— Z'êtes sûre ? »

La porte de la maison venait de s'ouvrir. Robin aperçut la chevelure rousse de la nounou, entendit le bruit de la portière de Mad Dad.

« Mais enfin, pourquoi une telle question ? dit-elle, offusquée. Si ma proposition ne vous intéresse pas… »

Son portable devint moite. Elle s'attendait à tout sauf à ce qu'il lui réponde :

« D'accord, j'veux bien qu'on s'voie.

— Formidable, dit Robin en regardant la nounou escorter les deux petits garçons sur le trottoir. Où habitez-vous ?

— À Shoreditch. »

Robin eut un coup au cœur. Il était à Londres.

« Bien. Où pourrions-nous… ?

— C'est quoi c'raffut ? »

La nounou était en train d'invectiver Mad Dad qui s'avançait vers elle et les enfants. L'un d'eux se mit à brailler.

« Oh, eh bien… c'est mon tour d'aller chercher mon fils à l'école », dit Robin assez fort pour qu'il l'entende malgré les cris et les pleurs.

Nouveau silence au bout de la ligne. L'imperturbable Venetia Hall n'aurait pas manqué de renchérir mais Robin, elle, resta clouée sur place, saisie par un accès de panique qu'elle aurait aimé pouvoir qualifier d'absurde.

Puis, d'une voix plus terrifiante que tout ce qu'elle avait pu entendre au cours de sa vie, peut-être parce que, au lieu de parler, il s'était mis à susurrer et qu'elle sentait presque son souffle au creux de son oreille, Brockbank lui demanda :

« On s'connaît, gamine ? »

Robin resta muette de stupeur. Il n'y avait plus personne au bout du fil.

33

Then the door was open and the wind appeared…
Alors la porte s'ouvrit et le vent apparut…

BLUE ÖYSTER CULT, « (Don't Fear) The Reaper »

« J'ai merdé avec Brockbank, dit Robin. Je suis franchement désolée – je ne sais pas *comment* j'ai pu merder comme ça ! En plus, Mad Dad était tellement près que je n'ai pas osé le photographier. »

Vendredi matin, neuf heures. Strike venait d'arriver au bureau. Il n'avait pas passé la nuit chez lui, à l'étage du dessus, puisqu'il venait de la rue, portait une veste et son habituel sac à dos. Robin l'avait entendu fredonner en montant les escaliers. Il avait dormi chez Elin. La veille au soir, Robin l'avait appelé pour lui parler de sa conversation avec Brockbank mais Strike n'avait pu lui accorder que deux minutes. Ils auraient tout le temps de discuter le lendemain, avait-il promis.

« Pour Mad Dad, ce n'est que partie remise, dit-il en remplissant la bouilloire. Et vous avez fait du bon boulot avec Brockbank. Nous savons maintenant qu'il vit à Shoreditch, qu'il ne m'a pas oublié et qu'il vous soupçonne d'être flic. Mais craint-il la police parce qu'il a tripoté des gosses d'un bout à l'autre du pays ou parce qu'il a récemment découpé une adolescente en petits morceaux ? »

Robin était sur les nerfs depuis que Brockbank avait murmuré au creux de son oreille. Matthew et elle avaient à peine échangé un mot de toute la soirée et, n'ayant donc personne à qui confier son désarroi, sensation d'autant plus déconcertante qu'elle ne se l'expliquait pas, Robin avait attendu avec impatience de pouvoir tout raconter à Strike en espérant qu'il l'aiderait à déchiffrer cette petite phrase qui l'avait tant effrayée : *On s'connaît, gamine ?* Elle aurait bien aimé retrouver le Strike préoccupé qui lui avait déconseillé de sortir après le coucher du soleil, celui qui avait pris très au sérieux l'arrivée du colis macabre. Or, aujourd'hui, Strike était gai comme un pinson. Il préparait le café en parlant de maltraitance infantile comme il aurait commenté le bulletin météo. Comment aurait-il pu la rassurer alors qu'il n'avait aucune idée de ce qu'elle avait ressenti en entendant Brockbank fredonner au téléphone ?

« Nous savons autre chose à son sujet, dit-elle d'une voix tendue. Il habite avec une petite fille.

— On n'est pas sûr qu'il habite avec elle. Il avait peut-être oublié son téléphone chez quelqu'un.

— Bon, très bien, répondit Robin, toujours plus oppressée. Si vous tenez absolument à pinailler : nous savons qu'il y a une petite fille dans son entourage immédiat. »

Elle se détourna en feignant de trier le courrier qu'elle avait ramassé sur le paillasson en entrant. L'entendre arriver en chantonnant l'avait irritée. Il avait dû profiter de sa soirée avec Elin pour se distraire, se détendre et récupérer des forces. Robin, elle aussi, aurait apprécié un peu de répit. Or, elle passait ses journées à surveiller tout ce qui bougeait et ses soirées à s'ennuyer comme un rat mort dans le silence glacial de son appartement. Elle savait qu'elle avait tort de ruminer ainsi, mais c'était plus fort qu'elle. Elle attrapa les roses fanées posées sur son bureau et les enfonça tête la première dans la poubelle.

« On ne peut rien faire pour cette gosse », dit Strike.

Un frisson de colère la traversa de part en part.

« Eh bien dans ce cas, pas besoin que je m'inquiète pour elle », répliqua Robin.

Elle déchira involontairement une facture en voulant la sortir de son enveloppe.

« Vous croyez peut-être que cette gamine est seule dans son cas ? En ce moment, rien qu'à Londres, il y a des centaines d'enfants qui vivent sous la menace d'un pervers. »

Robin avait plus ou moins cru que Strike calmerait le jeu après l'avoir entendue exprimer son agacement. Surprise, elle se tourna vers lui. Il l'observait entre ses paupières plissées, sans la moindre aménité.

« Allez-y, inquiétez-vous ! Perdez votre temps et votre énergie. Ni vous ni moi ne pouvons rien faire pour cette gosse. Brockbank n'est pas fiché. Il n'a jamais été condamné. Nous ignorons même où elle habite et comment elle…

— Elle s'appelle Zahara », dit Robin.

Elle était en train de se ridiculiser. Sa voix ressemblait à un piaillement étranglé, son visage avait viré au cramoisi et des larmes brillaient dans ses yeux. Elle se détourna mais pas assez vite.

« Allons », dit gentiment Strike, mais Robin leva la main pour lui intimer silence. Elle ne voulait surtout pas craquer ; si elle tenait le coup, c'était uniquement grâce à la persévérance, au sérieux qu'elle mettait dans son travail.

« Ça va, dit-elle entre ses dents serrées. Je vous assure. Oubliez ça. »

Il lui était difficile à présent d'avouer à Strike combien la phrase de Brockbank l'avait déstabilisée. Il l'avait appelée « gamine ». Mais elle n'était *pas* une gamine. Elle n'avait rien d'une enfant terrorisée – plus aujourd'hui du moins. En revanche, Zahara…

Elle entendit Strike sortir sur le palier et, un moment plus tard, plusieurs feuilles de papier hygiénique apparurent devant son regard trouble.

« Merci », dit-elle sourdement. Elle prit les mouchoirs improvisés et souffla dedans.

S'ensuivirent quelques minutes de silence que Robin passa à s'éponger les yeux, à se moucher, tout en évitant de regarder Strike qui, au lieu de se retrancher dans son bureau, demeurait planté à côté d'elle.

« *Quoi ?* » s'écria Robin. Voilà qu'elle se remettait en colère parce que Strike la dévisageait sans rien dire.

Il fit un grand sourire et Robin, entre ses larmes, sentit monter une soudaine hilarité.

« Vous allez rester là toute la matinée ? demanda-t-elle en feignant de le gronder.

— Non, dit Strike, souriant toujours. J'avais juste un truc à vous montrer. »

Il fouilla dans son sac à dos et sortit une brochure immobilière imprimée sur un beau papier glacé.

« Elin m'a donné ça, dit-il. Elle est allée le visiter hier. Elle pense s'acheter un appartement dans l'immeuble. »

Robin n'avait plus du tout envie de rire. C'était comme ça qu'il espérait lui remonter le moral ? En lui apprenant que sa copine comptait s'acheter un appartement hors de prix ? Ou alors était-ce une manière détournée de lui annoncer (à cet instant, son moral déjà vacillant faillit s'écrouler pour de bon) qu'il allait emménager avec elle ? En une fraction de seconde, des images alarmantes défilèrent devant ses yeux : le studio de Strike vidé de son contenu, Strike vautré dans le luxe et elle-même au fond d'un placard à balai, à la périphérie de Londres, en train de chuchoter dans son portable pour ne pas déranger sa logeuse végétarienne.

Strike déposa la brochure sur le bureau de Robin. La photo en couverture montrait une grande tour ultramoderne avec, à son sommet, un plan incliné en forme de blason, équipé de trois éoliennes qui lui faisaient comme des yeux. « Strata SE1, la résidence la plus recherchée de Londres », clamait la légende en dessous.

« Vous voyez ? » dit Strike.

Son air triomphant la contrariait au-delà de toute mesure. Surtout que Strike n'était pas de ceux qui jubilent à la perspective de profiter de l'argent d'autrui. Elle préparait sa repartie quand on entendit frapper à la porte en verre dépoli.

« Nom de Dieu », dit Strike, franchement surpris de découvrir Shanker sur le palier. Ce dernier entra en claquant les doigts, suivi de son odeur corporelle, un mélange de tabac, de cannabis et de crasse.

« Je passais dans le coin, dit-il sans savoir qu'il répétait les paroles d'Eric Wardle. Je te l'ai trouvé, Bunsen. »

Shanker se laissa tomber sur le canapé en skaï, jambes écartées, et sortit un paquet de Mayfair.

« Tu as trouvé Whittaker ? s'écria Strike, stupéfait de voir Shanker debout à une heure si matinale.

— Tu m'as demandé d'en chercher un autre ? rétorqua Shanker en tirant furieusement sur sa cigarette, visiblement ravi de l'effet qu'il produisait sur son auditoire. Catford Broadway. Un appart au-dessus d'une friterie. La pute vit avec lui. »

Strike lui serra la main. Abstraction faite de sa dent en or et de la cicatrice qui relevait sa lèvre supérieure, on aurait pu qualifier d'enfantin le sourire de Shanker.

« Tu veux un café ? lui proposa Strike.

— Ouais, envoie, dit Shanker qui semblait disposé à célébrer son succès. Ça va bien ? ajouta-t-il joyeusement à l'intention de Robin.

— Oui, merci », répondit-elle avec un petit sourire coincé. Puis elle replongea dans sa pile de courrier.

« On a le vent en poupe, lui murmura Strike pendant que la bouilloire commençait à siffler et que Shanker fumait en consultant ses textos. Ils sont à Londres tous les trois. Whittaker à Catford, Brockbank à Shoreditch et nous venons d'apprendre que Laing vit du côté d'Elephant & Castle – ou du moins qu'il y était voilà trois mois. »

Elle acquiesça avant de se reprendre.

« Comment savons-nous que Laing était à Elephant & Castle ? »

Strike tapota la brochure immobilière posée sur le bureau de Robin.

« D'après vous, pourquoi je vous l'ai montrée ? »

Robin nageait complètement. Elle resta plusieurs secondes à fixer la photo du Strata SE1 illustrant la couverture du catalogue et, peu à peu, la lumière se fit dans son esprit. Des plaques de métal argenté, des fenêtres sombres superposées dessinant de longues lignes brisées sur la façade incurvée : c'était l'immeuble qu'on apercevait derrière le balcon en ciment où se tenait Laing, sur la photo.

« *Oh* », souffla-t-elle.

Finalement, Strike n'emménageait pas avec Elin. Robin se sentit rougir mais elle ignorait pourquoi. Elle ne maîtrisait plus du tout ses émotions. Décidément, ça ne tournait pas rond dans sa tête. Elle refit pivoter son fauteuil pour reprendre son tri et en même temps cacher son visage.

« Je sais pas si j'ai assez de fric sur moi pour te régler, Shanker, dit Strike en ouvrant son portefeuille. Je descendrai avec toi pour en prendre au distributeur.

— Pas de problème, Bunsen, dit Shanker en se penchant pour jeter dans la poubelle de Robin la cendre qui s'étirait au bout de sa cigarette. Si t'as besoin d'un coup de main pour Whittaker, tu sais où me trouver.

— Ouais, merci, mais je crois que je vais m'en sortir. »

Robin saisit la dernière enveloppe de la pile. Elle était raide et un peu renflée dans un coin, comme si elle contenait une carte épaisse avec un genre de gadget agrafé dessus. Robin allait l'ouvrir quand elle vit qu'elle lui était adressée. Elle suspendit son geste, l'examina de plus près. Son nom et l'adresse de l'agence étaient tapés à la machine. Le cachet indiquait qu'on l'avait envoyée la veille d'un bureau de poste situé dans le centre de Londres.

Elle entendait en fond sonore les voix de Strike et de Shanker qui montaient puis descendaient mais ne comprenait pas leurs paroles.

Ce n'est rien, se dit-elle. *Tu es sur les nerfs. Ça ne peut pas recommencer.*

Elle déglutit, ouvrit l'enveloppe et en extirpa la carte.

C'était la reproduction d'un tableau de Jack Vettriano : une femme blonde assise de profil sur une chaise recouverte d'un drap blanc. La femme tenait une tasse à thé, ses jambes fines gainées de noir, prolongées par d'élégants escarpins, croisées sur un tabouret bas. Il n'y avait rien d'agrafé au recto de la carte. L'objet qu'elle avait senti était scotché à l'intérieur.

Strike et Shanker discutaient toujours. Un relent de pourriture parvint à ses narines à travers le nuage odorant que Shanker transportait partout avec lui.

« Oh mon Dieu », chuchota-t-elle. Personne ne l'entendit. Elle retourna la carte.

Un orteil en voie de décomposition était collé sur le carton, accompagné de ces mots imprimés en lettres capitales :

SHE'S AS BEAUTIFUL AS A FOOT

La carte lui tomba des mains. Robin se leva et se tourna vers Strike, mais comme au ralenti. D'abord, il vit son visage horrifié, puis ses yeux se posèrent sur la chose immonde qui gisait sur le bureau.

« Éloignez-vous de ça. »

Elle obéit en tremblant, le cœur au bord des lèvres. Elle aurait préféré que Shanker n'assiste pas à la scène.

« Quoi ? répétait Shanker. Quoi ? Qu'est-ce que c'est ? Quoi ?

— Quelqu'un m'a envoyé un orteil coupé avec un mot, fit Robin d'une voix travaillée qui n'était pas la sienne, disant : "Elle est aussi belle qu'un pied."

— Non, là, vous déconnez », dit Shanker en s'avançant vers elle, curieux.

Strike bondit pour l'empêcher de toucher la carte, toujours posée à l'endroit où Robin l'avait lâchée. Il connaissait cette phrase. « She's as Beautiful as a Foot. » Encore le titre d'une chanson de Blue Öyster Cult.

« Je vais appeler Wardle », dit Strike, mais au lieu de prendre son portable, il inscrivit un code à quatre chiffres sur un Post-it et tira sa carte de crédit de son portefeuille. « Robin, allez chercher de l'argent pour Shanker et revenez immédiatement. »

Elle prit le papier et la carte de crédit, absurdement soulagée à l'idée de sortir prendre l'air.

« Et toi, Shanker, ordonna Strike tandis que les deux hommes atteignaient la porte en verre, tu l'accompagnes et tu la ramènes ici, d'accord ? Tu la ramènes au bureau.

— Comme si c'était fait, Bunsen », dit Shanker que le mystère, le danger et l'action avaient toujours eu le don de stimuler.

34

The lies don't count, the whispers do.

Les mensonges ne comptent pas, les murmures oui.

BLUE ÖYSTER CULT, « The Vigil »

Ce soir-là, Strike se tenait assis à la table de la cuisine, dans son studio mansardé. La chaise était inconfortable et, après toutes ces heures à filer Mad Dad, qui avait pris sa journée pour suivre son fils cadet au muséum d'Histoire naturelle, le genou de sa jambe amputée lui faisait un mal de chien. Ce type passait le plus clair de son temps à harceler ses gosses ; il aurait été viré pour absentéisme depuis belle lurette s'il n'avait pas été son propre patron. En revanche, aujourd'hui, personne n'avait surveillé ni photographié Platine. En apprenant que sa mère arrivait dans la soirée pour la voir, Strike avait imposé trois jours de congé à Robin malgré ses récriminations. Il l'avait même accompagnée au métro en lui rappelant qu'elle devait absolument lui envoyer un texto dès qu'elle aurait regagné ses pénates.

Strike tombait de sommeil mais il avait la flemme de se lever pour rejoindre son lit. Il n'avait rien montré devant son associée mais l'arrivée de ce deuxième pli le perturbait considérablement. Bien sûr, il avait reçu un choc la première fois, en découvrant la jambe, mais à présent il comprenait qu'il avait eu tort de s'accrocher au faible espoir que le nom de Robin inscrit sur la deuxième étiquette ne fût rien de plus qu'une coquetterie macabre, imaginée au dernier moment par le tueur pour mieux le provoquer. Par ce deuxième envoi, il lui adressait encore un clin d'œil par personne interposée (« *She's as Beautiful as a Foot* ») mais il n'en demeurait pas moins que c'était bien Robin qu'il visait. Même le titre du tableau inscrit au recto de la carte – le portrait d'une blonde aux jambes fines – venait confirmer ses craintes : « *In Thoughts of you.* » Je pense à toi.

Immobile devant sa table, Strike fut pris d'une telle colère qu'il en oublia sa fatigue. Il revoyait le visage blême de Robin. Il avait assisté en direct à la perte de son tout dernier espoir : la jambe lui était bel et bien destinée. Et pourtant, malgré sa peur, elle avait refusé avec véhémence de prendre des vacances, arguant qu'il avait besoin d'elle pour mener à bien les seules missions qui leur rapportaient de l'argent : comme Strike ne pouvait pas se dédoubler, il lui faudrait choisir chaque jour entre Platine et Mad Dad. Strike s'était montré inflexible : elle ne reviendrait travailler qu'une fois sa mère rentrée chez elle, dans le Yorkshire.

Leur persécuteur avait réussi à chasser tous leurs clients sauf deux. Strike avait vu la police débarquer à l'agence pour la deuxième fois et il redoutait que la presse n'ait vent des derniers événements, même si Wardle avait promis de rester discret, sachant que le tueur cherchait avant tout à détruire la réputation de Strike et qu'alerter les médias reviendrait à entrer dans son jeu.

La sonnerie de son portable retentit dans la petite cuisine. Strike lut vingt-deux heures vingt à sa montre. À peine remarqua-t-il le nom affiché sur l'écran, tant il s'inquiétait pour Robin.

« Bonne nouvelle, annonça Wardle tout de go. Enfin, toutes proportions gardées. Il n'a tué personne d'autre. L'orteil appartient à Kelsey. Il vient de son autre jambe. Rien ne se perd avec lui, hein ? »

Strike n'était pas d'humeur à plaisanter. La conversation fut brève. Ensuite, il reprit le fil de ses pensées, toujours assis à la table, sous le grondement incessant de la circulation sur Charing Cross Road. C'est en se rappelant son rendez-vous du lendemain, à Finchley, avec la sœur de Kelsey, qu'il finit par trouver la force de défaire sa prothèse – un rituel toujours aussi pénible – et de se mettre au lit.

Grâce à sa nomade de mère, Strike connaissait Londres comme sa poche, à de rares exceptions près. Finchley en était une. Il savait seulement que ce quartier était l'ancienne circonscription électorale de Margaret Thatcher, dans les années 80, époque où Leda, Lucy et lui voguaient de squat en squat, entre Whitechapel et Brixton. Finchley était non seulement trop excentré pour une famille qui dépendait entièrement des transports en commun et se nourrissait exclusivement de plats à emporter, mais aussi trop cher pour une femme qui souvent n'avait même pas assez de pièces de monnaie pour faire fonctionner le compteur d'électricité. En gros, c'était le genre de banlieue où vivaient de vraies familles, comme aurait dit Lucy en ce temps-là, des regrets dans la voix. En épousant un géomètre qui lui avait donné trois garçons modèles, Lucy avait réalisé ses rêves d'enfance, lesquels tenaient en trois mots : propreté, ordre, sécurité.

Strike descendit du métro à West Finchley et, comme ses finances étaient au plus bas, fit le reste du chemin à pied au lieu de prendre un taxi. Il y avait une bonne trotte jusqu'à Summers Lane, et il faisait doux. Transpirant un peu, il traversa une zone pavillonnaire, passant d'une rue à l'autre en pestant contre la quiétude verdoyante de ce quartier dépourvu de points de repère. Finalement, après avoir tourné pendant une demi-heure, il trouva la maison de Kelsey Platt. Plus petite que la plupart de ses voisines, elle avait des murs blanchis à la chaux et un portail en fer forgé.

Il donna un coup de sonnette et entendit aussitôt des voix derrière la porte en verre dépoli, pareille à celle de son bureau.

« Je crois que c'est le détective, chouchou, dit un homme à l'accent du nord-est de l'Angleterre.

— T'as raison ! » répondit une voix haut perchée.

Une grande tache rouge s'épanouit en transparence. L'homme qui lui ouvrit remplissait presque entièrement le petit vestibule. Il marchait pieds nus, drapé dans un peignoir écarlate. Il était chauve mais, avec son épaisse barbe grise et son habit rouge, on aurait pu le prendre pour le père Noël. Ne manquait que la bouille réjouie. Il s'essuyait nerveusement le visage avec sa manche en tissu éponge. Derrière ses lunettes, on voyait à peine ses yeux tant ses paupières étaient gonflées ; ses joues rubicondes luisaient de larmes.

« Désolé, grommela-t-il en s'effaçant pour laisser entrer Strike. Je travaille de nuit », ajouta-t-il, histoire d'expliquer sa tenue.

En se faufilant pour passer, Strike renifla sur lui une odeur de camphre mêlée au parfum de sa lotion Old Spice. Deux femmes d'âge moyen, l'une blonde, l'autre brune, se tenaient étroitement enlacées au pied de l'escalier. Elles sanglotaient. En le voyant apparaître, elles s'écartèrent en s'épongeant le visage.

« Désolée, hoqueta la brune. Sheryl est notre voisine. Elle était en vacances à Magaluf, elle vient juste d'apprendre pour Kelsey.

— Désolée, dit également Sheryl en essuyant ses yeux rougis. Je te laisse, Hazel. Si tu as besoin de quoi que ce soit… Tu m'entends, Ray – quoi que ce soit. »

Sheryl se serra pour éviter de bousculer Strike en passant – « désolée » –, fit deux pas vers Ray et le prit dans ses bras. Ils restèrent un court instant à se balancer tous les deux, leurs ventres proéminents pressés l'un contre l'autre. Ray se remit à sangloter, la figure cachée dans l'épaule charnue de la voisine.

« Entrez », hoqueta Hazel. D'une main elle se tamponnait les yeux, de l'autre elle lui indiquait la direction du salon. Avec ses joues rondes, son menton pointu et son nez charnu, elle ressemblait à une paysanne de Brueghel. Des sourcils épais, hérissés comme des chenilles, surplombaient ses yeux bouffis. « C'est le défilé, depuis le début de la semaine. Les gens viennent dès qu'ils apprennent… désolée », termina-t-elle dans un sanglot.

On avait sollicité son pardon une demi-douzaine de fois en l'espace de deux minutes. D'autres gens, appartenant à une culture différente, auraient eu honte de garder les yeux secs ; ici, dans cette banlieue paisible de Finchley, ils avaient honte de pleurer devant lui.

« Ils ne savent pas quoi dire, chuchota Hazel en lui montrant le canapé. Ce n'est pas comme si elle avait été renversée par une voiture, ou qu'elle était morte de maladie. Ils ne trouvent pas les mots quand quelqu'un a été… » Elle hésita mais renonça à prononcer le verbe, si bien que sa phrase s'acheva sur un gargantuesque reniflement.

« Je suis désolé, dit Strike à son tour. Je sais que vous traversez une épreuve terrible. »

Le salon parfaitement rangé manquait de chaleur, peut-être à cause du choix de couleurs. Un canapé et deux fauteuils couverts d'un tissu argenté à rayures, un papier peint blanc avec de fines bandes grises, des coussins dressés sur leur pointe, des bibelots disposés de manière symétrique sur le manteau de cheminée. Pas un gramme de poussière sur l'écran de télé qui brillait à cause de la clarté pénétrant par la fenêtre.

De l'autre côté des rideaux, il vit la silhouette floue de Sheryl s'éloigner en s'essuyant les yeux. Le dos voûté, Ray passa devant la porte du salon en traînant les pieds. Avec la ceinture de son peignoir, il épongeait les larmes qui embuaient ses lunettes. Comme si elle avait lu dans les pensées de Strike, Hazel expliqua :

« Ray s'est brisé le dos en essayant de sauver une famille coincée dans un immeuble en flammes. Le mur s'est écroulé, son échelle est tombée. Trois étages.

— Seigneur », dit Strike.

Les lèvres de Hazel tremblaient, ses mains aussi. Strike se rappela ce qu'avait dit Wardle : ses collègues n'avaient pas trop pris de gants avec elle. Non seulement elle avait subi un violent traumatisme psychologique mais la police avait traité son compagnon comme s'il était coupable. Un acharnement inutile, cruel, impardonnable. Pour s'être tenu des deux côtés de la barrière, Strike en connaissait un rayon sur les méthodes de la police dans ce genre de circonstances. Ils déboulaient chez les gens sans aucun respect pour leur douleur.

« Quelqu'un veut une bière ? lança Ray d'une voix rauque depuis la cuisine, supposa Strike.

— Va te coucher ! lui répondit Hazel en serrant dans son poing une boule de mouchoirs trempés. Je vais me débrouiller ! Va te coucher !

— Tu es sûre ?

— Oui, vas-y, je te réveillerai à trois heures ! »

Hazel prit un mouchoir propre et le passa sur son visage comme s'il s'agissait d'un coton à démaquiller.

« Il n'est pas trop fana des pensions d'invalidité et tout ça, mais personne ne veut lui confier de travail digne de ce nom, dit-elle à mi-voix tandis que Ray repassait devant la porte comme un zombie. À cause de son dos, de son âge, de ses poumons fragiles. Il fait des petits boulots au noir… souvent de nuit… »

La suite resta coincée au fond de sa gorge. Son menton se remit à trembler. Pour la première fois, elle regarda Strike droit dans les yeux.

« Je ne sais pas pourquoi je vous ai demandé de venir, avoua-t-elle. C'est très confus dans ma tête. Ils ont dit qu'elle vous avait écrit mais que vous n'aviez pas répondu. Et ensuite on vous a envoyé sa… sa…

— J'imagine que ç'a été un choc épouvantable, bredouilla Strike, conscient que la souffrance de Hazel dépassait largement tout ce qu'il aurait pu dire.

— Oui, ç'a été atroce. Atroce, répéta-t-elle comme en transe. On n'était au courant de rien. Rien du tout. On pensait qu'elle faisait un stage. Quand la police est venue… Kelsey a dit qu'elle partait avec sa classe, et moi je l'ai crue, un stage de formation dans une école. Ça m'a paru plausible… Je n'ai jamais soupçonné… Mais elle mentait comme elle respirait. Tout le temps. Trois ans qu'elle vit ici et je n'arrive pas… Je veux dire, je n'arrivais pas à l'en empêcher.

— Elle mentait à propos de quoi ? demanda Strike.

— De tout, dit Hazel avec un petit geste d'agacement. Le mardi, elle disait qu'on était mercredi. Parfois, il n'y avait absolument aucune raison. Je ne sais pas pourquoi. Je ne sais pas.

— Pourquoi vivait-elle chez vous ?

— C'est ma… c'était ma demi-sœur. Même mère. Papa est mort quand j'avais vingt ans. Maman a épousé un collègue et elle a eu Kelsey. Nous avions vingt-quatre ans de différence – je n'étais plus à la maison. Pour elle, j'étais plus une tante qu'une sœur. Il y a trois ans, maman et Malcolm ont eu un accident de voiture en Espagne. Un chauffard en état d'ébriété. Malcolm a été tué sur le coup, maman est restée quatre jours dans le coma puis elle est morte aussi. On n'a pas d'autre famille, alors j'ai pris Kelsey avec moi. »

Strike se demanda comment une adolescente avait pu trouver sa place dans un environnement aussi glacial, entre ces coussins méticuleusement disposés et ces surfaces lisses, vides, bien astiquées.

« Kelsey et moi on ne s'entendait pas », dit Hazel, lisant à nouveau dans les pensées de Strike. Les larmes se remirent à ruisseler sur ses joues pendant qu'elle désignait l'étage du dessus, où Ray était parti se coucher. « Il était beaucoup plus patient avec elle. Même quand elle boudait dans son coin ou qu'elle nous envoyait sur les roses. Il a un grand fils qui travaille à l'étranger. Il sait s'y prendre avec les gosses. Mieux que moi. Et puis la police a débarqué ici, dit-elle dans un brusque accès de fureur, pour nous dire qu'elle… Ils ont commencé à interroger Ray, comme si… comme s'il avait… lui qui n'aurait jamais… *jamais*… C'est un cauchemar, que je lui ai dit. Comme ces gens qu'on voit aux infos et qui supplient qu'on leur rende leurs gosses – les gens qui sont jugés pour des trucs qu'ils n'ont pas fait… On n'imagine pas… pas une seule seconde… Mais on ne savait même pas qu'elle avait disparu. Sinon, on l'aurait cherchée. On ne savait pas. Et la police qui interroge Ray – où il était, et je ne sais quoi d'autre…

— Ils m'ont dit qu'ils l'avaient mis hors de cause, précisa Strike.

— Ouais, ils ont *fini* par le croire, dit Hazel en pleurant de rage. Il a fallu que trois de ses copains leur disent qu'il ne les avait pas lâchés de tout le week-end – un enterrement de vie de garçon – avec photos à l'appui… »

Elle trouvait absurde que la police ait cuisiné l'homme qui avait partagé la vie de Kelsey. Mais Strike avait entendu suffisamment de témoignages comme ceux de Brittany Brockbank ou de Rhona Laing pour savoir que la plupart des violeurs et des assassins n'étaient pas des inconnus masqués surgissant d'un coin sombre, sous un escalier, mais bien le père, le mari de la victime, ou encore le compagnon de la mère ou de la sœur…

Hazel essuya ses joues rebondies que les larmes remouillèrent aussitôt.

« Au fait, qu'avez-vous fait de sa lettre idiote ? demanda-t-elle à brûle-pourpoint.

— Mon assistante l'a rangée dans le tiroir où nous conservons les courriers insolites.

— La police a dit que vous ne lui aviez pas répondu, qu'elles étaient fausses, les lettres qu'ils ont trouvées.

— C'est exact.

— Donc celui qui a fait ça devait savoir qu'elle s'intéressait à vous.

— Oui. »

Hazel se moucha vigoureusement, puis demanda :

« Vous voulez une tasse de quelque chose ? »

Il accepta, estimant que Hazel avait besoin d'une petite pause. Une fois qu'elle eut quitté la pièce, il put examiner tranquillement les objets qui s'y trouvaient. Il n'y avait qu'une seule photo dans le salon, posée sur des tables gigognes à côté de lui. Elle représentait, supposa-t-il, la mère de Hazel et de Kelsey. Près d'elle, on voyait sur le bois de mauvaise qualité une bande plus sombre révélant qu'un deuxième cadre, à présent disparu, avait arrêté les rayons du soleil. C'était peut-être la photo de classe que tous les journaux avaient reproduite, songea Strike.

Hazel revint avec un plateau surmonté de tasses de thé et d'une assiette de biscuits. Strike la regarda disposer soigneusement la tasse qui lui était destinée sur une soucoupe, près de la photo de sa mère.

« J'ai cru comprendre que Kelsey avait un petit copain, reprit-il.

— N'importe quoi, répliqua Hazel en s'écroulant dans son fauteuil. Encore des bobards.

— Qu'est-ce qui vous fait croire… ?

— Elle disait qu'il s'appelait Niall. Niall. *Franchement.* »

Encore des larmes. Strike ne voyait pas pourquoi le copain de Kelsey n'avait pas le droit de se prénommer Niall. Hazel remarqua son air interloqué.

« One Direction, dit-elle en émergeant de son mouchoir.

— Désolé, dit Strike, toujours aussi perdu. Je ne…

— Le groupe. Ils ont fini troisièmes de l'émission *X-Factor*. Elle en est fan – enfin, elle l'était – et Niall était son préféré. Donc, quand elle a dit qu'elle avait fait la connaissance d'un garçon de dix-huit ans qui s'appelait Niall et qui roulait en moto… vous me suivez… que devait-on en conclure ?

— Oui. Je vois.

— Elle l'avait soi-disant rencontré chez le psy. Oui, elle voyait un psy. À l'en croire, le Niall en question se trouvait dans la salle d'attente parce que ses deux parents étaient morts, comme les siens. Mais on n'a jamais vu l'ombre de ce gamin. J'ai dit à Ray : "Voilà qu'elle remet ça, encore des inventions", et Ray m'a dit : "Laisse tomber, si ça la rend heureuse." Mais moi, je n'aimais pas qu'elle mente, insista Hazel en posant sur Strike un regard brûlant. Elle mentait *tout* le temps. Un jour, elle est rentrée avec le poignet bandé en disant qu'elle s'était coupée, mais en fait, c'était un tatouage One Direction. Pareil quand elle nous a dit qu'elle partait faire un stage, vous imaginez un peu ? À force de mentir, vous voyez où ça l'a menée ! »

Au prix d'un gigantesque effort, Hazel contint la crise de larmes suivante. Elle serra ses lèvres tremblantes, pressa les mouchoirs contre ses yeux, respira à fond et continua :

« Ray a une hypothèse. Il a voulu en parler à la police mais ils n'en avaient rien à faire, tout ce qui les intéressait c'était de savoir où *lui*, il était quand elle s'est fait… Bref, Ray a un ami qui s'appelle Ritchie, un gars qui fait un peu de jardinage à ses moments perdus, vous voyez. Kelsey a rencontré Ritchie… »

Elle développa la fameuse hypothèse en y rajoutant un monceau de détails inutiles et autres redites. Accoutumé au style décousu des témoins inexpérimentés, Strike l'écouta dans un silence poli.

Elle sortit une photo du tiroir d'une commode. Le cliché avait le double avantage de montrer Ray avec ses trois copains à Shoreham-by-Sea, le week-end où Kelsey était morte, et de présenter les blessures du jeune Ritchie qui participait lui aussi à l'enterrement de vie de garçon. Ritchie et Ray étaient assis sur les galets, à côté d'un bouquet de chardons, sourire aux lèvres, bière à la main, les yeux plissés à cause du soleil. La sueur faisait briller le crâne chauve de Ray et ressortir les points de suture et les hématomes qui boursouflaient le visage du jeune Ritchie. Il portait une botte de marche.

« … Ritchie est passé par chez nous juste après son accident. Ray pense que c'est en le voyant qu'elle s'est mis cette idée en tête. Il pense qu'elle projetait de faire quelque chose à sa jambe et ensuite de raconter qu'elle avait eu un accident.

— Ritchie ne peut pas être le petit ami en question, n'est-ce pas ? demanda Strike.

— Ritchie ! Il est un peu simplet. Il nous l'aurait dit. De toute façon, elle le connaissait à peine. Tout ça, c'était dans sa tête. Je pense que Ray a raison. Elle prévoyait de faire un truc à sa jambe et de prétendre ensuite qu'elle était tombée de moto. La moto du fameux copain. »

L'hypothèse de Ray aurait pu fonctionner, songea Strike, si Kelsey avait été admise à l'hôpital pour un soi-disant accident de moto dont elle aurait refusé de parler en détail pour éviter des ennuis à un mystérieux copain. Ray avait raison sur un point : c'était exactement le genre de scénario qu'une gamine de seize ans aurait pu monter, une histoire comportant des aspects à la fois mélodramatiques et dangereusement téméraires. Mais il y avait un hic. Que Kelsey ait planifié ou pas un faux accident de moto, force était de constater qu'elle y avait renoncé, préférant se tourner vers Strike, d'où la lettre où elle l'interrogeait sur le meilleur moyen de s'automutiler.

D'un autre côté, c'était la première fois qu'on établissait un lien entre Kelsey et un motard. Strike voulut savoir pourquoi Hazel était intimement persuadée que le petit ami de sa sœur n'existait que dans son imagination.

« Eh bien, il n'y avait quasiment pas de garçons dans sa classe. Et, en dehors, où aurait-elle pu faire une rencontre ? *Niall*. Elle n'avait jamais eu de petit copain à l'école, ni rien. Quand elle sortait c'était pour aller chez son psy, ou parfois à l'église un peu plus loin. Ils organisent des activités pour les jeunes mais là-bas il n'y a aucun motard prénommé Niall. La police a vérifié. Ils ont interrogé ses amies. Darrell, le gars qui dirige les animations, il était effondré. Ray l'a croisé ce matin en rentrant du boulot. Il dit que Darrell a fondu en larmes en l'apercevant sur le trottoir d'en face. »

Strike aurait aimé prendre des notes mais ne voulait pas perturber l'atmosphère de confiance qu'il s'efforçait d'instaurer.

« Qui est Darrell ?

— Il n'a rien à voir avec tout ça. C'est un jeune homme qui travaille pour la paroisse. Il vient de Bradford, dit Hazel. Et Ray est certain qu'il est gay.

— Est-ce qu'elle parlait de son…, hésita Strike, ne sachant comment nommer la chose, … de son problème avec sa jambe, quand elle était à la maison ?

— Pas devant moi, répondit platement Hazel. Je n'aurais pas toléré. Je ne voulais pas entendre parler de cette lubie, ça me sortait par les yeux. Elle a évoqué le sujet une fois quand elle avait quatorze ans et je lui ai dit le fond de ma pensée. Elle cherchait à attirer l'attention sur elle, un point c'est tout.

— Et ces anciennes cicatrices qu'elle avait sur la jambe. Comment s'est-elle… ?

— Elle s'est fait ça juste après la mort de maman. Comme si je n'avais pas assez de soucis, à l'époque.

Elle s'est entouré le mollet avec du fil de fer pour se couper la circulation. »

Strike vit dans son expression un mélange de répulsion et de colère.

« Elle était à l'arrière de la voiture quand maman et Malcolm sont morts. J'ai dû lui trouver un psychologue et tout. Lui, il disait que c'était un genre d'appel à l'aide, ce qu'elle avait fait. Le chagrin. La culpabilité du survivant, je ne sais plus trop. Mais elle, elle disait que non, qu'elle voulait se débarrasser de sa jambe depuis longtemps… J'en sais rien, dit Hazel en secouant vigoureusement la tête.

— Est-ce qu'elle en a parlé à quelqu'un d'autre ? À Ray ?

— Un peu, ouais. Je veux dire, il savait ce qu'elle avait dans la tête. Quand lui et moi on s'est installés ensemble, elle lui a sorti un tas d'histoires à dormir debout – que son père était un espion et que c'était pour ça que leur voiture avait eu un accident, et le reste à l'avenant. Tout ça pour dire qu'il la connaissait bien, mais jamais il ne s'est fâché contre elle. En général, il changeait de sujet, il la faisait parler de ses cours… »

Soudain, son visage prit une affreuse couleur rouge.

« Je vais vous dire ce qu'elle espérait, explosa-t-elle. Elle voulait être clouée dans un fauteuil roulant – qu'on la promène comme un bébé, qu'on la dorlote, qu'on s'occupe d'elle exclusivement. Voilà la triste vérité. J'ai trouvé son journal, ça doit faire un an environ. Vous n'imaginez pas les choses qu'elle écrivait, les fadaises qu'elle se racontait. Ridicule !

— Par exemple ? demanda Strike.

— Par exemple, qu'elle rêvait de perdre une jambe, de se retrouver dans un fauteuil d'infirme, et qu'on la pousse devant la scène pendant un concert de One Direction et qu'ils viennent vers elle et qu'ils la chouchoutent parce qu'elle était handicapée, dit Hazel dans un souffle. Vous vous rendez compte ? C'est dégueulasse. Il y a de pauvres gens qui sont vraiment handicapés et qui ne l'ont pas choisi. Je suis infirmière. Je le sais. Je les vois. Enfin, dit-elle en jetant un coup d'œil sur les jambes de Strike, *vous* n'avez pas besoin que je vous fasse un dessin.

« Vous ne l'avez pas fait, n'est-ce pas ? demanda-t-elle tout à coup. Vous ne l'avez pas… coupée… vous-même ? »

Était-ce pour lui poser cette question qu'elle avait voulu le voir ? s'interrogea Strike. Avait-elle confusément espéré, peut-être inconsciemment, pour se raccrocher à quelque chose au milieu de cet océan où elle dérivait, parvenir à prouver grâce à lui – même si sa sœur n'était plus là pour en profiter – que les gens ne faisaient pas ce genre de choses, pas dans le monde réel, le monde où les coussins reposaient bien droit sur les canapés, où le handicap était juste une question de malchance, touchant les personnes qui tombaient d'une échelle de pompier ou roulaient sur une bombe artisanale ?

« Non, dit-il. J'ai été blessé dans une explosion.

— Mais bien sûr ! s'écria-t-elle, triomphante malgré ses larmes. J'aurais pu le lui dire – j'aurais pu le lui dire si seulement… si elle m'avait posé la question… mais elle était tellement persuadée, ajouta Hazel en avalant sa morve, que sa jambe était en trop, qu'elle n'aurait jamais dû exister, qu'il fallait la retirer – comme une tumeur ou un truc dans le genre. Je ne voulais pas l'écouter. C'était trop absurde. Ray a essayé de lui faire entendre raison. Il lui disait qu'elle ne se rendait pas compte de ce que ça représentait de se retrouver sur un lit d'hôpital, comme lui quand il s'était brisé le dos et qu'il était resté des mois dans un plâtre, avec des escarres, des infections et tout le bazar. Et pourtant, il n'était pas en colère contre elle. Il lui disait, viens m'aider au jardin ou n'importe quoi, pour la distraire.

« La police nous a dit qu'elle parlait avec des gens comme elle sur internet. On n'en savait rien. Je veux dire, elle avait seize ans, on ne peut pas surveiller ce qu'ils font sur leurs ordinateurs. Encore faudrait-il savoir quoi chercher.

— A-t-elle jamais prononcé mon nom devant vous ? demanda Strike.

— La police m'a posé la question. Non. Je ne me rappelle pas qu'elle ait jamais parlé de vous. Et Ray non plus. Je veux dire, ne le prenez pas mal mais… Je me souviens du procès Lula Landry, mais après, votre nom m'est sorti de la tête, et votre visage aussi. Si elle avait parlé de vous, je m'en souviendrais. Vous avez un nom plutôt marrant – sans vouloir vous offenser.

— Et ses amies ? Elle sortait beaucoup ?

— Presque pas. Elle n'était pas du genre sociable. Elle mentait à toutes ses camarades d'école. Et les gens n'aiment pas qu'on leur mente. Elles la charriaient à cause de ça. Elles la trouvaient trop bizarre. Du coup, elle sortait rarement. Je ne sais pas quand elle voyait le fameux *Niall.* »

La colère de Hazel ne le surprenait pas. Kelsey était arrivée comme un cheveu sur la soupe dans son univers bien ordonné. Jusqu'à la fin de ses jours, elle connaîtrait le remords, la douleur et l'épouvante. Elle regretterait surtout que sa sœur soit morte si jeune, sans avoir eu le temps de surmonter ses problèmes, d'oublier ces lubies qui avaient contribué à les séparer l'une de l'autre.

« Pourrais-je utiliser vos toilettes, s'il vous plaît ? » demanda Strike.

Elle hocha la tête en s'épongeant les yeux.

« Juste devant vous, en haut de l'escalier. »

Strike soulagea sa vessie tout en parcourant du regard la citation pour « conduite courageuse et méritante » attribuée au pompier Ray Williams, accrochée dans un cadre au-dessus de la chasse d'eau. C'était sûrement Hazel qui l'avait mise là, pas Ray. Sinon, la salle de bains présentait peu d'intérêt. Comme dans le salon, tout était absolument nickel, jusque dans l'armoire à pharmacie. En l'ouvrant, Strike apprit que Hazel avait encore ses règles, qu'ils achetaient du dentifrice en gros et que l'un ou l'autre, sinon les deux, souffrait d'hémorroïdes.

Il ressortit sur la pointe des pieds. Le léger ronflement qu'il perçut derrière une porte fermée confirma que Ray était endormi. Deux pas sur la droite et Strike trouva la petite chambre de Kelsey.

Dans cette pièce, c'était la couleur lilas qui dominait : les murs, la couette, l'abat-jour, les rideaux. Même en n'ayant pas vu le reste de la maison, Strike aurait pu supposer que cette uniformité symbolisait la lutte victorieuse de l'ordre sur le chaos.

Un grand tableau de liège était censé épargner aux cloisons les vilains trous laissés par les punaises. Y étaient épinglées les photos de cinq éphèbes, sans doute les musiciens du groupe One Direction, présuma Strike. Leur tête, leurs jambes dépassaient du cadre. Un jeune homme blond revenait plus souvent que les autres. Il y avait également des images de chiots, surtout des shinzus, et des mots, des acronymes comme OCCUPY, FOMO, AMAZEBALLS, et un peu partout, le prénom NIALL, entouré d'un cœur la plupart du temps. Tous ces découpages juxtaposés formaient un ensemble anarchique, contrastant fortement avec le reste : la couette aux rabats symétriques, le tapis mauve disposé précisément au milieu de la chambre.

Un livre était posé en évidence sur l'étroite bibliothèque, un exemplaire apparemment neuf de *One Direction : Jeunes à jamais – Notre histoire officielle depuis X-Factor*. Sinon, les étagères contenaient la série *Twilight*, un coffret à bijoux, une myriade de bibelots que Hazel elle-même n'était pas parvenue à aligner, un nécessaire à maquillage de médiocre qualité et deux peluches.

Tablant sur le fait que Hazel était assez lourde pour faire du bruit en montant l'escalier, Strike inspecta rapidement les tiroirs. La police avait dû emporter les trucs intéressants, bien sûr : l'ordinateur, les bouts de papier griffonnés, les numéros de téléphone et les noms inscrits ici ou là, les journaux intimes, à supposer qu'elle ait continué à en tenir un malgré l'indiscrétion de sa grande sœur. Ils avaient laissé pas mal de bricoles : une boîte de papier à lettres – que Strike reconnut –, une vieille DS Nintendo, une pochette contenant des faux ongles, un coffret abritant de minuscules poupées porte-bonheur guatémaltèques et, dans le dernier tiroir de la table de chevet, coincées à l'intérieur d'une trousse en peluche, plusieurs plaquettes de médicaments. Il les sortit de la trousse : des capsules ovoïdes couleur moutarde marquées Accutane. Il en glissa une dans sa poche, ferma le tiroir et se dirigea vers la garde-robe, un placard mal rangé qui sentait un peu le moisi. Kelsey semblait avoir eu une prédilection pour le noir et le rose. Il passa vite la main entre les tissus, fouilla les poches et finalement, dans celle d'une robe ample, trouva un ticket froissé, de tombola ou de vestiaire, numéroté 18.

Strike retrouva Hazel dans la position où il l'avait laissée. Il aurait pu s'absenter plus longtemps, elle n'aurait rien remarqué. En le voyant apparaître, elle eut un petit sursaut. Elle avait encore pleuré.

« Merci d'être venu me voir, dit-elle d'une voix pâteuse en se levant. Je suis désolée, je… »

Et elle se mit à sangloter pour de bon. Strike posa la main sur son épaule et, avant de pouvoir dire ouf, la vit s'agripper aux revers de sa veste, le visage pressé contre sa poitrine, sans la moindre coquetterie, juste poussée par une indicible angoisse. Il la prit dans ses bras. Ils restèrent ainsi une bonne minute, puis Hazel se redressa et recula d'un pas en respirant à fond plusieurs fois de suite. Strike récupéra ses bras.

Vide de paroles, elle secoua la tête et le raccompagna.

Il réitéra ses condoléances qu'elle accepta d'un signe. La clarté qui entrait à flots dans le vestibule défraîchi illumina son visage ravagé.

« Merci d'être venu, répéta-t-elle, la gorge serrée. J'avais besoin de vous voir. Je ne sais pas pourquoi. Je suis vraiment désolée. »

35

Dominance and Submission

Domination et soumission

Depuis qu'il était parti de chez lui, il avait cohabité avec trois femmes mais celle-ci – Ça – abusait vraiment de sa patience. Toutes les trois lui avaient juré leur amour ; encore fallait-il savoir ce qu'elles entendaient par là, ces putes. Ce soi-disant amour avait rendu les deux premières dociles. Au fond, les femmes étaient toutes des salopes qui ne cherchaient qu'à vous duper, à vous prendre plus qu'elles ne vous donnaient, mais les deux premières n'arrivaient pas à la cheville de Ça. Pourtant, il devait tenir le coup, supporter docilement des choses qu'il n'aurait jamais acceptées avant. Parce que Ça tenait un rôle essentiel dans son grand dessein.

Ce qui ne l'empêchait pas de rêver constamment qu'il la tuait. Il voyait sa figure imbécile s'affaisser à mesure que le couteau plongeait dans ses entrailles, son regard incrédule posé sur lui, comme si elle refusait de comprendre que Bébé (Ça l'appelait Bébé) était en train de l'assassiner, malgré tout ce sang tiède qu'il avait sur les mains, malgré l'odeur de rouille qui se répandait dans l'air encore vibrant de ses propres cris…

Jouer au gentil garçon mettait ses nerfs à rude épreuve. Leur faire du charme, les séduire, les dorloter, passe encore ; c'était facile, presque une seconde nature pour lui. En revanche, continuer à faire semblant pendant des mois, voire des années, c'était au-dessus de ses forces. À trop simuler, il arrivait au point de rupture. Parfois, il lui suffisait d'entendre Ça respirer pour avoir envie d'attraper son couteau et de lui percer ses sales poumons…

S'il ne le faisait pas très vite, il risquait d'exploser.

Il sortit de bonne heure, lundi matin, sous un prétexte quelconque, mais comme il approchait de Denmark Street, dans l'intention de voir La Secrétaire entrer dans l'agence, il sentit quelque chose frémir en lui, telles des moustaches de rat.

Il s'arrêta près d'une cabine téléphonique, sur le trottoir d'en face, et se mit à observer la silhouette postée au coin de la rue, devant une boutique d'instruments à la devanture aussi colorée qu'une affiche de cirque.

Il connaissait la police, ses méthodes, ses astuces. Le jeune homme debout, les mains enfoncées dans les poches de son caban, essayait de se fondre dans le paysage, comme un simple passant…

C'était lui-même qui avait inventé ce petit jeu. Il était capable de se rendre invisible ou presque. Regarde-moi cette tête de nœud, plantée au coin de la rue, avec ce foutu caban censé le faire passer pour… *C'est pas à un vieux singe…*.

Il pivota lentement et se glissa derrière la cabine pour retirer son bonnet… celui qu'il portait le jour où Strike lui avait couru après. Le mec en caban avait peut-être son signalement. Il aurait dû y penser, il aurait dû prévoir que Strike appellerait ses potes de la police, ce dégonflé…

Une chose était sûre, ils n'avaient pas de portrait-robot, songea-t-il, et cette idée le fit remonter dans sa propre estime tandis qu'il rebroussait chemin. Strike l'avait presque frôlé l'autre jour, mais sans savoir que c'était lui, et en ce moment, il n'avait toujours pas la moindre idée de son identité. Oh, Bon Dieu, que ce serait agréable, après qu'il aurait refroidi La Secrétaire, de regarder Strike et son agence de merde emportés par le torrent de boue que ne manqueraient pas de déverser sur lui le public, la police et la presse. Vilipendé pour n'avoir pas su protéger son assistante, accusé d'avoir indirectement causé sa mort, ruiné…

Il avait déjà prévu la suite. Il irait se planquer du côté de la LSE, où La Secrétaire avait l'habitude de surveiller l'autre blondasse, et c'est là qu'il la choperait. En attendant, il devait se procurer un autre couvre-chef et peut-être de nouvelles lunettes de soleil. Il tâta ses poches mais n'y trouva pas grand-chose, comme d'habitude. Il était temps que Ça retourne travailler. Il en avait marre de l'entendre pleurnicher, couiner, chercher des excuses pour rester à la maison.

Finalement, il fit deux achats : une casquette de base-ball et un bonnet en laine grise pour remplacer le noir en laine polaire qui avait fini dans une poubelle à Cambridge Circus. Puis il prit le métro, direction Holborn.

Elle n'était pas là. Et il n'y avait pas d'étudiants non plus. Il regardait autour de lui, à la recherche de sa chevelure cuivrée, quand soudain il se rappela qu'on était le lundi de Pâques. L'université était fermée.

Au bout de deux heures sur place, il repartit pour Tottenham Court Road, la chercha à l'intérieur du Court, puis se mit en planque un moment près de l'entrée du Spearmint Rhino. Tout cela en vain. Elle n'était visible nulle part.

Déjà qu'il avait dû passer plusieurs jours coincé à la maison, sans pouvoir la suivre… Cette déception lui causait presque une douleur physique. Les nerfs à fleur de peau, il se mit à sillonner les petites rues désertes du quartier en espérant qu'une fille croiserait son chemin, n'importe quelle fille, pas forcément La Secrétaire ; les couteaux sous sa veste se satisferaient de peu.

Peut-être que sa petite carte de vœux l'avait bouleversée à tel point qu'elle avait donné sa démission. Il n'avait pas voulu cela. Absolument pas. Il avait voulu la terrifier, la déstabiliser, mais il fallait qu'elle continue à travailler pour Strike ; elle était son seul moyen d'abattre ce salaud.

Tenaillé par l'amertume, il retourna auprès de Ça en début de soirée, sachant qu'il allait devoir rester à la maison pendant deux jours. Il devenait fou rien que d'y penser. S'il avait pu utiliser Ça comme il prévoyait d'utiliser La Secrétaire, tout aurait été différent. Il serait rentré ventre à terre, avec ses couteaux prêts à l'emploi – mais il n'osait pas. Ça devait rester en vie et sous son emprise.

Les quarante-huit heures n'étaient pas encore écoulées qu'il n'en pouvait déjà plus. Le mercredi soir, au bord de l'implosion, il annonça qu'il sortirait de bonne heure le lendemain matin pour un boulot et, sans prendre de gants, conseilla à Ça de retourner travailler, elle aussi. Les jérémiades qui s'ensuivirent le gavèrent au point qu'il perdit son calme. Impressionnée par sa brusque colère, Ça voulut se rattraper. Ça l'aimait, Ça avait besoin de lui, Ça regrettait de l'avoir fâché…

Il fit chambre à part au prétexte qu'il était toujours en rogne. Il put ainsi se masturber tranquillement mais resta insatisfait. Il n'y avait qu'une chose susceptible de le combler : toucher la peau d'une femme par l'intermédiaire de sa lame, la tenir sous sa domination en regardant son sang jaillir à gros bouillons, entendre sa totale soumission à travers ses cris, ses suppliques, ses hoquets d'agonie. Il avait beau se remémorer les fois précédentes, ça ne suffisait pas ; ces souvenirs ne faisaient qu'exacerber son désir de recommencer. Avec La Secrétaire.

Le jeudi matin, il se leva à cinq heures moins le quart, s'habilla, coiffa sa casquette de base-ball et traversa Londres pour se poster devant l'appartement qu'elle partageait avec Joli-Cœur. Quand il arriva sur Hastings Road, le soleil était levé. Il s'appuya contre une vieille Land Rover garée non loin de chez eux et entreprit de surveiller discrètement leurs fenêtres à travers le pare-brise.

À sept heures, il vit du mouvement derrière les rideaux du salon et, quelques minutes plus tard, Joli-Cœur apparut sur le trottoir, en costume. Il avait l'air épuisé, malheureux. *Tu te crois malheureux, pauvre connard… Attends de voir quand je me serai amusé avec ta copine…*

Puis, enfin, il la vit sortir –, avec une femme plus âgée qui lui ressemblait beaucoup.

Putain de merde.

Qu'est-ce qui lui prenait d'aller se balader comme ça avec sa grosse salope de mère ? C'était une mauvaise blague. Parfois on aurait dit que le monde entier se liguait contre lui pour l'empêcher d'agir à sa guise, pour le rabaisser. Il avait horreur qu'on le prive de son sentiment d'omnipotence, horreur d'être entravé par les gens ou les circonstances, réduit à l'état de simple mortel trépignant de rage. Quelqu'un allait payer pour cet affront.

36.

I have this feeling that my luck is none too good…
J'ai l'impression que la chance n'est pas avec moi…

BLUE ÖYSTER CULT, « Black Blade »

Le jeudi matin, quand son réveil sonna, Strike tendit laborieusement le bras et pressa sur le bouton d'arrêt avec une telle force que la vieille pendulette se renversa sur la table de chevet et tomba par terre. Entre ses paupières mi-closes, il vit que le soleil brillait à travers les fins rideaux de sa chambre. Impossible de l'ignorer même s'il ressentait un besoin presque irrépressible de se tourner de l'autre côté et de se rendormir. Il resta allongé encore quelques secondes, l'avant-bras posé sur les yeux pour les protéger de la clarté, puis, avec un soupir proche de la plainte, rabattit les couvertures. Peu après, en cherchant à tâtons la poignée de la porte de la salle de bains, il calcula que, depuis cinq jours, il dormait en moyenne trois heures par nuit.

Comme Robin l'avait prédit lorsqu'il l'avait renvoyée chez elle, Strike avait dû choisir entre filer

Platine et surveiller Mad Dad. Or, dernièrement, il avait vu ce dernier débouler de manière intempestive devant ses enfants. Voyant les larmes de frayeur des deux petits, Strike avait décidé de mettre la priorité sur Mad Dad et de laisser Platine vivre sa vie. Il avait passé une bonne partie de la semaine en planque et pris un maximum de clichés du père abusif en train d'épier ses fils ou de les aborder dans la rue en l'absence de leur mère.

Quand il ne surveillait pas Mad Dad, Strike poursuivait sa propre enquête. La police avançait bien trop lentement à son goût, et même s'il ne disposait encore d'aucune preuve reliant la mort de Kelsey Platt à Brockbank, Laing ou Whittaker, Strike avait consacré ses rares heures de liberté à investiguer sans relâche, cinq jours durant, comme il ne l'avait plus fait depuis son départ de l'armée.

En équilibre sur son unique jambe, il prit une douche bien froide, pour se donner un coup de fouet. Le jet puissant soulagea ses paupières gonflées et lui donna la chair de poule. Cette minuscule cabine de douche avait un seul avantage : s'il glissait, il n'avait pas la place de tomber. Une fois propre, il repassa dans la chambre en sautant à cloche-pied, se frictionna vigoureusement et alluma la télé.

Le mariage royal devait avoir lieu le lendemain et toutes les chaînes d'information ne parlaient que des préparatifs. Des présentateurs survoltés déblatérèrent sur le sujet pendant tout le temps qu'il lui fallut pour rattacher sa prothèse, s'habiller, avaler un thé et une tartine. Il n'était question que des pékins qui faisaient le pied de grue sous des tentes au bord de la route et devant l'abbaye de Westminster, du nombre incroyable de touristes venus assister à la cérémonie. Strike éteignit la télé et descendit dans son bureau en bâillant à s'en décrocher la mâchoire. Il se demandait si ce mariage ultramédiatique affecterait Robin, qu'il n'avait pas revue depuis le vendredi précédent, jour où la carte de Jack Vettriano était arrivée avec sa sinistre petite surprise à l'intérieur.

Même s'il venait d'ingurgiter une bonne quantité de thé, dès qu'il entra dans le bureau, Strike alluma la bouilloire par automatisme. Puis il déposa sur la table de Robin une liste de clubs de strip-tease, de danse érotique et autres salons de massage. Il n'avait pas eu le temps d'achever cette recherche et comptait sur Robin pour la compléter. Dès qu'elle arriverait, il lui demanderait de contacter par téléphone tous les lieux interlopes de Shoreditch. C'était le genre de tâche qu'on pouvait accomplir de chez soi. S'il avait pu lui faire entendre raison, elle serait repartie pour Masham avec sa mère. Le souvenir de son visage blême l'avait poursuivi pendant toute la semaine.

Étouffant un deuxième bâillement, il s'assit lourdement dans le fauteuil de Robin pour vérifier ses mails. D'un côté, il avait voulu la renvoyer chez elle, mais de l'autre, il était impatient de la revoir. L'agence paraissait vide sans son bel enthousiasme, son optimisme, sa gentillesse si spontanée. Il avait hâte de lui parler des quelques découvertes qu'il avait faites en son absence sur les trois hommes qui l'obsédaient en ce moment.

Il avait passé presque douze heures à Catford, devant l'appartement que Whittaker occupait au-dessus d'une friterie, sur une voie piétonne située derrière le théâtre Catford. Une rue commerçante où toutes les boutiques – poissonneries, perruqueries, cafés, boulangeries – disposaient d'un logement au premier avec trois fenêtres voûtées s'ouvrant dans une façade en triangle. De fins voilages occultaient en permanence les vitres de celui qu'habitait Whittaker, selon Shanker. Pour le surveiller discrètement, Strike avait réussi à se planquer entre les éventaires disposés sur le trottoir. À force, il ne sentait même plus la différence entre les odeurs d'encens qui montaient de l'étal du vendeur de colifichets orientaux et celles, plus âcres, des tranches de poisson sur leur lit de glace.

Trois soirs d'affilée, il était resté planté devant la sortie des artistes pour essayer de voir sa cible entrer ou sortir de chez elle. Malheureusement il n'avait aperçu que des ombres mouvantes derrière les rideaux. Puis, le mercredi soir, la porte du bas, à côté de la friterie, s'était ouverte sur une adolescente efflanquée.

Tirés en arrière, ses cheveux bruns et crasseux dévoilaient un visage de lapin écorché. Sa peau avait cette pâleur violacée propre aux tuberculeux. Elle portait un débardeur sous une veste à capuche grise zippée et des leggings dans lesquels ses jambes décharnées ressemblaient à des cure-pipes. Les bras croisés sur son torse maigrelet, elle s'appuya contre la porte de la friterie jusqu'à ce qu'elle s'ouvre, puis bascula presque à l'intérieur. Strike traversa la rue si vite que le battant n'eut pas le temps de se refermer. Il prit sa place dans la queue, derrière elle.

Quand elle arriva devant le comptoir, le serveur l'appela par son nom.

« Ça va, Stephanie ?

— Ouais, susurra-t-elle. Deux Coca, s'il te plaît. »

Elle avait une multitude de piercings dans les oreilles, le nez, la lèvre. Après avoir compté ses pièces, elle les posa devant le vendeur et s'en alla, tête baissée, sans remarquer Strike.

Ce dernier replongea dans l'ombre du porche, de l'autre côté de la rue, pour manger les frites qu'il venait d'acheter et se remettre à surveiller les trois fenêtres éclairées au-dessus de la boutique. Le fait qu'elle ait acheté deux Coca laissait supposer que Whittaker était dans l'appartement, peut-être vautré nu sur un matelas, comme Strike l'avait vu si souvent durant son adolescence. Il s'était cru immunisé mais, tandis qu'il attendait son tour devant le comptoir, le fait de savoir que ce salopard était peut-être juste au-dessus de sa tête, séparé de lui par une fine couche de bois et de plâtre, lui avait donné de violentes palpitations. Il continua d'observer la façade jusqu'à ce que les lumières s'éteignent, vers une heure du matin. Pas moyen d'apercevoir Whittaker.

Avec Laing aussi, il avait fait chou blanc. Après quelques repérages sur Google Street View, Strike avait conclu que le balcon sur lequel l'ancien boxeur roux avait été photographié pour le site JustGiving correspondait à un immeuble de Wollaston Close, un genre de HLM carrée en béton, située non loin du Strata. Laing ne figurait ni dans l'annuaire ni sur les listes électorales du quartier. Il espérait néanmoins qu'il vivait là, peut-être hébergé par quelqu'un ou dans un appartement en location dépourvu de ligne téléphonique. Le mardi soir, il avait passé des heures en planque. Grâce à ses jumelles à vision nocturne, il put continuer à observer ce qu'il se passait dans les appartements sans rideaux après la tombée du jour. Mais l'Écossais n'était visible nulle part à l'intérieur. De même, il ne l'avait vu ni entrer ni sortir de l'immeuble. Pour ne pas éveiller ses soupçons, au lieu d'aller sonner chez les gens, il avait traîné ses guêtres du côté de l'ancien pont ferroviaire, dont les arches en brique étaient aujourd'hui occupées par des commerces : un café équatorien, un coiffeur. Attablé parmi une clientèle joyeuse composée de Sud-Américains, Strike avait attiré l'attention sur lui, tant il était renfrogné, morose.

Toujours assis dans le fauteuil de Robin, il se remit à bâiller tout son soûl. Il était tellement occupé à s'étirer en grognant de fatigue qu'il n'entendit pas tout de suite les pas qui faisaient vibrer les marches en métal. Quand enfin il remarqua que quelqu'un approchait, il regarda sa montre – il était trop tôt pour que ce soit Robin, puisque sa mère ne reprenait le train qu'à onze heures. Une ombre progressait le long du mur, derrière le verre translucide. Il y eut un coup à la porte et, devant le regard ébahi de Strike, Deux-Fois pénétra dans le bureau.

Contrairement à ce que laissait croire son aspect ordinaire, voire négligé, le quinquagénaire ventripotent était un homme d'affaires immensément riche. Il avait ce genre de visage qu'on oublie facilement, ni beau ni laid. Aujourd'hui, en plus, il faisait la gueule.

« Elle m'a largué », dit-il à Strike sans préambule.

Quand il s'affala sur le canapé en skaï, le concert de fausses flatulences le prit par surprise. Sa deuxième de la journée, supposa Strike. Pour un homme qui avait l'habitude de collecter les preuves de l'infidélité de ses blondes compagnes afin de les leur coller ensuite sous le nez et couper court à toute relation, se faire larguer devait être une expérience traumatisante. Depuis le temps qu'il le connaissait, Strike avait fini par conclure que ces curieuses pratiques lui procuraient une jouissance extrême. Ce type était à la fois masochiste, voyeur et maniaque du contrôle.

« Vraiment ? », dit Strike en allant s'occuper de la bouilloire. Il avait grand besoin de caféine. « Nous ne l'avons pas lâchée d'une semelle et rien ne laisse supposer qu'elle ait un autre homme dans sa vie. »

En réalité, cela faisait une semaine qu'il n'avait rien fait, à part répondre aux coups de fil de Corbeau, sauf quand il ne pouvait pas décrocher parce que Mad Dad était dans les parages. À présent, il se demandait s'il avait correctement écouté les messages qu'elle avait laissés sur sa boîte vocale. Pourvu qu'elle ne lui ait pas signalé l'existence d'un riche mécène, disposé à prendre à sa charge une partie des frais de scolarité de Platine en échange de son attention exclusive. Si c'était le cas, il n'aurait plus qu'à faire une croix sur Deux-Fois et ses précieux émoluments.

« Pourquoi m'aurait-elle largué, sinon ? » gémit ce dernier.

Parce que tu es complètement barge.

« Bon, je ne peux pas jurer qu'elle n'a personne d'autre », dit Strike en marchant sur des œufs. Il versa dc l'cau chaudc sur lcs granulés dc café au fond dc sa tasse. « Je dis juste que si elle voit quelqu'un, c'est une sacrée maligne, parce que nous l'avons suivie comme son ombre. Du café ?

— Moi qui croyais que vous étiez le meilleur, grommela Deux-Fois. Non, je n'aime pas le café soluble. »

Le portable de Strike sonna. Il regarda le nom affiché sur l'écran.

« Désolé, il faut que je décroche, dit-il à son client mécontent en joignant le geste à la parole.

« Salut, Wardle.

— Malley est écarté », annonça le policier.

Strike était tellement épuisé qu'il lui fallut deux secondes pour réaliser ce qu'il venait d'entendre. Puis, tout à coup, il comprit que Wardle parlait du gangster qui avait émasculé l'un de ses ennemis autrefois, celui que le policier soupçonnait d'avoir récidivé en envoyant une jambe à Strike.

« Digger… Oui, d'accord, dit Strike pour montrer qu'il suivait. Il est hors de cause, c'est ça ?

— Ça ne peut pas être lui. Il se trouvait en Espagne quand elle a été tuée.

— En Espagne », répéta Strike.

Les doigts grassouillets de Deux-Fois pianotaient nerveusement sur l'accoudoir du canapé.

« Ouais, confirma Wardle, à Minorque… »

Strike but une gorgée de café. Il était horriblement fort. On aurait dit qu'il avait versé l'eau chaude directement dans le bocal. Une douleur commençait à pulser dans sa tempe. Il avait rarement la migraine.

« Mais nous avons progressé avec les deux autres. Tu sais, je t'ai montré leur photo, dit Wardle. Le mec et la nana qui postaient des messages sur ce site de tarés, celui où Kelsey posait des questions sur toi. »

Strike se rappelait vaguement les photos en question. Un jeune homme aux yeux asymétriques. Une femme très brune avec des lunettes.

« On les a interrogés. Ils n'ont jamais rencontré Kelsey ; ils avaient juste des contacts en ligne. En plus, le type a un alibi en béton pour le jour de l'assassinat : il bossait chez Asda, à Leeds. Double service. On a vérifié.

« Mais…, reprit Wardle sur un ton qui laissait présager un élément nouveau et prometteur. On est tombés sur un mec qui intervenait de temps en temps sur le forum, un certain "Devotee". Il leur foutait les jetons à tous. Le genre malsain, attiré par les amputés. Son truc, c'était de demander aux femmes à quel endroit elles voulaient se faire charcuter. Apparemment, il a essayé d'en rencontrer deux ou trois. Mais depuis quelque temps, il ne se manifeste plus beaucoup. On essaie de remonter jusqu'à lui.

— Mmmm, fit Strike, ennuyé de voir Deux-Fois s'impatienter sur le canapé. Ça m'a l'air bien parti.

— Ouais, et puis il y a cette autre lettre que tu as reçue. Celle du type qui aimait bien ton moignon, dit Wardle. Celui-là aussi, on le cherche.

— Génial », fit Strike sans trop savoir ce qu'il racontait. Il leva la main pour montrer à Deux-Fois – qui s'apprêtait à se lever – qu'il serait bientôt à lui. « Écoute, je ne peux pas parler maintenant, Wardle. Plus tard peut-être. »

Quand Wardle eut raccroché, Strike essaya de calmer Deux-Fois qui s'était énervé tout seul dans son coin durant le coup de téléphone. Strike se garda de lui demander ce qu'il attendait de lui, maintenant que Platine l'avait jeté ; il avait trop peur de perdre sa clientèle. Tout en avalant son café goudronneux, il sentit la migraine s'installer pour de bon sous son crâne. À cet instant, il ne souhaitait qu'une chose : avoir les moyens d'envoyer Deux-Fois se faire foutre une bonne fois pour toutes.

« Et alors ? demanda l'autre. Qu'est-ce que vous comptez faire ? »

Qu'entendait-il par là ? Voulait-il que Strike oblige Platine à revenir vers lui, qu'il la suive à travers Londres pour découvrir l'identité du nouvel élu, ou qu'il lui rende son fric ? Il n'eut pas le temps de lui poser la question car un nouveau bruit de pas retentit dans l'escalier, accompagné cette fois par des voix féminines. Deux-Fois lui décocha un coup d'œil intrigué et, tout de suite après, la porte vitrée s'ouvrit.

La Robin qui apparut sur le seuil paraissait plus grande que dans son souvenir : plus grande, plus belle et plus embarrassée. Derrière elle – et, en d'autres circonstances, la chose l'aurait amusé – il découvrit une femme qui ne pouvait être que sa mère. Plus petite et nettement plus enveloppée, elle avait les mêmes cheveux blond vénitien que Robin et les mêmes yeux gris-bleu. Le regard bienveillant et perspicace qu'elle posa sur Strike lui rappela quelqu'un qu'il connaissait bien.

« Je suis désolée », dit Robin, interdite. Elle venait d'apercevoir Deux-Fois. « Nous pouvons attendre en bas – viens, maman. »

La coupe était pleine ; leur client bondit littéralement du canapé en disant :

« Non, non, non, je vous en prie. Je n'avais pas rendez-vous. Je vais partir. Vous m'enverrez la facture, Strike. »

Et il sortit du bureau.

*

Une heure et demie plus tard, Robin et sa mère étaient assises en silence dans le taxi qui les conduisait à King's Cross. À leurs pieds, la valise de Linda se balançait légèrement.

Elle avait insisté pour faire la connaissance de Strike avant son départ pour le Yorkshire.

« Ça fait plus d'un an que tu travailles pour lui. J'imagine qu'il ne se fâchera pas si je passe faire un petit coucou ? J'aimerais voir où tu travailles. Comme ça, quand tu me parleras de ton bureau, je me le représenterai mieux… »

Robin avait tout fait pour l'en dissuader. L'idée de présenter sa mère à Strike la gênait. Ça lui semblait idiot, puéril, incongru. Surtout, elle redoutait que Strike ne réagisse mal en la voyant escortée de sa maman, lui qui était déjà à moitié persuadé qu'elle n'était pas en état de traiter l'affaire Kelsey.

Robin regrettait d'avoir craqué en recevant la carte de Vettriano. Elle aurait mieux fait de ne rien montrer, d'autant plus qu'il était au courant pour son viol. Il lui avait dit que cela ne changeait rien mais elle ne le croyait pas. Elle avait connu tellement de gens qui pensaient savoir ce qui était bon ou pas pour elle.

Pendant que le taxi roulait sur l'Inner Circle, Robin se répétait que sa mère n'y était pour rien, qu'elle aurait dû prévenir Strike par téléphone avant de débarquer. Ce qui lui aurait évité de tomber sur Deux-Fois. Pour tout dire, elle avait espéré que Strike serait absent, ou chez lui, à l'étage. Ainsi, elle aurait pu faire visiter le bureau à Linda sans être obligée de les présenter l'un à l'autre. Mais elle avait craint qu'en téléphonant d'abord, Strike ne fasse en sorte d'être là, justement, mû par ce mélange de curiosité et de malice dont elle le savait capable.

Linda et Strike avaient papoté pendant que Robin préparait le thé, murée dans son silence. Elle supposait que si sa mère avait tant insisté pour le rencontrer, c'était qu'elle espérait juger ainsi de leur degré d'intimité. Heureusement, Strike avait une mine épouvantable, comme s'il avait pris dix ans d'un coup, le menton mal rasé, les yeux enfoncés, comme chaque fois qu'il passait des nuits blanches à cause du travail. Maintenant qu'elle avait vu la tête de son patron, Linda pouvait difficilement s'imaginer que Robin nourrissait pour lui un amour secret.

« Il m'a plu, dit Linda tandis que le palais en briques rouges abritant la gare de St. Pancras se dessinait devant eux. Et je dois dire, il n'est peut-être pas très beau, mais il dégage quelque chose.

— Oui, répondit froidement Robin. C'est aussi l'opinion de Sarah Shadlock. »

Peu avant qu'elles s'en aillent, Strike avait demandé à Robin de passer cinq minutes avec lui dans le deuxième bureau. Il lui avait alors remis une liste de salons de massage et de clubs de strip-tease, tous situés à Shoreditch. Sa tâche consistait à appeler tous ces numéros pour tenter de localiser Noel Brockbank.

« Plus j'y réfléchis, avait dit Strike, plus je pense qu'il a retrouvé un boulot de vigile ou de videur. Que pourrait-il faire d'autre avec son physique, ses lésions cérébrales et ses antécédents ? »

Par respect pour Linda qui écoutait, Strike avait omis d'ajouter que Brockbank travaillait certainement dans l'industrie du sexe, secteur où l'on trouvait le plus grand nombre de femmes vulnérables.

« OK, avait répondu Robin en laissant la liste de Strike sur son propre bureau. J'accompagne maman au train et je reviens…

— Non, je veux que vous le fassiez de chez vous. Notez vos appels ; je vous rembourserai. »

Soudain, une image était apparue dans l'esprit de Robin : celle du poster *Survivor* de Destiny's Child.

« Quand suis-je censée revenir à l'agence ?

— On verra combien de temps ça vous prendra », dit-il. Puis, déchiffrant correctement son expression, il avait ajouté : « Vous savez, je crois que Deux-Fois n'aura plus recours à nos services. Je peux m'occuper de Mad Dad tout seul…

— Et pour Kelsey ?

— Occupez-vous de retrouver la trace de Brockbank », dit-il en désignant la liste. Sa tête lui faisait un mal de chien mais Robin ne le savait pas. « Écoutez, tout le monde sera en congé demain, c'est un jour férié, le mariage royal… »

C'était clair comme de l'eau de roche : il voulait l'écarter. Quelque chose avait changé durant son absence. Strike n'était plus le même ; peut-être estimait-il finalement que, n'ayant pas été formée par la Police militaire, n'ayant jamais vu de corps démembré avant d'avoir reçu une jambe dans un carton, elle n'était pas le genre d'associée dont il avait besoin dans des situations extrêmes.

« Je viens de prendre cinq jours de vacances…

— Pour l'amour du ciel, s'écria-t-il, perdant patience. Vous n'avez pas besoin d'être ici pour dresser une liste et passer des coups de fil ! »

Dresser une liste et passer des coups de fil.

Elle se rappela que, pour Elin, elle n'était que la secrétaire de Strike.

Dans le taxi qui les emmenait à la gare, Robin sentit la colère et le ressentiment jaillir en elle comme une coulée de lave, emportant toute logique sur son passage. L'autre jour, quand il avait eu besoin qu'elle regarde des photos de corps mutilés, Strike avait dit à Wardle qu'elle était son associée. Mais il n'avait pas modifié son contrat de travail pour autant ; ils n'avaient pas renégocié les modalités de leur collaboration. Elle tapait plus vite que lui avec ses gros doigts poilus, elle se coltinait quasiment toutes les factures, les courriers. Et pour le classement, même chose. Peut-être l'avait-il lui-même présentée comme sa secrétaire à Elin. Peut-être n'avait-il prononcé le mot d'associée que pour lui donner un os à ronger ou comme une simple figure de rhétorique. Peut-être que Strike et Elin (à présent, elle ne faisait qu'alimenter sa propre fureur, et elle le savait) se moquaient de ses maladresses chaque fois qu'ils se retrouvaient pour dîner à l'insu du mari. Peut-être même avait-il exprimé devant Elin son regret d'avoir embauché une femme qui, tout compte fait, n'avait jamais été qu'une simple intérimaire. En plus, il lui avait probablement parlé du viol.

Moi aussi j'en ai bavé, à l'époque, tu sais ?

Dresser une liste et passer des coups de fil.

Pourquoi pleurait-elle, tout à coup ? Des larmes de rage et de frustration roulaient sur ses joues.

« Robin ? dit Linda.

— Ce n'est rien, rien du tout », répliqua Robin en essuyant le haut de ses pommettes avec ses doigts.

Elle s'était fait une telle joie de retourner travailler après cinq jours passés dans son petit appartement, coincée entre sa mère et son fiancé. Elle avait eu tellement hâte d'oublier ces silences embarrassés, ces conversations en aparté entre Linda et Matthew. Elle n'avait rien dit mais elle avait bien vu qu'ils murmuraient entre eux dès qu'elle était dans la salle de bains. Elle ne voulait plus être piégée chez elle. C'était peut-être stupide mais elle se sentait plus en sécurité au cœur de Londres que dans son appartement de Hastings Road, même si elle devait constamment regarder autour d'elle pour essayer de repérer le grand type au bonnet.

Quand elles descendirent du taxi à King's Cross, Robin fit l'impossible pour se maîtriser. Elle sentait sur elle les regards que Linda lui lançait à la dérobée tandis qu'elles fendaient la foule jusqu'au quai. Ce soir, elle se retrouverait à nouveau seule avec Matthew et peut-être auraient-ils enfin cette ultime discussion qu'elle avait si longtemps repoussée. Robin n'avait pas souhaité la venue de sa mère et pourtant, maintenant qu'elle partait, elle devait admettre que sa présence lui avait procuré un certain réconfort.

« Très bien », dit Linda. Une fois sa valise installée dans le casier à bagages, elle était redescendue sur le quai pour passer les deux dernières minutes avec sa fille.

« C'est pour toi. »

Elle tenait 500 livres entre ses doigts.

« Maman, je ne peux pas…

— Mais si, tu peux, dit Linda. Tu en auras peut-être besoin pour payer la caution de ton futur logement… ou t'acheter des escarpins Jimmy Choo pour le mariage. »

Le mardi, elles avaient fait du lèche-vitrine sur Bond Street et s'étaient extasiées devant des bijoux somptueux, des sacs à main plus chers que des voitures d'occasion, des vêtements griffés que ni l'une ni l'autre ne pouvait espérer s'offrir. On était loin des boutiques de Harrogate. Robin était tombée en arrêt devant un magasin de chaussures. Matthew n'aimait pas qu'elle porte des talons hauts ; par pur défi, elle avait déclaré qu'elle rêvait de porter des talons de 12 centimètres.

« Je ne peux pas », répéta Robin au milieu du vacarme incessant de la gare. Ses parents devaient régler leur part du mariage de son frère Stephen, prévu à la fin de l'année. Ils avaient versé des arrhes pour sa propre réception, laquelle avait déjà été repoussée une fois ; ils avaient acheté la robe, payé les retouches, perdu l'acompte qu'ils avaient déboursé pour les voitures du cortège…

« Je veux que tu prennes cet argent, insista Linda d'un air sévère. Soit tu t'en sers pour démarrer ta vie de célibataire, soit tu t'achètes des chaussures de mariage. »

Robin avait trop envie de pleurer pour pouvoir répondre.

« Quoi que tu décides, sache que ton père et moi nous te soutenons entièrement, dit Linda. Mais, s'il te plaît, demande-toi pourquoi tu n'as parlé à personne de la raison pour laquelle le mariage est annulé. Tu ne peux pas continuer à vivre dans le flou. Ce n'est bon pour aucun de vous deux. Prends cet argent. Et décide-toi. »

Elle serra sa fille très fort dans ses bras, déposa un baiser sous son oreille et remonta dans le wagon. Robin parvint à lui sourire en agitant la main le temps que le train démarre, emportant sa mère vers Masham, son père, le labrador Rowntree et toutes ces choses agréables qu'elle connaissait si bien. Puis, quand plus personne ne risquait de la voir, elle se laissa tomber sur un banc en métal froid, enfouit son visage dans ses mains et pleura en silence sur les billets que Linda lui avait remis.

« Réjouis-toi, poulette. Un de perdu, dix de retrouvés. »

Elle leva les yeux. Un homme débraillé et ventripotent l'observait d'un œil concupiscent.

Robin se leva lentement. Elle était aussi grande que lui. Leurs yeux étaient au même niveau.

« Dégage », dit-elle.

Il cligna les paupières. Son sourire se transforma en rictus. Tandis qu'elle s'éloignait à grands pas en fourrant les billets au fond de sa poche, elle l'entendit hurler quelque chose. Elle ne comprit pas quoi mais elle s'en fichait éperdument. Une colère immense enflait en elle. Elle en voulait à la terre entière, mais surtout à ces sales types qui ne pouvaient pas voir une femme pleurer sans se croire autorisés à lui faire des propositions ; ceux qui lorgnaient vos seins en faisant semblant de regarder des bouteilles de vin sur un rayon de supermarché ; ceux qui vous prêtaient des pensées lubriques du seul fait que vous passiez devant eux.

Strike lui aussi tomba sous le coup de sa fureur. Il l'avait renvoyée vers Matthew parce qu'il la considérait comme une gêne, tout à coup ; il préférait couler la boîte qu'elle l'avait aidé à construire, envers et contre tout, plutôt que de la laisser exercer le métier où elle excellait, parfois plus que lui, et tout ça pourquoi ? Parce qu'il l'estimait handicapée à vie par ce qui lui était arrivé sept ans auparavant, juste parce qu'elle était passée au mauvais endroit au mauvais moment.

Alors oui, elle téléphonerait à ces foutus clubs de strip-tease pour dénicher le salopard qui l'avait appelée « gamine », mais elle ne s'en tiendrait pas là. Elle avait voulu en parler à Strike tout à l'heure, mais elle avait dû partir à cause du train et, maintenant qu'il l'avait renvoyée chez elle, elle n'en avait plus envie.

Robin resserra sa ceinture d'un cran et marcha droit devant elle, les sourcils froncés, pleinement convaincue d'être en droit de poursuivre une piste dont Strike ignorait l'existence.

37

This ain't the garden of Eden
Ici ce n'est pas le jardin d'Eden

BLUE ÖYSTER CULT,
« This Ain't the Summer of Love »

Tant qu'à rester à la maison, autant en profiter pour regarder le mariage. De bonne heure le lendemain matin, Robin s'installa sur le canapé du salon, son ordi sur les genoux, son téléphone à portée de main, la télé en fond sonore. Matthew, qui bénéficiait d'un jour de congé, s'était retranché dans la cuisine pour ne pas la déranger. Robin le trouvait changé depuis le départ de sa mère. Il ne courait pas lui préparer du thé, ne l'interrogeait pas sur son travail, ne se mettait pas en quatre pour lui faire plaisir. Il paraissait anxieux, méfiant, plus grave. Linda l'aurait-elle convaincu, durant leurs conversations en aparté, que leur brouille était irrémédiable ?

Robin savait pertinemment qu'il lui revenait d'administrer le coup de grâce. Depuis que Linda lui avait parlé sur le quai de la gare, elle se rendait compte qu'elle n'avait que trop attendu. Bien qu'elle n'ait pas encore trouvé de logement, elle devait annoncer à Matthew son intention de partir et convenir avec lui du message à transmettre à la famille et aux amis. Seulement voilà, au lieu d'aborder le sujet qui faisait peser une tension explosive dans leur petit appartement, elle restait vissée sur le canapé, à travailler dans une ambiance à couper au couteau.

Fleur à la boutonnière, les présentateurs décrivaient avec force détails les ornements de l'abbaye de Westminster. Sur le parvis serpentait la file des invités. Robin écoutait d'une oreille distraite tout en notant les numéros de téléphone des boîtes de danse érotique, clubs de strip-tease et autres salons de massage installés dans le secteur de Shoreditch. De temps à autre, elle passait à la page suivante pour prendre connaissance des avis laissés par les clients, au cas improbable où l'un d'entre eux aurait fait mention d'un vigile prénommé Noel. Mais aucun nom n'était jamais cité, à part ceux des femmes qui dispensaient leurs services dans ces différents établissements. Les clients les classaient en fonction de l'enthousiasme qu'elles manifestaient dans l'exercice de leurs fonctions. Mandy, employée d'un salon de massage, « donnait trente minutes pleines » sans « jamais bousculer le client » ; la superbe Sherry du Beltway Strippers était toujours « dispo, serviable et prête à rigoler ». « Je vous recommande vivement Zoe, disait un autre, corps de déesse et nirvana garanti !!! »

Si Robin avait été dans un autre état d'esprit – ou dans une autre vie –, elle aurait peut-être souri en lisant ces commentaires. La plupart des hommes qui payaient pour le sexe avaient besoin de se convaincre que les femmes appréciaient leur compagnie, trouvaient leurs blagues désopilantes, s'éclataient en les massant corps contre corps ou en les branlant. L'un d'entre eux avait même posté un poème en l'honneur de sa préférée.

Tout en rajoutant des numéros sur sa liste, Robin se disait que Brockbank ne pouvait décemment pas travailler dans un lieu haut de gamme, comme ceux dont les sites web présentaient des photos retouchées de filles nues savamment éclairées et proposaient aux clients de venir en couple.

Robin savait que les bordels étaient illégaux. Mais il suffisait de quelques clics pour les trouver sur le Net. Depuis qu'elle travaillait pour Strike, elle avait appris à dénicher des infos dans les recoins les plus nauséabonds du cyberespace. Après quelques minutieux recoupements, elle tomba dans les bas-fonds : des sites minables vendant des prestations à leur image. Ici, plus question de poésie : « pénétration anale : 60 £ » ; « filles étrangères, pas d'Anglaises » ; « Filles très jeunes, encore clean. Fourez pas votre queu n'importe ou ».

Souvent, il n'y avait même pas d'adresse, juste un emplacement approximatif. Robin doutait fort que Strike lui permît d'enquêter sur place, dans ces caves ou ces meublés sordides où travaillaient « surtout des filles de l'Est » ou « rien que des hôtesses chinoises ».

Elle s'accorda une petite pause pour souffler et desserrer le nœud qu'elle avait dans la poitrine. Les caméras de télévision suivaient les princes William et Harry qui remontaient ensemble la nef. La porte du salon s'ouvrit, Matthew la franchit, une tasse de thé à la main. Il ne lui en avait pas proposé. Il s'assit dans le fauteuil, sans rien dire, et se mit à fixer l'écran.

Robin reprit ses recherches, très perturbée par la présence de Matthew à côté d'elle. Bon, il était entré sans faire de bruit, c'était un progrès. Il semblait accepter qu'elle reste dans son coin et n'essayait pas de l'interrompre, ne fût-ce que pour lui proposer du thé – ça aussi, c'était nouveau. Sans compter qu'il ne s'était pas rué sur la télécommande pour changer de chaîne.

Les caméras montraient à présent la façade de l'hôtel Goring en plan fixe. Kate Middleton n'allait pas tarder à apparaître dans sa robe de mariée. Robin jetait des coups d'œil rapides par-dessus son ordinateur tout en parcourant les appréciations rédigées en langage phonétique sur un bordel près de Commercial Road.

Un soudain concert d'acclamations accompagné de commentaires enthousiastes la contraignit à lever les yeux au moment où Kate Middleton montait dans une limousine. De longues manches de dentelle, copies conformes de celles qui avaient orné sa propre robe avant les retouches…

La limousine roulait au pas. À l'intérieur, on apercevait à peine Kate Middleton, assise à côté de son père. Elle avait choisi de laisser ses cheveux détachés, comme Robin avait prévu de le faire. Matthew aimait quand elle lâchait ses cheveux. Mais cela n'avait plus aucune importance…

La limousine poursuivit sa route le long du Mall, sous les vivats de la foule en délire, brandissant des drapeaux britanniques à perte de vue.

Quand Matthew se tourna vers elle, Robin replongea derrière son écran.

« Tu veux du thé ?

— Non. Merci », ajouta-t-elle sur un ton agressif qui l'étonna presque.

Son téléphone portable posé sur le canapé émit un bip. Quand elle recevait des messages un jour de congé, elle avait souvent droit à un regard cinglant ou maussade de la part de Matthew : il s'imaginait que c'était encore Strike, et parfois il avait raison. Aujourd'hui, il se contenta de tourner la tête vers la télévision.

Robin lut le texto qui venait d'arriver :

Comment je peux savoir que vous n'êtes pas journaliste ?

C'était la piste qu'elle poursuivait à l'insu de Strike. Elle avait préparé sa réponse. La limousine avançait lentement sous les ovations pendant que Robin tapait :

Si je l'étais, la presse serait devant chez vous. Je vous ai dit de me chercher sur le web. Il y a une photo de moi entrant dans le tribunal pour témoigner sur le meurtre d'Owen Quine.
L'avez-vous trouvée ?

Elle reposa l'appareil, le cœur battant.

La limousine venait de s'arrêter devant l'abbaye. Kate Middleton en descendit. Sa robe en dentelle lui faisait une taille de guêpe. Elle paraissait tellement heureuse… sincèrement heureuse… Le cœur de Robin se mit à cogner à tout rompre au moment où l'adorable fiancée coiffée d'un diadème s'avança vers le porche de l'église.

Encore un bip sur son portable.

Oui j'ai vu la photo. Et alors ?

Matthew fit un drôle de bruit dans sa tasse. Robin demeura impassible. Il devait croire qu'elle écrivait à Strike. C'était ainsi qu'il exprimait son agacement, en pareil cas, avec de petites grimaces, des soupirs excédés. Elle leva le téléphone devant son visage et se prit en photo.

Le flash fit sursauter Matthew qui tourna la tête vers elle. Il pleurait.

D'une main tremblante, Robin envoya son autoportrait en pièce jointe. Puis, pour ne pas regarder Matthew, elle se remit à fixer la télévision.

Kate Middleton et son père remontaient la nef à pas lents, sur le tapis écarlate qui séparait en deux un océan d'invités en chapeaux. Elle était en train d'assister à l'heureuse conclusion de tous les contes de fées jamais imaginés : la bergère rejoignait son prince charmant devant l'autel, la beauté avançait inexorablement vers les hautes sphères…

Bien malgré elle, Robin revit le soir où Matthew lui avait demandé sa main sous la statue d'Éros, à Piccadilly Circus. Les clochards assis sur les marches avaient bien rigolé en le voyant tomber à genoux. Cette soudaine déclaration l'avait laissée stupéfaite ; Matthew n'avait pas craint d'abîmer son meilleur costume sur les marches humides et crasseuses. Les vapeurs d'alcool qui dérivaient vers eux sentaient encore plus mauvais que les gaz d'échappement. Elle avait vu apparaître un écrin en velours bleu, puis l'éclat d'un saphir, moins brillant et plus petit que celui de Kate Middleton toutefois. Matthew l'avait choisi parce que, avait-il dit, il était assorti à ses yeux. Quand elle avait répondu oui, un clochard aviné s'était levé pour applaudir. Elle se souvenait encore du visage rayonnant de Matthew, éclairé par les néons qui clignotaient sur Piccadilly.

Neuf ans de vie commune. Neuf années durant lesquelles ils avaient grandi, s'étaient disputés, réconciliés, aimés. Neuf ans d'épreuves qui auraient dû détruire leur couple mais qu'ils avaient affrontées ensemble, main dans la main.

Il l'avait demandée en mariage et, dès le lendemain, l'agence d'intérim l'avait envoyée chez Strike. Ce jour-là lui paraissait tellement lointain. Elle était tellement différente aujourd'hui… C'est du moins ce qu'elle avait cru, jusqu'à ce que Strike lui ordonne de rester chez elle pour noter des numéros de téléphone en évitant soigneusement de lui dire quand elle réintégrerait l'agence en tant qu'associée.

« *Eux aussi* se sont séparés.

— Quoi ? dit Robin.

— Eh oui », dit Matthew. Sa voix se brisa. D'un geste du menton, il désigna le prince William qui venait de se retourner vers sa fiancée. « Ils se sont séparés pendant un temps.

— Je suis au courant. »

Elle voulait lui répondre froidement mais sa détresse la toucha.

Au fond, je trouve que tu mérites mieux que moi.

« Est-ce que… est-ce que c'est vraiment fini entre nous ? » demanda-t-il.

Kate Middleton avait rejoint le prince William devant l'autel. Ils semblaient ravis d'être à nouveau réunis.

Robin gardait les yeux braqués sur l'écran. Elle savait qu'aujourd'hui sa réponse serait considérée comme définitive. La bague de fiançailles était toujours là où elle l'avait laissée, dans la bibliothèque, sur le vieux manuel de comptabilité. Ni l'un ni l'autre n'y avait touché depuis.

« Mes chers enfants… », commença le doyen de Westminster.

Robin songea au jour où Matthew lui avait demandé de sortir avec lui pour la toute première fois. Elle était rentrée du lycée les joues brûlantes d'excitation, de fierté. Elle revit Sarah Shadlock, dans un pub à Bath ; elle gloussait de rire et s'appuyait sur Matthew qui la maintenait à distance en fronçant un peu les sourcils. Elle pensa à Strike et à Elin… *Que venaient-ils faire dans cette histoire ?*

Elle revit l'hôpital où on l'avait gardée en observation pendant vingt-quatre heures après son viol. Matthew devant elle, pâle comme un linge. Il avait raté un examen pour la rejoindre, il était parti comme ça, sans rien dire. Sa mère l'avait mal pris. Il avait dû repasser l'épreuve durant l'été.

J'avais 21 ans et je ne savais pas ce que j'ai appris depuis : que tu es la seule l'unique et que jamais je n'aimerai personne autant que toi…

Sarah Shadlock l'avait attrapé par le cou, il avait trop bu sans doute, il ne savait plus où il en était avec

Robin qui ne sortait plus de sa chambre, qui ne supportait pas qu'il la touche…

Le portable bipa. Robin regarda l'écran par simple réflexe.

D'accord, je vous crois.

Robin ne comprenait pas ce qu'elle lisait. Elle reposa le téléphone sur le canapé sans répondre. C'était tellement poignant de voir un homme pleurer. Matthew avait les yeux rouges, ses épaules tressautaient.

« Matt, murmura-t-elle entre deux sanglots silencieux. Matt… »

Elle lui tendit la main.

38

Dance on Stilts

Danser sur des échasses

Le ciel avait pris une teinte rose marbré, mais les rues étaient encore noires de monde. Un million de Londoniens, banlieusards et touristes encombraient les trottoirs : des chapeaux, des couronnes aux couleurs de l'Union Jack, des bouffons imbibés de bière qui tenaient par la main des mouflets au visage peinturluré. Et tout ce beau monde sautillait, emporté par un tourbillon de sentimentalisme débile. Le métro était bondé, les rues saturées. Pendant qu'il se frayait un chemin dans la foule, à la recherche de ce dont il avait besoin, il entendit à plusieurs reprises le refrain de l'hymne national, le plus souvent massacré par des voix avinées, et une seule fois chanté avec talent par la bande de Galloises exubérantes qui lui barraient la route, à la sortie de la station.

Il avait laissé Ça en larmes. Le mariage royal lui avait fait provisoirement oublier sa misère. Maintenant elle se vautrait dans la guimauve, se prenait en pitié, faisait d'obscures allusions à l'amitié, à l'engagement entre deux êtres, le tout entrecoupé de sanglots. S'il avait réussi à garder son sang-froid, c'était uniquement parce que son esprit, ses nerfs, la moindre de ses cellules, étaient rivés sur la chose qu'il allait faire ce soir. Sachant qu'il serait bientôt soulagé, il s'était montré patient, affectueux. Et au lieu de le remercier, Ça avait réclamé encore plus, allant jusqu'à l'empêcher de sortir.

Il avait déjà enfilé la veste où il planquait ses couteaux. Alors il avait pété les plombs. Mais il n'avait pas levé la main sur elle, c'était inutile. Pour la faire taire, il suffisait de lui donner un aperçu de la bête sauvage qui sommeillait en lui, en utilisant certains mots, certaines attitudes. Ça n'en menait pas large lorsqu'il avait claqué la porte derrière lui.

Pour rattraper le coup, il allait devoir faire un gros effort, songeait-il en se faufilant entre les fêtards massés sur le trottoir. Un stupide bouquet de fleurs, quelques mots de regret, il trouverait bien une connerie à lui raconter, le stress… Cette idée le fit grimacer de haine. Il n'hésitait pas à bousculer les gens sur son passage mais personne ne récriminait, surtout quand ils voyaient sa stature, sa dégaine. Les gens n'étaient que des quilles, des quilles de chair et de sang, ni plus ni moins. Ils n'avaient d'intérêt que dans la mesure où ils pouvaient lui servir. Voilà pourquoi La Secrétaire revêtait une telle importance à ses yeux. Jamais il n'avait traqué une femme aussi longtemps.

En fait si. La dernière en date l'avait occupé pas mal de temps aussi, mais c'était différent : cette pétasse lui avait mâché le travail, elle s'était offerte avec empressement. On aurait cru qu'elle avait rêvé toute sa vie de se faire découper en morceaux. Cela dit, c'était effectivement…

À cette évocation, un sourire s'étira sur ses lèvres. Les serviettes couleur pêche, l'odeur du sang… La sensation l'envahissait de nouveau… cette sensation d'omnipotence. Il allait s'en choper une, ce soir, il le sentait…

Headin' for a meeting, shining up my greeting…

(En route pour un RV galant
Peaufinant mon compliment…)

Ce qu'il lui fallait c'était une fille seule qui traînerait à l'écart de la foule, une fille saoule d'alcool et de sentimentalisme. Mais elles se déplaçaient toutes en troupeau à travers les rues. Peut-être ferait-il mieux de se rabattre sur une prostituée, après tout.

Les temps avaient changé. Autrefois, c'était différent. Depuis l'invention des portables et d'internet, les putes n'avaient plus besoin de faire le trottoir. Aujourd'hui, on s'achetait une femme comme on commandait une pizza. Par un simple coup de fil. Mais il ne voulait pas laisser de trace sur le Net ou les relevés téléphoniques des prostituées. Dans la rue, ne restaient que les rebuts. Il connaissait tous les bons coins mais il allait devoir chercher un quartier excentré où il n'avait jamais mis les pieds, le plus loin possible de Ça…

À minuit moins dix, il marchait dans Shacklewell, le bas du visage caché derrière le col relevé de sa veste, son bonnet bien enfoncé sur son front. Les couteaux brinquebalaient contre sa poitrine au rythme de ses pas ; ils étaient lourds. Il y avait un couteau à découper classique et une machette à lame courte. Il croisa des restaurants indiens, et encore des pubs, tous éclairés, pavoisés… Cela lui prendrait peut-être toute la nuit mais il la trouverait…

Au coin d'une rue sombre, trois femmes en jupes ultracourtes fumaient en papotant. Quand il passa sur le trottoir opposé, l'une d'entre elles l'interpella mais il fit la sourde oreille et plongea dans l'obscurité. Elles étaient trop nombreuses : pas question de laisser deux témoins.

La chasse à pied avait ses avantages et ses inconvénients. On n'avait pas à redouter qu'une caméra enregistre votre plaque minéralogique mais, d'un autre côté, une fois qu'on avait choisi une fille, il était plus compliqué de trouver un lieu où l'emmener, sans parler du moment où il fallait dégager vite fait.

Il sillonna le quartier pendant une heure encore, puis se retrouva au croisement où il avait vu les trois prostituées. Elles n'étaient plus que deux. Un seul témoin, c'était plus facilement gérable. Il avait le visage presque entièrement couvert. Il hésita et, au même instant, une voiture ralentit, s'arrêta devant les deux filles, le chauffeur discuta quelques secondes avec elles, en embarqua une et la voiture disparut.

Un poison enivrant fusa dans ses veines jusqu'à son cerveau. C'était exactement comme lors de son premier meurtre : ce jour-là aussi, il avait hérité de la plus laide.

Pas de temps à perdre. Il devait agir avant qu'une autre rapplique.

« Te revoilà, chéri ? »

Elle avait une voix gutturale mais elle faisait jeune. Des cheveux teints au henné, mal coupés au carré, des piercings dans les oreilles, le nez. Ses narines semblaient irritées, humides, comme si elle était enrhumée. Une veste de cuir, une minijupe en latex, des chaussures aux talons démesurés sur lesquels elle vacillait légèrement.

« Combien ? » demanda-t-il. Il n'écouta pas vraiment sa réponse. Le problème n'était pas combien mais où.

« On peut aller chez moi, si tu veux. »

Il accepta mais sans grande conviction. Il espérait au moins qu'elle vivait dans un studio ou une chambre indépendante : personne dans l'escalier, pas de témoins potentiels, juste une petite piaule sombre et crasseuse parfaitement adaptée à un corps. Mais si jamais c'était un lieu partagé, un vrai bordel avec d'autres putes et une grosse maquerelle, ou pire, un mac…

D'un pas chancelant, la fille s'engagea sur la chaussée sans attendre que le feu passe au rouge. Il la saisit par le bras pour la ramener sur le trottoir ; une camionnette blanche fila devant leur nez.

« Mon sauveur ! gloussa-t-elle. Merci chéri. »

Elle était défoncée, c'était évident. Il en avait vu des tas comme elle. Son nez rouge et humide le dégoûtait. Leur reflet à tous les deux se découpait dans les vitrines des boutiques sombres. Elle était si petite, si frêle et lui si grand, si costaud qu'on aurait dit un père et sa fille adolescente.

« T'as vu le mariage ? demanda-t-elle.

— Quoi ?

— Le mariage royal ? Elle était jolie. »

Même cette petite pute malpropre était une dingue du mariage. Elle babillait en se tordant les chevilles à cause de ses escarpins à deux balles, riait entre chaque phrase. Lui ne décrochait pas un mot.

« Et lui ! Quel dommage que sa maman ait pas pu le voir, pas vrai ? On est arrivés, dit la fille en désignant un immeuble un peu plus loin. C'est là que j'habite. »

Il voyait parfaitement l'entrée éclairée, des gens autour, un homme assis sur les marches. Il s'arrêta net.

« Non.

— Ben quoi ? T'inquiète pas pour eux, chéri, ils me connaissent, dit-elle avec le plus grand sérieux.

— Non », répéta-t-il, furieux. Il serra son poing autour du bras maigrelet de la fille. Qu'est-ce qu'elle manigançait ? Elle le prenait pour un bleu ?

« Là-bas, dit-il en désignant un passage obscur entre deux bâtiments.

— Chéri, il y a un lit chez m…

— Là-bas », gronda-t-il encore une fois.

Elle le regarda en clignant ses paupières lourdement fardées, un peu décontenancée. Mais son cerveau fonctionnait au ralenti, à cette conne. Sans rien lui dire, par sa seule volonté, il eut raison de sa réticence.

« Bon, d'accord, chéri. »

Leurs pas crissaient sur les gravillons qui recouvraient le sol par endroits. Un instant, il craignit de tomber sur des éclairages de secours ou des détecteurs de présence, mais non. Quelque vingt mètres plus loin, une obscurité encore plus épaisse se referma sur eux.

Il lui tendit les billets de sa main gantée. Elle s'agenouilla, descendit la fermeture de sa braguette. Il était mou. Pendant qu'elle s'employait à le faire bander dans le noir, il sortit délicatement les couteaux de la doublure de sa veste. Un chuintement de nylon, une arme dans chaque main, ses paumes moites sur les manches en plastique…

Le coup de pied qu'il lui balança dans le ventre la projeta loin en arrière. Il entendit un hoquet, un râle. Le crissement du gravier lui indiqua où elle était retombée. Il s'élança, la braguette toujours ouverte, le pantalon à moitié baissé. Il trébucha et s'étala sur la fille.

Le couteau à découper se mit en action. Une fois, deux fois. La lame toucha un os, une côte probablement, et repartit de plus belle. Les poumons de la fille produisirent un sifflement bizarre et ensuite, à son immense surprise, elle se mit à hurler.

Il se tenait à califourchon sur elle mais elle se débattait quand même. Du coup, il ne trouvait plus la gorge qu'il espérait trancher. Avec la main qui tenait la machette, il lui envoya un puissant revers du gauche dans la figure mais, chose incroyable, il lui restait toujours assez de vie pour qu'elle se remette à brailler…

Un torrent d'obscénités se déversait de ses lèvres trop rouges – un coup de lame, un autre, et encore un. Elle leva la main pour se protéger. Le couteau à découper lui perça la paume. Cela lui donna une idée : il lui plaqua le bras en arrière, contre le sol, l'écrasa sous son genou, leva son couteau…

« Salope, enculée, ordure…

— Il y a quelqu'un ? »

Putain de bordel de merde.

Une voix d'homme résonnait dans l'obscurité, du côté de la rue.

« Qui est là ? Qui est là ? »

Il se dégagea du corps de la fille, remonta son caleçon, son pantalon, et battit en retraite aussi discrètement que possible, les deux couteaux dans la main gauche et, d'après ses estimations, deux doigts tranchés dans la droite. Des bouts de chair tièdes, osseux, sanguinolents... Il l'entendait encore geindre et pleurnicher... puis, après un long sifflement, elle se tut...

Il s'éloigna en clopinant de la forme inerte pour plonger dans le néant, tous ses sens en éveil, comme un félin à l'approche d'un chien de chasse.

« Tout va bien par ici ? » La voix tintait dans la nuit.

Ses doigts touchèrent un mur de brique. Il le suivit à tâtons et tomba sur le grillage qui semblait le prolonger. À la lueur d'un lointain réverbère, il discerna un bâtiment en ruine, au-delà de la barrière, un atelier de réparation automobile, supposa-t-il, d'après les masses noires des voitures qui semblaient flotter dans la pénombre. Quelque part derrière lui, il entendit des pas. L'homme que les cris de la fille avaient alerté.

Il ne fallait pas paniquer, pas courir. Le moindre bruit lui serait fatal. Il se faufila lentement le long de la clôture métallique entourant les carcasses de voitures, en direction d'une tache plus sombre qui pouvait être soit une entrée, soit une rue perpendiculaire, soit un cul-de-sac. Il glissa les couteaux sanglants à l'intérieur de sa veste, lâcha les doigts au fond de sa poche et se remit à progresser, un pas après l'autre, sans respirer.

Un cri retentit dans son dos :

« Nom de Dieu ! Andy... ANDY ! »

Il prit ses jambes à son cou. Ils ne pouvaient plus l'entendre maintenant que leurs hurlements se répercutaient sur les parois. Comme si l'univers redevenait son ami, une surface d'herbe molle se présenta sous ses pieds dès qu'il s'engouffra dans la bouche d'ombre…

C'était un cul-de-sac, fermé par un mur de presque deux mètres de haut. On percevait le bruit de la circulation de l'autre côté. Pas le choix : le souffle court, il s'y agrippa en regrettant de n'être plus jeune, fort et agile. Il essaya de grimper mais ses pieds dérapaient faute de prises, ses muscles récriminaient…

La panique peut produire des miracles. Sans même s'en rendre compte, il se retrouva au sommet et, une seconde après, de l'autre côté. Ses genoux protestèrent lorsqu'il retomba lourdement, il vacilla un court instant puis recouvra son équilibre.

Vas-y, marche… normalement… normalement… normalement…

Les voitures passaient à toute vitesse. Il essuya subrepticement ses mains sanglantes sur sa veste. Des gens criaient au loin mais on n'entendait pas ce qu'ils disaient… Il fallait qu'il se tire le plus vite possible. Il irait se réfugier dans l'endroit que Ça ne connaissait pas.

Un arrêt de bus. Il trottina sur quelques dizaines de mètres, se plaça dans la queue. Peu importait la destination, tant que c'était loin d'ici.

Son pouce laissa une empreinte rouge sur le ticket. Quand il le cacha dans sa poche, il sentit les doigts coupés, tout au fond.

Le bus s'ébranla. Il inspira lentement, plusieurs fois, pour se calmer.

Quelqu'un à l'étage entonna l'hymne national. Encore. Le bus accéléra. Son cœur s'emballa l'espace d'un instant, puis, tout doucement, son souffle retrouva un rythme normal.

Il contemplait son reflet dans la vitre sale, tout en faisant rouler les petits doigts encore tièdes entre les siens. La panique disparaissait, l'exaltation prenait sa place. Il regarda ses yeux sombres dans la vitre et fit un sourire de connivence à la seule personne capable d'apprécier son triomphe.

39

The door opens both ways...
La porte s'ouvre dans les deux sens…

BLUE ÖYSTER CULT, « Out of the Darkness »

« Regarde un peu ça », dit Elin, le lundi matin. Un bol de muesli entre les mains, elle fixait la télévision d'un air abasourdi. « Je n'arrive pas à y croire ! »

Strike venait d'entrer dans la cuisine, fraîchement douché et habillé, au lendemain de leur traditionnel rendez-vous du dimanche soir. La pièce immaculée, avec ses lumières tamisées, ses meubles laqués blanc, crème, ses surfaces en inox, préfigurait une salle d'opération de l'ère spatiale. Derrière la table, sur l'écran plasma accroché au mur, le président Obama s'exprimait, juché sur une estrade.

« Ils ont tué Oussama ben Laden ! annonça Elin.

— Nom de Dieu », fit Strike en s'immobilisant pour lire la bande qui défilait au bas de l'écran.

Même avec des vêtements propres et un menton bien rasé, il avait une mine de déterré. Les longues heures qu'il passait en planque pour apercevoir Laing ou Whittaker commençaient à peser sur sa santé : ses yeux étaient injectés de sang, son teint grisâtre.

Il traversa la cuisine pour se servir une grande tasse de café qu'il avala d'un trait. Hier soir, il avait failli s'endormir sur Elin et le fait qu'il ait quand même été à la hauteur venait s'ajouter à la liste des petites réussites de la semaine. Les reins calés contre l'îlot couvert d'une plaque d'inox, il lorgnait le fringant président d'un regard envieux. Lui, au moins, il avait coincé son homme.

Les circonstances de la mort de ben Laden alimentèrent la conversation le temps qu'Elin le dépose devant la station de métro.

« Je me demande comment ils pouvaient être sûrs que c'était lui avant d'entrer », dit-elle en se garant.

Strike s'était posé la même question. Ben Laden avait un physique très particulier, évidemment : il mesurait plus de un mètre quatre-vingts… Les pensées de Strike s'envolèrent de nouveau vers Brockbank, Laing et Whittaker. Elin le fit redescendre sur terre.

« On organise un pot entre collègues mercredi, si ça t'amuse. » Elle semblait un peu gênée. « Duncan et moi sommes tombés d'accord sur à peu près tout. J'en ai marre de me cacher.

— Désolé, je ne peux pas. J'ai un boulot monstre, je te l'ai dit. »

Il avait dû lui raconter qu'on le payait pour rechercher Brockbank, Laing et Whittaker, sinon elle n'aurait pas compris pourquoi il s'acharnait à les pister, malgré le peu de résultats qu'il avait obtenu jusqu'à présent.

« OK, eh bien, j'attendrai ton coup de fil, alors », dit-elle. Il choisit d'ignorer le soupçon de froideur dans sa voix.

Est-ce que ça vaut le coup ? se demanda-t-il en descendant dans le métro, son sac à dos sur l'épaule. Il ne pensait pas à ses trois suspects mais à Elin. Cette histoire qu'il avait envisagée au début comme un agréable dérivatif prenait peu à peu des allures de pensum. Leurs rendez-vous réglés comme du papier à musique – mêmes soirs, mêmes restaurants – commençaient à le lasser. Et le fait qu'elle lui ait proposé de briser cette pénible routine le laissait mi-figue mi-raisin. Il connaissait une dizaine de moyens plus agréables de passer la soirée que de boire des coups avec les présentateurs de Radio Three. Dormir figurait en haut de la liste.

Bientôt – il sentait ce jour approcher à grands pas – Elin voudrait lui présenter sa fille. Strike avait réussi à échapper pendant trente-sept ans au statut de « petit ami de maman ». Les hommes qui avaient traversé la vie de Leda, certains corrects, la plupart non – avec Whittaker comme bouquet final – lui avaient laissé des souvenirs amers, voire nauséeux. Il n'avait aucun désir de retrouver dans les yeux d'un autre enfant la peur et la défiance qu'il avait lues dans ceux de Lucy, chaque fois que la porte s'était ouverte sur un inconnu. Et dans son regard à lui, qu'y avait-il eu ? Il l'ignorait. Aussi longtemps qu'il l'avait pu, il s'était interdit d'évoquer cet aspect-là de la vie de Leda, préférant ne garder que les bons côtés : son rire, ses gestes d'affection, la fierté qu'elle affichait devant les réussites de son fils.

Il sortait du métro à Notting Hill Gate pour prendre sa faction près de l'école quand son portable bourdonna : un texto de la femme de Mad Dad.

Juste pour vous dire que les garçons ne vont pas à l'école aujourd'hui, jour férié. Ils sont avec leurs grands-parents. Il n'ira pas là-bas.

Strike jura entre ses dents. Il avait complètement oublié cette histoire de jour férié. Le point positif, c'était qu'il disposait de tout son temps, à présent. Il pourrait s'occuper de la paperasse au bureau et ensuite retourner sur Catford Broadway, en plein jour pour une fois. Il aurait juste préféré recevoir ce texto avant, ce qui lui aurait évité le détour par Notting Hill.

Quarante minutes plus tard, Strike grimpait l'escalier métallique de l'agence en se demandant pour la énième fois pourquoi il n'avait toujours pas signalé la panne d'ascenseur au propriétaire. Mais quand il arriva sur le palier, une question plus urgente s'imposa à lui : pourquoi les lumières étaient-elles allumées dans son bureau ?

Strike poussa la porte si violemment que Robin sursauta sur son siège, alors même qu'elle l'avait entendu souffler en montant l'escalier. Ils se dévisagèrent avec un regard de défi pour elle, de réprobation pour lui.

« Qu'est-ce que vous fabriquez ici ?

— Je travaille, dit Robin.

— Je vous ai dit de faire ça chez vous.

— J'ai terminé », dit-elle en tapotant un petit tas de feuilles sur son bureau, couvertes de numéros de téléphone et de notes consignés d'une écriture appliquée. « Voilà les numéros que j'ai pu trouver à Shoreditch. »

Strike suivit sa main du regard, captivé non par les pages qu'elle lui montrait mais par la bague de fiançailles en saphir.

Un ange passa. Robin se demandait pourquoi son cœur battait si fort contre ses côtes. C'était ridicule, elle n'avait pas besoin de se justifier… Cela ne regardait qu'elle si elle épousait Matthew… Avait-elle même besoin de se le rappeler ?

« Alors ? Réconciliés ? fit Strike en lui tournant le dos pour suspendre sa veste et son sac.

— Oui », dit Robin.

Strike marqua un temps d'arrêt, puis il pivota vers elle.

« Je n'ai pas de travail à vous donner. Il ne nous reste qu'un client et je peux m'occuper de Mad Dad tout seul. »

Elle plissa ses yeux gris-bleu.

« Et en ce qui concerne Brockbank, Laing et Whittaker ?

— Oui, quoi ?

— Vous essayez toujours de les retrouver ?

— Oui, mais ce n'est pas le…

— Comment allez-vous faire pour gérer quatre affaires en même temps ?

— Ce ne sont pas des affaires à part entière. Elles ne rapportent rien…

— Donc, pour vous c'est juste un hobby ? répliqua Robin. Et c'est pour ça que j'ai passé mon week-end à chercher des numéros de téléphone ?

— Écoutez – oui, je veux les retrouver, bredouilla Strike en essayant de rassembler des arguments valables, malgré la fatigue et les émotions moins définissables qui l'assaillaient (elle était de nouveau fiancée… Depuis le départ, il se doutait que cela finirait par arriver… En la renvoyant chez elle, en lui laissant du temps avec Matthew, c'était couru d'avance). Mais je ne…

— Vous étiez bien content que je vous emmène à Barrow en voiture… », lui renvoya Robin qui s'était préparée à cette confrontation. Elle avait parfaitement compris qu'il ne voulait plus d'elle. « … et que j'interroge Holly Brockbank et Lorraine McNaughton, hein ? Alors, qu'est-ce qui a changé ?

— *Mais putain, Robin, on vous a encore envoyé un morceau de cadavre ! Voilà ce qui a changé !* »

Il n'avait pas voulu hurler mais sa voix se répercuta sur les armoires en fer.

Robin resta stoïque. Elle l'avait déjà vu en colère, elle l'avait déjà vu cogner sur ces armoires en proférant des jurons. Cela ne lui faisait ni chaud ni froid.

« Oui, répondit-elle calmement, et j'ai eu très peur. Je pense que la plupart des gens auraient eu peur en recevant une enveloppe contenant un orteil coupé. Vous-même n'aviez pas l'air franchement ravi.

— Ouais, justement, c'est pour ça que…

— … que vous essayez de courir quatre lièvres à la fois, que vous me renvoyez dans mes foyers. Je n'ai jamais demandé de jours de congé. »

Durant les quelques heures d'euphorie ayant suivi leur réconciliation, Matthew l'avait aidée à répéter sa plaidoirie. C'était assez surprenant, quand elle repensait à la scène. Matthew dans le rôle de son patron et elle s'efforçant de placer ses répliques. Matthew aurait fait n'importe quoi pour qu'elle accepte de l'épouser le 2 juillet.

« Je voulais revenir travailler juste après…

— Il ne suffit pas de vouloir revenir travailler, répliqua Strike, il faut aussi savoir si c'est dans votre intérêt.

— Oh, j'ignorais que vous étiez expert en psychologie du travail, lança Robin, un tantinet sarcastique.

— Écoutez-moi, dit Strike que le ton froid et ironique de Robin agaçait prodigieusement, surtout qu'il s'était plutôt attendu à une crise de larmes (et ce saphir qui étincelait de nouveau sur son doigt). Je suis votre employeur et je serais responsable si jamais…

— Je croyais que j'étais votre associée.

— Cela ne fait aucune différence. Associée ou pas, j'ai quand même une responsabilité…

— Donc vous préférez couler l'agence plutôt que de me laisser travailler ? » La colère enflammait son visage pâle. Plus Robin marquait des points, plus Strike se réjouissait secrètement de la voir perdre son sang-froid. « Je vous ai aidé à la bâtir ! Vous faites le jeu de ce type en m'écartant, en négligeant les affaires rentables pour vous jeter à corps perdu…

— Comment savez-vous que je… ?

— Parce que vous avez une mine épouvantable », lâcha brutalement Robin. Surpris par sa repartie, il faillit éclater de rire pour la première fois depuis des jours.

« Enfin bref, de deux choses l'une, reprit-elle. Soit je suis votre associée, soit je ne le suis pas. Si vous continuez à me traiter comme une porcelaine fine qu'on ne sort que dans les grandes occasions de peur qu'elle se brise, nous sommes… nous sommes condamnés. L'agence est condamnée. Je ferais mieux d'accepter l'offre de Wardle…

— Quelle offre ? l'interrompit Strike.

— D'entrer dans la police, dit Robin en le regardant droit dans les yeux. Ce n'est pas un jeu pour moi, vous savez. Je ne suis pas une petite fille. J'ai connu bien pire que de recevoir un orteil dans une enveloppe, et j'ai survécu. Bon, alors… » Elle s'arma de tout son courage. Elle aurait aimé ne pas en arriver à cet ultimatum… « Alors, décidez-vous. Que suis-je pour vous : une associée ou… une charge ? Si vous ne pouvez pas vous appuyer sur moi – si vous ne voulez pas que je courre les mêmes risques que vous – alors je ferais mieux… »

Sa voix faillit se briser mais elle se contraignit à poursuivre.

« … Je ferais mieux de partir. »

Elle fit pivoter son fauteuil pour se retrouver face à son ordinateur mais, sous le coup de l'émotion, prit un peu trop d'élan et termina sa rotation devant le mur. Drapée dans sa dignité, elle corrigea sa position et se remit à ouvrir les mails en attendant qu'il lui réponde.

Avant de lui parler de sa nouvelle piste, elle voulait savoir s'il la réintégrait en tant qu'associée. En fonction de sa décision, soit elle partagerait son trésor avec lui, soit elle le lui laisserait en cadeau d'adieu.

« Quel qu'il soit, ce type charcute les femmes pour son plaisir, articula Strike. Et il a clairement annoncé son intention de vous faire subir le même sort.

— J'avais bien saisi, dit Robin d'une voix tendue, sans quitter l'écran des yeux. Mais *vous,* avez-vous bien saisi que s'il sait où je travaille, il doit aussi savoir où je vis ? Et que s'il est aussi déterminé que vous le dites, il me retrouvera n'importe où ? Il vaut mieux que j'aide à son arrestation plutôt que de rester les bras croisés à attendre qu'il s'en prenne à moi. Est-ce que vous comprenez cela ? »

Elle n'avait pas l'intention de le supplier. Elle eut le temps de virer une dizaine de spams de sa boîte de réception avant que Strike lui réponde d'une voix sourde.

« D'accord.

— D'accord pour quoi ? demanda-t-elle en tournant prudemment les yeux vers lui.

— D'accord… pour que vous reveniez travailler. »

Elle rayonnait. Lui n'avait pas le cœur à sourire.

« Oh, ne faites pas cette tête », dit-elle en sautant sur ses pieds pour contourner le bureau.

Pendant un instant d'égarement, Strike crut qu'elle allait le prendre dans ses bras, tant elle semblait heureuse (avec le retour de la bague protectrice, était-il devenu à ses yeux un être asexué, inoffensif, qu'on pouvait impunément serrer sur son cœur ?). Mais non, c'était vers la bouilloire qu'elle se dirigeait.

« J'ai une piste, annonça-t-elle.

— Ah ouais ? » dit-il en essayant de trouver du sens à cette nouvelle donne. (Ce qu'il s'apprêtait à lui demander n'était-il pas trop dangereux ? Dans quel piège risquait-il de la pousser ?)

« Oui. J'ai établi un contact avec un internaute qui échangeait avec Kelsey sur le forum TIRIC. »

Pris d'une irrépressible envie de bâiller, Strike se laissa choir sur le canapé en skaï qui, sous son poids, produisit les habituelles flatulences. Il ne voyait pas de qui elle parlait. Son besoin de sommeil était tel que sa mémoire, infaillible à l'accoutumée, lui jouait des tours.

« Le… mec ou la femme ? demanda-t-il tandis que flottaient dans sa tête les portraits des deux internautes que Wardle leur avait montrés.

— L'homme », dit Robin en versant de l'eau bouillante sur les sachets de thé.

Pour la première fois dans leur relation, Strike prit plaisir à lui balancer une remontrance.

« Si je comprends bien, vous avez posté des messages sur le web sans m'en parler ? Vous avez joué avec une multitude de partenaires anonymes sans avoir la moindre idée d'où vous mettiez les pieds ?

— Je vous ai dit que je bossais là-dessus ! répliqua Robin, indignée. Rappelez-vous quand j'ai trouvé les questions de Kelsey à votre sujet sur un forum. Elle se faisait appeler Seulomonde. Je vous ai *dit* tout cela quand Wardle est venu ici. *Lui*, ça l'a impressionné, ajouta-t-elle.

— Impressionné ? Il a surtout une longueur d'avance sur vous. Il a interrogé deux des personnes qui discutaient en ligne avec elle. Cela ne mène à rien. Elles ne l'ont jamais vue en vrai. Wardle est déjà passé à autre chose. Maintenant, il recherche un dénommé Devotee, un type qui se sert du site pour rencontrer des femmes.

— Je connais Devotee.

— Comment ça ?

— Il voulait voir ma photo et, comme je ne lui ai pas envoyée, il ne s'est plus manifesté…

— Alors, vous avez flirté avec ces cinglés, c'est ça ?

— Oh, pour l'amour du ciel, s'impatienta Robin. Je me suis fait passer pour quelqu'un de perturbé, comme eux. Je n'appelle pas ça flirter – et je ne pense pas que Devotee soit dangereux. »

Elle tendit à Strike une tasse de thé parfaitement infusé, comme il l'aimait. Au lieu de l'apaiser, cette attention l'énerva davantage.

« Vous ne pensez pas que Devotee soit dangereux ? Mais sur quoi vous basez-vous pour dire une chose pareille ?

— Depuis que cette lettre est arrivée – vous savez, celle du type qui faisait une fixation sur votre jambe ? –, j'ai effectué des recherches sur les acrotomophiles. La paraphilie est très rarement associée à la violence. Selon toute probabilité, Devotee serait plutôt du genre à se masturber devant son écran en fantasmant sur des femmes qui cherchent à s'automutiler. »

Faute de trouver quoi répondre, Strike but une gorgée.

« En tout cas, reprit Robin (Strike ne l'avait même pas remerciée pour le thé), le type qui chattait avec Kelsey – celui qui veut se faire amputer, lui aussi –, eh bien, il a menti à Wardle.

— Et en quoi ?

— Il a *rencontré* Kelsey dans la vraie vie.

— Ah oui ? fit Strike qui luttait pour garder son calme. Et d'où tenez-vous cela ?

— De l'intéressé lui-même. Il m'a tout raconté. Il a eu très peur quand le Met l'a contacté – sa famille et ses amis ignorent tout de son obsession. Alors, sous le coup de la panique, il leur a dit qu'il ne l'avait jamais vue. Il craignait que s'il avouait la vérité, son histoire ne soit rendue publique et qu'on ne l'oblige à témoigner devant la cour.

« En tout cas, une fois que j'ai pu le convaincre que je n'étais ni journaliste ni policière…

— Vous lui avez dit qui vous êtes ?

— Oui, et c'était la meilleure des tactiques parce qu'une fois convaincu, il a accepté de me rencontrer.

— Et comment savez-vous qu'il a vraiment l'intention de vous rencontrer ? demanda Strike.

— Parce que j'ai sur lui un moyen de pression dont la police ne dispose pas.

— Lequel ?

— Vous », dit-elle froidement. Aussitôt elle regretta de n'avoir pas répondu autrement. « Jason ferait n'importe quoi pour se trouver en face de vous.

— De moi ? dit Strike, complètement à l'ouest. Pourquoi ?

— Parce qu'il est persuadé que vous vous êtes automutilé.

— Hein ?

— C'est Kelsey qui lui a fourré cette idée dans le crâne. Maintenant il veut savoir comment vous avez procédé.

— Nom de Dieu de nom de Dieu ! C'est un malade mental, n'est-ce pas ? Oui, bien sûr qu'il est malade, dit Strike en faisant les questions et les réponses. C'est évident. Il veut se couper la jambe, putain ! Nom de Dieu de nom de Dieu !

— Pour tout dire, les études divergent sur ce point. On ne sait pas vraiment si le TIRIC est une maladie mentale ou une sorte d'anomalie cérébrale. Quand on scanne le cerveau d'une personne souffrant…

— Peu importe, dit Strike en évacuant le sujet d'un geste impatient. Qu'est-ce qui vous fait penser que ce cinglé détient une information ?

— *Il a rencontré Kelsey*, répéta Robin avec agacement. Et Kelsey lui a sûrement expliqué pourquoi elle était sûre que vous étiez l'un d'entre eux. Il a dix-neuf ans, il travaille chez Asda, à Leeds, il a une tante à Londres, il compte venir la voir et nous en profiterons pour nous rencontrer. Le jour n'est pas encore fixé. Il me préviendra quand son patron lui aura accordé un congé.

« Écoutez, il se peut qu'il connaisse l'individu qui a poussé Kelsey à vous prendre pour un amputé volontaire », poursuivit-elle. Robin était à la fois déçue et contrariée par le peu d'enthousiasme de Strike devant le résultat de ses recherches, mais elle espérait encore vaguement qu'il se calme et renonce à la critiquer à tout bout de champ. « Et il y a de fortes chances pour que cet individu soit le tueur ! »

Tout en reprenant une gorgée de thé, Strike laissa les paroles de Robin pénétrer dans son cerveau surmené. Son raisonnement tenait debout. Réussir à persuader Jason de la rencontrer était un magnifique tour de force. Il aurait dû la féliciter. Au lieu de quoi il continua de boire son thé sans rien dire.

« Si vous préférez que j'appelle Wardle pour lui transmettre l'info…, dit Robin d'une voix chargée de ressentiment.

— Non », répliqua Strike. Devant sa réponse précipitée, Robin ressentit une pointe de satisfaction. « Jusqu'à ce que nous sachions ce qu'il… pas besoin de lui faire perdre son temps. Nous informerons Wardle quand nous aurons recueilli le témoignage de ce Jason. Quel jour disiez-vous qu'il venait à Londres ?

— Il essaie d'obtenir des congés. Je ne sais pas encore.

— L'un de nous pourrait se rendre à Leeds.

— Il souhaite venir ici. Pour éviter que cette histoire parvienne aux oreilles de son entourage.

— OK », grommela Strike en frottant ses yeux injectés de sang. Il devait lui trouver quelque chose à faire en attendant, une mission qui soit à la fois prenante et sans risque. « Vous continuez à lui mettre la pression et, le temps qu'il se décide, vous appelez les numéros de cette liste, histoire de savoir où se cache Brockbank.

— J'ai déjà commencé », dit-elle. Dans sa voix, il perçut de la révolte ; elle allait exiger de retourner sur le terrain.

« Et je veux, poursuivit Strike en réfléchissant très vite, que vous montiez une planque sur Wollaston Close.

— Pour Laing ?

— Exactement. Vous faites profil bas, vous rentrez chez vous avant le coucher du soleil et, si le mec au bonnet se pointe, vous fichez le camp ou vous utilisez votre foutue alarme anti-viol. Ou mieux encore : les deux. »

Robin était tellement heureuse de réintégrer ses fonctions, de redevenir une associée à part entière, que même la mauvaise humeur de son patron ne put lui gâcher son plaisir.

Comment aurait-elle deviné les réelles motivations de Strike ? En fait, il savait et espérait que cette planque ne donnerait aucun résultat. Lui-même avait surveillé nuit et jour le petit immeuble en changeant régulièrement d'angle d'observation, en inspectant balcons et fenêtres avec ses jumelles à vision nocturne. Rien n'indiquait que Laing traînait dans le coin : pas d'ombre imposante glissant derrière un rideau, pas le moindre individu aux yeux de fouine, aux cheveux plantés bas sur le front, pas de silhouette massive penchée sur des béquilles ou (Strike ne tenant rien pour acquis en ce qui concernait Donald Laing) se baladant d'un pas chaloupé comme l'ancien boxeur qu'il était. Tous les hommes qui étaient entrés ou sortis de l'immeuble avaient été examinés sous toutes les coutures et comparés à l'individu photographié sur le site de JustGiving ou à l'inconnu au bonnet. Aucun ne leur ressemblait.

« Ouais, dit-il, on se partage le travail. Vous vous chargez de Laing – laissez-moi la moitié des numéros de la liste Brockbank – et moi de Whittaker. N'oubliez pas de vous signaler régulièrement, OK ? »

Il s'extirpa du canapé.

« Entendu, dit Robin qui ne se tenait plus de joie. Au fait… Cormoran… »

Il s'apprêtait à entrer dans son propre bureau mais il se retourna.

« … C'est quoi ces trucs ? » demanda-t-elle.

Elle tenait la plaquette de pilules que Strike avait trouvée dans le tiroir de Kelsey. Après s'être renseigné sur internet, il l'avait abandonnée sur la corbeille à courrier de Robin.

« Oh, ça. Rien. »

L'allégresse de Robin retomba légèrement. Strike ressentit une pointe de culpabilité. Il savait qu'il se comportait comme un ours. Elle ne le méritait pas. Il essaya de se rattraper.

« Traitement contre l'acné, dit-il. C'était à Kelsey.

— Oui, bien sûr – vous êtes allé chez elle – vous avez vu sa sœur ! Comment ça s'est passé ? Qu'a-t-elle dit ? »

Strike ne se sentait pas d'humeur à lui parler de Hazel Furley. Leur entretien lui paraissait déjà bien loin. En plus, il était épuisé et vaguement contrarié, encore qu'il ne comprît pas pourquoi.

« Rien de nouveau. Rien d'important.

— Alors pourquoi avez-vous rapporté cette plaquette ?

— J'ai cru qu'il s'agissait de pilules contraceptives… Je me suis dit qu'elle avait peut-être eu l'intention de faire quelque chose dans le dos de sa sœur.

— Oh, souffla Robin. En effet, ce n'est rien. »

Elle les jeta dans la poubelle.

Il renchérit, poussé par son seul ego, son amour-propre froissé : Robin tenait une piste intéressante alors que lui n'avait quasiment rien, à part un vague soupçon au sujet de l'Accutane.

« Et j'ai trouvé un ticket, aussi.

— De quoi ?

— Comme un ticket de vestiaire. »

Robin attendit la suite.

« Numéro 18 », dit Strike.

Robin espérait en apprendre davantage, mais resta sur sa faim. Strike bâilla et jeta l'éponge.

« On se voit plus tard. N'oubliez pas de me tenir au courant de vos faits et gestes. »

Il passa dans son bureau, ferma la porte, s'assit dans son fauteuil et se laissa aller contre le dossier. Il avait fait l'impossible pour l'empêcher de retourner dans la rue. Maintenant, il ne voulait plus qu'une seule chose : l'entendre partir.

40

... love is like a gun
And in the hands of someone like you
I think it'd kill.

... l'amour est comme une arme
Et entre les mains de quelqu'un comme toi
Je crois bien qu'elle pourrait être fatale.

BLUE ÖYSTER CULT, « Searchin' for Celine »

Robin avait dix ans de moins que Strike. Elle avait débarqué à l'agence en qualité de secrétaire intérimaire, alors qu'il n'avait jamais passé d'annonce. Strike connaissait de grosses difficultés financières. Son affaire était au bord de la faillite. Il avait fini par consentir à la garder une semaine mais juste pour se faire pardonner d'avoir failli la tuer en la renversant dans l'escalier au matin de son arrivée. Pourtant Robin avait su le convaincre de prolonger son contrat d'une semaine, puis d'un mois et enfin *sine die*. Elle l'avait aidé à redresser ses comptes, à revitaliser l'agence, elle avait appris le métier sur le tas et, maintenant que l'agence était de nouveau mal en point, elle ne désirait qu'une chose : faire l'impossible pour la sauver.

Tout le monde appréciait Robin. *Il* appréciait Robin. Comment aurait-il pu en être autrement, après tout ce qu'ils avaient traversé ensemble ? Et pourtant, dès le premier jour, il s'était promis : pas question d'aller plus loin. Depuis, il gardait ses distances, il n'outrepassait jamais les limites qu'il s'était fixées.

Elle était entrée dans sa vie le jour même de sa rupture définitive avec Charlotte, après seize ans d'une relation en pointillé où le plaisir et la douleur s'étaient mélangés dans des proportions qu'il était encore incapable d'évaluer. La gentillesse de Robin, son dévouement, sa fascination pour le métier qu'il exerçait, l'admiration qu'elle lui portait (tant qu'à être honnête avec soi-même, allons jusqu'au bout) avaient été comme un baume sur les blessures infligées par Charlotte. Des blessures intérieures qui avaient mis plus de temps à guérir que l'œil au beurre noir et les égratignures qu'elle lui avait offerts en guise de cadeau d'adieu.

Le saphir que Robin portait à l'annulaire avait été une garantie supplémentaire : une barrière de sécurité assortie d'un panneau stop. En coupant ainsi la route à toute éventuelle dérive… cette bague lui permettait de… quoi ? Pouvoir compter sur elle ? Devenir son ami ? Laisser la fameuse barrière s'éroder peu à peu ; en effet, quand il regardait en arrière, il s'apercevait qu'ils connaissaient l'un sur l'autre des détails intimes que la plupart des gens ignoraient. Robin faisait partie des trois personnes (à sa connaissance) à avoir entendu parler du bébé que Charlotte prétendait avoir perdu mais qui n'avait probablement jamais existé. À moins que Charlotte ait tout simplement avorté. De même, à part Strike, peu de gens savaient que Matthew avait trompé Robin. Malgré tous ses efforts pour la tenir à distance, ils s'étaient appuyés l'un sur l'autre, au sens propre. Strike gardait un souvenir précis de ce qu'il avait ressenti en la prenant par la taille pour l'aider à marcher jusqu'à l'hôtel Hazlitt. Elle était assez grande pour qu'il la tienne sans avoir à se pencher. Les femmes petites ne l'attiraient pas.

Matthew n'aimerait pas cela, avait-elle dit.

S'il avait su à quel point Strike avait apprécié cet instant, il aurait encore moins aimé.

Robin était loin d'être aussi belle que Charlotte. Cette dernière faisait partie de ces créatures exceptionnelles que les hommes regardent apparaître bouche bée en oubliant ce qu'ils sont en train de dire. Robin était une fille très sexy – il aurait fallu être aveugle pour ne pas le remarquer quand elle se penchait pour éteindre son PC – mais les hommes ne restaient pas sans voix devant elle. Au contraire, songea-t-il en se souvenant de Wardle, elle semblait les rendre plus loquaces.

Pourtant, ce qui lui plaisait le plus chez elle, c'étaient son visage, sa voix, sa présence à ses côtés.

Non pas qu'il souhaitât l'avoir *constamment* auprès de lui – ce serait de la folie pure. Ils ne pouvaient pas avoir une liaison et en même temps faire tourner cette agence. De toute façon, Robin n'était pas le genre de fille à avoir une liaison. Il ne l'avait connue que fiancée ou effondrée après la rupture de ses fiançailles. Elle était faite pour le mariage.

Avec un soupçon d'agacement, il additionna tout ce qu'il savait de Robin, toutes ces choses qu'il avait observées et qui faisaient d'elle une personne très différente de lui. Elle appartenait à un monde plus conventionnel, plus protégé, plus stable. Depuis la classe de terminale, elle sortait avec le même garçon prétentieux (il comprenait mieux pourquoi, maintenant) ; elle avait grandi dans le Yorkshire, au sein d'une gentille famille de la classe moyenne, entre des parents unis et apparemment heureux en ménage, un labrador, une Land Rover… et un *poney*, se rappela Strike. Un foutu poney !

Puis d'autres souvenirs affluèrent et, de ce portrait de jeune fille modèle, surgit l'image d'une femme bien différente. Cette autre Robin aurait facilement trouvé sa place au sein de la BSI, elle avait suivi des cours de conduite avancée, s'était blessée en poursuivant un tueur et, le jour où on avait poignardé Strike au bras, n'avait pas hésité à lui faire un garrot avec la ceinture de son manteau avant de l'emmener à l'hôpital. Cette Robin-là interrogeait les suspects avec un tel sens de l'improvisation qu'elle leur soutirait plus d'informations que la police elle-même ; elle avait inventé et merveilleusement incarné le personnage de Venetia Hall ; elle avait réussi à amadouer un jeune homme terrifié, candidat à l'amputation. Strike ne comptait plus les initiatives, les preuves de courage et de compétence dont il avait été témoin. Il savait qu'elle réunissait toutes les qualités d'un officier de police et qu'elle le serait sans doute devenue si, autrefois, un salaud affublé d'un masque ne l'avait pas guettée, caché dans la pénombre d'une cage d'escalier.

Et cette femme-là allait épouser Matthew ! Un homme qui aurait préféré qu'elle trouve une place bien pépère dans les ressources humaines, avec un bon salaire à la clé pour compléter le sien, un homme qui lui reprochait ses horaires de travail aléatoires, sa paye ridicule… Elle ne *voyait* donc pas qu'elle était en train de commettre une monumentale bévue ? Mais pourquoi diable avait-elle remis cette bague ? N'avait-elle pas goûté à la liberté durant ces deux jours passés à Barrow avec lui ? Deux jours que Strike évoquait avec un plaisir mâtiné d'inquiétude.

Elle faisait une énorme erreur, un point c'est tout.

Un point c'est tout. Il n'y avait rien de personnel là-dedans. Qu'elle soit fiancée, mariée ou célibataire, rien de bon ne pouvait sortir, et ne sortirait jamais, de cette faiblesse qu'il devait quand même admettre avoir pour elle. Il allait s'employer à rétablir la distance strictement professionnelle qui avait été délaissée au profit d'une certaine camaraderie, durant ce voyage vers le nord et même auparavant, quand elle lui avait fait ses confidences sous l'emprise de l'alcool. Et il mettrait entre parenthèses son vague projet de rompre avec Elin. En ce moment, il valait mieux qu'il ait une femme sous la main, et une femme magnifique en plus, qui aimait le sexe et dont les qualités d'amante compenseraient certainement l'insatisfaction qu'elle lui procurait le reste du temps.

Il se demandait si Robin continuerait à travailler avec lui, une fois qu'elle serait devenue Mrs. Cunliffe. Matthew userait certainement de son ascendant pour éloigner son épouse d'une profession aussi dangereuse que mal rémunérée. Eh bien, c'était à elle de voir : comme on fait son lit on se couche.

Sauf qu'une première rupture en amenait souvent une autre. Il était bien placé pour le savoir. Combien de fois Charlotte et lui n'avaient-ils pas rompu ? Combien de fois leur relation n'avait-elle pas explosé en mille morceaux ? Combien de fois n'avaient-ils pas recollé ce qui pouvait encore l'être, si bien qu'à la fin, il ne restait plus grand-chose à sauver, juste quelques fragments maintenus par un mélange d'espoir, de douleur et d'illusion ?

Robin et Matthew devaient se marier dans deux mois.

Il y avait encore le temps.

41

See there a scarecrow who waves through the mist.

Regarde là, un épouvantail qui te fait signe à travers la brume.

BLUE ÖYSTER CULT, « Out of the Darkness »

Au cours de la semaine suivante, Strike et Robin ne se virent quasiment pas. Mais cela n'avait rien de délibéré. Ils planquaient chacun dans un endroit différent et communiquaient essentiellement par portables interposés.

Comme Strike l'avait prévu, Robin n'avait pas trouvé la moindre trace de l'ancien King's Own Royal Borderer, ni sur Wollaston Close ni dans les environs. Lui-même n'avait pas eu beaucoup de chance à Catford. À plusieurs reprises, Stephanie la maigrichonnc avait franchi le seuil de l'appartement audessus de la friterie. Strike ne pouvait pas faire le pied de grue là-bas vingt-quatre heures sur vingt-quatre, mais il estimait avoir vu la totalité de sa garde-robe :

quelques fringues crasseuses en jersey et une veste à capuche défraîchie. Si Stephanie se prostituait, comme Shanker l'affirmait, elle ne devait pas travailler très souvent. Strike faisait toujours profil bas, tout en se demandant si Stephanie le remarquerait si jamais il se montrait à elle, tant ses yeux vagues et profondément creusés semblaient fermés sur le monde extérieur, tournés vers les ombres qui régnaient en dedans.

Strike avait tenté de déterminer si Whittaker passait le plus clair de son temps caché dans l'appartement de Catford Broadway ou bien s'il n'y séjournait que de manière exceptionnelle. Mais aucune ligne téléphonique n'était ouverte à cette adresse et, sur les registres de propriété, le logement était inscrit au nom d'un certain Dareshak qui, soit le donnait en location soit ne parvenait pas à virer ses squatteurs.

Un soir, le détective tirait tranquillement sur sa cigarette près de l'entrée des artistes tout en observant les fenêtres éclairées et les formes qui semblaient bouger à l'intérieur, quand son portable vibra. Wardle.

« Ici Strike. Qu'y a-t-il ?

— Du nouveau, je crois. On dirait que notre ami a encore frappé. » Strike déplaça l'appareil vers son autre oreille pour l'éloigner des passants.

« Vas-y.

— Une prostituée a été poignardée à Shacklewell. Le type lui a coupé deux doigts pour les garder en souvenir. Il l'a fait volontairement – il lui a coincé le bras contre le sol et les a sectionnés.

— Bon Dieu. C'était quand ?

— Ça fait dix jours – le 29 avril. Elle vient de se réveiller d'un coma artificiel.

— Elle a survécu ? » demanda Strike en détournant son regard des fenêtres. Que Whittaker soit ou non dans l'appartement, il préférait se concentrer sur Wardle.

« Un putain de miracle. Elle a reçu des coups de couteau dans le ventre, il lui a percé un poumon, et après, il lui a tranché les doigts. Par chance, aucun organe vital n'a été endommagé. On est quasiment sûr qu'il est parti en croyant qu'elle était morte. Elle l'a emmené dans un passage entre deux immeubles pour lui tailler une pipe mais ils ont été dérangés : deux étudiants qui passaient sur Shacklewell Lane ont entendu la fille crier et sont allés voir ce qui se tramait. S'ils étaient arrivés cinq minutes plus tard, on n'aurait rien pu faire. Il a fallu deux transfusions pour la maintenir en vie.

— Et alors ? dit Strike. Qu'est-ce qu'elle raconte ?

— Ben, vu qu'ils l'ont droguée à mort, elle ne se souvient pas de grand-chose. Elle pense qu'il était blanc, de grande taille, enveloppé. Il portait un chapeau, une veste noire avec le col relevé. Elle n'a pas trop vu son visage mais elle croit qu'il s'agit d'un gars du Nord.

— Ah bon ? dit Strike dont le cœur se mit à battre plus vite que jamais.

— C'est ce qu'elle a dit. Mais elle était dans les vapes. Oh, et il lui a évité de se faire écraser. C'est la dernière chose dont elle se souvienne. Il l'a tirée en arrière sur le trottoir juste au moment où une camionnette arrivait.

— Quel gentleman, dit Strike en soufflant la fumée vers le ciel étoilé.

— Sûr, dit Wardle. Il préfère découper des corps en bon état, hein ?

— On peut compter sur un portrait-robot ?

— Le dessinateur passera la voir à l'hôpital demain, mais on n'a pas grand espoir. »

Debout dans l'obscurité, Strike faisait marcher son cerveau. Il sentait Wardle éprouvé par cette nouvelle agression.

« Des nouvelles de mes suspects ? demanda-t-il.

— Pas encore », dit Wardle, laconique. Bien que déçu par sa réponse, Strike décida de ne pas insister. Il avait besoin de lui pour connaître les avancées de l'enquête.

« Et la piste Devotee ? rembraya Strike en se retournant vers les fenêtres de l'appartement de Whittaker où rien ne semblait avoir changé. Comment ça évolue, de ce côté-là ?

— J'essaie de mettre sur le coup les collègues de la cybercriminalité, mais il paraît qu'ils ont d'autres chats à fouetter en ce moment, avoua Wardle non sans quelque amertume. Ils estiment que nous avons affaire à un pervers tout ce qu'il y a de classique. »

Strike se rappela que c'était aussi l'opinion de Robin. Comme ils semblaient s'être tout dit, Strike prit congé de Wardle, replongea dans le renfoncement du mur glacé et se remit à surveiller les fenêtres de Whittaker, la clope au bec.

*

Le lendemain matin, Strike et Robin se croisèrent à l'agence par hasard. Strike descendait de chez lui avec, sous le bras, un carton rempli de photos de Mad Dad, dans l'intention de sortir sans passer par le bureau, mais il avait changé d'avis en voyant la forme floue de Robin à travers le carreau dépoli.

« Bonjour.

— Salut », dit Robin.

Elle était contente de le voir, et plus encore de le voir sourire, leurs derniers contacts ayant été empreints d'une étrange gêne. Strike portait son plus beau costume, celui qui l'amincissait.

« Pourquoi êtes-vous si élégant ? demanda-t-elle.

— Un rendez-vous au débotté chez l'avocat : la femme de Mad Dad veut que j'apporte les photos où on le voit traîner devant l'école et se précipiter sur ses gosses. Elle a appelé hier soir tard pour me dire qu'il avait débarqué à la maison comme un fou en proférant des menaces : elle compte obtenir une injonction contre lui.

— Cela signifie que nous arrêtons la surveillance ?

— J'en doute. Mad Dad ne va pas se laisser faire, dit Strike en vérifiant sa montre. Bref, oubliez cela – il me reste juste dix minutes et j'ai des choses à vous apprendre. »

Il lui raconta tout ce qu'il savait sur la tentative de meurtre d'une prostituée à Shacklewell. Quand il eut terminé, Robin arborait un air sombre et songeur.

« Il a pris des doigts ?

— Ouais.

— Vous disiez – l'autre jour, au Feathers – vous disiez que Kelsey n'était certainement pas sa première victime. Vous étiez persuadé qu'il avait préparé… ce qu'il lui a fait. »

Strike acquiesça d'un hochement de tête.

« Savez-vous si la police a cherché d'autres meurtres dans lesquels une femme aurait été mutilée ?

— J'imagine que oui », dit Strike en espérant avoir raison. Il interrogerait Wardle à la prochaine occasion. « En tout cas, après celui-ci, c'est ce qu'ils feront.

— Elle le reconnaîtrait ?

— Comme je disais, son visage était dissimulé. Un homme blanc, costaud, une veste noire.

— Ont-ils relevé des traces d'ADN sur la victime ? » demanda Robin.

Au même moment, ils pensèrent tous les deux aux examens médicaux que Robin avait subis après son agression. De par son ancien métier, Strike connaissait la procédure. Quant à Robin, de pénibles images lui revinrent tout à coup. Elle avait dû faire pipi dans un flacon, elle n'y voyait que d'un œil parce que l'autre était poché, elle avait mal partout, sa gorge était gonflée à cause de la strangulation. Elle se revit couchée sur la table d'examen. Une gentille gynéco lui parlait tout en lui écartant les genoux…

« Non, dit Strike. Il n'a pas… pas de pénétration. Enfin bref, il faut vraiment que j'y aille. On laisse tomber Mad Dad pour aujourd'hui : il sait qu'il a intérêt à se tenir à carreau. Je doute qu'il se montre devant l'école. Si vous pouviez continuer à surveiller Wollaston…

— Attendez ! Je veux dire, si vous avez le temps, ajouta-t-elle.

— Encore deux minutes, dit-il en revérifiant sa montre. Que se passe-t-il ? Vous avez repéré Laing ?

— Non, mais je pense – c'est juste une possibilité – que nous tenons une piste pour Brockbank.

— Vous plaisantez !

— Un club de strip-tease du côté de Commercial Road. D'abord, j'ai repéré le quartier sur Google Street View. Plutôt glauque. Je les ai appelés et quand j'ai demandé Noel Brockbank, une femme a dit : "Qui ça ?" Et après : "Vous voulez parler de Nile ?" Elle a bouché le micro avec la main pour demander à une autre femme comment s'appelait le nouveau videur. Apparemment, il vient d'être embauché. Donc je l'ai décrit physiquement et elle a dit : "Ouais, c'est Nile." Bien sûr, ajouta Robin en se sous-estimant, ce n'est peut-être pas lui du tout. C'est peut-être juste un homme brun qui s'appelle vraiment Nile. Mais quand j'ai parlé de son menton en galoche, elle a réagi aussitôt…

— Vous avez fait des merveilles, comme d'habitude, dit Strike en regardant l'heure. Là, j'y vais. Envoyez-moi l'adresse de ce club par texto, voulez-vous ?

— Je m'étais dit que…

— Non, je veux que vous retourniez sur Wollaston Close. On reste en contact. » Tandis que la porte vitrée se refermait derrière lui et que les marches en métal vibraient sous ses pas, Robin essaya de se réjouir du compliment qu'il venait de lui faire. Quand même, elle aurait préféré qu'il lui confie un autre boulot. Elle était lasse de contempler éternellement cet immeuble sur Wollaston Close. Elle commençait à se dire que Laing n'y habitait pas et, pire encore, que Strike le savait.

*

La visite chez l'avocat fut brève mais constructive. Strike avait étalé sur son bureau une belle quantité de preuves sous forme de clichés très explicites où l'on voyait Mad Dad violer éhontément les accords passés pour la garde des enfants.

« Excellent », s'était écrié l'homme de loi. Sur l'agrandissement qu'il tenait en main, le plus jeune des deux garçons pleurait en se réfugiant derrière sa nounou pendant que son père, presque nez à nez avec la femme, la menaçait en montrant les dents. « Excellent, excellent… »

La seconde d'après, voyant la tête de sa cliente, atterrée par la détresse de son enfant, il avait troqué sa joie contre une mine de circonstance et leur avait offert du thé.

Une heure plus tard, Strike, toujours en costume mais sans sa cravate – rangée au fond de sa poche –, suivait Stephanie qui se dirigeait vers le centre commercial de Catford. Pour y accéder, on devait passer sous une gigantesque sculpture en fibre de verre figurant un chat noir souriant, perché sur une poutre qui s'étirait sur toute la longueur de l'allée menant aux boutiques. Haut de deux étages, depuis sa patte tendue vers les piétons jusqu'au sommet de sa queue pointée vers le ciel, on aurait dit qu'il s'apprêtait à pisser sur les gens qui passaient en dessous ou bien les agripper au passage.

Strike avait suivi Stephanie sur un coup de tête. C'était la première fois qu'il la prenait en filature et il avait l'intention de réintégrer son poste de surveillance dès qu'il saurait où elle avait rendez-vous et avec qui. Fidèle à ses habitudes, elle marchait les bras croisés comme si elle craignait de tomber en morceaux et portait son éternelle veste à capuche grise, une minijupe noire et des leggings. Ses énormes baskets rendaient ses jambes encore plus frêles. Elle entra dans une pharmacie. À travers la vitrine, Strike la vit attendre ses médicaments recroquevillée sur une chaise, perdue dans la contemplation de ses pieds. Elle prit le petit sac en papier blanc et repartit comme elle était venue, en passant sous la patte du chat géant. Mais au lieu de remonter à l'appartement de Catford Broadway, elle dépassa la friterie et, juste après, tourna à droite devant le centre alimentaire afro-caribéen pour disparaître à l'intérieur d'un petit pub appelé le Catford Ram, niché à l'arrière du centre commercial. Apparemment, l'établissement ne possédait qu'une seule fenêtre. Avec sa devanture en bois, on aurait pu le comparer à un grand kiosque victorien sans la présence des panneaux publicitaires – pour un fast-food, la chaîne Sky Sports, une connexion Wi-Fi – placardés dessus.

Tout le secteur était réservé aux piétons mais une camionnette grise cabossée, garée à quelques mètres du pub, offrait à Strike un abri bien commode. Il se cacha derrière, le temps de réfléchir. Tomber nez à nez sur Whittaker serait parfaitement contre-productif. Si jamais Stephanie avait rendez-vous avec lui à l'intérieur de ce pub minuscule, Strike se ferait immédiatement remarquer en entrant. En fait, il voulait juste savoir à quoi Whittaker ressemblait aujourd'hui pour pouvoir le comparer au type au bonnet et, peut-être, à l'homme à la veste de camouflage qui les avait surveillés depuis le restaurant japonais en face du Court.

Strike s'appuya contre la carrosserie et alluma une cigarette. Il se préparait à changer d'emplacement pour mieux voir avec qui Stephanie ressortirait, quand les portes arrière s'ouvrirent brusquement.

Strike recula vite de quelques pas. Du fourgon surgirent quatre hommes et une épaisse fumée âcre aux relents de plastique brûlé. L'ancien agent de la BSI identifia aussitôt l'odeur du crack.

Tous les quatre portaient des jeans et des tee-shirts crasseux. On pouvait difficilement leur donner un âge tant ils étaient ravagés, prématurément ridés. Deux d'entre eux n'avaient plus de dents ; leurs lèvres disparaissaient entre leurs gencives. D'abord surpris de voir ce type bien habillé planté devant eux, ils comprirent à son air ébahi qu'il ignorait ce qui se tramait à l'intérieur de la camionnette et refermèrent les portes.

Trois d'entre eux partirent en titubant vers le pub. Au lieu de les suivre, le quatrième resta sur place, les yeux rivés sur Strike qui le dévisageait. Whittaker.

Son ex-beau-père était plus costaud que dans son souvenir. Strike se rappelait qu'ils faisaient quasiment la même taille mais avait oublié la largeur de ses épaules. Ses os lourds roulaient sous son épiderme copieusement tatoué. Son tee-shirt voyant portait le logo de Slayer, un groupe de rock militaro-occultiste. Sous le tissu trop fin, on devinait le contour de ses côtes.

Son visage cireux était ratatiné comme une vieille pomme, les chairs racornies, la peau collée à l'os, les joues affreusement creusées sous les pommettes hautes. Ses cheveux tressés s'éclaircissaient au niveau des tempes : ils pendaient en queues de rat autour de ses lobes d'oreilles distendus, chacun percé d'un tunnel argenté. Les deux hommes se tenaient face à face, Strike inhabituellement chic dans son costume italien, Whittaker empestant le crack, ses yeux jaunes de prêtre hérétique enchâssés entre ses paupières tombantes et fripées.

Strike n'aurait su dire combien de temps ils restèrent à se dévisager ainsi, mais un flot de pensées parfaitement cohérentes lui traversa l'esprit tout du long…

Si Whittaker avait été le tueur, il aurait peut-être paniqué mais n'aurait pas été trop surpris de découvrir Strike. Dans le cas inverse, il aurait manifesté une extrême perplexité en voyant Strike posté à l'arrière de la camionnette. Cela dit, Whittaker ne s'était jamais comporté comme le commun des mortels. Il avait toujours aimé qu'on le prenne pour un grand sage imperturbable et omniscient.

Quand Whittaker finit par bouger, Strike se dit qu'il aurait été absurde d'attendre de sa part une autre réaction : l'homme se fendit d'un sourire qui découvrit ses dents gâtées. Immédiatement, Strike sentit rejaillir la haine qui couvait en lui depuis vingt ans. Il lui aurait bien volontiers cassé la figure séance tenante.

« La classe, susurra Whittaker. Mais c'est le sergent Sherlock Holmes de mes deux. »

Lorsqu'il tourna la tête, Strike prit plaisir à voir luire son crâne entre ses cheveux clairsemés. Whittaker devenait chauve et il était tellement imbu de lui-même qu'il devait détester cela.

« Banjo ! gueula-t-il au dernier de ses trois comparses, qui venait d'arriver devant le pub. Ramène-la par ici ! »

Ce sourire insolent toujours plaqué sur le visage, il promena son regard fou entre la camionnette, Strike et le pub en agitant ses doigts crasseux. Il avait beau feindre l'indifférence, on voyait qu'il n'en menait pas large. Pourquoi ne lui demandait-il pas ce qu'il fichait ici ? songea Strike. Connaissait-il déjà la réponse ?

Le dénommé Banjo ressortit du pub en tirant Stephanie par son poignet décharné. De sa main libre, elle tenait encore le sachet de médicaments dont la couleur blanche contrastait fortement avec ses frusques et celles de Banjo, aussi crasseuses les unes que les autres. Une chaîne en or tressautait autour du cou de la jeune fille.

« Pourquoi tu… ? Qu'est-ce que… ? » gémit-elle sans comprendre ce qui lui arrivait.

Banjo la déposa à côté de Whittaker.

« Va nous chercher une pinte », ordonna ce dernier à Banjo qui s'éloigna docilement en traînant les pieds, puis il saisit la nuque fragile de la jeune fille. Elle leva les yeux vers lui. Le regard d'adoration servile qu'elle lui lança semblait prouver que, comme Leda avant elle, Stephanie percevait chez ce type des choses merveilleuses qui échappaient totalement à Strike. Puis soudain, les doigts de Whittaker se crispèrent ; sous la pression, le cou de Stephanie prit une couleur livide. Il se mit à la secouer, pas assez violemment pour attirer l'attention des passants mais suffisamment quand même pour qu'un masque de terreur déforme le visage de son souffre-douleur.

« T'étais au courant ?

— De quoi ? » bredouilla-t-elle. Les pilules cliquetaient dans le sac en papier blanc.

« Lui ! répondit calmement Whittaker. Ce mec qui t'intéresse tellement, sale petite pute…

— Ne la touche pas, dit Strike qui n'avait pas encore ouvert la bouche.

— Tu me donnes des ordres ? » murmura Whittaker en grimaçant comme un maniaque.

Avec une rapidité et une force surprenantes, il plaça ses deux mains autour du cou de Stephanie et la souleva. Cherchant à se libérer, elle lâcha le sachet de médicaments et se mit à gigoter en agitant les pieds. Son visage prit une teinte violacée.

Sans attendre, Strike projeta son poing dans le ventre de Whittaker, lequel bascula en arrière, entraînant Stephanie dans sa chute. Avant de pouvoir réagir, il entendit le crâne de la jeune fille heurter le béton. Whittaker essaya de se redresser et, dès qu'il retrouva son souffle, cracha un flot d'obscénités à mi-voix entre ses dents pourries. Du coin de l'œil, Strike repéra les trois potes de Whittaker qui se précipitaient hors du pub, Banjo à leur tête : ils avaient suivi la scène à travers son unique fenêtre. L'un d'eux tenait une courte lame rouillée.

« Allez-y ! Ne vous gênez pas ! leur dit Strike, les jambes bien campées dans le sol, les bras grands ouverts. Les flics vont adorer votre petite roulotte à crack ! »

Toujours vautré par terre, le souffle court, Whittaker les arrêta d'un geste. Strike ne l'avait jamais vu aussi raisonnable. Des visages les épiaient derrière la vitre du pub.

« Putain de ta mère… fils de pute…, siffla Whittaker.

— Ah ouais ? Puisque tu parles de mère », dit Strike en relevant Stephanie d'un geste sec. Le sang cognait dans ses oreilles. Il brûlait de réduire en bouillie la face cireuse de Whittaker. « Il a tué la mienne », dit-il à la fille en essayant de capter son regard vide. Son bras était si maigre qu'il en faisait presque le tour avec la main. « Tu as entendu ce que j'ai dit ? Il a déjà tué une femme. Peut-être plusieurs. »

Toujours à terre, Whittaker tenta de l'attraper par les jambes pour le faire tomber ; Strike l'écarta d'un coup de pied sans lâcher Stephanie. Sur son cou pâle, on voyait les marques rouges laissées par les doigts de Whittaker, ainsi que l'empreinte de la chaîne en or d'où pendait une breloque ayant vaguement la forme d'un cœur.

« Viens avec moi, lui dit Strike. Ce type est un assassin. Je connais des refuges pour femmes. Ne le laisse pas t'approcher. »

Les yeux de Stephanie étaient des gouffres ouverts sur une nuit plus que noire. Il aurait tout aussi bien pu lui promettre la lune : pour elle, son discours relevait de la folie pure, la solution qu'il lui présentait se situait au-delà du possible. Chose incroyable, alors que Whittaker l'avait étranglée au point qu'elle ne pouvait plus parler, elle s'écarta de Strike comme s'il voulait la kidnapper, se réfugia auprès de son tortionnaire, s'accroupit et se pencha au-dessus de lui pour le protéger, le cœur en or se balançant au bout de sa chaîne.

Grand seigneur, Whittaker consentit à ce que Stephanie l'aide à se relever, se plaça en face de Strike en frottant son ventre endolori, puis se mit à glousser de rire comme un dément avec une voix de vieille femme. Il avait remporté la partie : ils le savaient l'un et l'autre. Stephanie s'agrippait à son sauveur ; il lui mit la main derrière la tête, enfonça ses doigts crasseux dans ses cheveux et l'amena vers sa bouche. Tout en l'embrassant goulûment, de sa main libre il fit signe à ses copains de monter dans le van. Banjo prit le volant.

« À plus, petit chouchou à sa maman », murmura Whittaker à Strike en poussant Stephanie à l'arrière du fourgon. Avant que les portes se referment sur les hurlements obscènes de ses potes, Whittaker le regarda droit dans les yeux, sourit et refit le fameux geste d'égorgement. Le véhicule s'éloigna.

Strike réalisa que plusieurs personnes s'étaient rassemblées autour de lui et le fixaient d'un regard à la fois vide et surpris, comme lorsque la lumière se rallume brusquement dans une salle de spectacle. Des visages étaient encore collés derrière la vitre du pub. Faute de mieux, Strike mémorisa le numéro d'immatriculation de l'antique camionnette avant qu'elle tourne au coin de la rue. Quand il fit demi-tour, furibond, les badauds s'écartèrent sur son passage.

42

I'm living for giving the devil his due.

Je ne vis que pour offrir au diable ce qui lui revient.

BLUE ÖYSTER CULT, « Burnin' for You »

On n'est jamais à l'abri d'une connerie, songea Strike. Il avait connu quelques dérapages durant sa carrière militaire. On pouvait s'entraîner à fond, vérifier chaque élément de son équipement, prévoir toutes les éventualités, et malgré tout se faire avoir par malchance. Une fois, en Bosnie, un téléphone mobile défectueux s'était brusquement déchargé, déclenchant une série de cafouillages en chaîne qui avaient failli s'achever sur la mort d'un ami, lequel avait emprunté une mauvaise rue à Mostar.

Cela ne changeait rien au fait que si, lors d'une planque, un subordonné de la BSI s'était appuyé contre une camionnette sans avoir vérifié au préalable qu'elle était inoccupée, Strike lui aurait passé un foutu savon. Avec Whittaker, il n'avait pas cherché l'affrontement ; c'était du moins ce qu'il se racontait mais, après mûre réflexion et analyse de ses actes, une tout autre version se dégagea. Les longues heures passées à surveiller l'appartement de Whittaker l'avaient plongé dans un tel état de frustration qu'il n'avait pas pris la peine de se cacher en arrivant aux abords du pub. Certes, il ne pouvait pas savoir que Whittaker se trouvait dans le fourgon mais, quand il y repensait, cogner sur cet enfoiré lui avait fait sacrément plaisir.

Oh que oui, il avait eu envie de lui faire mal. Ce type était tellement immonde avec son rire malveillant, ses cheveux crasseux, son tee-shirt Slayer, cette odeur âcre qu'il dégageait, ses doigts crispés sur le cou blanc et délicat de la fille, ses propos injurieux sur sa mère. En le voyant surgir de cette camionnette, Strike s'était immédiatement retrouvé dans la peau du jeune homme de dix-huit ans qui ne cherchait qu'à en découdre, quelles qu'en soient les conséquences.

Pourtant, si l'on mettait de côté ce bref instant de jubilation, la confrontation n'avait pas donné grand-chose. Il avait beau essayer de comparer Whittaker au grand type coiffé d'un bonnet, Strike ne parvenait ni à l'identifier positivement ni à le mettre hors de cause. L'inconnu qu'il avait pourchassé à travers Soho n'avait pas de dreadlocks mais ses cheveux longs étaient peut-être attachés ou dissimulés sous un chapeau ; il lui avait paru plus costaud que Whittaker, mais avec une veste rembourrée c'était facile de prendre du volume. De même, la réaction de Whittaker en découvrant Strike à l'extérieur du van était tout sauf explicite. Son expression malveillante était-elle un moyen de cacher son triomphe ? Ou bien ce geste d'égorgement était-il une menace en l'air, une simple provocation de cour de récréation ? Whittaker avait-il voulu démontrer par un ultime cabotinage qu'il était toujours le plus méchant, le plus effrayant ?

Une chose au moins était sûre : Whittaker n'avait pas renoncé à la violence et au narcissisme. En plus de cela, Strike avait appris deux bricoles. Primo, Stephanie avait contrarié Whittaker en posant des questions sur lui ; mais cet intérêt était-il dû à leur vague lien de parenté ou au fait que Whittaker avait exprimé devant elle sa haine et son désir de se venger de Strike ? L'avait-elle entendu dire qu'il était passé à l'acte ? Secundo, Whittaker s'était fait des amis, ce qui était une nouveauté. L'homme avait toujours exercé une forte attirance – incompréhensible, selon Strike – sur certaines femmes. En revanche, les hommes l'avaient toujours détesté, du moins à l'époque où Strike le connaissait. Ses airs de grand mage occultiste, ses conneries satanistes, sa volonté obsessionnelle d'être toujours le meilleur, le plus fort et, bien sûr, son étrange pouvoir de fascination sur la gent féminine suscitaient une franche aversion de la part de ses congénères. Et voilà qu'à présent il semblait avoir rassemblé autour de lui une bande de drogués qui le laissaient jouer au petit chef.

Le mieux qu'il puisse faire à court terme, décida Strike en guise de conclusion, c'était de rapporter son aventure à Wardle et lui fournir le numéro de la camionnette. La police estimerait peut-être utile de la fouiller pour y chercher de la drogue ou d'autres indices compromettants. L'idéal serait qu'ils perquisitionnent l'appartement au-dessus de la friterie.

Wardle l'écouta placidement narrer son aventure. Strike eut beau insister sur le fait que la camionnette puait le crack, l'autre resta dubitatif. Quand ils eurent raccroché, Strike dut avouer qu'à la place de Wardle il n'aurait pas réagi autrement. On ne lançait pas un mandat de perquisition pour si peu. Le policier demeura persuadé qu'il s'agissait d'une simple rancune familiale, même après que Strike lui eut parlé de Blue Öyster Cult et du lien qui existait entre leurs chansons, son ex-beau-père et lui.

Ce soir-là, quand Robin l'appela pour faire son compte rendu quotidien, Strike ressentit un certain soulagement à lui raconter l'épisode. Bien qu'elle eût des nouvelles à lui annoncer, elle l'écouta dans un silence religieux, manifestement captivée par son récit.

« Eh bien, je suis contente que vous l'ayez frappé, dit-elle lorsque Strike eut fini de se reprocher son manque de discernement.

— Ah bon ? fit Strike, étonné.

— Bien sûr. Il étranglait Stephanie ! »

Robin regretta aussitôt ses paroles. Elle aurait préféré ne pas raviver le souvenir de la chose qu'elle n'aurait jamais dû lui raconter.

« À vouloir jouer les Don Quichotte, j'ai tout fait capoter. Il l'a entraînée dans sa chute et elle s'est cogné la tête sur le sol en ciment. Ce que je ne pige pas, ajouta-t-il après un temps de réflexion, c'est sa réaction à elle. Je lui ai donné une chance de fuir cette vie, je lui aurais trouvé un refuge, j'aurais veillé à ce que sa situation s'améliore. Vous pouvez me dire pourquoi elle est revenue vers lui ? Pourquoi les femmes agissent-elles ainsi ? »

Robin hésita un court instant durant lequel Strike réalisa que ce discours pouvait aussi s'appliquer à elle.

« Je suppose », commença-t-elle en même temps que Strike disait : « Je ne voulais pas… »

Ils se turent.

« Désolé, continuez, dit Strike.

— J'allais dire que les victimes s'accrochent à leur tortionnaire. On leur a tellement retourné le cerveau qu'elles n'imaginent pas d'autre vie possible. »

J'étais cette autre vie possible, il suffisait d'ouvrir les yeux !

« Laing a-t-il montré le bout de son nez, aujourd'hui ? demanda Strike.

— Non. Vous savez, je pense qu'il n'est pas là. *Vraiment*.

— Pourtant, je crois qu'il faut…

— Écoutez, je sais qui occupe chacun des appartements sauf un. Il y a des allées et venues dans tous les autres. Soit celui-ci est inoccupé, soit il y a un cadavre à l'intérieur. La porte ne s'ouvre jamais, je n'ai même jamais vu d'infirmière ou d'aide-ménagère.

— On continue encore une semaine. C'est la seule piste que nous ayons pour Laing. Écoutez, s'empressa-t-il d'ajouter, voyant qu'elle allait protester, moi aussi je vais m'ennuyer comme un rat mort devant ce club de strip-tease.

— Sauf que nous savons que Brockbank y travaille, répliqua Robin.

— Je le croirai quand je le verrai », répondit Strike.

Quelques minutes plus tard, ils se quittèrent sans chercher à dissimuler leur agacement réciproque.

*

Toutes les enquêtes connaissaient des hauts et des bas. Parfois, on manquait d'inspiration, on courait en vain après les infos. Strike le savait mais n'arrivait pas à prendre la chose avec philosophie. Par la faute du tueur à la jambe, l'agence était à court de liquidités. Son tout dernier client, la femme de Mad Dad, n'avait plus besoin de ses services. Pour montrer au juge qu'une injonction n'était pas nécessaire, le père harceleur s'était mis à filer doux.

Si les relents d'échec et de perversité qui émanaient de l'agence ne se dissipaient pas très vite, il n'aurait plus qu'à mettre la clé sous la porte. Comme il l'avait redouté, son nom était désormais associé à l'assassinat et au dépeçage de Kelsey Platt. Sur internet, ces détails sanglants prenaient le pas sur ses anciens succès. On ne trouvait même plus mention de son offre de services. D'ailleurs, qui aurait eu l'idée d'engager un homme si tristement célèbre ? Un détective mêlé à une affaire de meurtre non résolue n'inspirait guère confiance.

Tel était son état d'esprit – déterminé mais un peu désabusé – lorsqu'il se mit en route pour le club de strip-tease de Shoreditch où Noel Brockbank était censé travailler. En arrivant dans la petite rue donnant sur Commercial Road, Strike constata que l'établissement était un ancien pub reconverti. Encore un. Sa façade en brique s'effritait par endroits ; sur ses vitres enduites de peinture noire, des silhouettes blanches grossièrement tracées au pinceau représentaient des femmes nues. Sur les doubles portes, le nom d'origine (« The Saracen ») apparaissait en grosses lettres dorées sous la couche de peinture écaillée.

Le quartier accueillait un grand nombre de résidents musulmans. Strike dépassa des femmes en hijab, des hommes portant des calots de prière qui flânaient dans des boutiques de vêtements bon marché affublées de noms comme International Fashion ou Made in Milan, entre des mannequins tristes, coiffés de perruques synthétiques. Le long de Commercial Road, on trouvait des banques bangladaises, des agences immobilières minables, des écoles d'anglais, des épiceries délabrées exposant des fruits ratatinés derrière leurs vitrines poussiéreuses. Mais il n'y avait rien pour s'asseoir, ni de banc, ni même de muret glacé. Strike changeait fréquemment de poste d'observation mais, à force de piétiner et d'attendre vainement, son genou commençait à récriminer. Brockbank n'était visible nulle part.

Le videur était un homme trapu, dépourvu de cou. Mis à part les clients et les stripteaseuses, Strike ne vit personne franchir la porte du club. Les filles étaient à l'image du lieu, c'est-à-dire bien moins raffinées que les danseuses du Spearmint Rhino. Certaines arboraient des tatouages ou des piercings, plusieurs avaient des kilos en trop. À travers la vitrine du kebab sur le trottoir d'en face, Strike en vit une arriver en titubant à onze heures du matin. Elle semblait ivre et malpropre. Contrairement à ce qu'il avait déclaré devant Robin, il misait beaucoup sur le Saracen mais, au bout de trois jours de surveillance, il fut bien obligé d'admettre que soit Brockbank n'y avait jamais travaillé, soit il s'était déjà fait virer.

*

Le vendredi matin, Strike en était toujours au même point. Il poireautait devant une boutique de vêtements particulièrement moches, World Flair, quand son portable sonna.

« Jason débarque à Londres demain, annonça Robin. Vous savez, le type du site web pour les candidats à l'amputation.

— Super ! dit Strike, soulagé à l'idée d'interroger enfin quelqu'un. Où devons-nous le rencontrer ?

— Pas *le*, *les*, corrigea Robin d'une voix légèrement pincée. Nous avons rendez-vous avec Jason *et* Tempête. Elle est…

— Pardon ? l'interrompit Strike. *Tempête ?*

— Je doute que ce soit son vrai nom, répondit Robin. C'est la femme qui échangeait avec Kelsey sur le Net. Cheveux et lunettes noirs.

— Oh, oui, je m'en souviens, dit Strike en coinçant l'appareil avec son épaule pour allumer une cigarette.

— Je viens de l'avoir au téléphone. Elle milite activement pour la cause des transcapacitaires. Elle est un peu épuisante mais Jason la trouve formidable et préfère venir accompagné. Ça le rassure.

— Très bien, dit Strike. Où est le rendez-vous ?

— Ils ont choisi le Gallery Mess. C'est le café de la Galerie Saatchi.

— Vraiment ? » Ayant cru comprendre que Jason travaillait dans un supermarché Asda, Strike trouva étonnant qu'il choisisse de visiter une exposition d'art contemporain dès son arrivée à Londres.

« Tempête se déplace en fauteuil roulant, précisa Robin. Et il semble que ce musée soit adapté aux handicapés.

— OK. Quelle heure ?

— Treize heures. Elle… euh… elle a demandé si on réglait l'addition.

— Je suppose qu'on n'a pas le choix.

— Au fait… Cormoran… ça vous embête si je prends ma matinée ?

— Non, bien sûr. Tout va bien ?

— Oui, très bien, c'est juste que j'ai… des trucs à faire pour le mariage.

— Pas de problème. Attendez, ajouta-t-il avant qu'elle ne raccroche. On se retrouve un peu avant le rendez-vous ? Pour se mettre d'accord sur la stratégie ?

— Oui, formidable ! » s'exclama Robin. Touché par son enthousiasme, Strike proposa une sandwicherie sur King's Road.

43

Freud, have mercy on my soul.
Freud, aie pitié de mon âme.

Blue Öyster Cult, « Still Burnin' »

Le lendemain, Strike était installé depuis cinq minutes au Prêt à Manger sur King's Road quand Robin arriva avec un sac en papier blanc sous le bras. Comme la plupart des anciens militaires, Strike ne connaissait rien à la mode féminine mais la marque Jimmy Choo lui disait quelque chose.

« Des chaussures, dit-il en désignant le paquet après lui avoir commandé un café.

— Bravo, sourit Robin. Des chaussures. Oui. Pour le mariage. » Après tout, il fallait bien qu'ils se décident à en parler, histoire de dépasser le curieux tabou qui semblait s'être instauré depuis le retour de la bague à son doigt.

« Vous êtes toujours d'accord pour venir ? » ajouta-t-elle pendant qu'ils prenaient place près de la vitre.

Strike ne se souvenait pas d'avoir accepté l'invitation. Il avait bien reçu le nouveau faire-part présenté, comme le précédent, sur une épaisse carte blanc cassé avec un texte noir gravé en relief. Mais, à sa connaissance, il n'avait jamais promis de venir. En croisant son regard interrogateur, il songea malgré lui à Lucy et aux efforts qu'elle avait déployés pour l'attirer à la fête d'anniversaire de son neveu.

« Ouais, répondit-il à contrecœur.

— Dois-je répondre pour vous ? demanda Robin.

— Non, je le ferai. »

Cela supposait d'appeler la mère de Robin, se dit Strike. C'était ainsi que les femmes vous piégeaient. Elles ajoutaient votre nom sur des listes et vous vous retrouviez au pied du mur. Il fallait confirmer, s'impliquer. Elles vous faisaient comprendre que votre absence relèverait de la pire des grossièretés : un bon plat refroidirait à la place qui vous était assignée, une chaise dorée resterait inoccupée devant un carton inscrit au nom du rustre que vous étiez. Or, Strike avait plus envie de se pendre que d'assister à l'union de Robin et de Matthew.

« Voulez-vous… aimeriez-vous que j'invite Elin ? demanda vaillamment Robin en espérant le voir se dérider un tout petit peu.

— Non », répondit Strike sans la moindre hésitation. Mais il avait perçu comme une supplique dans sa voix. Alors, la grande affection qu'il ressentait pour elle le poussa à renchérir plus gentiment : « Voyons un peu ces chaussures.

— Vous voulez voir mes… !

— C'est bien ce que j'ai dit, non ? »

Robin sortit la boîte du sac avec un geste révérencieux qui amusa Strike. Puis elle souleva le couvercle, déplia le papier de soie et lui montra une magnifique paire d'escarpins couleur champagne assortis de talons immenses.

« Un peu rock and roll pour un mariage, dit Strike. Je pensais qu'ils seraient plutôt… je ne sais pas… garnis de fleurs.

— Vous les avez à peine regardés, dit-elle en effleurant le cuir du bout de l'index. Ils sont un peu hauts mais… »

Elle n'acheva pas sa phrase. En fait, Matthew n'aimait pas qu'elle soit trop grande.

« Alors, comment allons-nous procéder avec Jason et Tempête ? dit-elle en reposant le couvercle avant de ranger la boîte.

— Vous mènerez la danse puisque c'est vous qui avez pris contact avec eux, dit Strike. J'interviendrai si nécessaire.

— Vous avez conscience, dit Robin mal à l'aise, que Jason va vous interroger sur votre jambe ? Il croit que vous avez… menti sur les circonstances de votre amputation.

— Ouais, je sais.

— OK. Je disais ça par précaution, pour que vous ne soyez pas pris au dépourvu.

— Je m'en sortirai, répondit Strike, amusé par son air inquiet. Je ne vais pas le frapper, si c'est ça qui vous tracasse.

— Bon, tant mieux. Parce que d'après ce qu'on voit de lui sur les photos, vous pourriez le casser en deux. »

Ils remontèrent King's Road côte à côte, Strike tirant sur sa cigarette. L'entrée du musée se situait en retrait de la route, derrière la statue de sir Hans Sloane avec sa perruque et ses bas. Ils passèrent sous une arche percée dans un mur de brique ocre et pénétrèrent sur une grande place ornée d'une pelouse. Sans le vacarme de la rue derrière eux, ils auraient pu se croire dans le parc d'un manoir. Le café-restaurant Gallery Mess était juste là, dans un bâtiment ressemblant à une ancienne caserne.

Strike, qui s'était imaginé un genre de cantine attenante au musée, eut la surprise d'entrer dans un établissement nettement plus chic. Se rappelant qu'il avait accepté de payer l'addition de ce qui s'annonçait comme un déjeuner pour quatre, il songea avec quelque appréhension à son découvert bancaire.

Il y avait d'abord une salle longue et étroite, puis une deuxième, plus vaste, au-delà des ouvertures voûtées qui s'alignaient sur la gauche. Les nappes blanches, les serveurs en smoking, les hauts plafonds en arceau et les œuvres d'art contemporain disséminées un peu partout sur les murs ne firent qu'accentuer l'effroi de Strike qui, tout en suivant le maître d'hôtel vers le fond du restaurant, ne cessait de se demander combien cette fantaisie allait lui coûter.

Les deux individus qu'ils cherchaient faisaient tache parmi la clientèle élégante et presque exclusivement féminine. Jason était un jeune homme filiforme doté d'un long nez, vêtu d'un sweat à capuche marron et d'un jean. On le sentait capable de prendre la fuite à la moindre contrariété. Perdu dans la contemplation de sa serviette, il ressemblait à un héron déplumé.

Physiquement, Tempête était son double inversé : une boulotte à la peau blême, aux cheveux coupés au carré d'un noir peu naturel. Derrière ses épaisses lunettes à monture noire rectangulaire, ses petits yeux faisaient penser à des raisins secs enfoncés dans la pâte d'un gâteau. Elle portait un tee-shirt noir garni d'un poney de dessin animé multicolore plaqué sur son ample poitrine. Son fauteuil roulant était garé près de leur table. Des menus étaient ouverts devant eux. Tempête avait déjà commandé un verre de vin.

Quand elle vit Strike et Robin approcher, Tempête leur lança un sourire radieux et, du bout de son index boudiné, tapota l'épaule de Jason. Le garçon regarda autour de lui avec anxiété. Strike nota la forte asymétrie de ses yeux bleu délavé : l'un était plus haut que l'autre d'un bon centimètre. Cette difformité lui donnait un air étrangement vulnérable, comme si on avait bâclé les finitions.

« Bonjour, dit Robin en tendant d'abord la main à Jason. Je suis ravie de vous rencontrer enfin.

— Bonjour », marmonna-t-il en lui donnant ses doigts mous. Après un rapide coup d'œil sur Strike, il détourna le regard et piqua un fard.

« Bonjour ! » s'écria Tempête toujours aussi radieuse en serrant la main de Strike. Puis, d'un geste adroit, elle recula légèrement son fauteuil pour l'inviter à s'asseoir à la table accolée à la sienne. « Cet endroit est génial. On s'y déplace facilement et le personnel est très serviable. Excusez-moi ! cria-t-elle au serveur qui passait par là. Puis-je avoir deux autres menus, je vous prie ? »

Strike se posa à côté d'elle tandis que Jason se poussait pour faire de la place à Robin.

« Bel espace, n'est-ce pas ? dit Tempête en buvant son vin. Le personnel est top avec les handicapés. Ils sont aux petits soins. Je vais le recommander sur mon blog ; je tiens à jour la liste des lieux handi-friendly. »

Jason plongea derrière sa carte, sans doute pour ne pas croiser le regard des autres convives.

« Je lui ai dit de commander ce qui lui plaît, dit Tempête à Strike sans aucune gêne. Il n'avait pas conscience du fric que vous avez gagné en résolvant ces affaires. Je lui ai dit : les journaux ont dû payer cher rien que pour entendre votre histoire. Je suppose que maintenant vous privilégiez les affaires qui rapportent le plus ? »

Strike songea à son compte en banque déficitaire, au studio minable qu'il habitait au-dessus de son bureau et à l'effet catastrophique que la jambe coupée avait eu sur ses affaires.

« On fait aller », dit-il sans regarder Robin.

Cette dernière choisit la salade la moins chère et une bouteille d'eau. Tempête commanda une entrée plus un plat, encouragea Jason à faire de même, puis rassembla les menus et les rendit au serveur comme si c'était elle qui régalait.

« Donc, Jason », démarra Robin.

Tempête lui coupa la parole en s'adressant à Strike.

« Jason est un peu nerveux. Il n'avait pas vraiment réfléchi aux retombées de cette rencontre avec vous. J'ai dû tout lui expliquer par A plus B ; nous sommes restés au téléphone nuit et jour, vous verriez les factures – je devrais vous les compter, ha ha ! Non, sérieusement… »

Son expression s'assombrit tout à coup.

« … nous aimerions avoir la garantie que la police ne nous fera pas d'ennuis. On leur a caché des choses, c'est vrai, mais ce n'est pas comme si on détenait des informations fondamentales. C'était juste une pauvre gamine bourrée de problèmes. On n'est au courant de rien. On l'a rencontrée une seule fois et on ignore qui a bien pu la tuer. Je suis sûre que vous en savez beaucoup plus que nous sur la question. À dire vrai, je me suis un peu inquiétée quand Jason m'a dit qu'il avait parlé à votre associée. On n'imagine pas à quel point nous sommes persécutés en tant que communauté. Moi-même j'ai reçu des menaces de mort – je devrais vous engager pour mener l'enquête, ha ha !

— Qui vous a menacée de mort ? demanda Robin en jouant la surprise polie.

— C'est à cause de *mon* blog, voyez-vous, dit Tempête en répondant directement à Strike. Je l'alimente moi-même. Je suis une vraie mère poule – ou une mère supérieure, ha ha… ! Bref, je suis celle à qui tout le monde se confie et vient demander son avis. Du coup, évidemment, c'est toujours *moi* qui suis en première ligne face aux imbéciles qui nous prennent pour cibles. Je n'épargne pas mon énergie. Je me bats pour les autres, n'est-ce pas, Jason ? Bref, dit-elle, ne se taisant que pour ingurgiter avidement une nouvelle gorgée de vin, je déconseille à Jason de vous parler à moins d'avoir la garantie qu'il n'aura pas d'embêtements. »

Strike se demanda de quelle autorité elle le croyait investi. Le fait était que Jason et Tempête avaient dissimulé des informations à la police. Quelles que soient leurs raisons et la valeur de ces informations, ils s'étaient comportés de manière irresponsable voire dangereuse.

« Je pense que vous n'avez rien à craindre, la rassura-t-il en mentant effrontément.

— Bon, d'accord, ça fait plaisir à entendre, dit Tempête avec une certaine suffisance. Nous ne demandons pas mieux que de vous aider, bien évidemment. Je veux dire, comme j'expliquais à Jason, si cet homme cherche à nuire à la communauté TIRIC, ce qui est très possible – je veux dire, bon sang, il est de notre *devoir* de vous aider. Et ça ne me surprendrait pas, quand on voit l'agressivité des gens sur internet, la haine. C'est inconcevable. Je veux dire, tout cela est le fruit de l'ignorance bien sûr, évidemment, mais dites-vous que les plus virulents sont justement ceux qui devraient prendre notre défense, ceux qui savent ce que signifie être discriminé. »

Les boissons arrivèrent. Horrifié, Strike vit le serveur, un Européen de l'Est, pencher sa bouteille de Spitfire au-dessus d'un verre contenant des glaçons.

« Hé ! s'écria Strike.

— La bière n'est pas fraîche, dit le serveur, surpris par sa réaction qu'il estimait sans doute disproportionnée.

— Nom de Dieu », marmonna Strike en pêchant les glaçons au fond de son verre. C'était déjà pénible d'avoir à payer une note de restaurant faramineuse sans qu'on mette en plus de la glace dans sa bière. Un peu vexé, l'homme posa un deuxième verre de vin devant Tempête. Robin sauta sur l'occasion :

« Jason, quand vous avez pris contact avec Kelsey… »

Mais Tempête lâcha son verre et dégagea l'importune.

« Ouais, j'ai vérifié sur mon site. La première visite de Kelsey remonte au mois de décembre. Ça, je l'ai dit à la police. Je leur ai tout montré. Elle posait des questions sur *vous* », dit Tempête à Strike sur un ton empathique, comme s'il avait dû être flatté que son nom apparaisse sur son blog. « Ensuite, elle a discuté avec Jason, ils ont échangé leurs adresses mail et, après, ils ont pu se parler en direct, pas vrai, Jason ?

— Oui, souffla-t-il.

— Elle lui a proposé une rencontre et c'est là que Jason m'a contactée, hein, Jason ? Il a dit qu'il serait plus à son aise si je l'accompagnais. Après tout, internet c'est internet. On ne sait jamais. Elle aurait pu être n'importe qui. Un homme par exemple.

— Qu'est-ce qui vous a donné envie de rencontrer Kel... ? » commença Robin en se tournant vers Jason. De nouveau, Tempête lui coupa la parole.

« Ils s'intéressaient à *vous* tous les deux, dit Tempête à Strike. Mais c'est Kelsey qui lui a tout appris à votre sujet, n'est-ce pas, Jason ? Et elle en savait un rayon, ajouta Tempête avec un air malicieux, comme si elle connaissait sur Strike des secrets inavouables.

— Et qu'est-ce que Kelsey vous a dit à mon sujet, Jason ? » demanda Strike au garçon.

Du simple fait que Strike s'adresse à lui, Jason devint écarlate. Robin se demanda s'il n'était pas gay. Ayant passé beaucoup de temps à éplucher les forums de discussion, elle avait pu déceler certains sous-entendus érotiques chez une poignée d'internautes, <<Δēvōtėė>> étant le plus dragueur de tous.

« Elle a dit que son frère vous connaissait, marmonna Jason. Qu'il avait travaillé avec vous.

— Vraiment ? s'étonna Strike. Vous êtes sûr qu'elle a dit son frère ?

— Ouais.

— Parce qu'elle n'a pas de frère, juste une sœur. »

Le regard asymétrique de Jason navigua rapidement entre les divers ustensiles garnissant la table avant de revenir sur Strike.

« Je suis sûr qu'elle a dit son frère.

— Il travaillait avec moi dans l'armée ?

— Non, pas dans l'armée, je ne crois pas. C'était après. »

Elle mentait tout le temps… Le mardi, elle disait qu'on était mercredi.

« Je croyais que c'était son copain qui lui avait raconté ça, intervint Tempête. Elle disait qu'elle connaissait un garçon, un certain Neil. Jason… tu te rappelles ?

— Niall, bredouilla Jason.

— Ah oui ? D'accord, Niall. Il est venu la chercher le jour où on a pris un café ensemble, tu te rappelles ?

— Pas si vite », dit Strike en levant la main. Tempête s'interrompit docilement. « Vous avez *vu* Niall ?

— Oui, répondit Tempête. Il est venu la chercher. Sur sa moto. »

Il y eut un bref silence.

« Un homme à moto est venu la chercher à – où aviez-vous rendez-vous ? demanda Strike d'une voix calme mais le cœur battant.

— Au Café Rouge, sur Tottenham Court Road, dit Tempête.

— Pas très loin de notre agence », fit remarquer Robin.

Jason passa d'écarlate à cramoisi.

« Oh, mais oui. Ils étaient parfaitement au courant de ça, aussi bien Kelsey que Jason, ha ha ! Tu espérais apercevoir Cormoran, pas vrai, Jason ? Ha ha ha ! s'esclaffa Tempête tandis que le serveur revenait avec son entrée.

— Un homme à moto est passé la chercher, Jason ? »

Comme Tempête avait la bouche pleine, Jason réussit à en placer une.

« Ouais, dit-il en regardant furtivement Strike. Il l'attendait dehors.

— Vous avez pu voir à quoi il ressemblait ? demanda Strike qui s'attendait à une réponse négative et l'obtint.

— Non, il était genre… genre caché au coin de la rue.

— Il avait gardé son casque, précisa Tempête en s'envoyant rapidement une gorgée de vin pour rejoindre plus vite la conversation.

— Quelle couleur, la moto, vous vous rappelez ? » demanda Strike.

Tempête penchait pour noire, Jason certifia qu'elle était rouge, mais ils tombèrent d'accord sur le fait qu'elle était trop éloignée pour qu'on voie la marque.

« Kelsey aurait-elle dit autre chose à propos de son copain ? » intervint Robin.

Tous les deux secouèrent la tête négativement.

Quand les plats arrivèrent, Tempête déblatérait à n'en plus finir sur le site qu'elle avait créé, lequel proposait des conseils juridiques et des services d'assistance aux personnes transcapacitaires. Jason attendit qu'elle enfourne ses frites pour oser s'adresser directement à Strike.

« C'est vrai ? » demanda-t-il subitement. Et il se remit à rougir.

« Quoi donc ? dit Strike.

— Que vous… que… »

En mastiquant vigoureusement, Tempête se pencha sur son fauteuil roulant, posa la main sur l'avant-bras de Strike et déglutit.

« Que vous l'avez fait vous-même », murmura-t-elle avec un clin d'œil imperceptible.

Ses grosses cuisses s'étaient replacées d'elles-mêmes au moment où elle les avait décollées du fauteuil roulant pour se pencher vers Strike. C'était à peine visible mais il avait bien noté qu'elles bougeaient, au lieu de pendre sous son torse mobile. À l'hôpital Selly Oak, Strike avait côtoyé des blessés de guerre paraplégiques ou tétraplégiques. Il avait vu leurs jambes inertes et la façon dont ils compensaient leur handicap en apprenant à se servir de la partie supérieure de leur corps. Et soudain, la vérité qui ne l'avait pas encore effleuré lui sauta aux yeux. Tempête n'avait pas besoin d'un fauteuil roulant. Elle était parfaitement valide.

Curieusement, ce fut en voyant Robin foudroyer Tempête du regard que Strike parvint à rester calme et courtois. Il se tourna vers Jason.

« Pour que je vous dise si c'est vrai ou pas, il faudrait d'abord savoir ce qu'elle vous a raconté.

— Eh bien, se lança Jason qui avait à peine touché à son burger d'angus noir, Kelsey a dit que vous aviez tout avoué à son frère, dans un pub, un jour que vous aviez trop bu. Elle a dit que vous avez quitté votre base en Afghanistan en emportant une arme avec vous, que vous êtes allé le plus loin possible et que vous… vous vous êtes tiré une balle dans la jambe, et qu'ensuite, vous avez demandé à un médecin de vous amputer. »

Strike avala une bonne gorgée de bière.

« Et pourquoi j'aurais fait ça ?

— Comment ? fit Jason en clignant les yeux, déconcerté.

— Je voulais me faire réformer pour invalidité ou… ?

— Oh non, répliqua Jason, un peu froissé. Non, c'est parce que vous étiez… » Son visage rougit si violemment qu'il ne devait plus rester une goutte de sang dans le reste de son corps. « … comme nous. Vous en éprouviez le besoin, murmura-t-il. Vous aviez besoin d'être amputé. »

Incapable de regarder Strike, Robin fit semblant de contempler un étrange tableau accroché au mur. Il représentait une main tenant une chaussure, telle fut du moins sa première impression, mais on pouvait tout aussi bien imaginer un pot de fleur marron avec un cactus rose planté dedans.

« Le… frère… de Kelsey… savait-il qu'elle souhaitait s'automutiler ?

— Je ne crois pas, non. Elle disait que j'étais le seul à qui elle en avait parlé.

— Donc, le fait qu'il ait mentionné… Il s'agirait d'une simple coïncidence ?

— On ne le crie pas sur les toits, dit Tempête, saisissant l'occasion pour s'immiscer dans la conversation une fois de plus. On a honte de l'avouer, *vraiment* honte. Je suis bien placée pour le savoir, claironna-t-elle en désignant ses jambes. Moi, je suis obligée de dire que j'ai été blessée à la colonne vertébrale. Si les gens apprenaient que je suis transcapacitaire, ils ne comprendraient pas. Et ne parlons pas des préjugés qui existent au sein du corps médical. C'est absolument inimaginable. J'ai changé deux fois de généraliste ; ils me tannaient pour que j'aille consulter un putain de psychiatre. Non, Kelsey n'avait jamais pu se confier à personne, la pauvre petite chérie. Elle n'avait personne vers qui se tourner. On ne la comprenait pas. C'est pour ça qu'elle s'est adressée à nous – et à vous, bien sûr », dit-elle à Strike avec un petit sourire condescendant, manière de souligner le fait que, contrairement à elle, il avait ignoré l'appel au secours de Kelsey. « Vous n'êtes pas le seul, remarquez. Une fois que les gens ont obtenu ce qu'ils voulaient, ils ont tendance à s'éloigner de notre communauté. Nous en sommes bien conscients – et nous le comprenons – mais ce serait tellement enrichissant s'ils restaient pour nous expliquer ce que ça fait de vivre dans un corps qui leur convient. »

Robin redoutait fort que Strike n'explose au milieu de cette salle blanche où les amateurs d'art devisaient à voix basse. Mais c'était sans compter sur le self-control que l'ex-officier de la Brigade spéciale d'investigation avait acquis au fil des années, en interrogeant des centaines de personnes. Une très légère crispation déforma son sourire aimable mais il se tourna calmement vers Jason pour demander :

« Donc, d'après vous, ce n'est pas le frère de Kelsey qui lui a suggéré de s'adresser à moi ?

— Non. Je pense que l'idée venait d'elle.

— Et qu'attendait-elle de moi, exactement ?

— Eh ! *À votre avis ?* s'interposa Tempête en riant à demi. Elle voulait des conseils pour faire comme vous !

— C'est aussi votre opinion, Jason ? » demanda Strike. Le garçon hocha la tête.

« Ouais… elle voulait savoir quel genre de blessure elle devait se faire pour qu'on l'ampute. Et je crois qu'elle espérait que vous lui présenteriez le médecin qui vous a opéré.

— C'est toujours la même histoire, dit Tempête qui, de toute évidence, n'avait pas conscience de l'effet qu'elle produisait sur Strike. Pas facile de trouver des chirurgiens de confiance. En général, ils sont totalement hostiles. Certaines personnes ont voulu s'amputer elles-mêmes et elles en sont mortes. Il y avait un chirurgien formidable en Écosse. Il a opéré deux victimes du TIRIC mais, après, on l'a empêché d'exercer. C'était il y a dix bonnes années. On peut toujours aller à l'étranger mais si on n'a pas les moyens, si on n'a pas l'argent pour le voyage… Vous comprenez pourquoi Kelsey voulait obtenir votre liste de contacts ! »

Robin laissa bruyamment tomber ses couverts. Elle souffrait pour Strike de l'offense qu'on lui faisait. *Sa liste de contacts !* Comme si son amputation était une pièce de musée achetée au marché noir…

Strike poursuivit l'interrogatoire de Tempête et de Jason pendant quinze minutes encore mais, apparemment, ils n'en savaient pas davantage. De leur unique rencontre avec Kelsey ressortait le portrait d'une jeune fille immature, désespérée et tellement désireuse d'être amputée qu'elle aurait fait n'importe quoi pour y parvenir, toujours selon l'avis de ses deux cyberamis.

« Eh oui, soupira Tempête. Elle faisait partie des cas extrêmes. Elle avait déjà essayé quand elle était plus jeune, avec du fil de fer. Nous avons eu des gens si désespérés qu'ils allaient jusqu'à mettre leurs jambes sur des rails de chemin de fer. Un homme a utilisé de l'hydrogène liquide. Une jeune fille en Amérique a volontairement raté un saut à ski. Mais le problème avec ces méthodes c'est qu'on obtient rarement le degré de handicap qu'on recherche…

— Et vous, quel *degré* recherchez-vous ? » demanda Strike. Il venait de faire signe au serveur pour qu'on lui amène l'addition.

« Je veux me sectionner la moelle épinière, répondit posément Tempête. Paraplégique, ouais. Dans l'idéal, j'aurai recours à un chirurgien. En attendant, je me contente de ça, dit-elle en désignant son fauteuil roulant.

— Les toilettes pour handicapés, les monte-escaliers et tout le tremblement, hein ? lança Strike.

— Cormoran », fit Robin pour le rappeler à l'ordre.

Elle s'était doutée qu'il ne tiendrait pas le coup. Il était stressé, il manquait de sommeil. C'était déjà bien qu'ils aient réussi à rassembler toutes ces infos avant qu'il ne commence à perdre son calme.

« C'est un besoin, répondit Tempête, toujours aussi pondérée. J'en ai conscience depuis que je suis enfant. Je suis née dans le mauvais corps. J'ai besoin d'être paralysée. »

Le serveur était arrivé mais, comme Strike ne l'avait pas vu, Robin s'empara de l'addition.

« Vite, s'il vous plaît », dit-elle à l'homme maussade. C'était celui qui avait mis de la glace dans la bière de Strike.

« Vous connaissez beaucoup de personnes handicapées ? demandait Strike à Tempête.

— Oui, deux ou trois. Et, de toute évidence, nous avons beaucoup de choses en…

— En commun ? Je t'en ficherais !

— Je le savais », marmonna Robin pour elle-même. Elle arracha le terminal des mains du serveur, glissa sa Visa dans la fente. Au même instant, Strike se leva, surplombant Tempête de toute sa hauteur. Elle parut subitement troublée, tandis que Jason se recroquevillait sur sa chaise, comme s'il essayait de disparaître à l'intérieur de sa capuche.

« Venez, Corm…, dit Robin en retirant sa carte de la machine.

— Pour votre gouverne, dit Strike en s'adressant aux deux à la fois, pendant que Robin attrapait son manteau puis tentait de l'entraîner loin de la table, j'étais dans un véhicule militaire qui a roulé sur une mine. » Jason avait plaqué ses deux mains sur son visage écarlate, des larmes plein les yeux. Quant à Tempête, elle le regardait bouche bée. « Le chauffeur a été coupé en deux – ça vous aurait plu, hein ? cracha-t-il à l'intention de Tempête. Sauf que lui, il en est mort, putain. L'autre type a eu la moitié du visage emportée – et moi une jambe. Il n'y avait rien de volontaire là-dedans…

— OK, dit Robin en prenant le bras de Strike. On y va. Merci beaucoup d'avoir accepté de venir, Jason…

— Faites-vous aider », cria Strike en pointant son doigt sur Jason. Il se laissa emmener par Robin sous les regards écarquillés des clients et du personnel. « Faites-vous aider, bordel ! C'est votre *tête* qui déconne. »

Ils s'éloignèrent sous les arbres qui bordaient la rue. Ils durent marcher deux bonnes centaines de mètres pour que Strike retrouve une respiration normale.

« D'accord, dit-il, alors que Robin n'avait pas ouvert la bouche. Vous m'aviez prévenu. Je suis désolé.

— Tout va bien, répondit-elle doucement. Nous avons obtenu tout ce que nous voulions. »

Ils firent encore quelques pas en silence.

« Vous avez payé ? Je n'ai rien remarqué.

— Oui. Je me rembourserai sur la caisse des frais généraux. »

Ils marchaient toujours. Ils croisèrent des gens affairés, tous tirés à quatre épingles. Une jeune fille aux allures de bohémienne les dépassa. Elle portait des dreadlocks et une longue robe indienne, mais il suffisait de voir son sac à main à 500 livres pour comprendre qu'elle était aussi hippie que Tempête était handicapée.

« Vous ne lui avez pas cassé la figure, c'est déjà bien, dit Robin. Assommer une femme en fauteuil roulant devant tous ces amateurs d'art… »

Strike éclata de rire. Robin secoua la tête.

« Je savais que vous perdriez votre sang-froid », soupira-t-elle. Mais elle souriait.

44

Then Came the Last Days of May

Puis vinrent les derniers jours de mai

Il l'avait crue morte. Il n'avait rien vu aux informations mais ça ne l'avait pas étonné outre mesure puisque la fille était une prostituée. Pour la première non plus, il n'avait rien lu dans les journaux. Les prostituées ne comptaient pas, elles n'étaient rien, personne ne se souciait d'elles. La Secrétaire en revanche allait faire couler des flots d'encre. Tout ça parce qu'elle travaillait pour ce salaud – une fille comme il faut avec un joli fiancé, le genre qui affole les scribouillards…

Pourtant, il ne voyait pas comment la pute pouvait être encore de ce monde. Il se rappelait parfaitement avoir senti son thorax sous la pointe du couteau, entendu le bruit sec du métal qui perce la peau, le frottement de la lame sur l'os, vu le sang gicler. Ils disaient que des étudiants l'avaient trouvée. Étudiants de merde.

Mais il avait quand même pris ses doigts.

Elle leur avait fourni son signalement. Un portrait-robot. Quelle blague ! Les flics étaient des singes en uniforme, pas un pour sauver l'autre. Ils croyaient vraiment que ce dessin servirait à quelque chose ? Ce truc ne lui ressemblait absolument pas ; ce pouvait être n'importe qui. Il aurait hurlé de rire si Ça n'avait pas été à côté de lui. Ça n'aurait pas apprécié qu'il se moque d'une pute amochée et d'un portrait-robot…

En ce moment, Ça était sacrément remontée. Il avait dû prendre sur lui, faire amende honorable, reconnaître qu'il s'était montré grossier, s'excuser, jouer au gentil garçon. « J'étais contrarié, avait-il dit. Vraiment, je t'assure. » Il avait dû la câliner, lui acheter des fleurs idiotes et rester avec elle, à la maison, pour se faire pardonner sa crise de colère. Et maintenant, Ça prenait le dessus, comme elles le faisaient toutes. Elle en voulait toujours davantage, elle voulait le maximum.

« Je n'aime pas quand tu pars. »

Putain, c'est TOI qui vas partir, et pour de bon, si tu continues à m'emmerder.

Il lui avait servi une histoire à dormir debout au sujet d'un boulot qu'on lui aurait proposé. Mais cette fois-ci, nouveauté, Ça avait eu le toupet de l'interroger : Qui t'a offert ce job ? Combien de temps seras-tu parti ?

En la regardant parler, il se voyait replier le bras pour lui mettre son poing dans la gueule. Un bon coup, de quoi réduire en bouillie tous les os de sa face de raie.

Mais non, pas tout de suite. Il avait encore besoin de Ça pendant quelque temps. Au moins jusqu'à ce qu'il en ait terminé avec La Secrétaire.

Ça l'aimait encore, Ça était sa carte maîtresse. Il savait que s'il la menaçait de se tirer pour de bon, Ça se remettrait à filer doux. Mais il préférait ne pas en arriver là. Il préférait opter pour les fleurs, les baisers, la gentillesse. Il n'en fallait pas davantage pour que le souvenir de sa grosse colère s'efface peu à peu de sa cervelle de piaf. Il aimait rajouter un petit truc dans son verre, juste un chouïa, pour qu'elle reste bien sage et qu'elle pleure sur son épaule en s'accrochant à lui.

Patient, gentil, mais résolu.

À la fin, Ça accepta de lui accorder une semaine : une semaine de liberté pour faire tout ce qu'il lui plaisait.

45

Harvester of eyes, that's me.
Moissonneur des yeux, voilà ce que je suis.

BLUE ÖYSTER CULT, « Harvester of Eyes »

L'inspecteur Eric Wardle ne fut pas franchement ravi d'apprendre que Jason et Tempête avaient menti à ses hommes mais quand, sur son invitation, Strike le retrouva au Feathers le lundi soir pour boire une bière, celui-ci le trouva moins furax que prévu. La raison de son étonnante magnanimité était simple : le fait qu'un motard soit venu chercher Kelsey au Café Rouge cadrait parfaitement avec sa nouvelle théorie.

« Tu te souviens de ce Devotee qui intervenait sur leur site web ? Le fétichiste des amputés qui a cessé de se manifester après le meurtre de Kelsey ?

— Oui », dit Strike. En fait, il se rappelait surtout que Robin avait discuté avec le type en question sur le forum.

« On a trouvé sa trace. Devine ce qu'il a dans son garage. »

N'ayant eu vent d'aucune arrestation, Strike supposa que la police n'avait pas découvert d'autres morceaux de corps. Il proposa donc obligeamment : « Une moto ?

— Kawasaki Ninja, confirma Wardle. Je sais, nous cherchons une Honda, ajouta-t-il en prévenant la remarque de Strike, mais il a fait dans son froc en nous voyant débarquer.

— Comme la plupart des gens quand la Crim sonne à leur porte. Continue.

— C'est un petit mec minable, un dénommé Baxter, représentant de commerce. Il n'a pas d'alibi pour le week-end du 2 au 3, ni pour le 29. Divorcé, deux enfants. Il dit qu'il est resté chez lui pour regarder le mariage royal. Tu aurais regardé le mariage royal sans une femme à côté de toi ?

— Non, abonda Strike qui n'avait vu que quelques images aux informations.

— Il prétend que la moto appartient à son frère et qu'il ne fait que la garder. On a un peu insisté et il a reconnu qu'il se balade avec, de temps en temps. Donc il sait piloter, et il aurait très bien pu louer ou emprunter une Honda.

— Que dit-il à propos du site web ?

— Il a noyé le poisson. Il dit que c'était pour rigoler, que ça ne signifiait rien pour lui, qu'il n'est pas accro aux moignons. Mais quand on a voulu jeter un œil sur son ordi, il a refusé tout net. Et il a demandé à parler à son avocat. On en est resté là mais on en remettra une couche demain. Une petite conversation amicale.

— A-t-il avoué avoir discuté en ligne avec Kelsey ?

— Il pouvait difficilement le nier vu qu'on a l'ordi de Kelsey et les données informatiques de Tempête. Il a questionné Kelsey sur ses intentions, il lui a proposé un rendez-vous et elle l'a envoyé sur les roses – par écran interposé, en tout cas. Bordel, il faut qu'on creuse cette piste, insista Wardle devant le regard sceptique de Strike. Pas d'alibi, une moto, un faible pour les amputées et une proposition de rendez-vous !

— Ouais, bien sûr, dit Strike. Et les autres ?

— C'est pour ça que je voulais te voir. On a retrouvé ton Donald Laing. Il est à Wollaston Close, Elephant & Castle.

— Sans blague ? » s'écria Strike, sincèrement surpris.

Ravi d'avoir enfin réussi à l'étonner, Wardle poursuivit avec un petit sourire suffisant.

« Ouais, et il est malade. On l'a trouvé via une page web. L'association JustGiving. C'est par eux qu'on a eu son adresse. »

Telle était la grosse différence entre Strike et Wardle : ce dernier possédait les insignes, l'autorité et le pouvoir auxquels Strike avait renoncé en quittant l'armée.

« Vous l'avez vu ? demanda Strike.

— J'ai envoyé deux gars sur place mais il n'y était pas. Les voisins confirment qu'il s'agit bien de son appartement. Il est locataire, il vit seul et il est très malade, apparemment. Ils ont dit qu'il était retourné chez lui en Écosse pour quelques jours. Pour l'enterrement d'un ami. Il devrait revenir bientôt.

— C'est du pipeau, marmonna Strike dans sa pinte. S'il lui reste un seul ami en Écosse, je veux bien manger ce verre.

— À ta guise, répondit Wardle, mi-amusé mi-agacé. Je pensais que tu serais content d'apprendre qu'on était sur les traces de tes gars.

— Je suis content. Vraiment malade, tu dis ?

— D'après le voisin, il a besoin d'une canne pour se déplacer. Il aurait fait pas mal de séjours à l'hosto. »

Sur l'écran placé en hauteur, dans un panneau capitonné de cuir, repassait le match Liverpool-Arsenal du mois précédent, mais sans le son. Comme l'autre jour chez lui, sur sa minuscule télé portative, Strike regarda van Persie tirer le penalty qui aurait dû permettre à l'équipe d'Arsenal de remporter la victoire dont elle avait grandement besoin. Ce qui n'avait pas eu lieu, bien entendu. En ce moment, les Gunners avaient la même guigne que lui.

« Tu fréquentes quelqu'un ? demanda subitement Wardle.

— Comment ? fit Strike, perplexe.

— Coco a apprécié ton style, expliqua Wardle en s'assurant que Strike remarque son sourire en coin et comprenne à quel point il trouvait la chose ridicule. Coco. L'amie de ma femme. Les cheveux rouges, tu te rappelles ? »

Strike se rappelait que Coco était danseuse de cabaret burlesque.

« J'ai promis de te poser la question. Je l'ai prévenue que tu étais un sale con. Elle dit qu'elle s'en fiche.

— Réponds-lui que je suis flatté, dit Strike, ce qui était vrai. Mais que, oui, je vois quelqu'un.

— Pas ton associée, hein ? demanda Wardle.

— Non, elle va se marier.

— Là, tu rates un truc, mec, dit Wardle en bâillant. Moi, à ta place… »

*

« Donc, que je comprenne bien, dit Robin le lendemain matin, au bureau. Maintenant que nous savons que Laing habite effectivement sur Wollaston Close, vous voulez que j'arrête de le surveiller.

— Écoutez-moi, répliqua Strike en préparant du thé. Il est parti, d'après les voisins.

— Vous venez justement de me dire qu'à votre avis il n'est pas en Écosse !

— Oui, mais il est sûrement *ailleurs* puisque la porte de son appartement ne s'est pas ouverte une seule fois depuis que vous le surveillez. »

Strike plongea un sachet de thé dans chacune des deux tasses.

« Je ne crois pas à cette histoire d'enterrement, mais je ne serais pas surpris qu'il ait fait une brève apparition à Melrose pour soutirer un peu de fric à sa mère sénile. Ce genre de vacances serait bien dans l'esprit de notre Donnie.

— L'un de nous devrait se rendre sur place pour guetter son retour…

— L'un de nous y sera, dit Strike d'un ton rassurant. En attendant, je veux que vous repassiez du côté…

— Brockbank ?

— Non, Brockbank c'est moi qui m'en occupe. Vous vous chargerez de Stephanie.

— Qui ?

— Stephanie. La fille qui vit avec Whittaker.

— Pourquoi ? » demanda vivement Robin. Les bruits émis par la bouilloire – claquements de couvercle, bouillonnement intempestif – allaient crescendo. La vitre se couvrait de buée.

« J'aimerais qu'elle nous dise ce que Whittaker fabriquait le jour où Kelsey a été assassinée. Et le soir où cette fille s'est fait couper les doigts, à Shacklewell. Le 3 et le 29 avril, pour être exact. »

Strike versa l'eau sur les sachets et remua pour mélanger le lait. La petite cuillère tintait sur les bords de la tasse. Robin ne savait que penser de ce changement de programme. Devait-elle s'en réjouir ou pas ? Après réflexion, elle opta pour la première solution mais, au fond d'elle-même, elle soupçonnait encore Strike de vouloir la mettre sur la touche.

« Vous persistez à croire que Whittaker est peut-être le tueur ?

— Ouais, dit Strike.

— Mais vous n'avez aucun…

— Je n'ai d'indice pour aucun des trois, de toute façon, la coupa Strike. Donc, je continue à chercher jusqu'à ce que j'en trouve, ou que je découvre qu'ils sont tous hors de cause. »

Il lui tendit sa tasse de thé et s'enfonça dans le canapé en skaï qui, pour une fois, n'émit aucun bruit déplaisant. Une petite victoire mais c'était déjà ça.

« J'espérais pouvoir éliminer Whittaker sur la base de son apparence actuelle, dit Strike, mais, voyez-vous, il *pourrait très bien* être le mec au bonnet. Tout ce que je sais, c'est qu'il est aussi ignoble qu'autrefois. J'ai complètement merdé avec Stephanie, elle ne voudra plus m'adresser la parole. Mais vous, vous pourrez sans doute en tirer quelque chose. Si elle peut lui fournir un alibi pour les deux jours en question ou nous orienter vers une personne en mesure de le faire, on devra reconsidérer la question. Sinon, il restera sur la liste des suspects.

— Et vous, pendant ce temps ?

— Je continue à rechercher Brockbank, dit Strike en étirant ses jambes et en prenant une bonne gorgée de thé pour se donner un coup de fouet. J'ai décidé d'aller enquêter dans ce club de strip-tease aujourd'hui. J'en ai marre de bouffer des kebabs et de traîner dans les boutiques de fringues en attendant qu'il se montre. »

Robin ne répondit rien.

« Quoi ? demanda Strike en voyant la tête qu'elle faisait.

— Rien.

— Allez, dites.

— Bon d'accord… Que ferez-vous s'il y est ?

— Chaque chose en son temps – non, je ne vais pas le frapper, dit Strike en devinant sa pensée.

— Certes. Mais vous n'aviez pas l'intention de frapper Whittaker non plus.

— Whittaker, c'était différent, répondit Strike et, devant son air dubitatif, il ajouta : Il est de la famille. »

Elle partit d'un rire sans joie.

*

Quand Strike retira 50 livres au distributeur avant de rejoindre le Saracen sur Commercial Road, la machine fut assez mesquine pour afficher un chiffre négatif sur son compte courant. D'un air sinistre, il tendit un billet de 10 au videur dépourvu de cou qui gardait l'entrée du club et se glissa entre les bandes de plastique noir masquant la salle plongée dans une pénombre insuffisante pour cacher son délabrement.

Il ne restait plus rien de l'aménagement intérieur de l'ancien pub. La déco entièrement revue et corrigée évoquait davantage une salle des fêtes à l'abandon, un lieu sans âme. Sur le parquet en pin verni se reflétait la lumière glacée du long tube au néon s'étirant au-dessus du comptoir qui occupait la largeur de la salle.

Il était midi passé mais, dans le fond, une danseuse tournoyait déjà sur une scène minuscule baignée d'une lumière rouge. Autour d'elle, une série de miroirs obliques donnait un aperçu complet de son anatomie grassouillette. Elle était en train d'enlever son soutien-gorge sur « Start Me Up » des Rolling Stones. Perchés sur des tabourets devant des tables hautes, quatre hommes regardaient tour à tour la fille maladroitement accrochée à la barre et le grand écran de télévision branché sur Sky Sports.

Strike fila droit vers le bar où un écriteau annonçait : « TOUT CLIENT SURPRIS À SE MASTURBER SERA EXPULSÉ. »

« Qu'est-ce que tu bois, chéri ? » demanda la barmaid, une fille avec des cheveux longs, du fard à paupières violet et un anneau dans le nez.

Strike commanda une pinte de John Smith avant de s'installer au comptoir. À part le videur, on ne voyait qu'un seul employé mâle : le type assis derrière une platine, près de la stripteaseuse. Il était trapu, blond, d'âge moyen et ne ressemblait en rien à Brockbank.

« Je pensais retrouver un ami ici, dit Strike à la serveuse qui, faute de clients, regardait vaguement la télé en curant ses longs ongles, appuyée contre le bar.

— Ah ouais ? soupira-t-elle.

— Ouais. Il m'a dit qu'il travaillait ici. »

Un homme en veste fluo s'approcha du comptoir. Sans un mot, elle se déplaça pour le servir.

« Start Me Up » se termina, le numéro aussi. La stripteaseuse entièrement nue sauta de la scène, attrapa de quoi se couvrir et disparut derrière un rideau sous une absence totale d'applaudissements.

Une femme en bas et petit kimono de nylon surgit des coulisses et fit le tour de la salle, une chope vide dans la main. L'un après l'autre, les clients fouillèrent leurs poches et y jetèrent de la menue monnaie. Elle finit par Strike qui laissa tomber deux pièces dans le verre, puis elle fila vers la scène, déposa prudemment le fruit de sa quête à côté de la platine du DJ, enleva son kimono en se tortillant et monta sur l'estrade en soutien-gorge, slip, bas et chaussures à talons.

« Messieurs, je pense que vous allez apprécier le prochain numéro… Veuillez faire un bel accueil à la jolie Mia ! »

Elle commença à se trémousser sur « Are "Friends" Electric ? » de Gary Numan. Ses mouvements étaient en décalage total avec la musique.

La serveuse revint s'avachir sur le comptoir près de Strike. De là, on voyait mieux la télé.

« Je disais qu'un ami à moi travaillait ici, reprit Strike.

— Mm-mm, fit-elle.

— Il s'appelle Noel Brockbank.

— Ah ouais ? Connais pas.

— Tiens donc ! dit Strike en balayant ostensiblement la salle du regard, bien qu'il eût déjà conclu que Brockbank n'y était pas. Je me suis peut-être trompé d'endroit. »

La première stripteaseuse sortit de derrière le rideau. Curieusement, la minirobe à bretelles rose malabar hypermoulante qu'elle avait enfilée la rendait plus indécente que lorsqu'elle était nue. Elle aborda l'homme en veste fluo, lui posa une question et, obtenant pour toute réponse un signe de tête négatif, regarda vers Strike, lui sourit et s'approcha.

« Salut », dit-elle avec l'accent écossais. Ses cheveux, qu'il avait crus blonds sous les projecteurs écarlates, étaient d'un roux lumineux. Sous une épaisse couche de rouge à lèvres orangé et une paire de faux cils touffus se cachait une fille assez jeune pour être encore au lycée. « Je suis Orla. Et toi ?

— Cameron, dit Strike en donnant le prénom que lui attribuaient la plupart des gens après avoir raté le vrai.

— T'aimerais que j'danse pour toi, Cameron ?

— Où ça se passe ?

— Par là-bas, dit-elle en montrant le rideau derrière lequel elle s'était changée. J't'ai jamais vu ici.

— Je cherche quelqu'un.

— Elle s'appelle comment ?

— Il, plutôt.

— Tu t'es trompé d'endroit, chéri » dit-elle.

Elle était si jeune que l'entendre l'appeler chéri le mit mal à l'aise.

« Je peux t'offrir à boire ? » demanda Strike.

Elle hésita. Une danse privée rapportait davantage, mais c'était peut-être le genre de client qui avait besoin de s'échauffer avant.

« J'veux bien. »

Strike paya une somme exorbitante pour une vodka citron qu'elle sirota avec des tas de manières, perchée sur un tabouret à côté de lui. Ses seins jaillissaient presque de son décolleté. Sa peau avait la même texture que celle de la jeune Kelsey : lisse, ferme et potelée. Trois petites étoiles bleues étaient tracées à l'encre sur son épaule.

« Peut-être que tu connais mon ami ? dit Strike. Noel Brockbank. »

Elle n'était pas sotte, la petite Orla, preuve en était le coup d'œil en biais qu'elle lui adressa, où se lisait une part égale de soupçon et de calcul. Comme avant elle la masseuse de Market Harborough, elle se demandait s'il était de la police.

« Il me doit du fric », compléta Strike.

Elle l'observa encore un moment en plissant son front sans rides, puis mordit à l'hameçon.

« Noel, répéta-t-elle. J'crois qu'il est parti. 'tends un peu… Edie ? »

La barmaid écrasée d'ennui lui répondit sans lâcher des yeux l'écran de télé.

« Hmm ?

— Comment qu'y s'appelait le type que Des a viré l'aut' semaine ? Çui qu'est resté juste quelques jours ?

— J'en sais rien comment qu'y s'appelait.

— Ouais, j'crois que c'était Noel, çui qu'a été viré », dit Orla à Strike. Puis, avec une soudaine et charmante brusquerie, elle ajouta : « File-moi un bifton de 10 et j'irai vérifier. »

En soupirant intérieurement, Strike lui tendit un billet.

« 'tends-moi ici », dit Orla, toute joyeuse. Elle descendit de son tabouret de bar, glissa le billet dans l'élastique de son slip, tira sur sa robe d'un geste vulgaire et se précipita vers le DJ. Tandis qu'elle lui parlait, ce dernier fixa Strike d'un air mauvais, puis il hocha la tête. Son visage rubicond luisait sous la lumière rouge. Orla revint vers Strike en trottinant. Elle semblait contente d'elle.

« J'avais raison ! dit-elle à Strike. J'étais pas là quand c'est arrivé mais il a eu une crise ou un truc dans l'genre.

— Une crise ? répéta Strike.

— Ouais, c'était sa première semaine sur le poste. Un type costaud, hein ? Avec un grand menton ?

— Exact, dit Strike.

— Ouais. L'était en retard et, du coup, Des l'a engueulé. Des, c'est l'gars là-bas », ajouta-t-elle inutilement en désignant le DJ. L'homme surveillait Strike du coin de l'œil tout en remplaçant « Are "Friends" Electric ? » par « Girls Just Wanna Have Fun » de Cyndi Lauper. « Des lui a reproché son retard et tout d'un coup ton copain est tombé par terre comme une masse et l'a commencé à se tordre dans tous les sens. Paraît même qu'y s'est pissé dessus », ajouta Orla avec délectation.

Strike doutait que Brockbank se soit pissé dessus pour éviter de se faire engueuler par Des. Il s'agissait certainement d'une authentique crise d'épilepsie.

« Et après, qu'est-ce qui s'est passé ?

— Sa copine est sortie des coulisses en courant…

— Quelle copine ?

— 'tends… Edie ?

— Hein ?

— C'est qui la black avec les extensions ? Celle qu'a des gros nichons et que Des aime pas ?

— Alyssa, dit Edie.

— Alyssa, transmit Orla à Strike. L'est arrivée du fond en criant à Des d'appeler une ambulance.

— Il l'a fait ?

— Ouais. Ils ont emmené le mec et Alyssa avec.

— Est-ce que Brock… est-ce que Noel est revenu travailler ?

— À quoi ça sert un videur qui tombe par terre et qui s'pisse dessus dès qu'on crie un peu trop fort ? Paraît qu'Alyssa a demandé à Des de lui donner une deuxième chance, mais Des ne donne jamais de deuxième chance.

— Alors, Alyssa l'a traité de petit con, intervint Edie en émergeant subitement de son aphasie. Et elle s'est fait virer elle aussi. Trop conne, la nana. Surtout qu'elle a besoin de fric. Elle a des gosses.

— Tout ça remonte à quand ? demanda Strike aux deux filles.

— Deux semaines, répondit Edie. Mais il était trop bizarre, ce mec. Bon débarras.

— Bizarre, dans quel sens ? insista Strike.

— C'est des trucs qui se sentent, dit Edie sur un ton blasé. À des kilomètres. Alyssa choisit toujours des mecs foireux. »

La deuxième stripteaseuse était en string, à présent. Elle tortillait des fesses devant son public clairsemé. Deux hommes d'un certain âge qui venaient d'entrer dans le club et se dirigeaient vers le bar marquèrent un temps d'arrêt, les yeux rivés sur le string qui menaçait de disparaître incessamment.

« Vous ne savez pas où je pourrais trouver Noel ? demanda Strike à Edie qui semblait trop lasse pour échanger ses infos contre de l'argent.

— Il habite avec Alyssa, quelque part à Bow. Elle a obtenu un logement HLM mais, quand elle bossait ici, elle n'arrêtait pas de râler à cause de cet appart. Je ne sais pas où ça se trouve exactement, dit-elle en devançant la question de Strike. Je n'ai jamais mis les pieds dans ce coin-là.

— J'croyais qu'elle était contente, dit vaguement Orla. È disait qu'y avait une bonne crèche. »

La stripteaseuse avait retiré son string et le faisait tournoyer au-dessus de sa tête, comme un lasso. Ayant vu tout ce qu'il y avait à voir, les deux nouveaux venus dérivèrent en direction du bar. L'un d'eux, assez vieux pour être le grand-père d'Orla, plongea ses yeux chassieux dans son décolleté. Elle le jaugea d'un air professionnel, puis se retourna vers Strike.

« Alors, tu veux une danse privée ou pas ?

— Je ne crois pas, non. »

Il n'avait pas fini sa phrase que déjà Orla posait son verre et descendait du tabouret en se trémoussant pour se consacrer au sexagénaire dont la bouche s'ourla d'un grand sourire révélant plus de trous que de dents.

Une silhouette massive apparut à côté de Strike : le videur dépourvu de cou.

« Y'a Des qui veut t'causer », dit-il sur un ton menaçant contredit par sa tessiture curieusement aiguë pour quelqu'un d'aussi volumineux.

Strike regarda autour de lui. À l'autre bout de la salle, le DJ le lorgnait méchamment. Il lui fit signe d'approcher.

« Il y a un problème ? demanda Strike au videur.

— Tu verras ça avec Des. »

Strike traversa docilement la salle et resta planté devant le DJ comme un écolier poussé en graine convoqué au bureau du professeur. Mesurant pleinement le ridicule de la situation, il attendit qu'une troisième strip-teaseuse chaussée d'escarpins transparents dépose sa sébile à côté de la platine, s'extirpe de sa robe violette puis escalade la scène en slip et soutien-gorge de dentelle noire. Elle était couverte de tatouages et sa couche de fond de teint cachait mal les boutons qu'elle avait sur la figure.

« Messieurs. Elle a tout ce qu'il faut, la classe en plus… Place à Jackaline ! »

Des lança « Africa » de Toto. Jackaline démarra son numéro de *pole dance* avec un talent que ses collègues n'avaient pas. Des mit la main sur le micro et se pencha vers Strike.

« Alors, mec. »

Il faisait à la fois plus vieux et plus dur que tout à l'heure, sous l'éclairage rouge. Il avait un regard rusé et une cicatrice aussi profonde que celle de Shanker soulignait sa mâchoire.

« Pourquoi tu demandes après ce videur ?

— C'est un ami à moi.

— Il n'a jamais signé de contrat.

— Je n'ai pas dit le contraire.

— Licenciement abusif, mon cul. Il s'était bien gardé de me parler de ses crises. C'est cette salope d'Alyssa qui t'envoie ?

— Non. On m'a dit que Noel travaillait ici.

— Elle est complètement cinglée, cette nana.

— Je ne suis pas au courant. C'est lui que je cherche. »

Des se grattait l'aisselle sans lâcher Strike de ses yeux furibonds. Pendant ce temps, à peine deux mètres plus loin, Jackaline faisait glisser les bretelles de son soutien-gorge en jetant des œillades par-dessus son épaule à la demi-douzaine de clients qui la reluquaient.

« Ce connard pouvait pas être dans les forces spéciales, c'est des *conneries*, ça, gronda Des, comme pour contredire Strike qui n'avait pourtant rien affirmé.

— C'est lui qui vous a dit cela ?

— *Elle*. Alyssa. Ils n'auraient jamais engagé une pareille épave. En tout cas, ajouta Des en plissant les yeux, il y avait d'autres trucs chez lui que j'aimais pas.

— Ah ouais ? Comme quoi ?

— Ça me regarde. T'auras qu'à passer le message à Alyssa. C'est pas juste à cause de sa crise. Tu lui diras qu'elle demande à Mia pourquoi je n'ai pas voulu qu'il revienne et tu lui diras aussi que si elle touche encore à ma putain de bagnole ou si elle m'envoie encore un de ses potes, je lui fous une plainte au cul. Tu lui diras ça !

— Pas de problème, dit Strike. Vous avez une adresse ?

— Tire-toi, t'as compris ? rugit Des. Fous le camp. »

Il se pencha sur le micro.

« Joli », dit-il avec le regard du professionnel pendant que Jackaline faisait bouger ses seins en rythme dans un halo de lumière violette. D'un geste, il ordonna à Strike de dégager puis se tourna vers sa pile de vieux vinyles.

Strike se laissa docilement escorter jusqu'à la sortie. Personne ne lui prêta la moindre attention, les clients étant tous concentrés tantôt sur Jackaline tantôt sur Lionel Messi qui courait après la balle, à la télé. Sur le point de sortir, Strike dut s'effacer pour laisser passer un groupe de jeunes gens bien habillés qui semblaient déjà ivres.

« Vise un peu les nichons ! piailla le premier en montrant la stripteaseuse. *Nichons !* »

Cette intrusion intempestive ne fut pas du goût du videur. S'ensuivit une altercation sans gravité. Le grossier personnage eut droit aux réprimandes verbales de ses compagnons et aux remontrances du videur, administrées à coups d'index sur le sternum.

Strike attendit patiemment que le problème se règle et, quand la joyeuse troupe finit par obtenir l'autorisation d'entrer, il regagna la rue sous les premiers accents de « The Only Way Is Up » de Yazz.

46

Subhuman

Sous-homme

Quand il était seul avec ses trophées, il se sentait pleinement satisfaisait. Comblé. Ils représentaient les preuves tangibles de sa supériorité, du talent stupéfiant qui lui permettait de naviguer impunément entre les singes de la police et les masses bêlantes en se servant au passage, au gré de ses envies, tel un demi-dieu.

Mais, bien sûr, ses trophées avaient d'autres vertus encore.

Quand il les tuait, il ne bandait pas. C'était avant de les tuer qu'il s'éclatait vraiment. Parfois, il tombait dans une véritable frénésie masturbatoire rien qu'à l'idée de ce qu'il allait faire. Dans sa tête, il peaufinait tous les détails, envisageait les multiples possibilités. Et après, quand il l'avait fait – comme par exemple maintenant, alors qu'il tenait au creux de sa main le sein détaché du torse de Kelsey, une masse glacée, caoutchouteuse, ratatinée qui commençait à durcir à force de passer du froid à l'air ambiant et inversement –, il n'avait pas de problème du tout. *Maintenant*, il bandait comme un âne.

Il avait rangé les doigts de la toute dernière dans le compartiment à glace. Il en sortit un, l'appuya sur ses lèvres, puis y planta les dents en s'imaginant qu'il était encore relié à sa main et qu'elle hurlait de douleur. Il mordit encore plus fort, prit plaisir à savourer la sensation de la chair froide qu'on tranche avec les incisives jusqu'à l'os. D'une main fébrile, il dénoua le cordon de son pantalon de jogging…

Ensuite, il le remit au frigo, referma et donna une petite tape sur la porte, le sourire aux lèvres. Bientôt, il y aurait beaucoup mieux à l'intérieur. La Secrétaire n'était pas petite ; elle faisait plus de un mètre soixante-dix, à vue de nez.

Seul problème… il ignorait où elle était. Il avait perdu sa trace. Ce matin, elle ne s'était pas rendue au bureau. Il avait poussé jusqu'à la London School of Economics. La blondasse s'y trouvait mais pas La Secrétaire. Il avait vérifié dans le Court et même au Tottenham. Rien. Mais ce n'était que partie remise. Avec le flair qu'il avait, il la retrouverait vite. Au besoin, il l'attendrait le lendemain matin à la station West Ealing.

Il se fit un café et versa dedans une rasade du whisky qu'il gardait depuis des mois. Il n'y avait presque rien d'autre dans la tanière infecte où il cachait ses trésors, son sanctuaire secret : une bouilloire, quelques tasses ébréchées, le frigo – l'autel de sa profession –, un vieux matelas pour dormir et un dock pour son iPod. C'était important, la musique. Elle faisait désormais partie du rituel.

La première fois qu'il les avait entendus, il les avait trouvés nuls à chier. Mais plus il cultivait son obsession d'abattre Strike, plus il appréciait leur musique. Il la passait dans son casque quand il filait La Secrétaire ou qu'il nettoyait ses couteaux. À présent, c'était pour lui un chant sacré. Certaines de leurs paroles restaient gravées dans sa tête comme des prières religieuses. Plus il les écoutait, plus il les sentait en phase avec lui.

Face à son couteau, les femmes étaient réduites à l'essentiel, purifiées par leur propre terreur. Quand elles le suppliaient de les épargner, une sorte d'innocence se faisait jour en elles. Les Cult (comme il les appelait dans son for intérieur) comprenaient tout cela. Ils savaient.

Il posa son iPod sur le dock et sélectionna l'un de ses morceaux préférés, « Dr. Music ». Puis il se dirigea vers le lavabo. Le petit miroir brisé, le rasoir, les ciseaux, tout était là, prêt à l'usage : ces menus objets suffisaient à métamorphoser un homme.

De l'unique enceinte s'éleva la voix d'Eric Bloom :

Girl don't stop that screamin'
You're sounding so sincere…
Ma petite, t'arrête pas de crier
Tu as l'air si sincère…

47

I sense the darkness clearer…
Je perçois plus clairement les ténèbres…

BLUE ÖYSTER CULT, « Harvest Moon »

Ce jour-là – 1er juin – Robin put enfin dire : « Je me marie dans un mois. » Tout à coup, le 2 juillet lui semblait très proche. La couturière de Harrogate souhaitait qu'elle passe pour un dernier essayage mais Robin ne voyait pas trop quand elle pourrait se libérer. Elle avait les chaussures, c'était déjà bien. Sa mère, qui s'occupait de réceptionner les réponses aux cartons d'invitation, la tenait régulièrement au courant des évolutions concernant la liste des invités. Avec toutes ces heures épuisantes qu'elle passait sur Catford Broadway, planquée devant l'appartement situé au-dessus de la friterie, elle se sentait tellement déphasée qu'elle était incapable de penser aux fleurs, au plan de table ou de demander à Strike (là, c'était Matthew qui insistait) s'il voulait bien lui accorder quinze jours de vacances pour leur lune de miel, un voyage surprise que Matthew avait organisé.

Elle se demandait comment le temps avait pu passer si vite sans qu'elle s'en aperçoive. Le mois prochain, elle deviendrait Robin Cunliffe – du moins, c'est ce qu'elle supposait. Matthew espérait sans doute qu'elle prendrait son nom. Il était d'une gaieté folle, ces derniers temps. Dès qu'il la croisait dans le couloir, il la serrait contre lui sans mot dire. Il se gardait de critiquer les longues heures qu'elle passait à travailler et qui empiétaient sur leurs week-ends.

En ce moment, il la déposait à Catford chaque matin en se rendant à Bromley où il auditait une entreprise. Il ne disait plus de mal de la Land Rover détestée, même si l'embrayage renâclait, même si elle calait aux carrefours. Il disait que c'était un cadeau génial, que Linda avait été super sympa, qu'une voiture était bien utile quand il avait des missions en dehors de la ville. La veille, en la conduisant à Catford, il lui avait proposé de rayer Sarah Shadlock de la liste des invités. Robin imaginait le courage qu'il lui avait fallu ne serait-ce que pour évoquer le sujet, sachant que prononcer le nom de Sarah risquait de provoquer une dispute. Elle y avait réfléchi quelque temps, histoire de tester son ressenti, puis, tout compte fait, elle avait dit non.

« Je m'en fiche. Il vaut mieux qu'elle soit là. C'est bon. »

La rayer de la liste lui aurait mis la puce à l'oreille. Sarah aurait compris que Robin avait découvert le pot aux roses. Elle préférait jouer l'affranchie, faire celle qui le savait depuis toujours, grâce à Matthew, mais qui n'y accordait aucune importance ; elle avait sa fierté. Pourtant, quand sa mère, qui s'inquiétait elle aussi de la présence de Sarah, lui demanda qui elle souhaitait placer à côté d'elle, à présent que Shaun, l'ami de fac de Sarah et Matthew, s'était décommandé, Robin répondit par une question.

« Cormoran a-t-il fait signe ?

— Non.

— Oh. Eh bien, il m'a dit qu'il viendrait.

— Tu veux le mettre à côté de Sarah, c'est ça ?

— Non, bien sûr que non ! » répliqua Robin.

Il y eut une courte pause.

« Désolée, dit Robin. Désolée, maman… Stressée… Non, pourrais-tu placer Cormoran près de… je ne sais pas…

— Sa copine vient ?

— Il dit que non. Tu n'as qu'à le mettre n'importe où, mais pas trop près de cette sale – je veux dire de Sarah. »

Il n'avait jamais fait aussi chaud. Robin reprit son poste devant l'appartement où vivait Stephanie. Les chalands sur Catford Broadway se baladaient en tee-shirt et sandales ; des femmes africaines arboraient de magnifiques coiffes colorées. Robin, vêtue d'une robe d'été sous une vieille veste en jean, se tenait appuyée contre un mur où elle avait ses habitudes, dans un renfoncement près de l'entrée des artistes. Elle faisait semblant de discuter au téléphone pour tuer le temps avant de faire mine de regarder les bougies parfumées et les bâtons d'encens sur l'étal voisin.

C'était difficile de rester concentrée quand on se savait lancée sur une fausse piste. Strike avait beau dire qu'il soupçonnait toujours Whittaker du meurtre de Kelsey, Robin était tout sauf convaincue. Plus les heures passaient, plus elle partageait l'avis de Wardle : Strike en voulait à mort à son ex-beau-père et cette rancune tenace entachait son jugement d'habitude si éclairé. Tout en jetant des coups d'œil réguliers sur les rideaux immobiles derrière les fenêtres du premier étage, elle ne pouvait s'empêcher de penser que Stephanie n'habitait peut-être plus là, étant donné que la dernière personne à l'avoir vue était Strike, le jour où Whittaker l'avait jetée à l'arrière du van.

Légèrement contrariée à l'idée de perdre encore une journée, elle se mit à remâcher son principal grief contre Strike : il lui avait confisqué l'enquête sur Noel Brockbank. Quelque part, Robin se sentait personnellement concernée par cette affaire, comme si Brockbank était son suspect à elle. Si elle n'avait pas si brillamment incarné le personnage de Venetia Hall, Strike n'aurait jamais su que Brockbank vivait à Londres. Si elle n'avait pas eu l'intelligence de faire le lien entre Nile et Noel, il n'aurait jamais pu remonter la piste jusqu'au Saracen. Même les quelques mots qu'il lui avait murmurés à l'oreille – *On s'connaît, gamine ?* –, pour terrifiants qu'ils soient, établissaient un genre de connexion entre elle et cet individu.

Le dos plaqué contre la pierre froide, les narines attaquées par les odeurs de poisson mêlées à celles de l'encens – une mixture olfactive désormais associée au couple Whittaker-Stephanie –, Robin continuait à contempler cette porte qui ne s'ouvrait jamais. Comme un chat affamé devant une poubelle, son esprit désœuvré revenait systématiquement vers Zahara, la petite fille qui avait répondu sur le portable de Brockbank. Depuis, Robin pensait à elle tous les jours. Dès que Strike était revenu du club de strip-tease, elle l'avait interrogé sur la mère de la gamine.

Elle avait ainsi appris que la copine de Brockbank s'appelait Alyssa, qu'elle était noire et que Zahara l'était donc sans doute aussi. Peut-être ressemblait-elle à ce petit bouchon avec des tresses dressées sur la tête qui gambadait sur le trottoir, l'index de sa mère serré dans son poing minuscule, et qui fixait Robin de ses yeux graves. Robin sourit, la petite resta sérieuse, se bornant à la dévisager en passant devant elle. Robin conserva son sourire jusqu'à ce que la gamine, qui avait fait volte-face pour ne pas la quitter des yeux, se prenne les pieds dans ses sandales. Elle s'étala par terre et se mit à brailler ; impassible, sa mère la souleva dans ses bras. Coupable, Robin reprit sa surveillance tandis que les hurlements de l'enfant résonnaient d'un bout à l'autre de la rue.

Il y avait de fortes chances pour que Zahara vive à Bow, dans l'appartement HLM dont Strike lui avait parlé. Apparemment, la mère de Zahara se plaignait de ce logement, même si l'une des filles du club…

L'une des filles du club avait dit…

« Bien sûr ! marmonna Robin tout excitée. Bien sûr ! »

Strike n'y avait pas pris garde – évidemment, puisque c'était un homme ! Elle pianota sur son téléphone.

Il y avait sept crèches à Bow. Elle rempocha son portable d'un air absent et, perdue dans ses pensées, commença la tournée des étals en regardant tantôt les fenêtres de l'appartement de Whittaker, tantôt la porte de l'immeuble. Mais, dans sa tête, il n'y avait de place que pour Brockbank. Se dessinaient deux méthodes d'investigation : soit faire le guet devant chacune des crèches pour voir si une femme noire venait chercher sa fille Zahara (mais comment les reconnaître ?), soit… soit… Elle s'arrêta devant un étal couvert de bijoux tribaux qu'elle voyait à peine tant elle était absorbée en elle-même.

Elle feignait d'examiner des boucles d'oreilles composées de plumes et de perles quand, par le plus pur des hasards, elle leva les yeux au moment même où Stephanie, que Strike lui avait précisément décrite, sortait par la porte jouxtant la friterie. Elle était blême. Ses yeux de lapin albinos clignaient sous la clarté du soleil. Elle prit appui contre la porte de l'établissement, entra d'un pas vacillant et fila jusqu'au comptoir. Robin n'était pas encore revenue de sa surprise qu'elle repartait dans l'autre sens, chargée d'une canette de Coca, et disparaissait derrière la porte blanche de l'immeuble.

Merde.

« Rien, dit-elle à Strike au téléphone, une heure plus tard. Elle est remontée à l'appartement. Je n'ai rien pu faire. Elle est sortie et, trois minutes après, elle est rentrée.

— Restez à votre poste, dit Strike. Elle peut redescendre. Au moins, on sait qu'elle est réveillée.

— Et avec Laing, vous avez eu plus de chance ?

— Il ne s'est rien passé, du moins tant que j'étais sur place. En fait, il a fallu que je retourne au bureau. Grande nouvelle : Deux-Fois m'a pardonné. Il vient de sortir. Nous avons besoin de son argent – je pouvais difficilement l'envoyer promener.

— Non mais c'est incroyable – comment a-t-il pu retrouver une copine en si peu de temps ?

— Ce n'est pas encore fait. Il veut que je surveille la nouvelle danseuse avec laquelle il flirte, pour savoir si elle a déjà quelqu'un.

— Il ne peut pas lui poser la question ?

— Il l'a fait. Elle lui a dit que non mais vous savez bien, Robin, que les femmes sont des êtres sournois et infidèles.

— Oui, bien sûr, soupira Robin. J'avais oublié. Écoutez, j'ai eu une idée pour Br… Attendez, il se passe un truc.

— Tout va bien ? demanda-t-il brusquement.

— Oui… ne quittez pas… »

Une camionnette venait de se garer devant elle. Sans lâcher son portable, Robin fit quelques pas autour de la carrosserie pour tenter d'apercevoir les occupants. C'était difficile car le soleil se reflétait sur le pare-brise mais le conducteur, dont la silhouette sombre se découpait derrière le volant, semblait avoir les cheveux en brosse. Stephanie venait de surgir sur le trottoir, les bras croisés sur la poitrine. Elle traversa la rue et grimpa à l'arrière. Feignant de discuter au téléphone, Robin dut reculer d'un pas pour laisser passer le véhicule qui démarrait. Elle vit les yeux du chauffeur ; ils étaient sombres, les paupières tombantes.

« Elle est partie à l'arrière d'une vieille camionnette, dit-elle à Strike. Ce n'était pas Whittaker qui conduisait, plutôt un homme de type méditerranéen ou un métis. Pas facile à dire.

— Eh bien, Stephanie est partie tapiner. Sans doute pour rapporter un peu de fric à Whittaker. »

L'indifférence de Strike la choqua, mais elle essaya de ne pas lui en tenir rigueur. Après tout, il avait empêché Whittaker d'étrangler Stephanie en lui balançant un coup de poing dans le ventre. Elle s'arrêta devant la vitrine d'un marchand de journaux où les objets souvenirs du mariage royal étaient encore exposés en évidence. Un drapeau britannique pendait au mur derrière l'Asiatique qui tenait la caisse.

« Que voulez-vous que je fasse maintenant ? Je pourrais retourner sur Wollaston Close pendant que vous vous occupez de la nouvelle copine de Deux-Fois ? Ça fait – aïe ! » fit-elle dans un hoquet.

En pivotant sur elle-même pour partir dans l'autre sens, elle avait heurté un passant, un grand type avec un bouc. Il lui balança une injure.

« Désolée, dit-elle par réflexe tandis que le malotru entrait chez le marchand de journaux sans même s'arrêter.

— Que s'est-il passé ? demanda Strike.

— Rien – j'ai bousculé quelqu'un – écoutez, je vais aller à Wollaston Close.

— Très bien, dit Strike après un temps d'arrêt. Mais si Laing se pointe, ne tentez rien. Prenez-le en photo, si vous pouvez, mais ne vous approchez pas de lui.

— Je n'en avais pas l'intention.

— Appelez-moi s'il y a du nouveau. Et même s'il n'y en a pas. »

Son élan d'enthousiasme à la perspective de retourner sur Wollaston Close retomba vite. Quand elle pénétra dans la station Catford, elle se sentait abattue, anxieuse, sans trop savoir pourquoi. Peut-être avait-elle faim. Sachant qu'à force de manger du chocolat elle risquait fort de ne plus pouvoir entrer dans sa robe de mariée retouchée, elle s'acheta une barre énergétique peu appétissante avant de monter dans la rame.

La barre avait la consistance de la sciure. Dans le métro qui filait vers Elephant & Castle, elle la mâchonna en se massant les côtes, à l'endroit où l'homme au bouc l'avait heurtée. Quand on habitait Londres, il fallait s'attendre à se faire insulter par de parfaits inconnus ; à Masham, nul n'avait jamais osé lui parler de la sorte, pas une seule fois.

Tout à coup, quelque chose l'alerta. Pourtant, aucun homme de haute taille ne voyageait avec elle dans la rame pratiquement déserte. Et dans les wagons d'à côté, personne ne l'épiait. Cela dit, maintenant qu'elle y repensait, elle avait fait preuve d'une inhabituelle distraction sur Catford Broadway ce matin. Elle s'était laissé bercer par la routine de cette rue qu'elle connaissait par cœur. Elle n'avait fait que penser à Brockbank et Zahara. Eût-elle été plus attentive, aurait-elle aperçu un individu suspect… non, elle faisait de la parano, certainement. Elle était arrivée à Catford en voiture avec Matthew, en début de matinée ; le tueur ne pouvait pas l'avoir suivie, à moins qu'il ne l'ait attendue devant chez elle, sur Hastings Road, à bord d'un véhicule.

D'un autre côté, il ne fallait pas non plus tomber dans l'excès de confiance, pensa-t-elle. Quand elle descendit du métro, elle s'arrêta un instant pour laisser passer un grand brun qui marchait quelques pas derrière elle. Il ne se retourna pas. *Là, pour le coup, je deviens parano*, se dit-elle en jetant dans une poubelle ce qu'il restait de sa barre énergétique.

*

Sur le coup de treize heures trente, Robin arriva sur Wollaston Close. Telle une envoyée des temps futurs, la tour Strata dominait le vieil immeuble délabré. La longue robe d'été, la veste en jean qui, sur le marché de Catford, se fondaient si bien dans le paysage paraissaient ici quelque peu déplacées. Comme si elle s'était déguisée en étudiante. Pour se donner l'air affairé, elle ressortit son portable tout en lorgnant les fenêtres de l'appartement d'un œil vague. Soudain, elle eut un coup au cœur.

Quelque chose avait changé. Les rideaux étaient ouverts.

Robin passa en mode hypervigilance mais sans s'arrêter, au cas où Laing serait posté derrière les vitres. Il fallait qu'elle se trouve un coin dans l'ombre pour mieux observer son balcon. Elle était tellement absorbée par sa recherche et son coup de téléphone fictif qu'elle ne regardait pas où elle marchait.

« *Non !* » cria-t-elle quand son pied droit dérapa. Comme le gauche venait de se coincer dans l'ourlet de sa jupe longue, elle exécuta bien malgré elle un demi-grand écart avant de basculer sur le côté. Son portable lui échappa.

« Et merde », gémit-elle. La matière dans laquelle Robin avait marché ressemblait à du vomi, voire de la diarrhée : il y en avait sur sa robe, ses sandales, elle s'était éraflé la main dans sa chute mais, ce qui l'inquiétait le plus, c'était la nature exacte de cette substance épaisse, grumeleuse, de couleur jaune tirant sur le marron.

Non loin d'elle, un homme éclata de rire. Vexée, Robin fit de son mieux pour se relever sans se salir davantage et ne chercha pas tout de suite à savoir qui se moquait d'elle.

« Désolé, ma petite », prononça un homme à l'accent écossais. Elle fit volte-face. Une décharge électrique la traversa de part en part.

Malgré la douceur printanière, l'individu portait une casquette avec protège-oreilles, une veste à carreaux rouges et noirs et un jean. Il baissait les yeux vers elle en souriant. Une paire de béquilles en métal soutenait sa pesante carcasse. Ses joues pâles, son menton et les poches qui soulignaient ses petits yeux sombres étaient criblés de marques de variole. Les plis de son cou épais débordaient sur son col.

Le sac en plastique qu'il tenait à la main devait contenir des légumes. De sa manche longue, on voyait dépasser la pointe de la dague qui transperçait la rose jaune tatouée sur son bras, invisible pour l'instant mais dont Robin se souvenait parfaitement. Quelques gouttes de sang très réalistes semblaient couler sur son poignet.

« Vous avez besoin d'un robinet, dit-il aimablement en montrant la sandale et le pan de robe souillés. Et d'une brosse dure.

— Oui », fit Robin d'une voix tremblante. Elle se pencha pour ramasser son portable dont l'écran était fissuré.

« J'habite là-haut, dit-il en désignant du menton l'appartement qu'elle surveillait par intermittence depuis un mois. Vous n'avez qu'à monter. Pour vous nettoyer.

— Oh non – ça ira. Mais je vous remercie beaucoup, répondit Robin, le souffle court.

— Comme vous voudrez », dit Donald Laing.

Quand son regard glissa sur elle, Robin ressentit des picotements, comme s'il lui avait effleuré la peau avec le doigt. Il fit demi-tour sur ses béquilles et s'éloigna clopin-clopant, gêné par le sac en plastique qui se balançait au bout de son bras. Robin resta plantée sur le trottoir à le regarder partir. Le sang battait à ses tempes.

Il ne se retourna pas une seule fois. Les rabats de sa casquette flottaient comme des oreilles d'épagneul. Il progressa jusqu'au coin de son immeuble et disparut.

« Oh mon Dieu », souffla Robin. Sa main et son genou écorchés brûlaient un peu. Elle repoussa ses cheveux d'un geste machinal. Quand sa main passa devant son nez, un immense soulagement l'envahit. La substance visqueuse n'était autre que de la sauce au curry. Elle fila et, dès qu'elle eut trouvé un coin tranquille, loin des fenêtres de Laing, pianota sur l'écran brisé de son portable pour appeler Strike.

48

Here Comes That Feeling

Voici venir cette sensation

La vague de chaleur qui s'était abattue sur Londres n'arrangeait pas ses affaires. Comment cacher des couteaux sous un tee-shirt ? Quant aux cols relevés et aux chapeaux qui dissimulaient si commodément son visage, ils auraient fait tache par ces températures. Il ne lui restait plus qu'à attendre en tournant comme un lion en cage dans l'endroit que Ça ne connaissait pas.

Le temps finit par changer. Le dimanche, une averse arrosa les parcs assoiffés, les essuie-glaces dansèrent sur les pare-brise, les touristes se glissèrent sous leurs ponchos en plastique et partirent arpenter Londres sans craindre de marcher dans les flaques.

Tout ragaillardi, il enfonça sa casquette jusqu'aux yeux, enfila sa veste spéciale. Dans les longues poches aménagées à l'intérieur de la doublure, les couteaux rebondissaient sur sa poitrine au rythme de ses pas. Les rues de la capitale étaient à peine moins animées que le jour où il avait poignardé la prostituée dont il conservait les doigts dans le compartiment à glace. Touristes et Londoniens grouillaient comme des fourmis. Certains s'étaient acheté des parapluies et des chapeaux en plastique aux couleurs de l'Union Jack. Il se faisait un plaisir de les bousculer en passant.

Il fallait qu'il tue. Et vite. Les derniers jours n'avaient servi à rien. Les petites vacances que Ça lui avait accordées touchaient à leur fin et La Secrétaire était toujours vivante, libre de ses mouvements. Il l'avait cherchée en vain pendant des heures et, tout à coup, voilà qu'elle était apparue devant lui en plein jour, cette petite salope, cette effrontée. Quel choc, quelle stupéfaction ! Malheureusement, il y avait du monde partout…

Troubles du contrôle des pulsions, aurait dit cet enfoiré de psychiatre s'il avait su ce qu'il avait fait en la voyant. Troubles du contrôle des pulsions ! Il les contrôlait à merveille, ses pulsions, quand il le voulait bien – seul un homme doté d'une intelligence surhumaine pouvait tuer trois femmes et en mutiler une quatrième sans être inquiété par la police. Alors, cet abruti de psy pouvait aller se faire foutre, avec son diagnostic à la con. Mais quand il l'avait vue en face de lui, après toutes ces journées inutiles, il avait voulu lui ficher la trouille, s'approcher d'elle, *tout près*, la renifler, lui parler, plonger son regard dans ses yeux apeurés.

Puis elle avait filé et il n'avait pas osé la suivre. Non, pas encore. Il avait dû se faire violence pour la laisser partir. En temps normal, elle serait déjà à l'intérieur de son frigo, découpée en quartiers de viande. Il aurait déjà pu jouir du spectacle : son visage sublimé par l'épouvante, l'agonie, en cet instant à nul autre pareil où elles lui appartenaient pleinement, où il pouvait jouer avec elles.

Et voilà qu'aujourd'hui, il sillonnait les rues de Londres sous la pluie, le cœur en cendres parce qu'on était dimanche et qu'elle se trouvait à nouveau loin de lui, dans cet appartement inaccessible puisque Joli-Cœur y était aussi.

Il avait besoin de liberté, d'une liberté beaucoup plus grande. Or, la présence constante de Ça dans la maison limitait ses mouvements. Elle le surveillait, ne le lâchait pas d'une semelle. Il allait devoir trouver une solution. Il l'avait déjà forcée à reprendre son travail. Bientôt, il lui raconterait que lui aussi avait trouvé du boulot. Au besoin, il volerait pour qu'elle croie qu'il gagnait de l'argent – ce ne serait pas la première fois. L'objectif étant d'avoir les mains libres, de disposer de tout son temps pour filer La Secrétaire jusqu'au moment où elle baisserait la garde, dans un endroit désert, une rue sombre qu'elle aurait empruntée par mégarde…

Les gens qui circulaient autour de lui n'étaient guère plus que des automates. Bêtes à manger du foin… Il furetait dans tous les coins, il la cherchait, la prochaine sur sa liste. Pas La Secrétaire, non. Cette salope était avec Joli-Cœur derrière sa porte blanche. N'importe quelle autre fille ferait l'affaire, pourvu qu'elle soit assez stupide, assez bourrée pour suivre un homme armé de couteaux. Il fallait qu'il en chope une avant de retourner vers Ça. C'était indispensable. Sinon il n'aurait plus la force de jouer la comédie, d'être l'homme que Ça aimait. Sous la visière, ses yeux sondaient la foule, triaient, éliminaient. Les unes marchaient avec des hommes, les autres avaient des gosses pendus à leurs basques. Pas de femme seule, du moins pas comme il voulait…

Il parcourut ainsi des kilomètres jusqu'à la nuit tombée. Avec la patience du chasseur, il passa devant des restaurants, des cinémas, des pubs illuminés, remplis de gens qui riaient, flirtaient. Le dimanche soir, les travailleurs rentraient chez eux de bonne heure, mais il y avait encore tous ces touristes, ces provinciaux attirés par l'histoire et les mystères de Londres…

Peu avant minuit, elles surgirent devant son œil exercé, tels de jolis champignons bien dodus cachés dans l'herbe haute : elles avançaient groupées en piaillant comme des perruches, tellement saoules qu'elles zigzaguaient sur le trottoir. Il adorait ce genre de ruelle misérable, insalubre, où les rixes entre ivrognes et les cris de femme n'impressionnaient personne. Il se mit en route, prenant soin de laisser une dizaine de mètres entre elles et lui pour mieux les observer quand elles passaient sous les réverbères, bras dessus bras dessous, toutes sauf une, la plus pompette, la plus jeune de la bande. À sa posture, il devina qu'elle n'allait pas tarder à dégobiller. Elle traînait quelques pas en arrière, se tordait les chevilles sur ses hauts talons, la stupide petite dinde. Les autres n'avaient rien remarqué. Elles étaient du bon côté de l'ivresse, trop occupées à glousser en essayant de marcher droit.

Il les suivait tranquillement, l'air de rien.

Si jamais elle vomissait dans la rue, ses amies l'entendraient et feraient demi-tour pour l'aider. Elle avait trop mal au cœur pour pouvoir les appeler. La distance qui la séparait des autres augmentait tout doucement. Sa façon de tanguer sur ses talons ridicules lui rappela sa dernière victime. Il veillerait à ce que celle-ci ne vive pas assez longtemps pour fournir son signalement à la police.

Dès qu'il vit le taxi approcher, il comprit ce qui allait arriver. Et tout se passa comme il l'avait prévu. Elles hurlèrent au chauffeur de s'arrêter en faisant de grands gestes, puis s'entassèrent sur la banquette, l'une après l'autre, avec leurs gros culs. Il pressa le pas, tête baissée, le visage dissimulé derrière son col. La lumière des réverbères se reflétait dans les flaques. La loupiote jaune sur le toit du taxi s'éteignit, le moteur gronda…

Elles l'avaient oubliée. La fille s'arrêta devant un immeuble, leva le bras pour s'appuyer au mur.

Il fallait agir vite, avant que l'une des copines dans le taxi s'aperçoive de son absence.

« Ça va, ma chérie ? Non, tu te sens mal ? Viens ici. N'aie pas peur. Ça va aller. Par ici. »

Quand il l'emmena par le bras dans une rue transversale, la fille eut un haut-le-cœur. Elle essaya de se libérer. Au même instant, sa bouche s'ouvrit et un flot de vomi se répandit sur elle.

« Espèce de grosse cochonne », gronda-t-il, une main déjà glissée sous sa veste. Le manche du couteau bien calé au creux de sa paume, il l'entraîna vers un renfoncement, entre une boutique de films porno et une brocante.

« Non », hoqueta-t-elle en s'étranglant dans ses propres vomissures.

Sur le trottoir d'en face, une porte s'ouvrit. Une lumière éclaira une volée de marches. Des gens déboulèrent dans la rue en riant.

Il la plaqua brutalement contre le mur, l'embrassa en pesant de tout son poids sur elle pour l'empêcher de se débattre. Elle avait un goût horrible, à cause du dégueulis. La porte en face se referma, les fêtards s'éloignèrent en braillant dans la nuit calme, la lumière s'éteignit.

« Beurk », fit-il, écœuré. Il retira sa bouche mais resta collé contre elle.

Dès qu'elle voulut reprendre son souffle pour hurler, le couteau jaillit et s'enfonça comme du beurre entre ses côtes. C'était plus facile qu'avec la précédente qui s'était démenée comme une diablesse. Le cri mourut sur les lèvres souillées de la fille. Le sang coula sur sa main gantée, imprégnant le cuir. Prise de violentes convulsions, elle essaya d'articuler un mot, puis ses yeux devinrent tout blancs et son corps s'avachit, toujours embroché sur l'acier de sa lame.

« Brave gamine », murmura-t-il en retirant le couteau à découper. La fille mourante s'écroula entre ses bras.

Il la transporta un peu plus loin dans le renfoncement, jusqu'au tas d'ordures qui attendait le passage des éboueurs. Il écarta les sacs-poubelle à coups de pied, la déposa au milieu puis sortit sa machette. Il devait absolument prendre quelques petits souvenirs avant de partir mais, pour cela, il ne disposait que de quelques secondes. Une autre porte pouvait s'ouvrir, les autres connasses pouvaient revenir dans leur taxi…

Il coupa, trancha, glissa ses trophées encore chauds et suintants au fond de sa poche, puis il fit basculer les poubelles sur le cadavre.

Tout cela lui avait pris moins de cinq minutes. Il se sentait invulnérable, l'égal d'un roi, d'un dieu. Une fois ses couteaux bien rangés, il s'éloigna en haletant dans l'air frais de la nuit, déboucha sur la rue principale et, quand il eut parcouru une bonne centaine de mètres à petites foulées, entendit plusieurs femmes crier au loin.

« Heather ! *Heather ! Où es-tu, grosse bêtasse ?* »

« Heather ne vous entend pas », murmura-t-il dans l'obscurité.

Il rentra la tête dans son col pour s'empêcher de rire, mais impossible, c'était trop drôle. Au fond de ses poches, ses doigts visqueux tripotaient les petits bouts de chair cartilagineux où des boucles d'oreilles – deux petits cônes en plastique crème – étaient encore fixées.

49

It's the time in the season for a maniac at night.

C'est le temps de la saison propice aux fous de la nuit.

BLUE ÖYSTER CULT, « Madness to the Method »

Le mois de juin entrait dans sa deuxième semaine mais le temps demeurait froid, humide et légèrement venteux. L'ambiance festive qui avait prévalu lors du mariage royal appartenait au passé : l'élan de ferveur et de romantisme était retombé comme un soufflet, les banderoles et autres produits dérivés avaient disparu des vitrines et la presse londonienne se consacrait de nouveau à des affaires plus prosaïques, dont la prochaine grève du métro.

Puis soudain, le mercredi, du sang s'étala à la une des journaux. Le corps mutilé d'une jeune femme avait été retrouvé sous des sacs-poubelle. Quelques heures après que la police eut lancé son premier appel à témoins, le monde apprit qu'un émule de Jack l'Éventreur arpentait les rues de Londres.

Trois femmes avaient été attaquées et charcutées, mais la police ne disposait d'aucune piste, apparemment. L'empressement frénétique des journalistes à couvrir les moindres aspects de l'affaire – avec, à l'appui, des photos des trois victimes et des plans de Londres indiquant l'emplacement des scènes de crime – montrait qu'ils tenaient à rattraper le temps perdu. De fait, ils avaient bel et bien raté le coche en traitant le meurtre de Kelsey Platt comme un acte isolé, l'œuvre d'un fou, d'un sadique, puis en évoquant dans une simple notule l'agression de Lila Monkton, la prostituée de dix-huit ans. Une fille qui vivait de ses charmes poignardée le jour même du mariage royal ne pouvait guère s'attendre à supplanter une duchesse nouvellement promue.

La mort de Heather Smart, vingt-deux ans, employée d'une société de crédit immobilier de Nottingham, relevait d'un autre registre. Avec elle, nul besoin de se creuser la cervelle pour inventer des titres accrocheurs. Heather était la victime idéale : bien insérée dans la société, exerçant un métier convenable, petit ami instituteur, elle était venue visiter les hauts lieux de la capitale. La veille de son meurtre, Heather avait assisté à la comédie musicale *Le Roi Lion*, mangé des dim sum à Chinatown et posé pour des photos-souvenirs à Hyde Park, avec des gardes à cheval en arrière-plan. On pouvait noircir des pages et des pages rien qu'en épiloguant sur ce long week-end, celui du trentième anniversaire de sa belle-sœur, et sa brutale apothéose : une mort ignoble dans une ruelle sordide, à l'arrière d'une boutique vendant des vidéos pour adultes.

À l'instar de tous les faits divers retentissants, cette histoire proliféra comme une amibe, donnant naissance à une myriade d'articles sur des thèmes dérivés, débats de société et autres prises de position dans un sens et, forcément, dans l'autre. On dénonça la nouvelle tendance des jeunes femmes britanniques à boire plus que de raison. Certains allèrent jusqu'à blâmer la victime. D'autres se déclarèrent atterrés par l'augmentation des violences de nature sexuelle, ce à quoi leurs opposants répondirent que ces crimes étaient largement moins fréquents en Grande-Bretagne qu'ailleurs dans le monde. On interviewa les copines de Heather, celles qui l'avaient oubliée dans une rue déserte. Sur les réseaux sociaux, certains les conspuèrent, d'autres prirent fait et cause pour les jeunes femmes bourrelées de remords.

Au-dessus de chaque papier planait l'ombre du tueur, le monstre qui découpait les femmes en morceaux. Quand la presse refit son apparition sur Denmark Street pour tenter d'intercepter l'homme qui avait reçu la jambe de Kelsey, Strike décida que Robin devait retourner à Masham essayer une dernière fois sa robe de mariée. Quant à lui, il regagna la maison de Nick et Ilsa, chargé de son sac à dos et d'un insoutenable sentiment d'impuissance. Un officier en civil montait la garde devant l'agence, Wardle redoutant qu'un nouveau paquet macabre au nom de Robin arrive en leur absence.

Débordé par les exigences d'une enquête d'autant plus délicate qu'elle se déroulait sous le feu des médias nationaux, Wardle ne put rencontrer Strike durant les six jours qui suivirent la découverte du cadavre de

Heather. Strike finit quand même par le rejoindre au Feathers un soir. Wardle semblait exténué mais impatient de confier ses réflexions à quelqu'un ayant à la fois un œil extérieur et un intérêt dans l'affaire.

« Une semaine de merde, soupira l'inspecteur en acceptant la pinte que Strike lui avait commandée. J'ai recommencé à fumer, c'est pour dire. April en a par-dessus la tête. »

Après s'être accordé une bonne gorgée de bière, Wardle lui raconta dans quelles circonstances on avait découvert le corps de Heather. Strike avait déjà noté que les articles de presse se contredisaient sur de nombreux aspects essentiels mais qu'en revanche, ils s'entendaient tous pour reprocher à la police d'avoir mis vingt-quatre heures à le retrouver.

« Elles étaient torchées toutes les cinq, dit le policier sans trop prendre de gants. Quatre sont montées dans un taxi en oubliant la cinquième sur le trottoir. Elles n'ont réalisé son absence que deux cents mètres plus loin.

« Elles ont fait un tel ramdam que le chauffeur a pété un câble. Il a refusé de faire demi-tour en pleine rue. Alors, l'une d'entre elles lui est tombée dessus en le traitant de tous les noms. Ils se sont engueulés et, du coup, il a encore fallu cinq bonnes minutes pour qu'il accepte de retourner sur les lieux.

« Quand enfin ils sont arrivés à l'endroit où les filles pensaient l'avoir laissée – elles sont de Nottingham, rappelle-toi, elles ne connaissent pas du tout Londres – Heather n'y était plus. Elles ont fait plusieurs allers-retours dans la rue en criant son nom par la fenêtre du taxi. L'une d'elles a cru la voir monter dans un bus. Deux filles sont descendues – il n'y a pas la moindre logique dans cette histoire, elles étaient complètement à côté de leurs pompes – et se sont mises à courir après le bus pendant que les deux autres leur criaient de revenir, vu qu'elles pouvaient très bien suivre le bus en taxi. Après cela, celle qui s'était déjà engueulée avec le chauffeur s'est mise à le traiter d'abruti de Paki, il les a expulsées de son véhicule et il est parti.

« Bref, dit Wardle d'un air las, toutes les saloperies qu'on nous balance dans la figure en ce moment, comme quoi on a mis vingt-quatre heures à retrouver la victime, sont la conséquence directe de l'abus d'alcool et du racisme. Comme ces abruties étaient sûres d'avoir vu Heather monter dans un bus, on a perdu une journée et demie à tenter de localiser une femme correspondant à son signalement. Puis le gérant du sex-shop a sorti ses poubelles et il l'a trouvée sous des sacs d'ordures, le nez et les oreilles tranchées.

— Donc, il y a au moins un détail de vrai », dit Strike.

Tous les journaux avaient fait état d'horribles blessures à la tête.

« Ouais, ça c'est vrai, dit Wardle sombrement. “L'Éventreur de Shacklewell”. Tu parles d'une formule choc !

— Des témoins ?

— Personne n'a rien vu.

— Et du côté de Devotee et de sa moto ?

— Ce n'est plus d'actualité, admit Wardle avec une expression lugubre. Il a un alibi en béton pour le jour du meurtre de Heather – un mariage dans la famille.

Et pour ce qui est des deux autres agressions, rien ne correspond dans son emploi du temps. »

Strike sentait que Wardle avait autre chose à lui dire. Il suffisait d'attendre.

« Je ne veux pas que la presse l'apprenne, chuchota Wardle, mais il aurait commis deux autres meurtres avant.

— Quoi ? Quand ça ? dit Strike sincèrement inquiet.

— Le premier remonte à loin. En 2009, à Leeds. L'affaire a été classée sans suite. Une prostituée originaire de Cardiff. Poignardée. Il ne lui a rien sectionné mais il a pris un collier qu'elle portait tout le temps. Et il l'a balancée dans un fossé en pleine cambrousse. Il a fallu quinze jours pour trouver le corps.

« Et puis, l'année dernière, une fille a été assassinée et mutilée à Milton Keynes. Sadie Roach, elle s'appelait. Son copain a été accusé. J'ai tout passé en revue. La famille a remué ciel et terre pour le faire libérer. Il a été innocenté en appel. Rien ne le rattachait au meurtre, sauf qu'ils s'étaient engueulés quelques minutes avant et qu'une fois il avait menacé un mec avec un canif.

« Nous avons mis les psychologues et la Scientifique sur les cinq agressions, et la conclusion est la suivante : il existe assez de points communs pour supposer qu'il s'agit du même agresseur. On dirait qu'il utilise deux types d'arme blanche, un couteau à découper et une machette. Les victimes étaient toutes en situation de vulnérabilité – soit des prostituées, soit des femmes ivres ou ayant reçu un choc émotionnel – et il les a toutes ramassées dans la rue, sauf Kelsey. Il a pris des trophées sur chacune d'elles. Il est trop tôt pour dire si l'ADN prélevé sur les victimes concorde. Mais j'ai tendance à penser que non. Ces femmes n'ont pas été violées. Il prend son pied d'une autre manière. »

Strike avait faim mais quelque chose lui déconseillait d'interrompre les ruminations silencieuses de Wardle. Le policier reprit une gorgée de bière puis, sans le regarder en face, annonça : « Je m'occupe de tes gars. Brockbank, Laing et Whittaker. »

Eh bien, pas trop tôt !

« Brockbank m'a l'air intéressant, dit Wardle.

— Tu l'as trouvé ? demanda Strike, sa pinte suspendue devant la bouche.

— Pas encore mais on sait qu'il fréquentait une église à Brixton il y a encore cinq semaines.

— Une église ? Tu es sûr qu'on parle du même bonhomme ?

— Un grand balèze, ancien soldat, ancien rugbyman, menton en galoche, orbite enfoncée, oreille en chou-fleur, cheveux bruns, coupés en brosse, récita Wardle. Nom : Noel Brockbank. Dans les un mètre quatre-vingt-dix. Accent du Nord à couper au couteau.

— C'est lui. Mais quand même, une *église* !

— Attends, dit Wardle en se levant. Faut que j'aille pisser. »

Et pourquoi pas une église ? songea Strike en allant chercher deux autres bières au comptoir. Le pub se remplissait autour de lui. Il regagna leur table avec les pintes et un menu mais ne parvint pas à se concentrer sur la liste des plats. *Les jeunes filles de la chorale… il ne serait pas le premier…*

« Ça fait du bien, dit Wardle en le rejoignant. Je vais fumer une clope dehors, je te rejoins…

— Parle-moi de Brockbank d'abord, dit Strike en poussant une pinte vers lui.

— À dire vrai, on est tombés sur lui par hasard. » Wardle se rassit et prit la bière. « L'un de nos gars était en train de filer la mère d'un gros trafiquant de drogue local. Maman prétend ne rien savoir des activités de son fiston mais on a des raisons d'en douter. Donc, le collègue la suit jusqu'à l'église et, à l'entrée, il trouve Brockbank qui distribue des recueils de cantiques. Ils se mettent à discuter. Brockbank ne sait pas qu'il parle à un flic et le flic ne sait pas que Brockbank est recherché.

« Quatre semaines plus tard, le type en question m'entend évoquer Noel Brockbank en rapport avec l'affaire Kelsey Platt et il me dit qu'il a croisé un mec portant ce nom, un mois auparavant, à Brixton. Tu vois, Strike ? rebondit Wardle en esquissant son habituel sourire narquois. La preuve que je tiens compte des tuyaux que tu me refiles. Après l'affaire Landry, ce serait idiot de ne pas le faire. »

Tu en tiens compte parce que tu n'as rien pu tirer de Digger Malley et de Devotee, pensa Strike. Pour contenter Wardle, il produisit quelques onomatopées censées traduire l'admiration et la gratitude, puis replongea au cœur du sujet.

« Tu disais que Brockbank ne fréquentait plus cette église ?

— Ouais, soupira Wardle. J'y suis passé hier et j'ai un peu discuté avec le vicaire. Un jeune type avec de grandes idées généreuses, comme on en trouve souvent dans les quartiers déshérités – tu vois le genre, ajouta Wardle sans savoir que Strike ne connaissait le clergé qu'au travers des quelques aumôniers qu'il avait pu croiser à l'armée. Il a consacré beaucoup de son temps à Brockbank. D'après lui, ce type en avait bavé dans la vie.

— Toujours les mêmes conneries : lésions cérébrales, réformé pour invalidité, séparé de sa famille ? s'enquit Strike.

— C'est ça, en gros. Son fils lui manque, paraît-il.

— Mouais, grogna Strike. Le vicaire t'a donné son adresse ?

— Non, mais apparemment il vit chez sa copine…

— Alyssa ? »

Avec un léger froncement de sourcils, Wardle mit la main dans sa poche intérieure et retira un calepin qu'il consulta.

« Exact. Alyssa Vincent. Comment le sais-tu ?

— Ils viennent de se faire virer du club de strip-tease où ils bossaient tous les deux. Je t'expliquerai tout à l'heure, se hâta-t-il d'ajouter devant l'air dérouté de Wardle. Parle-moi plutôt d'Alyssa.

— Eh bien, elle a obtenu un logement HLM dans les quartiers Est de Londres, près de chez sa mère. Brockbank a dit au vicaire qu'il allait s'installer avec elle et les enfants.

— Les enfants ? réagit Strike en songeant immédiatement à Robin.

— Deux petites filles, semble-t-il.

— Sait-on où se trouve cet appartement ?

— Pas encore. Le vicaire était désolé de le voir partir, dit Wardle en jetant un coup d'œil vers le trottoir où deux hommes fumaient. J'ai réussi à lui soutirer que Brockbank se trouvait à l'église le dimanche 3 avril, c'est-à-dire le week-end où Kelsey est morte. »

Voyant Wardle bouillir d'impatience, Strike s'abstint de tout commentaire et lui proposa de sortir en griller une.

Ils fumèrent en silence pendant un moment. Des travailleurs fatigués d'être restés tard au bureau se croisaient sur le trottoir devant eux. Le soir tombait. Juste au-dessus de leur tête, entre l'indigo de la nuit qui approchait et le corail fluorescent du soleil couchant, s'intercalait une étroite bande de ciel incolore, un espace vide, inconsistant.

« *Seigneur*, ça m'a manqué, dit Wardle en tirant sur sa clope comme sur la tétine d'un biberon avant de reprendre le fil de leur conversation. Ouais, je disais que ce week-end-là, Brockbank s'est rendu à l'église pour donner un coup de main. Il est très doué avec les gosses, on dirait.

— Ça ne m'étonne pas trop, marmonna Strike.

— Il faut avoir les nerfs solides… », fit Wardle en soufflant la fumée vers le trottoir d'en face, les yeux posés sur le bas-relief d'Epstein, intitulé *Day*, ornant le fronton de l'administration des transports londoniens. Un petit garçon, debout face à la rue devant un homme assis sur un trône, se contorsionnait pour attraper le roi par le cou tout en montrant son propre pénis aux passants. « … pour tuer une fille, la dépecer et ensuite se pointer dans une église la bouche en cœur. Tu ne trouves pas ?

— Tu es catholique ? » lui renvoya Strike.

Wardle eut l'air étonné.

« Oui, plus ou moins, dit-il, soupçonneux. Pourquoi ? »

Strike secoua la tête en souriant.

« Bon, d'accord, je sais que les psychopathes ne s'arrêtent pas à ce genre de considérations, reprit Wardle, un peu sur la défensive. Je dis juste… bref, on a lancé des gars sur ses traces. S'il s'agit d'un logement HLM et si elle s'appelle bien Alyssa Vincent, ça ne devrait pas être trop difficile.

— Super », dit Strike. La police possédait des moyens sans commune mesure avec ceux dont ils disposaient, Robin et lui. Ils auraient peut-être bientôt le fin mot de l'histoire, tout compte fait. « Et pour Laing ?

— Ah, dit Wardle en écrasant sa cigarette pour en rallumer une autre dans la foulée. On a davantage d'infos sur lui. Il habite seul à Wollaston Close depuis dix-huit mois. Il vivote sur sa pension d'invalidité. Le week-end des 2 et 3 avril, il avait une infection pulmonaire et son copain Dickie est venu l'aider, vu qu'il ne pouvait pas sortir faire les courses.

— Voilà qui tombe sacrément bien.

— À moins que ce soit vrai, réagit Wardle. On a vérifié auprès du fameux Dickie. Il a tout confirmé.

— Quelle tête Laing a-t-il fait en vous voyant ?

— Au début, il était complètement sidéré.

— Il vous a autorisés à entrer chez lui ?

— Ça ne s'est pas passé comme ça. On l'a vu au moment où il traversait le parking sur ses béquilles. On s'est assis dans un café pour discuter.

— Ce café équatorien aménagé à l'intérieur d'un tunnel ? »

Wardle le foudroya du regard. Strike ne broncha pas.

« Lui aussi tu l'as traqué ? Arrête de foutre ta merde dans mon boulot, Strike. On est sur l'affaire. »

Strike aurait pu rétorquer que Wardle n'avait commencé à s'intéresser aux trois suspects qu'après avoir constaté l'échec de ses propres théories, et sous la pression des médias. Mais il choisit de se taire.

« Laing n'est pas idiot, reprit Wardle. On n'a pas eu besoin de l'interroger des heures pour qu'il comprenne de quoi il retournait. Il se doutait que tu nous avais donné son nom. Il avait appris cette histoire de jambe par la presse.

— Et quelle est son opinion sur la question ?

— Il a paru vaguement indigné, du genre "C'est pas juste que ça soit tombé sur lui, c'est un mec bien", répondit Wardle avec un léger rictus. Tout bien pesé, rien d'inhabituel. Un peu intrigué, un peu méfiant.

— Il avait l'air vraiment malade ?

— Ouais. Il marchait avec difficulté en s'appuyant sur ses béquilles. Et pourtant, il ne s'attendait pas à nous voir. De près, il a une tête à faire peur. Les yeux injectés de sang, la peau abîmée. Une horreur. »

Strike ne répondit rien. Il n'était toujours pas convaincu par cette soi-disant maladie. Sur les photos, il ne faisait aucun doute que Laing prenait des stéroïdes ; il avait vu ses lésions cutanées, ses plaques rouges. Mais il continuait à douter.

« Que faisait-il au moment des autres meurtres ?

— Il dit qu'il était seul chez lui. Aucune preuve, ni dans un sens, ni dans l'autre.

— Mouais », fit Strike.

Ils rentrèrent dans le pub. Comme un couple s'était installé à leur table, ils en trouvèrent une autre derrière une vitre qui allait du sol au plafond.

« Et en ce qui concerne Whittaker ?

— Ben, on l'a vu hier soir. Il est machiniste pour un groupe de rock.

— Tu en es sûr ? » dit Strike, méfiant. Shanker avait affirmé que Whittaker prétendait exercer ce métier mais qu'en réalité il se faisait entretenir par Stephanie.

« Absolument. On est tombés sur sa petite copine droguée…

— Vous êtes entrés dans l'appartement ?

— Penses-tu ! Elle nous a reçus sur le pas de la porte. Ça schlinguait, je te raconte pas. Bref, elle nous a dit que Whittaker était parti avec le groupe, elle nous a donné le lieu du concert et il y était. Il y avait une fourgonnette garée devant, un truc qui date de Mathusalem. Et le groupe est encore plus vieux. T'as déjà entendu parler de Death Cult ?

— Non, répondit Strike.

— Pas grave, c'est de la merde. Il a fallu que j'endure cette cacophonie pendant une demi-heure avant de pouvoir m'approcher de Whittaker. Une cave dans un pub à Wandsworth. J'ai eu des acouphènes toute la journée du lendemain.

« D'après moi, il s'attendait à notre visite. Apparemment, il t'a trouvé en train de rôder près de sa camionnette, il y a quelques semaines.

— Je t'en ai parlé, dit Strike. Ça puait le crack et…

— Ouais, bon. Écoute, ce type ment comme il respire mais il paraît que Stephanie peut lui fournir un alibi pour la journée du mariage royal, ce qui éliminerait l'agression commise sur la prostituée à Shacklewell. Et, toujours d'après lui, il était en tournée avec Death Cult quand Kelsey et Heather ont été assassinées.

— Donc, il est couvert pour les trois meurtres ? C'est clair et sans bavure. Les types de Death Cult ont confirmé ?

— J'avoue qu'ils sont restés un peu vagues, répondit Wardle. Le chanteur porte un appareil auditif. J'ignore s'il a bien pigé toutes mes questions. Mais ne t'inquiète pas, j'ai envoyé des gars vérifier leurs témoignages, ajouta-t-il devant l'air renfrogné de Strike. Nous en aurons bientôt le cœur net. »

Wardle s'étira et bâilla.

« Il faut que je retourne bosser, dit-il. Je risque encore de me taper une nuit blanche. Maintenant que la presse est au courant, on croule sous les infos. »

Strike mourait de faim mais, comme le pub était devenu excessivement bruyant, il décida d'aller ailleurs. Les deux hommes remontèrent la rue en allumant une autre cigarette.

« Le psy m'a signalé quelque chose, dit Wardle tandis que la nuit finissait d'envahir le ciel. Si nous avons effectivement affaire à un tueur en série, il faut savoir que ces types ont d'énormes facultés d'adaptation. Le nôtre a mis au point un *modus operandi* particulièrement efficace – il est très bien organisé, sinon il se serait déjà fait prendre. Mais avec Kelsey, il a changé de méthode. Il connaissait son adresse. Les lettres, le fait qu'il savait que l'appart serait inoccupé : tout était prévu au poil près.

« Le problème, c'est qu'on a beau tout vérifier à la loupe, on n'arrive pas à prouver que l'un de tes trois suspects est entré en contact avec elle. On a démonté son ordi quasiment pièce par pièce, sans succès. Elle n'a jamais parlé de sa jambe à quiconque sauf à ces deux hurluberlus, Jason et Tempête. Elle ne fréquentait personne à part quelques copines. Il n'y a rien de bizarre dans son téléphone. Pour autant qu'on sache, aucun des trois suspects n'a jamais vécu ni travaillé à Finchley ou à Shepherd's Bush, et encore moins traîné près de son école. Ils ne possèdent aucun lien avec des membres de son entourage. Tu peux me dire comment il aurait pu l'approcher suffisamment pour la manipuler sans que sa famille le remarque ?

— Nous savons qu'elle faisait ses coups en douce, dit Strike. Rappelle-toi le copain que tout le monde croyait imaginaire et qui est bel et bien passé la chercher en moto au Café Rouge.

— Ouais, soupira Wardle. Et cette foutue bécane qui n'a toujours pas été retrouvée. La presse a diffusé sa description, mais rien.

« Comment va ton associée ? ajouta-t-il en faisant une pause devant les portes vitrées de l'immeuble où il travaillait, visiblement déterminé à fumer sa cigarette jusqu'au filtre. Elle n'est pas trop secouée ?

— Ça va, dit Strike. Elle est chez ses parents dans le Yorkshire pour terminer ses préparatifs de mariage. Je lui ai donné quelques jours de congé : elle a travaillé sept jours sur sept, ces derniers temps. »

Robin était partie sans récriminer. Elle n'avait aucune raison de rester : les journalistes faisaient le siège de Denmark Street, son boulot était mal payé et la police s'occupait de Brockbank, Laing et Whittaker plus efficacement que l'agence n'aurait pu le faire.

« Bonne chance », dit Strike à Wardle quand ils se séparèrent. Le policier leva la main pour le remercier et lui dire au revoir, puis il disparut à l'intérieur du grand bâtiment qui se dressait derrière le prisme pivotant où brillaient les mots New Scotland Yard.

Strike repartit d'un bon pas vers le métro. Tout en rêvant d'un kebab, il réfléchissait au problème que Wardle venait d'énoncer devant lui. Comment l'un de ses trois suspects aurait-il pu s'approcher suffisamment de Kelsey Platt pour connaître ses habitudes et gagner sa confiance ?

Laing vivait seul dans son sinistre appartement de Wollaston Close avec une pension d'invalidité pour toutes ressources. Il était infirme, obèse, et faisait beaucoup plus que ses trente-quatre ans. Il avait été drôle, autrefois. Possédait-il encore assez d'humour pour séduire une jeune fille et la convaincre de monter sur sa moto ou de le suivre à Shepherd's Bush dans un appartement dont sa famille ignorait l'existence ?

Et Whittaker alors ? Lui aussi avait un physique peu ragoûtant, avec ses dents gâtées, ses cheveux rares, ses dreads et cette odeur de crack qui lui collait à la peau. Certes, il avait eu un grand succès auprès des femmes, en son temps, et la jeune Stephanie, toute défoncée et maigrichonne fût-elle, semblait lui trouver du charme. En revanche, Kelsey n'avait eu d'yeux que pour un petit blondinet à peine plus âgé qu'elle.

Et puis il y avait Brockbank. On avait peine à trouver la moindre once de séduction chez cet ancien rugbyman basané, massif. Pour Strike, il était le contraire absolu du charmant éphèbe prénommé Niall. Brockbank avait vécu et travaillé à plusieurs kilomètres du district fréquenté par Kelsey. L'un et l'autre avaient participé à des activités paroissiales, mais leurs églises étaient séparées par la Tamise, et si les deux congrégations avaient entretenu des liens, la police les aurait sûrement découverts.

Le fait qu'il n'y ait eu entre Kelsey et ces trois hommes aucune connexion connue les éliminait-il d'office de la liste des suspects ? La logique aurait dû le pousser à répondre oui mais, dans son for intérieur, une petite voix obstinée continuait à murmurer non.

50

I'm out of my place, I'm out of my mind...
Je suis hors de mon élément, je suis hors de moi...

BLUE ÖYSTER CULT, « Celestial the Queen »

Du début jusqu'à la fin, le séjour de Robin dans sa famille se déroula comme dans un mauvais rêve. Elle se sentait en décalage avec tout le monde, même avec Linda qui, malgré sa grande tolérance, commençait à trouver pénible de devoir se coltiner les derniers préparatifs alors que sa fille, au lieu de l'aider, passait son temps à consulter les nouvelles sur son portable, à l'affût des éventuels rebondissements de l'enquête sur l'Éventreur de Shacklewell.

Replongée dans son environnement familier, Rowntree sommeillant à ses pieds sous la table en bois éraflé de la cuisine, Robin étudiait la disposition des convives sur un plan déployé devant elle, consciente qu'elle avait grandement négligé ses responsabilités dans l'organisation de son mariage. Linda la bombardait de questions : sur les cadeaux destinés aux invités, les discours, les chaussures des demoiselles d'honneur, la tiare, la date du rendez-vous avec le vicaire, l'adresse où Matt et elle souhaitaient recevoir leurs cadeaux, la place qu'était censée occuper Sue, la tante de Matthew : à la table des mariés ou ailleurs ? Robin, qui avait espéré profiter de ses vacances pour se reposer, se voyait sollicitée de toute part. Quand sa mère ne la noyait pas sous un flot de problèmes insignifiants, son frère Martin prenait le relais avec l'affaire Heather Smart dont il avait lu très attentivement les détails dans la presse. Robin finit par les envoyer sur les roses, lui et sa curiosité morbide, sur quoi Linda, excédée, interdit qu'on fasse la moindre allusion à l'Éventreur sous son toit.

Et pour couronner le tout, Matthew fulminait dans son coin – fort discrètement, cela dit – parce que Robin n'avait toujours pas demandé deux semaines de congé à Strike pour leur lune de miel.

« Je suis sûre que ça ne posera pas de problème, le rassura Robin pendant le dîner. Nous n'avons quasiment pas de dossiers en cours et Cormoran dit que toutes nos pistes sont actuellement étudiées par les services de police.

— Il n'a pas confirmé, dit Linda à laquelle le peu d'appétit de Robin n'avait pas échappé.

— De qui tu parles ?

— De Strike. Je n'ai pas reçu sa réponse.

— Je lui redirai », promit Robin en se servant une bonne rasade de vin.

Elle n'avait confié à personne, pas même à Matthew, qu'elle faisait encore des cauchemars si affreux qu'ils l'arrachaient au sommeil. Elle se réveillait en pleine nuit dans le lit où elle avait dormi durant des mois après son viol. Un homme corpulent hantait ses rêves. Parfois il faisait irruption dans le bureau où elle travaillait avec Strike, mais le plus souvent, il surgissait d'une obscure ruelle londonienne en brandissant ses couteaux étincelants. Ce matin, elle s'était réveillée en sursaut juste avant qu'il ne lui arrache les yeux, pour entendre Matthew lui demander d'une voix ensommeillée de répéter ce qu'elle venait de dire.

« Rien, avait-elle répondu en repoussant les mèches trempées qui lui collaient au front. Rien du tout. »

Matthew devait retourner travailler le lundi suivant. Il semblait ravi qu'elle reste à Masham donner un coup de main à Linda. La mère et la fille avaient rendez-vous dans l'après-midi avec le vicaire de St. Mary the Virgin pour décider sous quelle forme se déroulerait la bénédiction nuptiale.

Robin dut faire un gros effort pour écouter les joyeuses propositions du prêtre, prononcées avec un enthousiasme très ecclésiastique. Elle n'arrivait pas à se concentrer ; son regard revenait systématiquement vers le gros crabe sculpté sur le mur de l'église, à droite de la nef.

Durant son enfance, ce crabe l'avait fascinée ; elle ne comprenait pas pourquoi il rampait sur les pierres de leur église. Sa curiosité avait déteint sur Linda qui était allée consulter les archives à la bibliothèque municipale et en était revenue pour annoncer triomphalement que l'animal était l'emblème des Scrope, la vieille famille noble dont la plaque commémorative se trouvait juste au-dessus.

La fillette de neuf ans avait été déçue. Elle n'avait jamais vraiment souhaité connaître l'explication. Savoir qu'elle était la seule à se poser la question lui suffisait.

Le lendemain, Robin se regardait dans le miroir doré du salon d'essayage aux relents de moquette neuve quand Strike appela. Elle le reconnut à la sonnerie qu'elle lui avait attribuée sur son portable. Lorsqu'elle tendit la main vers son sac, la couturière poussa un petit cri de surprise et d'agacement ; les plis de mousseline qu'elle était en train d'épingler avec dextérité venaient de lui échapper.

« Allô ?

— Bonjour. »

En entendant ces deux syllabes, Robin comprit qu'il s'était passé quelque chose de grave.

« Oh mon Dieu, il y a une autre victime ? » s'écria Robin en oubliant la couturière accroupie devant l'ourlet de sa robe. La bouche hérissée d'épingles, la femme la regardait fixement dans le miroir.

« Désolée, pouvez-vous m'excuser un moment ? Non, pas vous ! ajouta-t-elle à l'attention de Strike, au cas où il aurait été tenté de raccrocher.

« Désolée », répéta-t-elle quand le rideau se referma derrière la couturière. Puis elle se laissa tomber sur le tabouret posé dans le coin. « Je n'étais pas seule. Quelqu'un d'autre est mort ?

— Oui, répondit Strike, mais ce n'est pas ce que vous croyez. Il s'agit du frère de Wardle. » Robin était tellement surmenée que son cerveau mit quelques secondes à faire le rapprochement.

« Rien à voir avec notre affaire, dit Strike. Il a été renversé par une camionnette sur un passage clouté.

— Oh, Seigneur », fit Robin. Elle avait presque oublié que la mort pouvait revêtir de multiples aspects, pas seulement celui d'un sadique amateur de couteaux bien aiguisés.

« Oui, c'est atroce. Il avait trois gosses et un quatrième en route. Je viens d'avoir Wardle au téléphone. Il est anéanti. »

Le cerveau de Robin se remit à fonctionner normalement.

« Donc Wardle est… ?

— En congé maladie. Et devinez qui prend sa suite ?

— Anstis ? suggéra Robin, soudain inquiète.

— Pire.

— Carver ? » dit Robin avec un mauvais pressentiment.

Parmi tous les policiers dont Strike avait réussi à s'attirer les foudres en résolvant à leur place deux retentissantes affaires de meurtre, l'inspecteur Roy Carver était celui qui lui en voulait le plus. Ses échecs, lors de l'enquête sur la défenestration d'un célèbre mannequin, avaient été abondamment commentés et amplifiés par la presse. Ayant obstinément refusé d'admettre qu'il avait affaire à un assassinat, l'homme qui par ailleurs n'avait rien de séduisant, avec ses pellicules, son front luisant de sueur et sa figure parsemée de taches violacées, avait pris Strike en grippe avant même que ce dernier dévoile son incompétence à la face du monde.

« Si. Par-dessus le marché, dit Strike, il vient de passer trois heures à me cuisiner. Ici, à l'agence.

— Oh mon Dieu… pourquoi ?

— Mais voyons, c'est évident. Depuis le temps que Carver rêve de prendre sa revanche ! Cette série de meurtres tombe à point nommé. Je voyais venir le moment où il allait me demander mes alibis. Et il s'est largement appesanti sur les lettres signées de mon nom que Kelsey avait reçues. »

Robin gémit.

« Pourquoi diable auraient-ils laissé Carver… ? Je veux dire, avec son dossier…

— C'est difficile à croire mais Carver n'a pas toujours été aussi con. Ses supérieurs ont dû estimer que l'affaire Landry était une erreur sans lendemain, la faute à pas de chance. Ils lui ont transmis le dossier de manière temporaire, pendant le congé de Wardle. Il m'a déjà conseillé de garder mes distances. Quand j'ai voulu savoir où en étaient les recherches sur Brockbank, Laing et Whittaker, il m'a implicitement envoyé paître, "avec mon ego et mes intuitions". Une chose est certaine, nous n'obtiendrons plus aucune info venant des services de police.

— Pourtant, il est obligé de poursuivre les lignes d'enquête initiées par Wardle, non ? dit Robin.

— Partant du principe qu'il préférerait se la couper plutôt que de me laisser le devancer à nouveau, on aurait pu supposer qu'il suivrait scrupuleusement chacune de mes pistes. Seulement voilà, tout comme il a réussi à se convaincre que ma réussite sur l'affaire Landry n'était qu'un coup de bol, il doit penser aujourd'hui que mon intérêt pour nos trois suspects relève de la frime. Dommage, j'aurais bien aimé que Wardle ait eu le temps de nous donner l'adresse de Brockbank. »

Comme Robin n'avait pas prononcé un mot depuis une bonne minute, la couturière crut bon de vérifier si l'essayage pouvait reprendre. Elle passa la tête par le rideau au moment même où Robin souriait béatement, et fut chassée d'un geste impatient.

« Nous *avons* une adresse pour Brockbank, dit Robin au téléphone tandis que la tenture retombait.

— Quoi ?

— Je ne vous ai rien dit parce que je croyais que Wardle vous l'avait déjà fournie. Mais j'ai pensé, enfin juste pour voir… j'ai téléphoné aux crèches du secteur en me faisant passer pour Alyssa, la maman de Zahara. Je leur ai demandé de vérifier s'ils avaient bien notre nouvelle adresse. Une employée a sorti la fiche de renseignements et me l'a lue. Ils vivent sur Blondin Street, à Bow.

— Dieu du ciel, Robin, mais c'est tout bonnement génial ! »

Quand la couturière retourna à son ouvrage, la future mariée qu'elle avait laissée maussade était à présent resplendissante. Ce qui la rassura car elle aimait son travail ; en outre, Robin étant de loin la plus jolie de ses clientes, elle espérait obtenir une photo à usage publicitaire une fois que la robe serait finie.

« C'est magnifique ! s'écria Robin lorsque la couturière, ayant ajusté la dernière couture, contempla avec elle le résultat dans le miroir. Absolument magnifique. »

Pour la première fois, Robin trouva que sa robe n'était finalement pas si moche.

51

Don't turn your back, don't show your profile,
You'll never know when it's your turn to go.
Ne tourne pas le dos, ne montre pas ton profil,
On ne peut jamais savoir quand vient son tour de partir.

BLUE ÖYSTER CULT, « Don't Turn Your Back »

« Notre appel à témoins a rencontré un succès inespéré auprès du public. En ce moment même, nous suivons plus de 1 200 pistes dont certaines semblent prometteuses, a déclaré l'inspecteur Roy Carver. Nous encourageons toute personne ayant aperçu la Honda rouge CB 750 qui a servi à transporter une partie du corps de Kelsey Platt, ou s'étant trouvée sur Old Street durant la soirée du 5 juin, date du meurtre de Heather Smart, à se mettre en contact avec nos services. »

Selon Robin, le titre de l'article – PLUSIEURS NOUVELLES PISTES DANS L'ENQUÊTE SUR L'ÉVENTREUR DE SHACKLEWELL – ne cadrait pas avec les maigres informations livrées dans les quelques lignes imprimées au-dessous, même en tenant compte du fait que Carver rechignait sans doute à dévoiler à la presse la totalité de ce qu'il savait.

La page contenait essentiellement les photos des cinq femmes officiellement identifiées comme victimes de l'Éventreur. Leurs nom, prénom, âge et profession s'affichaient en caractères gras au bas de chaque portrait, assortis de l'horrible traitement qu'elles avaient subi.

> Martina Rossi, 28 ans, prostituée, morte poignardée, collier volé.

Sur la photo assez trouble pour être un selfie, Martina, une femme noire bien en chair, portait un débardeur blanc et une chaîne autour du cou, avec une breloque en forme de cœur.

> Sadie Roach, 25 ans, assistante de gestion, morte poignardée, mutilée, boucles d'oreilles volées.

Le portrait était celui d'une jolie fille coiffée à la garçonne avec des anneaux aux oreilles. Une photo prise lors d'une réunion familiale, à en juger d'après le recadrage destiné à éliminer les autres personnages.

> Kelsey Platt, 16 ans, étudiante, morte poignardée, démembrée.

Toujours le même portrait, en uniforme scolaire, de la jeune fille au visage poupin et disgracieux qui avait écrit à Strike.

> Lila Monkton, 18 ans, prostituée, poignardée, doigts coupés, a survécu.

Sur le cliché flou, on apercevait une fille malingre avec des cheveux teints au henné, maladroitement coupés au carré, et plusieurs piercings qui luisaient à cause du flash.

> Heather Smart, 22 ans, employée d'une société de crédit immobilier, morte poignardée, nez et oreilles coupés.

Elle avait un visage rond, un air innocent, des cheveux ondulés châtain clair, des taches de rousseur et un sourire timide.

Robin émergea de son édition du *Daily Express* en poussant un grand soupir. Comme Matthew était parti chez un client à High Wycombe, elle avait dû se débrouiller pour se rendre à Catford. Depuis Ealing, le trajet lui avait pris une heure et vingt minutes dans une rame bondée de touristes et de banlieusards qui transpiraient à cause de la chaleur régnant sur Londres. Au moment où le métro ralentit pour s'arrêter à la station Catford Bridge, elle se leva de son siège et se dirigea vers la porte en essayant de garder l'équilibre comme les autres passagers.

Depuis une semaine qu'elle avait repris le travail, l'ambiance était bizarre à l'agence. Strike n'avait pas l'intention d'obéir aux injonctions de Carver mais prenait ses menaces au sérieux et redoublait de prudence.

« S'il parvient à démontrer que nous avons compromis le bon déroulement de l'enquête policière, nous n'aurons plus qu'à fermer boutique, avait-il dit. Et nous savons qu'en cas d'échec, il me mettra tout sur le dos, à tort ou à raison.

— Alors, pourquoi continuer ? »

Robin avait joué l'avocat du diable mais, en réalité, si Strike avait jeté l'éponge, elle l'aurait très mal pris.

« Parce que Carver pense que mes suspects sont de la poudre aux yeux, et que moi je pense que Carver est un connard incompétent. »

L'éclat de rire de Robin s'était interrompu subitement quand Strike lui avait demandé de retourner à Catford filer la copine de Whittaker.

« Encore ? Mais pourquoi ?

— Je vous l'ai déjà dit. Stephanie pourrait lui fournir des alibis pour les dates en question.

— Vous savez quoi ? avait répondu Robin en prenant son courage à deux mains. J'ai déjà passé un temps fou à Catford. Si cela ne vous ennuie pas, je préférerais m'occuper de Brockbank, maintenant. Pourquoi je ne tenterais pas ma chance avec Alyssa ?

— Il y a Laing aussi, si c'est du changement que vous voulez.

— Il m'a vue de trop près quand je suis tombée, avait-elle répliqué. Vous ne croyez pas qu'il vaudrait mieux que ce soit vous ?

— J'ai surveillé son appartement pendant que vous étiez à Masham.

— Et alors ?

— Il passe le plus clair de son temps chez lui. Parfois, il sort faire ses courses et il revient.

— Vous l'avez rayé de la liste, n'est-ce pas ?

— Pas tout à fait. En quoi Brockbank vous intéresse-t-il ?

— Eh bien, avait dit bravement Robin, j'estime avoir grandement contribué à le trouver. Par Holly, j'ai obtenu l'adresse de Market Harborough et, par la crèche, j'ai eu celle de Blondin Street…

— Et vous vous inquiétez pour les enfants qui vivent avec lui », l'avait coupée Strike.

À cette évocation, Robin avait revu la petite fille noire aux nattes dressées sur la tête, qui l'avait regardée et s'était étalée par terre sur Catford Broadway.

— Oui, et alors ?

— Vous vous en tiendrez à Stephanie », avait conclu Strike.

Cette réponse l'avait tellement contrariée qu'elle avait aussitôt demandé sur un ton tranchant ses deux semaines de vacances.

« Deux semaines de vacances ? » s'était-il exclamé. Sa surprise avait été d'autant plus grande que Robin avait plutôt coutume de refuser les jours de congé.

« C'est pour mon voyage de noces.

— Oh. Je vois. Bien. C'est pour bientôt, j'imagine ?

— Évidemment. Le mariage tombe le 2.

— Le 2, mais c'est dans – quoi – trois semaines ? »

Sa réaction l'avait agacée. Comme s'il avait oublié la date.

« Oui, avait-elle confirmé en se levant pour prendre sa veste. Ça vous ennuierait de renvoyer le carton de réponse si jamais vous venez ? »

Elle était donc retournée sur Catford Broadway, ses étals de marché, ses odeurs d'encens et de poisson cru, et avait regagné sa place sous les ours en pierre tapis sur la corniche dominant l'entrée des artistes.

Robin avait beau porter des lunettes de soleil et dissimuler ses cheveux sous un chapeau de paille, quand elle se remit à surveiller les trois fenêtres de l'appartement de Whittaker et de Stephanie, elle se demanda en croisant les regards des commerçants si ces gens ne l'avaient pas repérée. Depuis le matin, Robin avait aperçu la jeune fille à deux reprises mais sans pouvoir lui adresser la parole. Quant à Whittaker, elle ne l'avait pas vu du tout. Prête à s'ennuyer ferme un jour de plus, Robin s'appuya contre le mur frais du théâtre et bâilla.

En fin d'après-midi, harassée de chaleur et de fatigue, elle découvrit sur son portable un énième texto de sa mère, laquelle lui avait envoyé message sur message depuis le début de la journée. Dans celui-ci, elle lui demandait de contacter la fleuriste qui avait encore une question alambiquée à lui poser. Il s'afficha alors que Robin s'apprêtait à traverser la rue pour acheter un truc à boire. En essayant d'imaginer la tête de Linda si elle lui répondait qu'elle optait pour des fleurs en plastique – partout : couronne, bouquet, église – elle aurait fait n'importe quoi pour avoir la paix –, elle se dirigea vers la friterie où l'on trouvait un bon choix de boissons pétillantes bien glacées.

Elle venait de toucher la poignée de la porte quand une personne fit le même geste à côté d'elle et lui rentra dedans.

« Désolée », dit Robin par réflexe, puis : « Oh, mon Dieu. »

Le visage de Stephanie était enflé, violacé. Elle avait un œil poché.

Elles ne s'étaient pas heurtées violemment mais la jeune fille, plus petite et légère, rebondit sur Robin, laquelle tendit la main pour lui éviter de tomber.

« Mais… que vous est-il arrivé ? »

Robin s'adressait à Stephanie comme si elle la connaissait. Dans un sens, c'était presque vrai. À force d'observer ses petites habitudes, d'étudier son langage corporel, ses vêtements, elle avait appris des tas de choses sur elle, comme son goût pour le Coca, et s'était forgé des affinités à sens unique. Si bien qu'elle trouvait à présent tout naturel de lui poser une question qu'aucun Britannique ou presque n'oserait poser à une inconnue : « Vous allez bien ? »

Comment avait-elle réussi son coup ? Robin aurait été en peine de le dire mais, deux minutes plus tard, elle faisait asseoir Stephanie sous l'ombre bienfaisante du Stage Door Café, quelques mètres plus loin. Manifestement, Stephanie souffrait et avait honte de son apparence. Mais, d'un autre côté, mourant de faim et de soif, elle n'avait pu s'empêcher de sortir s'approvisionner. À présent, elle se soumettait à une volonté plus forte que la sienne, sans toutefois s'expliquer la sollicitude de cette femme, son aînée de quelques années, qui lui payait à manger. En parlant de tout et de rien, Robin l'avait entraînée dans ce café au prétexte qu'elle voulait se faire pardonner d'avoir failli la renverser.

Devant son Fanta glacé et son sandwich au thon, Stephanie la remercia timidement mais, après quelques bouchées, se toucha la joue comme si elle avait mal.

« Une dent ? » demanda gentiment Robin.

La fille hocha la tête. Une larme coula de son œil indemne.

« Qui vous a fait ça ? » renchérit Robin en tendant la main au-dessus de la table pour saisir celle de Stephanie.

Elle improvisait un personnage, s'installait peu à peu dans son rôle. Le chapeau de paille, la longue robe d'été l'avaient poussée à incarner une baba cool qui se serait mis en tête de sauver Stephanie. Robin sentit les doigts de la jeune fille se crisper entre les siens et la vit en même temps secouer la tête, refusant de dénoncer son agresseur.

« C'est quelqu'un de votre entourage ? » chuchota Robin.

Le visage mouillé de larmes, Stephanie reprit sa main et but son Fanta en grimaçant quand le liquide froid entra en contact avec ce que Robin supposait être une dent fendue.

« Votre père ? » proposa Robin.

La chose semblait plausible, Stephanie n'ayant visiblement pas plus de dix-sept ans. Elle était si maigre qu'elle n'avait quasiment pas de poitrine. Les larmes avaient dissous le khôl qui d'habitude noircissait ses yeux. Les traces de maquillage sur ses joues, ajoutées à ses dents légèrement en avant, lui donnaient un air enfantin, malgré l'hématome gris-violet qui la défigurait.

Whittaker l'avait frappée jusqu'à ce que les vaisseaux de son œil droit éclatent : le peu qu'on voyait de sa cornée était rouge écarlate.

« Non, murmura Stephanie. Mon copain.

— Où est-il ? » demanda Robin en lui reprenant la main ; elle était glacée d'avoir tenu la canette de Fanta.

« Il est parti.

— Est-ce qu'il vit avec vous ? »

Stephanie hocha la tête et aspira une autre gorgée en faisant passer le liquide du côté intact de sa bouche.

« Je voulais pas qu'il parte », susurra-t-elle.

Quand Robin se pencha vers elle, la jeune fille se détendit, comme si la gentillesse et le sucre avaient eu raison de sa méfiance.

« J'voulais qu'y m'emmène avec lui mais il a dit non. L'est avec sa pute. J'en suis sûre. Il en voit une aut', j'ai entendu Banjo le dire. Il a une aut' fille que'que part. »

Robin n'en croyait pas ses oreilles. Sa dent fendue, son visage abîmé, tuméfié la faisaient souffrir, certes, mais ce n'était rien à côté de la torture psychologique qu'elle endurait à l'idée que Whittaker, cet immonde dealer de crack, soit en train de coucher avec une rivale.

« J'voulais juste qu'y m'emmène », répéta Stephanie. Un flot de larmes inonda son visage et l'œil qu'on apercevait à peine entre ses paupières gonflées devint encore plus rouge.

Robin se trouvait face à un dilemme. L'aimable fofolle qu'elle incarnait était censée encourager Stephanie à quitter l'homme qui la battait comme plâtre. Mais, par ailleurs, elle savait qu'un tel discours était le meilleur moyen de la faire fuir.

« Il s'est fâché parce que vous vouliez l'accompagner ? Où est-il allé ?

— Y dit qu'il est avec le Cult, comme la dernière fois – c'est un groupe de rock, marmonna Stephanie en s'essuyant le nez d'un revers de main. Il fait machiniste pour eux – mais c'est qu'un prétexte, dit-elle en pleurant de plus belle, pour trouver des filles à baiser. J'ai dit que j'viendrais – vu qu'la dernière fois il a bien voulu m'amener – et que j'ferais tout le groupe pour lui. »

Robin feignit de n'avoir pas compris, mais sans doute son sourire sympathique fut-il altéré par un bref frémissement de colère et de dégoût, car soudain Stephanie parut se rétracter. Elle refusait qu'on la juge. Elle subissait le regard des autres chaque jour de sa vie.

« Vous avez vu un médecin ? demanda Robin à mi-voix.

— Quoi ? Non. » Stephanie croisa ses bras maigres sur sa poitrine.

« Il doit rentrer quand, votre copain ? »

Stephanie se contenta de hocher la tête en haussant les épaules. On aurait dit que le courant ne passait plus entre elles.

« Le Cult », dit Robin, la bouche sèche. Elle devait absolument trouver de quoi la retenir. « Ce ne serait pas le Death Cult ?

— Ouais, fit Stephanie, un peu surprise.

— J'ai assisté à l'un de leurs concerts, l'autre jour ! Le vôtre, c'était où ? »

Ne me demande pas où je les ai vus jouer, pour l'amour du ciel…

« Dans un pub, le… Green Fiddle, ou un truc comme ça. À Enfield.

— Oh non, ce n'est pas le même, dit Robin. Quel jour c'était pour vous ?

— Faut qu'j'aille pisser », marmonna Stephanie en cherchant autour d'elle.

Elle traîna les pieds jusqu'aux toilettes et, quand la porte se referma, Robin entra fébrilement plusieurs mots clés dans le moteur de recherche de son portable. Au bout de quelques tentatives, elle obtint sa réponse : Death Cult s'était produit dans un pub d'Enfield nommé le Fiddler's Green, le samedi 4 juin, veille du jour où Heather Smart avait été assassinée.

Les ombres s'étiraient à l'extérieur du café. Elles étaient les dernières clientes. Le soir tombait. Le patron allait bientôt fermer.

« Merci pour le sandwich et tout, dit Stephanie qui venait de réapparaître à côté d'elle. Je vais…

— Prenez autre chose. Un chocolat par exemple, l'incita Robin bien que la serveuse qui essuyait les tables semblât prête à les jeter dehors.

— Pourquoi ? s'enquit Stephanie avec une soudaine méfiance.

— Parce que je veux vraiment vous parler de votre copain.

— Pourquoi ? répéta l'adolescente, un peu nerveuse à présent.

— Je vous en prie, rasseyez-vous. Tout va bien, la rassura Robin. C'est juste que je m'inquiète pour vous. »

Stephanie hésita puis, lentement, se rassit sur la chaise qu'elle venait de quitter. Robin n'avait pas encore remarqué la marque rouge autour de son cou grêle.

« Il n'a pas… Il n'a pas essayé de vous étrangler, n'est-ce pas ? demanda-t-elle.

— Quoi ? »

Stephanie porta la main à sa gorge. Des larmes scintillèrent dans ses yeux.

« Oh, c'est… c'était mon collier. Y me l'a donné et après y… vu que j'ramenais pas assez de fric, dit-elle en pleurant pour de bon. Y l'a vendu. »

Robin ne savait pas quoi faire. Faute de mieux, elle serra les mains de Stephanie entre les siennes et la retint comme si la jeune fille était posée sur un genre de plateau à roulettes et qu'elle risquait de partir en arrière.

« Vous disiez qu'il vous avait forcée à… avec tout le groupe ? reprit Robin d'une voix calme.

— Oui, j'ai fait ça gratis », sanglota Stephanie. Elle ne songeait décidément qu'à l'argent qu'elle rapportait à Whittaker. « J'leur ai taillé des pipes, c'est tout.

— Après le concert ? insista Robin qui récupéra l'une de ses mains pour attraper des serviettes en papier et les donner à Stephanie.

— Non, répondit la jeune fille en s'essuyant le nez. Le lendemain soir. On était dans la camionnette, chez l'chanteur. Y vit à Enfield. »

Robin ignorait qu'on pouvait être simultanément écœuré et ravi. Si Stephanie avait passé la nuit du 5 juin avec Whittaker, ce dernier n'avait pas pu tuer Heather Smart.

« Est-ce qu'il… votre copain… il était là ? murmura-t-elle. Pendant que vous… enfin, vous voyez ?

— Putain, y s'ramène ! »

Robin leva les yeux. Stephanie reprit vivement sa main, affolée.

Whittaker les dominait de toute sa hauteur. Ayant vu plusieurs photos de lui sur internet, Robin le reconnut tout de suite. Un homme à la fois grand, large d'épaules et décharné. Son vieux tee-shirt gris délavé avait été noir, autrefois. Ses yeux jaunes de prêtre hérétique projetaient ce même regard intense, fascinant. Robin le trouvait répugnant, avec ses tresses crasseuses, son visage cireux, émacié, et pourtant, elle percevait nettement l'aura d'étrangeté et de folie, le magnétisme qui émanaient de lui comme une odeur de charogne. Sa seule présence réveillait en elle une curiosité malsaine, le besoin honteux et d'autant plus irrépressible de se vautrer dans l'ordure.

« T'es qui *toi* ? demanda-t-il sans agressivité d'une voix presque ronronnante, le regard braqué sur son décolleté.

— J'ai bousculé votre amie en entrant dans la friterie, dit Robin. Je lui ai payé un verre.

— Tu m'en diras tant !

— On ferme », cria la serveuse.

En l'entendant, Robin comprit que l'arrivée de Whittaker avait épuisé ses dernières réserves de tolérance. Un individu nauséabond couvert de tatouages, au regard halluciné, aux oreilles trouées n'avait pas vraiment sa place dans sa boutique.

Stephanie était raide de peur et pourtant Whittaker ne lui prêtait aucune attention, trop occupé à scruter

Robin. Absurdement embarrassée, celle-ci paya la note, se leva et se dirigea vers la sortie, Whittaker sur les talons.

« Eh bien… au revoir », dit-elle timidement en se retournant vers Stephanie.

Elle regrettait de ne pas avoir le courage de Strike. Lui au moins avait essayé d'arracher la jeune fille à son bourreau, et devant lui par-dessus le marché. Mais la bouche de Robin était sèche, tout à coup. Whittaker la dévisageait comme s'il venait d'apercevoir un objet précieux sur un tas de fumier. Derrière eux, la serveuse verrouillait les portes du café. Le soleil couchant projetait des ombres froides à travers la rue que Robin ne connaissait que de jour, baignée de lumière et d'odeurs.

« T'as fait ça juste par gentillesse, chérie ? dit Whittaker avec une voix où se mêlaient douceur et malveillance, encore que Robin n'eût su dire dans quelles proportions.

— J'étais inquiète, dit Robin en s'obligeant à fixer ses yeux très écartés. Les blessures de Stephanie m'ont l'air sérieuses.

— Ça ? s'étonna Whittaker en montrant le visage violacé de la jeune fille. T'es tombée de vélo, pas vrai, Steph ? Petite maladroite. »

Subitement, Robin comprit pourquoi Strike lui vouait une haine viscérale. Elle aussi aurait aimé le rouer de coups.

« J'espère qu'on se reverra, Stephanie », dit-elle.

Robin n'osa pas lui donner son numéro devant Whittaker. Elle fit volte-face et s'éloigna en se maudissant pour sa lâcheté. Stephanie allait remonter à l'appartement avec lui. Elle aurait dû faire davantage, mais quoi ? Qu'aurait-elle pu dire d'utile ? Et si elle dénonçait l'agression de Stephanie à la police ? Carver considérerait-il sa démarche comme une interférence ?

Quand elle ne sentit plus le regard de Whittaker dans son dos, la colonie de fourmis qui rampaient vers sa nuque disparut comme par enchantement. Robin sortit son portable et appela Strike.

« Il est tard, je sais, dit-elle avant qu'il ne lui en fasse le reproche, mais je me dirige vers la station de métro et, quand vous saurez ce que j'ai à vous dire, vous comprendrez. »

Elle marchait d'un bon pas. L'air du soir devenait de plus en plus frisquet.

« Donc il a un alibi ? articula Strike quand elle lui eut rapporté l'histoire de Stephanie.

— Pour la mort de Heather, oui, à condition qu'elle ait dit la vérité, ce que j'ai tendance à croire. Elle était avec lui – et tous les musiciens du groupe Death Cult.

— Elle a bien dit que Whittaker était sur place pendant qu'elle s'occupait du groupe ?

— Oui, enfin je crois. Elle n'a pas pu finir sa phrase parce que Whittaker est arrivé au même instant. Et… ne quittez pas. »

Robin s'arrêta pour regarder autour d'elle. Prise par la conversation, elle avait tourné dans la mauvaise rue. Le soleil passait derrière l'horizon. Du coin de l'œil, elle vit une ombre disparaître furtivement à l'angle d'un mur.

« Cormoran ?

— Oui, j'écoute. »

L'ombre était peut-être un effet de son imagination. Elle se trouvait sur une voie résidentielle qu'elle ne connaissait pas mais elle n'était pas seule. Il y avait des lumières aux fenêtres et un couple qui marchait un peu plus loin. Elle était en sécurité, songea-t-elle. Pas de panique. Elle devait juste faire demi-tour.

« Tout va bien ? demanda Strike.

— Oui, je me suis trompée de route, c'est tout.

— Où êtes-vous exactement ?

— À deux pas de la station Catford Bridge. Je ne sais pas comment j'ai fait pour arriver là. »

Elle ne voulait pas lui parler de la silhouette entr'aperçue. Prudemment, elle traversa la rue de plus en plus sombre pour éviter de longer le mur où elle croyait l'avoir vue disparaître, transféra son portable dans sa main gauche et serra très fort l'alarme anti-viol au fond de sa poche droite.

« Je refais le chemin dans l'autre sens, dit-elle pour que Strike sache où elle se trouvait.

— Vous avez remarqué quelque chose ?

— Je ne sais… peut-être », avoua-t-elle.

Pourtant, quand elle parvint au niveau du passage entre les deux maisons, il n'y avait personne.

« J'ai les nerfs à fleur de peau, dit-elle en pressant l'allure. Ma rencontre avec Whittaker a été un peu pénible. Franchement, il y a quelque chose de mauvais chez lui.

— Et maintenant, où êtes-vous ?

— À cinq ou six mètres de l'endroit où j'étais la dernière fois que vous m'avez posé la question. Attendez, je vois un nom de rue. Je vais traverser, je crois savoir où je me suis trompée. J'aurais dû tourner… »

Elle n'entendit les pas derrière elle qu'au tout dernier moment. Deux énormes bras gainés de noir se refermèrent autour de son thorax, expulsant l'air de ses poumons. Son portable lui échappa et tomba sur le bitume.

52

Do not envy the man with the x-ray eyes.
N'enviez point l'homme aux yeux à rayons X.

BLUE ÖYSTER CULT, « X-Ray Eyes »

Caché dans l'ombre d'un entrepôt, Strike surveillait les allées et venues sur Blondin Street quand il entendit le cri étouffé de Robin, puis la chute de son portable suivie d'un frottement et d'un raclement de semelles sur le bitume.

Il partit en courant vers la station de métro la plus proche. Son téléphone était toujours connecté avec celui de Robin mais il n'entendait plus rien. La panique affinait ses perceptions tout en anesthésiant la douleur. Sans ralentir le pas, il cherchait du regard une personne circulant avec un portable à la main.

« Je te l'emprunte deux minutes, mec, j'en ai besoin ! beugla-t-il aux deux jeunes Noirs maigrichons qui venaient vers lui, dont l'un discutait au téléphone en rigolant. Un crime est en train de se commettre, donne-le-moi ! »

En voyant la masse de l'homme qui fonçait vers eux et l'autorité qui émanait de lui, l'adolescent lui tendit son appareil d'un air hébété.

« Suivez-moi ! » ordonna-t-il aux deux garçons tout en bifurquant vers des rues plus animées où il pensait trouver un taxi. Son propre téléphone toujours collé à l'oreille, il hurlait « Police ! » dans celui du jeune homme qui courait à côté de lui avec son ami. On aurait dit deux gardes du corps. « Une femme se fait agresser près de la station Catford Bridge, j'étais au téléphone avec elle quand c'est arrivé ! C'est en train de se passer… Non, je ne connais pas le nom de la rue mais c'est tout près du métro – tout de suite, j'étais au téléphone avec elle quand il lui a sauté dessus, j'ai tout entendu – grouillez-vous !

« Merci, mec », dit Strike essoufflé en lançant le portable entre les mains de son propriétaire, lequel continua de le suivre sur quelques mètres avant de comprendre que c'était inutile.

Strike dérapa en tournant au coin d'une rue ; ce quartier lui était parfaitement inconnu. Il passa devant le pub Bow Bells sans prendre garde aux élancements qui lui déchiraient les tendons du genou. Il devait assurer son équilibre avec un seul bras, l'autre servant toujours à tenir le téléphone silencieux collé à son oreille. C'est alors qu'une sirène anti-viol se déclencha à l'autre bout de la ligne.

« TAXI ! cria-t-il en apercevant une loupiote loin devant lui. ROBIN ! hurla-t-il dans le téléphone, même s'il savait qu'elle ne l'entendrait pas à cause de l'alarme. ROBIN, J'AI APPELÉ LA POLICE ! ILS ARRIVENT. TU M'ENTENDS, SALE ORDURE ? »

Le taxi avait disparu. Sur le trottoir du Bow Bells, les clients abasourdis suivirent du regard le fou furieux qui passait devant eux comme une flèche malgré son boitement, en vociférant dans son portable. Un deuxième taxi se profila.

« TAXI ! TAXI ! » brailla Strike. Le véhicule bifurqua dans sa direction et, au même instant, la voix haletante de Robin retentit dans son oreille.

« Vous… vous êtes là ?

— NOM DE DIEU, ROBIN ! QU'EST-CE QUI S'EST PASSÉ ?

— Arrêtez… de hurler… »

Au prix d'un énorme effort, il baissa le ton.

« *Qu'est-ce qui s'est passé ?*

— Je ne vois rien, dit-elle. Rien… du tout… »

Strike ouvrit violemment la portière arrière et se jeta sur la banquette.

« Station Catford Bridge, et vite ! Comment ça vous ne voyez rien… ? Qu'est-ce qu'il vous a fait ? NON, PAS VOUS ! hurla-t-il au chauffeur décontenancé. Allez, magnez-vous !

— C'est… à cause de… votre cochonnerie de… d'alarme anti-viol… plein la figure… oh… merde… »

Le taxi roulait vite mais Strike devait se retenir pour ne pas ordonner au chauffeur de mettre le pied au plancher.

« Vous êtes blessée ?

— Un… un peu… il y a du monde ici… »

Il les entendait maintenant. Des gens chuchotaient autour d'elle. Ils parlaient rapidement.

Strike entendit Robin prononcer le mot « … hôpital… » mais loin du téléphone.

« Robin. ROBIN ?

— Cessez donc de crier comme ça ! Écoutez, ils ont appelé une ambulance, je vais à…

— QU'EST-CE QU'IL VOUS A FAIT ?

— Une entaille… au bras… je crois que j'ai besoin de quelques points de suture… Bon Dieu, ça fait mal…

— Quel hôpital ? Passez-moi quelqu'un ! Je vous retrouve là-bas ! »

*

Vingt-cinq minutes plus tard, Strike déboulait dans le service des urgences de l'hôpital universitaire Lewisham. Sa jambe l'élançait et il semblait tellement angoissé qu'une infirmière, pour le réconforter, lui dit qu'un médecin n'allait pas tarder à venir l'ausculter.

« Non », lâcha-t-il en la congédiant d'un geste. Puis il claudiqua jusqu'à la réception. « Je suis venu pour… Robin Ellacott, elle a reçu un coup de couteau… »

Ses yeux balayèrent frénétiquement la salle d'attente bondée. Un petit garçon pleurnichait sur les genoux de sa mère. Un ivrogne gémissait en protégeant de ses mains sa tête ensanglantée. Un infirmier montrait à une vieille dame essoufflée comment se servir d'un inhalateur.

« Strike… oui… Mlle Ellacott nous a prévenus de votre arrivée, dit la réceptionniste après avoir consulté son fichier informatique avec une lenteur exaspérante. Au bout du couloir à droite… Premier box. »

Dans sa hâte, il glissa légèrement sur le sol ciré, poussa un juron et se remit à courir. Plusieurs personnes le suivirent du regard en se demandant si ce grand type bancal n'était pas un peu dérangé.

« Robin ? Nom d'un chien ! »

Son visage était criblé d'éclaboussures écarlates ; elle avait les yeux gonflés. Le jeune médecin qui soignait l'entaille de quinze centimètres qu'elle avait à l'avant-bras se tourna vers lui et aboya :

« Dehors ! Je n'ai pas terminé !

— Ce n'est pas du sang ! cria Robin à Strike qui se retranchait derrière le rideau. C'est votre alarme antiviol et ce foutu liquide qu'il y avait dedans !

— Ne bougez pas, s'il vous plaît », ordonna le médecin.

Strike attendit dans le couloir où s'alignaient cinq autres box pareillement délimités par des rideaux. Les semelles en caoutchouc des infirmiers crissaient sur le lino gris. Dieu, comme il détestait les hôpitaux : dès qu'il en sentait l'odeur – cette propreté réglementaire associée à ces imperceptibles relents de chair en décomposition –, il se retrouvait à Selly Oak, l'établissement où il avait passé de longs mois après avoir perdu sa jambe.

Qu'avait-il fait ? *Qu'avait-il fait ?* Il l'avait laissée travailler tout en sachant que ce salaud la pistait. Elle aurait pu mourir. Elle *aurait dû* être morte. Les infirmiers en blouse bleue allaient et venaient devant lui. Derrière le rideau, Robin étouffa un cri de douleur. Strike grinça des dents.

« Eh bien, elle a eu beaucoup de chance, dit le médecin en émergeant du box dix minutes plus tard. Il aurait pu sectionner l'artère brachiale. Le tendon a quand même subi certains dommages. Nous ne pourrons déterminer le degré de gravité qu'après l'avoir opérée. »

Il les prenait pour un couple. Strike se garda de le détromper.

« Il faudra l'opérer ?

— Oui, pour réparer le tendon, confirma le médecin comme s'il le trouvait un peu lent. Et la blessure doit être convenablement nettoyée. Je vais faire aussi une radio de ses côtes. »

Il s'éloigna. Strike se prépara mentalement, puis écarta le rideau.

« Je sais, j'ai merdé, dit Robin.

— Bon sang ! Vous pensiez que j'allais vous engueuler ?

— Un peu, oui », dit-elle en se redressant sur le lit. Son bras portait un bandage de gaze provisoire. « Le soleil était couché. Je n'ai pas fait attention, c'est ma faute, après tout. »

Il se laissa tomber sur la chaise que le médecin venait de quitter et cogna par mégarde un haricot en métal qui tomba par terre avec fracas.

« Robin, comment avez-vous fait pour lui échapper ?

— Self-défense. » Puis, devant son air dubitatif, elle maugréa : « Je savais que vous ne me croiriez pas. Pourtant c'est vrai, j'ai suivi des cours.

— Bien sûr que si, je vous crois. Mais bon sang de…

— J'ai suivi des cours à Harrogate avec une femme géniale, une ancienne militaire, reprit Robin en grimaçant un peu tandis qu'elle corrigeait sa position sur les oreillers. À la suite de… vous savez quoi.

— C'était avant ou après les leçons de conduite avancée ?

— Après. Pendant un moment, j'ai souffert d'agoraphobie. C'est la conduite qui m'a vraiment aidée à sortir de ma chambre. Ensuite, j'ai pris des cours de self-défense. Au début, je me suis inscrite à une formation dirigée par un homme. Un imbécile. Il nous enseignait simplement des prises de judo… totalement inutiles. Louise, en revanche, était super.

— Ah oui ? dit Strike que son calme déconcertait.

— Oui. Avec elle, j'ai appris que les prises savantes ne servaient à rien à moins d'être une athlète confirmée, que tout reposait sur l'analyse de la situation et la vitesse de réaction. On doit résister, ne pas se laisser emmener dans un autre lieu, frapper l'adversaire aux endroits névralgiques et s'enfuir à toutes jambes.

« Il m'a attrapée par-derrière mais je l'avais entendu arriver, juste une seconde avant. J'ai beaucoup pratiqué ce mouvement avec Louise. Si quelqu'un vous attrape par-derrière, on doit se pencher en avant.

— Se pencher en avant, répéta Strike, hébété.

— Comme j'avais l'alarme dans la main, je me suis penchée et je lui ai balancé le machin dans les parties. Il portait un pantalon de jogging. Il m'a lâchée un instant mais quand j'ai voulu courir, je me suis encore pris les pieds dans cette foutue robe – il a sorti le couteau – et après, je ne sais plus exactement ce qui s'est passé – juste qu'il m'a blessée au bras au moment où je me relevais – mais j'ai pu appuyer sur le bouton de l'alarme, elle s'est déclenchée, ça lui a fichu la trouille – l'encre a giclé sur mon visage, et sur le sien aussi sans doute, parce qu'il était juste à côté de moi – il portait une cagoule – je le voyais à peine – mais quand il s'est penché sur moi, je l'ai frappé à l'artère carotide avec le tranchant de la main – encore un truc que Louise nous a appris, on frappe sur le côté du cou et, si on s'y prend correctement, ils tombent – ça l'a stoppé net et, après, je crois qu'il a vu des gens approcher. Alors il s'est tiré. »

Strike était sans voix.

« J'ai drôlement faim », dit Robin.

Strike fouilla ses poches et sortit un Twix.

« Merci. »

Elle s'apprêtait à mordre dedans quand une infirmière qui accompagnait un vieux monsieur passa devant son lit et lui lança sèchement :

« On reste à jeun, on vous emmène au bloc ! »

Robin leva les yeux au ciel et rendit le Twix à Strike. Son portable sonna.

« Salut maman », dit-elle.

Leurs regards se croisèrent. Strike comprit qu'elle ne souhaitait pas raconter sa mésaventure à Linda, du moins pas pour l'instant. Mais elle ne dut recourir à aucune manœuvre de diversion car sa mère se mit immédiatement à babiller sans discontinuer. Robin posa le portable sur ses genoux, enclencha le haut-parleur et prit un air résigné.

«… donne-lui ta réponse au plus vite parce que le muguet n'est plus de saison, alors si tu en veux, il faudra le commander spécialement.

— OK, dit Robin. Je me passerai de muguet.

— Oui, mais ce serait tellement mieux si tu pouvais l'appeler pour lui dire ce dont tu *as* envie, Robin. Ce n'est pas facile de jouer les intermédiaires. Elle dit qu'elle t'a laissé des tas de messages.

— Désolée, maman. Je vais la rappeler.

— Vous n'avez pas le droit de téléphoner ici ! gronda une deuxième infirmière.

— Désolée, répéta Robin. Maman, il faut que j'y aille. On parlera plus tard.

— Où es-tu ? demanda Linda.

— Je suis… je te rappelle », dit Robin juste avant de raccrocher.

Elle se tourna vers Strike.

« Vous ne me demandez pas si je l'ai reconnu ?

— Je suppose que non, répondit Strike. Il portait une cagoule et vous aviez de l'encre plein les yeux.

— Je suis sûre d'une chose. Ce n'est pas Whittaker. Ou alors il a vite enfilé un pantalon de jogging après que je l'ai quitté. Whittaker portait un jean et il était… son physique ne correspond pas. Ce type-là était fort et mou à la fois, vous voyez ? Et grand aussi. Aussi grand que vous.

— Avez-vous parlé à Matthew ?

— Il est en che… »

Quand il vit le visage de Robin se figer d'horreur, Strike crut qu'en se retournant il apercevrait Matthew fonçant vers eux comme un fou furieux. Mais il se trompait. Au pied du lit, il découvrit l'inspecteur Roy Carver et le sergent Vanessa Ekwensi, le premier aussi débraillé que la seconde était fine et élégante.

Comme l'inspecteur Carver était en bras de chemise, on voyait parfaitement les auréoles qui s'étalaient sous ses aisselles. Avec ses yeux bleu vif constamment irrités, il avait toujours l'air d'avoir macéré dans une eau chlorée. De grosses plaques de pellicules parsemaient sa tignasse poivre et sel.

« Comment allez… ? » commença le sergent Ekwensi dont les yeux en amande étaient fixés sur l'avant-bras de Robin. Carver l'interrompit en aboyant :

« On peut savoir ce que vous aviez l'intention de faire, hein ? »

Strike se leva. Lui qui rongeait son frein depuis de longues minutes venait enfin de trouver un exutoire à sa fureur. Il voulait reporter sur quelqu'un, n'importe qui, la culpabilité, l'angoisse qui l'étouffaient depuis l'agression de Robin. Et Carver était la cible parfaite.

« Il faut que je vous parle, dit Carver à Strike. Ekwensi, prenez la déposition de la victime. »

Une jeune et jolie infirmière fit alors son apparition, passa tranquillement entre les deux hommes et s'adressa en souriant à la blessée.

« Je vous emmène en radiologie, mademoiselle Ellacott. »

Robin descendit du lit avec une certaine raideur et s'éloigna dans le couloir. Strike la vit se retourner vers lui. Dans le regard qu'elle lui lança par-dessus son épaule, il lut une mise en garde et un appel au calme.

« On sort d'ici », grogna Carver.

Le détective traversa le service des urgences à la suite du policier. Carver avait réservé une petite salle, du genre de celles que les équipes médicales utilisaient pour recevoir les familles et leur annoncer la mort imminente ou effective d'un proche. On y trouvait quelques sièges rembourrés, une boîte de mouchoirs posée sur une petite table et, au mur, la reproduction d'une toile abstraite dans les teintes orangées.

« Je vous ai dit de ne pas vous en mêler », cracha Carver, campé au milieu de la pièce, bras croisés, pieds écartés.

L'odeur corporelle de Carver remplissait tout l'espace, à présent que la porte était fermée. Il ne sentait pas la crasse et la drogue, comme Whittaker qui se lavait rarement, mais plutôt la sueur accumulée tout au long d'une journée de travail. Les néons fixés au plafond faisaient ressortir son teint violacé. Entre les pellicules, la chemise humide et les taches sur sa peau, il paraissait franchement mal en point. Strike, qui l'avait humilié dans la presse lors de l'affaire Lula Landry, n'y était pas pour rien.

« Vous l'avez envoyée sur les traces de Whittaker, pas vrai ? dit Carver dont le visage rougissait à vue d'œil comme s'il bouillait de l'intérieur. C'est à cause de vous.

— Je t'emmerde », lâcha Strike.

À cet instant, alors même que l'odeur rance de Carver lui montait à la tête, Strike finit par s'avouer ce qu'il savait depuis quelque temps déjà : Whittaker n'était pas le tueur. S'il avait envoyé Robin interroger Stephanie, c'était qu'au fond il avait eu la certitude qu'elle ne craignait rien de ce côté-là. En revanche, il n'aurait jamais dû la laisser arpenter les rues pendant des semaines alors qu'il savait que le tueur était sur ses traces.

Voyant qu'il avait touché un point sensible, Carver souriait méchamment.

« Vous vous êtes servi de ces femmes assassinées pour vous venger de beau-papa », dit-il en prenant plaisir à regarder Strike rougir et serrer les poings. Carver aurait adoré l'arrêter pour coups et blessures sur un représentant des forces de l'ordre, Strike s'en rendait parfaitement compte. « On a enquêté sur Whittaker. On a enquêté sur vos trois suspects à la con. On n'a rien trouvé contre eux. Alors, maintenant, vous allez m'écouter. »

Il fit un pas vers son adversaire. Carver mesurait une tête de moins que Strike mais la fureur, l'amertume qui le possédaient compensaient son infériorité physique. On le sentait prêt à tout pour prouver sa valeur, et il avait l'appui des autorités. Il désigna la poitrine de Strike en articulant :

« Tenez-vous à carreau. Vous avez de la chance de ne pas avoir le sang de votre associée sur les mains. Si je vous surprends encore à fouiner, je vous fous en taule, compris ? »

Son gros doigt vint se planter sur le sternum de Strike qui dut se retenir pour ne pas l'écarter d'une gifle. Sa mâchoire se crispa. Pendant quelques secondes, ils restèrent face à face à se foudroyer du regard. Le sourire de Carver s'épanouit. Il respirait comme s'il venait de sortir vainqueur d'un match de catch. Puis il quitta la pièce en se pavanant, laissant Strike mijoter dans sa rage et sa frustration.

Strike revenait lentement sur ses pas quand le beau Matthew en complet-veston franchit précipitamment les doubles portes du service des urgences. Il avait le regard halluciné et les cheveux en bataille. Pour la première fois, Strike ressentit autre chose que de l'aversion en le voyant.

« Matthew », dit-il.

Ce dernier le regarda comme s'il ne le reconnaissait pas.

« Ils l'ont emmenée passer une radio, l'informa Strike. Elle devrait être revenue maintenant. Par ici, ajouta-t-il en lui montrant le chemin.

— Une radio ? Pourquoi… ?

— Les côtes. »

Matthew l'écarta d'un coup de coude. Strike ne réagit pas tant il se sentait coupable. Il regarda le fiancé de Robin courir vers sa dulcinée puis, après un instant d'hésitation, se dirigea vers la sortie.

Une myriade d'étoiles parsemait le ciel dégagé. Une fois sur le trottoir, il s'arrêta pour allumer une cigarette et tira dessus à la manière de Wardle, comme si la nicotine était la base même de la vie. Puis il se remit à marcher. La douleur dans son genou s'était réveillée. À chaque pas, il se maudissait un peu plus.

« RICKY ! » cria une femme dans la rue. Elle se débattait avec un sac énorme et pesant pendant que son enfant s'éloignait d'elle en gambadant. « RICKY, REVIENS TOUT DE SUITE ! »

Le bambin se mit à rire aux éclats. Sans trop réfléchir, Strike se pencha et l'attrapa avant qu'il ne descende du trottoir.

« Merci ! » dit la femme qui sanglotait presque de soulagement en rejoignant Strike à petites foulées. Des fleurs tombèrent du sac qu'elle tenait contre elle. « On rend visite à son papa… oh, mon Dieu… »

Le gosse se tortillait comme un ver entre les mains de Strike. Strike le déposa près de sa mère occupée à ramasser le bouquet de jonquilles gisant sur le bitume.

« Tiens-les bien, ordonna-t-elle au garçonnet qui obéit. Tu les donneras à papa. Ne les laisse pas tomber ! Merci », redit-elle à Strike avant de poursuivre son chemin en agrippant fermement la main libre de l'enfant. Ravi qu'on lui ait confié une mission, il marchait docilement à côté de sa mère, les fleurs jaunes dressées comme un sceptre dans son petit poing.

Strike fit quelques pas puis, brusquement, s'immobilisa au milieu du trottoir, le regard braqué sur un objet invisible suspendu devant lui dans la fraîcheur de la nuit. Un courant d'air glacial lui fouetta le visage mais il ne se rendait plus compte de rien. Toute son attention était soudain ailleurs.

Des jonquilles… du muguet… des fleurs hors saison.

Puis, de nouveau, la voix de la mère résonna dans la nuit – « Ricky, non ! » – déclenchant aussitôt une réaction en chaîne dans le cerveau de Strike. Touché par une certitude quasi mystique, il vit des lumières s'allumer le long d'une piste d'atterrissage. Une piste destinée à accueillir une théorie qui le mènerait jusqu'au tueur. Comme le squelette métallique d'un bâtiment se révèle après un incendie, Strike aperçut dans un éclair la structure imbriquée du plan imaginé par l'assassin. Il en vit également tous les défauts : des points essentiels qui lui avaient échappé – qui avaient échappé à tout le monde – mais qui lui permettraient peut-être d'en venir à bout et de déjouer ses macabres desseins.

53

You see me now a veteran of a thousand psychic wars...

Voyez ce que je suis devenu, vétéran de mille guerres psychiques…

BLUE ÖYSTER CULT,
« Veteran of the Psychic Wars »

Robin n'avait pas eu grand mal à feindre l'insouciance sous les lumières vives de l'hôpital. Elle s'était sentie stimulée par la réaction admirative de Strike mais aussi par le récit qu'elle lui avait fait de son aventure. Elle était tellement fière d'avoir échappé à l'assassin. Dans les heures qui avaient suivi son agression, elle s'était montrée plus forte que tous. Quand Matthew avait fondu en larmes en voyant son visage taché d'encre et la longue entaille sur son bras, elle l'avait consolé, rassuré. Elle avait tiré de l'énergie du désarroi de son entourage. Et elle avait espéré que cette bravoure dopée à l'adrénaline lui permettrait de revenir sans trop d'encombres à la vie normale, de trouver l'équilibre nécessaire pour continuer à avancer d'un pas déterminé, sans craindre de replonger dans le marécage où elle avait si longtemps pataugé après son viol…

Pourtant, au cours de la semaine suivante, elle fut presque incapable de dormir, et pas seulement à cause de la douleur qui fusait dans son avant-bras protégé par un demi-plâtre. Dès qu'elle parvenait à fermer l'œil pour quelques minutes, de nuit comme de jour, elle revivait son agression. Des bras puissants l'emprisonnaient, le souffle du tueur frémissait dans ses oreilles. Elle n'avait pas vu ses yeux mais, parfois, elle lui attribuait ceux de son violeur. Des iris délavés, une pupille fixe, dilatée. Derrière leur cagoule, leur masque de gorille, ces figures cauchemardesques se confondaient, se transformaient, enflaient jusqu'à occuper les moindres recoins de son esprit, jour et nuit.

Dans ses rêves les plus affreux, elle le regardait torturer une personne en attendant son tour. Elle était incapable d'agir, incapable de s'enfuir. Les victimes changeaient. Tantôt c'était Stephanie avec son visage massacré, tantôt une petite fille noire qui hurlait en appelant sa mère ; c'était tellement insupportable qu'une nuit, Robin s'éveilla en criant. Matthew en fut si bouleversé qu'il prit un jour de congé le lendemain pour rester auprès d'elle. Robin ne savait pas si elle devait l'en remercier ou lui en vouloir.

Sa mère débarqua pour la voir et la ramener à Masham.

« Il reste dix jours avant le mariage, Robin, pourquoi ne pas repartir avec moi et te détendre un peu…

— Je veux rester ici », dit Robin.

Elle n'était plus une adolescente : elle était une femme adulte. Elle avait le droit de choisir où elle allait, où elle vivait, ce qu'elle faisait. Tout se passait comme si elle devait à nouveau lutter pour préserver l'identité qui lui avait été arrachée la dernière fois qu'un homme s'était jeté sur elle dans le noir, transformant l'étudiante insouciante en une créature chétive et apeurée. À cause de lui, elle avait renoncé à sa future carrière de psychologue judiciaire pour devenir une pauvre fille brisée, incapable de tenir tête à sa famille étouffante, laquelle estimait que ce genre de profession ne ferait qu'exacerber ses problèmes.

Il n'était pas question que tout cela recommence. Elle dormait à peine, ne mangeait plus, mais elle résistait farouchement et refusait d'avouer ses peurs, ses besoins. Matthew redoutait de la contrarier. Il l'avait soutenue pour la forme quand elle avait repoussé la proposition de sa mère mais Robin les entendaient comploter tous les deux, dans la cuisine, dès qu'elle avait le dos tourné.

Strike ne lui était d'aucune aide. Il ne lui avait même pas dit au revoir, à l'hôpital. Au lieu de passer la voir chez elle, il se contentait de lui téléphoner de temps en temps. Lui aussi voulait qu'elle retourne dans le Yorkshire, qu'elle reste à l'écart du danger.

« Vous devez avoir des tas de trucs à faire pour le mariage.

— Pas de condescendance, je vous prie, s'enflamma Robin.

— Quelle condescendance… ?

— Désolée, dit-elle en se mettant à pleurer silencieusement, avant d'ajouter d'une voix qu'elle s'efforça de rendre normale : Désolée… j'ai les nerfs à vif. Je rentrerai à la maison le jeudi avant ; pas besoin de se précipiter. »

Elle n'était plus la Robin d'autrefois, celle qui avait passé des mois vautrée sur son lit, à scruter le poster de Destiny's Child. Elle refusait d'être cette fille-là.

Personne ne saisissait pourquoi elle s'obstinait à rester à Londres, et elle n'avait pas l'intention de leur fournir d'explication. Elle jeta la robe d'été qu'elle portait le soir de l'agression. Linda entra dans la cuisine au moment où Robin la fourrait dans la poubelle.

« J'en ai marre de la voir, dit Robin en croisant le regard de sa mère. Au moins, ça m'a appris une chose. Pas de filature en robe longue. »

Elle s'exprimait sur un ton de défi. *Je retourne bosser. Tout cela est temporaire.*

« Tu ne dois pas te servir de cette main, répondit Linda sans relever l'allusion. Le docteur a dit de te reposer et de garder ton bras en hauteur. »

Ni Matthew ni sa mère n'appréciait qu'elle suive les progrès de l'enquête dans la presse, ce qu'elle faisait toutefois et de manière obsessionnelle. Carver n'avait pas donné son nom aux journalistes, soi-disant pour lui éviter d'être harcelée. Mais Strike et elle interprétaient différemment sa décision : Carver craignait qu'à force de planer sur cette affaire, l'ombre de Strike ne leur inspire un nouveau titre en forme de clin d'œil, par exemple : Carver contre Strike, le match retour.

« Il faut bien avouer que ce serait contre-productif, lui dit Strike au téléphone (Robin essayait de ne l'appeler qu'une fois par jour). L'essentiel, c'est d'arrêter cette ordure. »

Robin ne répondit rien. Allongée sur son lit, entourée d'un tas de journaux achetés contre l'avis de Linda et de Matthew, elle regardait fixement les photos des cinq victimes présumées de l'Éventreur de Shacklewell, reproduites sur une double page du *Mirror*. La sixième case, contenant un portrait en ombre chinoise, figurait Robin. La légende disait « employée de bureau, 26 ans, a survécu ». Les journalistes expliquaient abondamment comment la jeune femme avait mis en fuite son agresseur en l'aspergeant d'encre rouge. Dans un entrefilet, une policière à la retraite la félicitait d'avoir eu la bonne idée de s'équiper d'un tel engin. Suivait un article vantant les mérites des alarmes anti-viol.

« Vous avez vraiment renoncé ? lui demanda-t-elle.

— La question n'est pas là », répondit Strike. Elle l'entendait arpenter son bureau et elle regrettait de ne pas y être aussi, ne fût-ce que pour préparer le thé ou répondre aux mails. « Je laisse faire la police. Mettre la main sur un tueur en série, ce n'est pas dans nos cordes, Robin. Ça ne l'a jamais été. »

Robin observait le visage blafard de l'autre survivante. « Lila Monkton, prostituée. » Comme elle, Lila savait à quoi ressemblait la respiration porcine du tueur. Il lui avait coupé deux doigts. Robin, elle, garderait une grande cicatrice sur le bras. La colère faisait bouillir son cerveau sous son crâne. Elle se sentait coupable de s'en être si bien tirée.

« J'aimerais qu'il y ait quelque chose…

— Laissez tomber », dit Strike. Il semblait furieux, tout comme Matthew. « C'est fini pour nous, Robin. Je n'aurais jamais dû vous demander de filer Stephanie.

Je me suis laissé emporter par ma haine envers Whittaker. J'ai perdu tout sens commun dès l'instant où cette jambe est arrivée à l'agence et, à cause de cela, vous avez failli…

— Oh, pour l'amour du ciel, s'emporta Robin. Ce n'est pas *vous* qui avez tenté de me tuer, c'est *lui*. Ne mélangeons pas tout. Vous aviez de bonnes raisons de soupçonner Whittaker – les paroles de chanson. De toute façon, il reste encore…

— Carver a enquêté sur Laing et Brockbank. Il estime qu'ils n'ont rien à voir dans l'affaire. On ne doit plus s'en mêler, Robin. »

À quinze kilomètres de là, dans les locaux de l'agence, Strike espérait avoir été convaincant. Il ne lui avait rien dit du coup de génie qu'il avait eu, devant l'hôpital, après avoir croisé le petit garçon. Le lendemain matin, il avait essayé de contacter Carver, mais un subordonné lui avait répondu que son chef était trop occupé pour lui parler et conseillé de ne pas insister. Strike était passé outre et, malgré le ton légèrement agressif du type, lui avait exposé par le menu tout qu'il avait eu l'intention de dire à Carver. Mais il aurait parié sa jambe valide que pas un mot de son message n'était parvenu à son destinataire.

Le doux soleil de juin qui entrait par les fenêtres ouvertes de son bureau réchauffait les deux pièces de l'agence privée de clients. Faute de pouvoir payer le loyer, il serait bientôt contraint de vider les lieux. Deux-Fois avait renoncé à séduire sa nouvelle strip-teaseuse. Strike n'avait plus rien à faire. L'inaction lui pesait autant qu'à Robin mais il se garda de le lui avouer. Il voulait juste qu'elle guérisse et reste en lieu sûr.

« La police est toujours devant chez vous ?

— Oui », soupira-t-elle.

Sur la demande de Carver, un flic en civil arpentait Hastings Road vingt-quatre heures sur vingt-quatre. Matthew et Linda trouvaient cette présence extrêmement rassurante.

« Cormoran, écoutez-moi. Je ne sais pas si nous pouvons…

— Robin, il n'y a plus de “nous” en ce moment. Il y a moi, assis sur mon cul à ne rien faire, et il y a vous, dans votre putain d'appartement dont vous ne sortirez pas avant que le tueur soit derrière les barreaux.

— Je ne parlais pas de l'affaire », dit-elle. Son cœur battait fort et vite contre ses côtes. Il fallait qu'elle s'exprime ou elle exploserait. « Il y a une chose que nous… que *vous* pouvez faire. Brockbank n'est peut-être pas le tueur mais nous savons que c'est un violeur. Vous pourriez aller voir Alyssa et l'informer qu'elle vit avec…

— Il n'en est pas question, tonna Strike. Pour la dernière fois, Robin, arrêtez de vouloir sauver tout le monde ! Brockbank n'a jamais été inculpé ! Si nous marchons sur ses plates-bandes, Carver nous pendra haut et court. »

Il y eut un long silence.

« Vous pleurez ? demanda Strike qui trouvait sa respiration bizarre.

— Non, je ne pleure pas », répondit Robin sans mentir.

Un froid terrible l'avait envahie en entendant Strike refuser son aide aux deux petites filles qui vivaient avec Brockbank.

« Je dois vous laisser, on m'appelle pour le déjeuner, prétexta-t-elle.

— Écoutez, je comprends pourquoi vous…

— On en parlera plus tard », dit-elle avant de raccrocher.

Il n'y a plus de « nous » en ce moment.

Voilà que tout recommençait. Un homme surgi de l'ombre lui avait encore une fois dérobé sa tranquillité d'esprit et son statut social. Peu de temps auparavant, elle était associée dans une agence de détective…

Associée ? Vraiment ? Après tout, aucun avenant n'avait été signé. Strike ne l'avait pas augmentée. Et ils avaient eu tellement de choses à faire, sans parler des problèmes financiers, qu'elle n'avait même pas songé à aborder la question. Elle s'était contentée de savoir que Strike la considérait comme son égale. Et maintenant, elle n'avait même plus cette satisfaction. C'était peut-être temporaire ou peut-être définitif. *Il n'y a plus de « nous » en ce moment.*

Robin resta quelques minutes perdue dans ses pensées, puis descendit du lit en faisant bruisser les journaux étalés dessus. Elle s'approcha de la coiffeuse où était posée la boîte à chaussures blanche portant la marque Jimmy Choo gravée en lettres d'argent et tendit la main pour en caresser le joli couvercle.

L'idée qui lui vint ne se présenta pas, comme pour Strike devant l'hôpital, sous la forme d'une révélation foudroyante. Elle enfla tout doucement en elle, à la manière d'une nuée sombre et inquiétante, engendrée par la frustration. Non seulement elle tournait comme une lionne en cage depuis une semaine mais, en plus, Strike venait de réitérer son refus d'agir. Devant cette obstination, elle éprouvait une colère froide. Strike, son ami Strike, avait rejoint les rangs de l'ennemi. Il mesurait un mètre quatre-vingt-douze, il avait fait de la boxe. Il ne s'était jamais senti faible et impuissant. Comment aurait-il pu se mettre à sa place ? Comment aurait-il pu savoir qu'un viol vous détruisait de l'intérieur, que votre corps devenait une chose inanimée, un objet, un bout de viande qu'on baise et qu'on jette ?

Zahara ne devait pas avoir plus de trois ans, d'après sa voix au téléphone.

Immobile devant sa coiffeuse, Robin réfléchissait en regardant fixement le carton contenant ses chaussures de mariée. Comme les rochers et les eaux tumultueuses sous les pieds d'un funambule, elle voyait déployés devant elle tous les risques qu'elle encourait.

Non, elle ne pouvait pas sauver tout le monde. Pour Martina, Sadie, Kelsey, Heather, il était trop tard. Lila passerait le restant de ses jours avec deux doigts en moins à la main gauche, et à l'âme une sinistre cicatrice que Robin ne devinait que trop bien. Mais il y avait encore deux petites filles en danger. Et si personne ne bougeait, Dieu seul savait quelles souffrances les attendaient.

Robin se détourna de ses chaussures neuves, prit son portable et composa un numéro qu'elle n'aurait jamais cru utiliser un jour, bien qu'elle l'ait obtenu de bonne grâce.

54

And if it's true it can't be you,
It might as well be me.
Et si c'est vrai que ça ne peut pas être toi,
Il se peut tout aussi bien que ce soit moi.

BLUE ÖYSTER CULT,
« Spy in the House of the Night »

Elle disposait de trois jours pour mettre son plan à exécution. Son complice devait d'abord trouver une voiture et un créneau dans son emploi du temps chargé. Elle commença par dire à Linda que ses escarpins étaient trop étroits, trop voyants, et lui proposa de l'accompagner à la boutique Jimmy Choo pour les rendre. Puis elle réfléchit au prétexte qu'elle servirait à sa mère et à Matthew pour échapper à leur surveillance.

Elle finit par leur expliquer que Scotland Yard l'avait convoquée pour un nouvel interrogatoire. Pour plus de précautions, elle demanderait à Shanker de rester au volant quand il viendrait la chercher en voiture. Il devrait également se garer à côté du policier en faction devant chez elle et lui expliquer qu'il l'emmenait à l'hôpital pour qu'on lui retire ses points de suture, rendez-vous qui, en réalité, n'était prévu que deux jours plus tard.

Il était sept heures du soir, le ciel était dégagé et la rue déserte. Robin se tenait appuyée contre le mur de briques tiède devant l'Eastway Business Center. Le soleil descendait lentement sur l'horizon brumeux, au bout de Blondin Street, la tour Orbit se dressait dans le lointain. Robin avait vu les plans d'architecte, dans les journaux : cette tour ressemblerait bientôt à un gigantesque téléphone à l'ancienne avec un fil en tire-bouchon autour. Au-delà, Robin apercevait le chantier du stade olympique. Ces structures monumentales avaient quelque chose d'inhumain ; elles semblaient appartenir à un autre univers, situé à des années-lumière des mystères qui, selon elle, étaient tapis derrière la porte d'entrée fraîchement repeinte de la maison où vivait Alyssa.

Peut-être à cause de ce qu'elle s'apprêtait à faire, la vision de ces logements alignés dans la rue silencieuse la troubla. Des bâtiments neufs, modernes, sans âme. Malgré les grands projets architecturaux qui prenaient forme un peu plus loin, ce quartier manquait de caractère, d'animation. Aucun arbre ne venait adoucir les contours des maisons basses, cubiques, dont plusieurs portaient des pancartes « À LOUER ». Pas de commerces de proximité, pas de pub, pas d'église. L'entrepôt contre lequel elle s'appuyait, avec ses hautes fenêtres tendues de rideaux blancs pareils à des suaires, ses portes de garage couvertes de graffitis, ne lui offrait pas la moindre cachette. Le cœur de Robin cognait comme si elle avait couru. Rien ne la ferait renoncer maintenant qu'elle était là, et pourtant elle avait peur.

Des pas résonnèrent sur le macadam. Robin pivota sur elle-même, les paumes moites, le poing serré sur l'alarme anti-viol qu'elle avait emportée pour remplacer l'autre. La silhouette dégingandée de Shanker, avec son visage balafré, se dirigeait vers elle d'un pas chaloupé. Il tenait une barre Mars dans une main, une cigarette dans l'autre.

« Elle arrive, dit-il d'une voix sourde.

— Vous êtes sûr ? » demanda Robin. Son cœur battait si fort qu'elle avait presque des vertiges.

« Une fille noire, deux gosses. Ils viennent par ici. Je l'ai vue au moment où j'achetais ce truc, ajouta-t-il en agitant son Mars. Vous en voulez ?

— Non, merci. Euh… ça vous ennuierait de rester à l'écart ?

— Sérieux ? Vous voulez pas que je vienne ?

— Non. Seulement si vous voyez… si vous le voyez arriver.

— Comment vous savez qu'il est pas déjà dedans, l'autre salopard ?

— J'ai sonné à deux reprises. Je suis sûre qu'il n'y est pas.

— Je reste dans le coin, alors », dit Shanker, laconique. Puis il s'éloigna tranquillement, en tétant alternativement son Mars et sa clope, pour se poster quelque part, dans un endroit invisible depuis la maison d'Alyssa. Robin, elle, se hâta de descendre Blondin Street pour qu'Alyssa ne la trouve pas plantée sur le trottoir en entrant chez elle. Dissimulée dans l'ombre d'un balcon dépassant de la façade d'un immeuble rouge foncé, elle regarda une grande femme noire tourner au coin de la rue, encadrée par ses deux enfants : une toute petite fille et une préadolescente qui devait avoir dans les onze ans. Alyssa tourna la clé dans la serrure et elles entrèrent toutes les trois.

Robin se mit en marche. Aujourd'hui, elle portait un jean et des baskets : plus question de trébucher, de s'affaler par terre. Ses tendons à peine réparés l'élançaient sous son plâtre.

Quand elle frappa à la porte, elle avait mal dans la poitrine tant son cœur cognait contre ses côtes. La grande fille jeta un coup d'œil par la fenêtre à guillotine sur sa droite, puis recula subitement en voyant Robin esquisser un sourire nerveux.

La femme qui apparut moins d'une minute plus tard était d'une beauté stupéfiante. La peau brune, une silhouette longiligne aux formes parfaites, de longues tresses qui lui descendaient jusqu'à la taille. En la découvrant, Robin songea immédiatement qu'elle devait vraiment avoir un fichu caractère pour qu'une boîte de strip-tease veuille se séparer d'elle.

« Ouais ? dit-elle en regardant Robin, les sourcils froncés.

— Bonjour, dit Robin, la bouche pâteuse. Vous êtes Alyssa Vincent ?

— Ouais. Et vous ?

— Je m'appelle Robin Ellacott. Je me demandais… pourrais-je vous dire deux mots à propos de Noel ?

— Quoi par exemple ? demanda Alyssa.

— Je préfère vous parler à l'intérieur. »

Alyssa affichait l'expression méfiante d'une femme qui s'attend constamment à ce que la vie lui joue encore un sale coup.

« Je vous en prie. C'est important, insista Robin dont la langue était si sèche qu'elle adhérait presque à son palais. Sinon, je ne serais pas venue. »

Les deux femmes se regardèrent au fond des yeux : ceux d'Alyssa étaient couleur caramel, ceux de Robin gris-bleu. Robin s'attendait à un refus catégorique. Puis les paupières ourlées d'épais cils bruns s'écarquillèrent tout à coup, une expression intriguée détendit le visage d'Alyssa comme si une idée agréable venait de surgir dans son esprit. Sans un mot, elle recula dans le vestibule mal éclairé et, d'un geste théâtral, lui fit signe d'entrer.

Brusquement, Robin eut un mauvais pressentiment. Elle n'aurait su dire pourquoi mais, si les deux petites filles n'avaient pas été là, elle se serait abstenue de franchir le seuil.

On accédait par un couloir minuscule au salon chichement meublé. Il y avait une télé, un canapé, une lampe de table posée par terre. Dans des cadres dorés de pacotille, deux photos étaient accrochées au mur. Sur l'une, la petite Zahara bien joufflue portait une robe turquoise assortie aux barrettes qui retenaient ses cheveux. Sur l'autre, sa grande sœur posait dans son uniforme marron d'écolière. Elle ressemblait beaucoup à sa mère. Le photographe n'avait pas réussi à la faire sourire.

Robin entendit tourner le verrou de la porte d'entrée. Quand elle fit volte-face, ses baskets crissèrent sur le parquet ciré. Le tintement d'un four à micro-ondes annonça que le temps de réchauffage était écoulé.

« Maman ! piailla une voix suraiguë.

— Angel ! cria Alyssa en passant dans le salon. Tu veux bien sortir son lait ? Bon, ajouta-t-elle, les bras croisés, vous avez quoi à me dire sur Noel ? »

Robin avait vraiment l'impression qu'Alyssa jubilait de la voir en face d'elle, comme si une idée lui trottait dans la tête. Et le rictus qui déformait son joli visage n'arrangeait pas les choses. L'ex-stripteaseuse croisait les bras de telle manière que ses seins remontaient comme ceux d'une sirène sculptée sur une figure de proue. Ses longs cheveux nattés se balançaient dans son dos. Elle mesurait cinq centimètres de plus que Robin.

« Alyssa, je travaille avec Cormoran Strike. Il est…

— Je sais qui c'est, articula Alyssa en renonçant brusquement à son petit sourire entendu. C'est le salaud qui a rendu Noel épileptique ! Nom de Dieu ! C'est *lui* que t'es venue voir, pas vrai ? Strike et toi, vous êtes de mèche, hein ? Pourquoi tu vas pas le dénoncer aux flics, sale menteuse, s'il t'a *vraiment*… »

Elle lui administra une violente bourrade à l'épaule et, sans lui laisser le temps de réagir, termina sa phrase en ponctuant chaque mot d'une nouvelle poussée.

« … fait… *quelque… chose* ! »

Déchaînée, Alyssa se mit à la marteler de coups que Robin para de son bras gauche en essayant de protéger le droit. Puis elle lui balança un coup de pied dans le genou. Alyssa bondit en arrière avec un cri strident. Dans le dos de Robin, la petite fille éclata en sanglots et, au même instant, sa grande sœur entra dans la pièce.

« Salope ! hurlait Alyssa. M'attaquer devant mes enfants… »

Elle repartit à la charge, empoigna Robin par les cheveux et lui cogna la tête contre la vitre de la fenêtre sans rideaux. Robin sentit Angel s'approcher d'elles et, de ses bras minces et nerveux, tenter de les séparer. Abandonnant toute retenue, Robin réussit à gifler Alyssa sur l'oreille. Cette dernière étouffa un cri de douleur et recula. Robin saisit Angel sous les aisselles pour l'éloigner du chemin puis, baissant la tête, fonça sur son assaillante qui se retrouva projetée sur le canapé.

« Laissez ma maman… *laissez ma maman tranquille !* » hurla Angel en saisissant le bras blessé de Robin et en tirant dessus si violemment que Robin se mit à hurler, elle aussi. Quant à Zahara, plantée sur le seuil, elle braillait en tenant à l'envers un gobelet de lait chaud fermé par un couvercle à bec.

« VOUS VIVEZ AVEC UN PÉDOPHILE ! » rugit Robin pour se faire entendre au-dessus du vacarme, tandis qu'Alyssa cherchait à s'extraire du canapé pour reprendre le combat.

Robin avait imaginé la scène tout à fait autrement. Elle pensait annoncer en murmurant l'horrible nouvelle à une femme sur le point de défaillir sous le choc. Pas une seule fois elle n'avait cru qu'Alyssa la dévisagerait ainsi, avec ce rictus malveillant :

« Tu m'en diras tant. Tu crois que je sais pas qui tu es, sale pute ? Ça te suffit pas d'avoir détruit sa vie… »

Et de nouveau, elle se jeta sur Robin. Le salon était si exigu, l'espace entre elles si restreint que Robin se retrouva collée au mur. Agrippées l'une à l'autre, elles glissèrent sur le côté et renversèrent la télé qui se fracassa sur le parquet. Robin sentit la plaie de son bras se distendre, se tordre. Elle cria de douleur.

« Mama ! Mama ! piaillait Zahara pendant qu'Angel tirait Robin par la ceinture de son jean, pour l'empêcher de contre-attaquer.

— Demandez à vos filles ! » cria Robin sous une pluie de coups de poing et de coude. Elle essayait de se dégager mais Angel la maintenait toujours fermement. « Demandez à vos filles s'il…

— Comment tu oses… sale pute… comment tu oses mêler mes gosses…

— Demandez-leur !

— Sale pute, sale menteuse – toi et ton enculée de mère…

— Ma *mère* ? dit Robin qui, au prix d'un effort surhumain, assena un violent coup de coude dans l'estomac de son adversaire, l'obligeant à rejoindre le canapé, pliée en deux par la douleur. Angel, lâche-moi ! » rugit-elle en retirant de force les doigts de la petite fille agrippés à son jean. Elle ne disposait que de quelques secondes avant le prochain assaut d'Alyssa. Zahara continuait à sangloter sur le seuil du salon. « Vous me confondez…, haleta Robin, debout devant Alyssa prostrée sur les coussins… avec *quelqu'un d'autre*.

— Laisse-moi rigoler ! hoqueta Alyssa, le souffle coupé. T'es cette ordure de Brittany ! Toujours à l'appeler, à le persécuter…

— Brittany ? dit Robin abasourdie. Je ne suis pas Brittany ! »

D'un geste preste, elle sortit son portefeuille de la poche de sa veste. « Regardez ma carte de crédit – regardez-la bien ! Je suis Robin Ellacott et je travaille avec Cormoran Strike…

— Le salaud qui l'a blessé à la…

— Vous savez pourquoi Cormoran était venu l'arrêter ?

— Parce que sa putain de femme l'avait piégé…

— Personne ne l'avait piégé ! Il a violé Brittany, il a été viré de tous ses jobs, dans ce pays aucun employeur ne veut de lui parce qu'il s'attaque aux petites filles ! Il a violé sa propre sœur – je l'ai rencontrée !

— Sale menteuse ! beugla Alyssa qui tentait encore une fois de se relever.

— Je… ne… mens… PAS ! rugit Robin en la renvoyant sur les coussins.

— Espèce de tarée, hoqueta Alyssa, fous le camp de chez moi, tout de suite !

— Demandez à votre fille s'il lui a fait du mal ! Demandez-lui ! Angel ?

— *Je t'interdis de parler à mes gosses, salope !*

— Angel, dis à ta mère s'il…

— Qu'est-ce qui se passe, là-dedans ? »

Zahara pleurait si fort qu'elles n'avaient pas entendu la clé dans la serrure.

L'homme était massif, cheveux et barbe bruns, survêtement noir. Il avait une orbite enfoncée et la dépression osseuse qui s'étirait vers son nez lui donnait un regard intense, excessivement troublant. Il posa ses yeux sombres sur Robin et se pencha pour soulever la petite fille qui se blottit contre lui d'un air ravi. Par contre, sa sœur Angel recula vers le mur. Très lentement, sans lâcher Robin du regard, Brockbank déposa Zahara sur les genoux de sa mère.

« Content de te voir », dit-il avec un sourire qui n'en était pas un, mais une promesse de souffrance.

Transie de la tête aux pieds, Robin voulut prendre discrètement l'alarme anti-viol dans sa poche, mais Brockbank ne lui en laissa pas le temps. Il lui saisit le poignet en appuyant sur ses points de suture.

« T'appelleras personne, sale petite pute. Tu croyais que j'avais pas compris que c'était toi… »

Elle essaya de se dégager mais ses points de suture menaçaient d'exploser sous la pression. Alors, elle hurla de toute la force de ses poumons :

« SHANKER !

— J'aurais dû te buter quand j'en avais l'occasion, traînée ! »

On entendit un grand bruit, celui du bois qu'on réduit en miettes. Un trou apparut dans la porte d'entrée. Brockbank lâcha Robin, pivota sur lui-même et vit Shanker se ruer dans le salon, un couteau à la main.

« Ne le blessez pas ! » souffla Robin en se tenant l'avant-bras.

Les six personnes entassées dans la petite pièce dépourvue de meubles se figèrent une fraction de seconde, même la gamine accrochée à sa mère. Puis une voix minuscule s'éleva, une voix tremblante, suppliante, mais enfin libérée par la présence d'un balafré avec des dents en or et un couteau dans sa main couverte de tatouages.

« Il me l'a fait ! Il me l'a fait, maman, il l'a fait ! Il me l'a fait !

— Quoi ? dit Alyssa en se tournant vers Angel, le visage défait par la stupeur.

— Il me l'a fait ! Ce que la dame a dit. Il me l'a fait ! »

Brockbank esquissa vers elle un geste convulsif, immédiatement stoppé par la pointe d'acier que Shanker, moins imposant que lui, venait de poser sur sa poitrine.

« Tout va bien, ma cocotte », dit Shanker à Angel en la protégeant de sa main libre. Ses dents en or étincelaient sous les rayons du soleil qui se couchait derrière les maisons d'en face. « Il ne recommencera plus. Plus jamais, je te jure, souffla-t-il dans la figure de Brockbank. J'adorerais t'écorcher vif.

— Mais de quoi tu parles, Angel ? » dit Alyssa en serrant toujours contre elle la petite Zahara. L'épouvante se lisait sur son visage. « Il n'a pas… ? »

Soudain Brockbank rentra la tête dans les épaules et se rua sur Shanker comme l'ailier qu'il avait été autrefois. Moitié moins épais que lui, Shanker fut balayé comme un pantin. Brockbank sortit en courant de la pièce et franchit la porte défoncée, pendant que Shanker le prenait en chasse en l'accablant d'injures.

« Laissez-le… *laissez-le !* hurla Robin qui regardait par la fenêtre les deux hommes cavaler dans la rue. Oh, mon Dieu, SHANKER… la police va… où est Angel… ? »

Alyssa avait déjà quitté la pièce pour s'élancer vers Angel, laissant Zahara brailler sur le canapé. Robin se savait incapable de rattraper les deux hommes. Prise de vertiges et de nausées, elle s'accroupit en se tenant la tête.

Elle était allée jusqu'au bout de la mission qu'elle s'était fixée. Depuis le départ, elle avait eu conscience qu'il y aurait certainement des dommages collatéraux. Par exemple, Brockbank pouvait s'enfuir ou se faire poignarder par Shanker. À présent, elle ne pouvait que constater la situation sans rien pouvoir faire pour y remédier. Elle respira deux fois profondément, se releva et marcha vers le canapé pour réconforter la gamine terrifiée. Mais Robin étant associée dans l'esprit de la petite à des scènes de violence et d'hystérie, elle ne fut guère étonnée quand Zahara se mit à hurler de plus belle en la repoussant de son pied minuscule.

*

« Je ne savais pas, dit Alyssa. Oh, mon Dieu. Oh, mon Dieu. Pourquoi tu ne m'as rien dit, Angel ? Pourquoi ? »

Le soir tombait. La lampe que Robin avait allumée projetait des ombres gris clair sur les murs crème. Les trois silhouettes qu'on aurait crues perchées sur le dossier du canapé épousaient tous les mouvements d'Alyssa. Angel sanglotait, recroquevillée sur les genoux de sa mère, et toutes les deux se balançaient d'avant en arrière.

Robin, qui avait déjà préparé deux fois du thé, ainsi que des spaghettis en boîte pour Zahara, était assise par terre sous la fenêtre. Elle s'était sentie obligée d'attendre que le menuisier vienne réparer la porte défoncée par Shanker. Personne n'avait appelé la police. La mère et la fille discutaient encore à voix basse, Robin se sentait de trop mais ne pouvait se résoudre à les quitter avant de les savoir protégées par une porte solide et une serrure neuve. Zahara dormait en boule sur le canapé, à côté de sa mère et de sa sœur, un pouce collé dans la bouche. Sa petite main potelée tenait toujours le gobelet à bec.

« Il a dit qu'il tuerait Zahara si je te parlais, murmura Angel dans le cou de sa mère.

— Oh, doux Jésus, gémit Alyssa dont les larmes s'écrasaient sur le dos de sa fille. Oh, seigneur. »

Robin éprouvait une désagréable impression, comme si des crabes agitaient leurs pattes pointues dans son ventre. Pour expliquer son absence prolongée, elle avait envoyé un texto à sa mère et à Matthew, disant que la police souhaitait lui montrer d'autres portraits-robots. Mais ils s'inquiétaient malgré tout, parlaient de venir la chercher, et Robin était à court d'idées. Pour la énième fois, elle vérifia que la sonnerie de son téléphone était bien activée. Où diable était Shanker ?

Le réparateur finit par arriver. Robin tenait à payer les dommages causés par Shanker. Elle lui donna les références de sa carte bancaire puis elle prit congé d'Alyssa.

Cette dernière laissa ses deux filles serrées l'une contre l'autre sur le canapé pour raccompagner Robin jusqu'à la rue plongée dans la pénombre.

« Écoutez », dit Alyssa.

Les larmes avaient laissé des marques sur son visage. Robin voyait qu'elle n'avait pas l'habitude de dire merci.

« Alors merci, hein ? lâcha-t-elle sur un ton presque agressif.

— Pas de souci, fit Robin.

— Je n'ai jamais… je veux dire… je l'ai rencontré dans cette putain d'*église*. Je pensais avoir trouvé un brave type, enfin, vous voyez… il était vraiment gentil avec les… avec les gosses… »

Elle se mit à pleurer. Robin fut tentée de la prendre dans ses bras mais préféra s'en abstenir car ses épaules lui faisaient mal. Alyssa ne l'avait pas ratée. Et la plaie de son avant-bras l'élançait plus que jamais.

« C'est vrai que Brittany lui a téléphoné ? demanda Robin.

— C'est ce qu'il m'a raconté, fit Alyssa en s'essuyant les yeux. Il disait que son ex-femme voulait le piéger, qu'elle avait poussé Brittany à mentir… il disait que si jamais une fille blonde se présentait chez nous, je ne devais surtout pas l'écouter. »

Robin se souvint de la voix qui murmurait dans sa tête :

On s'connaît, gamine ?

Il l'avait prise pour Brittany. C'était pour *ça* qu'il avait raccroché et n'avait jamais rappelé.

« Je ferais mieux de rentrer, dit Robin qui s'inquiétait du temps qu'il lui faudrait pour regagner West Ealing. Vous allez appeler la police, n'est-ce pas ?

— J'imagine », dit Alyssa. Robin soupçonna qu'elle n'y avait pas encore songé. « Ouais. »

Pendant que Robin s'éloignait dans la nuit, le poing crispé sur son alarme de rechange, elle se demanda ce que Brittany Brockbank avait pu dire à son beau-père au téléphone : « Je n'ai rien oublié. Recommence et je te dénonce », sans doute. Elle avait dû se sentir soulagée après cela. Brittany devait craindre qu'il ne continue à faire des victimes sans toutefois pouvoir assumer les conséquences d'une dénonciation. Après tout, les faits remontaient à de nombreuses années.

À mon humble avis, Miss Brockbank, votre beau-père ne vous a jamais touchée. C'est vous-même et votre mère qui avez monté cette histoire de toutes pièces...

Robin connaissait la musique. Elle se souvenait de l'avocat de la défense, lors de son procès, un individu cynique au visage cruel et rusé.

Vous reveniez du bar des facultés, Miss Ellacott. Vous aviez bu, n'est-ce pas ?

Plusieurs témoins vous ont entendue plaisanter en disant que les... euh... attentions de votre petit ami vous manquaient. C'est exact ?

Quand vous avez rencontré Mr. Trewin...

Je n'ai pas...

Quand vous avez rencontré Mr. Trewin devant la résidence...

Je n'ai pas rencontré...

Vous avez dit à Mr. Trewin que...

Nous n'avons pas parlé...

À mon humble avis, Miss Ellacott, vous aviez honte d'inviter Mr. Trewin...

Je ne l'ai pas invité...

Vous aviez plaisanté dans le bar, Miss Ellacott, n'est-ce pas, en disant que les... euh... attentions de votre petit ami... euh, sexuellement parlant...

J'ai dit qu'il me manquait...

Combien de verres aviez-vous bus, Miss Ellacott ?

Robin comprenait parfaitement pourquoi les gens avaient peur de parler. Ils redoutaient de raconter ce qu'ils avaient subi, de se voir accusés de mensonge, de s'entendre dire que le traitement odieux, humiliant qu'on leur avait infligé n'était que le fruit de leur imagination morbide. Tout comme Brittany, Holly n'avait pas eu le courage d'affronter les retombées d'un procès. Peut-être en serait-il de même pour Alyssa et Angel. Pourtant, Robin était certaine que rien, à part la mort ou l'incarcération, n'empêcherait Noel Brockbank de continuer à violer des jeunes filles. Malgré cela, elle aurait été soulagée d'apprendre que Shanker ne l'avait pas tué, parce que, dans le cas contraire… « Shanker ! » hurla-t-elle en voyant un grand type tatoué vêtu d'un survêtement passer sous un réverbère.

« Ce putain d'enfoiré m'a filé entre les pattes, Rob ! » lança la voix de Shanker. Il ne semblait pas réaliser que Robin était restée assise par terre pendant deux bonnes heures en tremblant de peur à l'idée qu'il ne revienne jamais. « Il court vite pour un gros plein de soupe, pas vrai ?

— La police le retrouvera, dit Robin dont les genoux faiblissaient, tout à coup. Alyssa va les appeler, je crois. Shanker, est-ce que vous… est-ce que ça vous ennuierait de me raccompagner en voiture ? »

55

Came the last night of sadness
And it was clear she couldn't go on.
Vint la dernière nuit de tristesse
Et il était clair qu'elle ne pouvait pas continuer.

BLUE ÖYSTER CULT, « (Don't Fear) The Reaper »

Pendant vingt-quatre heures, Strike resta dans l'ignorance de ce que Robin avait fait. Quand il lui téléphona à l'heure du déjeuner, le lendemain, elle ne décrocha pas. Trop accaparé par ses propres dilemmes et la croyant en sécurité chez elle avec sa mère, il ne trouva ni étrange ni inquiétant qu'elle ne le rappelle pas. Ayant classé son associée blessée dans la courte liste des problèmes momentanément résolus, il craignait que Robin n'insiste pour revenir travailler si jamais il lui faisait part de la révélation qu'il avait eue devant l'hôpital.

En ce moment, il ne pensait plus qu'à cela. Qu'aurait-il pu faire d'autre dans ce bureau silencieux où aucun client ne venait ni ne téléphonait ? Rien ne bougeait à part la mouche qui bourdonnait avant de s'échapper par la fenêtre ouverte sur la clarté brumeuse du soleil, et Strike qui fumait ses Benson à la chaîne.

Quand il repensait aux trois mois ou presque qui s'étaient écoulés depuis l'arrivée du colis contenant la jambe coupée, le détective voyait défiler toutes les erreurs accumulées. Il aurait dû comprendre qui était le tueur dès le jour où il s'était rendu chez Kelsey Platt. Si seulement il avait fait fonctionner son cerveau – s'il n'était pas tombé dans tous les pièges semés sur sa route par l'assassin, s'il n'avait pas suivi aveuglément les pistes laissées derrière eux par d'autres sociopathes –, Lila Monkton aurait encore ses dix doigts et Heather Smart serait en train de bosser dans sa société d'investissement à Nottingham, bien résolue à ne plus jamais boire comme elle l'avait fait pour l'anniversaire de sa belle-sœur à Londres.

Strike n'avait pas grimpé les échelons de la Brigade spéciale d'investigation de la Police militaire royale sans savoir comment gérer les contrecoups émotionnels d'une enquête. Il avait passé la soirée de la veille à se traiter d'imbécile, à se reprocher d'avoir ignoré l'évidence. Et pourtant, force était d'admettre qu'il avait affaire à un criminel particulièrement brillant. Seul un virtuose pouvait réussir un coup pareil : se servir du passé de Strike comme d'une arme, le forcer à douter, à se remettre en question, détruire sa confiance en son propre jugement.

Le fait que le tueur soit l'un des trois hommes qu'il avait soupçonnés dès le départ lui était d'un piètre réconfort. De mémoire, jamais enquête ne lui avait causé une telle souffrance psychologique. Seul dans son bureau désert, convaincu que l'officier de police n'avait pas tenu compte de ce qu'il lui avait dit au téléphone et que, par conséquent, Carver n'avait pas reçu son message, Strike se disait, contre toute raison, que si un autre meurtre devait avoir lieu, il en serait responsable.

Mais s'il s'immisçait de nouveau dans l'enquête – s'il décidait de placer l'individu sous surveillance ou de le filer –, Carver le traînerait devant la justice pour entrave ou obstruction. À la place de Carver, il n'aurait pas agi autrement – à la seule différence, songea Strike dans un accès de colère, qu'il aurait d'abord fait taire sa rancœur pour écouter toutes ses suggestions dans l'espoir de glaner un fragment d'indice. On ne résout pas une affaire aussi complexe en éliminant des témoins sous prétexte qu'ils ont été plus malins que vous par le passé.

Les gargouillis dans son estomac lui rappelèrent qu'il avait rendez-vous avec Elin pour dîner. La convention de divorce était actée, les modalités de la garde acceptées par les deux parties. Au téléphone, Elin lui avait déclaré tout de go qu'ils allaient enfin pouvoir s'offrir un vrai repas, pour changer, et qu'elle avait réservé une table au Gavroche – « C'est moi qui invite », avait-elle ajouté.

Strike tirait sur sa cigarette en songeant à la soirée qui s'annonçait. Il ressentait à cet égard un détachement qui disparaissait dès qu'il pensait à l'Éventreur de Shacklewell. Côté positif, il profiterait d'un excellent repas, perspective d'autant plus séduisante qu'étant fauché, il avait dû se contenter la veille d'une boîte de haricots blancs avec du pain. Sans doute, après dîner, Elin l'emmènerait-elle chez elle, dans son bel appartement blanc, le futur ex-foyer de sa famille en voie de décomposition, et ils feraient l'amour. Côté négatif – et pour la première fois, il aborda le problème de front – il allait devoir lui parler, or, il devait bien l'admettre, parler avec Elin n'était pas son activité favorite, surtout quand la conversation portait sur son travail de détective. Elin s'intéressait à ses enquêtes mais manquait singulièrement d'imagination. Elle ne possédait pas cette curiosité innée, cette empathie naturelle pour autrui dont Robin faisait preuve. Quand Strike, pour l'amuser, dressait le portrait de ses clients les plus insolites – Deux-Fois, par exemple –, Elin le regardait bizarrement, comme si elle ne comprenait pas ce qu'il y avait de drôle.

Et puis, l'expression « C'est moi qui invite » ne lui disait rien qui vaille. La différence croissante entre leurs trains de vie respectifs commençait à devenir gênante. Quand il avait fait la connaissance d'Elin, Strike était encore créditeur. Depuis, les choses avaient bien changé et elle risquait d'être déçue si jamais elle espérait qu'il lui retourne son invitation au Gavroche, un de ces soirs.

Strike avait déjà fréquenté une femme beaucoup plus riche que lui, et ce pendant seize ans. Charlotte avait une relation ambiguë à l'argent. Tantôt elle brandissait sa fortune comme une arme, tantôt elle reprochait à Strike de ne pas vouloir – ou pouvoir – vivre au-dessus de ses moyens. Il lui suffisait de repenser aux méchancetés que Charlotte lui avait balancées chaque fois qu'il lui avait refusé tel ou tel caprice, pour juger insupportable la manière dont Elin avait dit « un repas correct, pour changer ». Il n'avait jamais rechigné à régler la note des dîners qu'ils avaient partagés jusqu'à présent, dans des restaurants discrets, français ou indiens, que l'ex-mari d'Elin n'était pas susceptible de fréquenter. Cet argent, il l'avait durement gagné et il n'appréciait guère d'entendre ainsi dénigrer le fruit de son labeur.

Tel était son état d'esprit lorsque, vêtu de son meilleur costume italien, il se mit en route pour Mayfair à vingt heures ce soir-là, tandis que le tueur en série continuait à occuper l'essentiel des pensées qui tournoyaient dans son cerveau surmené.

La devanture du Gavroche s'encastrait entre les façades majestueuses des immeubles XVIIIe qui bordaient le haut de Brook Street. Sa marquise en fer forgé, ses grilles envahies de lierre, l'impression de luxe et de stabilité qui se dégageait de la lourde porte d'entrée garnie de miroirs, ne cadraient absolument pas avec l'humeur de Strike. Elin arriva peu après qu'on l'eut conduit vers leur table, dans une salle vert et rouge dont l'éclairage savant privilégiait les nappes blanches comme neige et les tableaux richement encadrés. Elin était d'une beauté saisissante dans sa robe moulante bleu pâle. Strike se leva pour l'embrasser et, l'espace d'un instant, oublia sa contrariété.

« C'est un agréable changement », dit-elle dans un sourire, en prenant place sur la banquette moelleuse qui s'incurvait autour de leur table ronde.

Ils commandèrent. Strike qui rêvait d'une pinte de Doom Bar but le bourgogne choisi par Elin en regrettant de ne pouvoir griller une cigarette, bien qu'il ait fumé plus d'un paquet dans la journée. Sa compagne se lança dans un monologue animé. Ses recherches immobilières avançaient. Ayant renoncé au penthouse du Strata, elle convoitait à présent une propriété située à Camberwell, un bien à fort potentiel. Elle lui montra une photo sur son téléphone. D'un œil las, Strike examina les blanches colonnades géorgiennes et leur trouva un air de déjà-vu.

Strike buvait en l'écoutant peser les avantages et les inconvénients d'un éventuel emménagement à Camberwell. Le vin était fameux mais, au lieu d'en savourer le bouquet, il l'ingurgitait comme une vulgaire piquette, dans l'espoir que l'alcool finirait par adoucir son amertume. Peine perdue, loin de se dissoudre dans le bourgogne, son impression de déphasage ne faisait qu'augmenter. Le confortable restaurant de Mayfair, avec ses lumières tamisées, sa moquette épaisse, lui apparaissait comme un décor de théâtre : illusoire, éphémère. Que faisait-il dans ce lieu, avec cette femme superbe mais tellement ennuyeuse ? Pourquoi feindre de s'intéresser à ses projets somptuaires alors que sa propre agence périclitait et qu'il était la seule personne dans tout Londres à connaître l'identité de l'Éventreur de Shacklewell ?

Leurs plats arrivèrent. Son filet de bœuf était si délicieux qu'il atténua quelque peu sa morosité.

« Et toi, qu'as-tu fait ces derniers jours ? » demanda Elin, avec son habituelle courtoisie.

Soudain, Strike se trouva confronté à un choix épineux. S'il décidait de lui répondre franchement, il devrait par la même occasion avouer lui avoir caché les événements récents, lesquels auraient pu remplir l'existence de n'importe qui pendant une dizaine d'années. Il serait forcé de révéler que la dernière victime de l'Éventreur, celle qui avait survécu, n'était autre que sa propre associée. Il devrait lui expliquer qu'il avait été mis sur la touche par une vieille connaissance, un policier qu'il avait humilié autrefois, lors d'une autre affaire criminelle très médiatisée. Et, pour être honnête jusqu'au bout, il devrait également lui dire qu'il connaissait l'assassin. Or, rien qu'à l'idée de lui raconter tout cela, Strike se sentait accablé d'ennui et de fatigue. Pas une seule fois il n'avait songé à l'appeler pour lui parler de tel ou tel rebondissement dans son enquête. Ce qui en disait long sur leurs rapports.

Il prit une nouvelle gorgée de vin, histoire de s'accorder quelques secondes de réflexion, et décida qu'il était temps de tourner la page. Pour commencer, il trouverait une excuse pour ne pas dormir avec elle ce soir, à Clarence Terrace. Une défection qui lui mettrait la puce à l'oreille car, dans leurs relations, le sexe avait toujours constitué la meilleure part. Puis, la fois suivante, il lui dirait que tout était fini entre eux. Il préférait ne rien faire pour l'instant car, non seulement il estimait grossier de rompre lors d'un dîner où il était invité, mais il redoutait qu'Elin ne le plante là en lui laissant une addition que sa banque refuserait certainement d'acquitter.

« Pas grand-chose, à vrai dire, mentit Strike.

— Et au sujet de l'Éventr… »

Le portable de Strike sonna. Il le sortit de sa poche, vit que le numéro était masqué mais son sixième sens lui conseilla de décrocher.

« Désolé, dit-il à Elin. Je crois qu'il faut…

— Strike, démarra Carver avec son inimitable accent londonien. C'est vous qui lui avez dit de faire ça ?

— Quoi ?

— Votre putain d'associée. C'est vous qui l'avez envoyée chez Brockbank ? »

Strike se leva si brusquement qu'il heurta le bord de la table. Un liquide rouge foncé se répandit sur l'épaisse nappe blanche, le filet de bœuf glissa hors de son assiette, le verre de vin bascula, projetant son contenu sur la robe d'Elin. Le serveur le regardait, bouche bée, de même que le couple chic assis à la table voisine.

« Où est-elle ? Que s'est-il passé ? hurla Strike sans se préoccuper de rien sinon de la voix de Carver dans son portable.

— Je vous ai mis en garde, Strike, lança le policier avec une rage à peine contenue. Je vous ai dit de vous tenir à carreau, bordel. Ce coup-ci, vous avez merdé dans les grandes largeurs… »

Strike baissa son téléphone. Les hurlements de Carver résonnaient à travers le restaurant. Les dîneurs placés à proximité l'entendirent clairement égrener un chapelet d'insanités allant de « con » à « putain » en passant par « bordel ». Strike se tourna vers Elin. Sa jolie robe était tachée de pourpre, son beau visage crispé par un mélange de colère et de perplexité.

« Il faut que j'y aille. Je suis désolé. Je t'appelle plus tard. »

Il ne resta pas assez longtemps pour voir sa réaction ; d'ailleurs il s'en fichait.

Comme il s'était tordu le genou en bondissant de son siège, il claudiquait légèrement lorsqu'il traversa la salle pour se ruer dehors, le téléphone collé à l'oreille. Le discours de Carver n'avait plus ni queue ni tête. Dès que Strike tentait de l'interrompre, il lui hurlait de fermer sa gueule.

« Carver, écoutez-moi, s'égosilla Strike en posant le pied sur le trottoir. J'ai un truc à vous… allez-vous m'écouter, nom de Dieu ! »

Mais sa demande ne fit qu'augmenter le niveau sonore et le caractère injurieux du soliloque de Carver.

« Espèce de gros connard de mes deux, il a foutu le camp – tais-toi, je sais ce que tu voulais faire, merde – on allait le choper, abruti, on avait trouvé le lien entre les églises ! Si jamais – ferme ta grande gueule, je parle ! – si *jamais* tu te mêles encore une fois de mes enquêtes… »

Strike marchait péniblement dans la nuit tiède. Il avait mal au genou. Sa fureur, sa frustration augmentaient à chacun de ses pas.

Il lui fallut presque une heure pour atteindre Hastings Road. Mais à présent, grâce à Carver, il savait précisément ce qui s'était passé. La police avait interrogé Robin toute la soirée, peut-être même étaient-ils encore chez elle. Elle s'était introduite au domicile de Brockbank et, à la suite de son intervention, le suspect s'était enfui et une plainte pour viol sur mineur avait été déposée. Tous les postes de police avaient reçu la photo de Brockbank mais ce dernier courait toujours.

Strike n'avait pas prévenu Robin de son arrivée. En débouchant sur Hastings Road noyée dans la pénombre, il vit de la lumière aux fenêtres de son appartement.

Deux officiers de police en civil mais facilement repérables sortirent de l'immeuble. Le bruit de la porte qui se refermait résonna dans le silence de la nuit. Strike se mit à couvert. Les deux policiers regagnèrent leur véhicule tout en discutant à voix basse. Strike attendit qu'ils disparaissent au bout de la rue pour s'avancer vers la porte blanche et presser la sonnette.

« … pensais que c'était fini », dit la voix exaspérée de Matthew derrière le battant. Il devait croire qu'on ne l'entendait pas de l'extérieur car, en ouvrant, il arborait un sourire doucereux, lequel s'effaça dès qu'il reconnut le visiteur.

« Qu'est-ce que vous voulez ?

— Il faut que je parle à Robin. »

Visiblement, Matthew n'avait pas l'intention de le laisser entrer. Linda apparut alors dans le vestibule.

« Oh », fit-elle simplement à la vue de Strike.

Il la trouva amaigrie et plus âgée que lors de leur première rencontre, sans doute parce que sa fille avait failli se faire tuer, puis qu'elle s'était rendue de son plein gré chez un prédateur sexuel où elle avait de nouveau subi une agression. Strike sentit la fureur enfler dans sa poitrine. Si nécessaire, il appellerait Robin, il lui crierait de venir le rejoindre sur le pas de la porte. Mais il n'en eut pas le temps car déjà elle se profilait derrière Matthew. Elle aussi paraissait plus pâle et plus mince qu'à l'accoutumée. Comme toujours, il la trouva plus belle en chair et en os que dans son souvenir. Mais cela ne le rendit pas plus indulgent.

« Oh, souffla-t-elle comme l'avait fait sa mère quelques secondes auparavant.

— J'aimerais qu'on parle, dit Strike.

— Très bien », répondit Robin en levant fièrement le menton, geste qui fit danser ses cheveux cuivrés sur ses épaules. Elle jeta un coup d'œil à sa mère, à Matthew, revint sur Strike et proposa : « Dans la cuisine, ça vous va ? »

Il la suivit dans le couloir jusqu'à la petite cuisine où une table pour deux était poussée dans un coin. Robin prit soin de fermer la porte derrière eux. Ils restèrent debout. Des assiettes sales s'empilaient près de l'évier ; apparemment, ils avaient mangé des pâtes avant que la police débarque pour l'interroger. Cette vision avait quelque chose de choquant. Il trouvait inadmissible que Robin ait passé une soirée parfaitement banale après avoir causé une telle gabegie. Pourtant il s'était promis de garder son sang-froid.

« Je vous avais dit de ne pas vous approcher de Brockbank.

— Oui, répondit Robin sur un ton blasé qui l'agaça plus encore. Je sais. »

Strike se demanda si Linda et Matthew les écoutaient derrière la porte. Une forte odeur d'ail et de tomates planait dans l'air. Sur le calendrier de l'équipe anglaise de rugby accroché au mur, la date du 30 juin était entourée d'un trait gras. En dessous, on avait écrit MAISON-MARIAGE.

« Mais vous avez décidé d'y aller quand même », dit Strike.

Des images de violence se bousculaient dans son esprit comme autant d'exutoires à sa colère – par exemple, il se vit soulever la poubelle à pédale et la balancer à travers la vitre embuée. Dans la réalité, il se tenait immobile, ses deux grands pieds bien campés sur le lino usé, les yeux braqués sur le visage blême de Robin qui l'observait d'un air buté.

« Je ne regrette rien, dit-elle. Il violait…

— Carver est persuadé que c'est moi qui vous ai envoyée là-bas. Brockbank a disparu dans la nature. Maintenant, à cause de vous, il se cache. Comment réagirez-vous s'il décide de couper sa prochaine victime en morceaux pour éviter qu'elle le dénonce ?

— Je vous interdis de me coller ça sur le dos ! rétorqua Robin un ton au-dessus. Ce serait un comble ! C'est bien vous qui l'avez frappé le jour de son arrestation ! Si vous ne l'aviez pas assommé, il se serait peut-être retrouvé en prison !

— Ce qui justifie votre comportement, n'est-ce pas ? »

S'il évitait de crier, c'était uniquement parce qu'il entendait Matthew rôder dans le couloir en se croyant discret.

« Maintenant Angel est en sécurité. Si c'est cela que vous appelez mon comportement…

— Mon agence va couler à cause de vous, dit Strike d'une voix si posée que Robin en resta muette de stupéfaction. On nous a défendu d'approcher les suspects, de nous mêler de cette enquête. Mais vous avez foncé bille en tête. À présent, Brockbank est introuvable. La presse ne va pas tarder à me tomber dessus. Carver leur dira que j'ai tout fait foirer. Ils auront ma peau. Mais vous vous en foutez éperdument, ajouta-t-il, livide de rage. Vous vous foutez de savoir que la police a trouvé un lien entre l'église de Kelsey et celle que Brockbank fréquentait à Brixton. »

Robin accusa le choc.

« Je… j'ignorais que…

— Pourquoi attendre les faits ? » dit Strike. Sous la lumière vive du néon fixé au plafond, ses yeux ressemblaient à deux puits sans fond. « Pourquoi attendre, alors qu'on peut débouler chez un suspect et lui donner l'occasion de se carapater avant l'arrivée de la police ? »

Robin était trop abasourdie pour prononcer un mot. Strike la regardait comme s'il ne la connaissait plus, comme s'ils n'avaient jamais partagé toutes ces expériences qui avaient tissé entre eux un lien à nul autre pareil. Elle s'était attendue à le voir cogner sur les murs, les placards, elle avait même cru qu'emporté par la colère, il…

« C'est fini entre nous », lâcha Strike.

Il prit un malin plaisir à la voir blêmir et se contracter malgré tous les efforts qu'elle faisait pour donner le change.

« Vous ne pensez…

— Je ne pense pas ce que je dis ? Vous croyez que j'ai besoin d'une associée qui ne suit pas mes instructions, qui fait exactement le contraire de ce que je lui dis, qui me fait passer aux yeux de la police pour un frimeur, un type tellement naze qu'à cause de lui un suspect s'est volatilisé devant les yeux des flics qui s'apprêtaient à lui passer les menottes ? »

Devant cette diatribe prononcée sans respirer, Robin fit un pas en arrière et heurta le calendrier sportif qui se décrocha dans un froissement de papier. Elle ne l'entendit pas tomber tant le sang lui battait aux tempes. Elle se sentait prête à s'évanouir. Elle avait tout envisagé, elle s'attendait à ce qu'il menace de la virer, mais pas une seule fois elle n'avait pensé qu'il passerait à l'acte, qu'il balaierait d'un revers de main tout ce qu'elle avait fait pour lui – les risques, les blessures, les intuitions, tout ce temps passé à poireauter dans la rue – pour une seule et unique erreur commise avec les meilleures intentions du monde. Elle ne trouvait même pas la force de gonfler ses poumons pour lui répondre, plaider sa cause, car l'expression de Strike ne laissait rien présager d'autre qu'un surcroît de reproches et la condamnation péremptoire de sa maladresse. Depuis des heures, elle vivait dans l'angoisse de le voir débarquer chez elle pour l'engueuler. Elle avait tenu le coup en s'accrochant au souvenir d'Angel et Alyssa enlacées sur le canapé, à l'idée que le calvaire d'Angel était fini, que sa mère la croyait et la soutenait. Sur l'instant, elle n'avait rien osé dire à Strike. Et maintenant, elle le regrettait.

« Quoi ? » bredouilla-t-elle. Il venait de lui poser une question.

« *Qui avez-vous embarqué avec vous ?*

— Cela ne vous regarde pas, murmura-t-elle après une courte hésitation.

— Ils ont dit qu'il avait menacé Brockbank avec un cout… Shanker ! » s'écria Strike. La vérité qui venait de lui apparaître ne fit qu'alimenter sa fureur. Le temps d'une fraction de seconde, Robin retrouva sur le visage livide de Strike une expression qu'elle connaissait bien. « Comment diable vous êtes-vous procuré son numéro ? »

Mais elle était incapable d'articuler un mot. Quelle importance d'ailleurs, puisqu'elle était virée ? Elle savait que Strike ne revenait jamais en arrière une fois qu'il avait décidé de rompre. Il avait passé seize ans de sa vie avec Charlotte mais, après leur séparation, il ne lui avait plus jamais donné de nouvelles, alors même qu'elle avait cherché à reprendre contact.

Il s'en allait. Robin le suivit dans le couloir. Ses jambes étaient comme engourdies ; elle se faisait l'effet d'un chien battu qui rampe derrière son maître en quémandant son pardon.

« Bonsoir, lança Strike à Linda et à Matthew qui s'étaient retranchés dans le salon.

— Cormoran, murmura Robin.

— Je vous ferai parvenir votre dernier mois de salaire, dit-il sans la regarder. On en reste là. Vous avez commis une faute lourde. »

La porte se referma derrière lui. Elle entendit ses chaussures taille 47 parcourir la courte allée devant l'immeuble. Un sanglot lui coupa le souffle, les larmes jaillirent. Linda et Matthew se précipitèrent dans le vestibule mais arrivèrent trop tard : Robin s'était déjà réfugiée dans la chambre pour ne pas affronter leur mine ravie, leur soulagement de la voir enfin renoncer à son rêve de devenir détective.

56

When life's scorned and damage done
To avenge, this is the pact.
Quand la vie est méprisée et que le mal est fait
Il faut se venger, tel est le pacte.

BLUE ÖYSTER CULT, « Vengeance (The Pact) »

À quatre heures trente le lendemain matin, Strike n'avait quasiment pas fermé l'œil. Sa langue lui faisait mal car il avait passé presque toute la nuit à fumer, assis à la table en Formica de sa cuisine, et à remâcher ses idées noires : la perte de ses clients, de son agence. Quant à Robin, il préférait la laisser dans un coin reculé de son cerveau. La terrible colère qui l'avait assailli la veille commençait à se fissurer, comme une épaisse couche de glace au dégel. Mais ce qu'il y avait dessous ne valait guère mieux. Certes, le geste de Robin était compréhensible. Quoi de plus naturel que de chercher à secourir la jeune victime de Brockbank ? Lui-même n'avait-il pas frappé cette ordure – comme Robin avait hélas cru bon de le faire remarquer – après avoir visionné l'interrogatoire de Brittany ? Ce qu'il n'admettait pas, c'était qu'elle l'ait fait dans son dos, avec l'aide de Shanker, alors que Carver leur avait bien spécifié de ne pas bouger. La rage se remit à fuser dans ses veines quand il renversa son paquet de cigarettes et découvrit qu'il était vide.

Alors il se leva, attrapa ses clés et sortit de chez lui, toujours vêtu du costume italien dans lequel il avait passé la nuit. Le jour se levait lorsqu'il arriva sur Charing Cross Road. La lumière pâle de l'aube repeignait tout en gris clair ; les formes prenaient un aspect vaporeux, friable. Il acheta des cigarettes dans une petite échoppe de Covent Garden et se remit à arpenter les rues en fumant, perdu dans ses pensées.

*

Après deux heures de marche, Strike prit une décision. Il fit demi-tour dans l'intention de regagner son bureau mais, en passant sur Charing Cross Road, vit une serveuse en robe noire déverrouiller les portes du Vergnano Caffé 1882 et s'aperçut qu'il mourait de faim.

Une agréable odeur de boiseries et de café fraîchement moulu l'accueillit sur le seuil. En s'enfonçant dans un confortable fauteuil en chêne, Strike réalisa avec un certain malaise que, depuis une douzaine d'heures, il avait fumé clope sur clope, dormi tout habillé, mangé de la viande et bu du vin rouge sans une seule fois se brosser les dents. L'homme qui se reflétait dans le miroir à côté de lui ressemblait à une loque. Quand il commanda un panini jambon-fromage, une bouteille d'eau et un double espresso, il s'arrangea pour que la jeune serveuse ne sente pas son haleine.

Tandis que, sur le comptoir, le percolateur cuivré se mettait à siffler, Strike replongea dans ses pensées. Une question le taraudait, à laquelle il voulait répondre le plus sincèrement possible.

Valait-il mieux que Carver ? Qu'y avait-il réellement derrière la décision qu'il venait de prendre ? Avait-il choisi la solution la plus risquée parce que c'était le seul moyen d'arrêter le tueur ou parce qu'il savait qu'en réalisant un coup pareil – s'il était le seul capable de trouver l'assassin et de l'envoyer en taule – il sauverait son agence, sa réputation, il redeviendrait aux yeux de tous l'homme qui avait réussi là où le Met s'était planté ? En bref, était-ce par nécessité ou par orgueil qu'il s'engageait sur une voie que la plupart des gens auraient qualifiée de téméraire et d'irréaliste ?

La serveuse lui apporta son sandwich et son café. Strike se mit à mastiquer en regardant fixement devant lui, trop préoccupé pour savourer ce qu'il mangeait.

Cette série de crimes suscitait auprès du public un engouement qu'il n'avait constaté pour aucune autre enquête. Actuellement, la police devait crouler sous les informations. Et elle était obligée d'étudier toutes ces pistes dont aucune (Strike était prêt à le parier) ne les mènerait jusqu'au tueur qui les narguait depuis des semaines avec un incroyable talent.

Il pouvait toujours essayer de joindre l'un des supérieurs de Carver, encore que, n'étant pas en odeur de sainteté, il doutait fort qu'on accepte de le mettre en relation avec un commissaire, lequel, à supposer qu'il y parvienne, refuserait de désavouer ses propres hommes, ce qui était parfaitement compréhensible. De plus, en cherchant à contourner Carver, il ne ferait qu'aggraver son cas, puisque la police était déjà persuadée que Strike travaillait à discréditer le responsable de l'enquête.

Et pour couronner le tout, Strike n'avait aucune preuve, juste une hypothèse. Non seulement il était peu probable qu'un flic du Met accepte de l'écouter et de suivre ses indications, mais le moindre retard supplémentaire pouvait avoir comme conséquence le sacrifice d'une autre vie.

Il constata avec surprise qu'il avait mangé tout son panini et, comme il avait toujours faim, en demanda un deuxième.

Non, pensa-t-il avec une soudaine détermination, *il n'y a pas d'autre façon de procéder*.

Ce monstre devait être mis hors d'état de nuire, et sans délai. Pour la première fois, Strike était en mesure de le devancer. Néanmoins, afin d'apaiser sa conscience et se prouver à lui-même que l'arrestation du tueur le motivait davantage que la gloire qu'il pourrait en tirer, Strike reprit son téléphone et appela l'inspecteur Richard Anstis, sa plus ancienne relation au sein de la police. Anstis et lui n'étaient pas dans les meilleurs termes, mais pour sa tranquillité d'esprit, Strike voulait s'assurer qu'il avait tout tenté pour informer le Met et le laisser intervenir à sa place.

Après une longue attente, une tonalité inhabituelle résonna dans son oreille. Personne ne décrocha. Anstis était en vacances à l'étranger. Strike songea à lui laisser un message, puis y renonça. N'étant pas sur place,

Anstis ne pourrait rien faire, de toute façon. Strike ne réussirait qu'à gâcher ses vacances et, connaissant sa femme et ses enfants, il estimait qu'Anstis avait grand besoin de repos.

Il raccrocha donc et, sans trop réfléchir, consulta ses derniers appels. Carver n'avait pas laissé son numéro. Le nom de Robin apparaissait quelques lignes plus bas. En le voyant, Strike reçut un coup au cœur ; il était fatigué, aussi bien physiquement que moralement, il lui en voulait terriblement et, en même temps, il avait envie d'entendre sa voix. D'un geste résolu, il reposa le téléphone sur la table et glissa la main dans la poche intérieure de sa veste pour prendre un stylo et un calepin.

Puis, en dévorant son deuxième sandwich, Strike entreprit de dresser une liste.

1) Écrire à Carver.

Par ce biais, il espérait soulager sa conscience tout en « couvrant ses arrières ». Sachant qu'à l'heure actuelle, Scotland Yard devait être noyé sous un tsunami de mails venant de témoins potentiels, Strike doutait que le sien parvienne jusqu'à Carver dont il ne possédait pas l'adresse personnelle. En général – c'était un phénomène culturel –, les gens accordaient plus d'importance à une missive écrite à l'encre sur du papier, surtout quand ils devaient signer de leur nom pour avoir le droit de la lire : une bonne vieille lettre à l'ancienne, envoyée en recommandé avec accusé de réception, aurait toutes les chances d'aboutir sur le bureau de Carver. Et par la même occasion, Strike laisserait une trace – comme le tueur l'avait fait – prouvant de manière incontestable qu'il avait tout tenté pour le prévenir. Cette lettre lui serait bien utile le jour où ils se retrouveraient tous devant la justice, ce qui arriverait assurément quelle que soit l'issue, victorieuse ou non, du plan que Strike avait échafaudé en traversant Covent Garden aux premières lueurs de l'aube.

2) Bouteille de gaz (propane ?)
3) Veste fluo
4) Femme – laquelle ?

Il leva son stylo et contempla la page d'un air soucieux. Au bout d'un long temps de réflexion, il se força à écrire :

5) Shanker

Ce qui l'amena à ajouter sur la ligne suivante :

6) Trouver 500 livres (où ?)

Et enfin, après une autre minute d'hésitation :

7) Passer annonce pour remplacement Robin.

57

Sole survivor, cursed with second sight,
Haunted savior, cried into the night.
Unique survivant, frappé par la malédiction de la prescience,
Sauveur hanté, hurlant dans la nuit.

BLUE ÖYSTER CULT, « Sole Survivor »

Quatre jours passèrent. Paralysée par le choc et le chagrin, Robin avait d'abord espéré – et même cru – que Strike l'appellerait, qu'il regretterait ses paroles, réaliserait son erreur. Linda était rentrée à Masham. Elle s'était montrée gentille et compatissante jusqu'au bout, mais Robin se doutait qu'au fond, elle se réjouissait à l'idée que sa fille ne travaille plus jamais avec Strike.

Matthew l'avait abondamment soutenue et réconfortée. D'après lui, Strike n'avait pas su apprécier sa chance d'avoir eu à ses côtés une si brillante collaboratrice. Il avait énuméré tous les services qu'elle lui avait rendus, à commencer par le fait d'accepter un salaire ridicule pour des horaires insensés. Il lui avait rappelé que son statut d'associée n'était qu'un leurre, dressé la liste des manquements commis par son employeur : Strike n'avait pas officialisé leur partenariat, il avait omis de lui payer ses heures supplémentaires et s'était toujours défaussé sur Robin au moment de préparer le thé ou de descendre acheter des sandwichs.

Une semaine auparavant, Robin aurait défendu son patron contre de telles accusations. Elle aurait argué que les dépassements d'horaires étaient inhérents à leur domaine d'activité, qu'une demande d'augmentation serait mal tombée étant donné les difficultés que connaissait l'agence, que Strike préparait le thé aussi souvent qu'elle. Elle aurait pu ajouter que Strike n'avait pas hésité à dépenser le peu d'argent qu'il avait pour lui payer une formation aux techniques de filature, et qu'il aurait été irréaliste d'attendre de lui – associé principal, seul investisseur et membre fondateur de l'agence – qu'il la place sur un pied d'égalité.

Mais Robin ne disait rien de tout cela pour la seule et bonne raison que les derniers mots de Strike résonnaient continuellement dans sa tête, comme le battement de son propre cœur : *faute lourde*. Le souvenir de ces deux mots terribles l'aidait à feindre la colère devant Matthew, à lui faire croire qu'elle partageait son point de vue, que ce métier qui avait tant signifié pour elle serait facilement remplacé par un autre, que Strike n'avait aucun sens moral puisqu'il était incapable de faire passer la sécurité d'Angel avant toute autre considération. Robin n'avait ni l'énergie ni la volonté nécessaires pour placer Matthew devant ses propres contradictions, lui qui avait si mal réagi en apprenant qu'elle s'était rendue chez Brockbank.

Chaque jour, elle attendait vainement des nouvelles de Strike, et chaque jour elle ressentait davantage la pression que son fiancé exerçait sur elle. Il voulait l'entendre dire que la perspective de leur mariage compensait largement la perte de son emploi et qu'elle n'avait rien d'autre en tête désormais. Robin était tellement lasse de devoir feindre le bonheur en sa présence qu'elle attendait avec impatience l'heure de son départ pour le bureau. Quand il s'en allait, elle pouvait enfin souffler. Et tous les soirs, avant qu'il rentre, elle effaçait l'historique de ses recherches sur son ordinateur. En fait, elle passait son temps sur internet pour obtenir des nouvelles de l'enquête et – avec la même constance – à taper le nom de Strike dans la barre de recherche Google.

La veille du jour prévu pour leur départ, Matthew rentra à la maison avec un exemplaire du *Sun*, un journal qu'il n'achetait jamais.

« Pourquoi tu as ramené ce truc ? »

Comme Matthew hésitait à répondre, Robin sentit une boule se former dans son ventre.

« Il n'y aurait pas eu un autre… ? »

Pourtant, elle savait que le tueur n'avait pas fait d'autre victime : elle avait suivi les infos heure par heure.

Matthew tourna une dizaine de pages avant de lui tendre le journal avec, sur le visage, une expression indéchiffrable. Les yeux de Robin tombèrent sur une photo d'elle-même, vêtue de son imperméable. On la voyait sortir, tête baissée, du tribunal où elle venait de témoigner dans le cadre du procès très médiatisé qui avait abouti à la condamnation du meurtrier d'Owen Quine.

Deux photos, plus petites, étaient insérées à l'intérieur de la sienne : l'une de Strike, le visage bouffi comme s'il venait de se réveiller avec la gueule de bois, l'autre du superbe mannequin assassiné dont ils avaient ensemble démasqué l'assassin. Le titre suivant s'affichait en dessous :

LE DÉTECTIVE DE L'AFFAIRE LANDRY
CHERCHE UNE NOUVELLE SECRÉTAIRE

Cormoran Strike, le détective privé qui a résolu le meurtre du top model Lula Landry et celui de l'écrivain Owen Quine, s'est séparé de sa séduisante assistante Robin Ellacott, 26 ans.

Le détective a passé une annonce en ligne : « Vous possédez une bonne expérience en matière d'enquête policière. Vous avez exercé dans l'armée ou dans les forces de l'ordre. Vous avez envie de poursuivre…

Robin ne put se résoudre à lire les paragraphes suivants. L'article était signé Dominic Culpepper, un journaliste que Strike connaissait personnellement et qui avait recours à ses services quand il manquait de matière. Strike avait dû lui refiler l'info pour assurer à son offre d'emploi la diffusion la plus large possible.

Robin s'était trompée en croyant avoir atteint le fond. La preuve était là, devant son nez. Strike ne reviendrait pas sur sa décision, après tout ce qu'elle avait fait pour lui. À ses yeux, elle n'avait été qu'une « secrétaire », une « assistante » – pas une associée, pas une égale – qu'on embauche puis qu'on jette. Et voilà qu'il lui cherchait déjà un remplaçant, une personne ayant exercé dans la police ou dans l'armée : quelqu'un de discipliné, quelqu'un qui obéissait aux ordres.

La colère s'empara d'elle ; tout devint trouble, le vestibule, le journal, Matthew qui la regardait en faisant semblant de la plaindre. Robin dut se retenir pour ne pas se précipiter dans le salon, prendre son portable qu'elle avait mis à recharger sur une table basse et appeler Strike. Elle avait été tentée de le faire à maintes reprises, ces quatre derniers jours, pour lui demander – le supplier – de réfléchir.

Maintenant, il n'en était plus question. Maintenant, elle voulait juste lui hurler dans les oreilles, le mettre plus bas que terre, l'accuser d'ingratitude, d'hypocrisie, de trahison…

Quand ses yeux brûlants croisèrent ceux de Matthew, elle vit, juste avant qu'il change d'expression, qu'il jubilait littéralement. Il n'en revenait pas que son rival ait enfin montré son vrai visage. Il avait dû frémir d'impatience en revenant à la maison avec ce journal. L'angoisse de Robin n'était rien comparée à l'extase que son fiancé avait dû ressentir en comprenant qu'elle ne reverrait jamais Strike.

Elle se détourna et, pour éviter de l'insulter, passa dans la cuisine. S'ils se disputaient, cela signifierait que Strike avait gagné. Son ex-patron ne salirait pas sa relation avec l'homme qu'elle devait – l'homme qu'elle *voulait* épouser dans trois jours. Robin poussa un juron car elle venait de s'éclabousser avec de l'eau bouillante en versant les spaghettis dans la passoire.

« Encore des pâtes ? râla Matthew.

— Oui, répondit sèchement Robin. Ça pose un problème ?

— Mon Dieu non, se reprit Matthew en s'approchant d'elle par-derrière pour la serrer entre ses bras. Je t'aime, dit-il, le nez dans ses cheveux.

— Moi aussi je t'aime », répondit Robin par automatisme.

*

La Land Rover était bourrée à craquer. Ils avaient emporté tout ce dont ils auraient besoin durant leur séjour dans le nord, leur nuit de noces au Swindon Park Hotel et leur lune de miel « dans un pays chaud », Robin ignorant toujours leur destination exacte. Ils partirent à dix heures le lendemain matin, en tee-shirt l'un et l'autre puisque le soleil brillait. En montant dans la voiture, Robin se remémora le matin brumeux du mois d'avril où Matthew l'avait poursuivie dans la rue alors qu'elle s'en allait au volant de la Land Rover avec une seule idée en tête : s'enfuir et rejoindre Strike.

Elle conduisait bien mieux que lui mais, quand ils voyageaient ensemble, c'était toujours Matthew qui tenait le volant. En s'engageant sur la M1, il fredonnait « Never Gonna Leave Your Side » de Daniel Bedingfield, un vieux tube qui datait de leur entrée à l'université.

« Tu pourrais éviter de chanter ce truc ? dit soudain Robin, incapable d'en supporter davantage.

— Désolé, fit-il, surpris. Cela me paraissait approprié.

— Peut-être que ça t'évoque de bons souvenirs, dit Robin en regardant par la vitre, mais ce n'est pas mon cas. »

Du coin de l'œil, elle vit Matthew tourner la tête vers elle avant de se remettre à fixer la route. Deux kilomètres plus loin, elle regretta de l'avoir rabroué.

« Mais tu peux chanter autre chose si tu veux.

— C'est bon », dit-il.

La température avait légèrement baissé quand ils atteignirent l'aire d'autoroute de Donington Park. Ils s'arrêtèrent le temps de boire un café au Costa Coffee. Robin se rendit aux toilettes en laissant sa veste sur le dossier de son siège. Matthew s'étira, geste qui souleva le devant de son tee-shirt juste assez pour révéler quelques centimètres de son ventre musclé et attirer l'attention de la serveuse derrière le comptoir. Content de lui et de la vie en général, Matthew lui fit un grand sourire assorti d'un clin d'œil. La fille rougit, gloussa et se tourna vers sa collègue qui, ayant vu la scène, lui adressa en retour un regard narquois.

Le téléphone sonna dans la veste de Robin. Supposant que Linda appelait pour savoir s'ils arrivaient bientôt, Matthew tendit paresseusement le bras – conscient que les deux filles au comptoir n'en perdaient pas une miette – et sortit l'appareil.

C'était Strike.

Matthew considéra le portable qui vibrait au creux de sa main comme une tarentule qu'il aurait ramassée par mégarde. Puis il leva les yeux : Robin était invisible. Il décrocha et raccrocha aussitôt. La mention *Appel manqué Corm* s'afficha sur l'écran.

Ce gros salopard voulait récupérer Robin, c'était évident. Strike avait mis cinq longues journées pour réaliser qu'il ne trouverait personne de mieux qu'elle. Peut-être avait-il commencé à recevoir des candidats sans parvenir à dénicher la perle rare. Peut-être que ces gens lui avaient ri au nez quand il leur avait annoncé le salaire de misère qu'il comptait leur verser.

Le téléphone se remit à sonner. Strike rappelait pour s'assurer que Robin n'avait pas raccroché par erreur. Matthew contemplait l'appareil, tétanisé. Que faire ? Répondre et lui dire d'aller se faire voir ? Non, il connaissait l'individu : il insisterait jusqu'à ce qu'il tombe sur Robin.

La messagerie s'enclencha et, au même instant, Matthew songea qu'il n'y avait rien de pire que des excuses enregistrées. Robin pourrait les écouter plusieurs fois et elle finirait par se laisser attendrir…

Soudain, il la vit revenir des toilettes. Au lieu de lâcher le téléphone, il se leva et fit semblant de parler à quelqu'un.

« C'est papa », dit-il à Robin en cachant le micro et en priant pour que Strike ne rappelle pas immédiatement. « Mon portable est déchargé… Donne-moi ton mot de passe, tu veux ? J'ai besoin de vérifier un truc sur les vols pour notre lune de miel – papa souhaiterait savoir… »

Elle le lui donna.

« Excuse-moi un instant. Je ne veux pas que tu entendes notre conversation. » Et il s'éloigna, déchiré entre la culpabilité et la fierté d'avoir su faire preuve d'initiative.

Une fois à l'abri dans les toilettes messieurs, il entra le mot de passe. Effacer la trace des appels de Strike supposait de supprimer tout l'historique – ce qu'il fit. Puis il passa sur la boîte vocale, écouta le message de Strike, le détruisit pareillement et, pour finir, bloqua ses futurs appels en modifiant les paramètres.

Matthew respira profondément, le regard posé sur le beau visage qui l'observait au fond du miroir. Dans son message, Strike avait promis de ne plus rappeler si Robin ne se manifestait pas. Le mariage devait avoir lieu dans quarante-huit heures, songea anxieusement Matthew. Il espérait que Strike tiendrait parole.

58

Deadline

Il était vidé, au bord de la crise de nerfs. Il avait la nette impression d'avoir fait quelque chose de stupide. Dans le métro qui filait en brinquebalant vers le sud, il s'accrochait avec une telle vigueur à la poignée qui pendait du plafond que ses articulations étaient exsangues. Pour déchiffrer le nom des stations, il devait plisser ses yeux rouges et boursouflés derrière ses lunettes de soleil.

Pendant ce temps, dans sa tête, Ça hurlait de toutes ses forces.

« Je ne te crois pas. Si tu travailles de nuit, alors montre-moi l'argent. Non, j'ai besoin de te parler, non, tu ne vas pas encore sortir… »

Il l'avait frappée. Il avait eu tort, il le reconnaissait. Depuis, il revoyait sans arrêt son expression épouvantée, ses yeux écarquillés de stupeur, sa main posée sur la joue blanche où ses doigts avaient laissé des marques rouges.

C'était sa faute, après tout, elle n'aurait pas dû le pousser à bout, cette salope. Ça faisait deux semaines qu'elle le saoulait, de pire en pire. L'autre soir, en rentrant à la maison, il lui avait raconté qu'il faisait une allergie pour expliquer ses yeux pleins d'encre rouge, mais au lieu de le plaindre, cette pute sans cœur lui avait pris la tête en lui demandant d'où il sortait et – pour la première fois – où était l'argent qu'il prétendait avoir gagné. Or, il n'avait pas eu le temps de monter un casse avec ses potes cambrioleurs, vu qu'il passait ses journées à chasser.

Elle avait rapporté un journal dans lequel on expliquait que le visage de l'Éventreur de Shacklewell avait été aspergé d'encre rouge. Il avait brûlé ce torchon au fond du jardin mais elle avait très bien pu entendre parler de cette histoire par d'autres moyens. L'avant-veille, il l'avait surprise à le regarder d'un drôle d'air. Ça n'était pas idiote, enfin pas vraiment ; commençait-elle à se poser des questions ? Après l'humiliation que lui avait fait subir La Secrétaire, il se serait volontiers passé de ce souci supplémentaire.

Il n'avait plus aucune raison de tuer La Secrétaire puisqu'elle avait largué Strike, et pour de bon. Il avait lu l'article en ligne, dans le cybercafé où il se réfugiait une heure de temps à autre, histoire de respirer. Pour se consoler, il se disait que sa machette lui avait fait une peur bleue, que son bras porterait à jamais une grande cicatrice. Mais c'était très insuffisant.

S'il avait passé des mois à échafauder ce scénario, c'était pour compromettre Strike dans une affaire de meurtre, lui faire porter le chapeau. D'abord, il l'avait impliqué dans la mort de cette petite greluche qui voulait se débarrasser de sa jambe. Il avait tout fait pour attirer l'attention de la police sur lui, instiller le doute dans l'esprit des gens. Ensuite, il avait prévu de zigouiller sa Secrétaire et de le regarder se dépêtrer, comme le grand détective qu'il prétendait être.

Mais voilà, cette ordure continuait à dormir sur ses deux oreilles, comme si rien n'avait eu lieu. La presse n'avait pas parlé des lettres, et encore moins de celle qu'il lui avait écrite « de la part » de Kelsey et qui aurait dû faire de lui le suspect numéro un. Après cela, les journalistes étaient rentrés dans le jeu de cet enfoiré ; non seulement ils n'avaient pas cité le nom de La Secrétaire mais aucun lien n'avait été établi entre elle et Strike.

Peut-être serait-il plus raisonnable de s'en tenir là… sauf que c'était impossible. Il était allé trop loin. De toute sa vie, jamais il ne s'était autant appliqué à organiser quelque chose aussi précisément que la ruine de Strike. Ce gros salopard d'éclopé avait déjà passé une annonce pour remplacer La Secrétaire, ce qui signifiait qu'il ne comptait pas fermer l'agence.

Il y avait au moins un aspect positif dans tout cela. Les flics ne faisaient plus le guet sur Denmark Street. Sans doute parce que La Secrétaire n'étant pas dans les parages, on estimait désormais inutile de surveiller la rue.

Peut-être aurait-il dû éviter de revenir traîner dans le quartier mais la tentation avait été trop forte. Il aurait tellement aimé voir La Secrétaire s'en aller, effrayée, une boîte en carton dans les bras, ou bien apercevoir la tronche de Strike complètement anéanti. Je t'en ficherais ! Peu après qu'il se fut installé dans un coin discret près de l'agence, le salaud était apparu sur le trottoir, marchant allègrement à côté d'une femme superbe, comme si de rien n'était.

Cette fille était sûrement une intérimaire parce que Strike n'avait pas eu le temps de faire passer des entretiens d'embauche. Le gros lard avait sans doute besoin d'une petite main pour ouvrir son courrier. Elle portait des talons hauts qui n'auraient pas rebuté la pute de l'autre fois, et elle marchait sur la pointe des pieds en balançant son joli postérieur. Il les aimait brunes, depuis toujours. En fait, s'il avait dû choisir, il aurait bien échangé La Secrétaire contre une fille dans le genre de celle-là.

Elle ne connaissait rien aux techniques de surveillance, c'était évident. Après l'avoir aperçue, il était resté dans le coin toute la matinée. Elle avait fait un aller-retour au bureau de poste sans lâcher son portable ni prêter attention à ce qu'il se passait autour d'elle, trop occupée à rejeter ses longs cheveux sur ses épaules pour regarder quiconque plus d'une seconde. Elle laissait tomber ses clés, elle hurlait dans son téléphone et, quand elle s'adressait aux gens, commerçants ou autres, elle ne parlait pas, elle criait. À treize heures, il l'avait suivie dans la sandwicherie. Il était entré juste à temps pour l'entendre brailler qu'elle prévoyait d'aller aux Corsica Studios, le lendemain soir.

Il connaissait les Corsica Studios. Il savait *où* c'était. Une vague d'excitation le traversa : il dut lui tourner le dos et faire semblant de regarder la rue à travers la vitrine, de peur que l'expression sur son visage le trahisse… S'il la tuait alors qu'elle travaillait pour Strike, son objectif serait atteint ; avec deux femmes coupées en morceaux à son actif, Strike perdrait toute crédibilité. La police et le public ne lui feraient plus jamais confiance.

En plus, avec elle, la tâche serait largement plus facile. Il avait sué sang et eau pour coincer La Secrétaire ; cette fille était pleine de ressources, toujours sur ses gardes, elle s'éloignait rarement de la foule et des réverbères quand elle rentrait chez elle retrouver son joli petit copain. En revanche, L'Intérimaire s'offrait à lui sur un plateau. Après avoir annoncé à toute la boutique où elle comptait rejoindre ses copines, elle était repartie au boulot sur ses talons en plastique transparent et, sur le chemin, avait laissé choir les sandwichs de Strike. Quand elle s'était penchée pour les ramasser, il avait noté qu'elle ne portait ni alliance ni bague de fiançailles. Il jubilait tellement en revenant à la maison qu'il avait eu du mal à recouvrer le calme nécessaire pour mettre au point son plan.

S'il s'était abstenu de frapper Ça, il aurait été au comble du bonheur, à présent. Mais cette gifle augurait mal du reste de la soirée. Pas étonnant qu'il soit sur les nerfs. Il n'avait pas eu le temps de la consoler, de l'amadouer : il était juste sorti sans rien dire, pour rejoindre L'Intérimaire au plus vite. Et maintenant, il se faisait du souci… Pourvu que Ça n'ait pas appelé la police.

Non. Elle ne ferait jamais un truc pareil. Pas pour une petite gifle de rien du tout. Elle l'aimait, elle ne cessait de le répéter. Quand elles vous aimaient, elles vous pardonnaient tout, même…

Il sentit un picotement sur sa nuque. Inquiet, il regarda autour de lui en se demandant brusquement si Strike ne serait pas planqué dans un coin de la rame.

Mais personne ne ressemblait de près ou de loin à ce gros con. Il remarqua simplement une bande de zonards. L'un d'entre eux, un balafré avec une dent en or, le dévisageait sans se gêner mais, quand il croisa son regard à travers ses lunettes de soleil, baissa les yeux et se remit à jouer avec son portable…

Il ferait peut-être bien d'appeler Ça en sortant du métro, avant d'arriver aux Corsica Studios. Juste pour lui dire qu'il l'aimait.

59

With threats of gas and rose motif.
Sous la menace du gaz et un motif de rose.

BLUE ÖYSTER CULT, « Before the Kiss »

Strike patientait dans un coin d'ombre, son portable à la main. Dans la grande poche de sa veste achetée d'occasion, bien trop épaisse pour cette soirée de juin, il avait dissimulé un objet si lourd et volumineux qu'il déformait le tissu et pesait sur les coutures. Pour réussir son coup, il devait attendre l'obscurité. Malheureusement, le soleil ne semblait pas pressé de disparaître derrière les toits dépareillés qu'il apercevait depuis sa cachette.

Il aurait préféré rester concentré sur la dangereuse mission qu'il s'était fixée pour cette nuit-là mais, il avait beau faire, Robin revenait sans arrêt dans ses pensées. Elle ne l'avait pas rappelé. Il s'était donné une date limite : si elle ne se manifeste pas avant la fin de la journée, elle ne le fera plus jamais. Le lendemain à midi, dans le Yorkshire, elle deviendrait la femme de Matthew. Strike savait qu'après cela, leur rupture serait consommée. S'ils ne prenaient pas le temps de parler avant que Matthew lui mette la bague au doigt, il doutait fort que l'occasion se représente jamais. Depuis quelques jours, il partageait son bureau avec une femme belle à couper le souffle mais terriblement remuante et bavarde. Si le destin avait voulu lui faire mesurer ce qu'il avait perdu, il ne s'y serait pas pris autrement.

À l'ouest, le ciel au-dessus des toits se diaprait de teintes flamboyantes évoquant une aile de perroquet : écarlate, orangé, et même une petite pointe de vert. Juste derrière apparaissait un léger badigeon de violet parsemé d'étoiles. On y était presque.

Comme si Shanker avait deviné ses pensées, le portable de Strike se mit à vibrer. Le message disait :

Une pinte demain ?

C'était le code convenu. Si cette affaire se terminait par un procès, ce qui paraissait fort probable, Strike préférait éviter que Shanker soit appelé à la barre des témoins. Ce soir, ils ne devraient échanger aucun message susceptible de l'impliquer. « Une pinte demain ? » signifiait « Il est entré dans le club ».

Strike remit le portable dans sa poche, sortit de sa cachette et traversa le parking obscur qui s'étendait sous l'appartement vide de Donald Laing. La gigantesque tour noire de l'immeuble Strata semblait le regarder passer ; ses fenêtres aux formes asymétriques renvoyaient les dernières lueurs du soleil couchant.

Des filets à mailles fines déployés devant les paliers ouverts de Wollaston Close empêchaient les oiseaux de se percher sur les rambardes et d'entrer à tire-d'aile par les fenêtres et les portes des appartements. Strike contourna le bâtiment pour gagner la porte latérale qu'il avait pris soin de laisser entrebâillée, tout à l'heure, après le passage d'une bande de filles. Personne n'y avait touché entre-temps. Les habitants supposaient qu'un voisin l'avait bloquée pour pouvoir circuler librement et ne voulaient pas le contrarier car, dans ce quartier, un voisin en colère était aussi dangereux qu'un intrus. Surtout qu'il fallait continuer à vivre à côté de lui.

Arrivé à la moitié des marches, Strike retira sa grosse veste – il en portait une autre dessous, jaune fluo –, la jeta sur son bras de manière à dissimuler la grosse cartouche de propane qu'elle contenait, puis se remit à monter et enfin déboucha sur la galerie qui donnait accès à l'appartement de Laing.

Des lumières brillaient aux fenêtres des autres logements de l'étage. Comme les voisins de Laing avaient ouvert leurs vitres pour profiter de la douceur estivale, leurs voix et le bruit de leurs télés tapissaient l'air du soir. Strike poursuivit tranquillement son chemin jusqu'au dernier appartement, visiblement inoccupé. Il s'arrêta devant la porte qu'il avait si souvent contemplée depuis le parking, transféra la cartouche de gaz de la poche de sa grosse veste au creux de son bras gauche, sortit une paire de gants en latex qu'il enfila, puis quelques outils dont certains lui appartenaient mais dont la plupart lui avaient été prêtés par Shanker : un passe-partout et deux jeux de crochets avec les pics correspondants.

Strike s'apprêtait à crocheter les deux serrures de la porte quand une voix de femme à l'accent américain résonna dans la nuit. Elle provenait d'un appartement voisin.

« Il y a une différence entre la loi et ce qu'on estime juste. Je vais faire ce que j'estime juste.

— Qu'est-ce que je donnerais pas pour me taper Jessica Alba ! » brailla un type bourré. Deux autres hommes manifestèrent leur approbation en hurlant de rire.

« Allez, ma vieille, murmura Strike qui se battait avec la serrure du bas tout en tenant la cartouche de propane coincée sous son coude. Bouge… dépêche-toi… »

Les goupilles produisirent un déclic sonore, la serrure tourna. Strike ouvrit la porte.

Comme il s'y attendait, ça sentait mauvais. Dans la pénombre, Strike aperçut les vagues contours d'une pièce vide et délabrée. Avant d'allumer la lumière, il devait fermer les rideaux. Il fit un pas vers la gauche et heurta un genre de boîte posée par terre. Un objet lourd s'écrasa sur le sol.

Merde.

« Eh ! cria une voix à travers la fine cloison qui séparait la pièce de l'appartement voisin. C'est toi, Donnie ? »

Strike fit rapidement demi-tour vers la porte et, d'un geste fébrile, chercha à tâtons l'interrupteur sur le mur, près de l'encadrement. Une fois la pièce éclairée, il vit qu'elle ne contenait rien, à part un vieux matelas plein de taches et une caisse orange qui avait dû servir de support au dock pour iPod qui, à présent, gisait sur le parquet.

« Donnie ? » répéta la voix. L'homme était sorti sur le palier.

Strike prit la cartouche de propane et la glissa sous la caisse orange après avoir dévissé la valve. On entendit des bruits de pas sur le palier, puis un coup à la porte. Strike ouvrit.

Un homme aux cheveux gras, la figure couverte de boutons, leva vers lui un regard embrumé par la drogue. Il tenait à la main une canette de John Smith's.

« Nom de Dieu, bredouilla-t-il en reniflant. C'est quoi qui pue comme ça ?

— Une fuite, répondit sèchement Strike dont la veste jaune fluo le désignait comme un digne représentant de la compagnie du gaz. Le voisin du dessus nous a appelés. On dirait que ça vient d'ici.

— Bon sang, dit l'homme, comme s'il allait vomir. Ça va pas exploser, j'espère ?

— C'est pour m'en assurer que je suis là, répondit sentencieusement Strike. Votre gazinière n'est pas allumée ? Personne ne fume chez vous ?

— Je vais allez vérifier, dit le voisin, soudain alarmé.

— Parfait. Je passerai peut-être jeter un œil quand j'aurai terminé. J'attends du renfort. »

À peine eut-il prononcé ces dernières paroles qu'il les regretta. Son interlocuteur, lui, sembla trouver tout naturel qu'un employé du gaz s'exprime de la sorte. L'homme regagnait ses pénates quand Strike lui demanda :

« Donnie, c'est le nom du type qui habite ici ?

— Donnie Laing, lâcha le voisin qui semblait pressé d'aller planquer sa came et d'éteindre tout ce qui ressemblait à une flamme. Il me doit quarante tickets.

— Ah ouais. Ça, j'y peux rien. »

L'homme fila. Strike ferma la porte en remerciant sa bonne étoile de lui avoir suggéré cette couverture. Il fallait à tout prix éviter que la police rapplique avant qu'il ait trouvé la preuve que…

Il souleva la caisse orange, revissa la valve par laquelle le gaz sortait en sifflant, remit le dock à sa place, sortit de la pièce puis se ravisa et revint en arrière. Son doigt revêtu de latex exerça une légère pression sur l'iPod qui s'alluma. Le titre du morceau s'afficha sur l'écran. « Hot Rails to Hell » de – comme il s'y attendait – Blue Öyster Cult.

60

Vengeance (The Pact)

Plein à craquer, le club était aménagé sous deux arches ferroviaires, pareilles à celles qu'il apercevait depuis son appartement. Le plafond voûté, couvert de plaques de tôle, renforçait l'impression de souterrain qu'on avait en entrant. Un projecteur dessinait des formes psychédéliques sur le métal ondulé. La musique était assourdissante.

Ils l'avaient laissé passer mais sans grand enthousiasme. Les videurs l'avaient regardé de travers et, l'espace d'un instant, il avait craint qu'ils le fouillent et découvrent les couteaux cachés dans la doublure de sa veste.

Il faisait plus vieux que tout le monde, là-dedans, ce qui lui déplaisait. C'était à cause de son arthrite psoriasique si la peau de son visage était ainsi grêlée. Sans compter qu'il avait pris du poids à cause des stéroïdes. Son corps avait beaucoup changé depuis l'époque où il faisait de la boxe ; ses muscles s'étaient transformés en graisse. À Chypre, il avait eu du succès auprès des filles. Mais c'était bien fini. Pas une seule de ces petites salopes torchées, entassées par centaines sous la boule à facettes, n'aurait l'idée de s'intéresser à lui. En plus, aucune n'était fringuée comme dans une boîte normale. Elles étaient presque toutes en jean et en tee-shirt. Une bande de lesbiennes, quoi.

Où donc était passée L'Intérimaire de Strike, avec son cul de déesse et sa délicieuse étourderie ? Les grandes femmes noires n'étaient pourtant pas légion, ici ; il aurait dû la repérer facilement mais il avait eu beau écumer les lieux, il ne l'avait vue nulle part, ni du côté du bar ni sur la piste de danse. Tout à l'heure, en l'entendant évoquer ce club situé tout près de chez lui, il avait cru à un signe de la providence. Il s'était dit qu'il retrouverait bientôt son statut divin, que de nouveau l'univers s'organisait à sa convenance. Mais ce sentiment d'invincibilité s'était révélé fugace et, après la dispute, il avait presque disparu.

La musique cognait sous son crâne. Il aurait préféré rentrer chez lui pour écouter Blue Öyster Cult en se masturbant sur ses reliques, mais il l'avait *entendue* dire qu'elle serait ici… Putain, la foule était si dense qu'il pourrait se coller contre elle et la poignarder sans que personne remarque rien. Ils ne l'entendraient même pas crier… Où donc était cette salope ?

L'autre connard avec son tee-shirt Wild Flag n'arrêtait pas de lui rentrer dedans. Il lui aurait volontiers balancé un coup de pied. Mais il n'en fit rien et s'éloigna du bar en jouant des coudes pour rejoindre la piste de danse.

Une forêt de bras et de visages trempés de sueur ondoyait sous les lumières mouvantes. Un éclat doré… une bouche balafrée, grimaçante…

Il fendit la foule des spectateurs debout autour de la piste, sans prendre garde aux greluches qu'il bousculait sur son passage.

Ce type-là, celui avec une cicatrice, il était dans le métro, tout à l'heure. Il se retourna. Le balafré avait l'air de chercher quelqu'un ; il se dressait sur la pointe des pieds pour voir l'ensemble de la salle.

Quelque chose ne tournait pas rond. Il le sentait. Un truc louche. Il fléchit légèrement les genoux pour mieux se fondre dans la masse et se précipita tant bien que mal vers la sortie de secours.

« Désolé, mec, faut passer par…

— Va chier. »

Avant qu'on essaie de l'en empêcher, il appuya sur la barre transversale commandant l'ouverture de la porte et se retrouva dehors. Puis il disparut dans l'obscurité, longea le mur à petites foulées, tourna au coin et, enfin seul, respira un bon coup en faisant le point de la situation.

Tu es en sécurité, se dit-il. *En sécurité. Personne ne sait rien à ton sujet.* Mais était-ce bien vrai ?

Parmi toutes les boîtes qu'elle aurait pu mentionner, elle avait choisi celle qui se trouvait à deux minutes de chez lui. Comme par hasard. Il s'était peut-être leurré en pensant que le ciel lui faisait un cadeau ? Et si quelqu'un lui avait tendu un piège ?

Non, c'était impossible. Strike lui avait envoyé les flics, l'autre jour, mais ils étaient repartis sans lui chercher d'ennuis. Non, il n'avait rien à craindre. Rien ne permettait de faire la relation entre elles et lui…

Sauf que l'autre balafré l'avait suivi dans le métro depuis Finchley. Quelle conclusion devait-il en tirer ?

Le fil de ses pensées s'embrouilla un instant. Si ce type croyait suivre quelqu'un d'autre que Donald Laing, ça voulait dire qu'il était foutu…

Il se mit en route. De temps à autre, il accélérait l'allure, trottinait sur quelques mètres. Aujourd'hui, ses vieilles béquilles ne lui servaient plus qu'à s'attirer la sympathie des femmes crédules, berner les services sociaux et, bien sûr, s'assurer une couverture imparable. Un homme faible et malade comme lui aurait été incapable de traquer la petite Kelsey Platt. Son arthrite n'était plus qu'un mauvais souvenir mais, grâce au pécule qu'il en avait retiré, il avait pu garder son appart à Wollaston Close…

En traversant rapidement le parking, il leva les yeux vers ses fenêtres. Les rideaux étaient fermés. Pourtant, il aurait juré les avoir laissés ouverts.

61

And now the time has come at last
To crush the motif of the rose.
Et maintenant voici enfin venu le temps
D'écraser le motif de la rose.

BLUE ÖYSTER CULT, « Before the Kiss »

Dans l'unique chambre, l'ampoule au plafond était grillée. Strike alluma la petite torche qu'il avait apportée et se dirigea à pas lents vers le seul meuble, une armoire en pin bon marché. La porte grinça lorsqu'il l'ouvrit.

Les articles de journaux qui en tapissaient l'intérieur portaient tous sur l'Éventreur de Shacklewell. Au-dessus, une photo sans doute récupérée sur internet était imprimée sur une feuille de papier A4 collée avec du Scotch. La jeune mère de Strike, nue, les bras levés vers le ciel, ses longs cheveux bruns vaporeux recouvrant en partie sa poitrine fièrement exhibée, une ligne d'écriture incurvée, tatouée au-dessus du triangle sombre de son pubis : *Mistress of the Salmon Salt.*

Il baissa les yeux. Au bas de l'armoire, des magazines porno s'entassaient près d'un sac-poubelle noir. Strike coinça la torche sous son bras, ouvrit le sac avec ses gants et trouva dedans une petite collection de sous-vêtements féminins, certains raides de sang séché. Tout au fond, ses doigts se refermèrent sur une chaîne fine et un anneau d'oreille. Une breloque en forme de cœur luisait sous le faisceau de la torche. Sur l'anneau, une tache brune.

Strike replaça tous les objets dans le sac-poubelle, ferma l'armoire et se dirigea vers la kitchenette d'où provenait l'odeur pestilentielle qui régnait dans tout l'appartement.

À côté, quelqu'un avait allumé la télé. Une rafale de coups de feu fit vibrer la mince cloison. Strike entendit un rire étouffé.

Près de la bouilloire, un bocal de café soluble, une bouteille de Bell's, un miroir grossissant, un rasoir. Une épaisse couche de graisse et de poussière recouvrait la cuisinière ; elle n'avait pas servi depuis longtemps. La porte du frigo portait des traces rosâtres en arc de cercle, comme si quelqu'un avait tenté de l'essuyer avec un torchon sale. Strike allait l'ouvrir quand son portable vibra dans sa poche.

Un appel de Shanker. Pourtant, ils étaient convenus de communiquer uniquement par textos.

« Bordel, Shanker, dit Strike en prenant la communication. Je t'avais pourtant dit… »

Il entendit un souffle derrière lui et, une seconde après, une machette fendit l'air pour s'abattre sur son cou. Strike esquiva, plongea de côté. Son portable lui échappa, glissa sur le sol crasseux. Dans sa chute,

Strike sentit l'acier lui entailler l'oreille et, quand il atterrit, aperçut la silhouette sombre et massive de son agresseur. L'homme brandissait son arme. Sans attendre qu'il frappe à nouveau, Strike lui balança un coup de pied entre les jambes. L'autre grogna de douleur, fit deux pas en arrière puis se remit en position d'attaque.

S'étant redressé à quatre pattes, Strike rampa vers le tueur et lui décocha un méchant coup de poing dans le bas-ventre. La machette tomba sur le dos de Strike, lequel poussa un cri de douleur, alors même qu'il attrapait son adversaire par les genoux pour le faire basculer. Le crâne de Laing heurta la porte du four mais déjà ses mains se tendaient vers le cou de Strike. Ce dernier voulut le repousser d'un coup de poing mais Laing ne lui en laissa pas le temps. Il était déjà sur lui et l'écrasait de tout son poids, ses énormes paluches crispées sur sa trachée artère. Au prix d'un effort surhumain, Strike parvint à se dégager d'un coup de boule. Le crâne de Laing entra de nouveau en contact avec la porte du four…

Ils roulèrent sur le sol mais, cette fois, les rôles étaient inversés. À califourchon sur son adversaire, Strike voulut le frapper au visage. Laing réagit aussi rapidement que le soir où ils s'étaient rencontrés sur un ring : d'une main il détourna le coup et de l'autre lui saisit le menton, l'obligeant à relever la tête – incapable de viser, Strike balança au hasard un crochet qui s'écrasa sur un os. Il y eut un craquement…

C'est alors que le poing massif de Laing, surgi de nulle part, s'abattit sur son nez. Strike sentit l'os exploser. Un flot de sang jaillit, sa tête partit en arrière, des larmes inondèrent ses yeux. Laing se débarrassa de lui en soufflant comme un phoque puis, comme par magie, un couteau à découper apparut dans sa main.

À moitié aveuglé, la bouche pleine de sang, Strike vit l'acier étinceler sous le clair de lune. Il déplia brutalement sa jambe artificielle – un tintement assourdi retentit quand le couteau rencontra la tige métallique de sa cheville, mais derechef la lame s'éleva pour s'abattre encore une fois…

« Pas question, espèce d'enfoiré ! »

Shanker se tenait derrière Laing. Il l'immobilisait d'une clé au cou. Strike voulut en profiter pour lui arracher son couteau mais il s'y prit très mal, l'attrapa par la lame et s'entailla profondément la paume. Laing se démenait comme un diable pour se libérer. La lutte était inégale. Nettement plus robuste que Shanker, l'Écossais prenait rapidement le dessus. C'est alors que Strike eut l'idée d'utiliser à nouveau sa jambe artificielle. D'un coup de pied, il projeta le couteau dans les airs et, une fois Laing désarmé, put enfin secourir son ami.

« Bouge plus ou je te plante ! beuglait Shanker en resserrant sa prise pendant que Laing résistait en frappant l'air de ses gros poings, la bouche béante à cause de sa mâchoire brisée. Moi aussi j'ai une putain de lame, espèce de gros tas de merde ! »

D'un geste brusque, Strike sortit une paire de menottes – la pièce d'équipement la plus précieuse qu'il ait emportée avec lui en quittant la BSI. Laing pestait et se débattait avec une telle vigueur que les deux hommes durent joindre leurs forces pour lui faire adopter la position adéquate, poignets dans le dos.

Ayant récupéré l'usage de ses membres, Shanker s'approcha de Laing et lui balança dans le diaphragme un coup de pied si violent qu'on entendit un long sifflement étouffé sortir de ses poumons. Le tueur perdit momentanément l'usage de la parole.

« Comment ça va, Bunsen ? T'es blessé ? Où ça ? » fit Shanker.

Strike se tenait avachi contre le four. Son oreille entaillée saignait abondamment, de même que sa paume droite, mais c'était son nez enflant à vue d'œil le plus pénible, le sang coulait directement dans sa gorge et gênait sa respiration.

« Tiens, prends ça, dit Shanker en revenant d'une brève inspection des lieux muni d'un rouleau de papier toilette.

— Merci », fit Strike d'une voix sourde. Il remplit ses deux narines de tout le papier qu'elles pouvaient contenir puis baissa les yeux sur Laing. « Content de vous revoir, Ray. »

Laing était toujours incapable de parler. Son crâne dégarni luisait un peu sous le clair de lune qui, tout à l'heure, avait fait scintiller son couteau.

« Je croyais qu'il s'appelait Donald ? » s'étonna Shanker. Voyant Laing s'agiter, il lui redonna un coup de pied dans le ventre.

« Oui, c'est le cas, dit Strike. Mais arrête de le frapper, putain ! Si tu lui casses quelque chose, tu devras en répondre devant le tribunal.

— Alors pourquoi tu l'appelles…

— Parce que… et ne touche à rien, s'il te plaît, évite de coller tes empreintes partout… Parce que Donnie vivait sous un nom d'emprunt. Quand il n'est pas ici, expliqua Strike en s'approchant du frigo dont il saisit la poignée de la main gauche protégée par quelques feuilles de papier toilette, il passe aux yeux de tous pour Ray Williams, un pompier à la retraite cité pour son comportement héroïque, domicilié à Finchley chez Hazel Furley. »

Strike tira sur la porte du frigo et, toujours de la main gauche, ouvrit le compartiment congélation.

Les seins de Kelsey Platt, jaunes et parcheminés comme des figues sèches, reposaient directement sur la glace. À côté, on voyait les doigts de Lila Monkton, avec leurs ongles peints en violet et les traces de morsure laissées par les dents de Laing. Tout au fond, deux oreilles coupées, d'où pendaient encore deux petits cônes en plastique, voisinaient avec un bout de chair que seules les narines qu'on distinguait au milieu permettaient d'identifier.

« Dieu du ciel, bredouilla Shanker qui regardait pardessus l'épaule de son ami. Dieu du ciel, Bunsen, c'est des morceaux de… »

Strike referma le congélateur, le frigo, puis se retourna vers son prisonnier.

Laing ne remuait plus, mais Strike aurait parié que son esprit fourbe fonctionnait à plein régime pour imaginer une solution à sa situation désespérée. Reprendre l'avantage, faire croire que Strike l'avait piégé en dissimulant des preuves dans son appartement.

« J'aurais dû te reconnaître tout de suite, pas vrai Donnie ? » dit Strike en enveloppant sa main blessée dans du papier toilette pour stopper l'hémorragie. Sous la lueur pâle de la lune derrière les vitres sales, Strike discernait maintenant les traits du Laing qu'il avait connu. La prise de stéroïdes et le manque d'exercice régulier avaient radicalement transformé son corps d'athlète. On lui donnait facilement dix ans de plus que son âge, sans doute à cause de son obésité, de sa peau sèche et ridée, de la barbe qu'il avait dû laisser pousser pour mieux cacher son visage grêlé, sans parler de son crâne rasé et de la démarche traînante avec laquelle il trompait son monde. « J'aurais dû te reconnaître dès que tu m'as ouvert la porte, chez Hazel, dit Strike. Mais tu cachais bien ton visage en essuyant tes larmes de crocodile, pas vrai ? Comment tu as fait pour avoir les yeux gonflés comme ça ? Avec quoi tu les as frottés ? »

Strike tendit son paquet de cigarettes à Shanker avant de s'en allumer une.

« Ton accent du Nord-Est était un peu exagéré, maintenant que j'y repense. Tu l'as ramené de ton séjour à Gateshead, pas vrai ? Il a toujours été doué pour les imitations, notre brave Donnie, dit-il à Shanker. Tu aurais dû l'entendre quand il prenait la voix du caporal Oakley. Une vraie pâte, le Donnie. Enfin, en apparence. »

Le regard fasciné de Shanker passait de Strike à Laing. Le détective tirait sur sa clope en observant son prisonnier vautré par terre. Son nez l'élançait si méchamment que ses yeux coulaient, mais il voulait entendre sa voix, au moins une fois, avant d'appeler la police.

« Une vieille dame cambriolée, battue à mort. C'était encore toi, à Corby, pas vrai Donnie ? Pauvre Mrs. Williams. Tu lui as volé la médaille que son fils avait reçue pour sa bravoure, et je parie que tu lui as piqué pas mal de papiers officiels, par la même occasion. Tu savais que son fils était en poste à l'étranger. Ce n'est pas très difficile d'emprunter l'identité d'un homme dont on possède les papiers. Après, il suffit de se glisser dans la peau du personnage pour abuser une femme en mal d'affection et un ou deux policiers pas très attentifs. »

Laing gardait le silence mais Strike entendait presque les pensées qui traversaient son esprit infâme.

« J'ai trouvé de l'Accutane dans la maison, dit Strike à Shanker. C'est un médicament contre l'acné mais aussi contre l'arthrite psoriasique. J'aurais dû comprendre tout de suite. Il le dissimulait dans la chambre de Kelsey. Ray Williams ne souffrait pas d'arthrite.

« J'imagine que vous aviez des tas de petits secrets, Kelsey et toi ? Hein Donnie ? C'est toi qui lui as parlé de moi. Tu lui as bourré le crâne pour mieux la manipuler. Tu l'emmenais en moto pour qu'elle fouine du côté de mon bureau… tu faisais semblant de poster ses lettres… tu lui apportais de soi-disant messages de ma part…

— Pauvre cinglé », dit Shanker, dégoûté. Il se pencha sur Laing et approcha la braise de sa cigarette de son visage dans la claire intention de le blesser.

« Pas de brûlures non plus, si ça ne t'ennuie pas, Shanker, dit Strike en sortant son portable. Bon, maintenant, il vaut mieux que tu partes, je vais appeler les flics. »

Il composa le 999 et donna l'adresse. Il comptait leur dire qu'il avait suivi Laing jusqu'au club puis dans son appartement, qu'ils s'étaient disputés et que Laing l'avait attaqué. Nul n'avait besoin de savoir que Shanker était dans le coup, ni que Strike avait crocheté les serrures. Bien sûr, le voisin toxico pouvait parler mais Strike supposait qu'il s'en abstiendrait de crainte que ses pratiques douteuses ne soient dévoilées devant une cour de justice.

« Tiens, emporte tout ça et débarrasse-t'en, dit Strike à Shanker en retirant sa veste fluo. Et n'oublie pas la bouteille de gaz, là-bas.

— T'as raison, Bunsen. Tu vas t'en sortir avec lui, t'es sûr ? répondit Shanker en regardant alternativement le nez cassé, l'oreille entaillée et la main ensanglantée de son ami.

— Ouais, t'inquiète pas, ça va aller », dit Strike, vaguement touché par sa sollicitude.

Dans la pièce d'à côté, il entendit Shanker ramasser la cartouche de propane et le vit peu après sortir par la fenêtre de la cuisine pour sauter sur la galerie extérieure.

« SHANKER ! »

Son vieil ami réapparut si vite qu'il avait dû revenir ventre à terre, songea Strike. Il brandissait la bouteille de gaz comme une arme. Mais Laing, toujours menotté, n'avait pas bougé de sa place et Strike fumait tranquillement, à côté de la cuisinière.

« Bordel, Bunsen, j'ai cru qu'il t'avait sauté dessus !

— Dis-moi, Shanker, tu pourrais trouver une bagnole pour m'emmener quelque part demain matin ? Je te donnerai… »

Strike baissa les yeux sur son poignet nu. La veille, il avait vendu sa montre pour payer Shanker. Qu'avait-il d'autre à fourguer ?

« Écoute, tu sais que je vais me faire du fric avec cette histoire. Dans quelques mois, les clients vont se bousculer au portillon.

— OK, Bunsen, dit Shanker après une brève réflexion. Je te fais crédit.

— Sérieux ?

— Ouais, confirma Shanker en se retournant pour partir. Appelle quand tu seras prêt. Je trouverai une caisse.

— Tu ne la voles pas, hein ! » cria Strike derrière lui.

Quelques petites secondes après que Shanker eut de nouveau escaladé le rebord de la fenêtre, Strike entendit une sirène de police gémir dans le lointain.

« Ils arrivent, Donnie », dit-il.

C'est alors que Strike entendit la vraie voix de Donald Laing pour la première et la dernière fois.

« Ta mère était une sale pute », dit-il avec un fort accent écossais.

Strike éclata de rire.

« Peut-être bien, dit-il, tandis que ses lèvres sanguinolentes tiraient sur sa cigarette et que les sirènes se rapprochaient. Mais elle m'aimait, Donnie. Il paraît que la tienne se fichait pas mal de toi. Le bâtard d'un flic. »

Laing se mit à gigoter pour tenter de se libérer mais ne réussit qu'à basculer sur le flanc, les bras toujours coincés derrière le dos.

62

A redcap, a redcap, before the kiss…
Un porteur, un porteur, avant le baiser…

BLUE ÖYSTER CULT, « Before the Kiss »

Strike ne croisa pas Carver cette nuit-là. Il soupçonnait que l'homme aurait préféré se tirer une balle dans le genou plutôt que de se retrouver en face de lui. Deux officiers de la Crim' qu'il ne connaissait pas l'interrogèrent dans une petite salle du service des urgences, pendant que médecins et infirmiers soignaient ses diverses plaies. On lui avait recousu l'oreille, bandé la main, pansé la blessure au dos occasionnée par la machette et, pour la troisième fois de sa vie, il avait souffert le martyr pendant qu'on redonnait à son os nasal une forme plus ou moins rectiligne. Entre deux actes médicaux, Strike avait donc exposé le raisonnement qui l'avait conduit jusqu'à Laing, sans oublier de préciser qu'il avait déjà informé Carver par téléphone, deux semaines auparavant, via un subordonné, et qu'il avait également tenté de lui parler de vive voix la dernière fois qu'ils s'étaient vus.

« Pourquoi vous n'écrivez rien ? » demanda-t-il aux policiers qui le dévisageaient sans piper mot. Le plus jeune griffonna quelques mots pour la forme.

« Je vous signale qu'en outre j'ai envoyé un courrier en recommandé avec accusé de réception. L'inspecteur Carver a dû le recevoir hier.

— En recommandé ? répéta le plus âgé des deux, un moustachu aux yeux tristes.

— Exact. Je voulais m'assurer qu'il ne se perdrait pas en route. »

Pour le coup, le policier se mit à gratter avec beaucoup plus de conviction.

Quant aux événements de la soirée, Strike leur avait fourni la version suivante : constatant que la police ne croyait pas en la culpabilité de Laing, il avait continué à surveiller l'individu et l'avait suivi dans le night-club, de peur qu'il fasse une nouvelle victime, puis dans l'appartement où s'était déroulé le tête-à-tête final. Il ne dit pas un mot d'Alyssa, laquelle avait joué son rôle d'intérimaire avec un bel aplomb, ni de Shanker dont l'intervention enthousiaste lui avait certainement épargné d'autres blessures.

« Pour mettre toutes les chances de votre côté, ajouta Strike, je vous conseille de rechercher un certain Ritchie, qui se fait parfois appeler Dickie. C'est à lui que Laing a emprunté la moto, c'est lui aussi qui lui fournissait ses alibis. Hazel vous expliquera. Il doit s'agir d'un petit voyou qui croyait bien faire en l'aidant à tromper Hazel ou les services sociaux. Il n'a pas l'air très futé. Je pense qu'il se mettra à table dès qu'il comprendra qu'il y a eu meurtre. »

À cinq heures du matin, les médecins et la police décidèrent de lui rendre sa liberté. Les officiers proposèrent de le ramener chez lui mais il refusa. Ce prétendu service n'était sans doute – en partie, du moins – qu'un prétexte pour le tenir à l'œil le plus longtemps possible.

« L'info ne doit pas fuiter avant qu'on ait parlé aux familles, précisa le jeune policier dont les cheveux clairs, presque blancs, luisaient sous la lumière grise de l'aube, tandis que les trois hommes se serraient la main sur le parvis de l'hôpital.

— Je ne dirai rien à la presse, leur promit Strike en bâillant et en cherchant dans ses poches son paquet de cigarettes presque vide. J'ai autre chose à faire aujourd'hui. »

Il commençait à s'éloigner quand une idée lui traversa l'esprit.

« C'était quoi le lien avec l'église ? Brockbank… pourquoi Carver pensait que c'était lui ?

— Oh, fit le moustachu qui ne semblait pas particulièrement désireux de partager cette information. Un éducateur avait été transféré de Finchley à Brixton… ça n'a rien donné mais, ajouta-t-il avec un air bravache, on l'a quand même attrapé. Brockbank. Un foyer de sans-logis nous a refilé le tuyau pas plus tard qu'hier.

— Super, s'écria Strike. La presse adore les pédophiles. À votre place, je commencerais par ça quand vous leur parlerez. »

Sa remarque ne fit sourire ni l'un ni l'autre. Strike leur souhaita bonne journée et s'en alla en se demandant s'il avait assez d'argent sur lui pour prendre un taxi. Il fumait de la main gauche, l'effet de l'anesthésie locale commençant à se dissiper dans sa main droite. Son nez cassé piquait à cause de l'air frais du petit matin.

*

« Dans le Yorkshire ? » pesta Shanker quand il lui téléphona pour annoncer qu'il avait trouvé une voiture. Strike venait de lui dire où il désirait se rendre. « Le *Yorkshire* ?

— À Masham, plus précisément, répondit Strike. Écoute, je te l'ai dit : je te paierai ce que tu veux dès que j'en aurai les moyens. C'est un mariage et je ne veux pas le rater. Ça va faire un peu juste question temps – ce que tu veux, Shanker, tu as ma parole.

— Qui se marie ?

— Robin.

— Ah, dit Shanker, manifestement ravi. Ouais, ben, dans ce cas je t'emmène, Bunsen. J't'avais bien dit que t'aurais pas dû…

— Ouais…

— Alyssa, elle t'a dit…

— Ouais, elle me l'a dit, enfin, elle me l'a crié. »

Strike avait la nette impression que Shanker couchait avec Alyssa. Sinon, comment expliquer qu'il eût proposé sa participation avec un tel empressement quand Strike avait eu besoin d'une femme pour tenir un rôle clé, mais sans danger, dans le scénario censé aboutir à la capture de Donald Laing ? Elle avait demandé cent livres pour ce boulot, tout en l'assurant qu'elle lui aurait pris bien plus si elle ne s'était pas estimée redevable envers son associée.

« Shanker, on pourrait parler de ça sur la route ? J'ai besoin de me doucher et de me mettre un truc dans l'estomac. On aura une sacrée chance si on arrive à temps. »

Ils mirent cap au nord, à bord de la Mercedes que Shanker avait empruntée – à qui, Strike ne voulait pas le savoir. Le détective, qui n'avait quasiment pas fermé l'œil depuis des jours, dormit durant les quatre-vingts premiers kilomètres et se réveilla en sursaut au milieu d'un ronflement en sentant son portable bourdonner dans la poche de son costume.

« Strike, dit-il d'une voix ensommeillée.

— Beau boulot, mec », dit Wardle.

Son ton cadrait mal avec ses paroles. Après tout, c'était lui qui avait mis Ray Williams hors de cause la fois où son équipe était allée l'interroger sur la mort de Kelsey.

« Merci bien, dit Strike. Tu réalises qu'à l'heure actuelle tu es le seul flic de Londres qui accepte encore de me parler.

— Eh ben, répondit Wardle d'une voix plus légère. Disons que la qualité prime sur la quantité. J'ai pensé que tu aimerais savoir : ils ont déjà chopé Richard et il chante comme un canari.

— Richard… », marmonna Strike.

On aurait dit que son cerveau épuisé avait subi une purge. Les informations qui l'encombraient depuis des mois avaient presque disparu. Devant sa vitre, les arbres défilaient dans un paisible cortège de verdure estivale. Il aurait volontiers dormi plusieurs jours d'affilée.

« Ritchie… Dickie… la moto, insista Wardle.

— Ah, oui, fit Strike en grattant d'un air absent son oreille recousue, puis il s'écria : Merde, ça fait mal… euh, désolé… tu dis qu'il s'est mis à table ?

— Il n'a pas inventé l'eau chaude. On a trouvé pas mal de matériel volé chez lui.

— Je pensais bien que Donnie se faisait du fric comme ça. Il a toujours été doué pour la cambriole.

— Ils étaient une petite bande. Rien de terrible, des menus larcins. Ritchie était le seul à savoir que Laing vivait sous une double identité ; il pensait que c'était pour arnaquer la Sécu. Laing a demandé à trois d'entre eux de lui fournir un alibi ; ils devaient dire que leur randonnée à Shoreham-by-Sea tombait le week-end où Kelsey était morte. Apparemment, il leur a raconté qu'il avait une copine quelque part et que Hazel ne devait pas l'apprendre.

— Il a toujours eu le chic pour mettre les gens dans sa poche, dit Strike en songeant à l'enquêteur qui s'était empressé de l'innocenter quand on l'avait arrêté pour viol, à Chypre.

— Comment as-tu compris qu'ils n'étaient pas à Shoreham, le week-end en question ? demanda Wardle par curiosité. Ils avaient pris des photos et tout… comment as-tu su que l'enterrement de vie de garçon n'avait pas eu lieu ce jour-là ?

— Oh, dit Strike. Le chardon bleu.

— Quoi ?

— Le chardon bleu, répéta Strike. Ce chardon ne fleurit pas en avril. Plutôt en été ou à l'automne – j'ai passé une bonne partie de mon enfance en Cornouailles. La photo de Laing et Ritchie sur la plage… il y avait des chardons bleus. J'aurais dû comprendre tout de suite… mais je me suis laissé distraire et j'ai suivi une mauvaise piste. »

Après que Wardle eut raccroché, Strike se mit à contempler à travers le pare-brise les champs et les arbres qui défilaient. Il pensait aux trois mois qui venaient de s'écouler. Laing n'avait sans doute jamais entendu parler de Britanny Brockbank mais il avait dû faire des recherches sur le procès de Whittaker et découvrir que ce dernier avait cité les paroles de « Mistress of the Salmon Salt » devant la cour. C'était comme si Laing avait semé des indices à son intention sans savoir à quel point ils lui seraient utiles.

Shanker alluma la radio. Strike aurait préféré dormir encore un peu mais, au lieu de récriminer, baissa sa vitre pour fumer. Sous la vive lumière du soleil, il s'aperçut que son costume italien enfilé à la va-vite tout à l'heure était maculé de jus de viande et de vin rouge. Il frotta pour enlever le plus gros et, soudain, une idée lui vint à l'esprit.

« Oh, merde.

— Quoi ?

— J'ai oublié de larguer ma copine. »

Shanker éclata de rire. La grimace déconfite que Strike esquissa en guise de sourire lui fit mal. Tout son visage était douloureux.

« On essaie d'empêcher ce mariage, Bunsen ?

— Bien sûr que non, répondit Strike en prenant une autre cigarette. On m'a invité. Je suis un ami.

— Tu l'as virée, dit Shanker. Chez moi, on n'appelle pas ça de l'amitié. »

Strike s'abstint de lui faire remarquer qu'il connaissait peu de gens ayant travaillé ne serait-ce qu'une fois dans leur vie.

« Elle est comme ta mère, dit Shanker après un long silence.

— Qui ça ?

— Ta Robin. C'est une gentille fille. Elle voulait sauver cette gosse. »

Strike aurait eu du mal à justifier son refus de sauver un enfant devant un homme qui, à l'âge de seize ans, avait été secouru alors qu'il gisait, couvert de sang, au fond d'un caniveau.

« Eh bien, je vais lui proposer de revenir, d'accord ? Mais la prochaine fois qu'elle t'appelle – si jamais elle t'appelle…

— Ouais, ouais, je t'en causerai, Bunsen. »

L'homme dont le visage se reflétait dans le rétroviseur latéral semblait avoir été victime d'un accident de voiture. Son nez était énorme, violet, son oreille noire. À la lumière du soleil, il voyait maintenant que sa tentative de rasage avec la main gauche n'avait pas donné de résultats probants. Il imaginait l'effet qu'il allait produire en entrant dans l'église pour se glisser dans un coin discret, au fond. Et quel scandale si jamais Robin décidait de l'éjecter ! Or, il ne voulait pas lui gâcher son mariage. Il se promit de rester calme et de sortir sans faire d'histoires si elle le lui demandait.

« BUNSEN ! » hurla Shanker tout excité. Strike sursauta tandis que Shanker montait le son de la radio.

« *… arrestation a eu lieu dans le cadre de l'enquête sur l'Éventreur de Shacklewell. Après la fouille* *minutieuse d'un appartement de Wollaston Close, à Londres, la police a interpellé un dénommé Donald Laing, trente-quatre ans, soupçonné du meurtre de Kelsey Platt, Heather Smart, Martina Rossi et Sadie Roach, de tentative de meurtre sur la personne de Lila Monkton et de coups et blessures sur celle d'une sixième victime dont le nom demeure inconnu...* »

« Ils n'ont pas parlé de toi ! » dit Shanker à la fin du bulletin d'information. Il semblait déçu.

« Cela ne m'étonne guère », dit Strike, soudain assailli par une anxiété inhabituelle chez lui. Il venait d'apercevoir la première pancarte indiquant la ville de Masham. « Mais ils le feront. Et c'est tant mieux : j'ai besoin de publicité si je veux remettre l'agence sur les rails. »

Oubliant qu'il n'avait plus de montre, il jeta un coup d'œil réflexe sur son poignet, puis consulta l'horloge du tableau de bord.

« Appuie sur le champignon, Shanker. On va rater le début. »

Strike devenait de plus en plus nerveux à mesure qu'ils approchaient de leur destination. La cérémonie avait commencé depuis vingt minutes quand ils atteignirent le sommet de la colline et entrèrent dans la ville. Strike vérifia l'emplacement de l'église sur son téléphone.

« C'est par là », dit-il en montrant d'un geste brusque l'autre côté de la place du marché, vaste et bondée. Shanker la contourna sur les chapeaux de roue, suscitant le mécontentement des badauds. Un homme coiffé d'une casquette plate brandit le poing en invectivant le chauffard au visage balafré qui déboulait ainsi dans le centre de Masham pour en troubler l'ordre et la sérénité.

« Gare-toi ici, peu importe ! » dit Strike en désignant deux Bentley bleu foncé ornées de rubans blancs, stationnées au bout de la place. Les chauffeurs qui discutaient tête nue au soleil se tournèrent en voyant Shanker freiner à côté d'eux. Strike détacha sa ceinture ; il avait repéré le clocher qui dépassait au-dessus des arbres. Il se sentait nauséeux, sans doute à cause des quarante cigarettes fumées durant la nuit, du manque de sommeil et de la conduite sportive de Shanker.

Strike partit comme une flèche, puis revint vers la voiture pour dire à son ami :

« Attends-moi. Je ne resterai peut-être pas. »

Ensuite, il repassa à toute vitesse devant les chauffeurs éberlués, rectifia nerveusement sa cravate puis, se rappelant l'état de sa figure, se demanda pourquoi il se fatiguait.

Strike franchit le portail, traversa en boitant le cimetière désert. Cette église impressionnante lui rappelait St. Dionysius, à Market Harborough. À l'époque, Robin et lui étaient encore amis. Un silence menaçant enveloppait le cimetière endormi, baigné de soleil. Il laissa sur sa droite une étrange colonne couverte de sculptures qui ressemblait à une stèle païenne et, enfin, s'immobilisa devant les lourdes portes en chêne.

Il saisit la poignée de sa main gauche, attendit deux secondes.

« Et merde », pensa-t-il en poussant le battant le plus discrètement possible.

Le parfum des roses l'accueillit dès l'entrée : il y en avait partout, disposées en gerbes sur de hauts présentoirs, en bouquets suspendus au bout des rangées bondées. Des roses blanches du Yorkshire. Une forêt de chapeaux aux couleurs vives s'étirait jusqu'à l'autel. Quand Strike entra sur la pointe des pieds, presque personne ne se retourna, mais il s'attira tout de même quelques regards appuyés. Il longea le mur du fond sans quitter des yeux l'autre bout de la nef.

Robin portait une couronne de roses blanches sur ses longs cheveux ondulés. Il ne voyait pas son visage. Elle avait retiré son plâtre et, malgré la distance, on apercevait la cicatrice pourpre à l'arrière de son avant-bras.

« Robin Venetia Ellacott, psalmodia la voix du vicaire invisible, consentez-vous à prendre cet homme, Matthew John Cunliffe, comme époux légitime, de l'aimer et de lui être fidèle, à partir de ce jour… »

Épuisé, tendu comme un arc, le regard braqué sur Robin, Strike n'avait pas remarqué la présence à côté de lui d'une gerbe perchée sur un charmant présentoir de bronze en forme de tulipe.

« … pour le meilleur et pour le pire, dans le bonheur et dans les épreuves, dans la santé et dans la maladie, jusqu'à ce que la mort…

— Oh, merde », dit Strike.

La gerbe qu'il venait de heurter bascula au ralenti et tomba sur le sol dans un fracas assourdissant. Les mariés et l'ensemble des invités se retournèrent dans un même mouvement.

« Je suis… oh, mon Dieu… je suis désolé », dit Strike qui ne savait plus où se mettre.

Quelque part, au milieu de l'assemblée, un homme éclata de rire. La plupart des invités reprirent leur position initiale mais quelques-uns continuèrent à le foudroyer du regard.

« … vous sépare », poursuivit le vicaire avec une sainte indulgence.

La superbe mariée, qui n'avait pas souri une seule fois depuis le début de la cérémonie, avait maintenant le visage radieux.

« Oui », dit Robin d'une voix mélodieuse en s'adressant non pas à son époux raide comme la justice, mais à l'homme couvert de plaies et de bosses qui venait de faire dégringoler ses fleurs.

REMERCIEMENTS

Je n'ai pas souvenir d'avoir pris autant de plaisir à écrire un livre que *La Carrière du mal* – chose étonnante, non seulement parce que le sujet en était sordide, mais aussi parce que jamais je n'ai eu autant à faire qu'au cours de ces douze derniers mois. J'ai dû sans cesse jongler entre mes différents projets, et ce n'est pas ainsi que j'aime travailler. Mais Robert Galbraith n'est pas pour rien mon terrain de jeu privilégié, et cette fois encore, il ne m'a pas fait faux bond.

Je dois remercier ma fidèle équipe d'avoir fait en sorte que mon identité plus très secrète reste aussi amusante : mon incomparable éditeur, David Shelley, qui est maintenant le parrain de quatre de mes romans, et qui rend le travail de publication si gratifiant ; mon merveilleux agent et ami Neil Blair, loyal partisan de Robert depuis la première heure ; Deeby et SOBE, dont j'ai pu sonder les cervelles militaires ; « l'homme de la Porte de Service », pour des raisons qu'il vaut mieux passer sous silence ; Amanda Donaldson, Fiona Shapcott, Angela Milne, Christine Collingwood, Simon Brown, Kaisa Tiensu et Danni Cameron, dont le travail acharné m'a donné le temps de faire le mien ; et l'équipe de choc, composée de Mark Hutchinson, Nicky Stonehill et

Rebecca Salt, sans laquelle, en toute honnêteté, je ne serais plus qu'une épave.

Je dois aussi remercier la Police militaire, grâce à laquelle j'ai fait la captivante visite de la Brigade spéciale d'investigation de la Police militaire royale du Royaume-Uni, au château d'Édimbourg. Sans oublier les deux agentes de police qui ont eu la bonté de ne pas procéder à mon arrestation alors que je prenais en photo un complexe nucléaire à Barrow-in-Furness.

À tous les paroliers qui ont travaillé avec et pour Blue Öyster Cult, merci d'avoir écrit des chansons aussi magnifiques et de m'avoir laissé emprunter vos mots dans mon roman.

À mes enfants, Decca, Davy et Kenz : je vous aime au-delà de tous les mots et je tiens à vous remercier pour la compréhension dont vous avez fait preuve chaque fois que venait me titiller le démon insistant de l'écriture.

Enfin et surtout : merci, Neil. Sur ce livre-ci, personne ne m'a été d'une aide aussi précieuse.

« **Career of Evil** » (p. 9) Paroles de Patti Smith. Musique de Patti Smith et Albert Bouchard © 1974, Avec l'aimable autorisation de Sony/ATV Tunes LLC, London W1F 9LD « **This Ain't the Summer of Love** » (p. 11, p. 101, p. 453) Paroles et Musique d'Albert Bouchard, Murray Krugman et Donald Waller © 1975, Avec l'aimable autorisation de Sony/ATV Music Publishing (UK) Ltd, Sony/ATV Tunes LLC, London W1F 9LD and Peermusic (UK) Ltd « **Madness to the Method** » (p. 17, p. 291, p. 579) Paroles et Musique de D Trismen et Donald Roeser © 1985, Avec l'aimable autorisation de Sony/ATV Music Publishing (UK) Ltd, Sony/ATV Tunes LLC, London W1F 9LD « **The Marshall Plan** » (p. 23) Paroles et Musique d'Albert Bouchard, Joseph Bouchard, Eric Bloom, Allen Lainer et Donald Roeser © 1980, Avec l'aimable autorisation de Sony/ATV Music Publishing (UK) Ltd, Sony/ATV Tunes LLC, London W1F 9LD « **Mistress of the Salmon Salt (Quicklime Girl)** » (p. 31-31, p. 43, p. 98-100, p. 110, p. 705, p. 721) Paroles et Musique d'Albert Bouchard et Samuel Pearlman © 1973, Avec l'aimable autorisation de Sony/ATV Tunes LLC, London W1F 9LD « **Astronomy** » (p. 35) Paroles et Musique d'Albert Bouchard, Joseph Bouchard et Samuel Pearlman © 1974, Avec l'aimable autorisation de Sony/ATV Music Publishing (UK) Ltd, Sony/ATV Tunes LLC, London W1F 9LD « **The Revenge of**

Vera Gemini » (p. 48) Paroles de Patti Smith. Musique d'Albert Bouchard et Patti Smith © 1976, Avec l'aimable autorisation de Sony/ATV Music Publishing (UK) Ltd, Sony/ATV Tunes LLC, London W1F 9LD « **Flaming Telepaths** » (p. 54) Paroles et Musique d'Albert Bouchard, Eric Bloom, Samuel Pearlman et Donald Roeser, © 1974, Avec l'aimable autorisation de Sony/ATV Music Publishing (UK) Ltd, Sony/ATV Tunes LLC, London W1F 9LD « **Good to Feel Hungry** » (p. 66) (Eric Bloom, Danny Mireta, Donald B. Roeser, Bobby Rondinelli, John P. Shirley). Avec l'aimable autorisation de Six Pound Dog Music et Triceratops Music « **Lonely Teardrops** » (p. 70) Paroles et Musique d'Allen Lanier © 1980, Avec l'aimable autorisation de Sony/ATV Music Publishing (UK) Ltd, Sony/ATV Tunes LLC, London W1F 9LD « **One Step Ahead of the Devil** » (p. 79) (Eric Bloom, Danny Miranda, Donald B. Roeser, Bobby Rondinelli, John P. Shirley). Avec l'aimable autorisation de Six Pound Dog Music et Triceratops Music « **Shadow of California** » (p. 81) Paroles et Musique de Samuel Pearlman et Donald Roeser © 1983, Avec l'aimable autorisation de Sony/ATV Music Publishing (UK) Ltd/ Sony/ATV Tunes LLC, London W1F 9LD « **O.D.'d on Life Itself** » (p. 112) Paroles et Musique d'Albert Bouchard, Eric Bloom, Samuel Pearlman et Donald Roeser © 1973, Avec l'aimable autorisation de Sony/ATV Music Publishing (UK) Ltd, Sony/ATV Tunes LLC, London W1F 9LD « **In the Presence of Another World** » (p. 123 et p. 326) Paroles et Musique de Joseph Bouchard et Samuel Pearlman © 1988, Avec l'aimable autorisation de Sony/ATV Music Publishing (UK) Ltd, Sony/ATV Tunes LLC, London W1F 9LD « **Showtime** » (p. 142) (Eric Bloom, John P. Trivers). Avec l'aimable autorisation de Six Pound Dog Music « **Power Underneath Despair** » (p. 155) (Eric Bloom, Donald B. Roeser, John

P. Shirley). Avec l'aimable autorisation de Six Pound Dog Music et Triceratops Music « **Before the Kiss** » (p. 164, p. 695, p. 705, p. 715) Paroles et Musique de Donald Roeser et Samuel Pearlman © 1972, Avec l'aimable autorisation de Sony/ATV Music Publishing (UK) Ltd, Sony/ATV Tunes LLC, London W1F 9LD Words taken from « **Here's Tae Melrose** » (p. 165) by Jack Drummond (Zoo Music Ltd) « **The Girl That Love Made Blind** » (p. 185) Paroles d'Albert Bouchard « **Lips in the Hills** » (p. 188 et p. 366) Paroles et Musique d'Eric Bloom, Donald Roeser et Richard Meltzer © 1980, Avec l'aimable autorisation de Sony/ATV Music Publishing (UK) Ltd, Sony/ATV Tunes LLC, London W1F 9LD « **Workshop of the Telescopes** » (p. 200) (Albert Bouchard, Allen Lanier, Donald Roeser, Eric Bloom, Sety Pearlman) « **Debbie Denise** » (p. 205 et p. 345) Paroles de Patti Smith. Musique d'Albert Bouchard et Patti Smith © 1976, Avec l'aimable autorisation de Sony/ATV Music Publishing (UK) Ltd, Sony/ATV Tunes LLC, London W1F 9LD « **Live For Me** » (p. 228) (Donald B. Roeser, John P. Shirley). Avec l'aimable autorisation de Triceratops Music « **I Just Like to Be Bad** » (p. 246 et p. 360) (Eric Bloom, Brian Neumeister, John P. Shirley). Avec l'aimable autorisation de Six Pound Dog Music « **Make Rock Not War** » (p. 259) Paroles et Musique de Robert Sidney Halligan Jr. © 1983, Avec l'aimable autorisation de Screen Gems EMI Music Inc/ EMI Music Publishing Ltd, London W1F 9LD « **Hammer Back** » (p. 279) (Eric Bloom, Donald B. Roeser, John P. Shirley). Avec l'aimable autorisation de Six Pound Dog Music et Triceratops Music « **Death Valley Nights** » (p. 312) Paroles et Musique d'Albert Bouchard et Richard Meltzer © 1977, Avec l'aimable autorisation de Sony/ATV Music Publishing (UK) Ltd, Sony/ATV Tunes LLC, London W1F 9LD « **Outward Bound (A Song for the Grammar School, Barrow-in-Furness)** » (p. 324-324)

Paroles de Dr Thomas Wood « **Tenderloin** » (p. 377) Paroles et Musique d'Allen Lainer © 1976, Avec l'aimable autorisation de Sony/ATV Music Publishing (UK) Ltd/ Sony/ATV Tunes LLC, London W1F 9LD « **After Dark** » (p. 388) Paroles et Musique d'Eric Bloom, L. Myers et John Trivers © 1981, Avec l'aimable autorisation de Sony/ATV Music Publishing (UK) Ltd, Sony/ATV Tunes LLC, London W1F 9LD « **(Don't Fear) The Reaper** » (p. 44, p. 65, p. 399, p. 659) Paroles et Musique de Donald Roeser © 1976, Avec l'aimable autorisation de Sony/ATV Music Publishing (UK) Ltd, Sony/ATV Tunes LLC, London W1F 9LD « **She's As Beautiful As A Foot** » (p. 406-407 et p. 409) (Albert Bouchard, Richard Meltzer, Allen Lanier) « **The Vigil** » (p. 408) Paroles et Musique de Donald Roeser et S. Roeser © 1979, Avec l'aimable autorisation de Sony/ ATV Music Publishing (UK) Ltd, Sony/ATV Tunes LLC, London W1F 9LD « **Dominance and Submission** » (p. 429) (Albert Bouchard, Eric Bloom, Sandy Pearlman) « **Black Blade** » (p. 435) Paroles et Musique d'Eric Bloom, John Trivers et Michael Moorcock © 1980, Avec l'aimable autorisation de Sony/ATV Music Publishing (UK) Ltd, Sony/ATV Tunes LLC et Action Green Music Ltd/ EMI Music Publishing Ltd, London W1F 9LD « **Dance on Stilts** » (p. 462 et p. 464) (Donald B. Roeser, John P. Shirley) Avec l'aimable autorisation de Triceratops Music « **Out of the Darkness** » (p. 472 et p. 495) (Eric Bloom, Danny Miranda, Donald Roeser, John D. Shirley). Avec l'aimable autorisation de Six Pound Dog Music et Triceratops Music « **Searchin' For Celine** » (p. 489) Paroles et Musique d'Allen Lainer © 1977, Avec l'aimable autorisation de Sony/ATV Music Publishing (UK) Ltd, Sony/ATV Tunes LLC, London W1F 9LD « **Burnin' For You** » (p. 510) Paroles et Musique de Donald Roeser et Richard Meltzer © 1981, Avec l'aimable autorisation de Sony/ATV Music

Publishing (UK) Ltd, Sony/ATV Tunes LLC, London W1F 9LD « **Still Burnin'** » (p. 519) (Donald B. Roeser, John S. Rogers). Avec l'aimable autorisation de Triceratops Music « **Then Came The Last Days of May** » (p. 537) Paroles et Musique de Donald Roeser © 1972, Avec l'aimable autorisation de Sony/ATV Music Publishing (UK) Ltd, Sony/ATV Tunes LLC, London W1F 9LD « **Harvester of Eyes** » (p. 540) Paroles et Musique d'Eric Bloom, Donald Roeser et Richard Meltzer © 1974, Avec l'aimable autorisation de Sony/ATV Music Publishing (UK) Ltd, Sony/ATV Tunes LLC, London W1F 9LD « **Subhuman** » (p. 557) (Eric Bloom, Sandy Pearlman) « **Dr. Music** » (p. 559) Paroles et Musique de Joseph Bouchard, R. Meltzer, Donald Roeser © 1979, Avec l'aimable autorisation de Sony/ATV Music Publishing (UK) Ltd, Sony/ATV Tunes LLC, London W1F 9LD « **Harvest Moon** » (p. 560) (Donald Roeser). Avec l'aimable autorisation de Triceratops Music « **Here Comes That Feeling** » (p. 572) (Donald B. Roeser, Dick Trismen). Avec l'aimable autorisation de Triceratops Music « **Celestial the Queen** » (p. 596) Paroles et Musique de Joseph Bouchard et H. Robbins © 1977, Avec l'aimable autorisation de Sony/ATV Music Publishing (UK) Ltd, Sony/ATV Tunes LLC, London W1F 9LD « **Don't Turn Your Back** » (p. 603) Paroles et Musique d'Allen Lainer et Donald Roeser © 1981, Avec l'aimable autorisation de Sony/ATV Music Publishing (UK) Ltd, Sony/ATV Tunes LLC, London W1F 9LD « **X-Ray Eyes** » (p. 620) (Donald B. Roeser, John P. Shirley). Avec l'aimable autorisation de Triceratops Music « **Veteran of the Psychic Wars** » (p. 634) Paroles et Musique d'Eric Bloom et Michael Moorcock © 1981, Avec l'aimable autorisation de Sony/ATV Music Publishing (UK) Ltd, Sony/ATV Tunes LLC et Action Green Music Ltd/EMI Music Publishing Ltd, London W1F 9LD « **Spy In The House Of The Night** » (p. 643) Paroles et Musique de

Du même auteur :

L'Appel du Coucou, Grasset, 2013.
Le Ver à soie, Grasset, 2014.

PAPIER À BASE DE FIBRES CERTIFIÉES

Le Livre de Poche s'engage pour l'environnement en réduisant l'empreinte carbone de ses livres. Celle de cet exemplaire est de :
600 g éq. CO_2
Rendez-vous sur www.livredepoche-durable.fr

Composition réalisée par PCA

Achevé d'imprimer en mars 2017, en France sur Presse Offset par
Maury Imprimeur – 45330 Malesherbes
N° d'imprimeur : 216185
Dépôt légal 1re publication : avril 2017
LIBRAIRIE GÉNÉRALE FRANÇAISE – 21, rue du Montparnasse – 75298 Paris Cedex 06

64/2385/5